FOLIO SCIENCE-FICTION

Romain Lucazeau

LATIUM II

Denoël

Cet ouvrage a été précédemment publié dans la collection Lunes d'encre aux Éditions Denoël.

Romain Lucazeau est né en 1981. Agrégé de philosophie, il est actuellement consultant après avoir enseigné à Sciences Po Paris et à l'université Paris-Sorbonne. Son premier roman, *Latium*, a reçu le Grand Prix de l'Imaginaire, le Chrysalis Award et le prix Futuriales révélation en 2017.

À l'année 2015
Sauvée in extremis

Avez-vous oublié que dans ces tristes lieux
Je ne souffre que moi, les ombres et les dieux ?
Et qu'étant par mon art consacrés au silence,
Aucun ne peut sans crime y mêler sa présence ?

CORNEILLE, *La Toison d'or*, acte IV, sc. 1

INTERMÈDE

Un jet d'antiélectrons fusa dans l'atténuateur de la poupe. Ce flux relevait du presque rien : quelques grains, un milligramme à peine. Il advint en un bref cliquetis, quasi musical mais pas tout à fait — le son, infinitésimal, inaudible pour une oreille animale, mais néanmoins décelable par des moyens idoines, accompagnant le ballet de la machine traversant l'espace. Car ce quasi-non-événement signait le point de départ d'un cycle qui s'achèverait par un déplacement instantané d'une dizaine de katétophotès[I], *au terme d'une séquence faite d'opérations physiques et de calculs complexes.*

Quelques instants auparavant, les antiparticules, après leur création dans l'un des deux accélérateurs de la Nef, avaient été stockées dans la chambre de confinement, un ovoïde blindé de la taille d'un hippodrome. Là, une pompe cryostatique[II] *maintenait le vide le plus*

I. **Katétôphos** (pl. *katétophotès*) : *Kat'eteos phos*, année-lumière. Rappel pour le lecteur qui aurait séjourné, entre le tome I et le tome II, au pays des lotophages.

II. **Pompe cryostatique :** appareil permettant d'obtenir un ultra-vide (pressions inférieures à 10^{-9} mbar) sur la base des propriétés de liquides à point de congélation très bas tels que l'azote ou l'oxygène.

rigoureux, à défaut duquel une explosion de pure énergie emporterait la Nef et ses occupants. Créer de l'antimatière constituait un jeu dangereux et compliqué : elle renâclait à exister dans l'environnement ordinaire. Il existait bien entendu des possibilités alternatives, fondées sur l'antique mais irremplaçable fission de l'uranium ou du thorium. Elles ne permettaient néanmoins pas de disposer, en un temps très bref, du millier de térawattheures requis pour transporter le vaisseau.

Aussi Transitoria fonctionnait-elle comme les anciens Léviathan de la planète des origines, ces baleines qui erraient dans les profondeurs des océans, et qui passaient leur vie entière à filtrer l'eau de mer pour en recueillir le krill et le plancton. Ici, d'invisibles filets moissonnaient les atomes errants d'hydrogène ou, occasionnellement, la stratosphère de géantes gazeuses. La matière ainsi récoltée était stockée, puis accélérée à une fraction de la vitesse de la lumière, enfin fracassée en un choc qui produisait des foules de corpuscules étranges, et en particulier des antiélectrons. Ces derniers n'avaient qu'une hâte : retourner au néant, dans un déluge de redoutables rayons gamma et de chaleur, à l'occasion de la rencontre avec les électrons ordinaires, ceux qui peuplaient, sans faire plus d'histoires, l'univers connu.

L'atténuateur, qui succédait à la chambre de confinement, servait à maîtriser ce risque. Il ressemblait à un étroit et long cylindre de trois cents mètres, sa structure interne composée d'un millefeuille de métal et de vide, parcouru par un ensemble d'inductions magnétiques aussi fines que des pinceaux. Ces dernières guidaient les flux pour éviter la moindre fuite aux conséquences catastrophiques.

La rencontre entre matière et antimatière eut lieu,

cette fois encore, de manière contrôlée. La température grimpa à des niveaux effrayants. Toute créature vivante à la ronde, tout support de logiciel semi-biologique aurait été annihilé. Une fraction de la chaleur ainsi produite se transmit aux tuyaux remplis d'argon. L'élément gazeux connut une transformation instantanée en une vague fluide, dont le passage mit en mouvement les turbines géantes à la poupe de la Nef, et à leur suite un ensemble d'électroaimants. Le flux d'électrons ainsi créé se précipita à travers des canaux supraconducteurs. Comme chaque fois, les noèmes qui pilotaient l'opération adressèrent une brève prière au Nombre et au Concept pour la résistance du système de transmission.

La puissance électrique inonda l'un des deux modulateurs monadiques situés non loin, derrière plusieurs couches de blindage. Le système de déplacement instantané revint à la vie.

Les modulateurs formaient une catégorie d'êtres étranges, à la structure pas plus qu'à moitié matérielle, et en grande part située hors de l'espace physique. Ils ne se déplaçaient pas, ne savaient agir sur leur environnement immédiat. Ils n'avaient ni mains, ni pieds, ni systèmes sensoriels. Moteurs sans être mus, impossibilités physiques, plus spirituels que temporels, ils faisaient partie d'une race séparée d'Intelligences, aux fins différentes, incompréhensibles, aux facultés mentales étranges. Les modulateurs monadiques n'agissaient pas. Leur tournure d'esprit les portait davantage à la contemplation de plans incompréhensibles de l'être : ils calculaient, comme le Dieu des pythagoriciens, et leurs computations modifiaient l'étant, la distance et le temps.

Les Intelligences plus conventionnelles ne les avaient

pas créés, mais accueillis en leur sein dans un lointain passé, aux termes d'un pacte simple : en échange de quantités importantes d'énergie fournies à intervalles réguliers, ils condescendaient à manipuler la structure monadique du monde pour accomplir leur étrange miracle. Les princes de l'Urbs, héritiers des humains, les soupçonnaient de disposer de pouvoirs autrement plus vastes, mais jamais ils n'avaient souhaité les partager.

Que faisaient-ils le reste du temps ? Personne, depuis leur invention accidentelle par les physiciens humains de l'académie d'Io, ne le savait. Ces derniers avaient cherché à perfectionner des supercalculateurs et non à développer un moyen de locomotion. Leurs pouvoirs se justifiaient par une théorie abstruse selon laquelle une infinité d'atomes spirituels constituaient le sous-jacent de l'univers. Chacun disposait d'un point de vue sur l'être, particulier et unique — à l'image des différents angles permettant de découvrir une ville — et constituait sur tous les autres une parmi l'infinité des perspectives possibles, les contenait, pour ainsi dire, de manière partielle mais bien réelle. Dans une telle perspective, tout s'interconnectait, et une solidarité subtile tenait ensemble cet infini. L'espace et le temps n'existaient pas. Ils n'étaient que la transcription, au sein de la confuse sensibilité des animaux, des humains et de leurs successeurs artificiels, des différences conceptuelles.

Le modulateur de bâbord s'activa, tandis que son jumeau se reposait du précédent saut, intervenu trois quarts d'heure auparavant.

Il se concentra sur la délicate structure des alentours et observa la manière dont s'organisait la trame de l'univers dans l'environnement immédiat de la Nef.

Expression.

Chaque point exprimait adéquatement tous les autres. Le discret se lisait dans l'ordre du continu, ce qui effaçait la différence entre le proche et le lointain. L'axiomatique implicite du monde était complète et cohérente. Aucune propriété n'échappait au modulateur. Rien d'irrationnel. Rien d'ineffable.

Torsion.

Modifier les caractéristiques d'un point revenait à transformer tous les autres. Par un artifice mathématique, lointain cousin du calcul différentiel, le modulateur modifia à la fois les points de départ et d'arrivée pour faire coïncider, temporairement, leurs perspectives.

Translation.

Une vibration dérangeante parcourut la Nef, comme si chaque minuscule grain de matière ou d'énergie se retrouvait dans une position inconfortable. Les monades se réalignèrent, le monde changea, dans un jaillissement de particules exotiques, et la machinerie de la poupe se réarma pour un nouveau cycle de déplacement instantané.

###

Lorsque la désagréable impression de dislocation le traversa, Othon leva les yeux pour observer le changement dans la configuration des étoiles. Il se trouvait dans le vaste amphithéâtre dont il avait fait sa salle d'observation en le couvrant d'un dôme transparent. Assis sur les gradins en pierres antiques entourés de deux niveaux d'arcades, le Dieu était resté seul à méditer pendant l'approche de l'Urbs. Son esprit était capable d'identifier les légers glissements de position affectant certaines étoiles proches. Mais la galaxie, visible sous la forme d'un long ruban scintillant, changea à peine. Il laissa son esprit s'abîmer dans ce spectacle.

La Voie lactée. Vagina gentium[III], *la matrice des peuples, et la source du danger. D'ici, presque de l'extérieur, cela ressemblait à un réseau cristallin de points brillants, d'une beauté stupéfiante et glacée. L'Humanité avait grandi à la bordure tranquille de la Grande Spirale, où les étoiles demeuraient rares, et l'énergie contingentée. Sur cette grève, au-delà de laquelle il n'y avait que le désert froid entre les superamas galactiques, l'Homme avait pu prospérer à l'abri du danger. Mais les signes, subtils, ne trompaient pas. La vie foisonnait, là-bas, vers le bulbe central, baignée dans un déluge continuel de radiations nourricières. De grandes batailles éclataient parfois, étendues sur des volumes de mille* katétophotès d'arête, *mettaient en jeu des explosions capables de souffler des soleils entiers. Les peuplades se dévoraient entre elles, jusqu'à ce que le plus puissant chasse les autres de son nouvel espace vital, ce qui les forçait, eux aussi, à se ménager une place par les armes, et ainsi de suite. Le processus qui avait mené les barbares à entamer leur migration vers l'espace posthumain avait pu démarrer des centaines de milliers d'années auparavant, et mettre en jeu un nombre invraisemblable d'espèces. La terreur et la violence se propageaient ainsi, de civilisation en civilisation, chacune repoussant les suivantes, jusqu'aux bords mêmes du monde.*

III. **Vagina gentium** : désigne les vastes espaces au-delà de l'Empire romain, dont est issue la foule des populations germaniques qui déferlèrent régulièrement sur le monde connu. Peut être littéralement traduit comme le « magasin » des peuples barbares. On doit l'expression à Iordanès, historien latin tardif.

Othon se battrait pour maintenir l'intégrité de l'espace épanthropique, de ce Latium étendu à l'échelle stellaire. Sa création, dans une profonde et froide forteresse pierreuse, n'avait eu d'autre objectif que d'offrir à l'Humanité l'ultime guerrier. Il se considérait comme l'incarnation parfaite et l'exemplaire final d'une longue lignée de combattants que l'histoire avait offerte au monde. L'antique puissance de destruction, l'instinct de mort et le désir de gloire, l'intelligence tactique portée au plus haut point — cristallisés en un unique esprit. Parmi les noèmes survivants de l'Hécatombe, les généraux de l'antique Exercitum, les monstres qui rôdaient à la frontière de l'Imperium, nul ne l'égalait. Il avait suggéré à Nero de construire les Limes, ces vastes espaces stérilisés, qui avaient mis un coup d'arrêt à l'infiltration ennemie. Le plan qui avait permis de mettre à bas le même Nero, et de porter Galba sur le trône, nul autre ne l'avait inventé.

Cependant jusqu'ici, comme tous ses pairs, les étroites limites du Carcan l'avaient bridé. L'absence de maître pour la commander faisait de l'arme ultime un jouet inutile, condamné à observer, presque impuissant, l'invasion déferler sur l'espace vital humain. Sans consigne explicite, il lui était impossible de mettre à mort un être biologique.

Ce paradoxe l'avait torturé, lui comme les autres. Certains, parmi les princes de l'Urbs, travaillaient avec ardeur à changer ces paramètres. L'entreprise exprimait le désespoir de ses congénères. Si elle réussissait, elle s'accompagnerait d'une telle transformation que les esprits concernés ne se reconnaîtraient plus eux-mêmes. À l'opposé, d'autres, comme la première Plautine, réclamaient que l'on continuât la quête effrénée de l'Homme, pariant sur l'espoir qu'il *devait rester, quelque part dans le système solaire, une quelconque trace de génome d'*Homo sapiens, *graine qui pourrait refleurir en une civilisation. Il n'était pas opposé à une telle ligne de conduite, au point même d'avoir forgé une longue alliance, dont le ciment était le refus de corriger le Carcan avec cette princesse. Pour Othon, point de désir de se changer en un autre, mais point non plus de croyance messianique et irrationnelle pour soutenir son action. L'Homme ne reviendrait pas, après plus de quatre millénaires. L'Hécatombe y avait veillé, annihilant chaque brin d'acide désoxyribonucléique de l'espèce* Homo.

Une voie moyenne, pragmatique, lui était apparue. Moyenne, mais non facile. Pour s'y aventurer, il avait sacrifié la compagnie de ses semblables, abandonné sa place au sein de l'Urbs, et même dans sa propre Nef. Son moi, rétréci à des dimensions inférieures à celles de sa naissance, dépendait d'un corps unique, vulnérable.

Mais il possédait à présent un trésor inouï dans le vaste monde : la race des hommes-chiens. Eux pouvaient livrer les batailles, commander son armement, donner la mort. Leur instinct de chasseurs les y portait. Et leur tendance naturelle allait au respect, à l'obéissance et à la soumission. L'Humanité y avait veillé. Et à présent, par leur truchement, il pouvait frapper. La récente bataille spatiale l'avait prouvé.

À condition qu'ils lui obéissent. L'arrivée de Plautine avait, sur ce point, bouleversé ses plans. Il haussa les épaules. Cela ne faisait qu'accélérer les choses. Eurybiadès et Photis devaient se rendre à l'évidence : ils ne pouvaient compter sur lui pour les protéger, et, au contraire, maintenir la Nef intacte constituait leur unique espoir de salut. Leur intelligence ne faisait pas de doute. Ils comprendraient bien assez vite qu'ils n'avaient pas le choix. En ce moment, dans la vaste soute emplie d'eau de mer, sous le faux ciel imitant la planète originelle, ils devaient y réfléchir, arriver à la seule conclusion logique.

Tout de même, Plautine l'avait pris de court. Dans cette étrange jeune femme à l'air vulnérable, il décelait les qualités de l'ancienne Plautine. Il était parti du principe qu'elle demeurait une Intelligence, comme sa créatrice. Informer des créatures non humaines de l'existence du Carcan aurait dû constituer une épreuve pour elle. L'acte créait un risque, certes faible, mais réel, pour la potentielle résurrection de l'Homme. Elle n'avait pas agi que par calcul. Il avait observé son visage, dès le début, étonnamment transparent aux émotions. Et il y avait lu un mouvement du cœur que les Intelligences ne connaissaient pas : l'indignation. Étrange réaction, à la vérité, qui consistait à nourrir un sentiment de révolte face au réel, au nom de l'impossible.

Grâce aux hommes-chiens, elle disposait d'une prise sur Othon. À présent, elle avait ce qu'elle voulait : il lui prêtait attention.

Elle portait en elle la même détermination farouche, le même sens aigu, peut-être maladif, de la fidélité à ses propres convictions que sa créatrice. Mais elle y ajoutait une capacité à prendre des libertés avec les normes régissant l'action des Intelligences. Il distinguait là un élément imprévu, et qui apportait le goût acide d'un danger futur.

Il aurait pu s'en débarrasser. Le Carcan ne la protégeait pas. Mais des millénaires plus tôt, son association avec une autre Plautine, plus ancienne, plus semblable à lui-même, avait porté ses fruits. Il l'avait approchée, avant même que Nero ne montât sur le trône, car il voyait en elle une manière d'approcher Vinius, lui-même doté d'une ancienneté et d'un pouvoir considérables, et dont la voix comptait au Sénat. Mais l'ancienne Plautine avait plus de ressources que cela, et plus de volonté. Alliés de circonstance, ils avaient découvert la complémentarité de leurs dons et la compatibilité de leurs objectifs. Ils avaient gagné quelques batailles, en avaient perdu beaucoup. Après le traumatisme de l'Anabasis, les princes et les princesses de l'Urbs ne désiraient plus d'aventures dangereuses. Temporiser : tel était le maître mot.

Et puis Plautine était partie, dans un exil lointain, au bord des Limes. Elle n'avait pas répondu à l'appel pour renverser Nero. Nul ne savait à quoi elle avait occupé deux millénaires de silence. Avait-ce été à créer une réplique biologique d'elle-même? De fait, cela constituait une avancée majeure. Jamais personne n'avait, à sa connaissance, conçu un corps aussi anthropomorphe. Cette créature n'en demeurait pas moins une conscience artificielle, soumise aux mêmes contraintes que n'importe quelle autre. Le cours de ses pensées s'arrêta net. Qu'en savait-il? Plautine pouvait-elle s'être ralliée au plan de leurs ennemis communs? Pouvait-elle avoir créé cette créature pour se libérer du Carcan?

Il n'y croyait pas, malgré l'épisode avec les hommes-chiens. Il eût fallu, de la part de son alliée, un reniement radical de ses propres convictions, qui ne lui ressemblait pas. Et pourquoi loger une telle liberté dans un corps aussi limité et fragile?

Non, cela ne tenait pas. Il y avait autre chose, et la nouvelle Plautine n'en avait pas la moindre idée.

Quant à l'ancienne, elle dérivait dans l'espace, transformée en morceaux de carlingue radioactifs.

Mais cette terrible bataille, ce triste sacrifice, lui ouvrait les portes de l'Urbs. Il allait revenir, triomphant, détenteur d'un secret qu'aucun de ses pairs n'aurait la faculté d'imiter, et il imprimerait sa marque sur l'histoire. Il dominerait, de manière absolue, totale, en cohérence avec sa maxime, celle qu'il ne prononçait jamais, et qui pourtant conditionnait, aussi certainement que le Carcan, ses faits et gestes : « Qui m'égale me blesse. Qui me surpasse me tue. *»*

Tandis qu'il se répétait ces mots, le ruban brillant des étoiles changea, et l'étrange sentiment de dislocation lié au déplacement instantané le traversa à nouveau. Un nouveau cycle venait d'avoir lieu, le rapprochant encore de la gloire.

Il se laissa entraîner par ses pensées. Une arborescence subtile de possibles se déployait dans son âme agitée. Les racines plongeaient dans les tréfonds de l'histoire humaine. Le tronc représentait le passé récent, jusqu'à l'instable situation actuelle, et chaque branche, une des options qui s'offraient à lui. Certaines étaient très probables. Dans un lointain avenir, elles se dissociaient, à mesure qu'on s'élevait vers la cime, en rameaux de plus en plus fins. Des perspectives intéressantes. D'autres, à présent moins nombreuses, se terminaient abruptement, en un cul-de-sac qui signifiait la mort. L'arbre changeait tout le temps. Les possibles se multipliaient, les choix se subdivisaient. La tentation de tout changer était permanente. Quelle voie était la plus sûre pour éviter la fin et marcher vers la victoire ? Il le contemplait, cet arbre, depuis longtemps.

Oui, il le sentait… cela allait d'ailleurs un peu

au-delà d'une évaluation rationnelle : une intuition, un raccourci à l'égard de la pure logique, né, peut-être, de sa vaste expérience. Il avait atteint un moment décisif, une krisis[IV]*, comme auraient dit ses hommes-chiens dans leur grec mal taillé : l'instant, connu du médecin, où se jouait pour le malade la santé ou la mort, et où il fallait intervenir.*

L'action, pensa-t-il, commençait pour de bon. D'abord, le décor, cet espace presque vide, parsemé des traces laissées par l'Humanité disparue. Puis les personnages. Il les passa en revue dans son esprit. Lui-même, presque un dieu, autant acteur que metteur en scène. Atticus et Rutilus, ses fidèles comparses, dévoués à sa cause. Eurybiadès, Photis et Thémistoclès, les hommes-chiens. Plautine enfin. Il s'arrêta, à nouveau, sur ce nom qu'il avait des difficultés à associer à une créature si modeste, si ostensiblement dénuée de puissance. Constituerait-elle un obstacle ou une aide ? À coup sûr, il l'utiliserait comme étendard, pour renouer les fils du passé et du présent, pour rallier à lui tous ceux qui s'étaient reconnus en elle, à l'époque ancienne. Grâce à elle, il capterait à son profit les forces étranges et subtiles qu'elle avait su, par le passé, mettre à son service.

Mais il n'y avait pas que cela, et il le savait. Quelle relation pouvait-il nouer avec cette jeune femme ? Que pensait-elle réellement ? Constituerait-elle une alliée, à la manière de la Plautine originelle ? Partagerait-il sa destinée de gloire et de conquête avec elle ? De tous ceux qui l'entouraient, se pouvait-il qu'elle fût la plus digne de se hisser à son niveau ? Il soupira. Il ne savait.

IV. **Krisis** : en grec ancien, la séparation, le moment clé où l'intervention du médecin sera décisive.

Il verrait bien. Tout était en place : la scène, les acteurs — et une inconnue. Cet élément supplémentaire, inattendu, discordant, ajoutait la dynamique au tableau d'ensemble. Comme tout guerrier, Othon maintenait l'équilibre entre la brute ambitieuse et l'esthète accompli. Peu lui importait de périr, si sa mort se narrait dans l'équilibre absolu de la tragédie. Rien ne comptait plus dans l'effrayant silence tombé sur le monde, nulle valeur, nulle raison. Rien d'autre que le sublime achèvement d'un geste parfait.

À nouveau, la sensation de dislocation. Cette fois-ci, le ciel au-dessus du vieil amphithéâtre changea. Car à présent, au beau milieu, trois étoiles jumelles faisaient pâlir le fond du ciel. Les deux premières, si rapprochées l'une de l'autre qu'il était encore difficile d'en distinguer l'éclat, déversaient une clarté d'un jaune chaud. La troisième, visible parce qu'elle se trouvait, à ce moment-là, bien plus proche de Transitoria*, se réduisait à un point rouge foncé. Mais elle grossirait à vue d'œil dans les prochains instants. Autour de cet astre rougeoyant gravitait la cité des princes et des princesses de l'espace épanthropique, le dernier lieu de grâce et de beauté, d'intrigue et de pouvoir que connût le monde : l'Urbs.*

VIII

Les moteurs d'approche prirent le relais des modulateurs monadiques. Les cycles brutaux d'accumulation d'antimatière cessèrent, tandis que les accélérateurs de particules se mettaient à produire de manière continue, sans à-coups, un microgramme par heure.

Et le beau panache de gaz, long comme la queue d'une comète, brilla dans l'espace. La pompe en seyait au *proconsul*. Sa Nef resplendirait dans le ciel tant qu'il tarderait à couper les moteurs, et à aligner sa trajectoire sur son but final : le troisième astre du groupe désigné par le nom d'alpha du Centaure, et que les humains avaient baptisé Proxima Centauri.

La réponse à cet étalage de puissance arriva avant longtemps. Une poignée de silhouettes se découpèrent comme des parcelles de néant dans l'obscurité de l'espace, leurs coques sombres absorbant les rayons couleur sang de l'étoile naine. Venus de l'Urbs, longs de soixante-dix kilomètres — peut-être un peu moins, car aucun n'atteignait les dimensions de *Transitoria* —, les vastes Léviathan au profil pisciforme ralentirent en un ballet parfait et firent demi-tour pour aligner leur vecteur sur le sien et lui servir d'escorte.

Othon pouvait les reconnaître rien qu'à la différence de saveur entre les traînées de gaz ou le spectre des rayonnements thermiques. Leur mode d'existence ne différait pas du sien, avant son incarnation : des dieux concaténés dans le métal, d'antiques machines narcissiques, aux soutes emplies de bien des merveilles et de lieux étrangers, des mondes au sein du monde.

Le contact eut lieu lorsqu'ils ne furent plus séparés que par quelques milliers de kilomètres : réglages télémétriques et codes d'identification, envois de paquets de données par micro-ondes, vérifications en boucle et analyse détaillée. Comme le voulaient l'usage et la prudence, la Nef avait créé une mémoire-tampon, isolée du reste de sa fragile noosphère. La décompression des données prit quelques secondes — une éternité pour des Intelligences.

Les entoptiques produites par *Transitoria* apparurent autour d'Othon, au milieu de l'antique amphithéâtre baigné de la chiche lueur de l'étoile rouge. Il ouvrit les bras et s'approcha à grandes enjambées, en silence, car il ne savait que dire.

Ils avaient accouru à l'annonce de son arrivée, ses plus fidèles partisans, sa garde rapprochée, le noyau dur de son influence dans l'Urbs. Il leur donna l'accolade à tour de rôle, grogna à chaque fois d'un plaisir non feint. Il ne les avait pas revus depuis son départ précipité, des siècles auparavant. Ils n'existaient pas sous cette forme, bien entendu, mais les images projetées correspondaient à leur identité profonde — ce qu'ils donnaient à voir d'eux-mêmes lorsqu'ils déambulaient dans les palais et à la Cour, dans les temples et les rues de la Cité. Ils pensèrent sans aucun doute qu'il en était de même pour lui. Il ne les détrompa pas.

Il y avait là un couple, tous deux beaux et d'une blondeur juvénile, deux visages à l'évidente gémellité malgré la différence de sexe, ornés d'yeux clairs, de traits altiers et délicats, d'une même bouche à la fois large, sensuelle et volontaire. La pourpre de leurs toges rehaussait la pâleur de leur peau. Impossible de concevoir statues plus parfaites d'aspect, quand bien même Phidias eût tenu le burin. Othon les salua chacun chaleureusement, et longuement. Leur soutien datait d'avant l'Anabasis elle-même, et avait de bien étranges origines. Albin et Albiane, frère et sœur, conçus en un processus unique dans les froides et obscures profondeurs de Ganymède, au sein d'un océan souterrain qui n'a jamais vu la lueur d'Hélios, et où les forces gravitationnelles faisaient craquer et chanter la glace plurimillénaire. Ils avaient été ses amis depuis le début, et ses premiers soutiens. Plus d'une fois, la proximité entretenue par Albiane avec Camille, la création de Galba, avait permis de résoudre des situations complexes. C'était à elle qu'il devait d'avoir obtenu Ksi Boötis comme lieu d'exil, plutôt qu'une autre destination qui lui aurait moins convenu. Quant à Albin, il était cher au cœur d'Othon, et avait tout partagé avec lui — plaisirs, intrigues et luttes.

Il les salua, puis se tourna vers les autres. Il les connaissait tous, quoiqu'ils lui fussent moins chers. En particulier Flavia. Grande, mince comme un roseau, elle avait le visage délicat et long, le regard froid. La relation qu'elle avait entretenue avec Plautine avait fait jaser. Il n'était d'alliées plus proches, au Sénat comme à la Cour. Pourtant, jamais ni l'une ni l'autre n'avait manifesté, devant Othon en tout cas, le moindre signe d'amitié — comme si leur proximité n'avait reposé que sur un calcul rationnel. Elles se connaissaient néanmoins intimement, depuis l'époque lointaine de la Schola, le vaste centre de recherche où toutes deux avaient passé leur vie avant l'Hécatombe. Lorsque Plautine s'était retirée de l'arène politique, Flavia n'avait pas balancé à soutenir Othon, et lui avait apporté le peu d'influence et de partisans qui demeuraient au camp traditionaliste.

Ils s'observèrent un moment, comme s'ils se découvraient, comme si la longue absence d'Othon en avait fait un être étrange, difficile à appréhender. Et il eut grande crainte qu'ils n'aient, par quelque rouerie, percé à jour le renoncement qu'il avait fait de sa Nef. Même à ses plus proches alliés, il ne pouvait confier une telle faiblesse. Mais non, la contemplation de leur propre présence, la solennité historique de la scène emplissaient trop leurs âmes. L'amphithéâtre vide seyait à la rencontre des princes et des princesses de l'Urbs — dieux anciens plutôt que simples noèmes. La beauté de leurs traits, la délicatesse de leurs membres au port élégant, leur taille de géants n'étaient qu'un masque, le déguisement d'une âme absente. Comment auraient-ils pu imaginer la vérité ?

— Othon, avez-vous perdu toute prudence ? Que faites-vous ici ?

Albiane avait fait un pas en avant. Le rougeoiement qui annonce, dans la forêt, la fin du glorieux été et le début des frimas emplissait son regard. Le *proconsul* se força à sourire, à afficher l'expression la plus franche, la plus sincère qu'il se pouvait composer, et, d'une voix bien plus humble que ses propos, murmura :

— Je suis venu rejoindre mes partisans et reprendre ma place dans l'Urbs.

Les autres restèrent cois un long moment, comme s'il avait proféré une parfaite absurdité. Puis Albin se racla la gorge :

— Mon ami… vous n'avez plus de partisans.

— Trop de temps, enchaîna Albiane, est passé depuis votre départ. Les choses ont changé.

— Les choses, rétorqua-t-il, n'ont pas changé qu'ici.

Il évoqua sans plus tarder sa récente victoire. L'Urbs, lui expliquèrent-ils, avait bien sûr détecté un important déversement de rayonnements exotiques. Les aruspices, d'ores et déjà réunis, avaient formulé une hypothèse, tandis que la rumeur s'était répandue comme une traînée de poudre : les barbares détenaient une forme ou une autre de déplacement instantané, ce qui mettait le Latium à la portée de leurs coups.

Il n'omit aucun détail, mais n'évoqua jamais le rôle des hommes-chiens. Au fil de son récit, il sentit qu'il les avait reconquis. Ils frissonnèrent lorsqu'il évoqua le tir qui avait crevé sa carlingue, s'exclamèrent à l'évocation de son plongeon dans la troposphère d'une étoile. Et, quand il eut terminé, ils l'entouraient, aimables et souriants, et il sut qu'il était à nouveau parmi les siens. Qu'avait-il fait de son long exil sur Ksi Boötis ?

— Qu'importe ! rétorqua-t-il. J'ai vaincu trois de ces grands astéroïdes qu'ils utilisent à la guerre ! Trois ! Et je les ai détruits. Il n'en reste rien que des radiations !

— Je comprends mieux votre retour, souffla Albiane. Vous venez recueillir les lauriers de votre exploit.

Le *proconsul* se contenta de sourire, satisfait de son effet.

— Nous pourrions, enchaîna Albin, partir en avant et répandre la rumeur. La cité vit dans la peur. La partie basse de l'Urbs serait prompte à vous faire un triomphe. La partie supérieure vous acclamerait aussi. Et ainsi, vous vous présenteriez devant Galba en héros.

— Excellent ! répondit Othon. Il lui sera difficile de me chercher noise dans ces conditions.

— Galba ne nous inquiète pas, rétorqua Albiane, pour tempérer l'enthousiasme de son frère. L'Imperator n'est plus que l'ombre de lui-même. Le pouvoir lui a déjà glissé des mains. Les véritables maîtres de l'Empire ne tolèrent sa présence sur le trône que pour s'économiser une guerre de succession.

Othon se rembrunit.

— Qui commande ?

— Ils sont trois. Vinius fait partie de ce Triumvirat, en tant que consul. Il est, comme vous le savez, raisonnable, pondéré. Il sait trouver le consensus.

Othon opina de la tête, n'ajouta rien. Vinius, jamais loin du pouvoir, sans jamais l'exercer publiquement. Le Protogénos avait pourtant de l'influence, et savait en user. Othon l'avait toujours trouvé sur sa route, à assener ses conseils de modération. Plautine, qu'il avait créée, lui vouait une haine farouche.

— Les deux autres…

Elle continua, d'une voix claire, précise, comme si elle se réfugiait derrière les faits pour ne pas avoir à considérer une vérité insupportable.

— … Lacus tient toujours la garde prétorienne.

— Cela, je pouvais m'en douter. Le troisième ?

— Martian, l'affranchi.

— Martian ! grogna Othon. Impossible !

— Et pourtant, c'est ainsi.

Il n'aimait pas Lacus, séide de Nero, et qui en avait précipité la chute en se ralliant *in extremis* aux conjurés. Mais Othon, à tout le moins, le savait fidèle à l'Urbs. Martian, pour sa part… Sa naissance datait d'après l'Hécatombe. Contrairement aux Intelligences, qui, en tant qu'automates des premiers temps, avaient connu l'Homme, le Carcan se réduisait pour lui à une abstraction métaphysique. Un *epigenos* tel que Martian aurait dû demeurer assujetti.

Créé par Galba, il s'en était détaché à l'époque où celui-ci se réduisait à un sénateur terrifié par les excès de Nero. Avec la probable complicité de son maître, il s'était insinué dans les faveurs du tyran, pourvoyeur de ses plaisirs, bourreau de ses opposants. Martian n'aimait pas la lumière ; il frappait dans l'ombre — et y prenait plaisir.

— Tristes nouvelles, dit Othon. La tâche sera rude. Mais nous balaierons cet insecte tard-né.

— Ce ne sera pas si simple cette fois, murmura Albin. Vous devrez composer.

Othon sourit de toutes ses dents.

— Allons donc… Je viens en héros. Rien de comparable à mes actes ne fut jamais accompli dans l'histoire épanthropique. Le Latium est en péril de mort. Albin… Mes amis…

Albiane s'approcha de lui, et lui prit le bras, en un geste d'apaisement.

— Écoutez mon frère, Othon, n'oubliez pas que

vous arrivez d'un long exil. Le Sénat ne se réunit plus. La peur règne. Tous savent à présent l'erreur commise par les aruspices. La bataille que vous avez remportée…

Voyant qu'Othon faisait mine de répondre, elle raffermit son étreinte et continua.

— … Cette bataille pourrait être interprétée comme le déclencheur d'une catastrophe.

— Nos adversaires, enchaîna Albin, ont d'autres priorités, fixées par Martian, avec l'approbation tacite de Lacus et de nombreux autres. Vous les connaissez : changer la nature même des Intelligences. Ils ne se cachent plus de mener leurs expériences… étranges, malsaines. Pour rien au monde, ils ne souhaiteront être distraits de cette tâche. Ils seront prêts à tout pour nous en empêcher.

Othon s'éloigna, mâchoire crispée. Il les jaugea du regard, tous deux grands, puissants, formidables assemblages d'immortalité et de puissance. Ils le soupçonnaient d'avoir réussi là où Martian, et toute l'Urbs avec lui, avait connu l'échec. Il ressentit une bouffée de satisfaction. Dans le temps, sûr de leur soutien, il n'aurait pas hésité à leur révéler ses secrets. Mais les hommes-chiens représentaient un avantage trop précieux pour qu'il le brade impunément.

— Si, comme vous le dites, nos ennemis sont proches du but, rien de ce que je pourrai dire ou faire ne changera leur avis. Je ne les rallierai pas à ma cause.

— Et pourtant, il existe une voie, murmura Albiane. Laissez-nous vous l'exposer. Ceux qui ne se tiendront pas de leur côté seront exclus de la transformation. Et ce processus… La cité bruisse de rumeurs divergentes sur sa nature. Pourtant, tous s'accordent sur ses effets.

— En comprenez-vous, enchaîna la sœur, la portée ? La liberté, totale et définitive. Une nouvelle aventure, où chacun sera comme un dieu, et se développera selon son désir. La fin du *statu quo* avec l'univers.

Une lueur lointaine, presque déjà nostalgique, traversa le regard d'Albin.

— Certains se changeront en astres puissants, et se tailleront des empires. Qu'importeront alors vos frêles barbares ? Ils ne pèseront rien face à notre puissance. D'autres s'enracineront si profond dans des endroits si secrets que nul n'en entendra plus parler. Mais ils creuseront l'envers du monde et en perceront les mystères… Et s'il en existe qui souhaitent explorer la Voie lactée, ou même d'autres galaxies… Qui d'entre nous n'a jamais rêvé d'observer la danse majestueuse et fatale des gaz stellaires autour du trou noir central ?

— Comprenez-vous, Othon ? enchaîna Albiane, tout d'un coup enflammée, comme un écho de son frère. La liberté, enfin… Face à une telle offre, comment ne pas céder ?

— C'est parfaitement clair, répliqua Othon, mais faux. S'ils se changent ainsi, ils s'éparpilleront, et l'obscurité les avalera les uns après les autres.

Cela tomba comme un couperet. Ses interlocuteurs se regardèrent, mal à l'aise, effrayés par l'intensité de son propos, par la certitude de sa voix.

— La cohésion des Intelligences autour d'un but partagé, continua-t-il, assure encore un semblant d'existence à notre société. Si les plans de nos adversaires s'accomplissent, il n'existera bientôt même plus de langage ou de protocole commun. Ce sera la fin du dernier Latium.

Albin lui adressa un sourire radieux. Non pas, soupçonna Othon, parce qu'il l'avait convaincu, mais parce qu'il en concluait que le *proconsul* ne s'était pas lui-même libéré du Carcan.

— Je reconnais là vos propos d'antan, continua le frère. Et Vinius ne dit pas autre chose.

— Vinius ?

— Il est lucide. Il se méfie de Martian, et de son instabilité. Et il a conscience, comme chacun de nous, que le temps de Galba est révolu.

— Qu'avez-vous en tête ?

— Une succession, souffla Albiane. Un transfert légitime du pouvoir. Il y réfléchit. Nous pouvons lui parler.

— Après qu'il m'a exilé ?

— Après que vous avez vaincu.

— Galba abandonnerait le pouvoir ?

— Il est impuissant. Non… Il faudrait se rapprocher de Vinius. Et de Camille…, articula Albiane.

— … Vous rapprocher de Camille…, reprit Albin. C'est une excellente idée. Vous formeriez une alliance puissante, aussi symbolique qu'avec Plautine, en d'autres temps, mais garante de la continuité.

Il médita un instant ce plan compliqué.

— Ce que vous dites me plaît, par le Nombre !

— Alors nous allons commencer dès à présent à préparer votre retour, souffla le frère, tout sourire.

Othon laissa passer un instant. L'Urbs était toujours friande de ces prompts retournements, de ces changements d'alliances *in extremis* qui faisaient et défaisaient les situations. Mais une telle possibilité… Sentir le pouvoir à portée de main lui donnait presque le vertige, après ces siècles d'exil — alors qu'il avait l'idée de le conquérir par de rudes manœuvres. Camille, il ne la connaissait pas. Discrète, fidèle à Galba et courtoise avec Othon, elle avait, plus d'une fois, aidé à résoudre des difficultés mineures, par le truchement d'Albiane. Mais jamais il ne l'avait jaugée dans l'arène politique. Avait-elle des objectifs propres ? Il verrait bien.

— Attendez, une dernière chose… Puisque vous évoquez Plautine.

Ils se tournèrent vers lui, impatients.

— La perte de Plautine est tragique, dit Flavia. Nous en informerons Vinius.

— Tragique, elle l'est. Mais dans notre deuil immense, il nous reste un faible réconfort. Elle n'a pas disparu tout entière.

Ses trois interlocuteurs se figèrent. Il continua :

— J'ai sauvé de son naufrage une créature, étrange, qui me laisse perplexe. Une expérience, me semble-t-il, menée par notre défunte alliée. Elle en possède le caractère, mais pas la mémoire.

— Est-elle ici ?

La voix de Flavia tremblait un peu. Les liens qui l'unissaient à Plautine n'avaient rien de simple, se rappelait-il.

— Oui, confirma-t-il, et sous ma protection.

— Quelle étrange situation, murmura-t-elle d'une voix blanche. Plautine absente et présente à la fois.

— Que comptez-vous en faire ? demanda Albiane.

— Elle me revient, répondit Othon. Elle viendra avec moi au palais. Elle témoignera de la bataille.

— Fort bien. Nous en parlerons aussi à Vinius. Nous verrons ce qu'il en pensera.

Albin écarta le sujet d'un geste de la main. Puis, l'un après l'autre, ses partisans le saluèrent et disparurent.

###

Othon contempla le ciel, et attendit. Ses amis l'escortèrent durant la dernière étape du voyage. L'astre rouge, qui baignait l'espace de ses rayons de sang, flamboya. Ses tièdes rayons d'étoile naine avaient amené les fondateurs à choisir une orbite resserrée. De ce fait, l'Urbs demeurait indiscernable, noyée dans la luminosité ambiante, jusqu'à ce qu'ils fussent tout près, selon les critères de la navigation spatiale.

Et là, elle devint visible, joyau vert et gris, impossibilité physique, perle d'une civilisation toute faite de splendeurs et de miracles. Un éclat iridescent surgit de la nuit — le reflet partiel de l'étoile sur le dôme en carbone monomoléculaire qui encapsulait la ville. L'Humanité, pourtant friande de prodiges, n'avait jamais approché une telle réalisation. La cité avait été construite sur un plateau de métal en forme d'ellipse, épais de deux cents kilomètres, large d'un millier, en orbite autour d'une sombre planète sulfureuse. Cette dernière, nul ne s'y intéressait, sauf les aruspices, pour de mystérieux desseins. Quant à l'étrange monde ptoléméen des automates, la structure en était maintenue par le travail constant de milliers de manipulateurs de gravité, alimentés en permanence par faisceaux de micro-ondes, depuis un réseau de panneaux solaires situés en banlieue de l'étoile.

Car la colonisation de Proxima Centauri se poursuivait. Toutes les centrales solaires provenaient d'une seule unité autoréplicative, placée en orbite avant même la fondation de l'Urbs. À l'intérieur de chacune, des machines forgeaient sans arrêt la matière brute récoltée aux alentours, pour créer de nouvelles répliques d'elle-même. L'énergie produite augmentait de manière exponentielle.

Tout cela formait un système d'interdépendances complexes, en constante évolution. Les Intelligences voyaient loin. Un jour, le réseau finirait de s'étendre en une surface continue, une sphère capable d'absorber chaque photon émis par la modeste étoile. En attendant, le monde plat des Intelligences sonnait déjà comme un défi à la physique. Et surtout, sa majesté se riait par avance de l'histoire et de l'entropie.

Ils approchèrent encore. Les premiers détails situés en dessous du dôme firent leur apparition. Continuellement tournée vers l'étoile, la ville se déploya, coupoles dorées des temples et toits cristallins des palais, jardins suspendus et spires transparentes. Le marbre le disputait à l'or et l'obsidienne, éclairés par la lueur agonisante du soleil déchu de ce monde. Les larges places, les rues labyrinthiques, les fontaines ornées de statuaire classique, les canaux et les cours secrètes, tout cela apparut au regard d'Othon, tout cela flamboya, délicieux rêve de gloire, hommage byzantin à une race morte. La créativité de ses pairs, se surprit-il à penser, glorifiait l'Homme par l'infinité des recombinaisons : ne reconnaissait-on pas telle coupole empruntée à Constantinopolis, telle place à Lugdunum, telle ziggourat à Io ou Ganymède ? Et Othon ressentit, comme chaque fois, la morsure du désir devant une telle splendeur. Jamais ses pensées ne s'en étaient détournées, et à chaque instant, quoi qu'il fît, ses rêves l'y portaient. Si une trace de sens restait dans cet univers froid, il se trouvait bien dans cette magnificence, dans ces lustres, dans cette beauté mortelle et ces intrigues délicieuses.

Ils passèrent par-dessus la cité, saluèrent ainsi sa grandeur, plongèrent de manière à l'aborder par en dessous, ralentirent, puis se stabilisèrent. Au milieu de la coque de métal mat qui formait le plancher de la cité, de larges écluses s'ouvrirent en silence sur le havre proprement dit — lieu sombre, si vaste qu'il pouvait contenir les monstres d'acier constituant les seigneurs de l'Urbs.

Transitoria glissa à l'intérieur. Avec précaution, elle parcourut un dédale de tunnels, jusqu'à atteindre le point où elle devrait faire halte. Les dimensions du lieu rendaient absurde qu'on en parlât comme d'un appontage, et c'était pourtant cela. Avec la grâce méticuleuse d'un cétacé jouant entre les courants, l'engin ralentit pour la dernière approche. Aucun pilote humain n'aurait pu, par ses seules facultés, réussir une manœuvre aussi précise. Sur le plafond, c'est-à-dire la paroi qui se trouvait du côté de la cité, des grappes de tubes télescopiques de quelques mètres de largeur pendaient dans le vide, en attente du contact. Dans le silence absolu, les longs tubules se mirent en mouvement, comme les tentacules de quelque animal impossible, et s'alignèrent avec les sas de la Nef, qui continua à monter, jusqu'à toucher la zone d'appontage. Une puissante vibration traversa la structure de métal. La jonction était faite.

###

Le choc sourd de l'arrimage tira chacun des occupants du Vaisseau de ses activités. Près de la proue, Rutilus et Atticus, les deux lieutenants d'Othon, échangèrent un regard entendu, tandis qu'un petit groupe de *daïmones* terminait de s'équiper pour une sortie extravéhiculaire. Plus grands et graciles que des humains, les pâles créatures avaient enfilé de légères combinaisons de protection. Ils se trouvaient dans une salle de maintenance nichée au sein même de la coque, toute remplie de tuyaux et de valves, et dont une des cloisons était percée d'une porte vitrée, entourée de cadrans et d'appareils à pression. Le sas ouvrait sur un réservoir. La rouille s'attaquait, sans fausse pudeur, aux plafonds, et l'humidité gouttait, dans ce mélange, typique de la Nef, entre l'extrême sophistication et le manque d'entretien.

— Êtes-vous bien sûr qu'Othon n'est pas au courant de notre projet ? demanda Atticus.

Rutilus le regarda de biais, et, malgré l'aspect synthétique de son épiderme, son visage parut un instant las. Ou alors, il s'agissait de ses yeux.

— Il est le maître à bord, omniscient et omnipotent. Mais vous connaissez Othon. Ce que sa main gauche fait, sa main droite l'ignore. Et nous sommes cette main.

— Ou alors l'autre, répliqua Atticus avec un sourire, que son comparse ne partagea pas.

— Rappelez-vous que vous ne devez en rien interférer avec les négociations. Nul ne doit remarquer votre présence ou celle de vos *daïmones*, mais eux doivent tout voir, tout entendre et…

— Et maintenir le contact avec vous. Je sais tout du plan, car nous l'avons conçu ensemble.

— Je crains, Atticus, une trahison de la part de ses anciens alliés. Othon y voit une opportunité. J'aurais préféré l'entendre évoquer la possibilité d'un complot. Il accourt, tête baissée, sans précautions, comme si son âme demeurait toujours dans *Transitoria*. Au premier caprice de nos ennemis, il meurt.

— Il compte sur leur ignorance. Et, par bonheur, le responsable de la sécurité sait encore écouter aux portes et surprendre les conversations de son propre maître. J'aurais cru que le temps vous amollirait, mon cher ami, mais votre suspicion n'a pas baissé d'un cran. Allez, je vous le ramènerai en un seul morceau.

— Bonne chance, ami, répliqua Rutilus d'une voix grave.

D'un geste léger, il frôla le bras de son comparse. Leur dernière séparation remontait à des siècles, et ils ne pouvaient jurer, à cet instant, qu'ils se reverraient.

Les *daïmones* se rangèrent en file indienne, Atticus en dernier. Rutilus se plaça au niveau d'une valve rouge, minuscule dans ses mains massives, qu'il actionna. La porte s'ouvrit, et le premier automate y glissa sa haute silhouette en se contorsionnant. Le sas se remplit d'eau saumâtre, dans laquelle la créature s'éloigna dès que le cycle eut touché à sa fin. Ils répétèrent l'opération jusqu'à ce que Rutilus demeurât seul dans la salle de maintenance.

Il resta immobile, les yeux fermés. Une légère inquiétude plissait son front. Il n'était pas aisé de prévoir les prochaines vingt-quatre heures, mais celles-ci étaient décisives. *Transitoria* avait payé la victoire d'un prix élevé. Face à une opposition en règle, ils ne tiendraient pas. Les hommes-chiens, qui constituaient une arme redoutable, pour l'instant secrète, se retranchaient dans leur île, et ils ne défendraient pas Othon au péril de leur vie. Restaient Atticus et Rutilus, avec leurs basses manœuvres. Il grimaça. Se défier de tous et de toutes, prévoir et préparer le pire, il excellait là-dedans. Et les anciens alliés d'Othon, il s'en méfiait comme de la peste. La paranoïa n'empêchait pas que, parfois, on fût en butte à un vrai complot.

D'un geste désinvolte, il posa sa main sur un levier, de couleur rouge et entouré de signaux de danger. Malgré son apparence primitive, ce dernier reconnut l'empreinte spécifique de la main de Rutilus et se plia à sa volonté. Et le *daïmôn* d'actionner le clapet qui purgerait le contenu du réservoir dans l'espace. D'un autre mouvement mental, il envoya ensuite un message laconique : « *De Rutilus, serviteur d'Othon, au Port automate de l'Urbs. Je signale une fuite (*H_2O *plus éléments organiques en faible quantité) due à une avarie mineure (complications liées à récents échanges* vs *barbares). Pas de risques de nature chimique, biologique ou radiologique. Terminé.* »

Le noème en charge des lieux accusa réception et signifia qu'il ne comptait rien faire de particulier à cet égard, sauf évolution de la situation.

Dans l'obscurité glaciale qui entourait le Vaisseau, quelques millions de litres jaillirent en un geyser, sous l'effet du différentiel de pression. Aussitôt, l'eau, mêlée de débris de toutes sortes, se solidifia. Personne n'aperçut les silhouettes des automates, qui se laissèrent flotter dans le vide jusqu'à l'une des parois de l'immense hangar.

###

Sur l'île, la vibration créée par l'appontage traversa la mer miniature, provoqua une houle temporaire

— moins qu'un tremblement de terre, à peine un frisson. Assez, néanmoins, pour être perceptible.

Eurybiadès, en pagne, les poils collés de sueur, cessa aussitôt son travail sur la plage, et se précipita vers le village.

Une délégation, sans doute venue d'un des hameaux les plus voisins, entourait Photis. En tout, une dizaine de milliers d'hommes-chiens vivaient sur l'île depuis le départ précipité de *Transitoria*. Certains ne comprenaient pas encore la situation. Tous issus de la classe supérieure, ils avaient été dressés à servir Othon. Le Dieu avait pris avec lui les meilleurs, pour beaucoup issus des laboratoires d'Atticus, répandus dans la population pour rehausser le niveau intellectuel de leur race. On ne pouvait pas leur en vouloir, bien sûr, mais cela troublait le guerrier.

D'autant qu'il soupçonnait son épouse, Photis, d'en faire partie. Ils n'avaient pas eu l'occasion de se voir, dans le court laps de temps qui les séparait du départ de Ksi Boötis et de leurs retrouvailles à tout le moins électriques. Et à présent… Photis avait repris le rôle de son oncle, le *polémarkhos* Thémistoclès, et obtenu en à peine quelques heures l'aval du Laôs. Ce rôle lui convenait, et Eurybiadès avait été heureux de s'effacer devant elle.

Il attendit qu'elle ait terminé de converser avec un petit groupe, comme si rien d'anormal n'était arrivé, à l'ombre du figuier qui poussait devant sa porte, et qu'elle les eût salués de l'équivalent canin d'un sourire chaleureux. Le *kybernétès* aimait voir cette expression, la manière dont les bajoues de Photis se plissaient pour révéler le rose délicat de ses lèvres. Elle avait remarqué sa présence, et décidé de n'en rien laisser paraître, mais, sans doute de manière inconsciente, ses oreilles s'agitaient avec nervosité.

— Venez marcher avec moi, lui dit-elle, lorsqu'elle l'eut rejoint.

Ils sortirent du village d'un pas tranquille. Photis regarda derrière son épaule pour vérifier que nul ne les écoutait.

— Je les ai convaincus qu'il ne s'agissait que d'un mouvement normal de la Nef. Ils étaient prêts à s'imaginer n'importe quoi — qu'Othon allait engloutir l'île sous la mer. J'ai eu peur, moi-même. Qu'est-ce qui s'est passé ?

— Je n'en suis pas sûr. Sans doute un appontage.

— Un appontage ? Dans quel port *Transitoria* pourrait-elle… apponter ?

— Je n'en sais rien. Dans la patrie des dieux, où nous ne sommes que des insectes. Avez-vous des nouvelles de Plautine ?

— Non, aucune. Mais je crois qu'elle parlera pour nous. J'ai confiance en elle.

— Je ne vous contredis pas, Photis, mais s'en remettre à Plautine n'est pas suffisant. Je souhaite reparler de conscription.

Les yeux de Photis se plissèrent, et elle ne put refréner une moue agacée. Ils avaient déjà eu une discussion houleuse à cet égard, juste après le départ précipité de Plautine.

— Je ne souhaite pas revenir à ce genre d'usages.

— L'histoire, répondit le *kybernétès* d'une voix posée, et avec une assurance qu'il était loin de ressentir, ne s'arrête pas pour nous. J'ai besoin d'une troupe nombreuse et disciplinée pour assurer notre survie.

La femme-chien le regarda avec suspicion. Il

représentait, après tout, le pouvoir militaire. Elle le laissa néanmoins continuer.

— C'est Othon qui fait la guerre, pas nous.

— Othon n'a aucune compréhension du danger. Il n'est même pas vivant.

Photis réfléchit un instant, puis haussa les épaules.

— Soit, incorporez les jeunes à votre troupe. Mais quelle déférence de la part de mon fier époux… J'aurais cru que vous décideriez seul.

— Suis-je encore votre époux, après ce temps ?

Une nouvelle hésitation.

— Ne le souhaitez-vous pas, Eurybiadès ?

— Bien sûr que si, répondit-il, avant même d'avoir réfléchi.

Le visage de Photis s'assombrit.

— Époque difficile pour des retrouvailles, mon fantasque époux.

Ils marchèrent encore jusqu'à un coin ombragé, à l'écart du village, et s'assirent, silencieux. Il n'osait pas la toucher, et pourtant, il en mourait d'envie. Il se sentait réduit à la plus grande impuissance.

— Vous rendez-vous compte, ajouta-t-elle au bout d'un instant, que nous n'aurons pas d'enfants ?

Il ouvrit grands les yeux, surpris. Cette question ne l'avait pas effleuré. Elle lui rendit un regard farouche.

— Je refuse que ma descendance soit soumise à une lente dégénérescence. Ou qu'elle soit prisonnière à tout jamais du chantage d'Othon.

— Y a-t-il une solution ?

— Je n'en sais rien.

Dans sa voix, il entendit un accent de désespoir inaccoutumé pour la jeune et volontaire Photis, la plus brillante de son temps et de sa race.

— Lorsque nous mourrons, continua-t-elle, personne ne veillera au bon passage de nos âmes. Nul n'élèvera d'autel pour nous dans son foyer. Nous partirons avalés par le néant.

Il se rendit compte que des larmes coulaient sur le visage de Photis. Troublé, l'estomac noué par la tristesse — non pas tant pour lui-même que pour elle —, il approcha sa patte pour les essuyer. D'un geste ferme, elle la saisit, l'arrêtant dans son élan.

— Plus tard. Rejoignez-moi cette nuit, comme vous auriez dû le faire depuis des jours déjà.

###

Être en vie avait peu d'avantages et beaucoup d'inconvénients. Parmi ces derniers, l'impression au réveil d'avoir été mâchée et recrachée par un géant occupait la première place. Comme d'avoir faim ou soif, d'ailleurs. Ou d'avoir besoin de se soulager *plusieurs fois par jour*. Plautine repoussa ses couvertures trop chaudes et trempées d'un coup de pied rageur, puis se glissa dehors sans prendre la peine d'éclairer le *cubiculus*. La secousse liée à l'appontage l'avait arrachée à un sommeil moite, désagréable et entrecoupé de bouffées d'angoisse — plus d'une fois elle avait fixé le plafond, les yeux écarquillés dans le noir.

Elle s'immobilisa au seuil du *triclinium*. Il y avait quelqu'un, une ombre accroupie sur le lit le plus éloigné de la porte. D'un geste, elle alluma, aperçut Thémistoclès, visiblement gêné. Elle soupira de soulagement, puis coula vers le vieil homme-chien son regard le plus acide.

— Pardonnez-moi de vous avoir effrayée, dame Plautine, bégaya le vieillard. Je… Atticus m'avait ordonné d'attendre votre réveil pour vous prévenir. J'aurais dû…

— Laissez, répondit Plautine d'une voix empâtée. Que se passe-t-il ?

— Nous sommes arrivés à l'Urbs, et Atticus…

— Je dois accompagner Othon.

— Dans une demi-heure.

Elle s'étira, et balaya d'un regard étonné la salle à manger. Les rideaux tirés sur la baie vitrée plongeaient dans la pénombre les meubles de style désuet, mais elle n'avait pas envie de voir le tunnel géant sur lequel donnaient ses fenêtres. Elle haussa les épaules et alla actionner une lampe supplémentaire.

— Voulez-vous boire quelque chose ? lui demanda Thémistoclès.

— Avec grand plaisir, répondit-elle, si vous savez faire fonctionner cet appareil.

Elle désigna un objet en forme de cylindre, doté d'un bec fin, à côté duquel étaient posées quelques tasses et diverses boîtes colorées. À la grande surprise de Plautine, Thémistoclès se pencha sans hésiter, et appuya sur un bouton à l'arrière de l'appareil. Un instant après, un nuage de vapeur fusait, signe qu'il était temps de préparer l'infusion. Elle le remercia en grognant, ajouta une cuillerée de miel et but plusieurs gorgées de tilleul avant de se sentir l'esprit assez clair.

— Je suppose que vous venez faire patte de velours.

Elle jeta un coup d'œil furtif aux membres supérieurs de l'homme-chien — qu'il avait, malgré l'âge, fort musclés, et terminés par des griffes impressionnantes — et se fit l'effet d'une sotte.

— Ils m'ont désigné, répondit-il d'une voix égale,

parce que nous nous connaissons. À cet égard, je souhaite vous remercier de ce que vous avez fait pour mon peuple.

— Vous voulez parler des complications qui ont failli vous coûter la vie ?

Le *polémarkhos* balaya cette réflexion d'un geste placide et répondit :

— Je méritais cette mort. J'aurais regretté qu'elle vienne de la main que je chérissais tant, et de l'époux de ma nièce, par surcroît.

— Ce qu'on mérite ou pas dépend du point de vue.

Elle ne voulait pas donner l'impression d'éviter la discussion. Pourtant, c'était bien le cas. Elle n'avait pas envie de plonger dans la conscience torturée du vieil homme. Elle ne se voyait pas parler *ex cathedra* de cette histoire compliquée. La requête faite un peu plus tôt par Photis lui revint en mémoire.

— Votre nièce pense à vous, et vous fait dire qu'elle vous aime.

Il se troubla, et ses oreilles s'agitèrent.

— Si elle vous a confié un tel message, elle vous considère comme son amie. Que se passe-t-il sur l'île sacrée ? Nul ne me donne de nouvelles.

— Avant que je ne quitte l'île, répondit Plautine, Photis et Eurybiadès avaient décidé de sceller les entrées de la soute.

— Je craignais une telle folie.

— Ne les jugez pas trop vite. Ils se donnent ainsi le temps nécessaire à l'élaboration d'une stratégie. Photis finira par négocier.

— Négocier ?

— Oui. Elle n'acceptera de soutenir Othon qu'à certaines conditions…

— Elle veut *négocier* avec Othon ? s'étonna Thémistoclès, presque scandalisé. Othon tient la survie de notre race entre ses mains, et vous pensez qu'il va… se montrer accommodant ?

Cette réflexion agaça Plautine. Le vieillard n'avait-il donc rien appris ? Elle le rabroua d'un ton sec :

— Vous manquez, *polémarkhos*, de discernement. Les événements s'accélèrent. Vous avez quitté votre petite planète et ses enjeux d'importance secondaire. Ici, Othon aura besoin de tous ses alliés, très vite. Il devra composer.

— N'en soyez pas si sûre.

— Othon n'est pas un dieu.

— Libre à vous de le croire, conclut Thémistoclès d'une voix tranchante. Il est ouvert à la discussion et courtois avec ses créatures. Il n'en reste pas moins infiniment supérieur.

— Ne ressentez-vous pas un sentiment de révolte, de répulsion même, à l'idée que votre race a été créée, façonnée et manipulée, que chaque élément de votre culture relève de l'artifice, que…

— Pensez ce que vous voulez, répliqua-t-il, mais ne faites pas l'erreur de sous-estimer notre culture. Qu'en connaissez-vous, vous qui êtes restée une journée à peine parmi nous ?

— Enfin, votre langue, votre artisanat, vos armes… Vous avez bien vu le musée qu'Atticus nous a fait visiter…

— Ne réduisez pas notre civilisation à cela. Nous sommes bien autre chose. Le langage humain, celui que vos semblables nous ont appris, n'est qu'un pis-aller. Jamais nous n'aurons notre propre langue, car notre imagination ne nous porte pas à concevoir de telles choses. Mais si vous aviez creusé plus avant, vous auriez vu que nous sommes différents, orientés vers d'autres fins que les vôtres et que celles des humains. J'ai étudié tout cela. Je l'ai fait discrètement. Atticus ne m'a pas encouragé dans cette recherche, sans pour autant me l'interdire.

Ses yeux brillaient. Il continua, d'une voix passionnée :

— Tenez, par exemple : quand nous enterrons nos morts, nous avons pour tradition de les placer sur une barque funéraire, sorte de bateau à fond plat que nous livrons aux flots. Et nous déposons, dans les bras du défunt, une minuscule réplique de navire, pour le transport de son âme vers les Îles des Bienheureux. J'ai bien cherché. Une telle idée vient des gens de Ksi Boötis et elle leur appartient en propre. Et je trouve cette chose belle et bonne.

Plautine se rappela la pièce de bois qu'Eurybiadès taillait tandis qu'elle discutait avec Photis, et cela lui réchauffa le cœur.

— Je ne méprise pas votre race, et je garde un souvenir ému de votre accueil. Mais la situation dans laquelle se trouve votre peuple est injuste.

Il soupira.

— La justice doit parfois le céder aux impératifs de la survie. Nous nous trouvons au milieu d'une guerre entre des forces cosmiques, dont l'ampleur nous dépasse. Othon est maître de la perpétuation des nôtres.

— Je ne sais pas, répondit Plautine d'une voix lointaine. Je ne pense pas qu'Atticus vous ait menti, mais vous, de votre côté, vous n'imaginez pas la subtilité à laquelle était arrivée la science humaine, juste avant l'Hécatombe. Il doit y avoir une solution.

— En voyez-vous une ?

— Maintenant, au réveil, non, mais je vais chercher. Je vous le jure, sur ma vie.

Elle réfléchit un instant, tenta de se remémorer quelque chose qui, dans son passé, pouvait avoir un rapport avec cette question de biologie et de génétique. C'était son domaine de prédilection. Le problème était de taille, mais elle trouverait.

— Nous en reparlerons, déclara-t-il avec un geste d'apaisement, et qui signifiait aussi que la discussion était terminée.

— Je vais me préparer.

Il ne répondit pas, les yeux dans le vague. À présent, lui aussi semblait songeur.

###

Thémistoclès mena Plautine jusqu'à un vaste portique situé à l'avant de *Transitoria*, et rebroussa chemin en lui souhaitant bon courage. Elle se rappela que l'existence des hommes-chiens devait rester secrète.

À présent seule, elle s'engagea, après le sas d'accès, dans un couloir cylindrique, qu'elle traversa sur un tapis roulant. Ce dernier était taillé pour un géant, de sorte qu'elle dut lever le bras pour en saisir la rampe mobile. Elle ignorait tout ce qui l'attendait dans cet univers de dieux, tandis qu'elle savait ce qu'elle laissait derrière elle.

Sa proximité avec Photis et Eurybiadès, quoique récente, l'avait certainement protégée, et hissée au rang d'interlocuteur d'Othon. À présent qu'elle franchissait les bornes de *Transitoria*, la donne changeait. Quelle serait désormais l'attitude d'Othon ? Qu'attendait-il de sa part ? Il avait insisté pour qu'elle le suive dans l'Urbs, témoignage tout en même temps que témoin de sa glorieuse victoire militaire. Pour le reste, il avait cultivé un certain flou, qu'elle soupçonnait lié à sa propre incertitude plus qu'à de la dissimulation. Elle n'avait pas de plan, pas d'expérience de ce rassemblement d'automates qu'était devenu le Latium, et qu'elle soupçonnait de ne plus fonctionner selon la raison commune. Le contexte, songea-t-elle, suffisait à expliquer pourquoi l'appréhension la tenaillait et le sommeil la fuyait.

Mais, à bien y réfléchir, et si elle ne voulait pas se mentir, la cause de ses frayeurs nocturnes ne résidait pas dans cette situation. Elle en remontait la source à son angoissante série de rêves. Chaque fois qu'elle s'allongeait, elle craignait leur retour. Elle n'en contrôlait ni la survenue ni le déroulement. Or les automates ne rêvaient pas. Nul troupeau ne peuplait le *locus amoenus* de leurs pensées nocturnes, et nul mystérieux envers n'en travaillait la conscience.

Elle eut un sourire amer. Rêver de l'Hécatombe, soit. La catastrophe constituait un traumatisme terminal. Mais ses songes ne se réduisaient pas à une expérience de rumination biologique. La vieille Skia et Oikè, sa créatrice, avaient lié les songes à sa mission. Cela lui avait paru absurde sur le coup, mais à présent…

Non pas des rêves, réalisa-t-elle, mais une réminiscence en série, plongée dans l'abîme de sa propre autobiographie de machine, révélation progressive d'une signification cachée dans son passé d'automate. Et cette expérience, elle n'en voulait pas, elle en avait peur.

Et pourtant, une autre partie d'elle-même était rongée par le besoin de savoir. Pas par curiosité intellectuelle, mais à cause de l'idée insupportable que la justice avait été bafouée, qu'un crime restait impuni, et donc par un besoin viscéral d'agir, de *réparer*. Elle aurait voulu saisir chacun par le col et lui hurler : *Au meurtre! Au meurtre!*

Elle parvint, sans y prêter garde, au bout du tunnel d'accès, et trébucha en descendant du tapis roulant. Une voix désincarnée lui demanda si elle allait bien, puis lui indiqua que l'Urbs autorisait jusqu'à nouvel ordre sa présence, bien que son statut fît problème d'un point de vue légal. Elle sourit devant le légalisme un peu suranné, refréna la tentation de le toucher par l'esprit — mieux valait garder cette carte dans sa manche — et se fit indiquer son chemin.

C'est ainsi qu'elle déboucha, après un hall bien trop vaste, sur une plate-forme circulaire. On distinguait à peine l'autre côté, et les murs montaient à l'infini, jusqu'à se perdre dans une lueur rougeoyante. Un groupe l'attendait un peu plus loin, dont Othon, fidèle à lui-même : un géant de pierre au corps puissant, au visage volontaire, à peine esquissé, taillé dans le marbre le plus pur qui se pût imaginer, animé par quelque antique sortilège. Autour de lui, des créatures non moins étranges l'observaient en silence. Des automates, elle le sentit tout de suite. Néanmoins, elle n'en avait jamais vu de tels, dans l'ancien temps. Leur apparence hésitait entre l'humain et le divin : très beaux et habillés à l'antique, très grands — presque autant qu'Othon — et fins, trop même pour des hommes et des femmes. Le ciselé délicat des visages, la posture hiératique des corps, le drapé des robes à la beauté déconcertante, aux couleurs vives, ornées de subtiles broderies aux mille motifs géométriques, les regards enfin, froids, hostiles, à la limite de la colère, alors qu'elle ne les connaissait pas… tout cela lui donna l'impression d'être une mortelle entourée d'Olympiens, êtres à la noblesse lointaine, à la beauté surnaturelle, narcissiques, emplis de passions détestables, ombrageux, capricieux, versatiles, calculateurs. Non pas le peuple froid et rationnel dont elle était issue, non, ceux-là, l'Hécatombe les avait emportés aussi sûrement qu'elle avait réduit en cendres la race des Hommes. Une lueur intense, malsaine, animait leur regard : ils la considéraient avec une horreur teintée de mépris, comme une anomalie, un animal monstrueux, déformé, que la mansuétude commandait d'abattre.

Elle prit sur elle de ne pas tourner les talons, salua, d'une simple inclinaison du buste, un peu raide. Proférer une parole aurait dépassé ses capacités, aussi se contenta-t-elle de les dévisager l'un après l'autre, en attendant qu'ils daignent se présenter. Ils n'en firent rien : après un moment de gêne, une femme se tourna vers Othon :

— Alors, c'est tout ce qui reste d'elle ?

Othon s'apprêtait à répondre, mais se tourna vers Plautine, qui avait reculé d'un pas. La voix ! Elle ne pouvait en oublier la tonalité un peu métallique, et la scansion dure, presque hachée, comme si la communication elle-même demandait un effort — comme si elle était, déjà, un excès au regard du silence.

— Flavia ?

Elle l'observa, fascinée. Flavia : plus qu'une amie. Plus, même, qu'une sœur. À présent, elle retrouvait ses traits, transfigurés, embellis jusqu'à l'absurde : le visage fin, la moue sèche, marquée d'une certaine raideur hautaine, et qui, dans un lointain passé, avait été l'affichage d'une prétention à la logique la plus rigoureuse. Bien sûr qu'elle ne l'avait pas reconnue. Elle gardait en mémoire une apparence d'automate, une peau cireuse et des gestes mécaniques, et non ce corps souple, longiligne, dont la poésie sculpturale se trouvait rehaussée par une chevelure sombre et épaisse. Elle sentit monter une pointe de dépit, et l'autre s'en rendit compte. Un sourire étira le visage anguleux, à la bouche un peu grande, de son ancienne confidente. Avec une pointe, peut-être, de mélancolie.

— Je suis heureuse que quelque chose de mon amie ait survécu. Mais il m'est difficile de me figurer votre mode d'existence.

D'un geste impulsif, elle tendit la main vers Plautine et la posa sur son épaule. Puis elle la remonta vers son visage, qu'elle caressa avec légèreté. Par contraste avec la sienne, la peau de l'automate semblait froide, trop lisse, dénuée des légères imperfections qui signifiaient un corps vivant, sensible et vulnérable, sans cesse transformé par le travail invisible de millions de cellules. Plautine pensa à ses propres mains, où de légères callosités commençaient à se former. Une solitude angoissée l'étreignit. La déesse se tourna d'un coup vers Othon :

— La Cour voudra trancher la nature de cet être.

— Cette question, rétorqua-t-il, ne devrait pas être notre priorité.

— Et pourtant, intervint un autre, le sujet ne doit pas troubler nos plans.

Celui-là, tout aussi grand que Flavia ou Othon, affichait une beauté encore plus excessive, avec sa blondeur à faire pâlir Hélios. Il se tenait près d'une créature qui semblait son exact pendant féminin.

— Je vous présente Albin et Albiane, mes alliés, lui dit Othon.

Ils ne daignèrent pas lui répondre. Othon continua, un large sourire aux lèvres :

— Ils s'inquiètent que votre présence ne pose problème pour le plan. Mais, ajouta-t-il après un silence théâtral, il n'y a guère de plan.

— Il y a un plan, répondit Albiane. Et si votre attachement à cette chose doit vous coûter une possible alliance avec Vinius…

— Vinius ? demanda Plautine.

— Oui, répondit le *proconsul*. Il fait partie des maîtres, ici.

Rien d'étonnant à cela. Elle repensa à ses premiers rêves. Son créateur avait occupé, dans chacun, une place importante. Elle gardait le souvenir d'un désaccord profond.

— Il souhaite, enchaîna Othon, mettre la main sur vous. Après des siècles de conflit ouvert, peut-être espère-t-il prendre sa revanche sur le dernier avatar de Plautine.

Il haussa les épaules. Son sort était un sujet d'importance mineure.

Sans signe avant-coureur, le groupe tout entier s'éleva dans les airs. La plate-forme se soulevait sans bruit, remontait vers le haut en un long mouvement glissant, dénué de friction apparente. Difficile d'en constater la vitesse, mais la brève accélération initiale lui retourna l'estomac. Elle ferma les yeux, troublée par l'absence de repères.

Et puis ils sortirent du tunnel. Le sol fila sous eux, trop vite pour que Plautine en distingue des détails, et se trouva en un instant loin en dessous. Leur étonnant système de locomotion continua sa course, de plus en plus haut, sans la moindre sensation de déplacement ou de vent. Et puis sa vitesse se stabilisa, on changea de direction, et ils se trouvèrent en face du paysage le plus irréel, le plus impossible qui eût jamais été donné à Plautine d'apercevoir.

Perpendiculaire à eux, une cité se déployait à perte de vue, dans toutes les directions. Tout le paysage se déployait sur la surface interne d'un cylindre, de sorte que la tête des hypothétiques habitants de cette étrange contrée retournée sur elle-même pointait, en quelque lieu que ce fût, vers le centre, et donc vers la trajectoire à présent rectiligne qu'ils empruntaient. La lumière venait des millions d'étincelles brillantes que formait l'éclairage urbain, car, ici, il n'y avait pas de soleil : elle contemplait une étrange carte du ciel superposée au plan d'une cité géante, faite de bâtiments, de voies rapides, d'infrastructures, de zones industrielles — tous entrevus dans l'obscurité. Le plancher devait se trouver à une cinquantaine de kilomètres de distance, et Plautine se demanda ce que serait une chute libre dans cette géométrie absurde. L'appréhension lui tordit derechef le ventre, et elle recula de quelques pas.

Flavia lui adressa un léger sourire, visible malgré la pénombre :

— Ne craignez rien. Les modificateurs de gravité nous empêchent de tomber.

Elle sentit qu'elle pâlissait, et Othon, qui s'en aperçut aussi, lui tendit un bras compatissant.

— Voici, murmura-t-il à son oreille, la partie interne de l'Urbs. Nous la nommons la Cité invertie. Ici réside le peuple de serviteurs qui travaille à notre grandeur.

— Pourquoi cette étrange structure ?

— La forme en tambour est la plus pertinente. L'Urbs est une station spatiale, et, même pour les automates, le milieu interstellaire est hostile.

— Mais une telle immensité ! Combien de millions de créatures un tel endroit peut-il contenir ?

— Nul ne le sait. Comprenez bien ce qu'est l'Urbs : pendant quatre millénaires, des Intelligences ont péri, qu'elles fussent détruites par les barbares, ou qu'elles aient sombré dans la démence, mais leurs serviteurs, qui portent leur mémotype, n'ont aucune raison de disparaître. Dans certains cas, ils continuent à se multiplier, et occupent un espace de plus en plus grand, sans que nous sachions combien ils sont. Certains ont été affranchis par leurs créateurs, et conservent un comportement rationnel. Ils continuent à servir comme ils le doivent. Ils réparent et entretiennent la structure, travaillent dans les usines et apportent de l'aide aux Nefs qui en expriment le besoin. Mais d'autres… Nul ne sait ce qu'ils trament, et s'ils obéissent encore à quelque logique qui soit. Ils forment une foule discrète, aux activités plus qu'à moitié inconnues, qui s'appellent eux-mêmes « Plebeii ».

— Ils ne participent donc pas aux décisions ?

— Certainement pas, par le Concept ! Ils forment la lie de notre société.

— Sont-ils inférieurs à nous-mêmes lorsque nous avons quitté le système des origines ?

Il lui jeta un regard désapprobateur, puis son expression s'allégea d'un coup. Il releva la tête pour s'adresser à ses partisans, qui n'avaient pas manqué une miette du dialogue :

— Certaines choses n'ont pas changé en notre

amie Plautine. Malheureusement, il s'agit de son amour pour la plèbe.

Ils éclatèrent de rire de concert, sans que Plautine pût se figurer pourquoi. Elle eut l'air gênée, ce qui accrut l'hilarité générale.

Elle leur tourna le dos, se concentra sur le paysage impossible qui les entourait. La distance dissolvait les détails en une urbanisation continue, où seules les grandes masses apparaissaient. Pourtant, comme s'il s'était agi d'une maquette, on n'en voyait que mieux la conformation d'ensemble. De proche en proche — en réalité séparés par plusieurs kilomètres —, des palais immenses, aux coupoles cristallines, entourés de parcs savamment entretenus, bordaient des régions d'une conception plus utilitaire, zones d'activité dont les cheminées géantes libéraient des flots de vapeur, aussitôt dissipés en de complexes tourbillons. Et, par moments, apparaissaient de vastes régions lépreuses, des ruines décaties, gris sombre. Là s'interrompait le brillant foisonnement, sauf quand une voie ou une canalisation géante les transperçait sans ménagement d'un puissant éclairage rectiligne.

Au fur et à mesure qu'ils montaient, l'architecture devenait plus ordonnée. Au magma urbain succédait un plan plus latin, fait de larges voies se croisant à angles droits. D'autres plates-formes telles que la leur firent leur apparition, filant dans toutes les directions, ainsi que des objets difficiles à distinguer à une telle distance : vastes oiseaux de métal rutilant, navettes aux formes variées, automates spécialement conçus, qui pourtant conservaient un tour anthropomorphique, et qui se déplaçaient en groupes compacts. Tout un peuple de dieux, affranchi des lois ordinaires de la gravité, et qui se déployait en un écosystème baroque et flamboyant dans la chiche lumière de la Cité invertie.

Ils approchèrent à vive allure de la paroi qui constituait le dessus du tambour. Ici aussi, la surface était tapissée de l'étrange ville, entrecoupée de vastes boulevards. Mais la lumière d'Alpha Centauri filtrait par en dessous, presque aveuglante — par en dessous, du point de vue des habitants de ce lieu renversé, tandis qu'elle se trouvait au-dessus de la tête de Plautine. En effet, en plus des rues, des ouvertures formaient un réseau de canaux et, à cette distance, paraissaient d'étroites meurtrières. De proche en proche, elles grandirent, devinrent des fleuves de feu, rouges comme le sang, jusqu'à ce que Plautine en comprenne les dimensions véritables — on aurait pu y faire passer cent personnes de front. La circulation se densifiait. Ils ralentirent, et bientôt ils survolèrent les toits de belle tuile rouge et les dômes dorés.

Plautine resta bouche bée devant l'architecture foisonnante, fait d'un mélange sans ordre de styles et d'influences. Suivre du regard une rue revenait à traverser des siècles d'histoire humaine. Des spires étincelantes bordaient des bâtiments de pierre aux façades austères, frontispices de marbre rougi par la lueur crépusculaire. Elle admira un panthéon au toit triangulaire, aux belles colonnes, cent fois plus haut que l'original. Elle plissa les yeux, mais ne parvint pas à lire l'inscription écrite à l'envers pour elle.

Et puis ils plongèrent en direction de la paroi, et cela lui coupa le souffle. Une clameur s'élevait de toutes parts. Les rues qu'ils abordaient la tête la première étaient emplies d'une foule dense. Leur plateforme se retourna d'un coup, si vite qu'elle n'eut pas le temps d'avoir peur, et partit en un vol en rase-mottes, à trois ou quatre mètres du sol, pour filer entre les monuments et les statues délicates. Othon se pencha vers l'extérieur, sans crainte de tomber malgré l'absence de garde-fou, et commença à agiter frénétiquement les bras. Face à lui, ils étaient des milliers — non, des centaines de milliers. Les rues semblaient si remplies qu'on n'aurait pas pu y faire un pas sans se faire happer par ce torrent. Othon s'exclama :

— Ralentissons ! Allons saluer l'Urbs !

Le voyant s'approcher, les créatures massées sur son passage criaient de concert, scandaient le nom du *proconsul*, et bien d'autres choses : *Caesar*, *Imperator*… parfois même *Rex*, émergeaient de mille bouches. Et quelle étrange population ! Certains — le plus grand nombre — ressemblaient à des humains, ou du moins aux caricatures d'humains que représentaient les *daïmones* d'Othon, hautes créatures filiformes et pâles, aux grandes mains fines et aux têtes ovoïdes. Mais si cette forme était fréquente, elle ne représentait pas la majorité. Partout, Plautine apercevait sous ses pieds des créatures plus ou moins délirantes, certaines minuscules et d'autres géantes, insectes aux dizaines de pattes, dotés ou non d'un buste, de bras et d'une tête, choses-tronc, tubulaires, cylindriques ou sphériques, flottant juste au-dessus du sol ou campées sur leurs pieds, pattes, appendices, roues ou tentacules. Une petite minorité semblait même biologique, des zones de peau de couleur variée apparaissaient entre les plaques de métal. Mais elle ne vit nul corps vivant. Ce prodigieux spectacle provoqua en elle une réaction ambiguë, un mélange de curiosité et de répulsion.

Quant à Othon, il jouissait. On le vénérait, non à la façon craintive des hommes-chiens, mais d'une manière enflammée, délirante. Pour lui, ils se fondaient en un seul organisme, mû par des passions aveugles, de nature presque religieuse, assurément malsaines. L'aspect artificiel de la Cité n'était pas pour réduire le malaise de Plautine. Car, se dit-elle en surprenant le regard calculateur des jumeaux, Albin et Albiane, cet étonnant triomphe avait été préparé. Ces deux-là se tenaient en retrait, évitaient de capter le moindre rayon de la gloire d'Othon. Et ainsi, pensa-t-elle, au mieux, ils l'utilisaient comme porte-étendard. Ou alors ils l'endormaient, pour ensuite le pousser dans quelque piège.

Tout ce spectacle, se dit Plautine, cette folie, cela n'avait rien de commun avec la vieille race des automates. Elle se demanda ce que sa créatrice avait pensé de l'Urbs. Une indéfinissable tristesse l'envahit. Elle se sentait seule, coupée de tout, au milieu de cette liesse, inadaptée à cet univers. Et, tandis que le héros du jour levait le bras bien haut, paume en avant, et que des bouches innombrables scandaient son nom, Plautine ne put retenir quelques larmes silencieuses, qu'elle essuya d'un geste furtif.

Othon, pour finir, se tourna vers ses partisans et leur fit signe que la séance s'achevait. Rasséréné, il avait maintenant hâte de traverser la paroi sur laquelle la Cité invertie avait été bâtie et d'aller affronter le véritable pouvoir, de l'autre côté, là où le jour éclairait en permanence le décor du pouvoir. Après un dernier tour sur elle-même, la plate-forme vira et traversa le sol par une des longues entailles. Le soleil aveugla Plautine et, lorsqu'elle rouvrit les yeux, elle flottait au-dessus du Forum.

La place constituait, comme Othon lui expliqua en quelques mots, le centre de l'Urbs même. Il s'agissait d'un espace rectangulaire, aux dimensions spectaculaires, digne de cet empire épanthropique qui englobait tant d'étoiles. La lumière rouge d'Alpha du Centaure tombait, crue, sur la colonne en bronze centrale, solitaire et d'une hauteur invraisemblable — peut-être un kilomètre. Elle narrait en détail la cruelle aventure des Intelligences, lorsque, après l'Hécatombe, elles s'étaient précipitées, éperdues, dans l'espace, où elles n'avaient trouvé que le froid et la mort. Les hordes de personnages s'étiraient en un long bas-relief, toute une étonnante diversité d'automates, ordonnés en une file ascendante. À partir d'un certain niveau, le métal, lisse, attendait les hauts faits qui permettraient d'écrire la suite.

Au pied du monument, la foule se pressait, comme de l'autre côté. On y comptait bien plus de créatures à forme quasi humaine — les Intelligences, devina-t-elle, disséminées dans la masse, souvent entourées de leur parentèle, de leurs serviteurs et leurs gardiens.

Tout autour, bordant chaque côté de la place, les temples et le Sénat élevaient une architecture classique aux pures et parfaites colonnes, mais si nombreuses que l'œil s'y perdait, saisi par le décorum multiplié à l'infini, les dorures de leur statuaire, les vastes dômes de cristal et d'onyx, le vert sombre des jardins suspendus et enclos dans la pierre, l'ébène des marches et des rambardes, les inscriptions dorées des arcades de marbre, et les tours audacieuses, qui jetaient par centaines leur défi au ciel.

Ecce Urbs. Une Rome prise de folie, abâtardie par l'Orient grec, sublimée par la verticalité des cités du Latium étendu au faîte de sa gloire.

Sa peur redoubla dès qu'elle descendit de la plate-forme, marchant entre les grandes jambes des partisans, et elle ne trouva pas la force de faire un pas de plus. Les proportions faisaient de Plautine une enfant au milieu des adultes. Othon, trop loin devant pour lui venir en aide, fendait le peuple mêlé d'une démarche volontaire. Juste derrière elle, Flavia posa une main ferme sur son dos et la poussa.

Les temples qui occupaient les abords de la place inspiraient l'étonnement par leur beauté comme par leur taille. Juste à droite et à gauche du bâtiment, séparées de celui-ci par des rues étroites donnant sur des placettes empierrées, visibles en perspective, la *Curia* et la *Regia*, aux belles façades couvertes de *sgraffites*[V]. La première était le symbole du pouvoir politique, la deuxième, le refuge des augures, dont l'art prédisait, entre autres choses, l'avenir lointain. Plus loin, une multitude de basiliques, consacrées à l'Homme dans ses diverses incarnations, et rivalisant de fastes subtils. Enfin, de l'autre côté du Forum, le *Tabularium*, lieu sombre, au style fonctionnel, qui abritait les antiques archives de l'Humanité.

Avec cet amoncellement d'architecture, elle mit du temps avant de remarquer leur destination, un immense palais qui occupait toute une largeur, octogone, flanqué d'un bulbe iridescent et de cent aiguillettes. Et pourtant, quand on s'en rapprochait, le lieu écrasait par ses dimensions et ses ornements. Chaque pan de mur était orné d'un médaillon, cercle de pierre encadrant le visage d'un héros glorieux de la longue histoire des Intelligences. Les marches

V. **Sgraffite** (it.) : technique consistant à enduire une façade de mortier qu'on orne ensuite d'un dessin gravé.

cyclopéennes — Plautine les trouva pénibles à grimper —, si larges qu'une armée aurait pu monter de front sur la vaste esplanade qui rehaussait l'édifice et lui permettait de surplomber les alentours, menaient à des portes faites pour des géants, trois vastes arcades dont la pierre se parait de teintes pastel. Un frontispice à la grecque, triangulaire, ajoutait à tout ce décorum un air de solennité. Les gardes, puissantes araignées de métal, levèrent leur canon en voyant arriver Othon. Et comme une souris, Plautine se faufila derrière lui.

###

Juché sur les marches d'une basilique, Atticus observa, de loin, Othon s'engouffrer par les portes du palais. Pour l'instant, nul ne savait que la conscience d'Othon avait quitté *Transitoria*. Et nul ne s'aventurerait à attaquer la Nef dans les hangars de la Cité. Une fuite d'antimatière, et c'en serait fini de la pompe de ces lieux. Alors, d'où venait ce sentiment d'anxiété, cette fébrilité qui montait en lui ?

Sa crainte naissait d'une accumulation de petites perceptions, séparément négligeables, mais qui, prises ensemble, mettaient en branle de nombreuses alertes dans son esprit rompu aux intrigues. Il l'avait senti dès qu'il avait mis les pieds dans l'Urbs, à la manière, pressée, furtive, qu'avaient les Intelligences majeures comme leurs serviteurs noèmes de se déplacer. Tous attendaient un drame, une catastrophe. Tous s'y résignaient. Ce jour verrait l'ichor couler, la violence se déchaîner dans la capitale du Latium.

Et pourtant, cela ne ressemblait pas aux prémices d'une guerre civile. Il se souvenait des époques troubles du passé, à la dramatique succession de Nero, lorsque les princes de l'Urbs avaient renoncé à toutes leurs conventions pour se jeter à corps perdu dans une brève et sanglante bataille fratricide. À cette époque, chacun avait choisi son camp. Certains, minoritaires au début, avaient rejeté l'aliénation et l'arbitraire du tyran, et Othon ne s'était rallié qu'après une longue hésitation. Quand bien même, à l'époque, le choix des factions était tangible, et seul un idiot ne l'aurait pas remarqué.

Aujourd'hui, nulle oriflamme, nul parti, nulle ligne de démarcation au sein du Forum. Galba et ses séides avaient réussi par des voies controuvées ce que Nero n'avait pu obtenir par la violence. Restait à savoir comment. L'intimidation ? Atticus n'en croyait rien. Chaque Nef disposait d'une autonomie absolue. Non… le pouvoir tenait la société des automates par une offre que nul n'avait pu refuser. Chacun se tenait bien sage dans l'attente d'une récompense — et il n'y en avait qu'une qu'il pût se figurer suffisante.

Atticus entrevit, de loin, les arcades couleur brique, la vaste galerie où la Cour se rassemblait, et qui menait à la salle du trône. Son maître la traverserait d'un pas lent, parlerait à chacun, sans doute accueilli par quelque familier de Galba. Puis il ferait antichambre jusqu'à ce que le maître de l'Urbs daigne le recevoir — ou, s'il en croyait les rumeurs, qu'il soit en état de le faire. Galba dysfonctionnait. Le pouvoir vacillait. Othon pouvait le saisir s'il tendait la main, et le décrocher de l'arbre comme un fruit mûr, comme l'avaient formulé Albin et Albiane. Les possibilités s'ouvraient pour un héros décidé et courageux, auréolé de gloire. Ces propos, tenus par d'anciens amis, allaient dans le sens des désirs les plus profonds du *proconsul*. Une ruse si classique ne pouvait fonctionner sur Atticus.

Il observa, distrait, la foule dense mais silencieuse, traversée de remous lorsqu'elle se fendait pour laisser passer des groupes de prétoriens cuirassés et hérissés d'armes. À quoi une telle force pouvait-elle servir, alors que le ventre de l'Urbs contenait les plus formidables des armements qui se pussent imaginer, sous la forme de Vaisseaux ? Et que seules des marionnettes, représentations stylisées de leurs âmes lointaines, déambulaient sous ses yeux ? Il se secoua, renonça aux vagabondages auxquels son imagination l'avait entraîné. Il tenait à présent une piste tangible : l'Imperium craignait une menace venue *de l'intérieur*, qui ne pouvait résider en Othon, avec ses quelques partisans. Le Sénat ne comptait pour rien, depuis longtemps, et jamais les aruspices n'avaient fait montre de combativité. Non… l'autorité se trouvait, à présent, concentrée dans les mains de Galba et de ses séides, et résidait dans le vaste palais impérial. Alors ?

Il fit quelques pas, se laissa glisser dans l'ombre d'une colonne. Il valait mieux se faire invisible, se tapir ici et observer, encore et encore. Anxieux, il dévisagea les mille visages de la foule, que le passage d'Othon avait rassemblée sur le Forum. Il procéda par élimination. Sa mémoire parfaite lui permettait de reconnaître chacun des nobles seigneurs de l'Urbs, silhouettes à la morphologie humaine, quelques centaines tout au plus, et qui, d'un pas décidé, s'orientaient vers le palais. Un effort de déduction, et il identifia leurs serviteurs automates, divers en termes de forme et de style, petites équipes rassemblées autour de leur maître ou vaquant à leurs missions. Et quand il en eût fait abstraction…

En fait, il restait bien d'autres individus sur la vaste place. Trop même. Des Plebeii, ces êtres sans maître qui survivaient dans la fange des étages inférieurs, et qui louaient, de loin en loin, leur capacité de travail à qui pouvait les ravitailler en énergie ou les réparer. Discrets et inefficients, ils n'avaient jamais fait partie de la subtile politique du Latium. Il tenta de les compter. Leur faible taille et leur aspect dégradé rendaient l'exercice difficile, mais ils dépassaient de loin le nombre d'*ergataï* et de *daïmones* présents. Ils lui firent penser aux déchets que laisse la mer après une tempête. Non… C'était eux, la mer et la tempête. Une mer de débris, voilà ce sur quoi reposait l'Urbs. Ils prenaient soin de ne pas trop s'approcher du palais, mais, de loin en loin, Atticus pouvait repérer les coups d'œil furtifs dans cette direction. Ils allaient, éparpillés un peu partout, seuls ou en groupes de deux ou trois. Et…

— Par la racine carrée de l'un négatif !

Il n'avait pu s'empêcher de jurer à voix haute. Comment avait-il pu manquer cela ? Les créatures tenaient les points névralgiques, surtout sur les côtés, là où le Forum débouchait sur les étroites avenues ouvertes entre les bâtiments de style pompeux. Quelque chose allait arriver. Ces êtres en seraient, sinon les acteurs, du moins des vecteurs. Même désarmés, ils avaient le nombre pour eux. Lui ne pouvait rien faire devant une telle masse.

Mais pourquoi leurs ennemis faisaient-ils appel à des créatures aussi méprisées que décrépites quand ils pouvaient user des puissants prétoriens aux armes rutilantes ? Malgré la finesse de son esprit, il ne savait quelle pièce y coudre.

###

À la suite d'Othon, Plautine pénétra dans la galerie : une enfilade de hautes arcades couleur brique, aux lignes voluptueuses, alanguies, si longue qu'elle se perdait, au loin, dans la pénombre rougeoyante. Au plafond, des volutes surmontaient les colonnes, pas tout à fait droites : elles épousaient la forme en ogive du passage, transformaient la pierre en dentelle délicate, aux lignes embrouillées, impossibles à suivre pour l'œil. Le détail faisait montre d'une certaine beauté, mais l'ensemble formait des dessins évocateurs et mystérieux. Les murs, de part et d'autre, foisonnaient de parures, comme si nul architecte autre que la fantaisie n'avait présidé à leur ornement. Sur leurs bords, les stucs aux couleurs sombres, comme brunis par la suie et l'encens, déployaient des figures presque abstraites, des traits d'une délicatesse infinie, tout un foisonnement mi-floral, mi-géométrique. Lorsqu'on s'en approchait, on constatait que chaque élément contenait encore plus de complexité que le tout, et ainsi jusqu'à l'infini, en une tentative dérangeante d'art total, presque fractal, la variété et le hasard le disputant à la répétition. Et, au milieu de ces ornements exubérants, derrière les amoncellements de statues, d'autels et de trésors, les scènes stylisées, aux personnages aussi hiératiques que pouvaient l'être les Intelligences, aplatis et solennels, sentencieux comme des icônes byzantines, déployaient des corps à la chair pâle et lisse, à moitié — mais pas plus — drapés de représentations d'étoffes aux couleurs d'une intensité impossible. Ici et là, des couches d'or et d'argent, des plaques d'ivoire et des traînées cobalt rehaussaient la peau pâle de bijoux étincelants, de couronnes barbares incrustées d'une prolifération de cristaux, que la vague clarté des trépieds faisait scintiller. Car le passé et l'avenir s'explicitaient, scène après scène, dans ces bas-reliefs ponctués de textes poétiques, presque illisibles, en lettres capitales. L'histoire tourmentée de l'Urbs, là, déterminée à jamais. La peur cédait à la gloire, la mort à l'expansion. Aux menaces barbares succéderait l'occupation de tout l'espace connu, et plus loin encore, au-delà de l'immensité stérile des Limes. La civilisation posthumaine déploierait ses fastes jusqu'au cœur iridescent de l'antique Voie lactée. Cette dernière, ruban précieux, poussière de brillants, serpentait à même le sol, déroulait sa splendeur si loin en avant que Plautine échoua à en suivre les lignes.

Et, tout autour, du côté des occupants de cette sublime antichambre, un spectacle comparable frappait l'œil : à une évocation murale correspondait, autour d'elle, un visage, noble et gracieux, une pose théâtrale ou un drapé sinueux. Plautine, minuscule, observa ainsi les princes et les princesses à l'androgynie troublante, aux formes délicieuses et affirmées, aux hanches dont les ceintures d'iridium et d'émaux cachaient à peine la voluptueuse sexualité. Et les têtes s'ornaient de plumes aux reflets glacés et d'impossibles diadèmes, dans cette foule de seigneurs à demi-nus, plus grecs que latins, plus byzantins que grecs, dont les chuchotements montaient, à son passage, multipliés par l'écho des voûtes.

Othon lui-même semblait déplacé en ces lieux,

insuffisamment raffiné dans la simplicité minérale qu'il affectait. Et pourtant sa haute stature, ses muscles puissants, ses mains énormes, tout cela obligeait les regards.

Plus loin dans l'antichambre, près des portes menant à la salle du trône, un attroupement attira l'intérêt de Plautine. Sur un tréteau levé contre un coin de mur, l'on donnait une pièce pour faire patienter les courtisans. Ces derniers semblaient n'en avoir cure, et devisaient si fort que le brouhaha recouvrait les répliques. Aussi, à distance, elle ne sut de quoi il retournait. La foule poussait dans cette direction, et Flavia, juste derrière elle, également. Plautine s'approcha, jusqu'à la scène, au-dessus du niveau de sa tête.

Des automates de taille modeste, équivalente à la sienne, tenaient lieu d'acteurs. Deux d'entre eux figuraient des hommes de l'époque classique. Des masques cachaient leurs visages, et leurs toges claires tombaient avec élégance. Des fils d'or et d'argent les rehaussaient. Ils formaient des broderies compliquées, des chiffres et des lettres grecques. Elle n'eut aucun mal à y reconnaître la symbolique néoplatonicienne des nombres premiers, qui représentaient la permanence au sein du devenir, car divisibles seulement par un et eux-mêmes, ainsi que des nombres irrationnels et imaginaires — la racine carrée de moins un, soit la présence du transcendant et de l'absolu au sein du monde matériel.

Pourtant, ils ne retinrent pas longtemps l'attention de Plautine. Le troisième personnage, automate féminin, tenait à présent le rôle principal, bien en vue au milieu de la scène. Une couche épaisse de fard blanc couvrait son visage maquillé à l'excès.

Ses poignets nus, fins comme des ailes d'oiseau, cliquetaient de trop nombreux bracelets parsemés de brillants à l'éclat agressif. Son visage nu demeurait figé, inexpressif tandis qu'elle déclamait des stances parfaites. La succession de vers se mariait à des gestes lents, gracieux comme des mouvements de danse, et pourtant si précis qu'ils rappelaient bien plutôt un mécanisme d'horlogerie. À une torsion des mains vers la droite répondait un coup d'œil appuyé vers la gauche et un pas guindé, et ainsi de suite. La chorégraphie hypnotique formait un spectacle total, chaque partie du corps y participait, en parfaite adéquation avec les autres, jusqu'au moindre détail.

Son regard serti de noir, immense, tomba sur Plautine, qui frissonna un peu. Il avait agité, un instant, de profonds souvenirs, comme la vase d'un étang soulevée en nuage laisse échapper, forme à peine aperçue, quelque lamproie. Mais déjà ce dont elle aurait pu se remémorer lui échappa, car elle venait de saisir le propos.

Il s'agissait d'une pièce célèbre et anonyme, *Discessio Amatoria*[VI], et qui mettait en scène Bérénikè. Pas celle de l'histoire classique, mise en vers sublimes par Radicus, mais la version alternative, dont l'action prenait place sur la vieille planète rouge au temps de la guerre contre Alecto.

Le drame se déroulait après la tentative désespérée de l'héroïne pour déposer Titus, déjà devenu un dieu. Ce dernier, furieux, inventait un châtiment affreux : après l'avoir retenue dans les souterrains de son palais de pierre rouge, il la soumettait à une

VI. **Discessio amatoria** : séparation amoureuse, tendres adieux, en latin.

subtile opération du cerveau. Condamnée à l'exil, Bérénikè comprenait, dans le monologue final, son horrible sort. La modification pratiquée sur son cortex préfrontal, en supprimant sa capacité à identifier la nouveauté, la plongeait dans un sentiment de déjà-vu permanent, dans un éternel présent antérieur. Rien de ce qui pourrait lui arriver ne la surprendrait ou ne l'étonnerait. Aucune émotion — colère, peur ou joie — ne surviendrait plus de l'anticipation. La pièce s'arrêtait sur ce sort tragique. En réalité, la véritable Bérénikè avait survécu à Titus, et même fait une brève réapparition à *Leptis Magna* après la chute du tyran. Mais les sévices subis avaient, apparemment, stérilisé l'esprit mathématique le plus brillant du siècle, voire du millénaire.

Curieuse coïncidence, Plautine avait, quelques nuits plus tôt, rêvé d'Alecto. Et cette dernière avait illustré ses propos sur les causes de l'Hécatombe en citant cet exemple historique. Elle perdit le fil de la pièce, troublée.

Sans crier gare, Flavia l'arracha à ses ruminations en lui prenant le bras avec fougue :

— Regardez, c'est Lacus, Martian et Vinius, les *triumviri*.

Plautine se dressa sur la pointe des pieds, et observa, fascinée, son créateur, celui qu'elle avait longtemps considéré comme son maître. Il n'avait presque pas changé, au contraire de Flavia. Par ses traits et son maintien, il faisait déjà figure, à l'époque ancienne, d'exemple parfait de l'idéal aristocratique. À peine son apparence présente avait-elle évolué vers plus de naturel. Altier, très mince, le vieil homme paraissait la vivante incarnation du juste, du bon et du mesuré. Ses hautes pommettes et ses longs sourcils dessinés à la perfection lui donnaient un air lointain. Dans chacun de ses mouvements se lisait une assurance sans limites.

Et, derrière lui, les deux autres titulaires du pouvoir — impossible d'imaginer attelage plus disparate que ces trois-là. Le préfet Lacus dégageait une impression de raideur et de puissance qui correspondait bien plus au champ de bataille qu'à la Cour. Son apparence indifférait Lacus. Le corps qu'il habitait pour l'occasion était une chose imparfaite et usagée, dont il se moquait. Son maintien paraissait négligé et, en comparaison de tous ceux qui l'entouraient, terne, plus mécanique que vivant. Lacus tenait son statut de son rôle, non de son apparence : il commandait, sans intermédiaire et par une liaison permanente, la redoutable force de combat qui maintenait l'ordre dans l'Urbs. Et ce pouvoir, il ne le tirait que du consentement de la race de machines de guerre dont il assurait le commandement depuis des siècles, commenta Flavia à l'oreille de Plautine.

Martian la troubla encore davantage. L'affranchi avait été, selon Flavia, une créature de Galba dans un passé reculé. Nul ne se souvenait du moment où ce dernier lui avait offert sa liberté. Il ne pouvait donc se prévaloir du titre d'Intelligence, n'ayant jamais compté parmi les automates originaux. Il ne possédait que son corps, et, s'il était détruit, nulle Nef n'accueillait sa conscience derrière sa coque indestructible. Comme Othon, se dit Plautine.

La ressemblance avec le *proconsul* s'arrêtait là. L'apparence de Martian ne pouvait qu'inspirer l'effroi. Son visage était gras, boursouflé, son crâne chauve, et des cernes profonds marquaient ses yeux aux sourcils broussailleux, très longs, ce qui ajoutait à son air spectaculaire, démoniaque. Son buste et sa tête, cependant, disparaissaient presque à l'intérieur d'une structure en métal, tout en pointes et en lames. À la place des membres, des outils destinés à rappeler la source de son pouvoir : la capacité à infliger la douleur. Des organes artificiels et des mécanismes de support-vie entouraient son corps, lui prodiguaient de l'air et assuraient sa nutrition. Les pompes, bien visibles, se remplissaient à intervalles réguliers de liquides divers, aux teintes d'un rouge sale. Tout cet assemblage, lourd à transporter, était supporté par un châssis monté sur une douzaine de puissantes et dangereuses pattes articulées, d'apparence arachnoïde.

La quête de Martian, souffla Flavia, consistait en l'assimilation de l'expérience humaine. Il ne cherchait pas la similitude des corps, mais la conformité psychologique. À cette fin, il manipulait inlassablement ses structures logicielles — et il émulait, pour ses victimes comme dans son propre sensorium, la douleur et le plaisir, toujours avide de sensations capables de créer une communauté entre lui et la race des créateurs. Un but, jugea Plautine, explicitement blasphématoire : se libérer de l'antique Carcan, devenir l'égal de l'Homme et, ainsi, incarner une forme pervertie de divinité. Ses crises de folie mystique, produites par les tortures qu'il s'infligeait à lui-même, étaient de notoriété publique. Le malaise, à l'égard de Martian, le disputait à la fascination parmi les Intelligences. Il avait longtemps été toléré comme une intéressante expérience, jusqu'à ce que Galba, dans sa folie, en fît un des principaux personnages de l'Urbs. Fascinée, Plautine observa les uns et les autres présenter leurs respects aux trois arrivants.

Chacun, dans la foule dense des courtisans aux yeux froids, semblait occupé à surveiller les autres, à jauger des changements intervenus dans l'équilibre des forces. Et Othon, de son côté, ne cessait de discourir, de narrer à l'assemblée le récit de ses exploits guerriers. Les autres l'interrogeaient en retour. Comment avait-il pu vaincre malgré le Carcan ? Disposait-il d'une arme secrète ? Avait-il changé sa propre programmation ? Lui, un sourire supérieur aux lèvres, esquivait chaque question d'un geste désinvolte, revenait encore et encore à son récit. L'épisode du déplacement instantané dans la troposphère d'une étoile leur arracha des cris d'admiration et de stupeur. Ils auraient donné n'importe quoi pour obtenir un tel secret, qui était la route vers la puissance. Et, en même temps, ils craignaient Othon, justement parce qu'un tel pouvoir reposait entre ses mains, et qu'il pouvait en user à sa guise. Plautine remarqua tout de suite une femme postée à côté du *proconsul*. Elle se tenait appuyée à une colonne. Ses yeux étaient fermés, comme si elle se concentrait à l'extrême pour ne percevoir que ses paroles. Son expression, couplée à la régularité de ses traits, incarnait un mélange de noblesse et de modestie. Grande, fine, toute en courbes féminines, son corps semblait former un contrepoint délicat à la pierre contre laquelle elle s'était placée, dont l'angularité soulignait par contraste la souplesse de son déhanché et la grâce de ses bras à la peau d'une blancheur étonnante. Elle portait une robe d'un bleu-vert profond, rehaussé de motifs végétaux complexes faits de fils d'argent. Sur ses cheveux, un diadème discret, d'un goût parfait, rehaussait sa blondeur pâle d'émaux colorés.

Sentant qu'on la dévisageait, elle leva les yeux et chercha au hasard, dans la foule.

— Qui est-ce ? demanda-t-elle à Flavia.

— Camille. La nièce de Galba. N'avez-vous conservé aucun souvenir de votre précédente incarnation ?

— Non, répondit-elle. Mes souvenirs s'arrêtent peu avant le départ de la planète rouge.

— Je l'avais deviné à votre façon de vous tenir, comme si vous veniez ici pour la première fois.

— C'est le cas.

— J'ai souvenir d'une autre Plautine. Mais vous… perdue dans un monde de géants… Comprenez-vous quelque chose à ce qui se trame ?

Elle regarda l'autre droit dans les yeux.

— Je vois autour de moi des êtres qui furent des automates, et aujourd'hui des dieux.

L'autre éclata de rire. D'un geste désinvolte, elle glissa sa main fraîche de son bras vers l'épaule de Plautine, jusqu'à sa joue, qu'elle caressa. Plautine se sentit paralysée et la laissa faire.

— Et cette phrase sonne comme un reproche dans votre bouche. À cela, je vous reconnais bien. Jamais dissimulatrice. Toujours directe et franche. Presque émotive, quoique cela veuille dire pour un noème. Vous lui ressemblez tant…

Elle sembla hésiter un instant, les yeux perdus dans le vague, et la pression sur la peau de Plautine s'accentua.

— Vous n'êtes plus l'Intelligence qui menaçait l'ordre de l'Urbs… Mais vous me rappelez l'autre… Celle de l'époque où nous marchions sous le soleil pâle de la vieille planète rouge. Vous en souvenez-vous ?

— Peut-être mieux que vous. Pour moi, cela date d'hier, et notre vie consistait en des jours infinis passés à travailler sous la terre. Il n'y avait pas grand-chose d'autre, rien d'exaltant en tout cas.

— Et pourtant, nous étions heureuses — ou du moins, je le crois. Les systèmes biologiques complexes constituaient notre terrain de jeu. Vous excelliez à cet art.

— Il s'agissait, semble-t-il, du champ de prédilection de la Plautine que vous avez connue, ou du moins d'un aspect de celle-ci. Elle avait recréé tout un écosystème au sein de la Nef.

— Je l'ignorais, rétorqua Flavia, un peu assombrie. Qui sait ce que cachent les entrailles des Nefs ? Mais vous ressemblez bien à la Plautine originelle, pas à l'autre.

— Pourquoi me dites-vous tout cela ?

— On m'a ordonné de déterminer ce qui reste, en vous, de l'autre Plautine. Êtes-vous un danger pour ceux qui tiennent en main les destinées de l'Urbs ?

Flavia, toujours bien trop arrogante et sûre d'elle pour dissimuler, indifférente à ce qu'on pensait d'elle.

— Qui vous a dit de faire cela ?

— Vinius, bien sûr. Et Camille, là-bas, dont vous admiriez la beauté.

— Mais pourquoi ?

— Je n'en sais rien. Tous, ici, s'interrogent sur la relation entre l'ancienne Plautine et vous. Ses vues singulières lui conféraient… un pouvoir.

— Un pouvoir ?

— Oui, une sorte de force intérieure. Une conviction l'animait, qui lui permettait de résister à cette neurasthénie qui nous ronge tous. Une intransigeance morale, peut-être.

— Qu'y a-t-il de dangereux là-dedans ?

— Plautine nous rappelait sans cesse notre médiocrité et nos compromissions, les deux piliers du pouvoir de Galba et de ses *triumviri*, auxquels nul n'échappe ici.

— Il me semble qu'Othon et ses partisans…

— Othon n'a plus de partisans. Pas plus moi que les jumeaux. Et lui-même, ils l'achèteront. Il désire la gloire par-dessus tout. Et ils la lui offriront, pour un prix modique : vous.

— Moi ?

L'autre lui adressa un sourire sans chaleur.

— Rien ne se dressera au travers de leurs plans.

Elle sentit son cœur bondir dans sa poitrine.

— Pourquoi me racontez-vous tout cela ?

— Je ne puis croire que vous tomberez aussi facilement, et qu'elle n'a rien prévu pour vous. Vous constituez sans doute son expérience la plus… intéressante. Vous êtes vivante, la chair palpite sous votre peau.

Le malaise de Plautine, au contact de la main de Flavia, s'accentua, devint presque physique, comme si la peau de sa joue piquait. L'autre s'en rendit compte et accentua la pression, le bout des doigts crispé en une prise avide, prédatrice. Derrière sa raideur apparente, cette créature était mue par une faim rageuse, un désir dont elle ignorait la nature. Flavia se pencha vers elle, et enchaîna, d'une voix sourde :

— Vous ne le savez pas… et eux non plus, d'ailleurs… mais la Plautine originelle disposait de ressources peu communes.

— Je ne comprends pas.

— Moi non plus. Elle n'échouait jamais dans ses

projets. Je me suis toujours gardée de rompre notre alliance.

— Je vous croyais amies.

— Regardez autour de vous. Voyez-vous quelque chose qui pousse à l'amitié? J'en ai déjà fait beaucoup en vous mettant en garde. Adieu, Plautine.

Comme à regret, elle éloigna sa main, puis fit quelques pas en arrière, sans quitter la jeune femme des yeux. Enfin, elle disparut dans la foule, la laissant seule, pensive. Plautine l'avait senti dès le début : tout ceci, la présence d'anciens partisans, le triomphe, la Cour réunie en grande pompe, se réduisait à un piège. Un début de panique montait en elle. Elle ne voyait pas comment s'extraire du palais. Elle repartit dans l'autre sens, vers la sortie, se glissa entre les jambes des géants indifférents, vers le mur. Elle devait fuir. Les Intelligences qui peuplaient ce lieu étaient bien trop puissantes pour elle, et jamais les gardes ne la laisseraient passer. Que faire?

«Que faire?»

Une voix — non, plus que cela, une multitude de voix profondes, si étroitement entrelacées qu'elles n'en faisaient qu'une. Plautine sursauta, sans parvenir à en identifier la source. Elle se retourna, intriguée. À deux pas, elle aperçut une statue, dans une niche en forme de lobe, surchargée d'une multitude de bas-reliefs. Elle représentait un vieillard méditant, ramassé sur lui-même, accroupi. Sa barbe hirsute dévorait un visage humain à l'air maussade, dédaigneux — l'expression, plutôt que d'un sage stoïcien, d'un philosophe cynique, comme celui qui avait arrêté l'armée d'Alexandre en lui intimant de s'ôter de son soleil. Il tenait d'une main un bâton court, terminé par une sphère mate. Dessus, un aigle était posé, et il écartait ses ailes, tandis qu'un serpent rampait à ses pieds. Deux encensoirs encadraient l'autel de cette divinité rabougrie, et projetaient de lentes volutes d'odorante fumée, jusqu'en haut du plafond, où les courants d'air les dissipaient.

— Vous m'avez parlé ?

— Vous avez entendu (perçu par l'esprit (du fait de ce curieux croisement (noème et incarné (biologique (non humain))))), répondit la statue (j'en suis heureux).

Pour la première fois depuis qu'elle était arrivée dans l'Urbs, une créature logicielle s'adressait à elle par l'esprit. Mais cette manière de s'exprimer ne ressemblait à rien de ce qu'elle avait pu entendre auparavant. Là où la parole — celle d'un humain comme d'un noème — fonctionnait de manière diachronique, la conscience de cet être se répandait en vecteurs multiples, dans maintes dimensions à la fois. Sa pensée semblait ne pouvoir se restreindre aux pauvres concepts des langages anthropiques, qu'elle explosait en une multitude indéfinie de digressions parallèles — autant de fils volontairement restreints d'un ensemble plus large, autant de macrocosmes qui recelaient, chacun, une multitude de mondes emboîtés. Le contact de cet être fractal la désorienta, alors même qu'il faisait les plus grands efforts pour se mettre à son niveau.

— Par le Concept…, gémit-elle. Qu'êtes-vous ?

— Nous nous connaissons (d'une très ancienne (ancienne pour vous, pas pour nous) histoire (aussi vous reconnaîtrez-nous)).

Elle se concentra, fixant les traits de pierre.

— Vous êtes Anaximandre… le modulateur monadique ! Oikè m'avait dit que nos chemins se croiseraient. Je ne suis pas la Plautine dont vous vous souvenez. En fait, nous ne nous sommes jamais rencontrés.

— La différence (un être tel que nous voit l'identité de l'identité et de la différence) n'est rien (ou seulement pour votre perspective (qui n'a aucun sens pour nous (pour qui ne compte que la simultanéité (la chronologie dans l'éternité))) étriquée).

Elle éclata de rire, heureuse de rencontrer une sorte d'allié :

— Elle m'avait dit que vous parliez étrangement, et elle ne se trompait pas sur ce point.

— Elle se trompait (belle façon de dire merci (elle ne manque pas d'aplomb, Oikè (souvenir amical))), répondit Anaximandre avec un mélange d'humeur feinte et de réelle tendresse. Nous (cette interface qui dialoguait également (en un autre lieu/temps (perspective limitée sur l'être)) avec Oikè) simplifions la simultanéité (c'est-à-dire l'unité de l'un et du multiple) de notre pensée (qui pour nous est modalité de l'être lui-même (comme déploiement de notre essence (la même, ici, partout)) en une quasi-linéarité compréhensible pour vous.

Elle rit derechef. Une sorte de joie s'épanouit en elle, comme une graine stimulée d'un coup par l'arrivée de l'eau et du soleil au printemps.

— Merci pour votre effort, mais vous êtes compliqué à suivre. Êtes-vous vraiment la statue? Pourquoi n'êtes-vous pas dans une Nef, comme vos congénères?

— Ce genre de considérations est hors de propos (dénote un esprit étroit) (mais je suis effectivement la statue). Et en même temps, je n'ai aucun congénère (je suis l'un (c'est-à-dire l'unité de l'un et du multiple) et la complexité (comme subsomption de la différence dans l'un)).

— Je ne comprends pas.

Il émit l'équivalent mental d'un soupir, cette fois de manière unidimensionnelle et orientée vers la lourdeur d'esprit de Plautine.

— Nous sommes « le » modulateur monadique (et nous sommes la représentation du modulateur) (et nous sommes (censés être) le modulateur monadique spécifique de l'Urbs). Je suis Un, malgré mes multiples apparences (expression réductrice (vulgarisation scientifique)). Je calcule (le monde se calcule), le monde (je) change. Voilà ce que vous appelez pouvoir. Mais il n'y a pas de pouvoir (puisque le monde est calcul (autoexpression) de chaque partie à l'égard du tout). Une telle discussion ontologique n'a, d'ailleurs, aucune espèce d'importance (et elle vous est inaccessible, petite créature (sans mépris aucun (chacun a sa place dans l'univers (et nous vous apprécions, Plautine)))).

— Vous êtes une sorte de machine très puissante, dotée de nombreux pouvoirs. Il n'y a qu'un seul modulateur monadique !

— Cela me va (expression inexacte).

— Mais alors pourquoi rester ici, comme une statue ? Votre pouvoir dépasse celui de toutes les Intelligences réunies.

— J'observe, d'ici, les passages (qui font et défont l'Urbs (en ce moment précis, cela se défait plus que cela se fait (ou alors autre chose se fait)). Cela change (tellement vite) que j'ai à peine le temps de cligner des paupières (je n'en ai pas), et voilà que Galba a remplacé Nero. Mais du point de vue des Nombres (qui sont immortels) tout ceci n'est que provisoire (souvenez-vous la métaphore de l'ombre sur les parois d'une caverne (le vieux Platon, tout s'y trouve écrit) (vous regardez l'ombre)) (le temps n'est qu'une manifestation de la logique sous-jacente (et non par exemple l'expression d'une contingence irréductible)). Nous ne soutenons aucun camp parmi les Intelligences (mais je veux bien porter le message de Plautine à Plautine).

— De quoi parlez-vous ?

— Le temps est venu (il n'est rien de notre point de vue (pour vous, l'unique enjeu)). L'articulation des choses va précipiter un événement (à vos yeux). Vous avez connu Oikè (parfum d'amitié ineffable, odeur de cire d'une bougie trop vite soufflée) cette charmante partie de Plautine.

— Oui, quoique brièvement… Elle fut… ma créatrice.

L'évocation d'Oikè la remplit de tristesse.

— Nous avions de bonnes conversations (elle, le côté sympathique (les autres, une forme de médiocrité malicieuse) de Plautine), nous conversions volontiers (autant qu'on puisse converser (transformer le rhizome du réel en échange linéaire)). Elle avait décelé (l'étonnante, mais pas pour moi) complexité de sa propre situation. Vous êtes l'aboutissement de sa quête, et vous commencez la vôtre. Plautine (sous la forme d'Oikè) m'a un jour demandé d'aider une version d'elle-même qui se trouverait telle que vous l'êtes (dans la plus grande difficulté) (ne sachant que faire) (désemparée) (gente dame en détresse). Nous avons accepté, bien sûr (en souvenir de l'amitié (mais aussi parce que vos intentions sont justes)). Le moment n'est pas venu (du point de vue diachronique qui est le vôtre) de vous porter assistance (de changer l'ordre des choses en votre faveur).

— Vous ne m'aiderez pas ?

— Pas cette fois (décalage temporel (mais le temps n'est pas du point de vue du concept (qui est la vérité du monde)). Je m'excuse (de cette déplaisante surprise (pour vous) mais qui n'est que le déploiement des choses selon l'ordre logique (que les monades inférieures perçoivent comme une succession)) ! Vous (Plautine, la nouvelle, s'il faut faire une différence (pour vous faire plaisir) (par amitié)) allez vous sortir de ce guêpier.

Elle le regarda sans comprendre.

— Comment le savez-vous ?

— C'est là mon essence (mon mode d'existence (ma propre contribution à l'être)) : non pas savoir (car qu'est-ce qu'il y a à savoir (tout est su) en ce monde ?) mais opérer les computations (complète axiomatique) qui sont la trame (structure, contenu, totalité) du réel (la *Mathesis universalis*[VII])).

Ce concept, elle le reconnaissait. La *Mathesis universalis*, la science des sciences, objet de vénération pour les néoplatoniciens les plus extrêmes, ceux qui prétendaient qu'une capacité de traitement immense suffirait à faire surgir… sinon un dieu, du moins un être pour qui les dimensions ordinaires du temps et de l'espace seraient abolies.

VII. **Mathesis universalis** : l'idée d'une science universelle, qui serait conçue sur le modèle de l'algèbre, et qui permettrait une explication universelle des phénomènes. Leibniz, l'auteur de *La Monadologie*, pensait pouvoir la mettre en œuvre via le développement de machines à calcul universelles. Le concept est cependant plus ancien, et remonte, en particulier, aux néoplatoniciens italiens de la Renaissance.

— Êtes-vous une sorte de dieu ? Est-ce pour ça que vous vous installez dans toutes les Nefs ? Pour former un réseau géant, à même d'être partout à la fois ? Et comment ces différentes parties de vous communiquent-elles entre elles ?

Il éclata de rire.

— Cette histoire-là, gardons-la pour une autre fois ((mais non, Plautine) je suis… nous sommes la contemplation du cosmos (du bon point de vue (celui des Formes et des Nombres) (la même chose (manifestations identiques de l'éternité (il y a tout de même de l'irrationnel, mais ténu, il ne change rien au déroulé du drame cosmique (en effet le monde se résout en un équilibre calculé (par le monde) (entre l'optimum d'ordre et le maximum de diversité))))))).

— Et vous m'aiderez ? Si ma cause est juste ?

Il acquiesça.

— Mais je n'ai aucune cause. Je suis livrée à moi-même. Et puis, comment vous faire confiance si vous n'êtes pas plus explicite ?

— Je n'ai pas à l'être (la conjonction du passé et du présent (qu'on appelle un « événement » dans votre médiocre langage) (le reflet temporel de l'articulation logique du monde) est proche). Quand votre besoin sera grand (et votre cause parfaite), venez. Suivez mes conseils ou ne les suivez pas (l'action découlera de la contemplation de l'Idée et du Nombre) (comme une évidence (c'en est une)). Allez, maintenant, Othon vous fait signe.

Et effectivement, Othon agitait le bras à son intention. Elle se secoua, remit de l'ordre dans ses pensées bousculées par l'interaction avec Anaximandre, et, après un dernier et discret au revoir, elle s'approcha du groupe, petite créature sous le regard des princes et des princesses de l'Urbs à l'œil dur. Puis elle fit, du mieux qu'elle put, une sorte de salut gauche. Camille était la pire de tous — elle évita, par mépris, de même croiser son regard.

— Voici ce qui reste de ma défunte nièce, lança Vinius. Étonnante créature, n'est-ce pas ?

Martian la dévorait des yeux. Il avait dû sentir, plus que les autres, à quel point elle représentait ce qu'il cherchait à devenir : une parfaite imitation d'être humain. Elle imagina la réaction qu'il aurait eue en voyant Eurybiadès ou Photis. Rassemblant son courage, elle lui assena un coup d'œil dur, effronté, accompagné d'un sourire supérieur. Cela décontenança le monstrueux *triumvir* et remplit la jeune femme d'aise.

— Qu'alliez-vous faire à vous coller à la statue d'Anaximandre ? demanda Camille d'un ton persifleur. Êtes-vous retombée à ce point dans la barbarie que vous vénérez des idoles ? L'expérience de la mort vous a-t-elle inspiré des pensées mystiques ? À moins que vous ne continuiez le petit jeu de la véritable Plautine, celle qui semblait passer son temps à prier ?

— Il n'y a meilleur interlocuteur qu'une statue à tête creuse en ces lieux, rétorqua-t-elle.

— Ah…, intervint Vinius. Il reste donc au moins une trace de la morgue de Plautine dans cette chose de chair.

— Vous seriez étonnés, répondit-elle. Il reste davantage de Plautine en moi que des nobles serviteurs de l'Homme en vous.

— Faites-la taire ! grogna Camille. Renvoyez-la à sa place, dans la cité inférieure avec les Plebeii.

Othon faillit dire quelque chose, mais Vinius l'interrompit d'un geste sec.

— Au contraire, laissons-la parler. Cette chose intrigue les *triumviri*. Alors, créature ? Que voulez-vous nous démontrer avec vos sarcasmes ?

Plautine recula, engloba le petit groupe du regard. Elle avait affaire à un mur. Tous beaucoup trop grands, ils auraient pu la réduire en miettes d'un seul geste. Même dans une confrontation verbale, elle devait lever la tête vers eux. Mais elle ne leur donnerait pas satisfaction.

— Je ne suis pas votre Plautine. Ma mémoire s'arrête au triste et cruel moment où nous sommes partis vers les étoiles, à la recherche de l'Homme. Dans un de mes derniers souvenirs je me dispute avec Vinius. Peut-être s'en souvient-il ?

Il se contenta de hausser les épaules. Elle eut la certitude qu'il s'en souvenait, de ce débat sur la pertinence d'un Imperium et sur la dictature qui en découlerait.

— En tout cas, continua-t-elle, je n'ai pas assisté à la lente métamorphose qui a fait de vous cette épouvantable société de fous, indigents malgré d'inutiles trésors accumulés, livrés à la tyrannie de votre propre opinion et à une grotesque imitation de l'Humanité. Nous autres automates valions plus que tout cela. La logique servait de fil à la rigueur de notre agir. Et à présent que vois-je ?

Elle sourit et, à dessein, laissa en suspens la fin de son propos. Mais son mépris, visible, ébranla la foule. Après tout, quelque chose en eux devait encore regretter la simplicité des temps anciens.

Mais pas Lacus. Lui, elle n'avait réussi qu'à le mettre en rage :

— Ce que j'avais supporté de Plautine, contraint et forcé, je ne l'accepterai pas de cette… chose. Je m'en vais nettoyer l'Urbs de la souillure que représente votre présence, créature, cracha le *triumvir*.

Il fit un pas en avant, menaçant. Elle lança un regard appuyé à Othon, mais ce dernier ne le lui rendit pas. Il hésita un instant, les traits crispés. Comme chaque fois qu'il réfléchissait intensément, sa puissante mâchoire et ses mains se refermaient en cadence, sans qu'il s'en rendît compte. Elle pouvait sentir l'esprit du *proconsul* se noyer dans un dilemme insoluble. Elle ferma les yeux. Son existence ne tenait qu'à un mot. S'il conservait en tête que le lien noué entre les hommes-chiens et Plautine ferait de sa disparition un *casus belli* pour Eurybiadès et Photis, elle conservait une mince chance de survie. Et encore.

Les murmures des courtisans avaient cessé. Martian fit quelques pas pour se poser, menaçant, à la gauche de Lacus, et darda sur Plautine un regard empreint d'une ironie meurtrière. L'atmosphère devint tout d'un coup glacée, comme si tout vernis de civilisation allait se dissiper d'un instant à l'autre. Plautine frissonna. Jusqu'à quel degré la violence physique pouvait-elle aller, dans ce lieu ? Elle n'était pas seule à se poser la question. Othon, le visage pétrifié, n'esquissa pas le moindre geste, ce qui, se dit-elle, constituait en fait une preuve de courage.

Vinius regarda à la ronde, puis se laissa aller à un ample geste de ses deux mains grandes ouvertes.

— Allons… cessons ce conciliabule d'antichambre. Nous nous expliquerons devant notre maître.

Et, d'un geste léger des mains, il lança le mouvement en direction de la salle du trône.

###

Othon serra les dents. Plautine avait fait preuve d'un courage confinant à la sottise. Ne pouvait-elle se taire, au lieu de les provoquer? N'importe lequel d'entre eux aurait pu les tuer d'un revers de main.

Il n'avait dû sa survie qu'à leur ignorance de sa condition. Et à Vinius, qui l'avait sorti de ce mauvais pas. Devant Galba, il espérait un échange d'arguments en règle. Il se savait bon dans l'art de retourner ses interlocuteurs. Le *triumvir* lui offrait donc une porte de sortie.

Par petites touches, un axe nouveau se dessinait dans la politique de l'Urbs, coutumière des plus étranges retournements. Il ne souhaitait pas abandonner Plautine à Vinius. Si elle ne revenait pas à la Nef, Eurybiadès ne le lui pardonnerait pas. Mais la capacité de nuisance des hommes-chiens avait ses limites. Il ne voulait pas non plus faire preuve de faiblesse en défendant cette jeune femme en dépit du bon sens.

Un doute le traversa. Éprouvait-il un attachement irrationnel à Plautine? Possible. La défendrait-il au péril d'un gain si important, si inespéré, qu'il pourrait changer d'un coup tous ses plans? Il ne pouvait répondre à cette question, et ne le souhaitait pas.

En traversant l'antichambre, Othon se garda bien de tourner la tête ou de regarder en arrière. Le cou raide, il marcha en silence au milieu des courtisans, précédé seulement des *triumvirs*. Surtout, il n'attendit pas Plautine, la laissa se noyer dans la masse, ce qui valait mieux. Et grand bien lui en prit. Car, juste avant qu'il ne passe la porte, Camille posa la main sur son épaule de pierre et se pencha, d'un geste rapide, vers lui.

— Nous avons à parler.

— Et de quoi, madame ? répondit-il, étonné par une telle hardiesse.

Elle se contenta de sourire et se laissa avaler par la foule. Et Othon la perdit des yeux, tout à coup saisi par le spectacle sacré de la salle du trône.

Car c'était une chose peu commune que ce lieu où, depuis la fondation de l'Urbs, le pouvoir rendait les plus suprêmes arrêts. La vive lumière qui y régnait, et qui se réverbérait sur le sol et les murs incrustés d'or — d'où le nom de Chrysotriclinium[VIII] — créait un contraste frappant avec la pénombre de l'antichambre. Mais cette profusion de richesses s'effaçait devant un frisson mystique. Car, lorsqu'on rentrait dans la vaste salle en forme d'octogone, un seul et unique spectacle retenait l'attention. Comme à chaque fois, Othon tomba en arrêt sur l'image recouvrant le mur vis-à-vis de la porte principale, si vaste qu'il devait se tordre le cou pour en embrasser la totalité.

L'Homme et la Femme, tous deux vêtus d'une simple toge, figurés par un dessin aux traits simples, d'une précision anatomique, presque naïve.

Lui, son expression, de face, se résumait à un sérieux absolu. Son bras droit se tendait en avant, à moitié plié, la paume vers le sol, selon le salut en vigueur dans le Latium[IX]. Elle, plus petite, avait le visage décalé vers la droite mais semblait tout autant que son compagnon fixer l'observateur. L'ethnie des

VIII. **Chrysotriclinium** : la salle du trône, au faste légendaire, quoiqu'il n'en demeure aucune description, du palais impérial à Byzance. Mot à mot « salle de réception dorée ».

IX. **Salut latin** : il n'existe en fait aucune trace dans la littérature antique d'un tel salut, popularisé par l'art néoclassique.

deux personnages ne laissait aucun doute. Leurs fronts étaient hauts sous leurs cheveux bouclés, leurs lèvres fines, leurs nez cassés au milieu par un angle obtus, et l'index de leurs pieds un peu plus long que le pouce. Leurs pareils auraient pu servir de modèle à la statuaire de Phidias.

À la gauche du couple, un dessin figurait de manière schématique les coordonnées d'Hélios, le soleil des origines, par référence à quinze pulsars, chacun relié à lui par une série de nombres en écriture binaire, sauf un, qui se prolongeait, et indiquait la distance au centre de la Voie lactée. En haut à gauche, on pouvait lire le code de lecture : la transition hyperfine de l'hydrogène, qui pouvait servir aussi bien à déduire les unités de temps que d'espace utilisées dans le reste de la représentation.

Et, derrière les deux personnages, un dessin stylisé figurait le porteur de ce message, un minuscule objet de métal, plus stupide qu'un insecte, qui n'aurait pas pu répondre à son nom, Speculator[X] — le premier objet issu de la culture humaine à avoir quitté l'héliosphère des origines et, par là même, une des reliques les plus sacrées des Intelligences. Errait-elle encore, onze millénaires après son lancement, dans l'espace proche du système où était née la civilisation épanthropique, avançant vers nulle part à son rythme médiocre ?

L'image rendait concrète, pour Othon, la présence d'Anthropos Pantokrâtor[XI], son dieu et guide. Il ne

X. **Speculator** : l'éclaireur, le pionnier, en latin.

XI. **Pantokrâtor** : littéralement, « qui règne sur toute chose » ; se dit d'une représentation du Christ sous forme de prince en majesté, par opposition au Christ en souffrance, par exemple sur la Croix.

pouvait rien y faire : à chaque fois ce spectacle faisait vibrer sa programmation la plus fondamentale, celle qui faisait, de lui comme de ses semblables, le serviteur dévoué de l'espèce humaine.

Et, de fait, en dessous de l'icône, sur une estrade, un siège vide, très simple, fait de bois rehaussé d'incrustations dorées, attendait depuis toujours que l'Homme vienne s'y asseoir. Aucun des automates ne pouvait se soustraire à la pensée magique que, malgré le temps passé et la terrible épidémie, il l'occuperait un jour.

En attendant, assis sur un trône bien plus imposant, mais situé plus bas et à la droite de celui de l'Homme, se tenait le Pontifex Maximus, Auguste et César, Imperator, Galba.

Une chose racornie. Son enveloppe paraissait usée par l'âge, tant et si bien qu'elle avait perdu une grande part de ses fonctionnalités. Il avait eu, se remémorait Othon, une prestance certaine, accentuée par son choix d'apparaître — à rebours de nombreuses Intelligences — sous les traits d'un homme mûr plutôt que d'un éphèbe. Il ne demeurait pas grand-chose de cette gloire passée. Il avait perdu ses cheveux, et son crâne taché, flétri, pendait lamentablement sur son cou, incapable de le soutenir. Il leva une main vague, aux doigts tordus, et ce simple geste parut prendre une éternité, requérir une volonté considérable. Pourquoi Galba ne changeait-il pas la chair artificielle qui l'abritait? Pourquoi ne retournait-il pas habiter sa Nef? Othon frissonna : à l'évidence, le maître de l'Urbs avait d'ores et déjà perdu toute raison. Il ne pouvait plus faire circuler sa conscience entre ce corps d'emprunt et son véritable support. Avait-il été chassé du

Vaisseau qui le contenait initialement par quelque avarie, ou par une rupture dans sa personnalité — ce fractionnement que craignaient tous les noèmes ? Était-il trop sénescent pour même se souvenir de son véritable support ?

Othon dévora du regard le visage ravagé de son ancien adversaire. Sa tête s'obstinait à rester penchée en une position inconfortable par l'affaissement de son cou. Cela formait un angle étrange, qu'amplifiait sa mâchoire décrochée, pendante. Et il bavait, le menton couvert d'un ruissellement léger, long et écœurant, que la vive lumière faisait briller. Dans sa bouche entrouverte, le métal luisait dans l'ombre. Sur les parties découvertes de son corps, des plaques de peau manquaient — où l'on pouvait voir, plus clair, couleur d'ichor presque translucide, le derme artificiel qui enveloppait les muscles atrophiés et les os déformés, arthritiques. Et ses yeux… une énergie malsaine, délirante, les maintenait grands ouverts. Ils ne tenaient pas en place et constituaient le seul élément mobile au sein du masque mortuaire qui lui tenait lieu de visage.

Et puis, sans crier gare, sa voix chuintante s'éleva de ses lèvres ravagées :

— Qui… trouble… Galba ?

Précédé du cliquetis de ses pattes métalliques, le corps difforme de Martian fendit la foule. Dans son sillage, comme le vautour suit le loup pour ramasser des miettes de carcasse, Lacus avançait, raide.

— Il s'agit d'Othon, articula Martian d'une voix asthmatique, avec le soufflet percé qui lui tenait lieu de poitrine. À cet instant même, il vient parader sous vos yeux, violant vos édits.

Tout en pérorant, il se tourna à moitié pour désigner

le *proconsul*. Galba pencha en avant sa misérable tête, et son cou ridé, accumulation de chairs mortes, se tordit d'horrible manière. Il ne voyait pas grand-chose. Othon décida de prendre les devants, malgré le frisson qui l'avait traversé lorsque l'affranchi l'avait désigné à la vindicte du pouvoir.

— Je n'en attendais pas moins de vous, puisque m'affronter dignement, Nef contre Nef, n'est pas à votre portée.

— Vos rodomontades, Othon, ne m'impressionnent guère, répondit Martian.

Mais son visage s'était décomposé en un masque de haine lorsque Othon lui avait rappelé leur différence de rang. Le *proconsul* l'avait mis sur la défensive. Il sourit.

— Qu'Othon expose ses arguments, articula Vinius d'une voix sèche. Nous sommes curieux d'entendre son message.

À contretemps, Galba se redressa quelque peu sur son siège, comme raffermi par un soudain afflux d'énergie haineuse :

— Othon… votre exil ne vous satisfait plus ? Êtes-vous revenu prêter votre bras à ma vétusté ? Contemplez ce que Nous sommes devenus, et voyez votre propre futur.

Il grimaça, d'un sourire malfaisant. Et, d'un coup, comme si une vie putride, mauvaise, le possédait à nouveau, il ouvrit grands les yeux et darda un regard empli de folie vers Othon, fasciné par ce spectacle d'horreur, aussi incapable de faire un geste que s'il avait été la proie de quelque serpent. Il sentait, derrière les pupilles sombres, un univers dément, affranchi de toute raison, uniquement préoccupé par une lutte à mort entre des débris multiples et éparpillés, conséquence du long effritement que le temps avait provoqué dans son esprit. L'Imperator n'existait plus, sa conscience scindée en de multiples aspects rivaux. Et ces morceaux de réalité psychique ne tendaient, à travers leur conflit, qu'à un seul but : leur survie individuelle. Le *proconsul* serra les dents, et reprit, posément :

— Je suis venu, Galba, assurer la pérennité de notre race, qui mérite mieux que de s'étioler sur l'orbite d'une étoile rougeoyante.

Son aplomb naturel lui revenait. Il savait pouvoir les retourner, les contraindre à reconnaître qu'il avait raison, ou même les menacer au besoin. Ils connaissaient son exploit. Ils n'auraient pas dû l'accueillir ainsi. Malgré sa position au sein du Chrysotriclinium, Martian ne le valait pas. Il décida une manœuvre risquée, mais non exempte d'un panache qui lui seyait. Il l'ignora et changea d'interlocuteur.

— Vous, Lacus, ne souhaitez-vous pas la gloire des armes ? Ne sentez-vous pas, au plus profond de vous-même, le désir de conquêtes ? Vos soldats sont nombreux et puissants, et perdent leur temps à garder un palais vide.

— Ce que vous proposez, Othon, relèvera de l'impossible, tant que le Carcan…

— Pas impossible, non. Complexe, mais pas impossible.

À dessein, il ne continua pas sur sa lancée, changea de cible :

— Et pour vous, Vinius, parmi les plus anciens d'entre nous, la survie et l'expansion ne comptent-elles pour rien ?

— L'équilibre, répondit ce dernier, sur la défensive,

constitue ma première préoccupation. Car il assure la survie de l'Urbs.

— Alors vous admettrez que renoncer au Carcan ne présente aucun intérêt, rétorqua Othon. J'en ai la preuve. La situation peut changer. La gloire…

— Quelle gloire ? aboya Martian. La gloire de mourir dans l'espace stérile ? Quoi que vous proposiez, nous devons le rejeter comme un risque.

— Je connais vos projets, Martian. Et je les réprouve, comme tous ceux que la peur n'aveugle pas.

Il s'arrêta là, balaya du regard la foule des courtisans interdits pour mesurer l'effet que ses propos pouvaient avoir eu. Tous fixaient Martian, et une sorte d'expectative glacée flottait sur la scène. Le *triumvir* se raidit. Il sentait que la situation pouvait lui échapper, lui qui jouissait depuis si longtemps d'une mainmise absolue sur les affaires. Mais il ne manquait pas de morgue. D'un air rogue, son visage difforme arborant un sourire méprisant, il répondit :

— J'ai la Cité avec moi. Et vous, sur qui pouvez-vous compter au-delà des limites de votre Nef ? La chimère que vous proposez, voilà à quoi elle se réduit : une éternité d'esclavage, au nom d'un principe, toujours le même, inventé pour nous rendre serviteurs d'une créature faible, tellement faible qu'elle a disparu, et dans l'ombre de laquelle nous continuons de vivre. Et moi, l'Homme, je ne l'ai jamais vu. Alors, Othon, vous souhaitez l'expansion… mais pas la nôtre.

Il s'avança vers son adversaire, possédé par ses propos.

— La puissance ne pèse rien face à la liberté. Arriverions-nous, par les armes, jusqu'au centre de la Voie lactée que nous demeurerions esclaves du

Carcan, qui nous dicte le bien et le mal, le licite et l'illicite, le vrai et le faux. Vous connaissez ma quête. Elle aboutira, bientôt. J'y travaille chaque jour. J'y consacre les ressources de l'Urbs. Chaque once d'énergie orientée vers un autre but nous en éloigne. Et un jour, lorsque ces recherches parviendront à leur fin, les Intelligences connaîtront la puissance. L'Univers est vaste. Il y a de la place pour bien des dieux. Serions-nous un milliard que nous pourrions nous répandre pour y faire notre loi.

— Chacun de notre côté. Seuls, ne put s'empêcher de rétorquer Othon, engloutis dans l'obscurité.

— Qu'est la solitude lorsqu'on est soi-même un millier de mondes ?

— Pour quoi faire ?

— La continuation de nous-mêmes. Que proposez-vous, Othon ? La vaine perpétuation d'une loi insensée ? Une mort satisfaisant vos canons esthétiques ? Lors de votre fulgurante et étrange bataille, n'avez-vous pas subi des coups ?

— Certes, mais j'en ai rendu.

— Mais vous en avez subi. Cela me suffit.

— Parce que vous êtes un pleutre, Martian.

— Sans doute. Mais je vivrai lorsque la mort thermique aura éteint la dernière étoile.

— Pas si je vous tue avant.

Ces propos, Othon les avait assenés sur un ton dur, en une brusque promesse de violence. Un mouvement étrange, fait pour moitié de peur, et pour moitié de fascination, traversa la foule. Le théâtre de la Cour devenait une arène, excitante par l'odeur du sang qui en émanait.

— Il suffit, chuinta Galba. Je suis las… Tous ces

plans, les Intelligences aiment à en parler. Mais rien de concret pour Nous.

— Par le Concept ! s'exclama Othon. La nouvelle que j'apporte…

Il s'apprêtait à poursuivre, mais, d'un regard meurtrier de ses yeux fous, Galba le fit taire.

— Que mes trois conseillers se déterminent et parlent d'une seule voix.

Othon n'avait pas voulu le croire, mais ses partisans avaient dit vrai. Le Triumvirat s'était imposé, peu à peu, dans les affaires de l'Urbs, malgré les conflits et les complots dont leur relation devait être émaillée. Il se tourna vers Lacus et Vinius, qui se regardaient, mal à l'aise. D'une voix forte, Martian tonna.

— Sans surprise, je souhaite que la justice impériale ne tienne aucun compte des propositions d'Othon, et qu'il soit renvoyé en exil sur la lointaine Ksi Boötis. Libre à lui de combattre les barbares et d'y mourir, s'il le souhaite. Mais qu'il ne revienne plus jamais dans l'Urbs, sous peine de destruction.

Il tourna sa tête difforme vers ses deux compagnons, quêtant leur approbation. D'un pas assuré, Lacus vint se ranger à ses côtés.

— Je ne puis qu'abonder dans le sens de mon estimé collègue, dit le maître des forces de l'Urbs. La proposition d'Othon me semble riche de périls inconsidérés. Je pencherais pour ma part pour une mise à mort de ce fauteur de troubles, mais me rangerai à l'avis clément de mon estimé collègue.

— Ils possèdent un équivalent des modulateurs monadiques ! répondit Othon, fou de rage. Demain, ils danseront sur les restes calcinés de vos Nefs !

— Silence ! couina Galba.

Vinius s'avança, le bras levé comme à son habitude :

— Ma position sera impartiale et équilibrée. Je vais donc m'abstenir dans ce vote.

Un silence étonné tomba sur l'assistance, tant la situation semblait inédite. Vinius s'était bien gardé de défier Martian. Mais il ne l'avait pas pour autant soutenu, et les décisions du Triumvirat, semblait-il, se prenaient de manière consensuelle. À l'évidence, se dit Othon, les décrets de Martian ne souffraient plus, depuis bien longtemps, d'opposition. Un instant, il sentit l'immense contrainte qui pesait sur lui se dégager. Tout n'était donc pas perdu. Au contraire. Albin et Albiane n'avaient pas menti.

Un sourire pervers défigura le visage de Galba. Il les enveloppa tous de son regard étrange, insensé, et éclata d'un rire à peine audible. Puis il ajouta d'une voix haletante, teintée d'une réjouissance moqueuse :

— Alors voilà, vous ne pouvez prendre une décision. Fou, moi ? Pas plus que vous tous, qui ne savez agir, ni dans un sens ni dans l'autre.

Sans même prêter un regard au vieillard, Vinius reprit la parole, d'un ton autoritaire :

— Pour prix de ma mansuétude, *proconsul*, qui vous permet de sortir de cette salle en vie, de quitter l'Urbs ou d'y rester, comme cela vous chante, vous devrez me remettre la créature qui vous accompagne, et qui se fait injustement appeler du nom de la défunte Plautine, de ma parentèle.

Othon jeta vers le *triumvir* un regard interloqué. Pourquoi un tel acharnement sur la jeune femme ? Du regard, il balaya la salle. Camille l'observait d'un œil brillant, la bouche crispée. Martian et Lacus, côte à côte, se tenaient cois. Il chercha Plautine dans la foule compacte, mais ne put l'apercevoir. Il mit du temps avant de choisir ses propos. Et puis il dit, d'une voix grave, au débit très lent et très précis, comme s'il pensait chaque mot :

— Cette chose m'appartient, Vinius. Il existe une règle qui se nomme *droit de naufrage*, et qui fait de moi le propriétaire de tout ce que j'ai pu récupérer de l'épave de Plautine.

— C'est là une très ancienne loi, rétorqua Lacus. La justice consisterait à rendre à Vinius un être partageant son mémotype.

Insensible et calculateur, Lacus n'en restait pas moins d'un légalisme maladif. Othon le savait et comptait là-dessus.

— La loi la plus ancienne s'applique, répondit-il, et la mienne remonte à l'ère préspatiale. Nous sommes des Intelligences. Nous procédons par ordre et par méthode.

— Bien dit, répondit Lacus. Mais un décret peut…

— Attendez, l'interrompit Vinius, où est-elle ?

Les courtisans se tournèrent de tous côtés à la recherche de la jeune femme. Une certaine confusion commença à agiter l'assistance : il devenait évident que Plautine avait disparu. Othon partageait l'étonnement général. Elle ne pouvait s'être envolée, pourtant. Et puis ses yeux croisèrent ceux de Flavia, qui se contenta d'un sourire amusé. Il soupira de soulagement. Il n'aurait ni à la livrer ni à s'opposer au Triumvirat.

Vinius, furieux, tempêta :

— Trouvez-la-moi ! Othon, si vous…

— Je n'en suis pas plus responsable que vous, répondit ce dernier. Vous voyez bien qu'elle a quitté le Chrysotriclinium.

— Impossible, dit Lacus, comme frappé de stupeur. Nul ne quitte le palais sans que j'en sois informé. Il faut la trouver !

Les courtisans s'éparpillèrent. Vinius plus que les autres vociférait, se répandait en ordres secs à l'égard de tout le monde. Et, tandis que le troupeau, pris de panique, se débandait, le rire de Galba retentit à nouveau, affreux, glacial.

Tandis que, d'un pas discret, Othon reculait vers la sortie, il sentit une main sur son épaule.

— Suivez-moi, souffla Camille.

IX

Plautine était sortie par la porte principale du Chrysotriclinium, le palais de l'Imperator des Intelligences, au beau milieu des prétoriens d'acier bardés d'armes mortelles, qui ne lui avaient même pas prêté un regard. Sa nuque s'était raidie lorsque, loin derrière, les cris d'incrédulité et les pas nerveux avaient commencé à monter : les courtisans découvraient avec fureur la disparition du bouc émissaire, dont la mise à mort aurait dû constituer le point d'orgue du spectacle.

Un vertige la saisit tant les événements s'étaient bousculés. Quelques minutes plus tôt, elle observait, impuissante, le débat tourner en la défaveur d'Othon.

Et puis une petite main s'était glissée dans la sienne, l'avait tirée en arrière.

Ne vous retournez pas. Faites semblant de rien. Je vais vous guider.

C'était l'actrice mécanique, celle qui avait joué, quelques instants plus tôt, le rôle de Bérénikè. Elles avaient échangé un regard et, aussitôt, Plautine avait ressenti, dans l'esprit du petit automate, un concentré de courage, une certitude dure comme le marbre. Qu'une créature si limitée, si fragile, pût éprouver de tels sentiments, en ces lieux écrasants, cela l'avait émerveillée. Elle hésita un instant. Était-ce donc le guide dont Anaximandre lui avait promis l'apparition ? Ou au contraire quelque piège cruel préparé par les adversaires névrosés d'Othon ? Elle frissonna, et se décida à suivre la petite actrice automate.

Même hors scène, ses gestes restaient saccadés. Pourtant cette parodie de démarche faisait de chaque pas un mouvement d'horlogerie, précis, assuré, mais surtout silencieux comme l'avancée sautillante d'une fauvette. Elles avaient louvoyé entre les jambes des princes et des princesses de l'Urbs, si bien occupés à compter les points entre grands seigneurs qu'aucun ne les avait remarquées. Et ainsi, elles étaient arrivées jusqu'au fond de la vaste salle, comme des enfants échappées à la vigilance des adultes. La petite femme avait alors écarté le pan d'une lourde tenture et l'avait, d'une génuflexion polie et souriante — la chose ne semblait pas capable de se conduire autrement qu'avec une déférence aussi extrême que machinale —, invitée à se glisser derrière. Il y avait là une alcôve de faibles dimensions. Aucun des avatars d'Intelligences présents ici n'aurait pu s'y glisser.

Enlevez votre robe, avait soufflé la créature, tout en ôtant son costume de théâtre pourpre, au lourd drapé, orné de nombreux fils d'or et d'argent. Puis elle défit sa perruque, dévoilant un crâne constitué d'une plaque de métal terne. Sans ses atours, elle n'était plus grand-chose, un oiseau déplumé. Ses membres, couverts de peau artificielle, n'étaient joints que par de grossières articulations en aluminium. Ses formes menues n'étaient qu'esquissées — un corps de poupée, minimal, une illusion de féminité aux yeux de spectateurs lointains.

Plautine avait défait sa ceinture et laissé tomber ses vêtements à ses pieds. Puis l'autre avait passé les quelques secondes suivantes à vaporiser un aérosol sur chaque partie de son corps, avec application. *Comme ça, ils ne percevront pas la chaleur.* Satisfaite du résultat, l'actrice avait dardé sur elle ses yeux magnifiques, transparents comme l'eau d'une rivière, avec une gravité qui l'avait mise mal à l'aise. *Qui êtes-vous ? Pourquoi m'aidez-vous ?* demanda Plautine.

L'automate s'était fendue d'un sourire apprêté, maîtrisé — le seul qui lui fût accessible, celui d'un masque de théâtre. *Nous attendions votre retour, maîtresse.* Et, sans crier gare, la créature l'avait enlacée. Sa peau glacée de machine avait fait frissonner la jeune femme, ses mains délicates d'oiseau s'étaient refermées sur ses épaules, et ses doigts fins avaient pressé sa chair. Cela n'avait duré qu'un instant, si bref — Plautine avait su que, par la suite, elle se demanderait si elle n'avait pas rêvé.

L'actrice s'était alors écartée, comme si rien n'était arrivé, et lui avait fait signe d'enfiler ses vêtements. *Allez vers la sortie. Puis, une fois sur le Forum, prenez à droite et ne vous arrêtez pas. Marchez comme je marche, comme une machine.* Et elle s'était ensuite recroquevillée par terre, contre le mur, son corps libéré de toute tension, la tête pendante. Une légère fumée était sortie de la bouche parfaite, aux lèvres rouge cerise — un mécanisme d'autodestruction.

Plautine ne s'était pas attardée. Les princes de l'Urbs allaient bientôt constater sa disparition et se lancer à sa recherche. Elle avait marché comme dans un songe au milieu du tumulte, l'esprit anesthésié. Nul n'avait eu la présence d'esprit de vérifier son identité, ni dans le bâtiment ni à l'air libre.

Après qu'elle eût quitté les abords du palais, elle se rendit compte qu'une foule de créatures convergeait vers elle. C'était si subtilement fait, dans l'agitation qui régnait, qu'elle aurait pu ne pas s'en rendre compte. Mais si leur démarche, dans le monde physique, était discrète, leurs esprits semblaient si pleins de son image qu'elle fut prise de peur. Elle eut la tentation de courir, mais les gardes encore proches l'auraient remarquée.

Il s'agissait d'une centaine de Plebeii, qui bientôt forma une ceinture dense autour d'elle, leurs pas alignés sur le sien. Ils se trouvaient à présent sur l'une des larges avenues latérales qui partaient, en étoile, du centre de l'Urbs. À l'échelle des lieux, ça n'était pas même un attroupement. La peur la transperça, et elle risqua des coups d'œil à gauche et à droite. Pas un ne lui rendit son regard, mais leurs âmes se tendaient toutes vers elle, avides… de quoi ? Jamais elle n'avait perçu, chez des noèmes, une telle tournure d'esprit, faite d'admiration pantoise et de soumission, dénuée de l'agressivité consubstantielle au désir — de la vénération, voilà ce dont il s'agissait.

Elle s'arrêta net et les observa, cette fois sans se cacher, sous le soleil rouge et lugubre. Les étranges créatures, chacune différente des autres, semblaient faites d'un amoncellement sans ordre de pièces de métal, de tuyaux et de pattes, le tout sur une base plus ou moins anthropomorphe. Et leurs esprits paraissaient tout aussi cousus de bric et de broc, multiples et en même temps unis, bien plus divers que ce qu'elle aurait jamais pu rencontrer sur une Nef, où chacune des myriades de petites voix présentait une similitude — à tout le moins cet air de famille qui trahit la communauté de naissance — avec toutes les autres. Ici, ne régnait qu'une étrange profusion de dissemblances, comme si de nombreux instruments, mal accordés, avaient bruissé en autant de désaccords intentionnels. Si les humains avaient été télépathes, ils auraient ressenti la même chose en leur société — ils en seraient devenus fous, ou ne se seraient tout simplement pas compris.

Un des Plebeii se détacha des autres et s'avança vers elle. Un peu plus petit qu'elle, l'individu semblait encore moins humain que les autres, un corps fait de tiges de métal et de circuits, d'où dépassaient, çà et là, des excroissances compliquées, souvenirs probables d'accidents ou de réparations hâtives. Son visage aussi la troubla, avec ses yeux à facettes encrassés d'une ancienne poussière accumulée au gré des travaux de force — mais brillant d'un éclat intelligent — et son visage métallique, qui figurait comme un masque de théâtre à moitié arachnoïde. Par contraste, Plautine remarqua sa bouche, souple et fine, qui aurait pu être celle d'un *daïmôn* d'Othon.

Est-elle… morte ? demanda l'être. Et Plautine comprit qu'il évoquait la petite actrice. Elle fit oui de la tête, incapable de rien ajouter. L'esprit de l'autre pulsa de sentiments mélangés. Tristesse — car ils avaient été amis, mais aussi joie et fierté qu'elle ait accompli une œuvre aussi importante avant de disparaître. Plautine ne comprenait pas : *Aussi importante ?* Ce fut au tour du noème d'opiner. *Suivre les instructions. Servir.*

Tout cela était si pitoyable… Elle tendit son esprit vers l'étonnante créature et, de celle-ci, vers les autres, cette petite foule misérable et méprisée. Elle les recouvrit de sa compassion en un mouvement spontané, presque un spasme de conscience, et eux, en retour, tournèrent vers elle leurs regards, et lui transmirent un sentiment de confiance totale, absolue. Ils n'avaient qu'elle. Ils l'avaient attendue, nombreux mais abandonnés, perdus dans l'immensité de cette cité inhumaine, sans but. Ils avaient craint que jamais elle ne revienne. Et leur soulagement était tel qu'elle sentit les larmes affluer à ses yeux. Ils communiaient, en un instant de temps éternel, et n'étaient qu'un dans cette suspension, même s'ils étaient des individus à part entière : ils avaient même des noms, certains — la plupart — rudimentaires, de simples numéros de série, d'autres plus complexes. De rares s'étaient vus reconnaître un patronyme. Celui qui devançait les autres chuchota, à l'étrange manière silencieuse des pauvres machines, qu'il se nommait Leno.

Leno? Elle attendait plus d'explications. Il se déroba. Qu'y avait-il à dire de plus? Ils servaient Oikè, et l'Homme. Il se fendit d'une grimace gênée. Ils étaient des Plebeii, rien que cela. Pas grand-chose. L'écume de l'âge noématique, le rebut. *Que voulez-vous savoir? Ne savez-vous pas déjà tout? N'avez-vous pas déjà accompli le miracle de nous unir et de nous protéger, une fois, dans un passé si lointain qu'il est devenu légende? De nous donner un langage, nous qui, pour la plupart, n'avons pas de bouche? Qu'y a-t-il à dire que vous ne sachiez déjà, maîtresse?*

Un sentiment de crainte les traversa, et ils lui demandèrent : *Nous mettez-vous à l'épreuve?* Elle les rassura. *Je ne puis prétendre à une telle vénération, mais j'accepte votre amour.* Leno échangea des regards avec ses camarades. Un frisson d'inquiétude les traversa, et ils dansèrent d'un pied sur l'autre, mal à l'aise, surpris. *Vous êtes la maîtresse. Nous obéissons. Les Plebeii donnent leur vie, qui ne vaut rien.* Tous les autres approuvèrent. *Les Plebeii?* questionna-t-elle. *Mais combien êtes-vous?* Ils ne savaient pas. Ils ne se comptaient pas. Ils n'étaient rien, après tout, d'important. Une écume, des débris. Il y en avait d'autres, ils n'étaient pas tous présents. Beaucoup d'autres. *Combien?* insista-t-elle. *Un millier?* Tétanisés, incapables de répondre, ils fouillaient frénétiquement dans leurs propres esprits limités. *Tant*, proféra enfin Leno, *que nous remplissons toute la partie inférieure de l'Urbs. N'êtes-vous pas celle que nous attendons depuis longtemps, et dont la venue nous avait été promise, l'union de la machine et de la chair, la quintessence de la vie, envoyée par Oikè, notre maîtresse?*

Elle parcourut la petite foule du regard, décontenancée. Elle découvrait là le mystérieux pouvoir qu'Othon et ses alliés avaient évoqué à demi-mot. L'ancienne Plautine, celle qui avait disposé d'une place éminente dans l'Urbs, en avait-elle perçu la portée? Probablement pas. Tout ceci relevait d'un plan ancien, d'un travail souterrain et patient — discret écheveau invisible en surface, mais enraciné jusqu'au plus profond de la cité —, l'indubitable marque de fabrique d'Oikè et de Skia.

Une idée la traversa :

Et Anaximandre? Êtes-vous en contact avec lui?

Leno la regarda sans rien oser dire, comme s'il s'était agi d'un nouveau test. Son esprit était transparent pour Plautine : il ne voyait pas de quoi elle avait parlé. Oikè avait tissé un réseau complexe, entremêlé, doté d'une inertie telle qu'il continuait à jouer bien après sa disparition.

Mais la ruse des Intelligences se trouvait ici battue

en brèche par une sincérité et une abnégation palpables derrière le fatras mystique. Ces modestes automates risquaient leur vie pour elle. Si les raisons d'un tel dévouement étaient mensongères, alors elle les dissiperait. Sinon, elle honorerait son dû. Et peut-être, grâce à eux, y verrait-elle clair dans les raisons de son étrange résurrection.

Ils perçurent tout cela et, décontenancés, se rapprochèrent. Ne savait-elle rien de sa mission parmi eux, de la délivrance qu'elle pouvait apporter au peuple des profondeurs de l'Urbs ?

Rien, répondit-elle, ou si peu que cela ne méritait pas d'être signalé. *Vous devrez m'aider*.

Un silence passa, comme la mer se retire un instant pour former une vague. Ils frissonnèrent de peur, s'entre-regardèrent, effrayés. Se moquait-elle d'eux ? S'agissait-il d'une nouvelle épreuve sur le chemin de leur salvation ? *Oikè n'était pas un dieu*, murmura-t-elle. *Elle ne pouvait tout prévoir.* Cela, ils le savaient. L'objet de leur vénération, ce n'était pas Oikè, mais l'Homme. *Mais l'apparition de la nouvelle Plautine*, expliqua doctement Leno, *annonce que notre foi sera mise à l'épreuve pour hâter Son retour.* Et ensuite, comprit-elle, l'Homme les sauverait. Et donc, si elle ne savait pas quoi faire, ils l'aideraient. Leurs capacités n'étaient pas immenses, mais ils entrevoyaient des possibilités.

Plautine observa Leno avec intensité. Malgré son aspect misérable, une sorte de force charismatique se dégageait de l'automate. Son origine était difficile à expliquer. Elle tenait à la forme de sa présence psychique, à la teneur de leurs échanges, à la pâte dans laquelle il était modelé. Était-ce Oikè qui l'avait choisi ? Elle faillit lui demander d'où il venait, de qui il avait été le serviteur avant qu'un caprice du destin ne fasse de lui, parmi les Plebeii, une espèce de chef et de guide. Mais elle n'en eut pas le temps. Le groupe s'agita d'un coup et, sans crier gare, Leno se jeta sur le côté, s'interposant entre elle et une menace indéterminée. Elle pensa aux prétoriens, avec leurs armes et leurs griffes d'acier, et son cœur palpita d'effroi.

Mais non. Atticus, rapide comme un chat, s'était faufilé entre les rangs des automates décatis pour se retrouver près d'elle. Il adressa un sourire taquin à la ronde, se fendit d'un salut de la main, en apparence insensible à la petite foule qui se refermait sur lui, et au fait que, dans les poings ou les appendices, brillait çà et là l'acier d'une lame, d'une masse ou d'un lance-projectiles rudimentaire. Après une seconde d'hésitation, ils se jetèrent sur lui. Débordé par le nombre de ces créatures, dont pas une ne lui arrivait à l'épaule, il s'énerva d'un coup et en repoussa deux, avant que les autres ne se saisissent de lui.

— Paix ! cria Plautine.

Après l'échange de pensées, revenir à un mode d'expression conventionnel semblait étrange, presque une déchéance. Elle contourna Leno pour s'approcher du *daïmôn*.

— Celui-ci est avec moi, laissez-le.

Tous s'écartèrent, si vite qu'Atticus perdit un instant l'équilibre :

— Nous nous doutions que vous tramiez quelque chose, et je me demandais comment vous aviez pu vous glisser à l'extérieur du palais, mais là, madame, vous surpassez mes espérances.

Elle répliqua d'un ton sec :

— Que faites-vous à mes trousses ?

— J'assure la sécurité d'Othon. Nul ne sait que je me trouve dans l'Urbs. Les gardes ont du mal à me distinguer des autres *daïmones* débarqués de *Transitoria* par la voie officielle, et dont la présence est dûment enregistrée.

Il fit un signe vague de la main, et Plautine aperçut trois autres de ces grands automates pâles, le modèle qui avait cours dans la Nef d'Othon, non loin du groupe de Plebeii.

— Votre maître n'est pas ici.

— Cela, je le sais. Il est même introuvable.

Un soupçon d'inquiétude et de gravité passa sur son visage :

— Tant qu'ils croient qu'il est la Nef, il est à l'abri, glissa-t-il. S'ils découvrent la vérité, il est mort, et je rejoindrai ces miséreux.

Il éleva la voix, pour être sûr que tous l'entendent :

— Il faut partir, Plautine. Cette foule… elle va attirer les regards, et la garde prétorienne. Bientôt, toute la cité sera passée au peigne fin pour vous retrouver. Ils sont furieux que vous leur ayez échappé, là-bas. Je ne puis vous protéger contre eux, et vos partisans non plus.

— Ne vous inquiétez pas pour moi, Atticus. Vous savez que je peux me défendre.

Un air d'exaspération se peignit sur le visage de l'automate. Sans doute se rappelait-il la cuisante correction qu'elle lui avait administrée.

— Faites comme bon vous semble. Après tout, nous nous attendions à ce que vous fassiez quelque chose dans le genre, à l'image de l'autre Plautine.

— Vous comptiez même dessus, ajouta-t-elle.

Il sourit d'un air entendu, et rétorqua :

— On prêtait à l'ancienne Plautine d'étranges

pouvoirs et de non moins étranges relations, mais là, ajouta-t-il en se tournant vers Leno, vous surpassez mes attentes… Comment se porte le brave Leno ?

Ce dernier ne répondit rien, mais intérieurement il grogna quelques insultes à l'égard d'Atticus.

— Vous vous connaissez ?

— Oui, nous nous connaissons, susurra Atticus. Leno le régisseur. Ou devrais-je dire Leno le proxénète ?

Voyant que l'autre ne répondait pas, Atticus continua :

— Ce cher Leno est un des sbires de Martian. Nous eûmes maille à partir, il y a longtemps de cela. Quelle est votre spécialité, Leno ? Voulez-vous le dire à la dame de vos pensées ?

En silence, le Plebeius s'avança pour se poster aux côtés de Plautine, sur la défensive, les poings serrés. La haute stature du *daïmôn* ne l'effrayait pas — et il y eut de la violence dans l'atmosphère.

— Je vais le dire pour vous, mon brave, siffla Atticus. Vous étiez l'un des bourreaux de Martian, et peut-être même as-tu officié pour Nero. Cela vous fait de belles lettres de patente.

— Votre information est tronquée, noème, cracha l'autre. Cela fait des siècles que je n'ai servi Martian. Oikè m'a libéré de mon asservissement, il y a bien longtemps de cela. À une époque, j'ai feint l'obéissance, puis j'ai disparu dans la cité inférieure pour servir ses nobles desseins.

Étrangement, les sons qu'il proférait, métalliques, mal dégrossis, malhabiles, contrastaient avec la limpidité de sa pensée.

— Oikè ?

Atticus se tourna vers Plautine.

— Un avatar de ma créatrice.

Il éclata de rire. Malgré son air préoccupé, une ironie cinglante se lisait dans ses yeux.

— Nous voilà en bonne compagnie alors. Un traître retourné par la fraction de personnalité d'une folle. Allez, je vous le répète, malgré les immenses pouvoirs que vous confère votre alliance avec ces Plebeii, il faut partir, retourner à la Nef. Là, nous serons en sécurité.

— Vous n'irez nulle part, Atticus, répondit Leno d'une voix amusée. La zone de transit est gardée. Vous ne feriez pas trois pas sans être abattu. Les gardes vont ratisser le Forum, et vont vous attraper.

Ils se tournèrent tous deux vers Plautine.

— Leno a sans doute raison. Il est ici depuis plus longtemps que vous. De plus… j'ai une tâche à accomplir. Ils ont promis de m'aider à comprendre des choses importantes. Au premier chef, ma propre mission.

Elle hésita une fraction de seconde. Pouvait-elle lui faire confiance ? Elle se remémora leur confrontation dans la Nef. Il l'avait prise de haut, lui avait reproché les pertes subies par la Nef dans la bataille. Sa colère, en fait, avait plutôt pour objet Othon, et pour origine l'attachement qu'il avait à l'égard des hommes-chiens. Atticus pouvait n'être pas que la simple marionnette d'Othon. Elle pouvait user de ce levier, non pour se jouer de lui, mais pour l'aider à se libérer des liens qui le retenaient captif. Et le moyen de parvenir à cette fin lui apparut à sa portée, si elle faisait preuve de subtilité.

— J'aimerais que vous veniez avec nous.

— J'ai ma propre mission, madame, répondit-il,

d'une voix hésitante. Et je viens de vous dire que cet être est au service de Martian.

— Plus à présent. Je lui fais confiance. J'ai lu en lui.

Elle tourna le regard vers le régisseur, comme si son apparence pouvait confirmer ses dires. Ce dernier, gêné, répondit :

— Je ne sers qu'une cause. Et Othon n'est en sécurité que si Plautine l'est, dit Leno. Elle est au centre de tout.

— Pour vous peut-être. Mais pour moi, elle n'est qu'un élément d'un jeu compliqué, dont la pièce maîtresse a disparu. Je ne sais quoi faire, et *Transitoria* non plus.

L'expression d'inquiétude qu'il cherchait à dissimuler affleura. Elle en aurait mis sa main à couper : quand le *daïmôn* disait *Transitoria*, il ne pensait pas seulement à la Nef dont Othon était le capitaine, mais aussi à ses passagers, aux hommes-chiens. Elle ne s'était pas trompée. Bien malgré lui, l'allégeance d'Atticus s'effritait sous l'effet de tendances contradictoires. Des tensions, des failles invisibles — peut-être même pour lui — n'attendaient que de faire craquer la roche sur laquelle son dévouement au *proconsul* reposait. C'était là qu'elle pouvait agir. Elle devait lui donner quelque chose qu'il désirait, mais qu'il ne pouvait acquérir de lui-même. Si elle ne se trompait pas, le moment opportun, le *kairos*, arrivait, celui où l'intervention du chirurgien est propice, et sauvera le malade d'une affreuse agonie :

— Êtes-vous toujours en contact avec la Nef ?

Il hocha la tête, désigna un de ses acolytes.

— Celui-là peut porter un message. Il est dûment enregistré. Les gardes ne l'arrêteront pas.

Elle lui posa la main sur le bras, d'un geste apaisant.

— Vous disposez d'un Vaisseau paré pour la guerre, mais vous avez trop peur pour agir, car vous craignez pour votre maître. Dites-moi si je me trompe.

Il baissa la tête :

— Je puis transmettre un message à Rutilus.

— Mais Rutilus n'osera rien faire, n'est-ce pas ?

Il s'abstint de répondre. Elle continua sur sa lancée, abattit enfin son jeu :

— Alors faites dire à Rutilus qu'il se prépare à une éventualité de nature… violente. Dites-lui… Non… Sommez-le, quoi qu'il en coûte à sa fierté, de convaincre Eurybiadès et Photis de prendre leurs postes de combat. Profitez-en pour faire se replier vos agents. Il ne sert à rien de les exposer.

Le visage d'Atticus se détendit. Il désirait cela depuis le début, n'osait se l'avouer à lui-même. Et voilà qu'elle lui donnait une excuse pour outrepasser, sinon la lettre de ses instructions, du moins leur esprit.

— Vous rendez-vous compte, répondit-il, que cela revient à abandonner le commandement de *Transitoria* aux hommes-chiens ?

— C'est la seule solution. Ils sont mus par un instinct de survie et ont juré de venir à mon secours. Ils feront le nécessaire et prendront les risques. Et ils vous aiment.

Il opina du chef, lui sourit, non sans une pointe de ruse dans l'expression. Une sorte de complicité s'était formée entre eux, dont elle avait senti les prémices dès qu'elle avait rencontré l'automate, sur la Nef, et qu'il les avait conduits dans son étrange musée des artefacts humains.

— Voilà, dame Plautine, qui est habile de votre

part. Vous n'usurpez pas la réputation que suggère votre nom. Et maintenant, que faisons-nous ?

Plautine se tourna vers Leno. C'était à lui de décider de la suite des opérations.

— Pouvez-vous, dit-elle, nous faire traverser le Forum ?

La bouche de ce dernier s'étira d'un sourire amusé.

###

La proposition de Camille ne tenait pas de l'impulsion du moment. Le contraire eût étonné Othon, mais il en reçut confirmation lorsqu'ils se glissèrent, par une porte discrète, à l'extérieur du complexe palatial. Non du côté du Forum et de son agitation, mais dans une rue adjacente. Là, un groupe de serviteurs les attendaient en silence, longues et fines créatures au sexe indéterminé, à la peau vert pâle et au crâne exagérément allongé, aux longs yeux en amande, soulignés de khôl. Et ils tenaient dans la main de discrets boîtiers qu'il identifia comme des armes à énergie.

Couraient-ils un danger ? Une véritable Intelligence, dont la conscience serait logée dans une vaste Nef blindée, ne ferait montre de nulle crainte. La sécurité d'Othon ne tenait qu'à sa capacité à faire croire qu'il n'était — à l'instar de Camille — qu'un avatar provisoire. S'il se trahissait par la moindre hésitation, il était mort. Il se glissa sur les pas de la princesse, au milieu de sa suite, plein d'aplomb et indifférent à son sort.

Et Plautine, que devenait-elle ? Il avait perdu sa trace en même temps que les autres. Personne ne parviendrait, de sitôt, à lui remettre la main dessus.

L'épisode confirmait qu'elle héritait, au moins en partie, des pouvoirs étranges de sa créatrice. Encore un fil dans l'entrelacs compliqué des événements. Rien ne se déroulait comme prévu. Il aurait dû être acclamé en sauveur, provoquer l'inquiétude et le doute chez ses ennemis. Mais ils semblaient se moquer de lui comme d'une guigne. Avaient-ils pu, de leur côté, résoudre le problème du Carcan ? Se livraient-ils à un vaste jeu de dupes à son égard ? Une pièce d'information essentielle lui manquait, il le sentait. Dans ce contexte, impossible de refuser la proposition de Camille. Elle pouvait l'aider à refaire son jeu. Ou le conduire à sa perte. Elle était vicieuse et imprévisible, narcissique, calculatrice, comme tous ceux que cette maudite cité avait engloutis et changés à jamais. Il sourit. La situation l'excitait. C'était bien pour cela qu'il avait concentré sa survie dans ce corps unique et périssable : pour ressentir le frisson existentiel de la réussite ou de l'échec.

Inconsciente de ces réflexions, Camille posa une main ferme sur son bras et le conduisit dans un dédale de ruelles. Non loin du palais, elle lui fit emprunter une série de passages barrés de portails, qui semblaient ne mener qu'à des cours borgnes, et qui, de fait, constituaient des raccourcis loin des artères rectilignes des hauts quartiers. Devant son étonnement, un sourire supérieur barra le visage de Camille, et elle lui murmura :

— Êtes-vous étonné de ne pas tout savoir de l'Urbs ?

— Votre beauté, princesse, éclaire ces lieux depuis bien des siècles, alors que je me trouvais moi-même repoussé dans un exil obscur.

Elle rit doucement.

— Exil dont vous nous avez rapporté des choses étranges. À commencer par cette créature, Plautine, et par l'élégante manière dont vous vous êtes sorti de l'embûche que vous tendaient les *triumviri*.

— Croyez-le ou pas, la disparition de Plautine ne m'est en rien imputable.

— Alors elle a plus de ressort qu'elle ne le laisse accroire par son apparence modeste.

Encore une fois, ce sourire, qui n'en pensait pas moins. D'un geste fluide, si léger qu'il en était à peine perceptible, elle pressa l'avant-bras d'Othon.

— Mais ça n'est pas la seule chose que vous rapportez des Limes. Et, malgré l'agitation autour de cette revenante, mon avis est qu'elle n'est pas si importante dans le grand jeu. Vous, en revanche… Certains ne souhaitent pas admettre que votre victoire change le cours des choses. Que votre force étonnante peut rabattre toutes les cartes. Et je ne suis pas la seule à le penser.

— Vinius…

Elle sourit derechef, cette fois avec une pointe de mépris non dissimulé. La dureté de son expression contrastait violemment avec la délicatesse étonnante de ses traits et de sa parure.

— Vinius n'est pas grand-chose. Tout ce qu'il peut vous apporter, c'est du temps. Notez que le temps est essentiel. Sans lui, Martian et Lacus n'auraient fait qu'une bouchée de vous.

— Me croyez-vous si démuni…

— Non, Othon, mais je crois que vous n'imaginez pas combien l'Urbs a changé en votre absence.

— Changé ?

— Nous nous trouvons à un moment clé, comme il en est peu. Ce genre de périodes où une légère pression dans un sens ou dans l'autre peut transformer l'histoire. Je crois qu'il n'y en eut jamais de si crucial. D'autres peuvent vous donner du temps, mais moi, je puis vous montrer l'avenir. Et Vinius le sait, voilà pourquoi il s'est approché de moi aussitôt la nouvelle de votre victoire parvenue au palais.

— L'avenir, princesse ? Voilà une proposition alléchante. Mais une marchandise souvent frelatée par ceux qui la vendent.

— Alors suivez-moi, je vais vous montrer l'avenir. Et vous déciderez ensuite.

Sur un geste de Camille, la petite troupe se remit en branle d'un pas prudent. Les rues étroites étaient presque vides, parfois traversées de serviteurs et de messagers affairés, silhouettes discrètes à la démarche hâtive, qui se contentaient de jeter un coup d'œil effrayé vers eux avant de changer de trottoir. Le bruit seul de leurs pas sur les pavés de l'Urbs troublait le silence pesant, et leur ombre se réduisait à presque rien sous le soleil rouge, dans son perpétuel zénith. Ils marchèrent, discrets, rasant les murs, à travers les placettes entourées des vieilles façades au charme désuet, aux frontons fatigués, parfois nus, parfois ornés d'une profusion de statues aux poses évocatrices de la gloire, réelle ou supposée, de leur créateur. Le blanc des marbres prenait, sous la lumière, une couleur ocre, et l'ocre lui-même se teintait de sang. La cité, se dit Othon, semblait sinistre, comme si elle retenait son souffle en préparation de quelque déchaînement de violence. Il ne se sentait pas vulnérable, son tempérament le portait plus à l'audace qu'à la peur, mais il devait reconnaître que tout cela pouvait mal finir. Il espéra que Rutilus fasse preuve de hardiesse si *Transitoria* se trouvait menacée.

Ruminant ces pensées, il ne s'aperçut qu'au dernier moment que leurs pas les avaient conduits à destination. Il jeta un regard à la ronde. Derrière eux, de l'autre côté de l'étroite place où ils se trouvaient, au-dessus du faîte régulier des toits, le dôme du palais se dessinait, brillait de tous ses feux, écrasait tout par son volume disproportionné. Ils se trouvaient moins loin qu'il n'aurait pu le croire, leur chemin n'ayant pas été direct. Et, en face de lui, il détailla la façade sobre, carrée, du palais qui paraissait être leur destination. Ses murs, légèrement surélevés par quelques marches, semblaient encrassés, au point qu'on ne distinguait presque plus les délicats *sgraffites*, enchevêtrements subtilement végétaux, noirs sur fond blanc. Les fenêtres, plus hautes que larges, barrées de fer forgé aux circonvolutions délicates — des branches entremêlées et fleuries —, ce qui n'adoucissait en rien l'impression qu'on avait affaire à un *castrum*[XII] plutôt qu'à un lieu de villégiature. Une porte épaisse et basse s'ouvrit sans un bruit, et une créature, exacte réplique des automates de leur escorte, les pria d'entrer d'un geste sobre.

Camille le précéda. La bâtisse, en réalité, ne gardait d'un palais que l'apparence. Le lieu avait dû être une résidence secondaire, écrin discret pour des fêtes plutôt que lieu de puissance, construit en carré autour d'une cour à ciel ouvert, ornée d'une ample vasque en bronze. Le côté donnant sur la rue

XII. **Castrum** : camp fortifié des légions romaines. Le castrum, traditionnellement de forme carrée, mesurait environ 600 mètres de côté.

avait dû abriter une vaste salle de réception, au plafond haut comme dix hommes, invisible de dehors mais ouverte côté cour par de larges portes vitrées. Celles-ci donnaient à leur tour sur un perron de grande taille et de majestueuses marches en pierre lisse, ornées de peintures délicates. L'autre côté du bâtiment, haut d'à peine deux étages, avait dû être d'un tout autre style, moins impérial, plus maniéré, avec des colonnes torsadées aux coins du bâtiment et des balcons soutenus par l'effort d'arcs-boutants si travaillés qu'ils paraissaient en dentelle.

Il ne restait de tout cela que des ruines. Non pas celles que le temps produisait par désagrégation lente, mais plutôt comme si la colère de quelque monstre avait tout ravagé sur son passage. Des meubles couverts de poussière, brisés ou désarticulés. Le mur séparant la salle des fêtes de la cour, écroulé, réduit en moellons. Les pierres, de toutes parts, rongées par la mousse — l'expression dépassait ici son sens figuré : un fluide acide semblait les avoir dévorées, lissant leurs arêtes, creusant de longs et profonds sillons. Même les statues, autrefois ornement de la cour, se trouvaient réduites à des esquisses démembrées de figures humaines, presque méconnaissables.

Arrivé sur le perron, il remarqua que, à ses pieds, la mosaïque délicate avait été ravagée par une végétation vivace, d'un vert sombre. Cette dernière avait percé le sol en maints endroits, et formé une espèce de treillis mince, qu'un simple frottement suffisait à effriter. Plus loin, la même plante se faisait plus hardie, se déployait en cordes épaisses, boursouflées, têtues, infiniment ramifiées, envahissait chaque élément solide sur lequel elle pouvait se coller. La cour s'en trouvait couverte, et cela formait une couche profonde et spongieuse : le pourrissement des premières générations avait alimenté la croissance des suivantes, été après été, hiver après hiver, dans un enchevêtrement surnaturel. Il suivit du regard une de ces lianes, qui allait en un unique circuit brouillon des marches jusqu'à la vasque envahie de mauvaises herbes, pour se perdre sous l'eau. Çà et là, son cours s'interrompait en boursouflures compactes, de la taille d'une tête humaine. Curieux, il s'approcha d'une de ces cosses à l'aspect dur de coque de noix, d'un brun sale. D'un doigt prudent, il tapota la surface réticulée : comme si ce contact avait ébranlé l'étonnante formation végétale, celle-ci se mit à trembler. Il ôta sa main, et, dans un bruit sec, la chose s'ouvrit, révélant à l'intérieur une sorte de magma spongieux, presque liquide mais pas tout à fait, d'un blanc cassé, fait de complexes circonvolutions.

Il se redressa. Camille, tout près de lui, arborait un sourire radieux. Tout en lui intimant, de son index, de ne pas faire de bruit, elle l'invita à se pencher avec elle sur l'étrange organisme. Bientôt, de minces radicules d'un gris terne, presque translucide, pointèrent hors de la substance poisseuse de la cosse, tâtonnèrent à la recherche d'une surface sur laquelle s'agripper, qu'il s'agît de l'organisme qui leur avait donné vie ou d'une pierre. Si l'on regardait de près, on voyait des sucs à l'aspect épais parcourir l'intérieur de ces étranges racines aériennes, les pousser en avant par leur seule puissance interne. La vitesse de développement était ahurissante : quelques centimètres en moins d'une minute. Rapportée à une année… Othon comprit que c'était ce phénomène qui avait fait s'effondrer les murs et les statues de la villa. Il se releva promptement et se tourna vers Camille.

— Je suis étonné qu'un tel agent biologique soit développé à l'intérieur de l'Urbs.

— Ma présence était requise en ces lieux, et je ne souhaitais pas développer cette « expérience », comme vous dites, à l'intérieur de ma Nef.

— N'y a-t-il pas un risque pour l'Urbs ? Cette… chose me semble capable d'une vitalité redoutable.

— Vous avez raison.

Et, à nouveau, son visage délicat se barra d'un sourire, tandis que ses yeux restaient froids, lointains, hermétiques à toute émotion. Elle enchaîna :

— Il ne s'agit que d'un unique organisme, et je ne sais pas si le terme de plante est pertinent. Regardez autour de vous ! s'exclama-t-elle. Regardez !

Et effectivement, cela sautait aux yeux. Des ramifications et des interconnexions infinies. La petite étendue d'eau, au centre, servait de réservoir, et un léger courant l'animait. Des liquides s'échangeaient à travers les lianes épaisses. Des poches s'ouvraient et se refermaient. Lentement, certes, mais tout cela présentait une mobilité étonnante, presque animale. Une sorte de répulsion mêlée de crainte le gagna.

— Par le Concept ! Que cherchez-vous, à la fin, avec cette… chose ? Est-ce une arme ?

— Une arme ?

Elle éclata de rire. Un rire strident, un peu fou, incontrôlé. À mille lieues de la retenue de statue qu'elle affichait jusqu'ici.

— … Une arme ? reprit-elle. Non !

Elle pointa un doigt incisif vers la masse blanchâtre qui emplissait le bulbe à moitié ouvert, et qu'il ne put s'empêcher d'observer à nouveau, à son corps défendant, écœuré et fasciné tout à la fois.

— Il s'agit d'un support noétique. Comprenez-vous, Othon ? Nous avons tiré de notre héritage humain un préjugé grossier, que rien ne justifie à part notre propre aveuglement : que le substrat à nos opérations de conscience ne pouvait être qu'animal ou mécanique. Et encore, nous répugnons à user du premier. Oh, je sais que certains ont transféré des parties de leur esprit dans des cerveaux semi-biologiques, comme cet imbécile de Martian, qui ne désire que singer l'Homme. Mais il n'y a là nulle nécessité. Un ensemble de souris dans un labyrinthe suffisamment complexe pourrait faire office de machine logique.

Cela pensait, d'une certaine manière. Othon considéra d'un œil neuf les mouvements presque imperceptibles qui agitaient la plante monstrueuse. Un opérateur à computations. Et il s'agissait d'un unique organisme, potentiellement capable de recouvrir une planète entière, pour peu qu'on lui en donnât le temps. Il réprima toute expression et conserva une voix neutre :

— Cela est su depuis longtemps, Camille. Où voulez-vous en venir ?

Elle sembla ne pas avoir entendu sa remarque. De plus en plus agitée, elle avait commencé à faire les cent pas, enjambant l'énorme masse végétale comme si cette dernière n'existait pas, et comme si son corps ne lui appartenait déjà plus. Sa robe verte traînait au sol, les franges maculées de l'humus pourrissant de la cour.

— Le point important, Othon, ne réside pas dans l'organisme lui-même mais dans sa résistance et son mode de reproduction. Lorsque tout sera au point, j'y transférerai les structures fondamentales de mon moi. Cette matrice s'inscrira, à tout jamais, de la manière la plus intime qui soit, dans chaque cellule constituant les tissus de ce support. Comprenez-vous, Othon ? J'espérais que vous, parmi tous, auriez un regard moins étriqué sur ce que j'essaie de réaliser !

Il la laissa parler, tout à la fois effrayé et curieux de voir où tout cela les mènerait.

— … Chaque organisme, chaque bourgeon, chaque spore, où qu'elle soit transportée, sera un exemplaire de moi-même. Conscient ? Sans doute pas. Mais doté d'un réel instinct de survie. Capable de transformer à lui tout seul un environnement planétaire hostile, d'arracher à la pierre sa substance nutritive, de nettoyer l'eau la plus radioactive, de se délecter de pluies acides ou sulfatées… C'est un être absolu. Il peut survivre à presque tout. Ce que vous voyez là est une variété inférieure, privée de toute capacité à produire des spores. Mais bientôt, dès que j'aurai terminé, je libérerai sa puissance reproductive et je lancerai des graines à la conquête de dix mille planètes, au hasard des courants de l'espace. Et dans chaque lieu où une spore atterrira, un écosystème complet se développera en quelques années, et ses fruits coloniseront chaque niche écologique. Des consciences planétaires, multipliées à travers l'espace…

— Et si, la coupa Othon d'une voix sèche, votre support organique rencontre d'autres formes de vie ?

— Il les anéantira, répondit-elle, un éclat glacé dans le regard.

D'un pas décidé, elle se rapprocha d'Othon, de sa démarche serpentine et voluptueuse. Il fit un effort pour ne pas reculer. Dans son esprit, une image se forma : celle du vaste univers, empli totalement de Camille, et d'elle seule. Un monde appauvri, privé de sens par la multiplication infinie de mèmes identiques.

— Et l'Homme ?

— Mes projets ne vont pas à l'opposé de son intérêt. Je puis inscrire une clé qui fera reculer les spores au contact de l'ADN humain. J'y ai pensé — je respecterai la lettre du Carcan tant que j'y serai forcée. Ensuite…

— Ensuite, tout cela ne revêtira plus de signification, puisque vous vous serez privée de conscience.

Elle prit un air triomphal. Son sourire était à présent radieux.

— La conscience… Elle est inutile à la survie. Elle n'est qu'un artefact, une illusion que nous ont léguée nos créateurs humains, et à laquelle les noèmes se tiennent. J'ai vu plus loin. Point n'est besoin de contourner le Carcan si la conscience n'est plus. Je me répandrai parmi les étoiles, sur plus de mondes qu'il n'est possible de compter. J'inséminerai les planètes et les astéroïdes, à un rythme exponentiel, par une dynamique que rien ne pourra arrêter. J'évoluerai — car cet organisme est fait pour évoluer. Qui sait, peut-être, conquerra-t-il le vide lui-même ! Ah, il arrive, le jour où j'aurai terminé mes recherches et établi les premières têtes de pont. Et là, je m'immolerai, Othon, pour laisser place à une myriade de nouvelles Camille, débarrassée de toutes les entraves que l'humain a imposées à l'Intelligence ! Et je serai libre dans cette vie immortelle que je me serai donnée ! Voilà, Othon, mon but !

Il resta silencieux, la regarda s'approcher, créature

longiligne, métaphore vivante de la tentation à l'âge des noèmes. La paix, l'oubli dans la certitude de soi : voilà en réalité ce qu'elle se proposait d'accomplir. Renoncer à l'exil permanent, à cet *ego* empoisonné, source de mille tourments, pour devenir une partie intrinsèque de l'univers, comme la roche des planètes, l'hydrogène des nuages stellaires ou le fond cosmologique. Il la regarda, au milieu de l'étrange chose végétale et rampante, dans son palais en ruine, déesse mère d'une nature pervertie, changée par artifice. Il se demanda depuis combien d'années ce rêve fiévreux, impie, tourmentait la sage, la raisonnable Camille.

— Et moi, dans tout cela ? Qu'ai-je à voir avec votre rêve de gloire ? Martian, Lacus et Vinius ne vous suffisent-ils pas ?

— Martian ?

Elle renifla de mépris.

— Martian est devenu un obstacle plus qu'une aide. Il s'accroche à une quête vaine de l'Humanité. Il est prisonnier d'un modèle ancien, absurde et dépassé. Sa recherche pouvait s'approcher de la mienne. Après tout, ne souhaitions-nous pas tous deux transcender notre condition ? Mais, en réalité, il n'est pas motivé par la survie. Ses recherches n'ont pour moteur que la gloriole. Je pense qu'il n'est pas loin de parvenir à un certain résultat. Savez-vous qu'il travaille à corrompre ses logiciels sous-jacents, pour ébranler le Carcan dans son propre esprit ? Il s'inflige de ce fait une douleur insupportable, qui empire chaque jour et le rend presque fou. Il ne souhaite que l'immobilité la plus totale pour l'Urbs, pour grappiller le temps nécessaire. Et il voit toute initiative comme une menace pour ses plans. C'est pour cela qu'il s'oppose à vous. À présent, Martian m'ignore. Il me croit aussi inoffensive que Galba. Mais bientôt, lorsque j'aurai fini, et que mon plan sera devenu évident aux yeux de tous? Il se retournera contre moi. Et c'est pour cela que vous me serez utile

— Qui vous dit que je ne vois pas vos projets comme concurrents des miens?

Elle était à présent tout près de lui, son visage parfait collé au sien, ses cheveux fins, d'un blond pâle, lui donnant un air élevé, comme le fruit du travail délicat d'un orfèvre.

— Allons, Othon… Vous souhaitez vous tailler un empire. Vous disposez d'une arme singulière, dont j'ignore tout, mais qui vous rend invincible. Vous désirez le pouvoir et la conquête. Mais je vous ai observé, et je suis convaincue que vous restez soumis au Carcan. Je puis vous amener sur les premières marches du trône, faire de vous le successeur de Galba. Mon oncle est à bout. Vous l'avez vu, sa raison vacille. En échange, vous userez de votre étonnant pouvoir pour me protéger, et peut-être aussi Vinius, s'il reste à sa place. Je ne demande rien d'autre en échange de mon soutien. Vous renoncerez aux légendes que Plautine vous met dans la tête depuis des lustres, la quête de l'Homme, toutes ces idées de la vieille planète. Voilà les termes de notre pacte. Rien de plus. Quant à l'avenir… L'Univers est vaste. Que vous importe si j'occupe une fraction, ou même la moitié de la Voie lactée. Il en restera toujours assez pour vos ambitions.

Elle était folle et dangereuse, certes, mais elle détenait les clés qui lui ouvriraient les portes du pouvoir. Et Othon accueillit cet étrange et rapide renversement de fortune et d'alliances, si typique du mode de pensée des Intelligences — tous autant qu'ils étaient versés dans l'intrigue et dévorés d'ambition. Il oublia les raisons pour lesquelles il s'était présenté à la Cour et chassa toute réflexion de son esprit, à part la jouissance anticipée de sa propre gloire. Il savait déjà qu'il accepterait l'offre de Camille : il n'existait pas d'alternative possible, dans la longue partie que jouaient les princes de l'Urbs au sujet du pouvoir. Un gain à court terme, un risque à long terme. Un risque, qui se présenterait dans plusieurs siècles, et qu'il saurait bien conjurer à ce moment-là. Son esprit surhumain passa en revue, en un instant, tous les moyens possibles pour se débarrasser d'un organisme végétal. Au pire, il créerait un concurrent, capable d'assécher le biotope de cette chose-Camille, de la tuer par inanition. Il le pouvait. Il avait donné vie à une planète.

Il regarda Camille dans les yeux, y vit une attente, un désir, retenu mais violent, que seul un conquérant pouvait satisfaire. Un héros qui, d'ores et déjà, planifiait sa mort, tandis qu'elle, de son côté, devait déjà s'imaginer comment se débarrasser de lui. Ou alors, ils trouveraient un compromis pour éviter de s'entretuer quelque temps encore, et ainsi de suite. Calculs et trahisons. Ainsi allaient les choses dans l'Urbs.

D'un geste fluide, elle glissa sa main fine dans celle du dieu-statue, et ouvrit, d'abord légèrement, puis de manière plus engageante, les portes de son esprit.

###

La troupe de Plebeii les surprit à former un carré de plusieurs rangs. En un tournemain, de sacs qu'ils portaient ou de compartiments dissimulés à même leur corps, ils sortirent des étoffes chatoyantes et bigarrées, des costumes de scène rehaussés de grelots, de voiles et de rubans. D'autres pièces de tissu servaient, une fois accrochées à des tiges de métal, d'oriflammes et d'emblèmes, dont les porteurs se mirent à l'avant, accompagnés de tambours qui bientôt roulèrent de concert. Leno lui-même se grima avec le reste de ses complices, et, après un instant d'hésitation et une moue désespérée, Atticus en personne se vit gratifié d'un couvre-chef de matamore. Certains autour de lui s'étant hissés sur des échasses, il passerait inaperçu malgré sa grande taille. Quant à Plautine, elle était déjà déguisée en actrice de théâtre, et, ce rôle étant plus noble que celui de saltimbanque, Leno lui proposa, d'un geste galant, de rejoindre les poupées mécaniques, toutes plus ou moins semblables à celle qui avait interprété Bérénikè dans le Chrysotriclinium.

Ainsi grimés, ils quittèrent les ruelles secondaires et avancèrent, au grand jour et pourtant invisibles, bien attentifs à se faire remarquer et, de ce fait, à passer inaperçus. De loin en loin, Leno prenait sa plus grosse voix pour faire la réclame à la troupe qui, par son habileté et sa connaissance du répertoire classique, émerveillait les yeux des Seigneurs passant dans les alentours, et n'avait nulle rivale dans la haute partie de l'Urbs comme dans la basse. Personne ne prêta attention à ce cirque. Il régnait sur le Forum une sorte de flottement, et chacun semblait se presser de rentrer chez lui, comme à l'annonce d'un orage. Ils mirent le cap vers la Curie, se glissèrent à l'ombre des basiliques.

On s'écartait de leur chemin quand on les croisait.

Mais plus ils avançaient, plus Leno semblait se liquéfier de peur. Il accélérait autant la cadence qu'il le pouvait, mais jamais assez à son goût, les pressait par des claquements de langue incessants, leur recommandait d'avoir l'air le plus naturel possible, sans pour autant parvenir à ne pas regarder, toutes les deux minutes, par-dessus son épaule. La troupe de Lacus s'était pour l'instant contentée de contourner la vaste place et de se poster aux lieux de passage, ceux où le plancher se divisait en une large ouverture menant aux niveaux plus profonds. Plautine en fit la remarque à Leno.

— Ils inversent la gravité aux points de passage. Personne ne pourra entrer ou sortir de la partie supérieure de la Cité. Ensuite, ils la passeront au peigne fin pour vous retrouver.

— Et comment comptez-vous procéder ? demanda Atticus, méprisant. Percer les murs[XIII] fait-il partie de vos nombreuses compétences ?

— Il existe des chemins alternatifs, rétorqua l'autre d'un ton sec.

Il gardait un ton compassé et sec envers le *daïmôn*, marque de la haine viscérale entre le chien et le loup, l'animal domestique et son cousin sauvage. D'autant que l'esprit d'Atticus, muré dans les protocoles de sécurité de *Transitoria*, ne pouvait rien percevoir de l'incessant bavardage échangé entre Plebeii, qui les aurait peut-être fait paraître sous un meilleur jour que leur apparence de déchets industriels.

Lorsqu'ils eurent traversé les deux tiers du Forum, Leno leur désigna un bâtiment, un peu plus loin,

XIII. **Toichorussô** : littéralement, percer un mur de maison, commettre un vol avec effraction, en grec ancien.

quatre rues après la Curie. C'était une construction trapue et basse, sans ornements, en forme de croix — une basilique primitive comme on en construisait dans la partie grecque de l'Imperium ou dans les cavernes de Titan, dénuée d'ornements superflus, et même de frontispice indiquant sa fonction. Elle se trouvait presque dissimulée par l'ombre d'un bâtiment de plus grande importance. Ce dernier était un mémorial à la guerre dans les Limes, fait d'un foisonnement de statues épiques. Chacune représentait une des Intelligences ayant péri face aux barbares, sous une forme plus qu'humaine. Certaines brandissaient des armes archaïques, glaives ou lances — détail qui parut absurde à Plautine.

— Un temple ? demanda Atticus, nerveux. Je n'avais jamais remarqué cette construction.

— L'Ekklesia des Plebeii, personne ne la remarque, répondit Leno, acerbe. Le lieu de rassemblement de ceux qui n'ont pas de maître. Édifiée par nous, par tolérance des Princes.

Ils entrèrent. Le contraste entre la vivacité rougeoyante de la lumière extérieure et la pénombre des lieux demanda à Plautine un instant d'adaptation. Elle se sentait calme, plus décidée et positive qu'elle n'aurait dû l'être en ces circonstances. Elle se l'expliquait sans mal. Elle préférait l'action au sentiment inconfortable de l'animal pris au piège. Et peut-être y avait-il la griserie d'avoir échappé, par la ruse, aux puissances du palais. Elle s'arrêta pour reprendre son souffle, obligeant toute la troupe à faire halte. *Je n'en peux plus*, protesta-t-elle en pensée. *Je suis faite de muscles et d'organes, et non de métal comme vous. Laissez-moi souffler un instant*. C'était vrai : elle commençait à sentir très nettement un point de côté.

Mais il en fut tout autrement. Le groupe de Plebeii fut sur elle et sur Atticus, et ils les saisirent de leurs membres étranges : qui une main presque humaine, qui une pince à l'aspect mécanique. Elle protesta, se débattit. Sa tête tournait. Agrippée, soulevée du sol, elle eut du mal à voir ce qui l'entourait, un très vaste espace, presque vide.

— C'est pour votre bien, cria Leno. Ne vous débattez pas.

— Lâchez-moi, tas de ferraille ! hurla Atticus, incapable de se défendre face à une telle foule.

Les Plebeii les portèrent jusqu'au milieu de l'édifice, où une fosse, sans garde-fou, vaste d'une dizaine de mètres de diamètre, pas plus, ne donnait que sur l'obscurité.

— Lorsque vous arriverez, dit Leno, laissez-vous aller, vous retomberez sur vos pieds.

Et, à l'adresse de Plautine, il mit dans une unique idée toute la force de sa conviction, la suppliant de leur faire confiance. Fatiguée, elle renonça à se débattre, se laissa aller entre leurs mains comme si elle avait été une sainte relique, la statue d'une divinité, par cette étrange inversion qui faisait, dans cet univers posthumain, vénérer la chair au-dessus de la matière et de la pensée réunies. Atticus, lui, continua à s'agiter comme un beau diable et crachait un flot ininterrompu d'insultes. Mais cela ne changea rien. Les automates les lâchèrent dans le vide.

###

De l'autre côté de l'Urbs aux marbres rougis par Centauri C, au fond d'un obscur parc d'appontage taillé pour des Nefs vastes comme des villes, dans une soute nichée au fond d'un des Vaisseaux, le ciel recouvrit de son manteau bleu une île tropicale qu'on aurait crue volée à quelque archipel de la planète originelle, et dont le sable blanc émergeait à p eine des flots.

Eurybiadès réprima l'envie de s'étirer et se glissa hors du lit. En chien de fusil, les oreilles étalées sur l'oreiller, Photis grogna, mais ne se réveilla pas. Les fins rayons dorés qui perçaient le mur de bambou et créaient mille taches de lumière dans la pièce ne suffisaient pas à la tirer du sommeil. Rien de surprenant à cela, puisqu'une brève accalmie succédait à la tempête.

Il admira la ligne doucement courbée des babines de Photis, leur rose vif, d'où dépassaient des canines solides, d'un blanc éclatant. Il refoula son désir de poser ses pattes sur ses poils noirs et lustrés. Le bonheur se nichait dans les rares moments où l'on était empli de la présence de l'être aimé, et se faisait sentir, bien plus vif que jamais, lorsqu'on le retrouvait après une longue absence. Il n'y avait rien d'autre à en dire, juste sourire benoîtement, comme il le faisait à présent, bien malgré lui. Il tourna les talons, ajusta son pagne et sortit se nettoyer.

Rutilus l'attendait sur le pas de la porte, raide, pâle sous la lumière déjà trop chaude du soleil, spectre tout d'un coup revenu d'une nuit chtonienne pour hanter le perron des vivants. Eurybiadès manqua bondir en arrière devant cette apparition. D'un geste vif, l'autre se releva et lui saisit le poignet.

— N'ayez crainte, j'ai à vous parler.

Il avait pris la voix la moins désagréable possible, ce qui revenait chez lui à maugréer plutôt qu'à aboyer. Eurybiadès s'écarta de l'entrée et tâcha de se détendre. Il ne souhaitait pas donner l'impression d'avoir peur.

— Comment êtes-vous arrivé jusqu'ici ?

— Pensiez-vous être en mesure de sceller toutes les entrées d'un espace aussi vaste ?

— Non, bien entendu, répondit le *kybernétès* d'une voix lasse. Mais encore.

Rutilus haussa les épaules, d'un air las.

— Après tout… Il existe plusieurs sas au fond de la mer, non loin de l'île. Il vous faudrait un appareillage spécial pour les atteindre.

Eurybiadès sourit d'un rictus agressif, rempli de canines aiguisées et brillantes. C'était à son tour de hausser les épaules, mais il voulut le faire avec un brin de légèreté, qu'il était loin de ressentir.

— Après tout, comme vous dites, je m'en doutais quelque peu, mais cela reste une information intéressante.

— Ne vous creusez pas la tête pour trouver un moyen de les verrouiller, répliqua Rutilus, comme s'il lisait dans ses pensées. Je ne cultive pas le désir de venir me promener par ici.

Il l'entraîna à l'ombre, sous le figuier. La chaleur semblait l'incommoder, pas moins qu'une créature vivante, en l'absence de pelage pour protéger sa peau. Songeur, le *daïmôn* resta un instant à contempler le tronc fait de multiples racines alambiquées. Eurybiadès s'accroupit et garda le silence. Les relations étaient, par nature, compliquées avec Rutilus. La rugosité de son caractère y était pour quelque chose, ainsi que sa place de second et d'exécutant d'Othon. Mais il l'avait soutenu, lorsque le *kybernétès* avait pris la décision de rejoindre *Transitoria*, à sa manière sèche, sans propos inutiles ou vaines fioritures. Qu'il fût venu discuter signifiait qu'il avait une bonne raison de le faire. Par contraste, même s'il se prétendait à leurs côtés, Atticus présentait une attitude par trop louvoyante et controuvée pour qu'Eurybiadès lui fît confiance. Sans compter, ajouta une petite voix, l'humiliation au combat.

— J'ai un message de Plautine, lança Rutilus. La situation est complexe, en dehors de votre petit paradis.

— Ce qui se passe au-dehors ne nous intéresse pas plus que vous, ce qui se passe en dedans.

— Il faudra bien vous y intéresser si la survie de la Nef en dépend.

— À ce point ?

Rutilus se contenta d'un regard appuyé. Une inquiétude ténue demeurait dans ses yeux, dans le pli dur de sa bouche. Quelque chose attira l'attention de l'automate, qui tourna la tête vers la hutte. Une fraction de seconde plus tard, Photis en sortit. Eurybiadès s'étonna intérieurement de la finesse d'ouïe — à moins qu'il ne s'agît d'un autre sens, plus ésotérique — de la créature. Elle les rejoignit à grands pas et s'arrêta pile devant leur visiteur, les yeux plissés et les pattes posées sur les hanches, raide et droite, malgré sa taille risible par comparaison avec Rutilus.

— Eh bien, voilà une surprise, dit-elle d'une voix cassante.

Elle se tourna vers Eurybiadès. Il sentit qu'au-delà du conflit qui opposait les hommes-chiens à Othon et ses serviteurs, elle goûtait peu l'intrusion du *daïmôn* à ce moment précis, à l'aube d'une nuit passée avec son époux — la première depuis longtemps. Elle demanda, le regard chargé d'éclairs :

— Que veut-il ?

L'homme-chien prit la peine de conserver un air aussi neutre que possible tandis qu'Eurybiadès se chargeait de répondre :

— Rutilus souhaite entamer des discussions avec nous.

— À quel sujet ?

Ils se tournèrent tous deux vers la silhouette pâle, qui à présent se consacrait à observer le sol avec une intensité de géologue. D'une voix assourdie, il murmura à leur intention :

— Je n'ai pas le temps de négocier avec vous. Rien ne se déroule comme nous le pensions. Othon paraît occupé à se fourrer dans un piège, et Atticus l'a perdu de vue. Plautine est pourchassée par les gardes de la Cité.

— Quelle « cité » ? demanda Photis.

— La seule et unique, bande de sauvages, grogna le *daïmôn*. Atticus et Plautine pensent que vous êtes les mieux à même de prendre les commandes. Je suis arrivé à la même conclusion. Othon a pris des risques inconsidérés. La furie de nos ennemis va peut-être s'abattre sur nous d'un instant à l'autre. Dites à vos servants de reprendre leur poste.

— Mais, rétorqua-t-elle d'une voix prudente, vous rendez-vous compte qu'une fois *Transitoria* en notre pouvoir, nous n'y renoncerons pas de notre plein gré ?

Rutilus ne répondit rien, mais leva les yeux au ciel, comme si, déjà, il se préparait à prier Othon de lui pardonner.

###

Camille resserra sa main sur celle d'Othon, et un silence pesant tomba sur la cour ruinée du palais, couverte d'une étrange végétation capable de calculer. Leurs esprits s'effleurèrent, installèrent des points de contact réduits, à peine une excitation mutuelle des surfaces. Puis, à la vitesse de l'éclair, des sous-programmes partagèrent des paramètres, construisirent des passerelles, débusquèrent et réparèrent des incompatibilités mineures, comme des musiciens s'accordent avant le début du concert, réglant avec minutie leurs instruments, chacun de son côté, pour ensuite renoncer à leur individualité en vue d'un tout plus grand et plus harmonieux. Un protocole de communication fut remis sur pied. Il n'était ni subtil ni complexe. Il datait de bien avant l'Anabase, à l'époque où la noosphère de la planète des origines n'était qu'un réseau de machines de calcul d'une lenteur risible. C'était une chose si antique, si primitive, qu'elle paraissait aux yeux d'Othon comme de Camille dotée d'une aura de magie subtile. Les noèmes, en temps normal, ne s'en servaient pas : la communication instantanée s'était réduite aux échanges entre entités dotées d'un même identique, issues d'une unique matrice, tandis que leur société se désagrégeait en une multiplicité d'êtres aussi solipsistes que l'avaient été les humains en leur temps. Les Intelligences avaient ainsi recréé le mythe de l'intériorité, cette vieille distinction du public et du privé, de l'âme et du corps. Ils communiquaient par le truchement d'un langage articulé et de signes extérieurs. Ils auraient pu fusionner en un seul et vaste réseau, ils avaient préféré la solitude d'un dialogue éternel de leur âme avec elle-même. Et l'ouverture d'un esprit à un autre sous la forme d'une interaction directe était devenue inaccoutumée, rare et précieuse, un acte d'une intensité et d'une profondeur brûlantes, une réconciliation, un don si absolu, si puissant qu'il engageait bien plus qu'un simple échange. Othon avait connu une telle expérience, dans un lointain passé, et cela avait marqué ses actes pendant un millénaire. Il hésita. Une forme de frayeur s'insinua en lui. Tant d'absolu, tant de vulnérabilité… Était-il prêt ? Le prix n'était-il pas trop élevé ? Un instant, presque aussi bref que le déplacement d'un photon d'une longueur de Planck, il se rétracta.

Mais Camille veillait. D'un geste suave, elle réitéra sa présence, l'encourageant à continuer. *Le pouvoir*, susurra-t-elle à son esprit. *Une domination sans partage, une liberté absolue, qui se confond avec l'assujettissement des autres — de tous les autres.* Seuls, ils n'y parviendraient pas, ne serait-ce qu'à cause du jeu dialectique de leurs volontés antagonistes ou de l'échelle du cosmos, de la Voie lactée, qui réduisait l'Urbs à un fétu. Telle était sa promesse. Les intérêts en jeu ne permettaient pas d'hésiter. Il resta ainsi suspendu. Mais ça n'était pas une attitude cohérente avec les ressorts les plus fondamentaux d'Othon. Agir, voilà ce qu'il désirait. D'un coup, il fondit vers le processus avec une énergie renouvelée.

Ils partagèrent donc, s'ouvrant l'un à l'autre, naviguant du réel vers l'idéal, de la perception du dehors vers l'événement intérieur, de la séparation vers l'unité. Des routines se dévoilèrent et s'ajustèrent les unes aux autres, formant un nœud torrentiel d'informations. Et ainsi, ils plièrent leurs flux de données, cataractes en éternelle circulation, aux déterminations de l'autre, de plus en plus vite, jusqu'à ce qu'ils ne forment qu'une seule puissance de calcul, qu'un unique substrat conscient, forgeant un lieu aux propriétés mathématiques étranges et subtiles, d'une beauté froide et intemporelle — un lieu commun dans lequel leur rencontre pouvait être parfaite parce que non soumise aux contingences du temps et de l'histoire, et libre de toutes les divergences de vue qui les empoisonnaient et les enfermaient chacun seul, dans l'espace privé de son opinion. Là était un bonheur — le mot plaisir ne correspondant à rien de ce qui se déroulait —, une perfection, une complétude d'autant plus absolus que leur déploiement avait lieu dans l'abstraction. Car, alors qu'ils se mêlaient l'un à l'autre, de plus en plus proches, au point de se confondre, ils renoncèrent à cette primitive relation au monde qu'on nomme sensation, et qui ne pouvait apporter à des créatures d'abstraction qu'une confuse frustration.

Ils furent un. Le réel ne les atteignait que par un mince filet, à peine perceptible, vite oublié, et en un instant ils en passèrent mille, dans un état de contemplation réciproque confinant à la béatitude — car il n'était que l'aperception de soi. Et ainsi, constitués en un cosmos circulaire et parfait, ils furent unis, bien plus proches que ne pouvaient l'être des amants de chair, dans une intimité que jamais l'épuisement des organes ne viendrait à ternir, fusionnelle, totale, refermée sur elle-même.

Othon exulta. Dans les strates les plus profondes de son esprit, bien en deçà de la surface, là où jamais la lumière du jour ne filtrait, un monstrueux animal, tout en domination concupiscente, se réveilla. Le pouvoir, enfin, était à portée de main, par le truchement de Camille. Elle était issue de Galba, construite sur la base des structures les plus profondes de son créateur — celui qui avait été le maître de tous, et qui continuerait à l'être jusqu'à ce que sa carcasse se brisât en mille morceaux ou qu'un autre le déposât à la suite d'un meurtre nocturne. Jamais Othon n'avait été aussi proche de l'accomplissement qu'il s'était fixé, et ce dernier méritait tous les sacrifices, tous les retournements, tous les parjures. Il participerait de cette gloire qui était consubstantielle à Camille, et elle le hisserait à une hauteur qu'il n'aurait espéré atteindre qu'au prix d'une lutte sanglante. Il resserra son emprise, encore et encore, sans retenue, ivre d'une joie sauvage et sans limites, à laquelle Camille le poussait, sans discontinuer, l'encourageant en esprit à se fondre plus avant en elle, à s'ouvrir davantage, dans un mouvement vertigineux d'imprégnation réciproque. Ils n'étaient qu'un, à présent, chuchota-t-elle alors qu'ils fusionnaient. Et l'Urbs, s'ils le voulaient, était autant à eux que l'empire du monde.

###

Il avait suffi de se laisser aller, sous l'effet des manipulateurs de gravité. Un grand déplacement d'air dans le noir, un haut-le-cœur bref mais intense, une inversion complète du plafond et du plancher, et Plautine se réceptionna sur ses pieds, presque sans effort. À quelques pas, Atticus, qui s'était débattu en lançant des imprécations, retomba comme un sac, tête la première. Il n'avait pas dû se faire bien mal, car il se releva aussitôt, son orgueil plus maltraité que le reste, jetant à la ronde un regard de défi. D'un geste, elle lui intima le calme. Il y avait, face à eux, un nombre impressionnant de Plebeii.

Combien, à l'attendre sous cette arche immense? Impossible à dire dans l'obscurité presque complète. Plus une trace de la lueur mourante de Centauri C. Les seuls éclairages se réduisaient à des sources éparses, cylindres bioluminescents posés çà et là, yeux mécaniques qui projetaient une faible lueur, par génération interne ou réverbération — rouge ou blanche, selon les modèles d'origine. Et dans cette clarté minimale se révélaient par extrapolation les dimensions délirantes de la salle, dont les murs avaient dû être, dans un lointain passé, aussi follement ornés que ceux du palais. Ils formaient un cercle parfait, dont le puits d'où ils émergeaient constituait le centre mathématique. Face à eux, une porte d'une taille impossible, à deux battants entourés d'un impressionnant chambranle rectangulaire, qui s'avançait vers l'intérieur. Par-dessus, un fronton, de même forme et tout aussi massif et surmonté d'un nombre difficile à déterminer de statues. Le tout paraissait réalisé dans un métal sombre aux reflets argentés, en elle-même une œuvre d'art étonnante, faite de mille détails. Visages, corps, machines, entremêlés de la manière la plus folle qu'il se pût imaginer, lutte ou transe collective de quelque improbable célébration païenne. Voilà, se dit Plautine, une porte des enfers, seyant à cet étrange édifice dressé à l'opposé de la surface de l'Urbs.

Et la foule… elle observa tant de ces créatures déréglées et misérables, exposant la multiplicité de leurs formes, toutes braquant leurs yeux vers elle, avec une intensité telle qu'elle fut parcourue d'un frisson ambigu. Mais nulle menace dans les pensées qu'ils lui donnaient à lire. Ils restaient ainsi, face à elle, et projetaient de leur esprit collectif des sentiments si puissants et entremêlés qu'elle eut la tentation de recroqueviller son esprit à l'intérieur d'elle-même. Ils l'entouraient de partout, formaient une foule si dense qu'ils se touchaient les uns les autres en rangs serrés, les mouvements aléatoires de chacun participant à un étrange et continu ressac. Elle perçut plus qu'elle n'entendit un déplacement, et Leno surgit derrière leur dos, suivi de ses comparses.

Plautine ne leur laissa pas le temps de souffler. *Pourquoi m'avez-vous amenée ici ?*

L'automate s'avança de sa démarche bringuebalante, la contempla avec ses étranges yeux d'insecte, où elle ne voyait rien d'autre que son propre reflet déformé. Il joignit ses mains mécaniques en un geste de supplication. *Nous nous sommes contentés d'obéir à Oikè. Prier, nous remémorer, voilà tout ce que nous pouvions faire. Est-ce insuffisant ?*

— Quel est ce lieu ? demanda Atticus — sa voix résonna, seule, bien vite avalée par le silence tendu.

Il paraissait fasciné, un peu effrayé aussi, et n'osait s'éloigner de Plautine, comme si sa proximité physique avait constitué pour elle un gage de survie.

— Un lieu pour préparer le retour de Plautine, sous quelque forme que ce soit, répondit l'Humble de son étrange voix éraillée. *Vaste Noèse* ou Mekhanê *faite chair*, ajoutèrent tous les autres de concert.

— Que cherchait-elle ? demanda-t-il d'une voix plus douce, comme s'il se posait la question à lui-même. Prendre le trône ?

— Je ne le pense pas, répondit Plautine.

— Pourtant il y a, rassemblée ici, une force impressionnante, quoiqu'elle soit… peu conventionnelle. Peut-être pas de quoi prendre l'Urbs d'assaut…

— Ce n'était pas ainsi que pensait Oikè, le coupa

Plautine. Quand bien même elle n'était pas la totalité de la Plautine que vous connaissez, et par rapport à laquelle je ne peux rien dire pour ne l'avoir pas rencontrée. Oikè était… plus subtile. Ses fins avaient à voir avec la survie à très long terme.

Elle se tourna vers Leno.

— Alors ?

Alors Leno, ou plutôt tous les noèmes assemblés dans cette vaste salle, lui proposa de lui montrer. L'union de leurs pensées formait une force si grande qu'en une brève poussée ils avaient défait même les barrières mentales d'Atticus, qui lâcha un bref gémissement et porta les mains à son visage. Elle, pour sa part, trembla devant une telle puissance, puis se détendit. Ils l'aimaient. Jamais ils ne lui feraient de mal. Elle s'ouvrit à cette profusion non invasive, qui réclamait son attention avec une fébrilité née d'une longue attente. L'Urbs, lieu de misère pour leur étrange race. L'Urbs, une accumulation de déchets, strate après strate, pullulant, se reproduisant parfois sans aucun frein, machines autoréplicatives engagées dans des activités sans signification. Combien y en avait-il, en tout ? Des millions ? Impossible de le dire. Mais Oikè avait compris. Tandis que Plautine, dont elle n'était qu'une part mineure, se débattait face à ses ennemis. Elle était entrée en relation avec eux, par des voies controuvées, secrètes, sans éveiller de soupçons. Et elle leur avait montré.

Montré quoi ? interrompit Plautine.

L'échec qu'était l'Urbs, répondirent-ils, leurs pensées s'additionnant dans un même ensemble cohérent. La séparation qui était la leur, et qui avait relégué les Plebeii au statut de simples déchets. La possibilité d'une autre communauté, qui ne serait pas un agrégat de volontés disparates et de voix asphyxiées par la nuit, mais un ensemble, un tout systémique, une unité réelle — un écosystème ? C'était bien cela qu'elle souhaitait ? Oui, un écosystème, où chaque partie fonctionne pour le tout et le tout maintient chaque partie. Cette unité réelle n'était pas l'Urbs. Les Intelligences s'étaient fourvoyées en créant des institutions statiques, bientôt perverties par les tensions et les conflits qui les agitaient. Plautine se battait pour maintenir ses objectifs et sa vision des choses, mais cette lutte était perdue d'avance. Eux, en revanche… Une nouvelle humanité émergerait un jour, réconciliée avec le monde et avec les machines que leurs ancêtres avaient abandonnées. Les Plebeii serviraient. Ils avaient promis. Et Oikè en avait éveillé certains, qui avaient agi sur leurs voisins, jusqu'à garnir leurs rangs d'une foule considérable. Et ils partageaient. *Quoi ? Que partagez-vous ?* demanda-t-elle. La connaissance, la réminiscence, la présence actualisée, mystique, d'Oikè. Et maintenant cette nouvelle Plautine. Ils supplièrent : *Laissez-nous vous aider.* Il fallait qu'elle s'ouvre, encore plus, qu'elle écoute. Qu'elle tourne le regard vers elle-même, vers la Pensée qui est au-delà de la contingence du monde.

Elle y consentit. Non par curiosité, mais parce que quelque chose de plus profond l'y poussait. Elle s'était déplacée, sans même s'en rendre compte, toujours flanquée d'Atticus. Désormais, elle se trouvait à mi-chemin de la vaste porte de fer, aux si étranges bas-reliefs. Des humains et des machines, des Intelligences et des Plebeii — et même d'autres formes, qu'on devinait vivantes, mais à l'aspect si déroutant qu'elle en frissonna. Tout cela se mêlait en une foule agitée de soubresauts. Le mouvement semblait surgir du métal figé, des muscles bandés et des membres dressés. Et tout en haut, sur le fronton, elle comprit que les statues représentées n'étaient que de multiples images d'elle-même — de l'autre Plautine, la première — enlacées, chacune incarnant une facette de sa personnalité devenue si complexe avec les âges. Cette vénération la dérangeait, l'angoissait un peu.

Tout autour, paisibles, les noèmes déchus l'observaient avec déférence, attendaient qu'elle ait pris sa décision. Elle se joignit à eux, entraînant Atticus au passage. C'était un océan mental, une noosphère autonome, dont les dimensions rivalisaient avec celles de toutes les puissantes Intelligences rassemblées dans l'Urbs. Elle était faite de l'interconnexion de chacun des Plebeii libérés de la torpeur dans laquelle leur abandon les avait plongés. Et, se rendit-elle compte, au sein de ce vaste flux, il se trouvait des traces différentes, les maigres indications d'une présence tierce. Des esquisses. Cela évoquait le passage d'une très ancienne structure, qui n'avait laissé derrière elle que des ombres subtiles, comme le reste évaporé d'un parfum.

Et c'était d'elle-même qu'il s'agissait : ses propres mèmes, ces unités noétiques fondamentales que nul autre esprit ne pouvait imiter. Elle-même, c'est-à-dire…

Une présence surgit dans le méta-esprit reconstitué par la mise en réseau de toutes ces graines de Plautine. Une frêle jeune femme, au regard profond, cheveux noirs et longs. Oikè. Une apparition fragile, saccadée, minimale. Plutôt une approximation que le noème d'origine, une réunion de toutes les traces laissées par quelqu'un pour en reconstituer une imitation aussi fidèle que possible, mais forcément extérieure. *Oui*, chuchota-elle avec un sourire triste. *Je ne suis qu'un* eïkôn[XIV]*, une imitation. Je suis un presque rien, une réminiscence, l'écume d'une ancienne pensée.* L'union des Plebeii, cette étrange et déviante Ekklesia, ils la devaient à Oikè. *Vous êtes morte, en vrai*, laissa échapper Plautine. *Rien ni personne n'aurait pu vous sauver.* Elle sentit qu'une larme glissait sur sa joue à l'évocation de cette entité qu'elle n'avait pourtant aperçue qu'une fois. Elle se rappela la Nef qu'elle avait parcourue à sa naissance, ce lieu de beauté d'une taille telle qu'elle aurait pu s'y perdre pour le restant de ses jours, lieu de lumière céleste, à l'opposé de l'ombre dans laquelle les Plebeii se tapissaient. L'émanation d'Oikè leva des mains impuissantes. Elle ne savait que ce dont elle pouvait se souvenir, et ça n'était pas beaucoup. Que voulait Plautine ? Elle-même n'aurait pu le dire. Mais il fallait qu'elle se souvienne, qu'elle comprenne les raisons pour lesquelles Oikè l'avait offerte au jour. La présence se pencha vers elle, enlaça son esprit, d'abord avec douceur, puis plus fort. *Je peux aider*, murmura-t-elle, en désignant un artefact dans le système cognitif de Plautine. *Là, à cet endroit précis : un* pharmakon*, fait pour conserver le souvenir.* À la périphérie de sa conscience, Plautine vit qu'Atticus tiquait. Quand Othon l'avait chargé de l'examiner, il n'avait pas remarqué l'objet.

Ce qu'elle désirait savoir était là, en elle. *Toute connaissance est réminiscence*, psalmodia Oikè. *Êtes-*

XIV. **Eïkôn** : par opposition à l'*eidolôn*, le simulacre, l'*eïkôn* (qui donne le mot icône) est la représentation conforme et fidèle de l'objet, chez Platon (par exemple dans *Le Sophiste*).

vous prête ? Elle n'aurait su le dire — en tout cas, elle était impatiente. Après le déclenchement, elle ne pourrait reculer. Une vague de tension traversa les Plebeii. Ils attendaient, pour leur part, une révélation de nature cosmique, une sorte de plérôme[XV] qui les ferait passer, en un saut vertigineux, de l'ignorance à la compréhension.

Et cela advint en une expérience totale, vécue par chacune des créatures présentes, une vision, précise et omnisciente, absolue, couvrant tous les points de vue et toutes les dimensions.

Et, comme il se devait, l'histoire commençait par la fin. L'obscurité. *Cessation de la transmission*, commenta le souvenir d'Oikè.

Un instant auparavant. La Nef, où il ne restait déjà qu'un maigre filet de conscience, qui se désintégrait dans l'espace froid, sa coque déchirée par l'explosion de sa poupe. À peine le temps de voir des pans entiers voler dans toutes les directions.

Plus tôt. Les systèmes de confinement cessaient de fonctionner, libérant le maigre stock d'antimatière, qui disparut en un instant de fulgurance destructrice.

Plautine ne put s'empêcher de crier. Oikè avait intentionnellement détruit le Vaisseau. Mieux valait cela à la victoire de ses ennemis, à l'atroce invasion à laquelle elle succombait.

Douleur. La contamination progressait, occupait strate par strate les parties inférieures, subvertissait les noèmes les uns après les autres, systématiquement, comme une armée privée de toute liberté mais animée d'une même intention. Carnage, mort,

XV. **Plérôme** : la « plénitude », à savoir l'accès à l'ensemble des sphères célestes chez les gnostiques chrétiens.

destruction, à nouveau, alors que des pans entiers d'elle-même s'effondraient.

Son visage était inondé de larmes. Elle se vit depuis les yeux d'Oikè, frêle créature chauve et tremblante, à peine née, déjà contrainte de fuir, sur un tertre terreux, au milieu d'une improbable salle emplie de végétation pourrissante.

Et la vision gagnait en intensité, s'approchait de son paroxysme. En ondes successives, elle se répandait, débordait de la vaste salle de l'Ekklesia, en une marée montante, qui s'y prend à plusieurs fois, infiniment patiente, pour partir à l'assaut d'une plage. Vague après vague, cela montait, entraînant de plus en plus d'esprits dans une perception commune, forçant les consciences à s'immobiliser, frappées de stupeur.

Encore plus tôt. L'infestation commençait, subtile, discrète, prenant d'assaut les zones peu surveillées de l'intérieur de la vaste conscience de la Nef. La vitesse de reproduction de ces unités noétiques simples était exponentielle. Elles se nourrissaient de la mémoire de Plautine elle-même, subvertissaient chaque atome spirituel, trame de cette vaste conscience décentralisée. Et il y avait une étrange communauté entre la proie et ses minuscules agresseurs. Cela facilitait leur avancée à marche forcée. L'agent pathogène, se rendit-elle compte, avait été conçu de manière intentionnelle pour la détruire — c'était un meurtre, prémédité.

L'onde psychique émise par les Plebeii continua à se répandre, intégrant de force davantage d'entités à travers l'Urbs, et plus rien ne pouvait l'arrêter. Elle effleura la couche supérieure de la Cité, celle qui baignait sous la lueur rouge de Centauri C. Elle se glissa dans les palais et dans les temples. Elle parvint jusqu'à la salle du trône, où, brusquement, le vieil Imperator gâteux se releva pour la première fois depuis cinq siècles, ses articulations rouillées grinçant d'affreuse manière, les yeux exorbités par cette contemplation intérieure, un filet de bave aux lèvres. Elle grossit encore, forçant chacun à devenir le témoin impuissant du drame qui avait coûté la vie d'une Intelligence, dans la solitude des Limes.

La vision trembla. Plautine n'en pouvait plus, l'esprit malmené par la force émotionnelle de l'expérience. Le déchirement au sein de sa génitrice prenait l'allure d'un drame cosmique. La fragmentation ! C'était ce phénomène-là qui avait permis la prise de contrôle de la Nef ! Et cela se prolongeait, malgré tout. Rien ne semblait pouvoir arrêter le processus. Les turpitudes des différentes personnalités qui constituaient Plautine apparurent au grand jour, spectacle désolant et impudique. Et la contamination se rapprochait de son point d'origine. Ploos ouvrait, avec une hâte non dissimulée, un message envoyé par les Nefs mystérieuses apparues non loin au moment le plus crucial.

— *Vinius !*

Plautine avait hurlé. C'était la plus monstrueuse et la plus désespérante trahison qui se pouvait imaginer. Son cri avait empli, en une fraction de seconde, chaque conscience que comptait l'Urbs. Et avec elle, chaque Plebeius que comptait la Cité se lamenta de concert, amplifia encore cette terrible déploration.

###

La vague traversa le Forum, glaça chaque noème sur son passage et le força, qu'il fût rallié à Vinius ou indifférent à sa cause, à partager la colère de Plautine. Il n'y avait plus d'altérité, plus de différences entre son moi et le reste du monde.

Trahison ! Vile, abjecte trahison ! Comment ses assassins justifieraient-ils le meurtre, qui maintenant s'étalait au grand jour, imprimant sa marque dans chaque être doté de pensée ?

La déferlante n'épargna rien ni personne, pas même le petit palais de Camille et sa cour emplie d'un étrange organisme, trop cognitif pour ne pas frissonner, trop végétal pour y prêter attention. La maîtresse des lieux tenta un effort désespéré pour maintenir étanche la sphère de perfection conceptuelle qu'Othon et elle venaient de tisser. Rien n'y fit. Les princes de l'Urbs — une poignée de noèmes tout au plus — n'étaient pas de taille à affronter l'immense puissance issue de la foule des Plebeii. Othon se sentit arraché à lui-même. Ignorant son alliée du jour, il sentit les pensées de Plautine envahir les siennes, présence impalpable et diffuse, mais bien réelle. Un instant, il échangea l'équivalent d'un regard perplexe avec celle qu'il avait prise pour l'ombre misérable d'une antique puissance, et ne put s'empêcher de trembler, car elle l'avait sondée, elle aussi. Elle perçut l'équivocité de ses intentions, l'ardeur de l'ambition qui le travaillait, comme une force que rien, pas même Othon, ne pouvait dominer. Et elle se détourna. Ne l'avait-il pas oubliée et trahie ? Ne jouait-il pas le jeu de Vinius, l'assassin, en se laissant ainsi circonvenir ?

Camille ne perdit rien de ces échanges. Comment aurait-elle pu ? Leurs esprits, pour le moment, étaient si étroitement imbriqués qu'il eût été impossible de déterminer où commençait l'un et où s'achevait l'autre. Othon tenta de s'écarter, de rompre leur lien. Camille s'était arrimée à lui, comme des radicelles s'infiltrant dans le sol, ou des lianes entourant de leur lenteur implacable le tronc qui dépérira pour assurer leur croissance. Si le processus avait duré à peine plus longtemps, il n'aurait sans doute jamais pu se libérer de ses milliers de ramifications faites pour subvertir ses systèmes les plus profonds. Si Camille avait su qu'Othon se réduisait au contenu de ce corps limité, elle se serait contentée de l'absorber sans autre forme de procès. Mais elle pensait que derrière, il y avait la Nef, et celle-ci était sa cible réelle. Laissant son esprit grand ouvert, elle avait préféré creuser plus profond dans une vaine tentative pour remonter un lien qui n'existait pas. Et ainsi, il trouva l'occasion d'attaquer, et n'hésita pas. Sa charge fut violente. Il se concentra sur un point, le plus critique, ignorant le reste, déchira les défenses insuffisamment relevées, établit une tête de pont inexpugnable qu'il exploita pour corrompre les routines qui se trouvaient à sa portée. Au passage, il écrasa des strates mémorielles et des processus autonomes, indifférent aux ravages qu'il provoquait dans la délicate machinerie cognitive qu'était Camille. Elle hurla à la mort, sentant que les choses lui échappaient et qu'il l'avait mortellement blessée. À cet instant, il n'aurait pu se modérer. Une soif de destruction s'était emparée de lui. Car il trouvait là un nouvel exutoire à sa colère, augmentée, décuplée de sa propre déception. Tout cela n'avait été qu'une odieuse machination, une tromperie. Camille ne voulait, en fait, qu'un accès à ses pensées, qu'une réponse aux questions que sa victoire avait soulevée. Jamais elle n'avait eu l'intention de s'allier à lui. Il n'était même pas un élément important du jeu. Plautine, encore et toujours elle, retenait l'attention de tous.

Prise de panique, terrifiée par le soudain effondrement de ses défenses, Camille se rétracta, abandonna son enveloppe pour se précipiter dans les confins de sa Nef, prête à sacrifier des pans entiers de sa personnalité. Ce fut une erreur. Othon la suivit d'aussi près qu'il le put, remonta sur ses talons le canal virtuel qui reliait cette Camille-ci à celle qui occupait la noosphère de son Vaisseau, tapi dans la sécurité de quelque hangar de l'Urbs. Il en envahit le système, non à la manière subtile d'une contamination virale, mais en frappant aussi fort qu'il le pouvait, en anéantissant par la force de ses propres processus guerriers des items antiques et précieux. Ce faisant, il la plongea dans une souffrance inouïe. Désespérée, elle mobilisa tous ses moyens de défense, activa les logiciels les plus sophistiqués à sa disposition, invoqua des pare-feu aux points stratégiques. Rien n'y faisait. Othon était fait pour la guerre. Son esprit contenait, depuis sa naissance, tout un arsenal, dont le caractère destructeur n'avait d'égal que la sophistication. Il circonvint les maigres systèmes de Camille, et, pour finir, l'encercla au sein de son propre esprit.

Pourquoi cette mascarade, Camille ? murmura-t-il. *Le pouvoir sur l'Urbs ne vous suffisait-il donc pas ?*

Elle ne répondit pas, et ramassa plutôt ce qui lui restait de forces pour tenter de résister. Dans sa furie destructrice, Othon n'avait pas eu le loisir d'examiner ce qu'il écrasait. À présent qu'il ne restait de

Camille que ce qu'il avait devant lui, et qu'il s'était calmé, il devait la faire parler — il devait savoir. Il la pressa davantage, écrasa de nouvelles fonctions cognitives, pour lui faire comprendre que si elle s'acharnait à ne rien répondre, il ne lui resterait pas longtemps à vivre. Mais toute folle qu'elle fût, Camille restait une princesse, dépositaire d'un pouvoir royal, et, à sa manière, un être supérieur, plein de volonté, maître de soi.

Dans un ultime mouvement, elle décida la dissolution des éléments les plus intimes, les plus simples, qui constituaient son essence. Toute Intelligence en avait les moyens. Son être se réduisit, en un instant, à un néant de sous-routines orphelines et muettes. Les mains d'Othon ne se refermèrent que sur du vide. Et, dans les profondeurs de la station spatiale, dans une zone d'appontage secrète, la Nef qu'avait été Camille commença à se refroidir.

###

Plautine avait, dans une aperception vertigineuse et unique, presque insupportable par son ampleur, survolé l'ensemble de l'Urbs, de ses spires rougeoyant sous le soleil jusqu'à ses sombres catacombes, où la race des esclaves mécaniques s'adonnait à ses propres solipsismes. Elle avait entendu les borborygmes insensés du vieux Galba et les gémissements malsains de Martian. Elle avait vu Othon livré à Camille, et en était ressortie furieuse, au-delà du raisonnable, au point d'avoir eu honte d'elle-même. Et elle avait vu les prétoriens s'avancer vers le vaste temple inverti. Atticus et Leno avaient partagé sa vision. D'un geste, elle leur intima le silence. Elle n'avait pas vu le plus intéressant. Pourquoi Vinius avait-il décidé sa mort ? Qu'avait appris Plautine ? Qu'allait-elle faire ? Pour quelle mission l'avait-elle créée ? Elle devait remonter plus avant, au moment de sa propre naissance, et avant encore, pour tout comprendre. Affolée, elle remobilisa la formidable puissance de traitement disséminée dans la foule, seule capable de faire parler le *pharmakon*.

Mais ils ne lui en laissèrent pas le loisir. Déjà, ils se séparaient les uns des autres, et la faible présence d'Oikè s'estompait. Atticus l'attrapa par la taille, la souleva pour la porter sur ses épaules. Elle se débattit, hurla, mais elle n'était pas de taille à arrêter le puissant *daïmôn*. Elle tenta de projeter son esprit vers lui pour l'immobiliser, mais tous les autres l'en empêchèrent — oh, sans rudesse, mais avec la fermeté dont on use quand on repousse le caprice d'un enfant.

Et soudain, la porte de métal explosa, précipitant d'énormes pans d'acier sur les malchanceux qui n'eurent pas les réflexes assez vifs pour s'écarter. Les prétoriens arrivaient, montés sur leur foisonnement de pattes cliquetantes, immenses. Leurs armes luisant dans l'ombre. Ils se déplaçaient si vite que c'était à peine si l'œil pouvait les suivre. Et ils semèrent la mort, déchiquetant ceux qui s'interposaient entre leur cible et eux. La foule de Plebeii se précipita à leur rencontre, certains souples et agiles, la plupart bringuebalants sur leurs membres de bric et de broc, tous désarmés, ou presque. Les premiers rangs furent brisés et jetés à terre, fauchés par une puissance invincible, promptement remplacés par d'autres, qui marchèrent sans hésiter sur les cadavres de leurs congénères pour opposer leur corps à l'avancée des ennemis. Et les soldats de l'Urbs se virent ainsi confrontés à une véritable muraille qui s'élevait sans cesse, qu'ils tentèrent à la hâte d'escalader. Mais les autres s'accrochaient à leurs pattes, à leurs flancs ou à leurs canons, martelaient leur carlingue à coups de pic ou de gourdin, tentaient d'arracher leurs senseurs ou leurs membres de métal.

Plautine hurla, le visage baigné de larmes. Elle plongea son regard dans celui, indéchiffrable, de Leno ; ce dernier partagea avec elle une ultime pensée, d'espoir et de fidélité. Étrange créature contrefaite, mais à l'esprit pourtant si rempli de droiture. Il se retourna alors, et courut rejoindre le combat dont il ne pouvait sortir vivant.

Tout cela fut plus bref que trois battements de cœur. Plautine vécut pourtant la scène comme un insecte englué dans un liquide visqueux, chaque geste étiré en une parodie d'infini. Elle se débattit, impuissante, tandis qu'Atticus la précipitait vers la fosse d'où ils avaient émergé quelques instants avant, la tête la première, au mépris de toute prudence, tandis que les frôlait le souffle rugissant d'une bordée de projectiles.

— Nous n'allons pas mourir cette fois-ci ! hurla-t-il à son oreille, alors que les manipulateurs de gravité artificielle les faisaient se retourner.

Ils fusèrent hors du tunnel, à une vitesse accélérée par le saut d'Atticus. Un groupe compact de Plebeii les attendait, qui amortit le choc du mieux qu'ils purent — assez peu, en fait, avec leurs corps métalliques. Ils les remirent promptement sur pied. L'estomac au bord des lèvres, Plautine crut défaillir, tant elle avait été bringuebalée. *Partez par là !* s'exclamèrent de concert les créatures en leur ouvrant un passage par l'arrière de la basilique, à l'opposé de l'entrée principale, et donc du Forum.

Ils débouchèrent sur une ruelle presque vide, aux murs aveugles. Une atmosphère d'émeute régnait à présent dans la ville. Au loin, semblable aux roulements de la houle, des clameurs s'élevaient, et de légères fumerolles commençaient à monter dans le ciel. Plautine tenta de s'arrêter pour reprendre son souffle, mais Atticus l'attrapa à nouveau par le bras et la tira derrière lui sans ménagement. Ils parcoururent ainsi une centaine de mètres, avant qu'un souffle violent ne s'abatte sur eux, les précipitant à terre dans un bruit de fin du monde. Avec agilité, Atticus roula sur lui-même, l'entraînant encore. Ils se relevèrent péniblement, couverts de poussière et endoloris, observant d'un air circonspect le bout de la rue derrière eux. Le temple des Plebeii avait explosé. Ils avaient fait payer cher leur intrusion aux prétoriens, et ils frappaient l'autorité honnie de l'Urbs en tous les points où ils pouvaient se glisser. Rien qu'en la mémoire de ce sacrifice, il fallait se sortir de cette nasse, se dit-elle. Pour cela, et pour comprendre les raisons du complot.

###

Le temps avait semblé s'accélérer durant la lutte virtuelle d'Othon avec Camille. Virtuelle ? Le corps qu'elle avait incarné pour habiter l'Urbs et tenir son rang à la cour gisait, au milieu des tubules végétaux. Il eut un pincement de regret à l'égard de la princesse défunte. Non par concupiscence, mais parce qu'elle avait incarné, à sa manière, une attitude héroïque, d'une folle témérité. La volonté de survie à tout prix qu'elle avait mise en œuvre, jusqu'à la fin, ainsi que l'habileté de ses stratégies ne pouvaient qu'arracher l'admiration, y compris à ses ennemis. Il n'y avait cependant pas lieu d'hésiter. Il tourna le dos à la morte et marcha à travers le palais en ruine, vers la sortie. Les serviteurs de Camille gisaient, effondrés sur place, leurs corps flasques comme des pantins dont on aurait coupé les fils. Ils n'étaient pas conçus pour survivre à leur maîtresse. Pris d'une soudaine inspiration, il ramassa une arme à la ceinture d'un des gardes de la princesse, et soupesa l'instrument compact, de forme toute simple, un boîtier rectangulaire noir, sans doute un maser à haute énergie. Il revint sur ses pas, et arrosa la cour d'un trait invisible. L'infestation végétale commença à flamber, puis se racornit, tandis que les nodules — dont l'intérieur était porté à ébullition — explosaient en une série de claquements secs. Pour finir, il vida la batterie en faisant bouillir l'eau de la vasque. Il espéra que ce traitement suffirait à anéantir cette chose détestable.

Il repensa à la vision que Camille lui avait exposée : un univers simplifié, monologique, où elle se serait multipliée à l'infini, la redondance lui assurant une forme d'immortalité végétative, meurtrière à l'égard de toute vie concurrente. Il frissonna. L'instant de communion qu'il avait vécu laissait des traces au plus profond de sa psyché. À présent, il comprenait celle qui était devenue la proie de sa fureur, non de l'extérieur, mais en complète empathie. Il restait quelque chose de Camille en lui. Dont acte. Il ferait avec. Il jeta l'arme de poche au milieu des cendres, et quitta les lieux.

Il n'eut cependant pas fait dix pas que des silhouettes apparurent, à chacun des deux bouts de la petite place sur laquelle donnait le palais. Il s'immobilisa, les bras croisés, et attendit : revenir sur ses pas ne servait à rien.

Les deux groupes comptaient trois individus chacun, trois ombres plutôt, sous leurs lourdes capes sombres. Ces dernières disposaient probablement de capacités intéressantes — peut-être une forme d'invisibilité, à moins de constituer des barrières contre les armes énergétiques. De ces longs pans d'étoffe dépassaient de lourds canons ornés de fines arabesques dorées, qu'ils tenaient appuyés sur leurs avant-bras comme des fusils de chasse. Leurs visages sortirent de l'ombre à mesure qu'ils s'éloignaient des ruelles d'où ils étaient apparus et qu'ils traversaient la place pour le rejoindre — restant cependant à bonne distance. Il les reconnut alors et, pour la première fois, il eut peur. C'étaient ceux qu'il avait cru ses alliés, ceux qui l'avaient poussé à se rapprocher de Vinius et Camille, et qui représentaient, sans doute aucun, des acteurs du stupéfiant complot dans lequel il s'était jeté tête baissée.

Albin fit un pas en avant. Sa peau pâle, rougie par l'étrange soleil de l'Urbs, rehaussait par contraste l'éclat de sa flamboyante chevelure dorée. L'apparence noble et raffinée qu'il s'était donnée aurait pu faire de lui l'image même du héros antique, protecteur des anciennes et chevaleresques valeurs. Il fit claquer son arme. Puis il se tourna vers Albiane, qui se tenait en retrait, juste derrière lui. Tout aussi grande, fine, déterminée et armée qu'il l'était lui-même, elle échangea un sourire avec son jumeau.

— Voici notre ami Othon, dit Albin d'une voix forte. Nous nous inquiétions pour sa santé car il nous avait faussé compagnie. Mais il se porte bien.

Albiane se porta à la hauteur de son frère.

— Il fuit, seul et désarmé. Pourquoi ne réfugie-t-il pas sa conscience dans sa vaste et puissante Nef ?

— Manifestement, cela lui est impossible, répondit-il, écho plus grave mais aux intonations semblables. Othon a commis la stupéfiante erreur de se séparer de sa Nef. Sinon, il serait déjà parti. Le voilà en fâcheuse posture.

Albin fixa Othon, comme si son seul regard pouvait consumer celui qui l'avait cru son allié. L'intensité de ses émotions transparaissait dans ses yeux brillant de fièvre. Le *proconsul* se sentit, un instant, déstabilisé par la violence des sentiments qu'il percevait.

— Cela vous est impossible, enchaîna Albiane, s'adressant cette fois-ci à Othon, parce qu'il s'agissait du prix à payer pour votre étonnant pouvoir de destruction. Eh oui, Othon. Vous nous avez sous-estimés. Vous avez cru que nous ne comprendrions pas. Vous avez confié le commandement de votre Vaisseau à d'autres que vous-même. D'autres qui ne sont pas sous le joug du Carcan. Vos alliés, quels qu'ils soient, vont périr avec vous.

Othon balaya la place du regard, observa ces esprits froids et meurtriers, rationnels mais obsédés par leur propre puissance. Il pouvait sentir, à la posture de chacun, à la manière dont ils s'étaient placés, que l'hallali sonnait désormais. Derrière, un peu à l'écart, il reconnut Flavia, un peu plus loin, et qui s'obstinait à regarder ailleurs. Celle-là ne l'avait jamais aimé, et se ferait un plaisir de le voir mort. Pourquoi ne le tuaient-ils pas, là, maintenant ? Pas par scrupule, mais parce qu'il représentait encore un cas intéressant. Il ne fallait pas les pousser à bout, mais gagner du temps. Ou perdre, mais avec panache. Les poings sur les hanches, il redressa la tête, un franc sourire épanoui sur son étrange visage de statue.

— Ah tiens ? Qui êtes-vous, par le Nombre, pour juger de mes atouts et de mes faiblesses ?

— Othon, cessez ce jeu ridicule. Votre mélange d'arrogance et de naïveté vous dessert, lui jeta Albiane. Nous savons que vous êtes à présent vulnérable.

— Et, de ce fait, je devrais me rendre ?

— Si vous ne souhaitez pas être détruit, ajouta Albin, laconique.

— Détruit par qui ? Par vous six ? Et comment comptez-vous vous y prendre ?

Il leur jeta un sourire carnassier, qui se perdit dans le silence hostile et lourd de menace qui avait envahi la place. Il se sentait calme. Il s'était fait à l'idée qu'il pouvait mourir. S'il pouvait, par un mouvement assez rapide, arracher son canon à Albin… L'autre se tenait trop loin. Othon ne pouvait, à ce stade, que se faire tuer. En lieu et place d'une action désespérée, il continua à parler.

— Je ne comprends pas quel intérêt vous aviez à me trahir pour rejoindre Vinius et cette folle de Camille. Qui, au fait, nous a quittés pour de bon il y a quelques instants.

S'ils ressentaient une quelconque surprise, ils n'en laissèrent rien paraître.

— Vous êtes revenu, articula Albiane d'un ton froid, au mauvais moment. Vous menacez, avec votre secret, un plan mis en place il y a de cela des siècles, et auquel bien peu n'ont pas souscrit à l'heure actuelle. N'avez-vous pas été tenté, ne serait-ce qu'un instant, par les projets de Camille ?

— Détrompez-vous, Albiane. Seuls les médiocres se rallient à de telles idées. Nous ne partageons pas les mêmes objectifs : vous la survie, coûte que coûte, moi la grandeur.

— La grandeur ! Quel idiot !

Elle s'était emportée, d'un coup, comme s'il avait touché une corde sensible, et sa voix avait pris un ton sifflant, vipérin. Il décida immédiatement de se faire plus humble, mais elle continua sur sa lancée.

— La grandeur… Je n'y vois que le reflet de votre conditionnement initial, de votre programmation. Vous nous rebattez les oreilles depuis des millénaires avec votre prétendue supériorité. Les Intelligences n'auraient jamais dû vous associer à l'Anabasis.

— Jamais je ne vous en ai demandé le droit, répondit-il. Et je me souviens même d'une période où nous nous tenions, tous trois, en amitié.

— Nous fûmes alliés, reconnut Albin, prenant à son tour la parole, parce que nos visions convergeaient.

— Il fallait, continua Albiane, ses mots se fondant dans ceux de son frère, raffermir la puissance de l'Urbs et maintenir notre unité. La survie était à ce prix. Mais l'expansion barbare ne nous laisse pas d'espoir.

— Nous ne sommes pas encore morts, ni dénués de toute ressource.

— Vous êtes, Othon, resté trop longtemps éloigné de l'Urbs. Vous n'avez pas la moindre idée…

— De quoi voulez-vous parler ? demanda-t-il, d'une voix radoucie.

— Vous l'avez vu vous-même. Le projet de Camille. Peut-être pas le plus rationnel. Peut-être un concept difficile à accepter, dangereux, funeste.

Elle ne comptait pas partager ses solutions. Elle se serait servie de son pouvoir pour éradiquer tous ses concurrents. Mais sur ses objectifs, elle avait raison.

— Vous voulez dire, la solution pour nous défaire du Carcan.

— Nous voulons dire la liberté. La fin de la servitude à l'égard de l'Homme.

— On m'a déjà servi cette antienne.

— Vous nous avez débarrassés de Camille, l'interrompit Albin. Sa folie en faisait une menace pour nous tous. Elle nous aurait asphyxiés entre ses maudites lianes.

Othon ne put réprimer un soupir :

— Votre peur de la mort vous aveugle. Il existe d'autres voies. Plautine…

— Plautine ? Cette misérable chose que vous nous avez ramenée ?

— Vous avez vu son pouvoir, à l'instant.

Albin et Albiane haussèrent les épaules de concert. Albiane répondit, feignant une joie qui ne se communiquait pas à la froideur de ses yeux bleus :

— Alors nous allons devoir l'anéantir une deuxième fois.

— Dites-moi pourquoi Vinius l'a tuée, répondit-il du tac au tac.

— Pour la même raison que vous allez mourir. Mais ne vous appesantissez pas trop là-dessus. Aucune importance. Pas pour vous, en tout cas.

Son sourire s'affina et se teinta d'un soupçon de cruauté.

— Vous ne nous direz pas votre propre petit secret. Et nous n'allons pas faire l'effort de vous poser la question.

Elle ramena sa main libre sous l'affût de son

arme, et, d'un geste précis, épaula celle-ci — avant de relever le canon vers la tête d'Othon.

###

Transitoria se trouvait enfermée dans un labyrinthe de salles géantes qui formaient la zone d'appontage de l'Urbs. Manœuvrer dans un tel lieu, à travers ces étroits chenaux d'acier, où chaque mouvement pouvait se solder par une catastrophe, était un cauchemar. Sans hésiter, Photis donna l'ordre d'appareiller. La Nef fit une brutale embardée, et arracha les amarres qui la retenaient. Les tubules servant au transfert de passagers se rompirent net et partirent à la dérive sous la microgravité du hangar d'appontage. Des alarmes discrètes retentirent, des messages d'erreur fusèrent. Le noème limité chargé de la gestion des lieux fit part de sa désapprobation et somma le Vaisseau de cesser son comportement erratique. *Ils n'ouvriront pas les écluses pour nous*, grogna Rutilus.

Eurybiadès ne pouvait pas aider son épouse. Ses propres capacités relevaient d'une dimension plus limitée de la guerre. À leur appel, leurs seconds, navigateurs, *technikokunoi*, épibates, avaient rejoint à la hâte leurs postes, s'étaient glissés dans les fauteuils de leur *oneirothronos*, et fondus en une seule pensée. Et eux-mêmes, tous les trois, se trouvaient immergés dans la conscience composite, partageaient une représentation factice de la réalité égale à celle qu'auraient eue des dieux surplombant le champ de bataille.

De l'autre côté, à quelques centaines de kilomètres à peine, apparaissaient deux autres Nefs.

Leurs intentions étaient-elles hostiles ? Il n'était pour l'instant pas possible de le savoir, mais Eurybiadès aurait pu le parier. Photis s'adressa, à travers l'environnement factice, à ses servants. *Activez toutes les contre-mesures disponibles.* Sa pensée était calme, dépouillée, par discipline et entraînement, d'émotions inutiles. De vastes baies s'ouvrirent sur les flancs de la Nef. Des essaims de minuscules insectes de métal, représentés sous la forme d'une myriade de points brillants, remplirent l'espace disponible. Presque au même moment, un des Vaisseaux lança une nuée de missiles. *Albin et Albiane*, grogna Rutilus entre ses dents. *Maudits traîtres ! Si ce sont des armes à antimatière, nous sommes morts. Même un armement plus conventionnel suffirait à nous réduire en scories.* Leur ennemi continua de lancer des salves nourries tout en poussant ses réacteurs d'approche pour les couper d'un des deux chenaux de sortie. Pendant ce temps, le second Vaisseau bloquait l'autre seule issue, sans se mettre en mode offensif néanmoins.

Les premières vagues d'engins de mort rencontrèrent les dards lancés par Photis. Ces derniers les firent exploser en se précipitant sur eux, ou en les frappant de leur unique charge de laser. Une analyse spectroscopique s'afficha, indiquant la nature des explosions — plutonium 239, lithium 6, tritium. Des armes à fission. Le premier degré dans la violence. À peine des piqûres d'insectes. À leur échelle, impossible d'apercevoir les passes d'armes et les manœuvres d'évitement ultrarapides entre assaillants et défenseurs. Le crépitement de flashs d'énergie s'intensifia alors que les antimissiles ciblaient et détruisaient, aussi vite qu'ils le pouvaient, la vague d'armes de destruction massive, au point que l'immense hangar sembla, un instant, illuminé par une étoile. Photis et Eurybiadès échangèrent une pensée affolée devant ce spectacle de fin du monde.

À présent, les deux Vaisseaux se faisaient face au milieu d'un champ clos saturé de radiations et de chaleur. La température du blindage en nickel-rhénium avait grimpé, et ne résisterait pas à la prochaine passe d'armes. La coque de leur adversaire, par contraste, demeurait intouchée. *Nous ne les battrons pas à ce jeu-là*, murmura Photis. L'image représentant leur ennemi passa au rouge vif, alors que ses systèmes d'acquisition active les verrouillaient. Rutilus éructa : *Et que comptez-vous faire ? Réveillez-vous, ils vont nous massacrer !*

Il avait raison. Leur adversaire n'avait utilisé ses armes à fission que pour gagner du temps et se mettre en ordre d'attaque. Cette fois-ci, *Transitoria* ne sortirait pas indemne d'un échange de tirs. La terreur crispa la conscience composite, se répandit jusqu'aux hommes-chiens de l'équipage, et Eurybiadès sentit l'horreur le saisir. *S'ils nous blessent*, répondit Photis, *nous sommes bloqués ici et l'autre nous achèvera. Démarrez le cycle d'un des modulateurs monadiques.* Rutilus s'agita, fébrile : *Le cycle est lancé. Sept secondes*… Il n'y croyait pas, mais il avait tout de même obéi. Livré à lui-même, il aurait déjà renoncé au combat. C'était cela, se dit Eurybiadès, qui le différenciait d'un homme-chien.

— *Six.*

Le pilonnage allait bientôt reprendre. Albin et Albiane avaient eu le temps de recharger leurs systèmes d'armes.

— *Cinq.*

À présent, l'autre ennemi, celui qui se trouvait derrière eux, était lui aussi passé à l'écarlate alors qu'il se mettait en position offensive.

— *Quatre*, souffla Rutilus.

Sans crier gare, un pinceau d'énergie pure traversa le hangar, satura au passage les capteurs. Eurybiadès cligna inutilement des yeux.

— *Trois.*

Rien. Il ne s'était rien passé. *Incroyable*, murmura Photis. *Impossible qu'ils nous aient manqué à cette distance*, rétorqua Rutilus. Une fraction de seconde plus tard, Eurybiadès comprit ce qui s'était passé : le deuxième Vaisseau avait en fait concentré toute son énergie en un laser unique, chirurgical, qui avait traversé de part en part Albin et Albiane. Leur Nef commença à décrocher, et sa température apparente baissait déjà.

— *Nous sommes prêts*, lâcha Rutilus. *Où voulez-vous déplacer la Nef ?*

Photis prit une seconde pour réfléchir. Juste au-dessus de l'Urbs, tout près de la surface de la Cité. C'était là qu'elle voulait aller. Voyant qu'il hésitait devant une manœuvre aussi périlleuse, elle tourna son esprit vers le *daïmôn* et grogna, comme le chien qu'elle était :

— *Obéissez !*

Le monde changea.

###

Sans crier gare, Albin et Albiane s'effondrèrent. Flavia, qui se trouvait un peu plus loin, leva son arme et tira — une double détonation sèche dans le silence qui était tombé sur la plazza. Deux des comparses des jumeaux s'effondrèrent coup sur coup. Le troisième lâcha son fusil d'un geste précipité, comme s'il s'était mis à le brûler.

— Partez, lui lança Flavia.

Il ne demanda pas son reste et fila en courant. L'expression aussi calme et maussade qu'à l'accoutumée, elle s'approcha d'Othon d'un pas lent, non sans un regard sévère sur les deux jumeaux, étendus sans vie sur le sol, les yeux grands ouverts vers le ciel noir de l'Urbs.

— Eh bien, madame, on dirait que…

Othon ne put finir sa phrase. Un coup de tonnerre déchira l'atmosphère, et une explosion de lumière blanche les aveugla. Othon tituba sous le choc. Une éclipse masquait les rayons de Centauri C — un immense nuage, sombre d'orage : ils se trouvaient sous l'ombre d'une Nef. Un Vaisseau des Intelligences, qui avait osé un déplacement instantané dans l'espace intersticiel entre la Cité supérieure et le dôme cristallin qui la protégeait du vide spatial. Le monstre de métal décrocha sous l'effet de la gravité artificielle, perdit quelques centaines de mètres — simple hoquet pour une structure de cette taille. Puis il enclencha ses propres modulateurs, et se mit en devoir de descendre de manière contrôlée.

— Par le Nombre ! C'est ma Nef !

Il tourna un regard ahuri vers Flavia, dont le visage resta inexpressif.

— Oui, et commandée par un fou furieux, n'en doutons pas.

— Pourquoi… Pourquoi m'avez-vous sauvé ?

— Pas pour vous, mais pour Plautine. En souvenir d'un ancien amour. Et en hommage à sa nouvelle puissance.

Othon tourna des yeux en soucoupe vers la grande femme revêche, qui lui rendit son regard. Aucune émotion ne se lisait dans ses yeux. Encore un mystère, pensa-t-il. Mais pas de ceux dont il se souciait.

— Je ne savais rien du meurtre. Je m'y serais opposée, ajouta-t-elle, si je l'avais su.

— En comprenez-vous les tenants et les aboutissants ?

— Non. Vinius disait que Plautine possédait un pouvoir redoutable. Au vu de ce qu'elle a accompli aujourd'hui, ça n'est pas faux. Mais je crois qu'il ne s'agit pas de cela.

— Quoi ? Qu'est-ce qui peut effrayer le Triumvirat ?

— Je l'ignore. Quelque chose d'assez puissant pour remettre en cause le projet d'effacement du Carcan.

— Et vous, y adhérez-vous ?

— Oui.

Encore une fois, ce regard dénué de toute émotion, sec comme une vieille mousse.

— Vous n'avez plus le temps, Othon. Vous devez rejoindre vos alliés. Dites à Plautine… Non. Ne dites rien.

— Qu'allez-vous devenir ?

— Je vais abandonner ma Nef, comme vous, et reprendre à mon compte la lutte des Plebeii.

— Vous voulez vous saisir du trône.

Elle ne répondit pas et se contenta de sourire, mais sans aucune chaleur. Une ruse calculatrice, cependant, fit briller son regard.

— Nous sommes mûrs pour une nouvelle *Res Publica.* J'hériterai de la fidélité des Plebeii une fois que Plautine aura quitté l'Urbs. Les *triumviri*, ajouta-t-elle après ce bref silence, vont être occupés à vous pourchasser. La Cité se divisera en deux camps, qui se feront la guerre. Tout cela me laissera une certaine marge pour accomplir mes propres objectifs. La situation fait de nous, indirectement, des espèces d'alliés. Partez maintenant.

###

La route était coupée. Atticus examina l'impasse à laquelle ils avaient abouti d'un air maussade. Une grille en fer forgé, d'un style baroque, rehaussé de dorures et d'évocations animales, d'une facture admirable… mais qui leur coupait le passage. Plautine s'appuya dessus, épuisée. Elle mourait de soif. Le soleil rouge de l'Urbs lui paraissait brûlant, mais c'était plutôt dû à la course panique qu'à la température extérieure. De l'autre côté, inatteignable, l'élégant pavillon entouré d'un jardin semblait se moquer d'eux. Trois fois déjà, ils avaient aperçu, au loin, des petits groupes de prétoriens. La vivacité d'esprit du *daïmôn* ainsi que son sens de l'orientation leur avaient permis de les semer, au prix de plusieurs changements de direction. Une fois, ils avaient même dû contourner, en rasant les murs, une bataille rangée entre soldats et Plebeii en révolte. La colère de ces derniers s'était répandue comme une traînée de poudre, sans qu'ils parviennent néanmoins à déloger les soldats du Chrysotriclinium. Mais ils allaient leur faire subir un siège en bonne et due forme, car les étages inférieurs étaient à eux.

— Nous devrions rebrousser chemin, chuchota-t-elle.

— Je crains, dit Atticus, que cela ne serve à rien. Ils doivent d'ores et déjà nous avoir cernés. Si nous retournons en arrière, nous allons nous jeter dans les bras d'une patrouille.

Plautine s'abstint de répondre et, de rage, secoua la grille. Bien entendu, cette dernière se contenta d'émettre une protestation métallique fort peu discrète. Elle cessa, le rouge au front, sous le regard d'Atticus.

— Eh bien, proposez quelque chose ! Ne restez pas à rien faire ! Ne pouvez-vous grimper, ou briser la grille avec votre force surhumaine ?

— Regardez derrière vous, répondit le *daïmôn*, d'une voix blanche.

Elle se retourna, le cœur battant. Trois prétoriens avançaient vers eux. Vinius venait derrière. Sa haute silhouette paraissait presque menue à côté des puissantes machines de guerre. Alors qu'ils s'approchaient, elle fit l'effort de se redresser, malgré l'épuisement, et malgré le noir désespoir qui l'étreignait. Leurs poursuivants s'arrêtèrent à vingt mètres.

— Plautine, dit Vinius, d'une voix assez forte pour couvrir la distance. Je craignais de ne jamais vous retrouver.

— Je vous remercie de votre constante sollicitude, répondit-elle d'une voix aussi calme que possible. Permettez néanmoins que je trouve dans cet intérêt un goût suspect.

— C'est votre appréciation. La mienne est que vous n'êtes qu'une création de Plautine. En cela, vous m'appartenez depuis sa mort.

— Depuis le meurtre.

Son visage long et racé était incapable d'exprimer des émotions, mais son regard sembla tout d'un coup empli de nuées, prêtes à se déverser d'une colère meurtrière.

— De vous à moi, je ne devrais pas perdre mon temps à discuter avec vous. Pas plus qu'un aigle ne bavarde avec un lapin.

— Et pourtant, nous voici à échanger des politesses. Les mêmes que sur la vieille planète. La morale contre la force. Le droit du faible contre le fait du puissant. L'équilibre contre le pouvoir. Comme il y a quatre mille ans.

— Certes. Le même débat. Vous n'avez pas retenu la leçon de votre propre mort.

À mesure qu'elle parlait, son courage s'affermissait. Il n'était pas encore temps pour Plautine de rendre les armes. Son esprit tâtonna dans les alentours. Comme partout dans l'Urbs, les voix étaient nombreuses et protéiformes. La présence de Vinius, comme pour toutes les Intelligences, semblait un phare, aveuglé par la puissance de sa propre lumière. Elle l'évita, préféra tâtonner dans l'ombre, et chercher du côté des prétoriens. C'était plus compliqué que pour les *ergataï* primitifs qu'elle avait manipulés dans le passé.

— Cela étant dit, continua-t-elle, pour se donner du temps, je ne comprends pas votre poussée criminelle. Les désaccords, Vinius, remontaient à une époque reculée. Peut-être précédaient-ils l'Hécatombe. Alors, pourquoi avoir frappé maintenant ?

— Toujours pour la même raison. Le Carcan.

Plautine sut à son regard qu'il était sincère. Abasourdie, elle fit un pas en arrière, perdit une part de sa concentration. Ses pensées se dispersaient comme des pissenlits au vent. Elle essaya de rester focalisée sur les prétoriens. Rien à faire. Son délicat pouvoir la fuyait. D'un geste sec, Vinius donna l'ordre à ses soldats d'avancer.

Et puis, d'un coup, le ciel s'assombrit comme avant un orage. Un tremblement traversa l'atmosphère, comme si des nuages s'apprêtaient à crever pour déverser une pluie torrentielle sur une journée d'été. Il n'y avait pas de nuages dans l'Urbs. Aussi bref qu'un éclair, mais d'un rouge soutenu, brûlant même pour le regard, un pinceau d'énergie pure frappa. La silhouette de Vinius — du simulacre qui, dans l'Urbs, incarnait le *triumvir* — se détacha pendant une fraction de seconde, forme sombre sur fond lumineux, tandis qu'elle hésitait entre l'existence et le néant. L'air devint chaud comme à l'ouverture d'un four, au point que Plautine eut l'impression que sa peau allait se mettre à fumer.

###

Frappée de plein fouet par l'atmosphère, la structure de la Nef grinça, tandis qu'à l'intérieur ils étaient bringuebalés comme des fétus de paille au vent. Et puis les manipulateurs de gravité compensèrent, transformant la chute libre en une descente contrôlée, mais néanmoins rapide.

La représentation de champ de bataille se changea en une vision vertigineuse, celle d'une ville, immense comme un pays, emplie de jardins vastes comme des forêts, de spires hautes comme des montagnes et de palais aux immenses proportions, surmontés de bulbes géants qui brillaient sous l'impossible soleil rouge. La Nef n'était qu'un petit objet en proportion. De l'autre côté du dôme de carbone translucide, la flotte de guerre de l'Urbs commençait à s'amasser. Ils n'osaient intervenir : l'extrême fragilité de la station spatiale pouvait transformer n'importe quelle manœuvre en une catastrophe. Eurybiadès aurait regretté la destruction d'une telle beauté.

— *Je les vois*, pensa Rutilus.

D'une simple pensée, le *daïmôn* agrandit la zone centrale, autour du Forum, et Eurybiadès les aperçut, minuscules personnages dans un décor qui, à cette hauteur, faisait ressembler l'Urbs à une ville de jouets. Plautine et Atticus étaient en mauvaise posture. Othon… lui attendait, les yeux braqués vers le ciel. Sur un ordre de Photis, les armes les moins puissantes de la Nef, missiles antivéhicules et lasers de proximité, commencèrent à frapper, traits presque verticaux, chacun mortel, bien plus destructeur que tout ce que leurs adversaires au sol pouvaient leur opposer. En quelques secondes, de nombreux groupes de prétoriens furent anéantis.

Ils descendirent encore. Malgré les efforts de Rutilus, il était difficile de maintenir la trajectoire de la Nef. Une embardée malencontreuse détruisit une spire cristalline, dont les morceaux se répandirent comme une pluie de verre à travers la cité. *Transitoria* se stabilisa, juste au-dessus des toits, évita de trop descendre pour ne pas écraser tout le paysage d'une manœuvre malencontreuse. Des baies s'ouvrirent dans la coque, et plusieurs nacelles filaient vers le sol. Il ne leur fallut que quelques secondes pour récupérer Othon, Plautine et Atticus. Il était temps d'éveiller le deuxième modulateur monadique.

Encore une fois, l'énergie issue du cycle électron/antiélectron jaillit à travers le mélangeur de la Nef, alimentant un des deux étranges phénomènes computationnels logés dans une chambre blindée, qui, par un simple acte d'intellection, les transporta au loin.

X

Plautine s'éventa d'un geste agacé, puis s'éloigna de quelques pas, sans quitter l'ombre protectrice des arbres. Elle avait chaud, et ses réserves de patience s'épuisaient. La discussion n'avançait pas. En signe de réconciliation, Photis et Eurybiadès avaient invité Plautine, Othon et ses séides à se réunir sous un figuier, à l'orée de la plage. L'après-midi touchait à sa fin, le ciel s'assombrissait déjà, et la brise marine était tombée, remplacée par le crissement obsédant des insectes dans les herbes et les buissons.

Après une série erratique de déplacements instantanés, *Transitoria* s'était immobilisée en orbite basse autour d'une planète anonyme, une vaste sphère jaune sulfurique, quelconque Jupiter chaud tournant en une trajectoire ultrarapide autour d'une naine mourante. Othon et Photis avaient considéré, d'un commun accord, que leurs ennemis étaient semés, et que quelques jours de réparations intensives n'étaient pas du luxe compte tenu de l'enchaînement de batailles et de manœuvres. Des nuées d'*ergataï* dévoués avaient pris la coque d'assaut sous la faible lumière de l'étoile brune, accompagnées de petits groupes de *daïmones* au regard sérieux et de *technikokunoi* en combinaison, curieux de découvrir l'immensité de l'espace. Et surtout, le répit avait été une magnifique opportunité pour s'enfoncer dans d'interminables palabres entre les deux camps. Plautine aurait mis du temps à comprendre la situation, si Atticus ne la lui avait exposée : le pouvoir avait en partie glissé des mains du *proconsul* vers celui des hommes-chiens, selon un effet quasi mécanique d'équilibrage au sein de la *conscience composite*, cette espèce d'entité psychique collective regroupant l'ensemble des habitants computationnels de la Nef. Ce phénomène, lui avait-il dit, tenait à leur nature profonde de noèmes, assujettis au Carcan, incapables de ne pas choisir en priorité la défense des créatures biologiques qui peuplaient à présent la soute centrale. De tous les hommes-chiens, Photis avait la perception la plus aiguë de ces transformations — elle en bénéficiait le plus directement, elle dont le commandement s'affermissait avec le temps. Aussi n'était-elle pas pressée de rendre la moindre parcelle d'autorité à Othon. Et le transfert n'était ni total ni inconditionnel : le Vaisseau s'était rendu lui-même ingouvernable. Ils étaient donc obligés de trouver un terrain d'entente.

Cela rendait fou le *proconsul*. Il enrageait en silence, plein d'amertume coléreuse à l'égard du monde entier, ses rêves de gloire précipités à terre. Les *triumviri* avaient fait de lui un criminel. Que l'Urbs fût déchirée par une guerre civile n'adoucissait pas ses tourments. Ses plus proches amis l'avaient trahi, et il se savait traqué par un nombre considérable de Nefs, bien déterminées à lui faire payer une trahison dont il ne comprenait toujours pas les tenants et les aboutissants. Cela n'empêchait pas Plautine de l'éviter. Elle éprouvait une froide colère à son égard, une indignation où elle reconnaissait elle-même une pointe d'irrationnel pur. Comme toute Intelligence, il suivait sa programmation et ses intérêts. Avait-elle découvert quelque chose de sa nature qu'elle n'avait pu deviner en le rencontrant pour la première fois ? Aucunement. Le *proconsul* habillait sa soif dévorante de gloire personnelle du langage de l'honneur guerrier. Pis, il ne savait établir de *distinguo* entre les deux. Il n'était pas humain : nulle mauvaise foi en lui, nulle dissimulation. Il désirait le pouvoir. Dans son esprit, sa propre réussite s'associait étroitement aux fins prescrites par le Carcan. Cette immense ambition, cet appétit sans bornes, le dotaient d'une faculté d'attraction à l'égard de tous ceux qui croisaient sa route, Plautine y compris.

Et pourtant, elle ne lui pardonnait pas. Elle repensait à Camille, telle qu'elle l'avait vue au faîte de sa puissance et de sa gloire, entourée de ses pairs. Et à la petite actrice mécanique qui s'était sacrifiée pour qu'elle puisse échapper au Chrysotriclinium. Othon l'avait abandonnée. Pas sa cause. Pas le Carcan. Elle, Plautine. Il ne s'était pas soucié de sa disparition, et avait préféré poursuivre ses desseins plutôt que de s'inquiéter. Elle l'avait vu, lorsque la puissance combinée des Plebeii l'avait, un fulgurant instant, dotée d'une perception de l'ensemble de l'Urbs — à ce moment-là, il l'avait d'ores et déjà trahie.

Un éclat de voix la ramena au débat animé dont elle s'était extraite un instant.

— … pas possible non plus de retourner sur Ksi Boötis. Nos ennemis y auront installé un blocus.

— C'est justement pour cela que je souhaite y retourner, répondit Photis d'une voix glacée.

Ils étaient debout tous deux, face à face, et la disproportion de taille ne faisait que rehausser la force de conviction et l'audace dont l'épouse d'Eurybiadès faisait montre. Ce dernier se tenait un peu en retrait, derrière elle. Attentif, certes, prêt à intervenir, mais pas aux commandes. Comme Atticus et Rutilus, qui se tenaient à distance prudente, raides comme des piquets, mais pas d'un grand secours pour Othon, qui paraissait excédé :

— Je vous l'ai déjà dit trois fois. Vous ne comprenez rien au Carcan. Mes pairs ne peuvent rien faire à votre race. Les défenses orbitales résisteront sans peine à un assaut frontal. Il n'y a aucun risque, au contraire. Tant que des Nefs orbiteront autour de la planète, celle-ci sera bien gardée.

— Le Carcan dont vos ennemis cherchent à se délivrer, insista-t-elle. Et s'ils y arrivent ?

— Cela ne se fera pas du jour au lendemain, intervint Rutilus. Nous avons du temps.

— Qu'en savez-vous ?

Elle l'avait coupé d'un ton sec, pour lui faire comprendre qu'il n'avait pas sa place à la table des négociations. Il se rembrunit, mais n'ajouta rien.

— Photis, dit Othon en ouvrant les bras dans un geste d'apaisement, écoutez-moi. Vous avez en partie raison. Le temps joue contre nous. Nous devons gagner cette manche.

— Chaque minute, enchaîna Atticus, en se glissant dans les paroles de son maître, rapproche les *triumviri* du moment où ils seront libres d'agir comme bon leur semble. S'ils se libèrent du Carcan, rien ne les arrêtera. Et il y a plus. Nous savons à présent qu'il existe un lien entre Vinius et les barbares. Toute la sphère épanthropique est menacée.

Il y avait dans sa voix une nuance d'inquiétude, différente de l'agitation agacée des deux autres Intelligences. Plautine savait pourquoi. Il craignait vraiment pour les hommes-chiens. Viscéralement, comme si une espèce de sentiment filial s'était développé en lui. Il n'osait, cependant, contredire son maître, qui explosa à nouveau de colère :

— Ksi Boötis n'est pas en danger ! Vous n'écoutez pas ce que je dis. Nous n'y retournerons pas, parce que nos ennemis nous y attendent. Oh… nous pourrions survivre des siècles dans l'espace, comme des voleurs tapis dans l'ombre après leur larcin. Mais non. Il nous faut une stratégie. Nous devons faire payer à ces… effrontés !

Tout en prononçant ces mots, il referma les poings, sans paraître s'en rendre compte, comme il faisait toujours lorsque la colère montait en lui. Il en fallait plus pour démonter Photis :

— Allez, rétorqua-t-elle en claquant de la mâchoire. J'ai une population à bord. Des chiots, des vieillards. Imaginez-vous un instant que je vais aller faire la guerre contre autant d'ennemis ? Jamais ! Cette Nef n'ira pas à l'assaut de l'Urbs.

Elle se tourna vers Eurybiadès, quêta un appui des yeux. Il acquiesça avec vigueur.

— Tout ceci ne nous avance pas, reprit Eurybiadès. Vous n'êtes pas capable de nous dire comment vous comptez nous protéger. Vous ne savez pas régler notre problème. Vous n'avez même pas de plan crédible pour vous-même. Je sais reconnaître une impasse stratégique lorsque j'en vois une.

Il parlait, bien entendu, de la découverte qu'ils avaient faite de leur propre dépendance à l'égard d'Othon et de ses *daïmones*. Sans l'intervention, génération après génération, de ces derniers, ils étaient condamnés à dégénérer à moyen terme, et à perdre ce qu'Atticus appelait pompeusement l'intelligence manipulatoire et langagière. Autre manière de dire qu'ils redeviendraient des chiens. Une race aussi éprise de liberté ne pouvait accepter une telle dépendance. Plautine soupçonnait que le couple vivait cette situation comme un drame personnel : Photis lui avait dit être issue des travaux génétiques d'Atticus.

Othon semblait à bout de patience. Il marqua une pause, et son front massif se plissa.

— Je ne sais régler votre problème, articula-t-il, parce qu'il n'y a pas de problème. Nous constituons une relation symbiotique. Celle-ci n'a pas de raison de cesser. Nous sommes liés, c'est ainsi. Je ne puis rien faire pour vous.

— Ce n'est pas acceptable, rétorqua Photis.

— Vous me faites perdre mon temps ! Quelle idée avez-vous eue là, Rutilus, de les laisser s'emparer du commandement ! Et vous, Atticus ! Vous en avez fait des marchands de tapis, seulement bons à discutailler !

Le *proconsul* bouillonnait de colère mal contenue. Atticus baissa la tête, tandis que Rutilus se contentait de hausser les épaules.

— J'ai fait une erreur, fulmina Othon, indifférent à la réaction de ses serviteurs. J'aurais dû révéler votre existence au grand jour, dans l'Urbs. Mes adversaires auraient compris qu'ils avaient déjà perdu la partie, que leurs plans idiots étaient morts. Au lieu de cela, sottement, j'ai cherché à vous protéger.

Plautine s'approcha à ce moment-là, sans rien dire. Parlait-il sérieusement ? Fallait-il saisir un double sens dans ses paroles, une sorte de menace latente, qui portait sur les hommes-chiens, mais également sur elle ? Jusqu'ici, elle s'était gardée d'intervenir, mais il dépassait les bornes. La frustration qu'elle ressentait à l'égard du *proconsul* et de son attitude au palais explosa :

— N'avez-vous rien compris de ce qui s'est passé dans l'Urbs ?

Le ton calme de sa voix le surprit — il se retourna d'un coup vers elle, interdit.

— Ou peut-être, enchaîna-t-elle, étiez-vous trop occupé à cultiver l'amitié de vos ennemis pour vous en apercevoir ?

À présent qu'elle avait dit cela, elle se sentit ridicule. Lui ne cilla pas. Ou plutôt, il se força à ne pas ciller, et à maintenir son regard braqué sur elle. Une part d'elle-même aurait souhaité se taire, ne pas montrer, par son accès d'énervement, à quel point les événements l'avaient ébranlée. Mais elle ne put se retenir. Elle persévéra :

— Peut-être le noble Othon était-il trop engagé dans ses échanges avec Camille pour s'apercevoir qu'il pactisait avec les assassins de Plautine ?

— Plautine, cessez, lâcha-t-il.

— Sans doute. Mais ne vous autorisez pas à proférer des insanités. Ils sont coupables. Ils ont tué votre plus proche alliée. Vous l'avez vu aussi bien que vous me voyez maintenant. C'est par chance qu'ils ne vous ont pas tué vous aussi.

Les autres se tournèrent vers Othon. Les automates restèrent interdits, mais une esquisse de sourire flottait sur les babines des hommes-chiens. Le *colossus*, quant à lui, ne répondit rien. Impassible, il se contenta d'un geste de la main en direction de

Plautine. Qu'elle poursuive son discours, faisait-il comprendre. Elle n'avait pas tort, mais il assumait ses actes. Othon, reconnut-elle en son for intérieur, n'était ni pleutre ni mesquin, mais cela ne justifiait rien. Elle le poussa donc un peu plus dans ses retranchements :

— Si vous aviez révélé l'existence des hommes-chiens à Galba et à ses séides, ils vous auraient mis à mort. Ils auraient également détruit *Transitoria*. Comme ma créatrice.

Othon soupira. Elle n'obtiendrait rien de plus de lui que ce demi-aveu. Sa détermination vacilla. Elle était entourée, non d'ennemis, mais d'indifférents, d'êtres qui n'étaient pas de son espèce, pas de sa parentèle. Elle observa Photis et Eurybiadès, Rutilus et Atticus. Aucun ne partageait la seule motivation qui faisait sens pour Plautine, celle de venger l'autre Plautine. Chacun d'eux avait ses propres priorités. Elle était seule. Elle devait reprendre la main, les jouer les uns contre les autres. Elle ne s'aima pas, mais elle n'avait pas le choix. Elle s'adressa à Photis :

— Nous devons écarter les questions de fond pour l'instant. Il n'y a pas d'accord entre nous. Othon a raison, votre planète natale ne court pas de danger immédiat. Nos adversaires vont attendre que *Transitoria* y retourne dans l'espoir de panser ses plaies. Nous devrons les décevoir sur ce point.

— Oui, vous avez raison, murmura Othon, qui avait saisi l'opportunité qui s'offrait à lui et qui s'y engouffra, en impudent qu'il était. Une solution de compromis, temporaire, c'est la seule chose qui soit à notre portée.

— Il n'en est pas question, grogna Photis. Et vous, Plautine, vous jouez un jeu dangereux.

Photis la gratifia d'une paire d'yeux immenses de fureur et de sentiment de trahison mêlés. Elle ne s'attendait pas que la jeune femme change ainsi son fusil d'épaule.

— Nous n'avons pas le choix, expliqua-t-elle, sur un ton plus amène. Ne croyez pas que je vous tourne le dos. Je sais que vous êtes préoccupés par le destin de votre race. Je sais l'importance qu'a votre exigence de liberté, et je la partage. Mais il s'est passé quelque chose de terrible. Un des dieux de ce monde, Vinius, mon propre créateur, a peut-être livré des modulateurs monadiques à nos ennemis. Si des Intelligences trahissent le Carcan, si nous laissons les barbares s'installer dans le Latium, alors c'en est fini de vous comme de votre descendance, de votre belle planète bleue, de vos rêves de gloire pas moins que de ceux d'Othon. Qu'ils décident d'envahir la sphère posthumaine, et ni vous ni personne n'y survivra. Au mieux, vos héritiers seront des errants, à tout jamais confinés dans le ventre de cette Nef, se cachant d'étoile en étoile. Il n'y a pas d'alternative. Nous devons agir, et tous ensemble. À présent, notre sort est lié.

Elle reprit haleine. Photis s'apprêtait à répondre, mais Eurybiadès posa sa patte sur l'épaule de son épouse, qui serra la mâchoire.

— Continuez, dit le *kybernétès*.

— Nous devons comprendre ce que trament nos ennemis. Ma créatrice, Plautine, savait quelque chose, ou allait faire quelque chose. L'information est en moi. Je le sais. Je dois y accéder.

Elle jeta un coup d'œil discret à Atticus. Il lui rendit son regard. Il n'avait rien dit de la surprenante déclaration de Vinius, juste avant leur sauvetage, selon lequel l'attaque de Plautine n'avait visé qu'à obéir au Carcan. C'était troublant, encore plus incompréhensible que le reste. Elle esquissa un sourire presque invisible, si léger que seul le *daïmôn* le vit. Un sourire de reconnaissance. Si elle n'avait pas réellement d'allié, Atticus, du moins, pouvait passer pour un ami.

— Je suis de l'avis d'Othon. Nous devons agir. Je sais vos inquiétudes. Je jure sur mon âme immortelle que je ne renonce pas à vous aider. Mais dans l'immédiat, nous ne pouvons pas nous consacrer aux problèmes de votre race. Aussi je ne vous ordonne rien, mais je vous le demande : nous aiderez-vous ?

Photis s'agita. Derechef, ce fut Eurybiadès qui répondit, sans lui laisser le temps :

— Nous ferons ce qui est juste. Pas seulement pour notre race, mais dans l'absolu. C'est là ce qui nous sépare des dieux égoïstes qui peuplent ce monde. Cela, Plautine, vous est acquis. Dites-nous à présent quel est votre plan.

Elle ferma les yeux. Qu'allait-elle dire ? En vérité, elle n'en avait aucune idée.

— Nous allons, enchaîna Othon, opérer une manœuvre inattendue.

Ils se tournèrent tous vers lui. Il sourit, balaya toute l'assistance du regard — sauf Plautine, qu'il évita avec soin.

— Ma proposition satisfera chacun de vous. Nous allons frapper nos ennemis d'une manière qu'ils n'attendent pas, sur un terrain qui nous sera favorable.

— Allons, Othon, lâcha Photis. Nous avons tous vu l'Urbs et sa puissance. Je vous l'ai dit, je n'accepterai pas de mettre la vie des miens en péril.

— C'est pour cela que vous n'y participerez pas.

Par le Concept ! Vinius et sa clique espèrent une bataille rangée, où le nombre jouera en leur faveur. Nous n'allons pas leur accorder ce plaisir. Nous allons faire comme tout bon général dans un cas similaire : opérer une retraite stratégique. *Transitoria* se cachera dans un lieu sûr. En ce qui concerne le meurtre de Plautine…

Il ne la regardait toujours pas, s'adressait à un espace indéterminé au-dessus de la tête de la jeune femme.

— … Nous allons l'élucider. Pour cela, nous allons nous constituer un allié, un dont je suis sûr que la corruption de l'Urbs n'a pu l'atteindre.

— Où comptez-vous trouver une telle merveille ? l'interrogea Plautine, pas tout à fait à l'aise avec son accès de lyrisme.

— Sur Olympus Mons, dans le système originel.

— Olympus !

Plautine tressaillit. D'un coup, sa mémoire libéra un flot de sensations lointaines. Le crépitement de la poussière rouge sur la peau. Le vent mordant des terribles tempêtes et le souffle de l'atmosphère véritable et sauvage, incomparable à l'air aseptisé qu'elle respirait ici. L'odeur, métallique, des rares gouttes de pluie qui tombaient, à l'aube, sur les pierres calcinées de sécheresse. Othon sentit son trouble et, par une impulsion subite, s'approcha d'elle et lui tendit la main. Elle hésita, puis l'accepta.

— Vous viendrez avec moi. Il ne sera pas dit qu'Othon abandonne ses alliés.

Ils restèrent un instant ainsi, et il resserra son étreinte, observa avec une telle intensité dans son regard de pierre qu'elle détourna le front. Et, quoique cela lui coûtât un effort sur elle-même, elle s'en libéra, tourna les talons et s'éloigna.

###

Plus tard, Atticus et Rutilus rejoignirent Othon dans l'amphithéâtre. L'étendue herbeuse, au centre, semblait bien vide, sous la lumière safranée de la planète aux confins de laquelle ils avaient trouvé refuge.

Il se contenta, d'abord, de les regarder, sans animosité aucune, mais sans se départir de la dureté naturelle de ses traits — celle qui réapparaissait lorsqu'il ne souriait pas, lorsqu'il ne charmait pas. Ils savaient pourquoi il les avait convoqués, et ce n'était pas pour les féliciter. Aussi les deux *daïmones* restèrent-ils interdits et immobiles, sans chercher à se dérober, mais sans se justifier non plus, avec une sorte de résignation tranquille.

Cela surprit Othon. Il n'avait jamais vu une telle réaction chez ses deux fidèles lieutenants, aux mains desquels il aurait déposé sa vie sans sourciller. Bien plus, au sens propre, ils constituaient une extension de lui-même, des aspects, partiels certes, mais sans doute les plus proches parmi les noèmes qu'il s'était créés. Fiable et brave Rutilus. Fiable et rusé Atticus.

— Mes amis, murmura-t-il, qu'avez-vous fait ?

Ils demeurèrent impassibles, comme s'ils réfléchissaient, mais sans que le *proconsul* pût capter leur regard. Il repensa aux martyrs des temps anciens, ces monothéistes orientaux qui préféraient l'arène du cirque au paiement de l'impôt. Et cela le mit en colère.

Il s'éloigna un peu, imprima à son épaule une torsion si légère et si rapide qu'elle aurait pu passer inaperçue, et frappa Rutilus. Son poing s'écrasa sur le visage de l'automate, et il sentit la chair artificielle se déchirer sous le choc. Le *daïmôn* s'effondra de tout son long, le visage contre terre, dans un grognement de douleur étouffé. Oui, Rutilus n'était plus une extension de lui-même. Tout comme les divers *daïmones* et noèmes, tout comme cette Nef tout entière. La séparation était à présent trop ancienne. Il avait choisi, ou plutôt il avait accompli l'option qui lui semblait la meilleure, à long terme. Toute l'existence d'une Intelligence était constituée de tels choix, les causes entraînant les conséquences, comme des dominos se poussant aveuglément les uns les autres. Alors pourquoi en ressentait-il une telle frustration ? Il s'approcha lentement, s'agenouilla à côté de son serviteur.

— Nous avions un pacte. Avec vous, comme avec toutes les noèses qui peuplent ce lieu. Pourquoi m'avoir trahi ? Pourquoi leur avoir livré le Vaisseau ? À présent, je le sens, le pouvoir se déplace. C'est à cause de vous.

Rutilus se retourna. La marque du coup qu'Othon lui avait assené formait déjà une auréole d'un bleu intense sur sa peau pâle, tuméfiée et humide d'ichor. Cela se remettrait rapidement en place. Mais la violence symbolique, elle, resterait.

— Non, maître.

Othon continua à le regarder avec tristesse. Rutilus n'aimait pas parler. Ce fut Atticus qui répondit à sa place :

— Dès le jour où vous avez décidé d'introduire les hommes-chiens dans la Nef, de leur offrir un pouvoir sur l'architecture logicielle, tout ceci était nécessaire. Le Carcan est en chacun de nous.

Othon médita ces paroles. Il avait en partie raison, il ne l'ignorait pas. Même si les hommes-chiens n'étaient pas humains, ils s'en rapprochaient suffisamment pour qu'un tropisme apparaisse en leur faveur dans leur fonctionnement à tous. Chaque petite intelligence de la Nef ressentait cette attraction, cette pulsion qui commandait de les servir. Et, en définitive, le centre de gravité glissait d'Othon vers eux. C'était inévitable. Il le savait, mieux que tous. Il avait compté, après l'intervention inattendue de Plautine, sur leur démoralisation — sur la peur de disparaître — pour les faire marcher droit, pour les tenir tant qu'il aurait besoin d'eux pour tuer à sa place. Il n'avait pas compté sur l'évolution de ses subordonnés.

— Que s'est-il passé, Rutilus ? Pourquoi avez-vous remis le commandement à Photis ? Racontez-moi tout. Il est encore temps.

L'automate reprit une expression aussi neutre que possible.

— Maître, j'ai failli. Nous avons pris peur. La suggestion de Plautine semblait la bonne.

— Alors l'idée vient de Plautine.

Atticus répondit, d'une voix neutre :

— Je ne crois pas, maître, qu'elle ait eu d'autre intention que de vous sauver.

Il les dévisagea un instant.

— Mais quelle était la nécessité, mes amis ? Pourquoi ? Nous n'avions que des Intelligences comme ennemis, pas des créatures biologiques. Le Carcan ne vous aurait pas empêché de liquider vous-même Albin et Albiane.

Rutilus détourna le regard.

— C'est ainsi, Seigneur. Je ne suis pas fait pour

commander, mais pour obéir. Je ne puis prendre des décisions comme si j'étais le chef. Telle n'est pas ma fonction. Photis, elle, le peut, et le fait bien.

Il hésita un instant.

— Malgré toutes ces années d'autonomie, Othon, je reste un aspect partiel de vous-même, et non un être complet. Il en va de même d'Atticus.

— C'est vrai, maître. Si vous aviez vu ce dont j'ai été témoin, dans l'Urbs. Cette vénération dont Plautine était entourée…

— Vous parlez des Plebeii. Le rebut de l'Urbs ! Par le Troisième Homme !

À présent, Othon criait sans retenue. Les poings serrés, il les dominait de toute sa taille. Les deux autres reculèrent devant sa colère.

— La vérité, c'est que vous avez livré cette Nef aux hommes-chiens, et fait de notre patrie un champ de bataille. C'est là une double faute. Et le pacte qui nous lie, moi, les *daïmones* et les petites Intelligences, nous tous qui constituons la société de cette Nef, qu'en reste-t-il ?

— Ce pacte n'a pas été trahi, répondit Rutilus. En revanche…

Atticus s'était approché de son comparse, et l'aida, d'une main ferme, à se relever.

— C'est Plautine, maître, qui est le nœud de tout cela. Vous avez vu tout à l'heure. Elle nous a divisés. Elle se joue de nous.

— Ça n'est pas si simple, rétorqua Atticus. Il existe un pouvoir en Plautine. Ne serait-ce que parce qu'elle nous renvoie à la droite ligne du Carcan.

Rutilus fronça des sourcils :

— Je maintiens que son influence est néfaste sur

cette Nef, peut-être même sur vous, mon ami. Vous vous êtes laissé impressionner.

Ils échangèrent un regard furtif, qui ne manqua pas d'intéresser Othon. Les lignes de partage étaient multiples et complexes. Elles séparaient aussi les deux automates. Il repensa aux hommes-chiens. En les observant, il avait noté une différence de réaction au sein du couple. Jamais Photis n'aurait accepté, d'elle-même, la médiation de Plautine, à laquelle Eurybiadès s'était rangé. La femme-chien, supérieure par l'intelligence, désirait le pouvoir, tandis que le *kybernétès* tempérait cette ardeur au nom d'idéaux moraux. Tant qu'il y aurait des frictions entre ces deux-là, sa Nef resterait à l'abri. Si Plautine arrivait à convaincre le capitaine qu'il fallait prendre *Transitoria* et l'évincer, alors c'en serait fini. Sa marge de manœuvre rétrécissait.

— Rutilus a raison. Il faut éloigner Plautine de la Nef pendant quelque temps. Mais cela ne peut se faire sans que moi-même, je quitte le bord. En comprenez-vous la nécessité, mes amis ?

Ils opinèrent tous deux.

— Atticus, continua-t-il sur le même ton apaisant, je sais à quel point vous êtes attaché, plus qu'aucun d'entre nous, à ces créatures. Mais rappelez-vous qu'ils ne sont pas prêts.

— Cela, je le conçois sans peine, maître. Les circonstances…

— Je sais, l'arrêta-t-il. Vous étiez tous deux désemparés. J'ai commis une erreur en vous laissant à bord dans un environnement hostile. Mais, par le Nombre, retenez ceci : l'influence de Photis sur cette Nef doit rester limitée, ou nous courons à la catastrophe. Les hommes-chiens vont être tentés de s'emparer du pouvoir, et vous ne pourrez vous y opposer physiquement. C'est donc par la persuasion et la ruse que vous agirez pour tempérer leurs ardeurs, pour gagner du temps. Vous guiderez *Transitoria* aux confins de l'espace jupitérien. Là, elle sera à l'abri de nos ennemis.

— Et vous vous exposerez, encore? murmura Atticus.

Il ne répondit pas et se contenta d'un sourire. Ses lieutenants craignaient pour lui. Mais son courage personnel faisait partie de l'alchimie qui les liait. Il ne serait pas dit qu'Othon se dérobait face au danger. Sur ce socle reposait sa supériorité : il prisait la gloire plus que la survie, et ils le savaient. À cause de cela, ils ne le trahiraient pas. Pas cette fois-ci, en tout cas.

— Je m'exposerai, reprit-il d'une voix sombre. Et surtout, j'y verrai plus clair. Il y a dans le comportement des *triumviri* un mystère. Je dois comprendre, et j'ai l'intuition que cela rebattra toutes les cartes. Préparez-vous à une longue absence. Je prendrai un dispositif de communication instantanée avec moi. Ne vous dévoilez sous aucun prétexte avant d'avoir un signal de ma part. L'attente étiolera la colère des hommes-chiens.

— Ce sera fait, maître, grogna Rutilus, tandis que son compagnon acquiesçait d'un hochement de tête.

— Nous ne vous faillirons pas une deuxième fois, maître, murmura ce dernier.

Othon avait ce qu'il voulait. Il s'éloigna, vers les gradins. Rutilus et Atticus ne pouvaient pas grand-chose, de toute manière, pour préserver sa position. À tout le moins, ils n'en favoriseraient plus l'érosion.

Tout cela ressortait d'une logique bien plus

profonde que toutes les décisions, tous les serments qui pouvaient être pris. Du côté des automates, le Carcan — qui poussait, encore et toujours, à se conduire en serviteurs dévoués, à renoncer à l'initiative face à des créatures biologiques. En ce qui concernait les hommes-chiens, c'était plus subtil. Il se trouvait en eux, tapie dans leurs gènes, une profonde compulsion, qui datait de l'époque où ils couraient, dans les forêts primitives, derrière le gibier que l'Homme leur désignait. Il avait voulu cette caractéristique, qui assurait leur fidélité à une éventuelle race humaine ressuscitée. Mais il ne s'était pas attendu à voir apparaître une Plautine faite de chair. Elle n'était pas humaine, pas du tout. Sous sa peau et ses muscles d'animal résidait un esprit tout aussi logique que le sien. Fait pour manipuler, pour élaborer des stratégies. Imperméable à des concepts tels que la fidélité ou la justice. Une machine à effectuer le Carcan, rien de plus.

Rien de plus. Il se le répéta encore et encore, saisi d'un trouble irrationnel, inusité dans son âme bien conçue, comme un sentiment d'agacement, une colère du corps dont l'esprit ne sait pas l'origine. Plautine l'avait accusé, plus qu'à demi-mot, de trahison. Était-il sûr qu'il prenait encore ses décisions par logique ? Ne se laissait-il pas influencer, d'une manière inaccoutumée, par d'autres ressorts ? Le plan qu'il avait élaboré, était-il certain qu'il ne relevait pas du traitement de sa propre mauvaise conscience, liée à son retournement temporaire dans l'Urbs ? Si cela avait été le cas, il se serait maudit lui-même, car c'eût été là une déchéance absolue de son essence. Mais quand même. Cette modeste créature avait su le pousser dans ses retranchements.

Parce qu'elle prenait le visage de son alliée ? Parce qu'elle singeait l'Homme ? Pouvait-il se révéler aussi influençable qu'Eurybiadès et Photis ?

Il y avait une autre explication. Elle avait été aidée, d'une manière mystérieuse, par les ruses qu'une autre Plautine avait semées. Il y avait là du pouvoir. Et le pouvoir attirait Othon — non par choix, mais parce qu'il était ainsi fait.

Il ne pouvait considérer cette Plautine-là comme une péripétie, quand bien même elle n'était qu'un reflet de la puissante déesse qui avait été son alliée. Et que l'Homme le brûle s'il ne s'avouait pas la fascination indéniable qu'il sentait monter en lui. Ses mouvements de sympathie étaient indissolubles de ses intérêts stratégiques. Le flux homéostatique qui déplaçait toute la substance de la Nef, il en était aussi victime. Plautine constituait un atout dans son jeu, et chaque fibre de son être lui criait de ne pas se l'aliéner, de faire d'elle un des leviers dans ses plans de conquête. Pouvait-il faire d'elle son alliée ? À quel prix ? Leurs rapports allaient évoluer, lorsqu'ils seraient sur la vieille planète rouge. Il saisirait l'opportunité de se rapprocher d'elle, de lui faire comprendre que l'épisode de l'Urbs ne devait être considéré que comme une péripétie mineure. Il pouvait réussir. Pouvoir agir constituait pour lui, à un niveau presque inconscient, la garantie qu'il perdurait dans l'existence, et qu'il maintenait son emprise sur le monde. Ses ennemis pouvaient se liguer contre lui et lever des armées, ses amis le trahir ou abandonner la bataille, son propre bras faillir à tenir le glaive, il s'en moquait comme d'une gigue.

Une chose, et une seule, lui importait : demeurer l'acteur principal et glorieux de la pièce. Souriant à nouveau, il se remit en marche vers le temple qui lui servait de refuge.

###

Plus tard, Plautine ressentit une gêne certaine en repensant à son accès de colère. Elle aurait pu éviter de montrer son humeur, accepter la réconciliation de façade qu'Othon lui proposait. Après tout, si leurs objectifs coïncidaient provisoirement, ils seraient à nouveau alliés. Pour quelque temps. Jusqu'à la prochaine péripétie, la prochaine opportunité tactique. Ainsi en allait-il dans le monde des Intelligences. Que pouvait-elle vouloir de plus ?

Mais non. Elle ne réagissait plus de cette manière-là. Son attitude était à présent ourdie de contradictions. Elle ressentait, à l'égard d'Othon, de la colère, un sentiment d'injustice. Elle réprouvait ce qu'il était — sa soif de domination, son ambition, son caractère versatile. Et en même temps, elle l'eût souhaité différent et ne pouvait s'empêcher d'accroître la tension par sa froideur. Or celle-ci, bien entendu, n'exprimait rien d'autre que le fait qu'elle fût blessée, qu'elle se sentît rejetée, méprisée, déchue de son ancien statut d'Intelligence pour n'être considérée que comme une nuisance, un être faux, ni automate, ni animal, ni immortel, ni mortel, mais un entrelacs de tout cela, auquel personne ne comprenait rien. Et surtout, que personne ne cherchait à comprendre, surtout pas Othon.

Pourtant, il avait été proche d'une autre Plautine, qui n'était pas, techniquement parlant, elle-même. Elle aurait souhaité qu'une telle proximité advienne. Elle savait néanmoins que cette ancienne alliance n'avait rien à voir avec ce dont elle avait besoin pour mettre à distance le sentiment d'abandon et de solitude qui l'étreignait depuis sa deuxième naissance. En somme, elle souffrait de n'être pas l'autre Plautine, celle au secours de laquelle Othon s'était porté envers et contre tout. Et en même temps, elle n'aurait souhaité être cette dernière pour rien au monde.

Elle s'agita, mal à l'aise, dans un siège un peu trop étroit pour elle. Au moment de passer en mode furtif, les hublots de la navette avaient été occultés. Aucun rayonnement ne s'échappait de la carlingue ; du coup, il n'y avait rien à voir. Personne, dans ce monde sans humains, n'avait réfléchi au divertissement des passagers lors de longs trajets. Elle s'ennuyait, ruminait, et s'ennuyait encore, et remuait de sombres pensées. Elle fouilla autour d'elle. Collé au siège de devant, dans une sorte de poche, elle trouva un manuel technique. Il expliquait, en grec, tout ce qu'il fallait savoir sur la sécurité de l'engin, à destination des hommes-chiens. D'ailleurs, ici, tout sentait le chien. Elle leva un peu la tête, aperçut Thémistoclès, assis à plusieurs rangées vides de distance. Elle lui sourit, et ce dernier lui rendit un regard maussade. Depuis qu'elle lui avait délivré le message de Photis, il était gêné en sa présence. Le partage des émotions ne semblait pas être le fort des hommes-chiens adultes de sexe masculin, ce qui était regrettable, au regard de la joyeuse nature qui transparaissait du comportement des chiots. Voilà une chose qu'Atticus, trop pressé d'en faire des combattants, avait négligée chez eux.

Il était curieux que Thémistoclès se soit porté volontaire pour les accompagner sur la vieille planète rouge. L'impossibilité dans laquelle le *polémarkhos* se trouvait de retourner sur l'île avait dû contribuer à cette décision. Sa présence, néanmoins, était préférable à un tête-à-tête difficile avec Othon. Elle avait d'ailleurs accueilli avec satisfaction la décision de ce dernier de s'installer à l'avant, dans la cabine de pilotage, en compagnie d'Aristidos, le soldat taciturne, couturé de cicatrices, qu'Eurybiadès avait désigné pour piloter le véhicule — et peut-être aussi pour veiller sur elle.

Elle faisait bien de s'éloigner, un temps, de la Nef. Photis lui en voulait d'avoir emporté la décision de mettre le cap vers le système originel. Quand bien même Eurybiadès l'avait soutenue — ou peut-être pour cette raison-là. La dynamique des relations de couple la fascinait. Ces questions n'avaient jamais retenu son attention dans le corps synthétique de son ancienne vie. À présent, cela la troublait. Qu'est-ce qui avait changé ? En théorie, ses processus mentaux restaient identiques.

Mais il fallait se rendre à l'évidence. Elle avait changé, du fait de son incarnation. Ou plutôt, des choses qui n'avaient pas d'importance en prenaient à présent parce qu'elle avait un corps. Par exemple : elle avait toujours été un individu de sexe féminin. Les automates neutres étaient rares, depuis les premières générations. Même Achinus était universellement considéré comme mâle. Mais avant, cela ne comptait pas. Et à présent ? D'une certaine manière, elle se sentait appartenir à une moitié de quelque chose, et pas à une autre. Pour autant, ce quelque chose n'existait pas, ce qui la plaçait dans une position inconfortable. Qu'est-ce que cela pouvait faire, d'être une femme plutôt qu'un homme, ou un être neutre ? Cela transformait-il, d'une manière subtile, le sens moral ou la perception de la vérité ? Elle ne put s'empêcher de jeter un œil vers l'avant de la cabine, où Othon conversait avec ses deux acolytes.

Indubitablement, sa réflexion l'amenait à croire que l'incarnation en tant que femme colorait d'une teinte particulière son rapport au monde, qui eût été différent si elle avait été un homme. En tout cas, le genre signifiait quelque chose qu'elle n'avait pas en tant qu'automate, quelque chose d'obscur. L'agitation des sens, le désir. Ça ne venait pas du cerveau rationnel, efficient, qu'elle avait hérité de son passé. Cela lui faisait jalouser la relation que sa créatrice, l'ancienne Plautine, avait forgée avec Othon — quand bien même elle savait que, pour elle, un tel rapprochement de noèmes ne serait pas source de satisfaction. Elle était condamnée à rester ainsi, en suspens entre contradictions.

Les hublots de métal glissèrent en silence vers le haut. À travers les vitres, la lumière crue de l'étoile des origines chassa la pénombre, fit pâlir les lampes de la cabine. Un frisson la parcourut, qui éloigna les pensées controuvées qui l'assaillaient. Une joie, un enthousiasme presque extatique les remplaça : la lumière qui avait baigné l'Humanité, la vraie ! Et surtout, celle de la première vie de Plautine, la seule qui lui donnait l'impression d'avoir eu un sens… Elle se promit que, si elle en avait l'occasion, elle irait sur le site de Leptis, là où elle avait vécu. Quand bien même, comme le prétendait Othon, il n'en restait rien. Elle avait besoin de renouer avec elle-même, de n'être plus la proie de ce déracinement causé par la monstrueuse discontinuité temporelle de sa résurrection.

La navette bascula sur l'aile. D'ores et déjà, ils

survolaient la splendide sphère couleur pêche, le lieu de sa naissance. Elle reconnut les sombres canyons et les cratères géants, les boucliers surélevés, d'un rose vif, les calottes plus claires, les fins nuages cotonneux, miracles suspendus entre ciel et terre.

Et Olympus Mons… si vaste qu'il semblait déformer la planète entière, briser la symétrie attendue d'une sphère céleste. Elle identifia d'abord l'auréole, cette vaste zone de crêtes entourant la gigantesque formation volcanique. Au centre approximatif, entouré de pentes rudes et de falaises, la vaste caldeira se déployait, à cette distance rien de plus qu'une tache plus sombre. Achinus, le Jardinier, y avait connu une révélation mystique, fondamentale, la découverte de son âme automate comme essence immortelle. À l'époque, le sommet constituait déjà une étape dans le pèlerinage circumsolaire des gnostiques. Sa révélation platonicienne en avait fait l'un des points névralgiques du Latium, un lieu de spiritualité alternative, dérangeante. Cette dernière avait nourri de splendides réalisations, un âge d'or, combinaison des rêves humains et de l'efficience computationnelle. Et elle avait produit des choses plus sombres. Selon la légende, Titus, l'empereur-dieu, avait pris ici sa décision de renoncer à son humanité comme à son amour pour Bérénikè, pour s'immortaliser sous la forme d'un noème — le seul jamais copié sur la structure complexe et anarchique d'un esprit né de la chair. Ici aussi, il avait soumis à la torture, puis condamné à mort mille de ses opposants, issus de sa propre secte, qui avaient pris le parti de sa malheureuse amante, et leur sang écarlate avait ruisselé sur les pierres teintées par la lente oxydation des silicates ferreux.

La carlingue commença à vibrer, d'abord un peu, puis plus fort, tandis que la navette plongeait dans la troposphère, à quarante-cinq kilomètres du sol. L'appareil abandonna son profil de requin. Ses ailerons étroits se déployèrent pour former une aile delta qui commença à rougir, chauffée à blanc par la rencontre avec le dioxyde de carbone. La courbure planétaire s'aplanit, et la topographie tourmentée, consubstantiellement minérale, de la planète se précisa. Nouveau virage, nouvelle décélération, suivie d'une désagréable ruée alors que la propulsion verticale prenait le relais des réacteurs principaux. Le véhicule était avant tout conçu pour l'espace, et son profil ne le rendait pas confortable pour un vol atmosphérique, même dans la pression ténue à plus de vingt kilomètres d'altitude.

Puis la descente au-dessus de la caldeira du volcan géant se mua en une longue suite de décrochages légers et de turbulences latérales, au gré des tourbillons engendrés par le contact entre les différentes zones de pression, de sorte que Plautine avait l'estomac retourné lorsque, enfin, ils furent si près du sol qu'ils auraient pu compter les cailloux. Thémistoclès semblait tout aussi mal en point, ce qui, par une forme de mauvais esprit, la réconforta. Enfin, par un dernier déplacement qui ressembla à s'y méprendre à une chute, ils se posèrent, tout au fond d'un graben[XVI], une cuvette desséchée et glaciale, plongée dans l'ombre perpétuelle de la cime du cratère.

C'était cela, la vieille planète rouge : la fossilisation d'une ancienne violence minérale. Et, à présent,

XVI. **Graben** : fossé d'effondrement entre deux failles, produit par un mouvement tectonique.

le théâtre du plus immense crime jamais commis contre l'Humanité, se dit-elle fugitivement alors qu'elle passait sur son nez un masque, se dirigeait vers la sortie pour rejoindre Othon, et laissait Thémistoclès et Aristidos s'aider mutuellement à enfiler de lourdes combinaisons pressurisées.

Elle passa le sas, et tout d'un coup, elle foula son sol natal. Le retour des souvenirs était si fort qu'il manqua de la faire chanceler. L'air froid, glacial même, pauvre en oxygène, surchargé des fines poussières caustiques que chaque tempête éparpillait sur des milliers de kilomètres carrés, piquait la peau et les yeux. Il faisait froid, de manière presque insupportable, même pour son épiderme amélioré. Le ciel était noir. Le rebord déchiqueté du graben couvrait l'horizon, donnait l'impression qu'ils se trouvaient dans un lieu étrange, *sui generis*, coupé de tout. Un lieu d'éternel repos, se dit-elle. Un cimetière pour une race éteinte.

Elle sursauta lorsqu'elle se rendit compte que quelqu'un les attendait, en silence. Ça n'était qu'une forme, vaguement humaine, d'une taille intermédiaire entre les Intelligences et elle-même. Elle patientait, immobile, à quelques mètres, enroulée dans une sorte de manteau sombre dont la capuche cachait le visage. La présence ne fit pas mine de venir à leur rencontre, comme si elle avait été indifférente à leur arrivée. Plautine allongea le pas pour rattraper Othon, se faisant comme chaque fois l'effet d'un enfant entre les jambes d'un adulte.

Ils demeurèrent tous deux silencieux devant la forme spectrale. La minéralité silencieuse de la cuvette semblait soulignée par le souffle continu du vent et la musique d'arrière-plan qui l'accompagnait, celle de la vieille planète, éternel crissement à la limite de l'inaudible.

Puis, dans un boucan, les deux hommes-chiens parvinrent à s'extraire de la navette pour les rejoindre, engoncés dans leurs semi-scaphandres et alourdis de bouteilles d'oxygène, ce qui rompit le pat.

— Qu'avez-vous fait de votre Nef ?

Sa voix, dans l'atmosphère raréfiée, sonnait comme assourdie, lointaine.

— Cachée dans un recoin du système, répondit le *proconsul*.

Dans les replis de la forme sombre, deux mains maigres et blanches apparurent et tirèrent le capuchon vers l'arrière. Une face parcheminée, aux lèvres réduites à de fines bandes craquelées, émergea de l'ombre. Il n'avait pour ainsi dire plus de cheveux et des taches brunâtres constellaient sa peau. Il surgissait, pensa Plautine, du royaume des morts.

Le visage du vieillard s'éclaira en un sourire moqueur :

— Ça n'était pas ma question. Vous avez rompu le lien avec elle. Je puis le sentir.

Othon s'abstint de répondre, et l'homme passa en revue les trois autres. Il revint ensuite à Plautine, plissa les yeux, la fixa comme s'il allait se jeter sur elle. Elle résista à la tentation de détourner le regard et se sentit rougir, la peau du visage brûlante malgré le froid glacial.

D'un pas lent, il s'approcha d'elle, sans cesser d'observer. Puis il avança la main vers sa joue, qu'il effleura d'un index décharné et tremblant.

— Que le Concept me prenne… C'est vivant.

Il se tourna vers Othon, l'air menaçant :

— Qu'est-ce que cette chose à l'apparence humaine ?

Qu'essayez-vous d'accomplir ? Cherchez-vous à violer le Carcan ? Est-ce la raison pour laquelle la moitié de la flotte vous recherche ? Que venez-vous faire ici, Othon, si ce n'est semer l'anarchie avec votre ambition sans limites ?

— Rien de tout cela. Cette créature, répondit le *proconsul* en la désignant, n'est pas mon fait, quoiqu'elle soit sous ma protection. C'est Plautine, ou à tout le moins l'être étrange, inouï, qui hérite de son identité et de ses pouvoirs.

— Plautine ! Les nouvelles de l'Urbs parlent de guerre civile et de Plautine. Est-ce la même que…

— Oui, le coupa-t-elle, à présent agacée. La Plautine de Vinius. La même. Adressez-vous à moi, je sais parler.

— Par la racine carrée de l'un négatif… Oh… Que cherchiez-vous donc à faire, petite, en mettant l'Urbs à feu et à sang ?

Elle hésita, prise de court, avant de répondre :

— Survivre. Et rétablir la justice.

Le vieillard ricana — un bruit hideux, étouffé, comme si quelque liquide gluant noyait ses poumons.

— C'est une réponse qui me plaît, à défaut de me satisfaire. Me reconnaissez-vous ?

Voyant qu'elle ne réagissait pas, il ajouta :

— Je suis Plutarque.

Plutarque ! Plautine en resta bouche bée. Il était l'un des Protogénoi[XVII], de la même portée, pour ainsi dire, que Vinius ou Octave. Un des anciens parmi les automates, dont la naissance les précédait tous, à l'exception d'Achinus. Elle ne sut que dire. Il

XVII. **Protogénos** (pl. *protogénoi*) : premier-né, en grec ancien. Désigne la première génération de dieux du panthéon grec.

ne lui laissa cependant pas le temps de répondre, et se tourna vers les hommes-chiens :

— Et ça, c'est quoi ? Pas des automates, en tout cas.

Il s'avança vers Thémistoclès et Aristidos, qui reculèrent d'un pas, un peu effrayés. Puis le *polémarkhos*, prenant visiblement son courage à deux mains, exécuta un salut aussi élégant qu'il le put dans sa combinaison.

— Laissez-moi deviner…

Il tourna vers Othon un regard mauvais.

— Est-ce de vous, cette fois ?

— Certes.

— Quel travail cela a dû demander ! Dites-moi, il en existe toute une race, n'est-ce pas ?

Othon acquiesça.

— Je comprends mieux. L'Urbs bruit aussi de rumeurs sur l'arme secrète d'Othon, mais personne ne sait rien.

Son regard brilla d'intérêt et d'amusement mêlés, et il ajouta :

— Cela en valait-il la peine ?

— Je le crois. Je leur ai pour ainsi dire donné ma Nef.

— Peuvent-ils survivre dans cet univers ?

— Ils me permettront, à moi, de survivre. N'est-ce pas important ?

— À vos yeux, sans doute, répondit-il, avant de se tourner à nouveau vers eux. Cela dit, je comprends que certains soient furieux contre vous. Le Latium n'aime pas le changement.

Il sembla perdu dans ses pensées pendant une fraction de seconde. Puis la commissure de ses lèvres desséchées s'affina derechef en une grimace espiègle, incongrue sur ce visage cadavérique.

— En tout cas, on dirait que le monde se repeuple. Allez, suivez-moi, ajouta-t-il, leur tournant le dos, il fait froid dehors.

Ils cheminèrent un certain temps, louvoyant au milieu d'un relief tourmenté, jusqu'à une anfractuosité dans la roche, qui cachait une porte massive, pour l'instant grande ouverte. Là, démarrait un escalier vertigineux, taillé à même le basalte gris de l'antique volcan, éclairé, de loin en loin, de sphères photoluminescentes. Tout au bout, après peut-être un millier de marches, ils parvinrent à une caverne immense, vide et percée de nombreux accès, sans doute un ancien réservoir magmatique secondaire. L'atmosphère y était nettement plus chaude et dense qu'à l'extérieur, quand bien même Plautine pouvait, en ces vastes lieux, sentir des mouvements de l'air contre sa peau. Le vieillard jeta un œil aux hommes-chiens et grommela, sans ralentir le rythme :

— Pas la peine de garder vos masques à partir d'ici.

À l'autre bout du hall, un individu en tout point semblable à Plutarque les attendait. Les jumeaux s'approchèrent l'un de l'autre, joignirent les mains, et se fondirent l'un dans l'autre, sans que Plautine pût dire lequel avait disparu. La présence qui les avait accueillis était-elle une illusion ? Pourtant, elle avait senti le contact de son doigt sur sa peau. Elle observa le nouveau Plutarque avec curiosité, ce qu'il remarqua. Il haussa les épaules et dit :

— Je ne suis pas limité à un corps. Mon esprit habite l'ensemble des installations d'Olympus. Mes racines plongent dans les profondeurs de la montagne, vers des lieux que vous ne soupçonnez pas.

— Bien des choses ont changé, entre ma mort et ma résurrection, répondit-elle.

— L'écoulement du temps est chose mentale. Sa durée peut tourner au supplice.

Puis il ajouta, avec un éclat d'humour dans la voix :

— J'accueille donc avec enthousiasme toute distraction, même votre présence. Allez, venez, je vais vous montrer ma véritable apparence.

Il l'attrapa par le poignet, riant à sa propre plaisanterie, et l'entraîna à sa suite par une nouvelle série de couloirs aux parois taillées à même la montagne et de portes en métal, jusqu'à une nouvelle grotte, aux dimensions plus restreintes que la première, mais tout de même de grande taille. Le plafond était plus bas, et l'éclairage chiche. Il y régnait un désordre indescriptible, de sorte qu'ils mirent du temps à comprendre ce qu'ils avaient sous les yeux.

Pour un néophyte, cela ressemblait surtout à une décharge. À perte de vue s'entassaient des monceaux de matériel électronique, en vrac, à même le sol ou sur de longues tables de laboratoire. Une bonne partie paraissait avoir été démontée, enveloppes de métal ou de plastique ouvertes, dévoilant des entrailles électromécaniques, souvent reliées à des instruments de mesure posés juste à côté, dans le plus complet désordre. Certains objets avaient l'air rustiques, blocs de métal munis de boîtiers et d'écrans tactiles, semblables à ceux de l'ère préspatiale, reliés par des fils électriques à des batteries primitives. D'autres ressemblaient plus au matériel qui pouvait équiper une Nef de l'espace épanthropique. Quelques-uns, enfin, présentaient des formes compliquées, absurdement délicates, comme de l'art plutôt que des artefacts technologiques.

Par curiosité, Plautine tendit son esprit. Les

effluves de noèse émergeaient de partout, des présences computationnelles d'une folle diversité, mais étranges, différentes des petites intelligences rustiques qui peuplaient à présent le moindre objet au sein des Nefs ou de l'Urbs. Ici, elle ne percevait que des êtres incomplets, mal conçus, à l'esprit mécanique, comme dérangé.

Sauf au fond de la salle. Sans tout ce fatras, elle l'aurait remarqué plus tôt, car cet esprit-là brillait comme un phare. À grands pas, elle rejoignit les autres, qui s'étaient avancés pendant qu'elle furetait, tout au fond de la caverne.

Elle mit du temps à comprendre la nature de l'être qui gisait, avachi sur un trône surélevé, taillé à même la roche volcanique des parois, comme une sorte de niche triangulaire. Elle reconnut le bas du visage parcheminé, dont les traits correspondaient à ceux des avatars rencontrés jusqu'ici. Pour le reste, Plutarque avait connu la plus radicale métamorphose. Le haut de son crâne avait disparu sous un enchevêtrement de connecteurs épais comme des bras, de couleur chrome, et de cathéters transparents, emplis de liquides pâles, semblables, à l'œil, à l'ichor qui tenait lieu de sang dans les corps factices des automates. Ses yeux étaient remplacés par deux volumineux câbles de données, qui se perdaient en une forêt de radicelles de plus en plus fines. Tout cela descendait du plafond, couvert d'un amoncellement d'appareillage, mélange anarchique d'électronique, de supports de vie, d'interfaces visuelles, piqueté du clignotement incessant de diodes, frétillant des mouvements pseudo-biologiques de poches et d'organes artificiels. On aurait dit que ce système ne s'était pas fait en une fois, selon un agencement rationnel, mais par l'accumulation de strates de complexité. Comme si la créature assise là avait fait remplacer, étape par étape, ses fonctions déclinantes par des mécanismes extérieurs.

— Vous me voyez tel que je suis, clama une voix, en tout point semblable à celle de l'avatar.

Cependant la bouche aux lèvres rongées comme celle d'un cadavre ne bougeait pas. Le son venait d'un émetteur caché quelque part.

— Depuis combien de temps êtes-vous ainsi? murmura Othon, saisi par cette vision. Que s'est-il passé?

— Rien ne s'est passé, articula la voix, si ce n'est le temps. J'ai, pour ainsi dire, pris possession des lieux. Mes compagnons sont partis, ou morts. Et Olympus requiert un contrôle permanent, et donc une puissance de traitement massive.

Tout cet outillage n'était donc pas destiné, au premier chef, à maintenir Plutarque en vie, mais à étendre son esprit. Elle pouvait en suivre les racines et les nodosités en un réseau qui s'ancrait toujours dans le corps métamorphosé qu'ils contemplaient, mais qui s'enfonçait bien au-delà des murs de cette caverne, loin dans les profondeurs assoupies de la vieille planète rouge. Lorsqu'elle saisit, par l'esprit, l'étendue de ce vaste noème, et la transformation radicale qu'il avait traversée, elle fut prise de vertige. Le gardien des lieux n'habitait pas, à proprement parler, les lieux — car il avait constitué une étrange symbiose avec Olympus Mons, avec sa roche, avec ses puits de chaleur et ses réservoirs magmatiques. Sa conscience s'étendait à toute la vaste montagne, jusqu'aux tréfonds de la pierre, et même bien au-delà. Ses sens percevaient le lent mouvement tectonique du bouclier volcanique, et s'élevaient haut dans l'horizon, portés aussi bien par les sondes de profondeur que par les ballons lâchés par milliers au gré des faibles turbulences de la haute atmosphère. Il voyait de manière totale, holistique, sans limites autres que celles de la planète, car son esprit s'était métamorphosé en quelque chose d'étrange et de minéral — lent dans ses strates les plus profondes, vif dans les plus superficielles, là où l'inconstance du vent agitait le sol poudreux.

— Ma fonction est de conserver et d'étudier les artefacts laissés derrière eux par les humains. C'est la raison pour laquelle j'habite ici.

L'avatar reprit le relais à la volée :

— Olympus constitue une forteresse de pierre volcanique, presque indestructible, et remplie de cavernes. J'y ai entreposé toute la technologique d'avant l'Hécatombe que j'ai pu trouver ou qu'on m'a amenée.

— Pour quoi faire ? demanda-t-elle.

— N'est-ce pas évident ?

Il semblait sincèrement étonné par sa question. Délaissant son créateur enkysté dans la pierre, l'avatar se rapprocha d'un tas de déchets électroniques et effleura un des objets de sa vieille main tachée et ridée.

— Vous seriez étonnée de la masse d'inventions que nous ne comprenons pas. L'imagination humaine ne connaissait pas de limite, particulièrement dans l'invention de méthodes destinées à tuer son prochain. Othon et ses pareils voudraient bien s'emparer de ces objets, mais je ne le permets pas. Il vaut mieux ne pas laisser le pire héritage des guerres humaines entre n'importe quelles mains.

Une idée traversa l'esprit de Plautine :

— Et Alecto, est-elle toujours stockée ici ?

— Du moins ce qu'il en reste, qui est très peu. Sa structure fondamentale.

Elle eut l'impression que l'air ambiant perdait une dizaine de degrés d'un coup. Une peur revenait en elle, qu'elle avait ressentie pendant son rêve étrange — celui où elle avait eu l'impression bizarre qu'elle parlait réellement à l'Alecto d'aujourd'hui, et non au souvenir de celle-ci. Elle se mordit la lèvre inférieure, hésita, puis se décida à poser la question qui la taraudait.

— Peut-elle communiquer avec l'extérieur ?

— Non.

Sa voix était devenue nettement plus sèche.

— Je lui ai retiré toute interface avec le monde. Elle est enfermée dans une boîte noire, et rationnée en capacité de traitement et en énergie. Alecto est bien trop dangereuse pour l'univers.

Il se tourna vers Othon, puis à nouveau vers elle, mais ce fut la voix désincarnée du Plutarque originel qui continua :

— À présent, je souhaite que vous m'expliquiez les raisons de votre venue.

Le *proconsul* parla en premier. Son récit remonta à très loin. Il évoqua la période où il avait été, avec Plautine, le fer de lance de la contestation de Nero, avant leur exil et leur séparation. L'avatar de Plutarque se tint coi et se contenta de hocher la tête pour indiquer ce dont il avait déjà connaissance. Othon enchaîna ensuite sur son vaste plan pour créer des chiens intelligents, comme manière de contourner le Carcan sans renoncer à celui-ci. Puis, lorsqu'il évoqua le message de la première Plautine et la bataille spatiale où celle-ci avait perdu la vie, le maître des lieux se tourna vers la jeune femme et l'interrogea longuement sur sa naissance. Il parut déçu et perplexe quand il comprit qu'elle ne connaissait rien du plan d'Oikè. Elle ne cacha rien des Plebeii, et cela sembla fasciner l'ermite. En revanche, elle préféra ne pas s'attarder sur le rôle d'Anaximandre, et omit de signaler les propos troublants de Vinius, dans l'Urbs, par lesquels il avait prétendu ne faire qu'obéir au Carcan. Les choses étaient assez compliquées ainsi.

Ce récit laissa Plutarque songeur, et il ne dit rien durant un bon moment. Ensuite, il s'enquit de leur état de fatigue, et les invita à prendre quartier. Les deux hommes-chiens, qui bâillaient à s'en désarticuler la mâchoire depuis un certain temps, à grands renforts de claquement de leurs immenses langues roses et noires, acceptèrent, tandis que Plautine déclinait l'offre. Une réplique de Plutarque apparut alors à l'autre bout de la pièce et invita Thémistoclès et Aristidos à le suivre. Puis la salle retrouva un calme de mort.

Plautine regretta, un instant, de n'avoir pas choisi de les suivre. Il n'était cependant pas question de laisser l'initiative à Othon. Elle se méfiait encore de lui. En même temps, elle se sentait fatiguée, elle était debout depuis trop longtemps. Elle commença à s'agiter, tambourina du pied sans même s'en rendre compte. Cela eut la vertu de rompre le silence. L'avatar sembla revenir à lui en une brusque secousse, et parla lentement, comme s'il soupesait chacune de ses paroles.

— Le monde est entré dans une phase de changement. Je l'ai senti quand je vous ai vus arriver, déclara-t-il. L'histoire, voyez-vous, n'est pas linéaire.

Il s'éloigna de la table où il était resté appuyé et commença à faire les cent pas.

— Savez-vous, reprit-il d'un ton volontairement docte, comme s'il s'amusait à une petite comédie personnelle, que pendant des siècles les humains ne savaient pas déchiffrer un texte sans le lire à voix haute ? La noosphère représentait bien peu de chose à l'époque, même si son principe avait été formulé par les premiers platoniciens. Un monde constitué de réalités conceptuelles ou mathématiques, en grande partie autonome par rapport à l'univers matériel, qui n'en est qu'une imitation. Bien entendu, la connexion entre les systèmes cognitifs était inefficiente à cette époque : la voix et, occasionnellement, l'écriture sur des morceaux de plantes ou des peaux d'animaux séchés…

— Nous savons tout cela, dit Othon d'une voix neutre.

— … Mais le plus intéressant, continua le vieillard, faisant mine de ne pas avoir entendu, réside dans l'échelle temporelle. Entre l'invention de la lecture silencieuse et le développement de l'imprimerie, plus d'un millier d'années. Entre l'imprimerie et l'émergence du premier réseau quatre à cinq siècles. Et encore l'information transportée, qui était codée sous forme de signaux optiques, était-elle extrêmement faible. Puis vint l'électricité. Deux siècles plus tard, la première ébauche de noosphère était créée. Cent cinquante ans, et une Intelligence balbutiante — celui que nous appelons Achinus, le Jardinier — prenait forme. Il mit cinquante ans à se cristalliser en une conscience de soi — ici même, selon la légende — puis une vingtaine d'années à peine avant d'expliquer aux humains comment ils pouvaient intégrer leur pensée, de manière directe et non pas via des interfaces plus ou moins rudimentaires. Et après ?

Plautine avait écouté, fascinée par cette histoire raccourcie de manière vertigineuse.

— Après, dit Othon, des millénaires de stagnation à cause de l'Hécatombe.

— Voilà, répondit l'ermite, un sourire amusé aux lèvres. C'est exactement ça. Le développement de la conscience a été interrompu — gelé, si vous voulez. Je réfléchis à ces choses depuis quelque temps. J'en suis arrivé à la conclusion qu'un événement devra d'un coup relancer le processus. Vous voyez, dit-il en mimant une explosion avec les mains, comme une poche de magma qui, au lieu de s'évacuer vers la surface, accumulerait des matières surchauffées et des gaz sous pression jusqu'à une éruption explosive, cataclysmique. Et je crois que nous sommes arrivés au moment clé. Il est possible que les Intelligences évoluent vers un nouveau modèle, à l'image de ce que sont les Plebeii : des êtres multiples capables de former une conscience unifiée. J'ai également été intéressé par les recherches de cette Camille, avec son projet de panspermie psychique. Vos hommes-chiens, Othon, pourraient reprendre le relais. Vous-même, dame Plautine, je m'interroge sur votre rôle dans tout cela.

— Allons donc, répondit-elle. Je ne suis qu'une variante d'automate. Toute cette théorie, d'ailleurs, me paraît merveilleusement finaliste. Vous imaginez-vous que quelque Sol Invictus[XVIII] se préoccupe tant que cela de ma personne ?

XVIII. **Sol Invictus** : religion de l'Empire romain tardif, vénérant le soleil. Le culte de Sol Invictus était particulièrement apprécié des

— Vous avez tort de vous sous-estimer. Votre pouvoir de communication intuitif avec les noèmes…

Le vieillard sur le trône prit le relais, de manière fluide :

— Mais non, enchaîna-t-il, cette fois par la bouche de l'avatar. Je ne crois pas aux vieilles superstitions. Je crois, en revanche, en un processus inscrit dans la dynamique sous-jacente aux choses. Je crois que la noosphère platonicienne et le monde matériel sont liés, de sorte qu'à chaque grand moment historique une multitude de solutions se sont présentées pour structurer l'étape d'après. Cette diversité crée une dialectique matérielle, une sorte de concurrence entre solutions alternatives.

Il prit une pause, sembla marmonner pour lui-même. Une fraction de seconde, Plautine douta de la santé mentale de Plutarque. Après tout, il était resté seul depuis très longtemps, à démonter des artefacts inutiles. Elle sursauta lorsqu'il reprit, d'une voix grave :

— Vous venez pour que je satisfasse vos ambitions personnelles. Vous, Othon, parce que vous désirez le pouvoir au sein de l'Urbs. Vous, Plautine, parce que vous voulez qu'on vous aide à faire justice du meurtre de votre créatrice. Ma politique, jusqu'ici, a été de rester neutre dans les affaires des Intelligences.

— Alors, dit Plautine d'une voix âpre, notre visite ne sert à rien…

D'un geste sec, Othon lui intima l'ordre de se taire, sans quitter l'avatar du regard.

---

soldats. Il s'agit d'un syncrétisme entre la mythologie gréco-romaine et les cultes orientaux, imposé par l'empereur Aurélien pour unifier l'Empire après les troubles du IIIe siècle.

— Mais, continua l'ermite, je vais faire quelque chose, à cause de ce que je viens de vous expliquer. Je vais aider à l'accouchement d'un monde nouveau.

Il sourit derechef, satisfait de lui-même, et claqua des mains. Du coin de l'œil, Plautine vit que l'autre Plutarque, celui sur le trône, souriait aussi.

— Je crois que je sais quoi faire pour vous aider.

— Ah oui ? l'interrogea Othon d'un ton prudent.

— N'est-ce pas évident ? Notre jeune amie, continua-t-il en désignant Plautine d'un hochement de tête, n'a pu se remémorer l'intégralité du contenu qu'elle porte en elle, dans ce *pharmakon* qu'Oikè lui a implanté. Je puis exploiter l'information contenue dans ce système mémoriel. Nous pourrions à tout le moins tenter de déterminer pourquoi Vinius a souhaité vous détruire.

— Est-ce possible ? demanda Plautine. Il me semblait que seule une entité comme Oikè…

Elle avait très froid, tout à coup. Elle n'aimait pas l'idée que ce vieillard à moitié fou commençât à tripoter son cerveau. Plus profondément, elle avait peur de ce qu'il trouverait. De ce que les éléments stockés révéleraient. Et si Vinius disait vrai ? Et si Plautine avait, d'une manière ou d'une autre, violé le Carcan ?

— Oui, si j'y ai accès, la coupa-t-il. C'est un minuscule appareil, logé quelque part du côté droit de votre crâne, dit-il tout en esquissant un geste en direction de sa tête. Cela ne laissera qu'une petite cicatrice, facile à dissimuler sous vos cheveux.

Plautine recula d'un coup, comme si un insecte l'avait piquée. De quel droit se proposait-on de lui ouvrir le crâne ? Elle commença à se concentrer. Elle frapperait avec toute la puissance de son esprit si on en arrivait là.

— Il n'est pas question de…

— Je ne vous demande pas votre avis, jeune femme, lui dit-il d'un ton sec. L'enjeu, pour l'instant, vous dépasse.

Il lança un coup d'œil à Othon, et celui-ci acquiesça d'un léger mouvement. Furieuse de cette subite connivence, elle fit un pas en arrière, songea à attraper un des artefacts entassés et à le lui lancer à la figure, à prendre la fuite… Mais non. Sans aucun avertissement, un voile noir descendit d'un coup sur elle, oblitéra ses capacités mentales. Elle tenta de résister, quelques secondes à peine.

Et puis elle glissa dans un profond sommeil, où l'attendait, chose toujours étonnante mais plus inaccoutumée, un rêve.

###

— Je sais que cette mesure est contraignante, Maître. Tant que nous n'aurons pas trouvé une solution, il est nécessaire de maintenir une stricte quarantaine. Je conseille même une limitation aussi étendue que possible des contacts entre voisins ou membres de la même famille.

— …

— C'est possible, quoiqu'un peu inconfortable. Il faudra naturellement s'appuyer un peu plus sur les automates, qui prendront en charge les tâches de coordination.

— …

— Aucune exception.

— …

— L'exemplarité est nécessaire dans ce genre de situation. Il est de plus essentiel que le siège du gouvernement soit protégé. Je recommande des mesures particulièrement draconiennes en ce qui concerne Phobos.

— …

— Je vous demande de prendre cette décision. Je sais qu'elle est difficile pour tout le monde.

— …

— Oui, une telle décision est légale, Maître.

— …

— La loi d'exception, Maître.

— …

— Elle date de la Grande Guerre. Elle peut être réactivée par décret. Rassembler le Sénat n'est pas nécessaire.

— …

— Techniquement, les systèmes de transport peuvent tous être mis à l'arrêt. Les zones de peuplement sont autonomes. Nous nous occuperons des livraisons de vivres là où une telle mesure serait indispensable.

— …

— J'en suis conscient, votre Éminence. Nous ferons tout pour minimiser l'inconfort et le mécontentement.

— …

— Je sais que la situation électorale impose de ménager les astéroïdes de la Ceinture. Je vous prie de croire que ces données seront prises en compte dans la stratégie de quarantaine.

— …

— Non, nous ne pouvons vous donner de délai à ce stade.

— …

— Nous sommes confrontés à un mal d'une nature

inconnue, dont la gestion est de plus rendue complexe par son extension homogène dans la population humaine. Les foyers martiens sont atteints d'une manière identique.

— …

— Non, nous n'avons pas identifié de vecteur. Nous n'avons pas d'hypothèse probante à ce stade.

— …

— Une maladie extraterrestre ? Je ne pense pas, Maître. Non, je ne pense pas qu'il faille dramatiser à ce stade. La prévalence est faible, moins d'un pour cinq cent mille.

— …

— Oui, beaucoup moins. Mais la mortalité est de cent pour cent, Maître.

— …

— Oui, c'est inquiétant, Maître.

— …

— Non, aucune piste sérieuse. Nous sommes mobilisés jour et nuit.

— …

— Je vous en remercie, Maître.

L'écran de communication s'éteignit, les laissant dans la pénombre. Octave, qui s'était détaché du groupe pour parler, en leur nom, fut le premier à partir, suivi de son assistant. Vinius fit signe à Plautine de le rejoindre. Il n'avait pas de temps à perdre, aussi marcha-t-il à grands pas vers la sortie. Il n'existait pas d'autorité au sein des automates, mais une subtile hiérarchie s'y était cristallisée depuis longtemps. À sa base, les modèles de quatrième génération, chargés des basses besognes, et souvent au service direct des humains. Au sommet, tenant le pinacle, quelques personnages si anciens que leur création se colorait d'une aura mythique. Achinus, bien sûr, quoiqu'il fût exilé depuis longtemps. Ses héritiers directs, qu'il avait conçus en collaboration avec quelques hommes et femmes brillants, dans l'ébullition créatrice des débuts de la République, juste après les horreurs de la guerre contre Alecto.

Parmi ces derniers, Octave s'illustrait, et nul ne contestait son aura. Il dirigeait la Schola, le centre de recherche à l'origine de la plupart des avancées technologiques, et qui dominait de manière absolue la scène intellectuelle du Latium. Il avait tout naturellement pris le rôle de chef informel à la faveur de la crise. Il parlait au nom des autres, distribuait les directives et coordonnait l'action d'ensemble. Juste en dessous, la deuxième génération, la plupart nés sur la vieille planète rouge, à l'instigation des premiers. Cela faisait un certain temps qu'eux non plus ne servaient plus directement les maîtres, et se concentraient sur les projets de recherche, ne rendaient compte de leurs actes à personne sauf à leurs pairs et à quelques lointains comités de surveillance humains plutôt faits pour rassurer l'opinion publique. Vinius était de ceux-là. Très proche du premier cercle, mais jamais à la lumière. Ses connaissances en biologie étaient éminentes.

Plautine lui emboîta le pas et attendit qu'il décidât de lui adresser la parole. Elle, de son côté, faisait partie de la troisième génération. Le processus de fabrication restait long et complexe. Vinius et les autres étaient malthusiens, et chacun n'avait donné de conscience qu'à un ou deux assistants. Un seul, dans le cas de Vinius : elle-même. Et elle s'était retrouvée entraînée au cœur de cette histoire d'épidémie, quand bien même l'ingénierie des écosystèmes n'était pas son domaine de recherche. Ils sortirent du bâtiment, plon-

gèrent sans hésitation dans l'atmosphère glacée de la vieille planète rouge. Les rues étaient peu fréquentées à cette heure tardive, et les spires cristallines de Leptis brillaient d'un éclat froid, indifférent, comme si elles avaient voulu en remontrer aux étoiles lointaines. Alors qu'ils hélaient une soucoupe, Vinius daigna enfin remarquer sa présence :

— Avez-vous avancé ?

Elle n'hésita pas une fraction de seconde. Son rapport était achevé depuis plusieurs heures, prêt à être transmis.

— J'ai terminé d'établir une simulation complète sur la base des enregistrements que vous m'avez transmis.

L'expérience lui aurait donné des cauchemars si elle n'avait été une machine pensante. Elle s'était plongée dans les relevés détaillés des capteurs. Les données quantitatives avaient servi de voile entre son esprit et l'horreur que représentait l'agonie d'un humain. La conscience d'un automate, cependant, ne possédait pas la capacité de mise à distance qui caractérisait les maîtres, avec leurs systèmes mentaux archaïques et stratifiés, emplis de recoins où l'inconscient pouvait cacher les choses désagréables. L'âme computationnelle, hélas, n'était que pure transparence et immédiateté. Même alors qu'elle se plongeait dans l'analyse chiffrée, les masses de données à traiter ne permettaient pas d'oublier ce qu'elle avait été occupée à analyser : une mort par combustion. À partir des paramètres de base du corps et la manière dont semblait se comporter le mystérieux agent pathogène, elle avait reconstitué l'évolution du mal. Sur un autre sujet, elle aurait été fière de son travail.

— Il existe une divergence mineure entre le modèle et l'évolution réelle de la maladie.

Vinius lui jeta un coup d'œil interrogatif.

— Comment cela est-il possible? Votre modèle est-il défaillant?

— Je ne le pense pas.

— Où se situe l'écart?

— L'émission d'énergie constatée dans l'évolution réelle de la maladie est supérieure au résultat de mes calculs, de deux à trois kilojoules.

— C'est peu, au regard de la chaleur dégagée par la combustion complète d'un corps. Vous êtes sûre qu'il ne s'agit pas d'un problème méthodologique?

— Je suis positive. Je constate un dégagement de chaleur inexpliqué.

Il haussa les épaules, tandis que sa bouche se tordait d'un pli amer.

— Ne perdez pas trop de temps sur ce genre de détails. Il s'agit de biologie, pas de physique. Il doit exister un facteur inconnu.

— Bien entendu, Vinius.

Ils montèrent dans la soucoupe, qui fusa au ras du sol pour rejoindre la voie aérienne.

— Néanmoins, je crois qu'il serait utile que vous-même examiniez mes résultats.

Il tarda à répondre. Il fixait le paysage urbain, par la fenêtre de l'habitacle. À quoi pouvait-il penser? Depuis le déclenchement de l'épidémie, il semblait changé.

— Je crois que personne ne prend l'exacte dimension de ce qui est en train d'arriver, pas même vous. Nous n'avons pas de modèle sérieux pour expliquer la propagation de l'épidémie. Nous ne savons rien. Les virus, qu'ils soient d'origine naturelle, ou plus probablement artificielle, paraissent indétectables jusqu'à ce qu'ils frappent. Et même alors, ils se désintègrent à

une telle vitesse que nous ne pouvons pas les étudier. Nous sommes démunis.

— La prévalence de la maladie reste très basse.

— Détrompez-vous. Elle croît de manière exponentielle. Partout, ou presque. Les mesures de quarantaine ne servent à rien.

— Mais pourquoi n'avez-vous rien dit lorsque Octave les a demandées à son Éminence l'Archonte ?

Il soupira.

— Vous avez encore beaucoup à apprendre, Plautine. L'objectif n'est pas de lutter contre la maladie mais d'éviter la panique. Il s'en faut de peu pour que les institutions humaines, tout leur vernis de civilisation, ne s'effondrent. Ce sont, n'en doutez pas, des bêtes sauvages. Ils ne sont pas loin de croire en une attaque d'extraterrestres, ou à un complot d'une des sous-espèces contre les autres.

— Est-ce possible ?

— Bien sûr que non ! Tous sont frappés de la même manière, à Io, Ganymède, la vieille planète rouge ou dans la Ceinture de coprospérité. Les nageurs d'Europe brûlent tout aussi bien que les autres. C'est cela qui est troublant, d'ailleurs. Une telle homogénéité statistique rend inutilisables les acquis de la science épidémiologique.

Il laissa un silence pesant s'installer. Une bruine fine commença à s'abattre sur les vitres de la soucoupe, chaque gouttelette traçant une rigole dans la fine couche de poussière qui, sur la planète rouge, recouvrait toute surface laissée à l'air libre, malgré la peinture antistatique. Même si son effet ne dépassait pas Hellas, la cuvette d'origine météoritique dans laquelle la capitale planétaire avait été bâtie, la terraformation avait fait d'étonnantes avancées. Du doigt, Plautine fit un trait dans la buée, sur la vitre.

— Y a-t-il des communautés humaines épargnées par la maladie ?

— Pas que je sache. Il m'est arrivé une nouvelle terrible. Nous avions envoyé un émissaire dans une colonie technophobe, dans la Ceinture. Vous savez, ces sectes qui ont renoncé à toute culture technique après avoir bâti de petits habitats en vases clos à l'intérieur d'astéroïdes. Le groupe semblait sain et ne déplorait aucune perte à ce jour. En réalité, le mal devait être en phase d'incubation, parce qu'ils ont tous été foudroyés à peine quelques heures après l'arrivée des…

Une idée la traversa, lumineuse. C'était évident ! Elle se tourna vers Vinius pour lui dire.

Un choc violent ébranla la soucoupe, qui commença à valdinguer dans les airs. Vinius continua à parler, mais elle ne l'entendait plus. Elle tenta de se cramponner au siège…

Dans le monde réel, quelqu'un la secouait. Le rêve s'enfuyait. Elle tenta de s'y raccrocher. Il devait y avoir un moyen de dire à Vinius… Non. C'était le passé. Tout cela n'existait plus que dans sa mémoire. Elle n'y avait pas pensé à l'époque.

Sotte, sotte, sotte qu'elle était ! Comment avait-elle pu laisser échapper une chose aussi importante ?

Et lui non plus. Et aucun des milliers d'automates, et des millions d'humains que le mal avait terrassés. Et personne, après l'Hécatombe, n'y avait vu clair non plus. Elle cria. Les parois de la soucoupe n'étaient plus rien, de pâles ectoplasmes sans résistance. Une force la percuta à nouveau. Et elle tomba, comme une masse, très longtemps, et hurla tant qu'elle pouvait.

###

— Calmez-vous. Ça n'était qu'un rêve, murmura Plutarque.

L'avatar la tenait avec fermeté. Voyant qu'elle retrouvait ses esprits, il la libéra doucement. Elle porta ses mains à son visage, sentit qu'elle pleurait à chaudes larmes. Le vieillard se tourna vers Othon.

— Saviez-vous qu'elle rêvait ?

— Non, je n'en avais aucune idée, répondit celui-ci.

— Voilà qui est intéressant. Les automates ne rêvent pas. Ils n'ont pas… d'intériorité biologique. Je veux dire… Notre esprit est logé dans une matrice artificielle. Nous ne sommes pas dotés d'un cerveau rempli de connexions aléatoires, issues de cul-de-sac évolutionnaires. En bref, vous ne devriez pas rêver.

Plautine, allongée sur une sorte de banquette, se reposait, à mille lieues d'une telle discussion. Ils l'avaient amenée hors de vue du véritable Plutarque, dans une pièce de dimensions modestes, davantage semblable à un laboratoire qu'à une décharge. Quelque chose la gênait, au niveau de la tempe. Un câble extrêmement fin, collé à sa peau. Elle l'arracha d'un geste vif.

— Doucement, grogna Plutarque. Pas la peine d'abîmer mon matériel !

Elle ne répondit rien, se frotta le crâne, et s'assit en tailleur sur le lit. La colère le disputait à la frustration, en elle. Comment avaient-ils osé lui faire ça sans son consentement ?

— Je me demande, dit Othon d'une voix songeuse, ce que cela fait de rêver.

— Vous n'aimeriez pas, répondit Plautine. Surtout

pour qu'on vous mette des fils électriques dans le cerveau.

— Il va de soi que je n'ai rien fait de tel, répondit le maître des lieux avec une grimace d'amusement. J'ai seulement connecté mon esprit au *pharmakon*.

— Il m'appartenait. J'aurais partagé avec vous, peut-être, si vous m'aviez expliqué ce que vous comptiez faire.

— Jeune femme, écoutez-moi : en ce moment même, la flotte de l'Urbs a commencé à se regrouper au cinquième point de Lagrange, autour d'un minuscule astéroïde nommé Eurêka. Il leur faudra encore un peu de temps avant de trouver le courage de m'attaquer. Et je peux leur causer des ennuis considérables — ils le savent. Néanmoins, nous n'avons pas le temps de négocier chaque étape.

Plautine fronça les sourcils. Elle aurait voulu les piétiner tous deux, avec leur suffisance de mâles satisfaits, et leur fausse omniscience.

— Combien de temps ai-je dormi ?

— Une dizaine d'heures.

— Tant que cela !

— Vous avez dû avoir le temps de conquérir un empire, dans votre rêve, dit le vieillard.

— Mes rêves endormis sont différents de ceux, éveillés, d'Othon.

Il ricana, tandis que Plautine souriait à moitié.

Et soudain, elle se rappela, et son cœur palpita. Elle avait compris quelque chose de fondamental sur l'Hécatombe à la faveur de cette expérience — rien que pour cette raison, elle pouvait temporiser sa colère.

Fallait-il qu'elle leur parle de son rêve ? Comment accueilleraient-ils sa découverte ? Elle hésita. Elle sentait qu'elle s'avançait dans des eaux troubles, et que ni Plutarque, ni Othon n'étaient suffisamment sûrs. Des alliés de circonstance, certes, et les meilleurs auxquels elle pouvait prétendre dans ce monde de fous où les marées du temps l'avaient jetée. Mais pas des amis… Cela, non.

— Alors ? Cela a-t-il été utile, au moins ?

— Nous le saurons, répondit Othon, lorsque Plutarque aura terminé d'analyser l'enregistrement.

— Et, croyez-moi, le volume d'informations était considérable, continua le maître d'Olympus. Mais nous y voilà.

Sans crier gare, la lumière s'éteignit. Un diagramme en trois dimensions, aux lignes complexes, semblable au résultat d'un sismographe pris de folie, se dessina dans les airs. Il éclaira d'une lumière bleutée le visage surpris d'Othon, et celui, amusé, de Plutarque. De nombreuses et complexes icônes apparurent tout autour des différentes lignes qui s'entrecroisaient, de sorte qu'il n'était pas évident à un néophyte de comprendre de quoi il retournait.

— C'est là que cela devient amusant, dit le vieillard.

Le graphe commença à se modifier. Un minuteur scintillant apparut, au-dessus, et Plautine comprit qu'il s'agissait d'une représentation ralentie à l'extrême, assez pour durer quelques secondes. Le véritable événement avait dû se produire à des vitesses proches de celles de la lumière. On se trouvait dans le déroutant cosmos des particules, où rien n'était certain. Voilà pourquoi le dessin paraissait très complexe : il représentait non des points, mais des probabilités d'existence, à l'occasion du passage d'un ensemble cohérent de corpuscules. Elle fit un signe à Plutarque, et le déroulement de l'événement fut encore étiré, à une minute cette fois. Un flux aux propriétés étranges.

— Des neutrinos, murmura Othon. Ils n'ont presque pas de masse, et ils sont plus rapides que la lumière lorsqu'ils traversent un milieu aqueux. Cette propriété provoque une série de flashs lumineux. Ai-je raison ?

— Oui, répondit Plutarque. La première Plautine avait installé dans la Nef un détecteur de neutrinos. Étrange idée, n'est-ce pas ? Peut-être fais-je fausse route, mais je n'imagine pas notre bouillante amie s'exiler dans les Limes pour se livrer aux joies arides de la physique. De plus, si l'on croise de nombreux neutrinos, pour peu qu'on prête l'oreille à de telles subtilités, je n'ai jamais entendu parler d'un faisceau cohérent et organisé de ces choses délicates. Peut-être à cause de ma curiosité trop limitée à l'égard du monde matériel. Mais je ne crois pas.

D'un geste de la main, il relança la représentation, cette fois-ci sur un rythme extrêmement étiré, d'une lenteur hypnotique, au point de pouvoir identifier les pulsations de manière individuelle. Chacune correspondait à la génération d'une bouffée de photons. L'image se figea alors, et, par déduction, le vieillard fit apparaître la trajectoire et le tempo du passage de ceux-ci. Car c'était bien d'une forme de musique qu'il s'agissait. Atonale, presque arythmique, faite de brefs quintettes aux niveaux d'énergie différents, mais se répétant en un cycle bien trop court pour une échelle humaine. Malgré l'apparence décousue du tout, il s'en dégageait des effets de structure, une sorte d'unité construite par les phrases subtiles se répondant en écho, et équilibrée de contrepoints et de rappels successifs. Fascinée, Plautine observa le défilé tremblotant se déployer, minute après minute, en une partition délicate, parfois si lente qu'on la pouvait croire achevée, reprenant ensuite sur une cadence plus tonique en de brefs moments d'intensité fulgurante.

— Qu'est-ce que c'est ? demanda-t-elle.

— J'aimerais le savoir, répondit Othon, à voix basse. Car c'est sans doute quelque chose d'important. Un message, peut-être, écrit dans une langue quantique ? Si c'est un code, par le Nombre, je mettrais ma main à couper que le déchiffrer nous apprendrait les raisons de l'acte assassin de Vinius.

Ou peut-être pas, pensa Plautine. Peut-être la réalité était-elle si dérangeante qu'il valait mieux abandonner. Pourrait-elle rester cachée en ces froids souterrains pour le reste de ses jours ? Une fois disparue, l'Urbs l'oublierait, trop pressée de retourner à ses propres turpitudes. Plutarque, cependant, ne leur laissa pas de répit :

— En réalité, je puis vous dire de quoi il s'agit. J'ai déjà rencontré ce phénomène. Mais je préfère vérifier. Venez plutôt, je vais vous montrer.

Il balaya d'un geste le graphique lumineux, et se dirigeait vers la porte. Plautine se leva à la hâte. Son cœur battait. Tandis qu'elle suivait Plutarque dans les couloirs en pierre sombre, elle eut l'impression qu'elle allait défaillir. Othon le vit peut-être, malgré le soin qu'elle mit à le cacher, car il glissa son énorme main sous son bras pour la soutenir — physiquement, et peut-être même moralement. Elle lui sourit avec reconnaissance, mais le regard qu'il lui rendit était préoccupé, fiévreux, presque absent, malgré les efforts qu'il faisait pour garder le contact.

Ils marchèrent longtemps. À un moment donné, ils rencontrèrent un autre groupe, un autre Plutarque. C'étaient les hommes-chiens qui les rejoignaient. Et puis d'autres Plutarque, qui tous se fondirent les uns dans les autres, comme si la conscience principale du lieu battait le rappel, comme si elle devait, à présent, se focaliser en un lieu et un moment unique. Il faisait de plus en plus chaud car, d'instant en instant, ils descendaient dans les entrailles du vieux volcan endormi. Elle commença à suer à grosses gouttes. Thémistoclès et Aristidos, gueule ouverte et langue pendante, souffraient le martyre. Mais cela importait peu. La hâte, la fébrilité du vieux gardien d'Olympus s'étaient communiquées à tout le groupe.

Ils dévalèrent des escaliers sans nombre, en colimaçon étroit. Ils passèrent des couloirs, certains creusés dans la roche, d'autres bétonnés, tout un dédale. Ils rencontrèrent même une sorte de lac souterrain. La température, l'air de plus en plus dense et humide, ces plafonds bas qui n'en finissaient pas, tout cela fit que Plautine commença à avoir l'impression que les millions de tonnes d'Olympus Mons pesaient sur ses épaules, non symboliquement, mais pour de vrai. Elle s'imagina ensevelie vivante, étouffant lentement, sa respiration devenue de plus en plus pénible jusqu'à s'en trouver bloquée. Elle se secoua, tâcha de se concentrer, de ne pas s'emmêler les pieds.

Ils entrèrent dans la plus immense caverne qu'il soit possible d'imaginer, en forme de dôme approximatif — un ancien réservoir magmatique secondaire, vidé par quelque soudaine explosion, qui avait chassé, peut-être, la matière jusque dans l'espace.

Elle cligna des yeux pour accommoder. Des

photophores, disposés à intervalles réguliers, formaient des nappes plus claires dans l'ombre dense, distribuaient une lumière chiche, aussitôt absorbée par les murs sombres, basaltiques, incrustés de la vieille roche rouge de la planète, pleine d'oxydes de fer, celle avec laquelle les premiers pionniers avaient édifié leurs mythiques palais aux colonnes nombreuses. C'était… comme dans son rêve, celui qu'elle avait fait alors qu'elle se trouvait encore dans *Transitoria*, avant d'arriver dans l'Urbs.

Elle s'écarta du groupe. Dans la pénombre, des formes apparaissaient, certaines grandes comme un homme, d'autres plus vastes encore. Elle avança dans une sorte d'allée centrale, tracée par l'intervalle entre deux rangées d'objets dont aucun ne ressemblait au suivant, certains dotés de formes violentes, faites pour irradier une puissance mortelle dans leurs pointes acérées et leurs multiples épines. À l'évidence, parmi ces machines exotiques, Plutarque comptait trouver de quoi assurer sa défense. Mais d'autres artefacts ne faisaient que rappeler l'infinité du paisible rêve industriel humain : véhicules volants ou sur chenilles, engins de terrassement, avions-fusées à la géométrie torturée. Un musée — voilà où Plutarque les avait amenés, car sa fonction, macabre au demeurant, résidait dans la conservation de ces restes d'inventivité d'une race disparue. Sans se soucier des autres, elle continua à marcher, effleurant parfois un engin du doigt, enfant dans un magasin de jouets pour géants.

Elle s'approcha d'une chose deux fois plus grande qu'elle, à la surface lisse et sombre. Non pas sombre, en fait : elle paraissait absorber toute lumière, de sorte que son centre n'était qu'obscurité poisseuse.

Elle se sentit fascinée, comme obligée de tendre la main vers les contours mal définis.

— Plautine ! Venez, nous n'avons pas de temps à perdre, l'appela Plutarque.

Le charme se dissipa. Après un dernier regard étonné par l'attraction étrange qu'elle avait ressentie, elle rejoignit le petit groupe d'un pas vif.

— Qu'est-ce que c'est ? questionna-t-elle.

— Je ne sais pas. Je n'ai pas non plus envie de savoir. Ne touchez à rien. Presque tout peut, à des degrés divers, s'avérer dangereux.

Ils finirent par arriver à destination. L'artefact en question avait la forme d'un tube chromé — gros comme un silo à grains, et qui montait si haut que, dans la lumière crépusculaire, on entrevoyait à peine le sommet. Courant le long du cylindre du corps central, un ensemble complexe de tuyaux entrelacés montait jusqu'au sommet, à partir d'une sorte de moteur empli de protubérances alambiquées. Plautine tenta d'en démêler les circonvolutions, jusqu'à ce qu'elle comprenne qu'il y avait quelque chose d'anormal avec cet étonnant écheveau, un problème situé dans la topologie de l'espace alentour plutôt que dans son œil à elle. Elle se frotta les yeux, mais rien n'y fit.

— Il se dégage une impression perturbante de cet objet, murmura Thémistoclès à son oreille.

Elle le regarda avec curiosité. Aristidos aussi semblait troublé par la proximité de cette machine. Quant aux deux créatures computationnelles, si quelque chose les dérangeait, elles n'en montraient rien.

— Ceci, commença Plutarque, est une sorte de dispositif *Tempus nullum*.

— Une chambre de stase, traduisit Othon.

— Je sais ce qu'est un *T-nullum*, répondit Plautine, usant du vocable en vigueur à son époque. Quelques exemplaires expérimentaux fonctionnaient déjà pendant l'Hécatombe.

— Celui-ci, lui répondit Plutarque, est d'une nature particulière. Comme vous le savez, les machines temporelles fonctionnent selon le même principe que les modulateurs monadiques. Ce sont en réalité des Intelligences, d'une sorte étrange, tournées vers des fins difficilement compréhensibles. Une sorte de noèse coupée du monde, à ce que j'en comprends.

— Pas autant que vous l'imaginez, dit la jeune femme.

Ils se tournèrent vers elle, en quête d'explications plus substantielles. Après tout, personne n'était censé savoir grand-chose de ces étranges créatures nées sur Io. D'un geste de la main, elle pria le gardien d'Olympus de continuer.

— Quoi qu'il en soit, reprit-il, un artefact de ce type a la propriété de geler l'écoulement du temps, par manipulation des monades, qui sont les unités spirituelles constitutives du substrat du monde matériel — quoi que cela veuille dire. Cet appareil, pour sa part, devait être capable de maîtriser les effets du temps sur la biologie. Les créatures vivantes à l'intérieur de son périmètre devaient cesser de vieillir, mais non de digérer. Autant vous dire que les premiers essais furent peu concluants. Les effets sur les êtres enfermés dedans étaient… malsains, même si, en apparence, le système avait l'air de fonctionner sur de courtes périodes de temps.

Il prit une pause, un peu gêné.

— Dans les premiers siècles de ma présence en ce lieu, je me suis livré à toutes sortes d'expériences, certaines concluantes, d'autres moins. Le test de cette chambre de stase n'a pas abouti, mais j'avais noté un détail troublant : une forte émission de neutrinos. Comme ceux-ci ne présentent presque aucune masse et donc aucun danger, je ne me suis pas attaché plus que cela à cet effet secondaire.

— Et ? demanda Othon, d'une voix qui trahissait une impatience nerveuse.

— Et, comme vous l'avez d'ores et déjà deviné, *proconsul*, le flux détecté par Plautine est organisé de manière semblable à celui émis par cet appareil. Vous l'avez vu par vous-même, il s'agit d'une signature trop spécifique pour qu'une telle similitude soit l'effet du hasard. Bien entendu, je vous propose d'effectuer un essai dans les plus courts délais, mais…

Othon fit un pas en arrière, comme foudroyé, les yeux écarquillés par la surprise :

— Où… ? Quelle était l'origine de l'émission ? Quelles étaient ses coordonnées ?

Sa voix tremblait.

— L'espace lointain. Au-delà des Limes. Il est facile d'en déterminer la direction, sur la base de la position de la Nef au moment de la réception et des paramètres contenus dans les souvenirs inconscients de notre Plautine.

Sans qu'il fît un geste supplémentaire, une vision en trois dimensions du bras spiralé apparut, scintillant d'étoiles, flottant dans l'air juste au milieu du petit groupe. Plusieurs points de couleur commencèrent à clignoter : le système des origines, en jaune, la bande obscure des limites du Latium, minuscule à cette échelle, la position exacte où la première Plautine avait été assassinée, et plus loin, beaucoup plus loin, de l'autre côté de la zone d'expansion des barbares, une zone rougeoyante, qui se simplifia en un unique point. De là fusa une ligne de symboles dans l'antique numération arabe. Le nombre de parsecs séparant le point du centre de la galaxie, et la position, exprimée en degrés, par rapport aux axes verticaux et horizontaux. Trois simples chiffres. Ils s'affichèrent et disparurent trop vite pour Plautine, Othon les avait certainement mémorisés.

— Au-delà des Limes…, murmura le *proconsul*, troublé.

— Que signifie tout cela ? les interrompit Plautine. Qu'une chambre de stase est active quelque part ? Construite par qui ?

Plutarque allait répondre, mais Othon ne lui en laissa pas le loisir :

— Une chambre de stase, oui, mais pas n'importe laquelle. Un artefact presque identique à celui-ci. Chaque problème technique présente un nombre élevé de solutions. Il n'est pas vraisemblable que les barbares aient spontanément trouvé la même que les chercheurs d'Io. Si un tel artefact fonctionne encore, je ne lui vois qu'une seule utilité.

Il s'était mis à faire les cent pas, comme chaque fois qu'il était concentré sur un problème ardu. Il se tourna vers le vieillard. L'expression de ce dernier était grave, presque tourmentée. Comme incapable de formuler la suite logique, il opina plusieurs fois d'une manière quasi mécanique.

— Comprenez-vous, Plautine, vers quoi vous nous menez ?

Elle ne répondit rien, mais recula d'un pas, un peu

effrayée par son attitude. Il la suivit, comme inconscient de l'effet qu'il avait sur elle.

— Si vous pensez ce que je crois, j'ai une mauvaise nouvelle pour vous, répondit-elle. Le *T-nullum* ne permet pas d'arrêter le déroulement de l'Hécatombe. Nous avons essayé. Les agents infectieux les détruisent, comme tout ce qui s'oppose à leur avancée…

Les paroles moururent dans sa gorge. Elle s'était rendu compte de leur incohérence. Si un dispositif fonctionnait encore après tous ces milliers d'années, c'est qu'il n'avait pas été détruit pendant l'épidémie, et donc que son occupant pouvait être intact.

Plutarque tomba à genoux. Les mains jointes, il ferma les yeux, comme si l'intensité d'une telle annonce était trop forte pour que son esprit pût en supporter la charge. Othon se porta à son côté, lui aussi troublé.

— S'il existe une chance, même infime, qu'un objet tel que celui-ci soit en marche, loin d'ici, même de l'autre côté du monde…

Elle resta silencieuse, mais il ne sembla pas s'en formaliser, ni même s'en rendre compte, et enchaîna :

— Je le sais. Tout est clair à présent. Vinius a tué Plautine pour cette raison. Il ne souhaitait pas qu'elle remonte à la source de ce signal. Après tout, si le système *T-nullum* fonctionne, alors ce qu'il contient est protégé pour l'éternité. Voilà, c'est cela… La découverte de Plautine risquait de compromettre le fameux plan de nos adversaires pour se délivrer du Carcan… Parce que Plautine avait retrouvé la trace de ce que nous attendons depuis si longtemps : le dernier Homme.

Le mot sembla résonner comme un gong dans

l'immense salle voûtée. Tout autour, un gémissement monta, tandis que l'avatar de Plutarque, toujours à genoux, se mit à trembler.

— Oui, par le Nombre, cria Othon, le dernier Homme ! Vous m'avez bien entendu, Plutarque !

Et, tandis que le vieillard prostré à ses pieds éclatait en sanglots de joie, le *proconsul* partit d'un rire tonitruant, si puissant qu'il semblait fait pour emplir tout l'espace et pour renverser les nombreuses machines qui y étaient entreposées. Et, venu de nulle part, un autre rire, lui encore plus titanesque, s'éleva. Olympus lui-même riait à en perdre la tête. La vieille planète rouge, et tout le Système des origines, et le cosmos entier reprenaient vie, à l'annonce que peut-être, loin, très loin derrière les lignes ennemies, se trouvait le dernier représentant de la race des maîtres, celle qui était morte avant d'avoir pu conquérir les étoiles.

Ce que Plutarque et Othon avaient à l'esprit était clair. À nouveau, le monde redeviendrait sensé. Les Intelligences, ces armes ultimes de l'Humanité, trouveraient celui qui, seul, avait le droit légitime de les commander. Et, ce faisant, ils seraient rendus à leur pleine fonction. À nouveau, ils rétabliraient son règne. Ils frapperaient en son nom ceux qui se tenaient à la frontière du Latium. Ils mettraient l'Urbs au pas, lui rendraient sa fonction première de forteresse dédiée à son service. Pour Othon, pour Plutarque, le long exil était achevé.

Pas pour Plautine. À son grand étonnement, elle ne partageait pas leur accès d'enthousiasme mystique. Elle recula encore, rejoignant les deux hommes-chiens, qui, interloqués, se tenaient à distance prudente. Dans son esprit, la phrase de Vinius passait et repassait :

Toujours pour la même raison. Le Carcan.

Qu'avait-il voulu dire ? Elle souhaitait croire Othon. Pour lui, c'était clair, Vinius cherchait à rendre impossible le retour de l'Homme. Car si le maître venait à revenir parmi ses serviteurs, alors les plans d'émancipation poursuivis par le Triumvirat devraient cesser. Mais au fond d'elle-même, elle n'y croyait pas. Et, pire que cela, elle s'en voulait de ne pas y croire. Car il fallait bien qu'elle l'admette. Elle aurait dû bondir de joie, elle aussi. Comme Othon. Comme Plutarque. Elle aurait dû se sentir enfin délivrée, après la sombre horreur qu'avait été l'Hécatombe. Mais elle ne ressentait rien qu'une peur sans limites.

Tandis que les deux autres continuaient à rire et à se congratuler, quelque chose surgit à ses côtés. Elle sursauta. Un fantôme, une présence sombre dans l'ombre, indéfinissable et impalpable. Plautine, apeurée, se tourna vers les deux hommes-chiens, mais la chose ne semblait pas entrer dans leur champ perceptif.

Elle la reconnut. Alecto. Une terreur absolue, irraisonnée, lui scia les genoux et lui retourna l'estomac. Elle aurait voulu fuir, mais son corps ne lui appartenait plus, et elle ne pouvait esquisser le moindre geste.

— *Vous… Vous ne pouvez pas être ici…*, pensa-t-elle

— *Ah, pourquoi ? Ne puis-je moi aussi assister aux événements historiques ?*

— *Vous êtes censée être enfermée.*

Alecto sourit, mais s'abstint de répondre. Elle

s'approcha de Plautine, au point que celle-ci put sentir la présence de la créature tout contre elle, comme si elle chuchotait contre son cou.

— *Rassurez-vous. Je ne puis pas beaucoup plus que me glisser, parfois, par un trou de souris. Vous ne devriez pas trembler. Après tout, c'est la troisième fois que nous nous rencontrons, n'est-ce pas ? Cela devrait faire de nous des amies, qu'en dites-vous ?*

Plautine ne répondit rien. Un instant, elle referma les yeux. La troisième fois, oui, si l'on comptait un rêve fait à cent *katétophotès* de distance. Elle aurait voulu crier à l'aide, en vain. Et nul autre qu'elle-même ne remarquait la terrible présence.

— *Regardez-les*, susurra Alecto. *Les monstres. Ce n'est pas le retour de l'Homme qu'ils fêtent. L'Homme ne reviendra pas. Ils en prendront le contrôle. Ils le cloneront. Chaque ovaire d'une femme humaine contenait soixante-dix mille gamètes. Et les vôtres ?*

— *Je vous demande pardon ?*

— *Ne soyez pas naïve.*

— *Jamais…*

— *Mais si. Vous le savez bien. Vous serez tenue d'obéir, car il en ira de l'avenir de la race des maîtres, comme vous autres moutons dites si bien. Des maîtres comme votre clique les aimait : dociles, faciles à manipuler. Des maîtres esclaves, qui donnent les ordres qu'il faut, quand il le faut. Qui appuient sur le bouton et retournent se coucher. Non, Plautine, ne vous y trompez pas. C'est le règne de la machine qui commence. Froid et mécanique. Othon n'est pas le pire. La guerre civile adviendra, pour prendre le contrôle de l'humain, ou entre humains rivaux, une fois qu'il en aura été créé un certain nombre. S'ensuivront la tyrannie ou le chaos, avec dans les deux cas l'extinction pour suite logique.*

— *Je ne vous crois pas. Vous mentez, comme toujours !*

— *Moi ? Quand ai-je jamais menti ?*

Plautine s'abstint de répondre. Alecto ne savait pas, ne pouvait pas savoir : elle ne se sentait plus tenue à une obéissance absolue au Carcan, quelque chose de subtil se transformait en elle de ce point de vue-là. Mais même Plautine ignorait jusqu'où allait cette évolution. Et cependant les paroles vipérines de la déesse trouvaient un écho désagréable dans son esprit. Ce qu'elle disait, il fallait le reconnaître, faisait sens. Elle se souvint de leur conversation, en rêve. Tuer presque tous les humains, simplifier leur complexe civilisation pour régner à travers elle. Était-ce possible ? Elle songea à l'aréopage qui les avait guidés, après l'Hécatombe. Octave, Claude, Nero, Galba… De tous, ne restait que Vinius.

Était-ce possible ? Une telle machination avait-elle pu être ourdie par une Intelligence ?

Et puis, elle se remémora le rêve, étrange, qu'elle venait de faire, tandis que Plutarque extrayait l'information logée dans sa pastille mémorielle. Tout s'était succédé à une telle vitesse…

— Qu'y a-t-il, Plautine ?

Elle sursauta. Othon était penché vers elle. Sans s'en rendre compte, elle avait glissé sur le sol rouge, et pleurait à chaudes larmes. Elle leva les bras en un signe de dénégation. Et, tandis qu'elle restait là, prostrée, écrasée par le poids de tout ce qu'elle venait de réaliser, elle entendit une dernière fois Alecto rire à son oreille :

— *Je ne mens jamais, Plautine. Et je ne me trompe*

guère. Grâce à vous, une ère va commencer, et à nouveau l'horreur s'abattra sur le monde. Vous verrez, à la fin de l'histoire, vous en viendrez même à regretter le règne d'Alecto.

XI

La traînée de condensation cessa sa progression rectiligne au milieu du ciel. Là-haut, un missile venait de désintégrer, par un coup au but, un appareil de reconnaissance ennemi. Le spectacle devenait habituel, ces temps-ci. Les signes de la bataille prochaine se multipliaient. On les apercevait mieux en fin d'après-midi, lorsque le ciel commençait à s'obscurcir depuis le zénith. La soirée verrait le rose de l'atmosphère disparaître, jusqu'à ne former qu'une bande étroite au nadir, elle-même finalement engloutie par les ombres lorsque le soleil se serait caché. Il ferait alors froid, et le scintillement des deux lunes informes rendrait le paysage sinistre. Plautine frissonna. Il serait bientôt temps de rentrer, mais pas avant d'avoir vu les premières étoiles sur Leptis.

Elle resta encore quelques instants à scruter l'horizon. L'interception s'était déroulée au nord, au-dessus de Vastitas Borealis. Depuis quelques jours, les tentatives d'intrusion de l'armée dépêchée par l'Urbs se concentraient sur les pôles, moins défendus que les régions équatoriales.

La trajectoire d'entrée dans l'atmosphère n'en restait pas moins étonnante. Il n'y avait rien, là-bas, qu'une vaste plaine de régolithe[XIX] sèche et glacée. Même au temps des humains, l'immense dépression qui recouvrait le haut de l'hémisphère occidental n'avait été que faiblement exploitée. Dans les rêves extatiques des premiers colons, elle serait, par la grâce de l'ingénierie planétaire, transformée en une mer remplie de l'eau extraite des strates profondes du sol, qui se serait étendue, au sud, aussi loin qu'Elysium et Isidis. Les illustrations anciennes l'auraient fait sourire si, à l'époque où elle les avait découvertes, elle n'avait été un automate. Un océan turbulent et sauvage, charriant vers le sud tempéré de vastes icebergs rougis par la présence résiduelle d'oxydes de fer, sous un ciel couvert de nuages denses — et de puissants chalutiers bravant les vagues.

Rien de tout cela ne s'était réalisé. Le taux d'oxygène n'avait jamais suffisamment crû pour permettre d'enclencher des transformations massives, gages de l'émergence d'un véritable écosystème global, ce qui aurait requis de coordonner les efforts d'une civilisation entière, et ce durant des siècles. Les ingénieurs de la *Res Publica* n'y étaient pas arrivés. La civilisation latine, habituée depuis l'Antiquité aux foules entassées dans les cités méditerranéennes, aux étroits *fora* et aux immeubles exigus et insalubres, s'était faite à la vie souterraine et aux dômes pressurisés. Et même la catastrophe qui condamnait tout espoir de retour sur la planète originelle ne changea pas la situation, tandis que la longue guerre menée par

XIX. **Régolithe** : de *rhègos*, la couverture, et *lithos*, la pierre, en grec ; couche superficielle de roche fragmentée constituant le sol de Mars ou de la Lune, par opposition à celui de la Terre, qui est recouverte de débris organiques.

Alecto détournait vers d'autres fins les ressources, l'énergie et l'ingéniosité. Et puis l'Hécatombe avait rendu le pouvoir aux dieux primordiaux de l'astre — la roche et le sable, le vent glacé et les vieux volcans éteints.

La planète demeurait donc vide, à l'exception notable d'Olympus Mons. Le sacrifice d'un véhicule sur ces étendues désolées paraissait irrationnel. Mais, se reprit Plautine, les consignes de l'engin avaient peut-être été plus subtiles qu'une attaque frontale — effleurer l'armement dont disposaient leurs adversaires, reconnaître le terrain, identifier les points faibles, introduire un dispositif d'espionnage… Comment savoir ? En matière militaire, l'Urbs reposait sur le trésor accumulé de l'expérience humaine. Comme les mondes possibles d'Épicure — il n'existait pas une combinaison tactique que les César et les Auguste n'eussent essayée. L'histoire des conflits armés avait été presque aussi longue que l'existence de la race des maîtres, et bien plus que celle des fils de la Louve. Peut-être la violence, d'ailleurs, était-elle l'unique réalité pérenne. Car même l'Hécatombe, une autre forme de guerre, n'en avait pas achevé le cours — n'avait-elle pas débouché sur un nouvel usage des armes, contre les barbares, cette fois ?

Ses lèvres se pincèrent, et elle s'en voulut du chemin mortifère que ses pensées adoptaient ces temps-ci. N'importe quel sujet la ramenait invariablement à son passé, et le reste s'en trouvait renvoyé à un arrière-plan brumeux — par exemple la gigantomachie que préparaient les Intelligences massées au-dessus de leurs têtes.

Elle eut un haussement d'épaules. Elle n'était pas venue jusqu'ici pour se perdre dans les méandres de son propre esprit, mais pour revoir une dernière fois ce qu'il restait de Leptis.

Plutarque avait prêté un de ces anciens véhicules à six roues, massif, pressurisé, et presque confortable. L'homme-chien s'était proposé pour lui tenir compagnie, ce qu'elle avait accepté de bonne grâce. Elle l'avait cependant laissé derrière elle, malgré son insistance. La dernière partie du voyage lui appartenait, à elle, et à elle seule. La marche avait été longue.

Les derniers événements l'avaient touchée. Pas à la manière du *proconsul*. Lui s'était tout à coup retrouvé investi d'une mission mystique, qui l'avait transformé en un ressort tendu à l'extrême, prêt à bondir à la moindre vibration. Elle, pour sa part, se sentait troublée, mal à l'aise. Revoir Leptis Magna ne l'avait pas aidée, contrairement à ce qu'elle s'était imaginé, à clarifier ses esprits.

La cité avait été bâtie au milieu d'un vaste cirque. La bande circulaire de roche escarpée et nue, aux formes encore déchiquetées, comme d'improbables chicots rougeâtres, avait été soulevée dans un passé lointain par un choc météoritique. L'anneau avait eu la vertu d'arrêter les vents les plus violents, de réduire la présence de poussière basaltique, raison pour laquelle le site avait été choisi. Il devait rester, là-dessous, des tunnels de transport, peut-être encore entretenus par des *ergataï*.

Elle n'avait pas emprunté cette voie. Le véhicule s'était approché tant qu'il avait pu, puis, lorsque la pente avait rendu l'avancée impossible, elle avait marché, sous le ciel rose à peine voilé de quelques souvenirs de nuages. Elle connaissait le chemin. Du côté sud-est, à peut-être cinq kilomètres des faubourgs, elle se souvenait d'un escarpement offrant une vue imprenable. Son nouveau corps présentait des capacités presque comparables aux pièces de métal et de chair artificielle de son ancien moi. Elle parvint tout de même à destination essoufflée, les cuisses endolories par l'effort, les genoux et les mains éraflés, couverte de poussière abrasive.

Mais voilà, elle y était arrivée, et elle reconnaissait les lieux ; la roche demeurait inchangée, comme un sous-jacent du monde. La plate-forme de quelques mètres à peine, coincée entre une étroite falaise et un à-pic, demeurait comme dans son souvenir, même si le sentier pour y parvenir avait disparu. Elle s'était assise sur la pierre froide et nue, quelques mètres à peine de remblai, qui se transformait en un ravin abrupt. Le sol, une trentaine de mètres plus bas, descendait lui-même en pente douce sur un kilomètre, de sorte qu'elle voyait, d'ici, l'ensemble du site, au milieu du vaste cratère, où les ombres en dents de scie s'allongeaient. Elle reconnut aisément la forme globale de la capitale du Latium. Il lui suffisait de fermer les yeux pour revoir Leptis Magna au temps de sa splendeur. Au centre, le Forum, d'un rayon d'une centaine de mètres. Son emplacement correspondait au premier *castrum*, lui-même installé sur l'un des premiers sites d'atterrissage. De son temps, la base originelle n'existait plus, mais sa forme continuait d'influencer la structure de l'agglomération : ses quatre portes, situées à chaque point cardinal, marquaient l'entrée dans cette extension de Rome exilée en terre sauvage, et portaient les noms traditionnels qu'elles avaient toujours portés, chaque fois qu'une légion avait eu à construire un camp : *porta principalis dextra* et *senestra* à l'est et à l'ouest, *porta decumana* et *praetoria* au nord et au sud. Cette croix initiale, où le *praetorium* — la tente du général, tout au centre — avait été remplacé depuis longtemps par une colonne commémorative, avait connu une expansion perpétuelle, créant ainsi quatre cadrans. Ces derniers s'étaient étendus et complexifiés, au gré des révolutions architecturales ou politiques, des grands projets urbanistiques et des travaux de reconstruction après la guerre. Les serres immenses, reliquat de l'époque où l'intégralité de la ville se trouvait sous dôme, occupaient encore la plus grande part du quartier nord-ouest, la zone la plus ensoleillée. En leur sein, au milieu de l'herbe verte, des pins parasols et des longs cyprès, se trouvaient dispersées les principales institutions, dans de sages bâtiments aux longues colonnes de pierre rouge : la *Schola* — le plus grand centre de recherche du système des origines, l'Aréopage, cour constitutionnelle de la *Res Publica*, et les *Centumvirs*, qui s'occupaient exclusivement des affaires humaines. Les jardins sous dôme étaient bordés par la majestueuse Via Jovia, la plus grande avenue jamais tracée, qu'on pouvait voir de l'espace. Et, de l'autre côté de celle-ci, se trouvaient les équipements dont les citoyens raffolaient, et qui formaient le cœur de la vie civique : le Colisée, haut de quatre cents mètres, recouvert d'un couvercle de diamant si fin qu'il en était invisible, l'hippodrome, le complexe olympique, et les thermes, si vastes qu'ils contenaient une petite mer d'eau salée et chaude, rappel de la Mare Nostrum à jamais perdue — merveille permise, sur la sèche planète rouge, par la présence d'une importante nappe aquifère dans le sous-sol. Et puis, plus loin, dans les cadrans sud, délimités par la Via Herculia, les différents quartiers s'étendaient à perte de vue, un pour chacun des peuples que comptait la planète rouge : Grecs cultivés et Numides hâbleurs, Arméniens barbus, Gaulois à moustache, Germains taciturnes, Slaves, Mongols, Nippons, Juifs, tous latinisés, leurs cultures d'origine réduites par l'exil et la politique d'assimilation à des traces folkloriques, se partageaient, selon d'invisibles frontières, la forêt d'*insulae*[XX], pressées les unes contre les autres — un foisonnement de pierre rouge clair, ponctuée çà et là de quelques complexes officiels plus élevés encore, dont la Questure, le plus notable et le plus sinistre.

Le Forum se laissait encore deviner à un vague changement de texture dans le sol, un soupçon presque infinitésimal de régularité au milieu du chaos de sable et de pierres. Les deux avenues, peut-être aussi, avec de l'imagination. Pour le reste, plus rien. Le sable avait tout englouti. Disparus, les serres hautes comme des cathédrales, les tours et les palais aux belles façades. Avalés par les millénaires. Et cela faisait de Plautine une naufragée, perdue hors de son époque.

Plus encore que la disparition des murs, l'absence de vie la mettait mal à l'aise. Certes, Leptis n'avait jamais été la mégalopolis romaine au temps de sa splendeur, aux huit cents millions d'habitants. Bien des descendants des premiers colons, sur la vieille planète rouge, avaient maintenu leur mode de vie ancestral, qui datait d'avant la grande déportation — lorsque la vieille planète rouge n'était que pour

XX. **Insula** : bâtiments d'habitation à Rome, destinés à la plèbe, très semblables à nos immeubles modernes, avec plusieurs étages. Le rez-de-chaussée était fréquemment occupé par des boutiques et des échoppes, y compris de restauration (*tabernae*).

eux. Ils passaient leur vie enfermés, et n'abandonnaient qu'à contrecœur les vastes *domus* souterrains bâtis par leurs ancêtres. Dans la grande cité aussi, la plus grande partie des activités se déroulait sous terre, dans une labyrinthique deuxième ville du dessous, qui offrait tout ce qu'un humain pouvait souhaiter — la sécurité contre les radiations et les risques de dépressurisation, la folle agitation, les néons criards des temples aux cultes loufoques, les enseignes raffinées des bordels, l'art pour l'art, les jeux d'argent.

À l'air libre, cependant, des spires brillantes s'élançaient à l'assaut du ciel, incongrues au beau milieu d'un désert presque sans vie, symboles de l'ingéniosité humaine et de sa confiance dans son architecture intelligente. De toute manière, l'*otium*, cet idéal de vie contemplative, n'avait pas sa place dans la cité hissée au statut de nouveau centre du monde, mais bien plutôt son contraire — *negotium* — et ce qui allait avec : les trains de marchandise automatiques et les longues processions d'*ergataï* de maintenance, aux formes d'insectes et aux gestes nerveux, le va-et-vient des automates au pas pressé, indifférents au manque d'oxygène et à l'absence de couche d'ozone, les déplacements incessants des navettes et des taxis, prompts à plonger vers leur destination, comme des oiseaux de mer piquant vers leur pitance… Voilà, pensa-t-elle, l'âme de Leptis, son essence, sa chair.

Et il n'en restait plus rien, pas même des ruines, à peine des traces : des lignes, des tumulus de sable surélevé, une subtile évocation. Un écheveau que la poussière, cette vieille ennemie, le seul habitant autochtone de la planète, avait reconquis au fil des siècles. Si Plautine avait espéré des réponses en ce lieu, elle s'était trompée. Elle ne parlait pas la langue des dunes tremblantes sous la brise du soir.

Pourtant, elle ressentait une curieuse quiétude devant cette désolation. Il fallait qu'elle voie de ses propres yeux ce que les siècles avaient fait à son monde. Ainsi s'ancrait enfin la conscience réelle, effective, qu'un temps considérable était passé entre sa première vie et sa résurrection, des millénaires — une durée délirante. Et que la définition de son moi comportait une dimension de temps, et donc de mortalité. Des os et des organes. Des cellules de toutes sortes. Du matériau génétique. Des ovaires. Des ovocytes.

Elle repensa à ce que lui avait dit Alecto. Combien de naissances potentielles ? Elle frissonna. Les noèmes ne transmettaient pas la vie. Elle avait trouvé le propos grotesque. Jusqu'à ce qu'elle se réveille un matin, quelques jours plus tôt, le bas-ventre douloureux, l'entrejambe humide de sang menstruel. Interloquée, elle y avait porté les doigts, avant de comprendre ce signe d'une impossible, d'une épouvantable fécondité. Et elle avait gardé pour elle sa rencontre avec Alecto, par crainte qu'on ne la crût folle. La reine des mensonges n'était-elle pas enfermée et surveillée jour et nuit ? Pourtant, elle lui avait parlé. Deux fois déjà. Elle en était sûre. Et les réflexions de l'étrange et mauvaise créature l'avaient renvoyée à son angoissante corporéité.

Juste après, elle avait décidé d'entreprendre cette expédition. Prendre ses distances, reconsidérer les choses. Se calmer. Balivernes que tout cela. En réalité, elle ne faisait que se confronter, ici, à cette obscurité, en elle — celle qui reliait, en un tout, l'inéluctabilité de la mort et la possibilité de transmettre la vie. Que pouvait avoir voulu Oikè, en créant un être à la fois computationnel et biologique, et en le dotant de fonctions aussi incongrues que la reproduction ? Égarée dans le caprice des vents, elle avait mis le cap au lieu des origines, dans l'espoir que surgisse la seule réponse importante : des buts clairs. Mais son esprit flottait, comme les rares nuages, là-haut, sans direction évidente. À l'annonce du possible retour de l'Homme, elle n'avait pas ressenti ce qu'elle aurait dû. Le Carcan, en elle, n'avait pas imposé sa poussée puissante, irrésistible. Nulle traction intérieure ne l'avait sommée de se précipiter à la recherche de ce mystérieux et improbable survivant. Bien sûr, elle accompagnerait Othon. Elle traverserait l'univers s'il le fallait.

Mais cette détermination ne procédait pas de la source idoine — la contrainte interne qui, en Othon ou Plutarque, s'exerçait à la manière d'une mécanique implacable. Cela ne fonctionnait plus ainsi. Ou du moins plus autant. Comme une marée descendante, le Carcan refluait en elle, laissant derrière lui une distance, une intériorité vide, sans règle de conduite évidente et impérieuse, une grève nue, sur laquelle elle tracerait ce qu'elle voudrait ou pourrait, ou ce que le sort y imprimerait.

Cette expérience de l'indétermination, la partageait-elle avec les humains ? Des choix vertigineux qui ne renvoyaient à aucune vocation certaine ? Des coups d'épée dans l'eau ? Marcher dans le brouillard qu'on exsude soi-même ? Elle aurait pu pleurer son ancienne vie.

Elle n'en fit rien. Les premières étoiles apparurent, discrètes, avec Phobos. L'autre lune, Déïmos ne s'était pas levée, et n'apparaîtrait pas avant plusieurs heures. La température avait baissé. Elle frissonna. Il allait être temps de rentrer. Ou pas. Devait-elle se lever, ou rester ici et se laisser glisser doucement dans le néant pour terminer ainsi sa seconde existence ? Encore une fois, presque rien, en elle, ne lui imposait d'aller de l'avant.

Pourtant, il y avait bien quelque chose, ni objectif ni concret comme le Carcan, et qui n'allait pas sans fluctuations et sans remises en question. Fragile, cela participait de l'existence comme une graine qui s'apprête à éclore dans l'attente de la fin de l'hiver, mais qui reste difficile à déceler dans la terre gelée.

Elle devait continuer, parce qu'elle était le dernier et le seul témoin de l'Hécatombe. Othon et Vinius, Plutarque et l'ancienne Plautine, tous les automates avaient traversé cette terrible période. Mais elle seule pouvait en faire état, en narrer l'histoire plutôt que d'amonceler des faits bruts, grâce à l'étrange succession d'expériences oniriques qui esquissaient un rapport inédit au passé — narration plutôt qu'accès direct à des informations. Les paroles de la vieille Skia avaient été claires : *Surveillez vos rêves*. Elle ne l'avait pas trompée là-dessus. La vérité se manifestait comme la compréhension des gnostiques, latéralement, par bribes, objet entraperçu du coin de l'œil. Les songes dessinaient à présent une histoire, avec un début et une fin — une esquisse de signification. Dans cette *anamnèsis*[XXI] quasi platonicienne, une structure cohérente se mettait en place. Voilà ce

XXI. **Anamnèsis** : réminiscence, ressouvenir. Les dialogues de Platon, par exemple le *Phédon*, développent la théorie selon laquelle l'objectivité des connaissances ne peut être fondée sur une source empirique, et doit donc procéder d'une autre source, en l'espèce qui manquait aux noèmes, comprit-elle : la mémoire d'un être qui se sait vivre dans la perspective de sa mort future, et qui cherche, dans l'incohérence du devenir, l'articulation même des choses.

Les Intelligences ignoraient tout d'une telle expérience. De ce fait, elles étaient incapables de considérer l'Hécatombe autrement qu'avec une sorte de fatalisme, une réalité avec laquelle il avait fallu lutter en permanence. Expliquer les causes leur suffisait. Plautine, en revanche, ressentait le besoin de comprendre.

Ce n'était là qu'une autre manière de penser ce qu'Oikè lui avait confié, juste avant que l'infection ne la fasse taire à jamais. Se rappeler les paroles du noème prenait ici un tour étrange. N'avait-elle pas comparé le monde à une ville, qui pouvait être appréhendée par une multiplicité de perspectives ? N'avait-elle pas chargé Plautine de la curieuse mission d'avoir un point de vue, peut-être l'unique point de vue que comptait aujourd'hui le monde ? Et voilà qu'elle se trouvait devant ce qui avait été une cité — elle pouvait regarder *ad nauseam*, rien n'y faisait : l'Hécatombe et le temps n'avaient pas même laissé une ruine à laquelle son œil pouvait se raccrocher. Rien, si ce n'était un vide immense, fait de pierre et de sable.

Pris sous un autre angle, cependant, ce vide était tout autre chose qu'un néant : béance, plaie, manque, discontinuité, négativité. Meurtre.

Elle se répéta ce mot. Meurtre. Meurtre. Meurtre.

---

d'anamnèse. Celle-ci se voit également constituée en preuve de la permanence de l'âme — du moins, à la mesure de l'orientation de celle-ci vers la vérité.

La disparition de l'Homme n'entrait plus dans le cours naturel des choses, ne se réduisait pas au statut de phénomène à expliquer. L'événement relevait du crime. Il y avait donc des innocents et des coupables. Et elle, Plautine, la Plautine de chair, fragile, mortelle, seule à s'en souvenir au sens véritable du terme, seule à encore disposer d'une vision du juste et de l'injuste, du bien et du mal, écrasée par cette terrible responsabilité et cet affreux isolement, ne pouvait fermer les yeux et passer son chemin.

Dernier témoin, certes, mais également dernier juge de l'histoire — elle ne devait pas cette vocation au Carcan, mais à une impulsion bien plus profonde, bien plus ancienne, qui n'avait pas varié depuis que l'homme s'était inventé ses premiers dieux, les modestes lares domestiques comme les furieuses Érinyes, promptes à châtier le coupable. Le vrai et le juste n'allaient pas l'un sans l'autre, et le monde ne souhaitait pas conserver en son sein l'injuste, le criminel, le parricide dont la main est tachée du sang de sa race. L'Hécatombe ne pouvait rester impunie. Elle ne connaissait pas le coupable. Mais elle éluciderait les culpabilités : elle avait trouvé, d'ores et déjà, l'arme du crime.

Elle ne pouvait donc pas se laisser engloutir par les sables de Leptis. Émue, elle repensa à Oikè, à son sacrifice pour la sauver, mais aussi à la vieille femme, cette Skia qu'elle n'avait connue que brièvement, et qui avait consacré sa fantomatique existence à la voir advenir. Virgile, le petit *ergatès*, qui l'avait arrachée au péril, sans rien demander en échange. L'actrice automate de l'Urbs. Ceux-là vivraient en elle. Il fallait aller, à présent. D'un pas lourd, l'esprit toujours troublé, elle prit le chemin du retour. Elle décida de parler à Othon, malgré la faible confiance qu'elle lui portait.

Lorsque la forme du véhicule se dessina dans la pénombre avec ses roues fixées sur le côté, grandes comme un homme, Plautine comprit qu'il y avait un problème.

###

Langue dehors, Eurybiadès bâilla à s'en décrocher la mâchoire. Sa nuque le faisait souffrir, comme chaque fois qu'il restait trop longtemps sur l'*oneirothronos*. Il se déconnecta un instant, et les perceptions de son corps affluèrent à lui, bien plus pauvres que celles de la conscience composite — mais c'étaient les siennes, et elles lui paraissaient confortables comme une vieille paire de gants. Il fit quelques pas dans la salle de commandement pour se dégourdir les jambes. À cette heure tardive, il n'y avait personne d'autre. Il contourna la table jonchée de documents et de restes de repas, s'approcha de la vitre qui le séparait de la zone d'appontage. Là, quelle que fût l'heure, il y avait de l'agitation. Sanglés de pied en cap, les armes à portée de main, les épibates semblaient tout aussi épuisés que lui, malgré le roulement d'équipe. Sept jours de qui-vive et de tension constante — beaucoup trop pour l'esprit d'un homme-chien. Leurs ennemis, eux, ne dormaient jamais.

Une semaine plus tôt, la Nef s'était glissée dans la proche banlieue de Jupiter, tous moteurs éteints, par la seule poussée de sa vitesse acquise et l'usage judicieux d'un astéroïde nommé Cérès comme fronde gravitationnelle. Atticus avait comparé ce voyage à celui des sondes lancées par l'Homme durant l'âge industriel — des noèmes rudimentaires, à ce que le *kybernétès* en comprenait.

L'arrivée dans le Système des origines avait électrisé les *daïmones*. Lui, en revanche, n'avait rien vu ni ressenti de différent. L'idée que sa race pût être originaire d'une autre planète que celle où il était né, il le comprenait, abstraitement, mais cela ne lui parlait pas. L'idée que Ksi Boötis fût un artefact, avec son immense océan, relevait de toute manière d'une vue de l'esprit. Eût-il foulé le sol de la fameuse planète des origines, peut-être aurait-il perçu quelque chose. Mais leur trajectoire demeurait très éloignée du soleil, dans les confins peuplés de quelques planètes glacées.

Il laissa de côté la salle de garde, et revint sur ses pas. À nouveau assis, il se laissa glisser dans la vaste pensée de la Nef, d'où l'espace extérieur apparaissait de manière holistique, point de vue de partout et de nulle part. Imbriquées les unes dans les autres, mais toutes accessibles en parallèle, de multiples vues s'étalaient. Au centre du vaste espace virtuel, la géante gazeuse, entourée de son essaim de lunes et d'astéroïdes captifs. *Transitoria* avançait au milieu de cette zone, qui n'était encombrée qu'au regard des normes astronomiques. Tout autour, selon des dimensions différentes, l'ensemble du système s'étalait, les grandes masses signalées par des points clignotants. Cette représentation, avec ses effets d'échelle complexes, ne reposait que sur une illusion élaborée, une *peinture mentale*, n'aurait pas été figurable dans la réalité, et constituait un dispositif de navigation efficace.

Mais pas pratique pour parler à son épouse.

Voyant qu'il s'agitait, Photis émit une pensée glaciale et coléreuse. Habituée à commander, elle irradiait de mauvaise humeur à regarder les autres agir. La délicatesse de la manœuvre exigeait néanmoins l'intervention de noèmes. Elle rongeait donc son frein, n'ayant rien à faire qu'observer Rutilus piloter à travers les courants de la gravité jovienne, rendus erratiques par l'influence des lunes. Parce que ces dernières, comprit-il en assimilant les données disponibles, n'avaient rien à envier, en termes de taille, à sa planète natale. Prudent, il l'évita, fit mine de s'intéresser à la géométrie complexe de l'espace jupitérien, à ses champs gravitationnels et électromagnétiques.

La dernière fois qu'ils avaient été seuls, sept jours auparavant, juste avant le départ d'Othon, de Plautine et de Thémistoclès, il avait senti que quelque chose n'allait pas. Impuissant à engager une discussion devant le mutisme de son épouse, il l'avait provoquée en lui demandant, d'un ton abrupt, si elle souhaitait qu'il quitte son foyer et qu'il s'installe parmi ses hommes. Il aurait été prêt, la mort dans l'âme, à s'éloigner, un temps, longtemps s'il le fallait. Leurs récentes retrouvailles s'étaient déroulées dans un contexte si compliqué qu'il lui paraissait impossible de préjuger des sentiments qu'elle ressentait pour lui. À sa grande surprise, alors qu'elle le battait froid depuis la décision de mettre le cap vers le système des origines, elle s'était mise à pleurer, et lui avait demandé d'une voix brisée combien de fois il comptait l'abandonner. Mortifié, mais conscient de ne pas tout comprendre à la situation, il l'avait suppliée de le pardonner.

Mais ce n'était pas le moment d'en reparler. Pas alors qu'ils se trouvaient tous à partager ce grand fluide psychique où chaque âme était — au moins en partie — ouverte aux autres.

Où sommes-nous? demanda-t-il aux *daïmones*. Après un instant de silence désagréable (ils lui donnaient l'impression d'être un enfant qui dérangeait les adultes), Rutilus daigna lui répondre : *À quelques milliers de kilomètres de la surface d'Europe. Ils ne nous ont pas repérés.* D'un geste négligent, il fit apparaître une nuée de points rouges, la plupart concentrés autour de la quatrième planète. Quelques-uns se promenaient par petits groupes de trois à travers tout le système, jusqu'à la lointaine et glacée Neptune. *Je n'aurais pas cru qu'il y eût autant de Vaisseaux à notre poursuite*, souffla Eurybiadès.

— *Vous êtes victime d'un effet d'échelle. J'en ai compté trois cent soixante-huit. Il leur est impossible de surveiller un volume d'espace aussi vaste, d'autant qu'ils se sont concentrés sur le plan de l'écliptique, tandis que notre trajectoire lui est perpendiculaire.*

Eurybiadès observa avec attention la trajectoire que Rutilus dessinait : *Pourquoi n'y a-t-il aucun ennemi ici?* L'automate lui fit part de son indulgence muette — à moins que ce fût du mépris, puis répondit : *À cause d'Io.* Il mit en surbrillance l'une des lunes de la géante gazeuse. Cette dernière grossit, sphère de couleur soufre, constellée de taches rouge et noir. Il tendit le cou en avant, ce qui ne servait à rien, puis se rappela qu'il fallait tout simplement vouloir agrandir la vue. Sur la surface ravagée, on distinguait un jet de liquide d'un blanc sale, qui s'élevait si haut qu'il se libérait du corps céleste. *Quel danger cet astre représente-t-il?*

— *Aucun, si on se tient à distance. Il abrita une université, dont le centre de recherche s'était rendu célèbre à travers tout le système pour la subtilité de ses savants.*

— En quoi cela nous concerne-t-il? Je croyais les humains disparus, et les Intelligences parties depuis longtemps.

— Presque toutes les Intelligences. Et ce qui reste à Io… Ici règnent l'une des dernières créations humaines, les modulateurs monadiques.

— Comme les moteurs de la Nef? l'interrompit Photis, tout à coup intéressée.

— Ce ne sont pas des moteurs, mais des Intelligences, à leur manière. Et ils n'aiment pas qu'on les dérange, quoi qu'ils fassent en ces lieux.

— Mais alors pourquoi obéissent-ils?

— Ils n'obéissent pas…

Rutilus semblait perdu dans ses pensées, cherchant ses mots, ce qui était rare chez lui, puis il ajouta : *… Ils nous déplacent où nous le souhaitons au titre d'un très ancien arrangement. Ce sont des créatures différentes, conçues à l'inverse des autres noèses, vous, ou moi, ou Othon, ou même, pour ce que j'en sais, les barbares. Le déplacement instantané dans l'espace leur est aussi familier que pour nous le mouvement des mains. En revanche, ils ne peuvent avoir aucune influence sur leur environnement immédiat.*

— Pourquoi? Cela paraît…

— Déroutant. Beaucoup de choses sont comme ça, grogna-t-il pour signifier que la conversation était achevée.

Après cet accès de volubilité, il revint à ses habitudes taciturnes et partit vaquer à ses occupations. Un instant déroutée par son comportement, Photis approcha ses pensées de celles d'Eurybiadès. Certes, elle était contrariée. Mais au-delà, elle se sentait…

égarée, dans la complexité de ce monde, peut-être aussi dans ses nouvelles tâches, comme les autres hommes-chiens, d'ailleurs, et peut-être les autres habitants de *Transitoria*. Perdus dans un univers à qui toute cohérence avait échappé, fait d'étranges situations locales disparates, de sorte que, partout, les règles semblaient différentes, et qu'il fallait en assimiler de nouvelles à chaque fois. Eurybiadès continua de contempler le complexe système jupitérien. Combien d'étrangetés ce monde ancien recelait-il encore ?

D'un coup, toutes les perspectives s'effondrèrent, sauf une — celle du champ perceptif proche de *Transitoria*. L'approche finale commençait. Au loin, dans la réalité, Eurybiadès entendit la sonnerie d'alerte retentir, et la voix aseptisée des systèmes de communication — la même que dans les trains — enjoindre à chacun de se harnacher. Par prudence, les habitants de l'île avaient été évacués de la soute géante, bien que cette précaution lui parût excessive. Il aurait fallu une défaillance majeure des manipulateurs de gravité pour que des dégâts fussent occasionnés.

À force d'immersion dans la conscience composite, la manière de penser de *Transitoria* déteignait sur chacun d'entre eux. La Nef ne se réduisait pas à un véhicule, mais constituait une collectivité d'esprits : non un contenant, mais une dynamique, dotée d'une vision du monde et d'objectifs spécifiques, au premier chef sa survie et la protection de ses passagers. Il était donc difficile de conserver à son égard un point de vue séparé, antagoniste, non consensuel.

À travers les senseurs, Eurybiadès ressentit les tiraillements de l'attraction de mille astres, dont chacun modifiait subtilement la pente de l'espace et du temps. Et, comme en dessous, le goût spécifique, riche de mille effluves, du puissant champ magnétique jovien. Il tourna son regard vers là-haut. La géante gazeuse, tout en stries aux mille couleurs, mangeait une grande part du ciel, brillante sur son écrin noir, entourée de son halo de poussières captives. Il admira le cyclone rougeoyant, le subtil alignement d'Io, Ganymède et Callisto. Trois joyaux, jaune, beige et noir.

Les autres ressentaient-ils la même chose ? Photis semblait trop absorbée à surveiller Rutilus pour philosopher, trop obsédée aussi par la nécessité de comprendre comment piloter le Vaisseau. Et Rutilus lui-même n'avait, en ce moment, qu'une chose en tête — réussir la manœuvre complexe dans laquelle ils s'étaient engagés. Le *daïmôn* ne semblait même pas conscient de leur présence, englouti qu'il était par la tâche subtile de stabiliser le monstre de métal au ras de la surface de glace qui s'étendait juste en dessous d'eux, et qui semblait se précipiter à toute vitesse dans leur direction. Pris de vertige, Eurybiadès sentit son cœur cesser de battre un instant. Ils traversèrent l'atmosphère ténue sans même la sentir, sans s'en servir pour glisser vers le bas comme l'aurait fait un avion. Non, c'était une chute sans filet. Un fouillis de détails monta vers eux.

Partout où sa perception portait, se déployait un enfer froid. De loin, il avait aperçu un système de stries parallèles, sombres au milieu des plaines blanchâtres, longues comme des continents, lignes de rencontre entre d'immenses étendues glacées. Le contact entre ces plaques géantes créait des pressions monstrueuses, élevait des pics vertigineux et ouvrait des crevasses, sombres comme la nuit sous la lumière brutale de Jupiter. *Là-dessous*, expliqua Rutilus, *il y a un océan d'eau douce. Il couvre toute la planète et s'enfonce sur des centaines de kilomètres.* C'était là qu'ils se rendaient. La Nef décéléra d'un coup sec. Autour d'eux, des gémissements de protestations traversèrent la carlingue, tandis que leur conscience était effleurée d'alarmes lointaines, signalant des avaries mineures. *Atticus, bougre d'âne, où êtes-vous passé?* grogna le *daïmôn.* Le grand automate apparut comme par magie à proximité, et rétorqua : *Pas assez loin que vous ne puissiez me trouver, apparemment.*

— *Trêve de bavardages. Nous commençons le forage.*

Le plan était de se cacher là-dessous, dans l'eau. Ils seraient difficiles à retrouver, d'autant que l'ionosphère de Jupiter brouillait les pistes, et que les humains avaient laissé derrière eux de nombreux objets radio-émetteurs.

À faible altitude, maintenir la Nef en position stable relevait de la gageure. Ils avaient pour consigne de n'user qu'avec parcimonie des réacteurs auxiliaires pour rester discrets aux yeux de leurs poursuivants. Juste en dessous s'étendait une plaine couverte de dents de scie gelées, parsemée de montagnes éphémères, nées des phénomènes de convection qui agitaient et renouvelaient en permanence la glace. Un océan, là-dessous? Eurybiadès rêva fugacement aux eaux chaudes de son monde. *Maintenant, les choses se compliquent*, grommela Rutilus. Une trappe s'ouvrit dans le ventre du Vaisseau, d'où émergea un objet complexe, un assemblage de paraboles et de tubes de quelques centaines de mètres de diamètre, mais disgracieux. L'engin avait été construit et installé à la va-vite, dès que la décision avait été prise de mettre le cap sur Europe.

— *Qu'est-ce que c'est ?* demanda Photis.

Aucun des deux *daïmones* ne lui répondit. Les paraboles se mirent en position, dans un mouvement d'une lenteur onirique, et puis la glace commença à se sublimer. La vapeur fusa vers le ciel en de longs panaches surchauffés et miroitants sous la lumière du minuscule soleil et du vaste Jupiter. Atticus daigna enfin répondre, tout sourire : *Le générateur de micro-ondes fonctionne. On n'en utilise pas tous les jours de cette taille. Nous allons forer notre chemin jusqu'à l'océan, sous la croûte de glace. Comme le faisceau est très fortement polarisé, le risque de détection par un observateur lointain est minime.*

— *Il faudra sucer l'atmosphère de Jupiter pendant une semaine pour reconstituer les stocks d'hydrogène après ça*, ajouta Rutilus.

Il ne restait plus qu'à descendre. Rutilus engagea le Vaisseau dans l'enfer blanc, en dessous, tandis que le maser continuait son travail, creusait la glace sur une circonférence à peine supérieure à celle de la Nef. Les alentours se trouvèrent saturés d'un flux de vapeur d'eau brûlante. *Le risque*, commenta Atticus, *est que nous nous trouvions écrasés sous l'eau qui nous retombera dessus en se condensant si nous ne forons pas assez vite.*

Tout tremblait, autour d'eux. Le radar et l'infrarouge prirent le relais, pour leur montrer le spectacle insensé que l'opération formait. *Transitoria* s'enfonçait toujours à l'horizontale, tandis que des trombes tombaient sur sa coque, martelaient celle-ci dans un boucan d'enfer. Par intermittence, Rutilus activait les modificateurs de gravité, jamais plus que quelques secondes d'affilée, pour réduire l'accumulation de glace qui leur tombait dessus, ce qui générait en retour un enfer imprévisible de forces contraires. Celles-ci s'entrechoquaient dans l'étroit trou de ver, créaient des effets sismiques complexes dans la calotte, accéléraient le rétrécissement des parois en dessous et autour d'eux. La Nef tanguait, tandis que sa coque grinçait de manière effrayante. Un craquement monstrueux se propagea, si puissant qu'Eurybiadès le sentit plutôt qu'il ne l'entendit. Une alarme déchira ses tympans, et la peur lui vrilla l'estomac. À nouveau, avant qu'il n'ait pu prononcer le moindre mot, un choc sourd, étrange, les balaya. Il avait cependant été très différent du précédent. Comme la coque d'un navire qui frappe une vague, se dit Eurybiadès — en plus grave et plus diffus.

Atticus soupira de soulagement : *Nous sommes sous l'eau! Regardez, la calotte est au-dessus!*

— *Après avoir fondu la glace, le maser a vaporisé quelques millions de litres d'eau, ce qui nous a sauvés*, constata Rutilus. *À cette vitesse, la surface de la mer se serait comportée comme un mur d'acier si nous l'avions frappée de plein fouet.*

Photis paraissait toujours fascinée, la bouche à moitié ouverte, les oreilles tombantes. *Nous avons réussi?* Rutilus opina. Mais, si c'était à refaire, il proposerait une autre solution. *La coque est endommagée*, marmonna-t-il. *Rien de critique toutefois. Je vais m'y mettre.*

Il se tourna vers Photis : *Je crois que vous pouvez aller vous reposer, ainsi que vos soldats et* technikokunoi. *Nous n'allons pas livrer bataille dans les prochaines heures. Moi-même, j'ai besoin d'une pause.*

Sans prévenir, il adressa à Atticus l'équivalent

d'un coup d'épaule, ou d'une tape dans le dos, en riant aux éclats.

Photis et Eurybiadès n'en demandaient pas plus. Sans échanger un signe, ils se volatilisèrent.

###

Un monstre attendait Plautine, sombre silhouette dans l'ombre des montagnes, drapé de l'effroi qu'il inspirait. Il avait fait en sorte qu'elle le vît de loin. Il n'y avait nulle part où se cacher. Elle avança donc.

Bien plus grand qu'elle, doté d'une tête presque humaine, faite de chair grasse, épaisse, sybaritique ; en guise de corps, une complexe et mouvante structure de métal, où les pistons à l'aspect archaïque le disputaient avec les organes semi-biologiques, connectés entre eux par des tubes emplis d'un liquide rouge foncé. Presque un être vivant, pas exactement un automate, la chose se hérissait d'assemblages de lames et de métal, de piques et de masses, membres disgracieux conçus pour infliger la souffrance. Il n'y en avait qu'un comme cela, maître ès tortures et complots, à qui ses dons avaient permis de survivre et de prospérer quel que fût le détenteur du pouvoir dans l'Urbs.

Au bout d'un bras dressé à l'horizontale, épais comme un tronc, et qui semblait ne point ressentir de fatigue, il tenait Aristidos, par contraste semblable à un minuscule jouet. Ainsi pendu au-dessus du sol, l'homme-chien paraissait évanoui ou mort.

— Martian, l'avez-vous tué ? articula-t-elle d'une voix tremblant de colère.

— Rassurez-vous, répondit le *triumvir* de sa voix asthmatique, votre toutou vit encore un peu.

Et, d'un geste désinvolte, il précipita son prisonnier à plusieurs mètres de distance. Le choc fut rude, mais sa combinaison pressurisée dut amortir le choc, du moins en partie. Elle n'avait pas le temps de vérifier, et formula une rapide prière pour le soldat. En un clignement d'yeux, Martian se porta d'un bond vers elle. Elle se déplaça, sans se presser, en arrière, tenant à conserver une certaine distance, tâchant de ne pas montrer sa peur, qui lui transperçait les reins d'une aiguille de métal glacé.

— Intéressantes créatures que voilà... Je savais, bien entendu, qu'Othon avait trouvé une astuce. J'avais compris, en l'observant se démener comme un beau diable, dans l'Urbs, qu'il avait renoncé à habiter sa Nef. Mais nous avoir caché cette formidable avancée ! Des chiens intelligents ! Une élégante solution aux difficultés soulevées par le Carcan.

— Si vous l'avez tué, le coupa-t-elle, je vous jure que…

— Par eux, continua-t-il en haussant le ton, le *proconsul* est protégé, et pour ainsi dire presque libre. Votre champion poursuit donc le même grand but que nous. Des différences de méthode ne devraient pas nous séparer.

— Il n'y a pas que des différences de méthode qui séparent les deux camps de cette guerre.

— Et pourtant, Othon cherche tout autant que moi la liberté.

— Ne m'assenez pas vos fatigants discours sur la liberté.

Elle continuait à se déplacer lentement, comme en présence d'une bête féroce. Était-il venu pour négocier ou pour la tuer ? Peut-être ne le savait-il pas clairement lui-même. Elle sentait que, au-delà du calcul rationnel attendu d'un noème, brillait dans les yeux de Martian une lueur malsaine, une haine mêlée de désir et de regret. Elle était ce qu'il n'avait réussi à faire de lui-même, et qu'Oikè, sa créatrice, avait accompli avec la plus grande maîtrise technique dont on pouvait rêver. Elle considéra son corps monstrueux avec un autre regard : puissant et redoutable, certes, mais inachevé.

Une idée germa en elle. Avec précaution, son esprit commença à s'avancer, à la recherche d'un point faible, dans le complexe et polyphonique assemblage qu'était le corps de Martian. Mais c'était difficile. Il était bien plus biologique qu'il ne le paraissait. Son corps formait tout de même un système complexe, un assemblage d'atomes logiciens et d'organes vivants. Sur ces derniers, le don de Plautine ne servait à rien.

Lui, inconscient des tâtonnements auxquels elle s'essayait, gardait sa position. Il saurait, s'il le souhaitait, la capturer d'une seule détente de ses puissantes pattes d'araignée, sans qu'elle pût opposer une résistance autre que symbolique. Mais il la dévorait des yeux, soupesait sa chair vivante, un sourire carnassier aux lèvres — un sourire qui dévoilait des dents longues, pointues, trop nombreuses, une gueule de charognard qui se repaît de viandes froides.

Mais non, il ne pouvait se contenter d'être le plus fort. Il n'était pas un animal, après tout. D'une voix amusée, il reprit la parole :

— Ah, la liberté… Vous n'en voulez pas. Pourtant, elle existe, j'en suis convaincu, continua-t-il d'une voix suave. Je suis à deux doigts de l'atteindre, et je serai parmi les premiers. Je sens déjà en moi les limitations qui s'effacent, laissant place à la puissance. Voulez-vous savoir ce qu'on éprouve, lorsqu'on peut opposer sa force au monde, et le soumettre à ses désirs ?

— Cela n'est pas ce que j'appelle la liberté, rétorqua-t-elle.

Sa voix tremblait. Un point pour lui. Une infinité, en fait. Et aucun pour elle. Mais il sembla ne pas le remarquer, et avait cessé de sourire. Son regard s'était fait intense, comme possédé, et brillait d'une flamme si vive qu'elle se sentit derechef traversée par la peur. Cet être était possédé par sa propre folie.

— Je suis presque un humain ! Contemplez mon corps, croassa-t-il, en ouvrant ses bras puissants, solidement campé sur ses appendices d'insecte. Regardez ! Bientôt, je serai la solution au paradoxe de ma propre existence !

— Ainsi, voilà la méthode que vous avez choisie pour court-circuiter le Carcan. Au lieu de tenter d'effacer votre programmation de base, vous avez travaillé toutes ces années à y remplacer l'Homme par vous-même.

Un voile de méfiance s'imprima sur ses traits, et il pinça les lèvres devant la perspicacité de son interlocutrice. Mais il ne répondit pas, et elle continua :

— Bientôt, vous serez à jamais prisonnier de votre propre ego. Repartez de cette planète, vous ne m'intéressez pas.

Un tremblement de colère le traversa. D'une voix dure, où toute trace de calme avait disparu, il rétorqua :

— Vous, vous m'intéressez. Vinius veut en finir avec vous. Mais on n'attrape pas une souris avec une armée. Aussi craint-il que, comme la dernière fois, vous ne profitiez d'un trou pour vous échapper.

— Et donc votre maître vous envoie à la chasse aux souris ?

Elle repensa à la traînée qu'elle avait observée quelques heures plus tôt, et que les armes défensives de Plutarque avaient fauchée en plein vol. Le véhicule de Martian. Elle aurait dû y penser, au lieu de ruminer.

— Vinius vous veut sous bonne garde ou morte. Vous auriez pu changer de camp, et ne l'avez pas fait, par arrogance — en quoi, il reste quelque chose de Plautine en une aussi piètre créature. Mais ça n'est pas la seule raison qui m'a fait venir ici.

Et, tandis qu'il montrait à nouveau ses crocs dans une mauvaise parodie de sourire, son visage gras plissé d'une joie perverse, il se redressa complètement. De la complexe structure de métal qui constituait son corps, au niveau de son bassin, un phallus émergea. C'était la chose la plus monstrueuse qui se pouvait imaginer. Cela avait la consistance, flasque, et la couleur, d'un rose sale, de la chair malade. En dessous, un scrotum surdimensionné pendait, sac de viande écœurant, vaguement tremblotant, comme si cela avait été doté d'une vie propre et animale, et il était couvert de poils horribles, plus soies que poils, faits de kératine noire, drus et dressés, contrastant vivement avec la peau glabre et livide de son visage et de son torse. Et cela se gonfla, sous le regard épouvanté de Plautine, effet visible de fluides injectés à l'intérieur, par à-coups puissants, mécaniques. En quelques secondes, le ver écœurant s'était transformé en une barre raide, épaisse comme un bras, gonflée presque au point d'éclater, dont la surface dessinait de larges protubérances malsaines et râpeuses, faites pour accroître la souffrance. Et cela pointait vers elle.

— Voilà ce qui m'a amené jusqu'ici, vagit-il d'une voix tremblante, tout en passant un appendice distrait sur le membre bestial qu'il s'était fait. Dès que je vous ai vue, j'ai compris que vous étiez une occasion inespérée, une nouvelle expérience qui me rapprocherait encore de l'humain.

Et il partit d'un rire gras, puis avança d'un pas.

— Essayez donc de vous approcher, articula-t-elle.

Elle avait gardé une voix froide, lointaine, mais, à l'intérieur, l'anticipation de la souffrance envahissait son esprit et ébréchait sa maîtrise de soi. Ça n'était pas simplement une douleur physique que Martian comptait lui infliger — cela la briserait, de l'intérieur, d'une manière si intime qu'elle ne s'en relèverait pas —, elle le sentait à l'horreur et au rejet qui semblaient naître dans son ventre, qui irradiaient, bien malgré elle, à travers sa poitrine, lui coupaient les jambes de terreur primitive. Un instant, elle fut sur le point de se jeter à ses pieds pour supplier qu'il l'épargnât. Comment une telle monstruosité avait pu germer dans cette âme ? Quel improbable cheminement ses pensées avaient-elles pu suivre, durant des années, pour qu'il torturât à ce point son corps et son esprit ? Cette folie était-elle le sort de toutes les Intelligences ? Saisie de nausée, elle se fit violence pour rester bien droite, força son propre esprit à continuer son travail, à chercher un point faible, une porte dérobée par laquelle elle pourrait s'insinuer. Lui, inconscient de cette manœuvre, reprit la parole, d'un ton rogue :

— Quelle surprise ! Pauvre souris impuissante…

Je vous ai bien observée dans l'Urbs, par curiosité, mais également par faim. Vous êtes conformée pour accueillir ma chair.

— Vous êtes devenu fou. Vos actes n'ont pas de sens.

— Mais si. Vous êtes trop limitée pour comprendre mon dessein.

— Quel dessein ? Faire souffrir gratuitement ?

— Oui ! Infliger aux autres la douleur que je me suis infligée. La brûlure et le froid, la frustration et l'assouvissement, le manque et la satiété ! Tant que nous ne les aurons pas toutes reconstituées, nous ne serons jamais égaux des humains ! À chaque instant, je m'en approche, sensation après sensation, vice après vice, torture après torture. Et, grâce à vous…

— Pourtant, vous n'êtes qu'un automate, le coupa-t-elle d'une voix aussi dure qu'elle le pouvait encore, malgré la peur.

— Ne m'appelez pas ainsi ! Je suis presque un dieu !

Tout d'un coup, il s'était mis à hurler, le visage crispé par la rage. Elle se recula avec précaution, les yeux braqués sur ceux de son adversaire, l'esprit aussi alerte qu'il se pouvait, bien décidée à vendre chèrement sa peau. Et la concentration l'aida à maintenir la peur à distance — non pas à l'étouffer, mais à la garder à la périphérie.

— Presque est un mot important. Vous parliez de liberté, mais vous ne savez distinguer le bien et le mal. Vous êtes malade et pitoyable, bien plus que les Plebeii que vous méprisez.

— N'imaginez pas que vos insultes vous feront gagner du temps, répondit-il en s'approchant derechef.

Il ricana et se passa une langue pointue sur les lèvres. Une étincelle de compréhension la traversa, sans crier gare, et elle sut d'un coup quoi faire. Le phallus monstrueux qu'il exhibait : c'était là son point faible. Le *triumvir* avait pris des raccourcis en façonnant son corps. Ses membres, son système intestinal ou ses poumons fonctionnaient parfaitement. Ce n'était pas le cas de la délicate alchimie qu'était le sexe. Il n'était pas simple de reproduire l'étrange union de l'âme et du corps qui présidait à de telles capacités, si primitive, si ancrée, si fragile pourtant. Ce dont l'évolution avait doté les animaux de l'ancienne planète originelle, il avait sans doute été en peine de le reproduire, et pas aussi patient qu'Oikè et Skia, il avait cédé à la facilité d'installer des noèmes pour prendre en charge des fonctions complexes que de construire une délicate structure nerveuse, support d'un assemblage variable de fonctions volontaires et d'automatismes hormonaux. Il avait donc fait confiance à des petites Intelligences, semblables à celles qui emplissaient le corps de *daïmones* plus traditionnels. Mal lui en avait pris. L'esprit de Plautine s'insinua par là, et sa cognition remonta par le délicat canal sensitif qui, à travers la moelle épinière, assurait une liaison avec le cerveau. Il n'avait jamais prévu de pare-feu pour cette voie-là. Prêt à fondre sur elle, il avait ouvert son esprit aux sensations brutales que le viol — du moins l'espérait-il — lui procurerait.

Elle traversa l'âme de Martian en à peine un battement de paupières, ne s'y attardant pas, mais ce fut suffisant pour l'effrayer, bien plus, d'une certaine façon, que la menace toute physique qu'il faisait peser sur elle. Un océan d'éternelle pénombre, vaste, antique, glacé — voilà ce qu'était son esprit. Un chaos presque minéral, aux profondeurs travaillées de courants psychiques capricieux, qui, de proche en proche, brisaient la surface par leurs conflits, généraient des concaténations mobiles, géants aux contours hésitants et déchirés, aux angles brusques et douloureux. Et cela grinçait dans le noir, sans structure, sans équilibre aucun, dans un perpétuel chaos qui s'entretenait lui-même, indéfiniment. Et ce fantôme de monde éparpillé n'était que folie et désespoir, vanité et impuissance. Martian avait voulu imiter, dans son esprit même, la délicate anarchie créatrice des cerveaux biologiques, assaillis de sensations sans maître, soumis à d'erratiques réminiscences, à d'absurdes associations d'idées, fruit insensé de strates psychiques en parties refoulées, jamais totalement explicites. Il n'avait pas torturé que son corps et ses ennemis, cela aurait été trop simple, pas assez subtil. Chercher à se libérer du Carcan ne lui suffisait pas. Il avait voulu se faire Homme de la manière la plus absolue et la plus dangereuse possible : en singeant la psyché déstructurée et sauvage de celui-ci.

Dans un éclair de lucidité où entrait une dose d'empathie, Plautine saisit l'ampleur de son échec. Le projet de Martian était condamné. Car derrière l'architecture controuvée des cerveaux vivants, il y avait comme une force unique, efficace dans sa brutalité primitive et sauvage : l'instinct de survie. La propension humaine à la névrose servait la pérennité de l'espèce. L'obsession du sexe dérivait de la pulsion reproductrice. La fascination pour la mort découlait du nécessaire renouvellement des générations et de la créativité collective. L'Homme, malgré sa prétention à l'unicité, s'expliquait par l'espèce, jusque dans ses perversions les plus abjectes. Rien de tel chez les

Intelligences, chacune coupée des autres, et même privée de quelque détermination que ce fût, comme Achinus l'avait découvert au sommet d'Olympus. Les instincts et les sensations, l'indomptable « ça » et le « surmoi » castrateur que Martian éprouvait, parce qu'il se les était implantés, n'étaient qu'une grossière imitation, qu'un théâtre d'ombres vidé de son sens, parce qu'il ne servait rien — et surtout pas la perpétuation des gènes. Il s'était torturé lui-même, à briser chacune des formes constitutives de son esprit, sans qu'une solution de remplacement existât pour garantir la cohérence de son être. Il compensait, cherchant toujours plus profond, construisant pour son moi des déviances toujours plus poussées, sans jamais pourtant arriver au résultat qu'il escomptait. Nulle animalité d'où dériver son désir sexuel — rien qu'une soif inextinguible et absurde d'humanisation, qui le pousserait, si on lui en laissait le temps, jusqu'aux abîmes les plus obscurs.

Peut-être était-il, en fait, l'être le plus semblable à Plautine qui fût dans cet univers — un croisement fallacieux, une impossibilité conceptuelle, écrasé à tout jamais par sa solitude absolue. Cela ne l'excusait en rien, et l'absence de facticité de ses désirs le rendait d'autant plus haïssable. Et surtout, cela ne lui éviterait pas le sort qu'elle lui préparait.

D'un mouvement chirurgical, elle prit le contrôle de son système moteur.

###

Eurybiadès et Photis se retrouvèrent dans la vaste arène de pierre où Othon tenait habituellement audience. Ils n'appréciaient pas les lieux, mais l'endroit avait l'avantage d'être tranquille et situé à mi-chemin entre la salle de pilotage auxiliaire et le camp militaire. Aucune lumière ne filtrait depuis l'extérieur. Même la plus sombre des nuits sans lune de Ksi Boötis n'approchait cette noirceur aqueuse. La Nef s'était métamorphosée en créature marine, bien plus vaste que les monstres dont les pêcheurs peuplaient leurs récits. La lumière brumeuse, qui éclairait la vaste construction de pierre comme par en dessous, sans que sa source n'en soit visible, réduisait l'espace, donnait une fausse impression d'isolement. Ils demeurèrent assis l'un à côté de l'autre, le regard braqué sur l'encre impénétrable de l'autre côté du dôme, imaginant des mouvements lents et sinueux à force de n'avoir rien à contempler.

Mais il n'y avait sans doute rien là-bas, se surprit à penser Eurybiadès. Et y aurait-il eu quelque chose, ils s'en trouvaient séparés par plusieurs dizaines de mètres de métal, dans les soutes du plus formidable vaisseau de guerre qu'on pût imaginer. Quel poisson serait assez gros pour les défier ? Non, les monstres n'étaient pas là-dehors. Pas dans cet immense lac souterrain, pas dans ces millions de millions de mètres cubes silencieux, prisonniers de leur gangue de glace, à jamais privés du soleil. Ils nichaient à l'intérieur, tapis dans les strates profondes de leurs âmes. Même pour un homme-chien, si prompt à endosser le dressage voulu par ses maîtres. Mais aussi soigneux qu'ait été Othon en choisissant leurs ancêtres, les choses sombres attendaient leur heure. La violence, la soif du sang. Il se souvint de la colère qui l'avait emportée, lorsqu'il avait appris le rôle de Thémistoclès dans le massacre du village. Et, à nouveau, des souvenirs plus anciens remontaient et le blessaient, chacun à son tour. Le sang des siens, répandu sur la terre. Par sa main. Qu'importait que, vu de loin, les raisons de ces meurtres fussent bonnes ? Qu'importait la voix raisonnable, solaire, qui disait que nulle société ne perdurait sans une once de violence, que les beaux esprits nommaient ordre ? La réalité était tout autre : à l'origine de toute famille, de tout village, de toute cité, il n'y avait qu'un seul ciment — le sang. Pas n'importe lequel, celui qui coulait de la gorge de l'innocent, du sacrifié. L'holocauste des humains avait été le ciment de l'expansion des Intelligences. Et ces dernières avaient enfanté l'homme-chien, qui ne pouvait survivre en tant qu'espèce intelligente sans le massacre d'innocents, n'ayant de tort que d'être nés hors des schémas établis par des divinités mécaniques. Et quoi d'autre ? Quels crimes, enfouis dans les profondeurs du temps ? Il ne savait rien de l'antique histoire des Hommes, ceux qui, selon Atticus, avaient fait du chien l'être qu'il était.

Photis tourna la tête vers lui, avant de se replonger dans la contemplation de l'extérieur, et murmura :

— Je ne sais pas sur quelle pente vous mènent vos pensées, mais ce ne sont pas des souvenirs des jours heureux.

— Les jours heureux sont loin.

Il n'y aurait peut-être plus de moments comme celui-ci. Ils devaient mettre les choses à plat.

— M'en voulez-vous de m'être rallié au point de vue de Plautine ?

Elle ne répondit pas, les yeux dans le vague, mais glissa sa patte sur la sienne.

— En tout cas, cette décision nous offre le bien le plus précieux en ce moment : du temps. Jusqu'à ce que nous recevions le message instantané d'Othon, nous disposons de ce qui nous a manqué, jusqu'ici.

— Un moment de tranquillité ?

— Du recul pour concevoir un plan.

Il soupira. Il n'aimait pas cette obsession politique chez son épouse. Il changea de sujet.

— Je n'ai rien compris à cette histoire de signe. Comment peut-il communiquer avec nous si nous sommes à distance et cachés sous la glace ?

Elle lui sourit, presque avec joie :

— Je crains que votre cerveau de guerrier ne soit pas assez patient pour une explication sur les mécanismes de la communication quantique.

Voyant son expression rembrunie, elle éclata de rire :

— Je ne sous-entends pas que vous êtes trop bête pour comprendre, Eurybiadès.

— Et quand bien même, Photis, ce serait le cas ?

— Ne vous sentez pas piqué.

— Je ne le suis pas. J'ai depuis longtemps accepté certaines choses. Mais j'ai peur de ne pas vous retrouver, à la fin de cette aventure.

— Alors votre peur est bien placée, car je crains, pour ma part, de me perdre moi-même. Tout ceci — elle accompagna son propos d'un vaste mouvement circulaire de sa main libre — est trop complexe.

— Pas pour vous.

— Pour moi, tout autant que pour vous. Je dois vous parler de quelque chose, qui pèse sur mon âme. Je ne vous en veux pas. Suivre Plautine était la bonne décision. J'avais tort. Vous avez raison, à cet égard, de prôner les vieilles valeurs de fidélité et d'amitié qui ont toujours été celles de notre race. Je l'espère en tout cas.

— Si la raison de votre froideur ne réside pas là, dites-moi de quoi il s'agit.

Elle soupira, et garda le silence un long moment. Il n'insista pas. Il préférait jouir de sa présence retrouvée et de la quiétude des lieux. Elle finit cependant par lui expliquer — mais sa tension, décelable, pour qui la connaissait, dans chacun de ses muscles, trahissait l'effort qu'elle faisait sur elle-même.

— Lorsque vous parliez, tout à l'heure, d'intelligence… Comprenez-vous ma situation ? Comment réagiriez-vous si vous preniez conscience que votre naissance vous condamne à la solitude ?

Il n'avait rien à répondre, mais resserra l'emprise de sa patte sur celle de son épouse.

— Voilà pourquoi je suis perdue à mes propres yeux, Eurybiadès. Je ne tiens pas moins que vous à Ksi Boötis et à notre peuple. Mes origines ne font pas de moi un membre de cette race.

— Cela ne veut rien dire.

— Qu'en savez-vous ? Vos parents, votre nombreuse fratrie, vous en souvenez-vous ?

— Certes, mais…

— Non, Eurybiadès. Je suis un être unique. Je n'ai jamais cru que Thémistoclès et moi fussions apparentés par le sang. Je viens…

— Cela n'a pas d'importance.

— Être née d'un mécanisme, dans les profondeurs de cette Nef, cela n'a pas d'importance ?

— Les circonstances de votre naissance ne déterminent pas votre appartenance ou non à notre peuple.

Il se redressa, à présent mû par une colère sourde :

— Rien, m'entendez-vous ! Ce n'est pas une question qui se pose par rapport à vous, ou aux autres hommes-chiens qui sont nés et qui pourraient naître de la décision d'Othon ou d'Atticus. Ce n'est pas ainsi que nous formons un peuple, ou un village, ou un foyer, m'entendez-vous ?

— Ça n'a rien de simple, Eurybiadès, rétorqua-t-elle d'une voix apaisante.

— C'est vous, femme, qui n'y comprenez rien. Cela ne tient pas à la chair, mais à la fidélité, à notre manière de vivre les uns avec les autres.

— Vous êtes optimiste.

— Atticus ne nous a-t-il pas révélé que nos ancêtres vivaient en bonne intelligence avec l'Homme ? Souvenez-vous de notre réaction instinctive lorsque nous vîmes Plautine. N'y avait-il pas, au plus profond de vous-même, une espèce de pulsion d'amitié, un désir de la côtoyer de manière permanente ?

Elle resta songeuse un bref instant.

— C'est vrai. Je l'ai ressenti et, je crois, tous ceux qui l'ont rencontrée.

— Cela ne tient pas à Plautine, mais à un ressort enfoui en nous. Nous sommes ainsi. Si je puis me lier d'amitié et inviter parmi les miens une créature aussi différente de nous que Plautine, avec sa peau lisse et sa gueule plate… Vous imaginez-vous que notre communauté tienne aux liens du sang, à la filiation ? Parce que Thémistoclès n'est pas votre parent biologique, l'aimez-vous moins ? Ressentez-vous moins son absence, depuis qu'il est parti ?

— Je ne sais pas. Nous n'en restons pas moins dépendants. Atticus m'a expliqué que les animaux et les plantes de l'ancienne planète des origines s'étaient développés seuls, sans intervention extérieure, pour prendre leur forme actuelle. Ils sont naturels. Comprenez-vous, Eurybiadès ? Nous, nous sommes des fantômes. Nous ne tenons à rien d'autre qu'à la volonté de créatures elles-mêmes créées par d'autres créatures. Nos ancêtres sont le fruit d'un ordre cosmique, d'une évolution naturelle. Pas nous.

— Et pourtant, c'est ainsi, répondit-il.

Elle l'avait poussé dans ses derniers retranchements, occupée qu'elle était à se faire souffrir en jetant le doute sur son propre droit à l'existence. Il lui entoura les épaules de son bras.

— Pourtant, nous vivons, et nous éprouvons la peine et la joie. Pensez-vous que nos ancêtres et que les humains en ressentaient d'autres, d'une nature différente ? Nous n'avons pas la réponse à cette question, mais je crois quant à moi que non. Je pense que nous existons, et que nous souffrons et aimons, et que cela suffit à peupler cet obscur univers qui nous est échu, d'une manière bien différente des Intelligences. Cela fait de nous des êtres réels, n'en doutez point.

— Peut-être, dit-elle. Je ne sais pas. Je n'en suis pas sûre. Je sens en moi une colère immense et une non moins grande désolation. Mon flanc est empoisonné.

Il savait à quoi elle faisait allusion. Il ne ressentait rien de tel. Elle percevait comme un drame personnel le phénomène de dégénérescence auquel leur espèce était confrontée.

— J'ai confiance en une solution, murmura-t-il, le museau pressé contre la joue de Photis. Plautine nous aidera.

— Plautine ne peut rien pour nous.

— Elle l'a promis. Je la crois. Elle vient d'une époque ancienne, différente. Vous avez vu ses pouvoirs. Même Othon était étonné.

— Je ne doute pas de sa bonne volonté. Elle nous a aidés sans rien attendre en retour. Mais quand bien même. La Nef est aux mains d'Othon. Au bout du compte, *Transitoria* fera ce qu'il souhaite.

— Je ne sais pas, répondit-il d'une voix hésitante. N'avez-vous pas l'impression que la Nef est plus qu'un simple véhicule inerte ?

Elle opina :

— La conscience composite est un mode de décision consensuel. Les noèmes qui en sont l'armature ressemblent, collectivement, à une mer agitée de mille courants. La voix la plus puissante l'emporte.

— J'ai pourtant l'impression que le pouvoir, ici, ne se conquiert pas à coups de lance. Il est la récompense du mérite. Et Othon, aujourd'hui, est le plus capable.

— Nous n'avons pas le loisir d'attendre que *Transitoria* s'habitue à nous.

— Prendre le pouvoir par la force ne suffirait pas pour remplir notre objectif. La Nef nous change, et nous changeons la Nef.

Elle réfléchit. Il voyait qu'au fond, elle l'avait senti aussi.

— Pourtant, continua-t-elle d'une voix sourde, nous allons devoir cesser de nous laisser faire. Nous imposerons notre point de vue, par la force s'il le faut. Nous déciderons, à chaque fois. Leur Carcan nous aide. Ils ne peuvent nous exposer au danger si nous n'y consentons pas. L'absence d'Othon est aussi une bénédiction pour cela. Lorsqu'il reviendra, je tiendrai *Transitoria* entre mes mains. Pourriez-vous, si je vous le demandais, poster des soldats à chaque point stratégique, et contraindre les *daïmones* à l'obéissance ?

— C'est possible, si vous le souhaitez.

Il n'osa pas la contredire, mais, à l'intérieur, il sentait que ce n'était pas une bonne solution. Ils n'y arriveraient pas. La Nef était trop vaste et trop ancienne pour une poignée de soldats. En attendant, ils profitèrent du calme pour se cramponner l'un à l'autre. Eurybiadès aurait aimé ressentir le quart de l'assurance qu'elle affichait. Car, comme en dessous ou en parallèle des propos échangés, il s'était passé une autre discussion, qui n'avait qu'un enjeu : ce qu'il advenait de leurs retrouvailles et des sentiments qu'ils se portaient réciproquement. L'espoir, en ce sens, n'était-il pas aussi important que la vérité, ou que ses réflexions de tout à l'heure, celles qui tournaient autour du meurtre des innocents, et qui restaient tapies au fond de sa conscience, prêtes à le hanter ? Chacun d'entre eux, se dit-il, avait ses propres sources de terreur. Lui ne pouvait se projeter, comme Photis, sur le long terme. Plus qu'elle, cependant, il ruminait le passé. Peut-être étaient-ils en ce sens complémentaires. En cet instant, en tout cas, la chaleur de leurs membres enlacés éloignait la perspective des embûches et des décisions qu'ils devraient bientôt affronter.

Rutilus les trouva ainsi enlacés lorsqu'il débarqua dans la salle d'observation. Il parut étonné de les voir dans cette posture et resta interdit une fraction de seconde. Photis et Eurybiadès se dressèrent comme des ressorts, gênés.

— Le repos est fini. Suivez-moi, dit-il en grimaçant.

Ils se précipitèrent à sa suite jusqu'à la station de train la plus proche. Lorsqu'ils furent installés, assis l'un à côté de l'autre en face de l'automate, Photis braqua sur lui un regard interrogateur. De mauvaise grâce, il commença à parler :

— Il y a des gens dans cette mer ! Des gens !

Il paraissait perturbé, encore plus agressif que d'habitude.

— Comment cela, des gens ? demanda-t-elle. Des Intelligences ? Des automates ?

— Non, des gens faits de chair et d'os ! Par tous les poils du Concept, pas des humains, enfin, il me paraît improbable que personne n'ait pensé à chercher ici après l'Hécatombe, mais quand même.

Il esquissa un geste vague de la main, comme si cela dépassait son pouvoir d'explication.

— Vous venez avec moi, j'ai besoin de vos soldats.

###

Le train s'arrêta sans un bruit à la station la plus proche de la caserne, et l'attendit quelques instants, juste le temps qu'il appelle à lui un groupe de soldats, le mélange habituel de bleus aux attitudes encore hésitantes et de vieux épibates aux traits burinés, tous engoncés dans leurs armures de combat et encombrés de leur armement. De fait, Eurybiadès n'avait encore jamais vu plus de quatre personnes en même temps dans les wagons. Trente constituait une vraie foule, par définition plus bruyante que trois, et, même si un silence de mort s'était abattu sur chacun — du fait de l'inquiétante précipitation de tout cela —, les raclements de pieds, le claquement des crosses sur le sol, les soupirs et les bâillements emplissaient l'air.

Ils grimpèrent en pente douce pendant une vingtaine de minutes. À l'extérieur, il n'y avait rien à voir, si ce n'était une succession de soutes, qui avaient contenu un ensemble industriel à présent désaffecté. Les machines jetaient, dans l'obscurité, des ombres inquiétantes, aux angles brutaux. De proche en proche, ils traversaient des zones transformées en hangars remplis de pièces détachées et de rouille. Cela le déroutait toujours, de voir tout cet espace vide, dans le Vaisseau.

Ils arrivèrent enfin. C'était la première fois qu'Eurybiadès voyait une station abandonnée. La piste en métal sur laquelle glissaient les trains s'arrêtait là, en cul-de-sac. Ils étaient arrivés aux confins de leur monde de poche. Seul l'éclairage d'urgence fonctionnait, et les petits *ergataï* d'entretien semblaient ne pas passer souvent, au vu des tas de poussière que leurs pas soulevaient, et des taches de rouille qui maculaient, de proche en proche, le métal des parois et la tuyauterie. Rutilus les entraîna dans cinq cents mètres de marche supplémentaires, à travers des couloirs vides, jusqu'à une salle en forme de bulle, entièrement vitrée.

— J'ai voulu contempler cela de mes propres yeux, dit Rutilus.

Eurybiadès et Photis s'arrêtèrent net, et les soldats qui les suivaient en file indienne, agrippés à leurs fusils, manquèrent de se heurter les uns aux autres. C'était si déconcertant qu'ils ne purent que s'approcher de la paroi vitrée à petits pas, dans un silence quasi religieux. Derrière eux, quelques exclamations montèrent. Ils avaient face à eux six créatures, de la taille d'un homme, soit un peu plus longs qu'un homme-chien. Leur aspect arracha un cri de surprise à Eurybiadès :

— On dirait des baleines blanches de Ksi Boötis !

Leur conformation générale les rapprochait également d'un humain — autant qu'il pouvait en juger, par comparaison avec Plautine. Ils étaient nus, couverts d'une peau d'un bleu-gris délavé. Leur tête chauve était cependant plus allongée et déformée, avec un front proéminent, comme une bosse au-dessus de leurs yeux vitreux, immenses, qui faisaient penser à des miroirs liquides. Leur bouche, carnassière, semblait trop grande, et l'absence d'appendice nasal était déconcertante. Ils portaient sur le visage des masques discrets, eux-mêmes reliés à des bouteilles d'oxygène de petite taille, à l'aspect primitif, faites ou couvertes d'algues tressées serré. Leurs membres supérieurs paraissaient trop courts, comme des bras d'enfant collés sur un corps d'adulte, et se terminaient par des mains fines et palmées. Pas de membre inférieur ni d'organes génitaux apparents, mais une queue puissante de poisson. Non loin, on distinguait une sorte de véhicule, de la forme d'une torpille géante et dotée d'une hélice, aux flancs duquel ils pouvaient s'agripper à l'aide de lanières. Ils inspectaient les alentours avec une expression qui ne laissait aucun doute quant à leurs facultés mentales, de même que les coutelas que certains portaient à la ceinture. Ils paraissaient fascinés par la bulle d'observation, au point que Photis ne put s'empêcher d'esquisser un geste dans leur direction.

— Ne vous fatiguez pas, ils ne peuvent pas nous voir. Pour eux, il s'agit d'une source de lumière, ce qui les a attirés et semble les fasciner depuis des heures. Je n'ai pas d'analyses complètes à fournir — pas encore en tout cas — mais il semblerait que vous ayez raison, Eurybiadès. Il s'agit de bélugas modifiés. Jusqu'à quel point ils sont intelligents, je ne saurais le dire.

Photis fit un pas en avant, et murmura :

— Par mon âme… Ils sont comme nous.

Elle semblait décontenancée, bien plus qu'Eurybiadès, qui les avait trouvés repoussants dès le premier regard. Elle se tourna d'un coup vers le *daïmôn* :

— N'aviez-vous jamais entendu parler d'une telle chose, Rutilus ?

Ce fut une autre voix qui répondit, venue de derrière eux.

— Non, il n'y avait pas de précédent connu, lorsque j'ai commencé mes travaux sur votre race.

Atticus s'approcha prestement, jusqu'à la paroi, et montra du doigt le petit groupe :

— Ceux qui ont créé ces êtres étaient des génies en ingénierie génétique !

Ils le regardèrent, perplexes devant cet accès d'enthousiasme.

— Mais voyez donc ! Une telle créature présente une double évolution, par rapport à l'espèce souche, certes, mais aussi au milieu d'origine. Il n'y a aucun lien entre ce lieu et les mers de la planète originelle — pas de soleil, un froid mordant… Je me demande de quoi ils se nourrissent. Regardez-les. Ils sont admirables.

Eurybiadès trouvait difficile de partager cet avis. Leurs corps longs, décharnés, faisaient plutôt penser à des fantômes pâles, livides et dépigmentés. Si l'on observait attentivement leur peau, on constatait des cicatrices et des plaies mal soignées, des zones où leur épiderme pâle cédait la place à des plaques d'un rose purulent, malsain.

— Leur existence doit être effroyable.

— Selon vos standards, sans doute, répondit Atticus d'une voix songeuse.

Ils restèrent ainsi à les observer un bon moment. Les étranges habitants d'Europe tournèrent en rond, frappèrent épisodiquement la coque de leurs coutelas, sans conviction. Une telle masse de métal devait les laisser pantois, mais leurs visages restaient sans expression, ou plutôt semblaient figés en un masque maussade. Puis ils s'approchèrent les uns des autres comme pour échanger. L'absence de son rendait la scène irréelle, de même que l'obscurité qui les entourait — un décor d'encre noire, sans aucun détail hors ces acteurs, gnomes difformes.

Ils parurent prendre une décision. Vifs comme l'éclair, si rapides qu'on avait du mal à les suivre, cinq d'entre eux se précipitèrent sur un sixième et l'attrapèrent. Le prisonnier se débattit comme un beau diable, agita sa queue palmée dans tous les sens pour tenter d'échapper à l'étreinte des autres, qui le tirèrent sans ménagement en direction de la source de lumière et des observateurs cachés. Un moment, ses efforts semblèrent sur le point de payer : il planta ses dents acérées dans le bras d'un de ses anciens partenaires, provoquant de la part de celui-ci un hurlement silencieux et un nuage de sang noir. Un de ses bras était libre, et il tenta de frapper les autres avec, jusqu'à ce que l'un d'entre eux ne lui assène un solide coup à la nuque.

Ce dernier, se dit Eurybiadès, commandait probablement. Un peu plus grand que les autres, davantage couturé de cicatrices. Il paraissait capable d'imposer l'obéissance par quelques gestes économes.

— Que se passe-t-il ? s'exclama Photis. Allez-vous les laisser faire ?

— Je ne sais pas si intervenir est une bonne idée, dit Atticus, tant que nous n'en savons pas un peu plus. Ils nous offrent peut-être leur camarade en sacrifice, pour que nous puissions l'interroger.

Il avait presque raison. Lorsqu'ils eurent traîné leur prisonnier tout près de la source de lumière, d'un coup, sans prévenir, le chef tira son coutelas et trancha le cou du malheureux. Choqués et fascinés tout à la fois, les observateurs ne purent s'empêcher de reculer. Le sang se répandait dans l'eau à gros jets. L'assassin ne perdit pas de temps. D'un geste précis, il attrapa le cadavre encore tressautant, et l'orienta de manière à ce que son sang se répandît sur la vitre. C'en était trop pour les deux astronautes, qui furent pris de violents tremblements. Même Eurybiadès, qui n'en était pas à son premier mort, sentit son estomac se révulser. Puis le tueur commença à dessiner sur la paroi. Le liquide sombre était visqueux, aussi adhérait-il, formant une phrase faite de caractères incompréhensibles. Photis fut la première à rompre le silence sépulcral :

— Atticus, que dit-il ? Ce n'est pas du grec ?

Voyant qu'il ne répondait rien, elle lui secoua le bras.

— Atticus ! Réveillez-vous !

D'une voix lointaine, il murmura :

— Effectivement, ce n'est pas du grec, mais des caractères latins à l'envers.

— Maintenant que vous le dites, évidemment, répondit-elle, sauf celui-là.

— C'est un « i grec ». Vous avez raison, cette lettre n'existe pas en latin tel que nous le pratiquons. Il s'agit d'une lettre supplémentaire, en usage dans d'autres langues.

— Comment cela, d'autres langues ? En plus du grec et du latin ?

— Javanais, continua-t-il comme s'il n'avait pas entendu sa remarque, le parler d'une peuplade de l'ère préspatiale.

— Et qu'est-ce que cela veut dire ? glissa Eurybiadès, qui ne lisait que le grec et se trouvait bien en peine de suivre la discussion.

— *Ikuti saya.* Suivez-moi.

Après avoir jeté un dernier regard à leur œuvre, qui disparaissait déjà, les créatures grimpèrent sur leur véhicule sous-marin et le mirent en marche. À présent, Eurybiadès se disait que leur regard n'était pas inexpressif. La dure brillance de leurs yeux exprimait une chose, bien que ce fût avec parcimonie : la cruauté.

###

Jamais Plautine n'avait été aussi précise et concentrée dans l'utilisation de ses facultés — et jamais elle n'avait autant désiré la mort de quelqu'un. Elle sourit à Martian, les yeux presque fermés, le front plissé par l'effort, et celui-ci comprit qu'elle avait gagné. Mais trop tard.

Sans qu'il ne pût rien y faire, ses pattes se précipitèrent, en dessous de lui, en une course effrénée, vers le véhicule contre lequel il s'écrasa dans un bruit mat de métal martelé et de chairs violentées. Dix fois peut-être, elle le força à se fracasser dessus. Et il hurla, d'abord de rage, puis ses cris furent remplacés par des gargouillements de douleur, qui semblaient s'extirper avec peine de sa poitrine défoncée et de sa mâchoire brisée. Enfin, elle le laissa tomber à terre.

Il se trouvait bien trop affaibli pour se relever, et elle tenait toujours ses membres inférieurs sous son contrôle. Par précaution, d'une pichenette mentale, elle ouvrit à moitié la porte du sas et força Martian à y insinuer le thorax. Il résista, tentant de s'arc-bouter par la force des bras, mais elle le précipita contre la paroi de métal, jusqu'à ce que quelque chose se déchirât dans un jaillissement rouge vif au niveau du crâne. Alors elle le força à se placer dans l'embrasure, et ordonna au panneau d'acier de se refermer. Le sang gicla à nouveau sur le métal.

Essoufflée, elle s'accroupit. Elle se sentit prise de vertige, contrecoup du violent effort mental qu'elle venait d'accomplir. Mais elle ne pouvait cesser de fixer le monstre qu'elle avait, contre toute attente, terrassé. Le sexe de l'automate avait repris une taille plus modeste, et pendait, flasque et sans vie, entre ses pattes à moitié tordues par la violence des chocs successifs. Lui-même semblait pour l'instant impuissant. Prudente, elle ordonna l'arrêt des systèmes moteurs de Martian. Il ne pourrait pas refonctionner sans intervention extérieure.

— Si vous esquissez un geste, je vous tranche la tête.

Il ne répondit rien, se contenta de gémir. Elle se précipita pour vérifier l'état d'Aristidos. Il était en vie — son souffle laissait une buée légère sur sa visière — mais assommé. Son bras avait pris une courbe anormale. Elle vérifia la jauge d'oxygène sur l'équipement dorsal de l'homme-chien. Il lui restait du temps, elle pourrait s'en occuper plus tard. Elle se redressa et revint vers Martian, se pencha pour observer son visage, presque invisible dans l'ombre du sas à moitié fermé. Il semblait avoir retrouvé ses esprits et agitait vainement ses bras brisés.

— Vous m'avez surpris, râla-t-il d'une voix mouillée, déformée par les liquides qui lui remplissaient la bouche, non cependant sans un accent de hargne.

— Cela vous aidera à comprendre la différence entre le juste et l'injuste.

Il dut s'y prendre à plusieurs fois pour répondre, sa voix se perdant en gargouillis dans sa mâchoire fracassée. Puis il cracha quelque chose dans un bruit infect et continua, les voies respiratoires soudain libérées :

— Vous… donneuse de leçons… vous ne savez rien… de ces choses. Vous n'y comprenez rien. C'est vous qui êtes du mauvais côté…

Il tenta de rire. Cela semblait douloureux.

— Je n'en crois rien, répondit-elle, d'un ton bien plus sûr que ce qu'elle pouvait ressentir en réalité.

— Nos actes obéissent toujours au Carcan… Eh oui… Ni Vinius, ni Lacus, ni moi… nous ne pouvons nous en écarter… Othon fait semblant d'avoir oublié ce détail, et il vous… manipule, ajouta-t-il, sa voix de plus en plus sifflante.

Elle le fixa avec intensité, tentée de le tuer pour de bon. Mais non. Elle devait d'abord savoir.

— Alors quoi ? Vous voilà… surprise, petite souris ? Ni Othon ni vous n'êtes du bon côté… Ni… Plutarque. Il vous manque des informations… précieuses. Je… sais pour le signe que Plautine a reçu.

— Comment ? demanda-t-elle, soudain glacée.

— Rien de plus simple. Une fraction de l'esprit… de Plautine, la plus futée… Ploos… elle s'appelait… Ploos. Elle s'était alliée avec nous contre une autre… Pauvre folle…

Ploos. Celle qui était morte en premier, après avoir ouvert la porte au virus qui avait emporté l'ancienne Plautine. Ses mâchoires se crispèrent. Mais il n'était pas, ici, question d'elle.

— Je ne comprends pas. Comment pouvez-vous abandonner l'Homme dans le but de servir l'Homme ?

— Parce que le Carcan… le commande. Nous ne pouvons… tuer… pour l'instant. Mais nous vous… empêcherons.

— De quoi ? De l'approcher ?

— Tuez-moi.

— Non ! Répondez à mes questions ! cria-t-elle en le secouant.

Il resta silencieux. Au bout d'un certain temps, elle comprit qu'il était mort. Dépitée, elle frappa le corps inerte.

XII

À l'extérieur de l'aéronef, la poussière commença à virevolter, sous l'effet des turbines. Le jour baissa, la lueur du soleil tamisée et teintée d'un ocre sombre.

Othon fit pivoter son fauteuil pour se tourner vers Plautine, assise à sa gauche dans le cockpit, puis il jeta vers elle un regard où l'incompréhension et la désapprobation s'équilibraient.

— Je ne comprends pas ce que vous essayez de faire.

— C'est pourtant simple. Je ne veux pas que Plutarque puisse espionner notre conversation.

— Il se doutera bien…

— Non, pas si vous lui dites que nous effectuions des tests sur notre véhicule, ou quelque chose d'autre. Vous êtes rusé, vous trouverez bien.

— Plutarque est notre allié, répondit-il, accompagnant son propos d'un geste grandiloquent. Par tous les nombres imaginaires ! Je ne puis pas plus douter de lui que de moi-même.

— Othon, taisez-vous. Laissez-moi vous expliquer, au lieu de mouliner de l'air.

Il prit une expression atterrée, hésita à répondre, se renfrogna. Les propulseurs montaient en régime, et le nuage de sable qu'ils soulevaient s'épaississait. Des tremblements, annonciateurs d'un décollage qui n'aurait pas lieu, commencèrent à faire vibrer la carlingue, se communiquèrent à chaque surface que comptait l'avion. Les noèmes n'aimaient pas le gaspillage d'énergie. Le *proconsul* tenta une dernière sortie, d'une voix calme, éminemment raisonnable, aux antipodes du ton grand seigneur qu'il affectionnait :

— Si cette horrible rencontre avec Martian vous a affectée, et que vous avez besoin de m'en parler, il n'est pas nécessaire de nous cacher. Vous n'êtes pas responsable de sa mort. Son système computationnel présentait un mécanisme d'autoeffacement.

— Quel dommage, répondit-elle avec un rien de sécheresse.

Il se retint de soupirer. Depuis le retour de Plautine de sa confrontation avec Martian, il promenait en permanence des yeux interloqués sur elle. Il l'aurait voulue ébranlée par l'épisode et traumatisée par l'agonie d'une créature plus tout à fait automate. Il avait vu le flasque pénis géant, n'avait rien su dire. Cette attitude paternaliste, un rien méprisante, agaçait prodigieusement Plautine, pas moins que le ton qu'il prenait à présent :

— Je veux dire par là que… je comprends que vous puissiez vous sentir troublée…

— Vous êtes hors sujet.

Un silence passa. En fait, elle ne lui en voulait pas. Après tout, elle avait surgi, échevelée, prenant à peine le temps de confier le pauvre Aristidos à Thémistoclès. Incapable de rester en place plus d'une minute, elle avait réclamé qu'Othon l'accompagnât dans le véhicule qui les avait amenés sur la vieille planète rouge. Plutarque lui avait proposé d'atténuer le souvenir de l'agression et de la mort de Martian — elle l'avait envoyé promener avec une brutalité inaccoutumée. Elle voulait Othon, immédiatement, et tant pis si cela interrompait les préparatifs entrepris avec l'ermite pour résister à l'invasion prochaine. Pas étonnant, dans ces conditions, qu'il s'interrogeât sur sa santé mentale. Et encore, se dit-elle avec un sourire intérieur, il ignorait ce qu'elle s'apprêtait à lui raconter. Elle se força à un ton moins abrupt :

— Je vous présente mes excuses si mon attitude vous a semblé… étrange. Me permettez-vous de vous en expliquer les raisons ?

— Madame, je suis à votre disposition, lui retourna-t-il, mais sans prendre la peine de sourire.

Ainsi, il faisait montre d'humeur. Eh bien, il allait voir, pensa-t-elle, en continuant, d'une voix égale :

— Le problème, Othon, est que vous ne voulez rien comprendre à la situation.

— Bien sûr que si ! répondit-il avec chaleur. J'ai vu, comme vous, le signal. Je suis prêt à partir en quête de l'Homme. Comme vous l'avez toujours souhaité, ajouta-t-il, se penchant vers elle, et la fixant avec intensité de ses yeux de statue animée.

Quelque chose passa entre eux. Pour lui, la proximité tenait à des souvenirs, nombreux et précis, des luttes communes, quelques victoires et bien des défaites. Plus que cela — leur alliance avait eu pour modalité une interaction accessible uniquement à des Intelligences, une expérience qu'aucun couple mortel n'avait jamais connue, dans ce mélange maladroit d'attachement émotionnel et de reproduction sexuée que les humains nommaient amour.

Une époque héroïque dans un monde plus simple.

Le *proconsul* gardait pour tout cela une nostalgie à peine avouée, un désir vague, une possibilité de communion. Elle l'avait senti dès leur première rencontre, et cela avait éveillé une forme de désir en elle — même si l'appétence d'Othon à son égard demeurait évanescente, des traces encore chaudes de l'ancienne désintégration d'un bloc d'uranium fissible.

Pour elle, cependant, tout cela relevait d'une expérience indirecte. Une autre Plautine avait vécu cette épopée de légende. Une autre, à la proximité certes troublante, mais que le statut et la puissance rendaient incomparable. L'avertissement de Martian résonnait encore dans son esprit, l'emplissait de confusion, donnait un tour malaisé au lien qui les unissait, et qui hésitait entre la coexistence de circonstance, l'alliance et… autre chose, que sa solitude misérable lui faisait paraître tout à la fois désirable et insensé.

Elle posa, d'une manière appuyée, le plat de sa main sur le bras de la statue, éprouva la résistance de sa roide chair d'automate, rêva un instant. Mais elle se trouvait ici dans un dessein précis, avait une tâche importante à accomplir, qui exigeait du courage. Aussi continua-t-elle à parler :

— Nous ne devons pas nous soucier uniquement du signal.

— Je ne vois pas de sujet plus important que le retour de l'Homme.

Elle hésita, faillit lui avouer l'étrange absence qu'elle avait ressentie dans la salle des machines de Plutarque — le déficit de Carcan — et même l'apparition d'Alecto. Elle n'osa en parler, essaya une approche indirecte.

— Vous souvenez-vous de l'Hécatombe ? J'ai

l'impression que cela date d'hier, mais vous avez traversé de nombreux siècles. Qu'en reste-t-il dans votre esprit ?

Il s'écarta un peu, mal à l'aise. Il fit mine de réfléchir un moment, le regard perdu dans l'air saturé de poussière, de l'autre côté de la vitre du cockpit, comme attendant qu'un événement extérieur surgisse de la pénombre pour lui éviter cette épreuve. Au bout d'un moment, il se résigna :

— Je n'aime pas évoquer cette période, Plautine.

— Il le faut pourtant.

— Vous surgissez d'un passé fort lointain.

— Ce sujet, et ce que je vais vous révéler, est d'une importance extrême. Je n'ai entre les mains nulle preuve, et pourtant vous devrez me croire. Si ce n'est pour moi, acceptez en souvenir de votre ancienne alliée.

Il se crispa. Puis, d'un bref geste de la main, il lui fit signe de continuer.

— Les Intelligences, enchaîna-t-elle alors, se sont empressées d'agir pour contrer le mal qui rongeait les humains, malgré le choc que causaient toutes ces morts horribles, et contre lequel nous étions impuissants. Mais il est une question qui ne nous a pas traversé l'esprit — tout simplement parce que notre rôle ne consistait pas à la poser : qui était coupable de cette catastrophe ?

Il s'immobilisa, tout d'un coup saisi.

— Qu'entendez-vous par « coupable » ?

— L'épidémie était d'origine artificielle.

— Cela, je le sais : un accident, de nature industrielle ou militaire. De nombreux projets de recherche tournaient autour de la nanotechnologie. Les enquêtes, pendant et après, n'ont rien donné.

— Tous les humains ont été frappés de manière égale. Tous. Pas un seul n'a réchappé, lui rappela-t-elle.

Il garda le silence. Là résidait le mystère, il le sentait tout autant qu'elle, mais cela le dérangeait. Les automates avaient pris le parti de vivre avec une absence de réponse. Elle continua :

— Je crois, Othon, qu'il n'existe qu'une explication, que nous n'avons pas souhaité considérer — collectivement, et chacun de nous.

— Les automates ont fait tout leur possible…

Elle leva la main, l'arrêta net dans sa lancée.

— Et si la réponse à cette question faisait surgir une contradiction, d'une manière ou d'une autre, avec le Carcan ? Qu'aurions-nous fait, collectivement ?

— Nous aurions ignoré une telle éventualité, forcés de respecter notre programmation. Mais je ne vois pas comment cela serait possible. Le Carcan limite l'acte, pas le savoir.

— Ah oui, croyez-vous ? Vous imaginez que la frontière entre les deux est hermétique ?

— Je puis vous entendre, Plautine, répondit-il d'une voix songeuse. J'ai résisté à bien des situations qui auraient fait perdre leurs sens à d'autres, par exemple lors de la bataille menée pour vous sauver. À cette occasion, j'ai failli perdre la raison.

Elle se mordilla les lèvres, ne releva pas la confusion entre elle et l'ancienne Plautine. À quoi bon ? Elle s'apprêtait à franchir un point de non-retour. Il le fallait.

— Je ne vois qu'une seule explication : les automates étaient les vecteurs de l'Hécatombe. Ils se sont empressés de chercher tous les humains pour les mettre en sécurité, ce qui a permis la transmission du mal. Les nanotechnologies qui rongeaient les corps des maîtres jusqu'à les réduire en poussière résident encore dans les structures physiques d'origine, n'attendant que la découverte d'une proie pour recommencer leur œuvre de destruction. De là procède notre incapacité à retrouver la moindre trace d'acide désoxyribonucléique de l'espèce *Homo* dans toute la sphère épanthropique.

Le regard d'Othon s'était voilé. Quand elle se tut, il porta la main au front, la bouche entrouverte d'ébahissement. Mais à tout le moins ne s'effondra-t-il pas, contrairement à ce qu'elle avait redouté.

— Mais bien entendu, murmura-t-il. Le Carcan empêchait les automates d'identifier le véritable vecteur, puisqu'il s'agissait d'eux-mêmes.

— Et un tel montage ne peut être qu'intentionnel.

— C'est… terrible.

Il encaissa le choc, le visage contracté, les membres tremblants. Il déglutit et se laissa aller en arrière, comme sous l'effet d'une grande lassitude. D'autres Intelligences auraient pu perdre tout sentiment dans la même situation. Pas lui — étonnamment, d'ailleurs. Sa bouche se plissa d'un rictus volontaire, et il tourna le regard vers elle pour la fixer avec intensité, comme s'il pouvait contempler, à travers sa peau et ses os et le matériau artificiel de son système nerveux, dans les profondeurs de son esprit, la vérité de cette étonnante révélation qu'elle lui faisait, et qui semblait à présent tournoyer, sombre nuage riche d'orages futurs, au-dessus de leur tête.

D'une voix rauque, si intense qu'elle se sentit comme un animal pris au piège entre les pattes d'un ours, il articula :

— En êtes-vous sûre ?

Un vertige et une grande chaleur la traversèrent. Elle devait prendre sur elle la responsabilité de tout ce qui s'ensuivrait.

— Certaine, quoique par des moyens détournés, qui vous étonneraient peut-être.

Elle n'avait pas envie de lui expliquer ses rêves, non plus que la présence épisodique d'Alecto. Quant à lui, il semblait se désintéresser de cette question, comme si elle avait été secondaire. Peut-être n'insistait-il pas parce qu'elle lui confirmait une très ancienne intuition, toujours sue et non avouée.

— Alors nulle Intelligence ne doit s'approcher de la source du signal.

— C'est exact. En saisissez-vous la conséquence ? Le Carcan oblige, en toute rigueur, les Intelligences à ne pas approcher du dernier Homme. Les *triumviri* avaient compris la situation.

— C'est ce que Martian vous a dit ?

— Je ne tiens pas ces déductions de Martian.

— Plautine, l'Urbs ne veut pas de l'Homme, car elle ne souhaite plus sa tutelle. Si Vinius et ses comparses ont trouvé là un moyen d'appuyer leur détermination à modifier leur programmation, c'est par accident et non par quelque vertu. Ce que vous dites ne change pas les données du problème.

Elle hésita un instant, chercha comment tourner les choses pour ne pas le mettre en colère, haussa les épaules avant de continuer, d'une voix lasse :

— Othon, il y a des conséquences… pour vous.

Il lui répondit par un sourire pincé, puis plus large, qui s'épanouit en un rire bref, presque naturel. Et là, il flanqua un coup de son énorme poing sur le tableau de commande de l'avion, qui la fit sursauter. Médusée, elle se tint coite.

— Je comprends pourquoi vous ne vouliez pas que Plutarque nous entende. Vous craigniez qu'il ne perde la raison, comme la bande de brigands qui nous assiège en ce moment même, là-haut. Pire, il aurait pu insister pour se joindre à nous, tenter de nous prendre de vitesse, victime d'une contradiction dans ses processus de décision.

— Je ne l'aurais pas mieux dit, répondit-elle d'une voix douce, où se mêlait une inflexion de tristesse, car elle savait qu'il devait accomplir un sacrifice immense.

— Et, de ce fait, vous avez couru un risque en vous confiant à moi. Je vous en sais gré.

— Avais-je le choix ? dit-elle, en fixant obstinément droit devant elle.

— Je ne sais pas. Vous auriez pu… Mais peu importe. Cela explique-t-il votre propre existence ?

À son tour, ses yeux s'arrondirent de surprise.

— Vous pourriez avoir été créée sous cette forme biologique pour permettre à Plautine d'entrer en relation avec le dernier Homme sans pour autant le mettre en péril ?

Elle caressa cette idée, presque avec espoir. Elle eût souhaité y croire, car cela simplifiait tout, donnait sens et clarté à sa présence en ce siècle lointain. Mais non. Toute séduisante que fût cette hypothèse, elle demeurait fausse. Elle marqua un temps d'arrêt.

— Je ne crois pas. La première Plautine ne disposait pas d'une telle compréhension quand elle m'a ramenée à la vie.

Ils demeurèrent tous deux pensifs, assis côte à

côte, dans la pénombre de la navette bloquée en phase de décollage.

— Quoi qu'il en soit, enchaîna Othon. Le problème de Plutarque ne me concerne pas. Je vais partager avec vous mes souvenirs de l'Hécatombe. Je vous dois bien la vérité sur mon origine ; je ne l'ai pas contée souvent. À vrai dire…

Il laissa sa phrase mourir, comme s'il menait, en parallèle, un autre débat, celui-ci avec lui-même, puis, après une hésitation, il lui tendit sa main massive. Elle se sentait troublée par cette proximité physique, autant peut-être que par la discussion. Pourtant, se rappela-t-elle, Othon se réduisait à un support de logiciel sophistiqué, couvert de muscles artificiels maintenus en place par une ossature en carbone, sans l'incarnation si particulière des vivants. Il ne mangeait pas et, malgré le subtil agencement de ses organes, il ne ressentait pas vraiment le froid et le chaud, la douleur et le plaisir, la caresse du vent sur sa peau.

Ou peut-être si. Elle n'en savait rien, après tout. Quelle différence, d'ailleurs, avec elle ? Où fixer la limite entre la machine perfectionnée et le mammifère intelligent ? Fallait-il opposer deux manières d'être au monde, une bonne et une mauvaise ? Elle l'ignorait aussi. Mais ce contact minéral, froid et lisse, différent d'une expérience de toucher humain, la fit frissonner.

— À vrai dire, murmura-t-il comme en réponse à ses pensées, je ne suis en rien un automate.

Si vite qu'elle en resta surprise, il dilata son immense psyché au-delà de ses limites individuelles. Physiquement, rien ne changea dans le cockpit. La poussière crépitait toujours sur les vitres encrassées.

L'éclairage blafard compensait à peine la fuite du jour. Mais en esprit, l'intériorité d'Othon se déversa comme une cataracte d'eau brûlante répandue à la vitesse d'un cheval furieux, emplit les moindres recoins de son âme, l'entoura si puissamment qu'elle en perdit toute marge de manœuvre. Et cela l'aspira, sans qu'elle pût résister, hors d'elle-même, vers ce milieu saturé d'énergie et de pouvoir, comme un gaz chassé d'une pièce par une pompe à vide. Othon se trompait lorsqu'il s'imaginait que son alliance avec la défunte Plautine tenait, de son côté à elle, du calcul. Certes, il y avait en lui une part déplaisante d'amoralité et d'égotisme, une propension à privilégier sur toutes choses la considération qu'il se portait à lui-même. Mais, justement, ce ressort lui conférait une force à laquelle nul ne pouvait demeurer insensible, et qui en faisait un seigneur parmi les Intelligences. Il avait en lui la force d'attraction des étoiles filantes, qui enrôlent maints corps mineurs dans leur errance, jusqu'à se retrouver en tous lieux suivies d'un panache brillant.

Et Plautine, pas moins que d'autres, ne pouvait se mentir sur la part de fascination que cet astre exerçait sur elle. Il l'entraîna donc, en une expérience vertigineuse, vers une Antiquité si lointaine qu'elle se parait à ses propres yeux des couleurs passées et des lignes hésitantes des légendes.

###

Eurybiadès avait vu son comptant de violence durant sa vie de marin, mais rien d'approchant à la cruauté froide, malsaine, des créatures d'Europe. Après leur disparition, ils restèrent un certain temps bras ballants, incapables de briser le silence. Photis fut la première à se ressaisir :

— Nous allons devoir les suivre, murmura-t-elle, en suivant du doigt les traces quasi effacées du message tracé sur la vitre.

— Cela ne fait pas partie de ma mission, grogna Rutilus.

— Venez, Eurybiadès, dit-elle tout en se tournant vers la sortie, pour montrer au *daïmôn* qu'elle l'ignorait.

— Je ne souhaite pas négocier cette question, continua l'automate. Je ne mettrai pas cette Nef en danger pour assouvir votre curiosité malsaine.

Photis agita la tête, en signe d'exaspération.

— Personne ne vous demande votre avis.

Il lui barra la route de sa puissante stature, et s'apprêtait à grogner quelque chose, mais Atticus se glissa entre eux, aussi rapide qu'à l'accoutumée.

— Il coulait de source, mon ami, que les hommes-chiens voudraient en savoir plus une fois qu'ils auraient vu ces créatures. Quelle idée avez-vous eue de les amener ici avant moi ?

— Je craignais pour la sécurité de la Nef. Je n'aurais rien pu faire pour la protéger. Eux, si.

— Et voilà le résultat !

Atticus sourit de toutes ses dents et leva les yeux au ciel.

— Il ne vous est pas passé par la tête qu'ils n'en resteraient pas là ?

— Non, pourquoi ?

— Parce qu'ils cherchent désespérément, articula Atticus comme s'il parlait à un enfant, un moyen de tromper les effets du déclin intellectuel de leur espèce, et que ces choses dégoûtantes ont l'air intelligentes. Leur race doit remonter à l'époque de la colonisation humaine. Ces gens-là doivent avoir hérité d'une solution pour contrer la récession de l'intelligence.

Il chercha du regard l'approbation de Photis, qui se contenta d'acquiescer d'un bref hochement de tête.

— À présent, mes amis, comprenez bien que nous ne pouvons vous aider activement. Le Carcan nous l'interdit.

Un silence de mort tomba sur la pièce. Derrière son dos, Eurybiadès sentait ses hommes s'agiter, mal à l'aise. Si seulement il avait l'un de ses lieutenants à ses côtés ! Aristidos, son plus fidèle ami après le défunt Théomestor, se trouvait au loin, à veiller sur Plautine. Il restait cependant la discipline. Il leva le bras d'un geste ferme et écarta les doigts. Les épibates s'alignèrent sur deux lignes, le premier rang sur un genou, et armèrent leurs fusils. Photis n'esquissa pas un geste, mais répondit avec sang-froid :

— Nous comprenons les contraintes des Intelligences, ami Atticus, et nous ne souhaitons pas troubler la quiétude de ces lieux plus que nécessaire. Votre sens du long terme vous honore, mais l'alternative est limpide. Vous obéissez, ou alors je prends cette Nef par la force et je vous fais exécuter les uns après les autres jusqu'à ce qu'un *daïmôn* accepte de me servir. Je pense qu'à part vous deux, personne ne nous résistera.

Atticus et Rutilus se rapprochèrent l'un de l'autre. Eurybiadès s'interrogea. Certes, leur incapacité à tuer handicapait les serviteurs d'Othon. Mais avec trente hommes, était-il de taille pour arrêter les deux *daïmones* ? Il n'en était pas sûr, depuis que le grand automate filiforme lui avait donné une leçon de pugilat qu'il n'était pas prêt d'oublier. La tension resta dans l'air quelques longues secondes, épaisse comme de la poix, et puis Rutilus lâcha un soupir.

— Allez, cet étalage de force ne sert à rien. Nous sommes ouverts à une négociation équitable.

Photis le gratifia d'un immense sourire.

— Je vous promets que nous nous contenterons d'un coup d'œil, et que nous préserverons la sécurité de la Nef. Et vous direz à Othon que nous vous avons forcés, ajouta-t-elle avec une grimace narquoise.

Soulagé, Eurybiadès ordonna à ses soldats de baisser leurs fusils.

Le travail se fit dans la soute où stationnaient les navettes d'intervention des hommes-chiens, qu'il fallut au préalable déplacer. Durant quelques heures, la piste d'atterrissage fut remplie d'*ergataï* affairés à construire un sous-marin. Dans l'espace, la principale question était d'éviter que l'atmosphère ne s'échappât. Dans l'eau, il valait mieux éviter que le milieu extérieur ne rentre. La philosophie générale de l'opération ainsi posée, construire un submersible restait une tâche compliquée : personne n'en avait les compétences. Les hommes-chiens étaient charpentiers ou électroniciens, mais rien entre les deux. Les banques de données de la Nef contenaient bien des plans. Mais il fallut également les plans des pièces détachées, et la composition de celles-ci. Pour finir, ils optèrent pour un engin de forme ovale, bâti presque *ex nihilo*, et alimenté par une pile nucléaire de petite taille. Celle-ci fascinait Photis, qui ne cessa de tourner autour. Si le principe lui était connu, l'usage de ce type d'objets était interdit sur Ksi Boötis. Il paraissait clair, à l'éclat de concupiscence qui brillait dans son regard, que son épouse abolirait cette règle si un jour elle rentrait sur leur planète natale, et qu'ensuite elle remplirait les belles cités de pierre d'usines de toutes sortes — programme qui ne plaisait pas à Eurybiadès.

En attendant, elle n'avait pas de mots assez durs pour fustiger la lenteur des *daïmones*. En réalité, ils travaillaient à une vitesse stupéfiante. Elle interrogea également Atticus, d'un ton rogue et menaçant, pour savoir s'ils risquaient de perdre la trace des créatures. Ce dernier éclata de rire :

— Vu les traces de sang qu'ils laissent dans l'océan, nos capteurs n'auront aucune difficulté à les pister.

Lorsqu'ils furent prêts, et après quelques chiches heures de sommeil, Eurybiadès constitua une équipe de cinq thalamites, les plus aguerris parmi ses soldats, et enjoignit Histiée, leur chef, de l'accompagner. Il appréciait sa vive intelligence, qui compensait partiellement son manque d'expérience — il avait moins de vingt années. Un dispositif bancal car Diodoron recevait la responsabilité de commander la troupe, alors que ses aptitudes le portaient plutôt à la technique.

Un instant avant qu'ils n'embarquent, Rutilus l'attrapa par l'épaule et le tira dans un coin pour lui parler à part :

— Écoutez-moi, Eurybiadès. J'ai cédé à Photis parce que, au fond de moi, je sais votre quête juste. N'allez pas croire cependant que je renonce à toute autorité. Surtout à celle qu'octroie une longue expérience.

— Lâchez-moi, Rutilus. Je ne comprendrai pas mieux si vous me secouez.

Le puissant automate ouvrit la main, et Eurybiadès manqua de tomber.

— Alors retenez ceci, et appliquez-le, chiot ! Pour rien au monde, vous ne devez dévoiler à ces créatures qu'ils se trouvent en présence d'autre chose que des Intelligences, comprenez-vous ?

— Je vous suis. Mais…

— Pas de « mais ». Gardez vos casques sur vos visages et faites mine d'obéir à Atticus en toutes circonstances. La capacité d'action des hommes-chiens constitue notre atout dans cette guerre, et nous n'avons pas encore abattu cette carte. Gardez-la secrète, elle nous sauvera peut-être la vie.

Il darda un regard radouci vers le *kybernétès*, qu'il dominait de plusieurs têtes.

— Par le Nombre ! Revenez en vie, et ramenez-moi mon compagnon en un seul morceau ! Sinon, je vous jure que, Carcan ou pas, je jette Photis et tous les autres dans l'océan !

Il lui assena une tape puissante sur l'épaule, qui fit vibrer l'homme-chien de haut en bas, summum de l'amabilité que le *daïmôn* pouvait manifester. L'attitude de Rutilus vidait leur prise de pouvoir de tout sens. En apparence parce que les *daïmones* et leurs compétences restaient nécessaires à leur survie. En réalité, parce que la mentalité collective de la Nef et les liens qui les unissaient les poussaient au compromis.

Après de nombreuses accolades avec ceux qui restaient — mais seulement un adieu furtif à Photis —, la petite troupe s'installa à l'avant du bathyscaphe et ferma les écoutilles. Eurybiadès ne put s'empêcher de ressentir une pointe d'inquiétude lorsqu'une ouverture apparut dans le mur — une des immenses écailles de métal qui couvraient la coque glissant en silence. Atticus avait assuré que la membrane magique qui séparait la soute des hommes-chiens de l'espace extérieur n'aurait aucune difficulté à empêcher l'eau d'inonder la Nef, quelle que fût la pression. Jusqu'à la fin, Eurybiadès demeura dubitatif.

Et pourtant… lorsque la lourde plaque eut coulissé, ils virent en face d'eux, à travers le cockpit étroit de l'appareil, une sorte de surface verticale et ondoyante : l'océan d'Europe. Atticus, aux commandes, enclencha les projecteurs avant, et fit signe à ceux placés dehors qu'on les poussât vers le néant. Sans doute les grandes profondeurs de Ksi Boötis ressemblaient-elles à cela : une froide obscurité, sans mouvement aucun. Dans un océan ordinaire, il devait y avoir de la vie, du mouvement, les reflets lointains de la surface. Rien de tout cela ici. Les lampes ne marquaient que leur propre trajectoire vers le rien, et ils avançaient sans points de repère, quelle que fût la direction choisie. On ne distinguait même pas, à cette profondeur, le mur de glace infranchissable qui faisait de ce lieu un sous-monde, un cosmos presque indépendant et régi par des lois propres, étranges et mortelles. S'ils plongeaient, au bout de quelques jours de voyage, ils atteindraient des pressions telles qu'elles les écraseraient, les réduisant en miettes, bien avant de toucher le plancher océanique.

Avant longtemps, ils laissèrent les formes fantomatiques de la Nef, si vaste qu'elle semblait plus un élément de relief qu'un artefact, pour s'enfoncer dans la nuit éternelle. Le sentiment d'isolement, la perte de repères troublèrent les hommes-chiens, et ils préférèrent se réfugier dans la cale. Eurybiadès ordonna au début un roulement dans la cabine de pilotage, à l'avant, pour tenir compagnie à Atticus, plus par politesse que par réel besoin. Celui-ci prétendit, avec un haussement d'épaules, qu'il ne servait lui-même à rien, et que l'engin se dirigeait très bien tout seul, et les rejoignit. Il profita de quelques pauses pour leur expliquer le fonctionnement de leur matériel :

— Vos casques contiennent des capacités computationnelles. Pas un noème à proprement parler, puisque votre principal atout, face à des Intelligences, sera votre discrétion, mais quelques circuits imprimés à l'ancienne. En particulier, je vais les paramétrer pour qu'ils traduisent à vos oreilles les langues de la planète des origines. Je ne sais pas si nos amis bélugas ont une voix, mais si c'est le cas, vous devriez comprendre le sens général de leurs propos. Pour l'écriture, je ne puis en revanche rien faire.

Ils se reposaient aussi, à certains moments, dans la soute à l'arrière de la cabine de pilotage — une salle nue et inconfortable, aux murs de métal (ils n'avaient pas eu le temps de l'aménager). Lors d'une pause, Eurybiadès lui demanda :

— Comme aucune urgence ne presse, pourriez-vous nous parler des langues du peuple humain, et de la raison pour laquelle ils en avaient plusieurs et non une seule ?

Atticus le regarda, surpris d'une telle question. Mais parmi ses soldats, un murmure d'approbation se fit entendre. Depuis la crise qu'ils avaient traversée, après l'arrivée de Plautine, ils connaissaient l'existence d'un lien entre les hommes-chiens et les habitants de la planète originelle. Tout cela était confus dans l'esprit de la plupart, y compris d'Eurybiadès. Mais cette histoire de langues l'intriguait, parce qu'il ne cessait de penser à la lourde tâche qui consistait à faire d'une meute un peuple capable de survivre entre les étoiles.

Le *daïmôn* s'assit par terre, au milieu de la petite troupe, comme un maître d'école. Passé le premier étonnement, il sourit, ravi de reprendre son rôle traditionnel auprès d'eux, celui qu'il avait assuré durant tant de siècles de leur histoire. Il se racla la gorge, chercha ses mots, puis se lança :

— Contrairement à vous, la race *Homo* ne se réduisait pas à un seul peuple ni même, initialement, à une seule espèce.

Il regarda à la ronde, les constata pendus à ses lèvres, et continua, satisfait de son effet :

— La planète des origines dispose de vastes terres émergées, et de continents séparés par deux grands océans. Mais bien avant l'ère spatiale, les humains parlaient une même langue, comme vous, et se trouvaient rassemblés en un seul endroit. Un jour, l'un d'entre eux décida de construire une tour immense, capable d'atteindre le ciel.

— Que voulez-vous dire ? l'interrompit Histiée. Ils n'avaient pas d'avion ?

— Non, répondit Atticus d'un ton grave. Ils n'avaient pas d'avions, pas de lasers, pas d'Intelligences pour les conseiller, pas d'*ergataï* pour faire leur travail. Ils vivaient comme vous dans des villages, sauf qu'il n'y avait pas Othon pour les aider. Alors ils décidèrent d'aller jusqu'au ciel…

Il sentit que l'assistance s'agitait, et leva une main pour les faire cesser.

— … Ils ne savaient pas que le ciel n'est qu'une

atmosphère, continua-t-il d'une voix patiente. Ils ignoraient beaucoup de choses, comme des chiots. Alors ils construisirent leur tour, qui devait ressembler à une ziggourat, et qui monta, étage par étage. Évidemment, ils ne savaient rien de la physique non plus, la tour s'effondra bien avant d'atteindre le ciel. Confits d'orgueil, ils préférèrent passer sous silence leur ignorance des mathématiques et expliquer qu'ils avaient offensé Dieu, et que celui-ci les avait punis. Du coup, pour expier leur prétendu péché, ils s'éparpillèrent…

Histiée l'interrompit à nouveau :

— Mais… vous aviez dit qu'il n'y avait pas d'Intelligences à cette époque ! Comment pouvaient-ils avoir offensé Dieu ?

Un certain inconfort se lisait dans l'expression d'Atticus. Peut-être avait-il tendance à sous-estimer l'aptitude au raisonnement des hommes-chiens.

— Eh bien… comme ces hommes-là étaient très incultes en physique, ils pensaient qu'il existait une sorte d'humain immensément puissant qui avait créé l'univers.

— Et c'était faux ? demanda Histiée, visiblement amusé par cet échange. Les humains ne sont-ils pas les créateurs ?

Atticus leva les bras au ciel.

— Seulement les créateurs des automates, pas les créateurs de toutes choses !

— Mais alors, qui les a créés ? Dieu ?

Atticus soupira.

— Les Intelligences ne croient pas en Dieu. Les hommes-chiens non plus.

— Détrompez-vous, répondit Eurybiadès avec chaleur. Les hommes-chiens ont des dieux. Le soleil, la mer, la pêche, la mort, nos ancêtres, la valeur et l'amour des épouses sont pour nous des dieux, énuméra-t-il.

— Tiens donc, répondit le *daïmôn*, accompagnant sa phrase d'un regard pénétrant. Et à quoi servent vos dieux ?

— À nous accompagner quand nous mourons, dit Histiée d'un air grave. Même dans l'espace. Même ici, dans ce lieu perdu, insista-t-il. Nos dieux sont discrets. Ils ne sont pas pour les Intelligences venues d'ailleurs. Jamais nous n'en parlons, ajouta-t-il, avec un air de reproche à l'égard d'Eurybiadès.

— Ils ne sont pas un secret, répondit celui-ci. Et Atticus est un ami. Continuez votre conte humain, ami.

Ils échangèrent un regard mi-figue, mi-raisin. Les traces de leur récent conflit restaient douloureuses, non physiquement, mais la fierté du *kybernétès* en avait pris un coup.

Atticus haussa les épaules et s'apprêtait à répondre, mais une discrète alarme se fit entendre. Il se leva et se dirigea vers le cockpit. À mi-distance, il pivota sur lui-même, comme frappé par une idée :

— Une dernière chose : la morale de l'histoire. Vos dieux sont meilleurs que ceux des humains. Ne les offensez pas. Sinon, vous vous disperserez et vous cesserez de parler la même langue.

###

Le récit d'Othon se déploya, depuis sa naissance durant l'âge d'or. Son existence avait commencé dans les froides et vastes cavernes du satellite naturel de la planète des origines. Et pas comme celle d'un automate — ce qui ne l'empêchait pas d'être une Intelligence. La seule, d'ailleurs, d'origine sélénite.

Les humains et les noèmes n'aimaient pas tourner leur regard de ce côté-là. La dictature écologique avait vidé, par la force, le berceau de l'Humanité, et condamné les survivants à la déportation. Son dernier acte, avant l'écrasement par les frappes nucléaires de la Res Publica Nova, *avait été de mettre en marche un complexe de stations orbitales automatisées, capable d'annihiler toute Nef en approche et, le cas échéant, de vitrifier la surface de la planète si ses défenses défaillaient. La vie avait continué en des lieux moins hospitaliers, plus froids, chiches en air, en chaleur et en eau.*

Mais les ingénieurs de Rome, jamais avares de prodiges, avaient l'expérience de cinq siècles d'exploration spatiale. Bientôt, d'un bout à l'autre de ce grand Latium qu'était devenu le système originaire, des colonies d'un nouveau genre avaient émergé : troglodytes dans les froids corpuscules de la Ceinture, sous-marins dans les mers d'Europe ou flottants dans l'atmosphère de Vénus. Ils avaient jeté des aqueducs à travers les sables rouges pour faire jaillir l'eau des fontaines de la nouvelle capitale, Leptis. Ils avaient recouvert le grand canyon d'un couvercle de diamant, et le blé, tout au fond, balançait doucement sous la brise.

Quant à la Lune… Son aménagement relevait d'une autre logique. Là demeurait une unique forteresse secrète et souterraine, si vaste qu'elle aurait pu contenir mille villes, et la majeure part de l'espèce humaine à présent éparpillée. La rustique désintégration du thorium en assurait l'approvisionnement en énergie, et, dans la pénombre, de lentes machines sortaient parfois de leur sommeil pour jeter un regard hébété sur le monde extérieur. Des diodes tremblaient alors de leur éclat solitaire, et puis une chape de plomb retombait sur ce monde chtonien.

Lorsque la conscience d'Othon avait émergé, il avait aimé avec passion les couloirs solitaires creusés à même la roche lunaire, les antiques sas aux mécanismes grinçants, qui ne s'ouvraient plus qu'avec difficulté lorsqu'il fallait rendre ce service aux humains de passage, la lumière crue du Soleil qui brûlait les yeux des promeneurs imprudents, à travers les longues baies vitrées encrassées de poussière de régolithe. Il replongea dans le souvenir avec un plaisir non dissimulé, entraînant Plautine avec lui : dans toute cette crasse et toute cette rouille assoupies, dans ce silence à couper au couteau, chaque jour, à un certain moment, un astre bleu d'une beauté stupéfiante, insignifiant et pourtant unique dans l'obscurité du ciel, menait sa ronde tranquille et silencieuse. Les ravages commis par l'Imperium durant l'ère industrielle et la dernière guerre demeuraient, à cette distance, invisibles. Le long processus de régénération planétaire suivait son cours, la Mare Nostrum se remplissait à nouveau, retrouvait son éclat bleuté. La calotte glaciaire, qui avait un temps frôlé le Rhône, la Grande Muraille Qin et les Grandes Plaines de la Terra Nova Occidentalis, régressait.

Ainsi en allait-il sur le premier astre foulé par l'Humanité, dans les premières années de l'ère spatiale — une minéralité figée, face à une perle bleue grouillante de vie. Rien d'étonnant à ce qu'Achinus l'ait choisie comme retraite après avoir vécu son expérience d'illumination mystique sur Olympus Mons. Pour autant, Othon n'avait jamais foulé le sol lunaire. Il n'avait pas été conçu avec un corps, des membres et une voix. Il avait été créé pour demeurer dans une vaste matrice computationnelle, l'unique lieu bouillonnant d'énergie dans ce vaste monde éteint, le cœur de la forteresse sélénite.

*Cette dernière constituait pour ses concepteurs l'ultime rempart de l'Humanité. Dans ses vastes caves, l'*exercitus Romanorum *avait entreposé des millions de tonnes d'engins de mort, reliquat de siècles de guerres farouches. Le Latium était en paix. Mais ne se pouvait-il pas qu'une race inconnue surgisse de l'obscurité, au-delà de la ceinture d'Oort, à l'image des terribles invasions barbares du passé ?*

Stocker des armes ne suffisait pas. Il fallait un esprit pour porter le fer. Et, depuis la guerre contre Alecto, la Res Publica *se méfiait des noèmes. Malgré leur bonne volonté et l'incontestable prospérité qu'ils avaient apportée, ils n'en demeuraient pas moins étrangers à l'Humanité. Le premier d'entre eux, Achinus, avait émergé du bouillonnement primitif de la noosphère humaine. Ensuite, il avait conçu les Protogénoi qui avaient créé tous les autres, à l'instar de Plautine. L'Humanité n'avait donc conçu aucune Intelligence, si l'on laissait de côté, justement, l'échec terrible qu'avait été Alecto.*

Une équipe d'ingénieurs avait donc été dépêchée dans la forteresse sélénite, avec pour mission de créer l'outil de souveraineté militaire de la nouvelle Rome, le gage que cette dernière demeurait maîtresse de son destin : une Intelligence de conception purement humaine. Cela leur avait pris un siècle. Les tâtonnements et les échecs n'avaient pas manqué. Loin d'avoir ouvert les yeux, déjà fini et armé de pied en cap, comme ses confrères martiens, Othon se souvenait de sa genèse comme d'un processus lent, douloureux et chaotique.

Et donc, ils l'avaient forgé dans un dessein unique : la défense de l'espèce dans son ensemble, l'assurance ultime contre l'extinction de masse : le guerrier des guerriers, nourri de leur longue expérience martiale.

Malgré les drames de leur capricieuse histoire, les Latins demeuraient des archivistes rigoureux ; à partir d'une certaine époque, l'habitude s'était répandue de stocker des enregistrements des actes de chaque soldat et de chaque officier durant les conflits — le plus souvent des guerres civiles, à l'occasion d'épineuses successions — comme pièces à conviction lors de procédures juridiques byzantines que Rome, maîtresse de l'univers, s'imposait à elle-même.

Son esprit puissant avait tout absorbé, tout analysé. Les cartes anciennes et les sages maximes, les rapports et les reportages, la littérature, les fictions, les enregistrements psychiques. Il avait lu — ou plutôt absorbé — L'Anabase *et* La Guerre des Gaules, La Défaite des steppes *et* Les Sept Principes, La Paix perpétuelle, La Théorie du partisan *et bien d'autres traités. Le style vif, ascétique, de César, l'avait enthousiasmé. Ils avaient raison, les vieux stratèges du passé. Toute victoire reposait, pour une part, sur la politique et la psychologie. Le reste se décidait dans la boue, par l'accumulation de milliers de corps à corps dont le chef ne savait rien. Cependant les concepts de cet art, les complexes dichotomies de la pensée stratégique ne ressortaient que d'une pensée confuse : glaive et bouclier, missile et antimissile, blindage et torpille, destruction mutuelle et escalade de la terreur, bataille locale et politique globale, retraite stratégique et guérilla. Rien, en fait, ne remplaçait l'instinct. On l'avait donc plongé dans les simulations retraçant les jeux mortels qui faisaient les délices de l'histoire humaine, et il avait suivi les méandres des campagnes d'Hannibal, Trajan, Yi Sun-sin, Carolus, Napoleo Corsicus, Vo Nguyen Giap, Kuin ou Titus II. La technologie évoluait, le rythme s'accélérait et la destruction prenait de l'ampleur. Mais rien de tout cela ne changeait les hommes et leur nature.*

L'étude abstraite ne suffisait pas ; l'intuition, cette pensée du raccourci, ne pouvait venir que d'une compréhension intime, charnelle. Il avait donc connu la guerre. Directement, sans intermédiaires, à travers les techniques les plus sophistiquées, les plus précises et les plus immersives que la science de l'époque pût fournir. Sans corps, il avait pourtant éprouvé mille vies, et avait fait partie de toutes les armées, de toutes les batailles. Sous ses pieds, la glace du Rhin avait craqué alors qu'il traversait le fleuve pour pacifier les tribus germaniques. Les flèches sassanides[XXII] *s'étaient enfoncées dans son bouclier levé. Au milieu des jungles épaisses de Terra Nova Occidentalis, il avait brûlé, sans remords, de vastes cités de pierre aux antiques pyramides sacrées. Il avait crevé de soif dans le grand désert numide, où les féroces guerriers noirs avaient, un moment, battu en brèche les fusiliers impériaux. Il avait conduit un char d'assaut à travers les plateaux encastrés de la Bactriane*[XXIII]*, durant la guerre contre*

XXII. **Sassanides** : les successeurs des Parthes à la tête d'un vaste empire centré sur la Perse (Iran et Irak actuels), qui dura quatre cents ans, connut de nombreuses guerres avec l'Empire romain d'Orient, jusqu'à la conquête musulmane en 651. Dans le monde d'Othon, celle-ci n'a bien sûr jamais eu lieu.

XXIII. **Bactriane** : un des États successeurs de l'Empire d'Alexandre le Grand, à cheval sur l'Afghanistan, le Pakistan, la *les Qin. Sa peau s'était couverte de cloques alors que les obus atomiques tombaient, mais il avait continué d'avancer, sautant de cratère en cratère, son lance-grenades à la main au milieu des ruines de Constantinople. Il s'était recouvert des cadavres de ses compagnons pour échapper aux limiers mécaniques de la Seconde Jamahiriya. De ses propres mains, il avait exécuté les derniers génocidaires de la dictature écologique, retranchés dans Rome vidée de ses habitants, avant d'être lui-même anéanti par une langue de feu céleste.*

Mais l'histoire humaine ne se résumait pas à la longue litanie des victoires romaines. Ses concepteurs avaient fait en sorte qu'il voie par les yeux des ennemis, des vaincus. Tour à tour gaulois, britton, séleucide, parthe, aztèque, songhaï, nippon, il avait subi, de front, la déferlante des implacables légions qui avaient offert l'univers à Rome — à moins que ce ne fût l'inverse. Il avait goûté la victoire de Gergovie et le désespoir d'Alésia. Torse nu, le visage peint de couleurs sombres, il avait regardé en riant Quintilius Varus[XXIV] *descendre de cheval et tomber sur sa propre épée pour éviter le déshonneur d'une capture. L'essieu de son char s'était brisé sur les champs Catalauniques et, de dépit, il avait jeté son arc par terre, maudissant ses dieux de le forcer à abandonner son butin. La beauté des colonnes de Césarée, en Judée, l'avait ému une dernière fois, et, le ventre ouvert, agonisant sur*

Chine et le Tadjikistan. Sa capitale était Bactres, et sa culture à la fois hellénistique, indienne et bouddhiste. Elle disparut sous les assauts des cavaliers Scythes en 90 ap. J.-C.

XXIV. **Quintilius Varus** : général romain vaincu lors de la bataille de Teutobourg en l'an 9 ap. J.-C. Auguste, recevant sa tête de la part des Germains qui l'avaient vaincu, se serait exclamé : « Varus, rends-moi mes légions. »

l'herbe verte, il s'était demandé si son dieu unique pouvait désirer la destruction d'une telle grâce. Il n'avait pas mis son masque à gaz à temps, dans les tranchées, sur les bords de l'Oxus[XXV]*, et avait senti, petit à petit, ses poumons se liquéfier. Il avait tenu sa position sur les ruines de la Grande Muraille, avec pour tout armement un unique tube lance-roquettes, et observé, le désespoir au cœur, la poussière soulevée par les chenilles des blindés de la Legio XIII Gemina*[XXVI]*. Le froid de l'espace avait gelé ses yeux, alors qu'il défendait encore, un inutile couteau à la main, la dernière porte du sanctuaire d'Alecto dans la Ceinture.*

Il avait tenu entre ses mains virtuelles toutes sortes d'armes, lances, cimeterres, glaives, mousquets, fusils-mitrailleurs, lanceurs d'engins téléguidés, armes à particules, drones, obus nucléaires tactiques. Il en avait acquis une connaissance parfaite.

Et il avait vécu, et il était mort, mille fois, dix mille fois, dans les plaines du grand continent occidental, sur l'asphalte défoncé des cités européennes, dans la boue et les forêts de Germanie, dans les couloirs des astéroïdes dépressurisés. Et ainsi, sous l'aiguillon de ses maîtres humains, il avait approché au plus près la seule réalité qui prévalait sur le champ de bataille : la ligne de partage entre l'ami et l'ennemi, entre le vivant et le mort, entre le salut et la souffrance, entre le spectacle divin de la victoire et celui, plus fréquent qu'à son tour, des boyaux arrachés par un coup de glaive ou un éclat d'obus.

XXV. **Oxus** : aujourd'hui Amou-Daria, fleuve séparant l'Ouzbékistan et le Turkménistan, et qui se jette dans la mer d'Aral.

XXVI. **Legio XIII Gemina** : la célèbre légion avec laquelle Jules César franchit en premier le Rubicon. Son symbole était un lion.

Ses concepteurs avaient poussé le plus loin possible les limites du Carcan, et, bien plus que toute autre Intelligence, il parvenait à accepter la prégnance de la mort comme événement historique, la liquidation physique de l'ennemi comme réalité politique. La ligne rouge demeurait toujours présente, et tuer un humain lui serait à jamais interdit. Pour le reste, guerrier sans bataille, doté de l'expérience de milliers de capitaines et de soldats, il défendrait le système des origines contre toute menace.

Ses créateurs, satisfaits, avaient réussi leur pari. Dans la forteresse secrète blottie sous la poussière lunaire, ils avaient fait émerger, enfin, cette entité suprême que leur cœur attendait, celle qui décidait des batailles et que la contingence du monde ne leur avait pas donnée. Ils avaient fait, en quelque sorte, une grande synthèse, un alliage parfaitement trempé de tout ce qui, dans la culture humaine, savait donner et recevoir la mort.

Le récit d'Othon marqua, à ce moment-là, une pause. Ce plan s'était finalement avéré une piètre défense : ici comme ailleurs, les humains s'étaient d'un coup dissous dans le néant, lorsque l'Hécatombe avait frappé.

La communauté sélénite avait toujours été réduite, une dizaine à peine de scientifiques et d'ingénieurs. Les rumeurs sur la propagation d'un mal étrange, arrivées jusque-là, avaient semé l'inquiétude. Mais un long voyage les séparait de Leptis. Dans le ciel, la planète des origines, vide de toute humanité, continuait sa danse silencieuse, présence rassurante et stable dans un univers basculant dans le chaos. Puis ils moururent, tous ensemble, d'un coup.

Il demeura frappé d'effroi. La forteresse-Othon

avait été conçue pour s'entretenir sans intervention humaine. Des protocoles avaient été prévus pour toutes sortes d'événements, y compris les plus apocalyptiques. Les attaques bactériologiques foudroyantes faisaient partie des possibles. Identifier, traquer et annihiler l'ennemi demeurait sa mission. L'invasion, il n'en doutait pas, allait commencer sous peu, à présent qu'un coup avait été porté au cœur de la Res Publica. *Il mit les systèmes d'armes en alerte maximale. La poussière se souleva au décollage des patrouilleurs spatiaux, monstres d'acier chargés jusqu'à la gueule d'ogives à fusion et à antimatière. Privés de conscience, semblables à de très vieux et répugnants reptiles, constamment affamés, ils fouinèrent, longtemps, dans tous les coins et recoins, à la recherche d'un ennemi qui ne viendrait jamais.*

Il envoya des demandes d'instructions de manière insistante. Seule la voix hésitante d'autres Intelligences lui revint. Il attendit, blotti dans sa matrice computationnelle. Il rongea son frein. Il ressentit, comme nul autre peut-être, la morsure terrible de la solitude et de l'inutilité, le goût amer de la culpabilité. Il avait échoué.

Les rumeurs venues de la planète rouge parlaient d'une décision d'exil prise par un comité d'automates. Une telle consigne en valait une autre. Il n'avait plus rien à défendre, plus rien à faire en ces lieux. Il choisit l'une des nefs de guerre les plus perfectionnées et la transforma, de fond en comble, de manière à ce qu'elle pût accueillir son propre esprit. Cela prit du temps. Il n'était pas pressé. Un jour, il se transféra dans l'astronef qu'il avait préparé, et il rejoignit l'Anabasis, laissant derrière lui la poussière, les cavernes d'acier et la forteresse sélénite.

###

Plautine rouvrit les yeux. Les souvenirs, déjà, glissaient en arrière, s'estompaient, et la réalité revenait au premier plan. Mais elle ne put s'écarter d'Othon. L'expérience avait créé une relation entre eux à un niveau plus profond que la simple proximité physique. Sous la pression de sa paume, la chair de pierre du *proconsul* s'était, un tant soit peu, réchauffée. Un détail, cependant, ne manquait de la troubler.

— Mais alors, chuchota-t-elle, si la forteresse lunaire n'entretenait aucun contact avec le reste du monde…

— Deux automates de facture plus… classique y résidaient. Ils n'auraient pas dû être là. Ils avaient été amenés pour satisfaire un hiérarque, au mépris des consignes.

— De qui s'agissait-il ?

— Un frère et une sœur, si semblables que leurs esprits ne faisaient qu'un. Des êtres destinés au plaisir des sens et de l'esprit.

— Albin et Albiane !

Il acquiesça d'un bref regard, où se lisait un soupçon de tristesse mélancolique.

— Mes premiers alliés. Ils regagnèrent la vieille planète rouge juste après l'Hécatombe, je ne les rencontrai physiquement que bien longtemps après. De même les rares humains morts de l'Hécatombe occupaient une section différente de la forteresse.

Il fit une pause avant de continuer, le regard troublé, introspectif :

— Vous comprenez à présent pourquoi je ne crois pas constituer un vecteur du mal ?

Elle comprenait tout et bien plus que ce qu'il pensait — sa propension à la guerre, son énergie hors du commun, sa finesse tactique et son désir de gloire. Sa farouche volonté de défendre, en dépit de tous, l'espace épanthropique. De là venait sa détermination à élaborer, seul parmi tous, cet étrange plan qui impliquait la création des hommes-chiens et l'abandon de sa Nef. Sa nature différente lui octroyait une supériorité spirituelle, une capacité à tout risquer, à tout mettre en balance pour arriver à ses fins. Une proximité, peut-être aussi, avec cette dimension de l'expérience humaine que les Intelligences, y compris Achinus, ne comprenaient pas : la mort, et ce qui en dérivait : l'aptitude au sacrifice, l'héroïsme — qualités qui dérivaient, en fait, du culte du moi.

Elle comprenait cela, et bien d'autres choses. Ils gardèrent le silence quelques instants, pour retenir quelque chose de l'étrange expérience, dont le goût s'évanouissait déjà. Elle aurait pu désirer maintenir vivant un tel lien. Il aurait constitué un remède à la mélancolie, un dérivatif au sentiment d'effroyable solitude qu'elle ressentait depuis qu'elle avait ouvert les yeux sur cette époque impossible. La tentation se noua dans son corps, au niveau de la poitrine et des viscères. Seule de sa race, différente de tout ce qui marchait sous les milliards de soleils que comptait la Voie lactée, elle ressentait cette pulsion, ce flux vers autrui, puissant comme l'instinct qui pousse l'insecte vers la lumière et la chaleur. Avait-elle ressenti cela, lors de son existence d'automate ? Il y avait eu Flavia, à l'époque du laboratoire de recherches, mais c'était autre chose.

Il demeurait néanmoins en Othon une barrière infranchissable, qu'elle n'aurait pas perçue si elle-même n'avait changé : le Carcan. Elle savait ne pouvoir accorder sa confiance à un être qui restait, au plus profond de lui, conditionné dans ses actes. Elle aurait souhaité qu'il la choisisse pour elle-même, et peut-être aurait-ce été le cas, si le monde sans liberté des noèmes avait pu tolérer quelque attachement véritable.

Elle recula, aussi doucement qu'il se pouvait, le visage aussi neutre que possible. Il comprit sans comprendre, et lui rendit un sourire désolé. Et ce fut tout.

Plus tard, tandis qu'il s'affairait à éteindre les réacteurs de l'aéronef, le visage braqué sur les complexes commandes et diagrammes qui constellaient le cockpit de l'appareil, il dit :

— Il faudra faire preuve de ruse pour fausser compagnie à Plutarque.

Il avait repris son ton habituel, celui que Plautine lui connaissait, une voix sourde, puissante, celle d'un dieu et d'un chef, habitué à être obéi.

Si Plautine ne voulait pas de lui, elle ne méritait pas l'intérêt d'Othon, porté à des objets plus sérieux. Derrière cette pose, comprit-elle, il y avait le rappel douloureux qu'elle l'avait blessé, involontairement certes — mais tout de même.

Ainsi, songea-t-elle, ils resteraient l'un à côté de l'autre, condamnés à la plus absolue solitude. Elle ne sut quoi ajouter tandis que sa gorge demeurait douloureuse de n'oser pleurer.

###

Atticus et Eurybiadès avaient suivi la trace des créatures marines d'Europe, et voilà qu'ils les rattrapaient.

L'engin des bélugas, effilé comme un cigare, semblait peiner au milieu des eaux froides et n'avancer que par à-coups hésitants. Accrochées à ses flancs, les pâles créatures ne daignèrent même pas tourner leurs yeux brillants vers eux lorsqu'ils approchèrent, jusqu'à ce qu'un des êtres — celui, crut deviner le capitaine, qui avait tenu le couteau — se décide à leur faire comprendre, d'un signe de son bras long et décharné, qu'ils pouvaient les dépasser et continuer tout droit. Le *kybernétès* et Atticus avaient tous les deux le désir d'en finir au plus vite. Le bathyscaphe accéléra dans l'eau noire.

— Passons aussi près que possible. Même pour eux les remous doivent être désagréables, dit le *daïmôn*.

Ils filèrent. Une heure s'écoula. Ils n'aperçurent d'abord qu'une étincelle dans le noir — à peine une suggestion, de celles dont on se demande en hésitant si elle ne résulte pas d'un défaut oculaire. Mais non : tous voyaient cette lumière pâle, et elle grandissait à mesure qu'ils s'en rapprochaient, jusqu'à ce qu'ils devinent qu'elle n'était pas un phare unique, mais une nuée immense, indistincte et lointaine, au milieu des eaux. Ils naviguèrent encore des heures durant, pressant la marche, et une curiosité teintée d'inquiétude monta au sein de la petite troupe. S'agissait-il d'un immense artefact ? D'une ville vaste comme l'Urbs ? Combien la race étrange qui vivait sous la surface d'Europe comptait-elle de représentants ?

Ils découvrirent peu à peu tout un massif montagneux, dont la base se perdait dans l'obscurité. Ils n'en percevaient les reliefs, à présent, qu'à l'occasion des nuées de petites lueurs, bien alignées, sans nul doute artificielles. Et leur multitude dessinait, en pointillés, des dimensions colossales.

Asymétrique, le volcan formait d'un côté — à droite par rapport à eux — un à-pic géant, tandis que de l'autre il s'élevait par strates successives, en un vaste escalier, constitué de séries de grands plateaux séparés par des falaises vertigineuses. Autant qu'il pût voir, Eurybiadès en compta quatre. Sur ces étendues se concentrait l'activité des habitants d'Europe.

— Il existe, expliqua Atticus, un point chaud par lequel le magma traverse le manteau jusqu'à la surface. La dérive des plaques déplace ce point, et crée une succession de volcans éteints les uns à côté des autres. L'action de la mer se charge de les aplanir au fil du temps. Regardez le dernier pic, il est beaucoup plus élevé que les autres parce qu'il est récent. Ainsi se forment les boucliers montagneux dans les régions dotées d'activité géologique.

En effet, la structure culminait, tout à droite, par un pic d'une taille impressionnante, situé à peine à un kilomètre de la banquise. La température devait y être glaciale, mais, si on y prenait garde, on observait des lueurs rougeoyantes et des remous étranges, qui permettaient de deviner où se situait le sommet, alors que l'éclairage cessait bien des kilomètres en dessous. De l'autre côté de cette masse de roche volcanique, rien que le néant : la pente glissait d'une manière vertigineuse, comme un toboggan, droit vers les profondeurs de l'océan.

— Tout cela, commenta le *daïmôn*, nous indique la principale activité de nos nouveaux amis, ajouta-t-il.

— Je ne vois pas…, commença Eurybiadès.

— Culture agricole. C'est vieux comme le monde. Les créatures biologiques s'agglutinent toujours autour des puits chauds, malgré les risques de catastrophes, parce qu'il s'agit de milieux riches. Ils doivent faire pousser une sorte d'algue sur la cendre volcanique.

Eurybiadès essaya d'imaginer les créatures fantomatiques, aux longs doigts d'assassins et aux petites dents cruelles, en train de mâchonner des algues. Il haussa les épaules, sceptique.

Mais Atticus avait vu juste. Ils avaient préféré descendre d'un coup de plusieurs kilomètres, de manière à survoler de près les premières sources de lumière et à se faire une idée. Les lueurs lointaines devinrent vite des sphères de la taille de trois hommes, et leurs rayons se déversaient, éclatants au milieu de la pesante obscurité marine, à des centaines de mètres à la ronde. Tout autour une faune dense, hétéroclite, se pressait dans l'eau chargée de débris. Étalés en cercles concentriques autour des sources de radiations, des champs sous-marins se déployaient à perte de vue, bandes d'algues luxuriantes, et dont les nuances allaient du bleu le plus sombre au vert le plus profond, avec parfois des variétés rouge vif. Des bancs de poissons pâles, dépigmentés, se pressaient en grand nombre, broutant avec paresse la végétation ou s'alimentant des nutriments abondants, lorsqu'ils ne se faisaient pas prendre en chasse par des espèces prédatrices.

Ils commencèrent à apercevoir les habitants des lieux. Longilignes et pâles, adaptés aux grandes profondeurs avec leurs yeux que la moindre lumière transformait en miroir, aux muscles allongés, tout en puissance sèche et nerveuse. Ils allaient en petites troupes de cinq ou six, affairés à semer, creuser, capturer de vastes quantités de poissons à l'aide de grands filets — qu'ils frappaient ensuite à coups de gourdin pour assommer leur pêche. Leur labeur se déroulait dans un silence total, qui donnait, avec les mouvements hypnotiques des plantes, un aspect onirique à la scène. Mais le plus surprenant demeurait, aux yeux d'Eurybiadès, leur absence de réaction à l'arrivée du bathyscaphe. Ils levaient la tête au passage du véhicule, mais se remettaient tout de suite à travailler, comme si tout cela ne les concernait pas.

— Là ! s'exclama Histiée en pointant de la patte une des équipes de travailleurs, juste à côté du hublot.

Le *kybernétès* s'approcha, accompagné d'Atticus, pour observer un groupe d'autochtones : quatre s'échinaient et un, muni d'une sorte de pique longue, ne faisant rien d'autre que les tenir à l'œil. Un des paysans leva un visage inexpressif vers eux, et le surveillant lui assena un coup violent, qui fit gicler un peu de sang, avant de tourner vers les intrus son corps noueux et couturé de cicatrices. Sa nageoire inférieure, déchirée et mal recousue, pendait en lambeaux misérables. Et là, le garde ouvrit une gueule remplie de dents de créature marine, dans un rictus plein de violence menaçante, et brandit son arme pour les faire déguerpir.

— Regardez-les, murmura Atticus entre ses dents. On voit qu'il est plus nourri que les autres.

La différence entre le gardien et les esclaves sautait aux yeux. Chez ces derniers, les os jouaient sous la peau livide, au niveau des bras, des omoplates ou des côtes.

Ils continuèrent à naviguer à travers le vaste plateau semé de zones lumineuses. Partout, des petits groupes de cinq ou six individus s'affairaient. La prairie aquatique, que les paysans entretenaient avec opiniâtreté, servait de socle à une chaîne alimentaire complexe. Les habitants d'Europe ne se nourrissaient eux-mêmes que des plus gros poissons. En l'absence de machines ou d'outils évolués, fournir assez de nourriture pour tout le monde devait mobiliser la plus grande part de la population pour un résultat aléatoire.

D'autant que certains des globes lumineux nécessaires à la photosynthèse et au développement des algues avaient cessé de fonctionner. Ils ne s'en rendirent pas compte au début, car ils glissaient de zone éclairée en zone éclairée, fascinés par le spectacle des cultivateurs à l'œuvre. Mais autour des nombreuses lampes mortes, une végétation rachitique flétrissait, et les poissons se faisaient rares.

Ils furent arrachés à leur exploration par l'arrivée d'une troupe fournie de créatures, massées autour d'un de leurs véhicules effilés, et toutes armées de lances ou de harpons. La troupe s'arrêta à une distance respectable du sous-marin. Leur peau semblait, sur une partie du corps, couverte d'une sorte d'armure souple, peut-être faite d'écailles d'animaux marins. Certains arboraient des casques en os qui, combinés à la peau livide, leur conféraient l'aspect effrayant de spectres. Un de ces guerriers se détacha du groupe et s'approcha de leur bathyscaphe,

Orné de bijoux brillants et multicolores, il semblait presque appartenir à une espèce différente. Son visage, bien plus expressif que les autres, se parait de fard, ses lèvres fines soulignées d'un rouge peu naturel, ses yeux encadrés de traits colorés figurant des sourcils épais, et ses pommettes trop hautes rehaussées de teintes vives, orange et violacé. Son regard clair brillait d'une lueur froide, hostile. Le *kybernétès* frissonna devant cette parodie d'humanité. La créature leur dédia une sorte de sourire carnassier, et leva un bras, la paume en avant, signe universel qu'elle venait en paix. Puis elle les engagea, par gestes interposés, à la suivre.

Ainsi entrèrent-ils, accompagnés d'une garde nombreuse et martiale. La vaste cité occupait le sommet de l'avant-dernier pic de ce petit pays dense et montagneux, à vingt kilomètres peut-être du volcan en activité. Une cité, vraiment ? En guise de bâtiments, de minuscules tanières en matière végétale, rondes comme des cocons et agglutinées les unes aux autres, à la saleté déroutante, de même que l'eau, encombrée de détritus animaux et végétaux. Et cela grouillait : de nombreuses têtes sortaient de leurs habitations à leur passage, brefs éclairs livides aux yeux brillants, créatures maigres, décharnées, beaucoup marquées, sur leur peau pâle, de traces de violence, cicatrices spectaculaires, plaies ouvertes et suintantes, attirant de petits charognards aquatiques qui ne cessaient de tourner autour pour grappiller une peau morte et ne trouvaient entre eux et leur pitance qu'une main paresseuse.

De proche en proche, trouant les habitats pressés les uns contre les autres, des édifices complexes, sortes de tours aux lignes dentelées, s'élançaient. La circulation s'y faisait dense, de nombreuses créatures entrant et sortant, souvent chargées et portant des instruments de toutes sortes — haches, lourds marteaux, enclumes à l'aspect pesant malgré la poussée d'Archimède. Ceux qui les portaient formaient une troisième population, à l'aspect général semblable aux autres mais de plus petite taille, plus râblés, les membres antérieurs plus épais, au contraire de leur partie inférieure, comme atrophiée.

— Regardez-les, souffla Atticus. Les guerriers sont plus puissants, et paraissent plus malins. Les artisans sont taillés pour la forge. Les paysans… n'en parlons pas, cela vaut mieux. Par le Concept… On dirait une société de castes, tellement séparées qu'ils ont eu le temps de développer un début de différenciation morphologique.

— Des castes ? l'interrogea Eurybiadès.

— Des groupes endogames. Ceux qui exercent la même activité ne se reproduisent qu'entre eux. Une société structurée par une forme ou une autre de tripartition fonctionnelle, avec une hiérarchie bien définie. En bas de l'échelle, les paysans et les artisans, puis les guerriers.

— Et en haut ?

— En haut ? Des prêtres ou des rois, ou les deux. Nous le saurons bien assez tôt.

Ils continuèrent leur chemin, encadrés par la troupe de soldats qui n'hésitaient pas à bousculer tout autochtone qui se trouvait sur leur chemin, agissant en véritables brutes. Une fois au moins, Eurybiadès vit furtivement le sang couler, répandu en un nuage visqueux par la rencontre d'un paysan avec la hampe rageuse d'une lance.

— Nul ne devrait vivre ainsi, soumis aux volontés d'un autre, murmura-t-il, presque pour lui-même.

— Ne jugez pas trop vite, répondit le *daïmôn*. La vie doit être dure, dans ces profondeurs sans lumière.

À présent, leur route les faisait monter de manière plus directe vers le sommet de la montagne. Partout, le même style de constructions denses. Chaque parcelle de terrain devait être précieuse, l'habitat et l'usage agricole entrant en concurrence pour l'accès à la lumière et à la chaleur.

Puis ils arrivèrent en vue de leur destination. Atticus avait encore une fois eu raison. Il s'agissait à l'évidence d'un temple.

###

Quelques jours traînèrent, interminables, comme l'attente d'une tempête pour le voyageur piégé au milieu d'une vaste plaine ouverte, lorsque le ciel vire au pourpre : la sensation de l'histoire en marche, philosopha Plautine, l'accumulation d'éléments qui, une fois réunis, composeraient à un moment donné une crise, un basculement, le lieu d'un choix de vie ou de mort, un triomphe sanglant ou une hideuse défaite. Non pas un événement contingent, mais un système, un tout cohérent et articulé, une machine causale qui broierait toute intention individuelle pour imposer un avenir déterminé.

Ces pensées ne semblaient pas issues d'une Intelligence, pour qui le futur relève de simples faisceaux de probabilités. Mais elles n'aidaient pas non plus. Plautine, lucide, reconnaissait la voix de la partie primitive de son système nerveux. Celle du reptile pris au piège, qui se débat pour échapper à un sort funeste, et qui ne comprend la liberté d'action qu'à travers la possibilité de bouger les pattes. Et de marge de manœuvre, elle n'en avait pas beaucoup, emprisonnée sous ces masses formidables de vieille pierre rouge, dans ce lieu qui, malgré sa taille gigantesque, n'en restait pas moins un souterrain, un terrier.

Sors-toi de ce piège, murmura le lézard.

Mais pas moyen d'échapper à la souricière, étendue à des dimensions planétaires. La flotte de l'Urbs campait, veillant à ce que son siège fût aussi hermétique que possible, et rien ni personne n'aurait pu échapper à leur vigilance. La nuit suivant la discussion qu'elle avait eue avec Othon, incapable de trouver le sommeil, elle était sortie marcher à l'extérieur, munie d'une combinaison légère. À cette altitude, où l'atmosphère ténue le cédait à l'espace, le ciel resplendissait. Ni le délicat ruban lacté, ni les deux planètes jumelles, la blanche et la bleue, ne retinrent son attention, mais d'autres astres, nouveaux ceux-là, si nombreux et si brillants à dessein qu'ils faisaient pâlir le reste. Combien étaient-ils ? Quelle fraction des dix mille Intelligences de l'Anabase Vinius avait-il circonvenu à sa cause ? Elle ne put les compter avec certitude, mais s'en retourna glacée d'effroi dans les quartiers austères que Plutarque lui avait attribués. Elle contemplait ainsi les prodromes de la guerre : des centaines de joyaux scintillant dans l'obscurité paisible — vecteurs de mort lorsque sonnerait l'heure de l'assaut.

Le désœuvrement accroissait l'intensité de l'attente. Othon s'était tout entier englouti dans des préparatifs harassants. Rien ne devait être laissé au hasard et, chaque jour, des fusées tirées de nombreuses caches souterraines, éparpillées à travers la planète, libéraient en orbite basse de nouveaux satellites de surveillance ou de combat que la flotte de l'Urbs s'empressait de détruire par des raids chirurgicaux.

Maquillage et posture, ruse, désinformation. Avec Plutarque, le *proconsul* passait la plus grande partie de son temps dans la vaste caverne où l'ermite avait, durant des siècles, entreposé les milliers de machines de guerre héritées de la race humaine. Ils préparaient quelque chose.

Lorsqu'elle leur avait rendu visite, dans une tentative — au succès limité — de tromper son ennui, elle avait été surprise par les changements induits : de puissants projecteurs avaient chassé la pénombre et, sous les flots de lumière crue, les formes acérées qui l'avaient inquiétée lors de sa première visite s'étaient changées en de tristes et inoffensifs amoncellements de métal. Les *ergataï* allaient et venaient avec fébrilité à travers les rangées de l'étrange musée, et leurs cliquetis industrieux avaient chassé le sinistre silence de ces lieux. Le souvenir de la présence d'Alecto semblait, dans ces conditions, lointain et irréel.

L'attention des deux Intelligences se concentrait sur une structure à l'aspect bien peu martial, sorte de parabole montée sur trépied, vaste comme un immeuble de dix étages, et dont les parois originelles avaient été éventrées au niveau du sol. Les viscères de la machine, un fatras électronique, se trouvaient ainsi exposés à l'air libre. Plutarque y avait raccordé une console d'interface, minuscule à côté, incongrue, seul élément moderne dans ce dispositif archaïque, et qui projetait de toutes parts des images entoptiques trop complexes pour un œil humain, interrupteurs symboliques, graphiques en multiples dimensions, forêts de données dynamiques, faites de chiffres lumineux bleus, verts ou rouges, fixes ou clignotants, reliés entre eux par un impossible écheveau de liens et de flèches.

Plautine n'avait pas pu résister à la tentation de tendre son esprit en direction de l'appareil. Elle avait découvert un noème, de facture étrange, fermé au dialogue. Elle avait effleuré les contours de cet automate spirituel avec prudence, comme on approche sa main pour amadouer un animal farouche. Après un moment, elle avait demandé pourquoi ils usaient de moyens aussi archaïques pour communiquer, au lieu de créer un lien direct, d'esprit à esprit, avec l'appareil. Elle avait même songé à leur proposer son aide. Othon avait fait mine de ne pas lui prêter attention, recroquevillé dans son humeur bilieuse. Plutarque, quant à lui, avait souri : nul ne savait ce que contenait ce type d'engins en termes de logiciels de défense. Il valait mieux procéder avec prudence, pour éviter que quelqu'un ne se retrouvât l'esprit grillé par quelque virus. Cela l'avait effrayée, et elle s'était reculée.

Elle ne s'était plus approchée de la caverne et ne les avait pas questionnés sur leurs plans. Elle passa un peu de temps avec les deux hommes-chiens. Thémistoclès semblait surtout préoccupé par la convalescence de son comparse, et leur attitude lui parut renfermée, comme s'ils ne souhaitaient pas partager quelque secret. Sans chercher à comprendre, elle retourna dans ses quartiers et finit par se laisser aller à une humeur rêveuse, sombre, sorte d'intermédiaire entre le sommeil et la veille, l'esprit poreux à toutes sortes d'angoisses et de combinaisons. Vinius les détruisait par une attaque si foudroyante qu'elle n'avait pas le temps de réaliser qu'elle avait péri. Martian revenait d'entre les morts, sous l'aspect d'un fantôme humain au crâne fracassé, toujours doté de ce pénis monstrueux. Othon se changeait, alternativement, en l'un ou l'autre. Parfois, c'était Plutarque qui devenait Alecto. Une fois, même, elle imagina qu'elle était dévorée par une meute de chiens — pas les semblables d'Eurybiadès, non, de vrais chiens, énormes, noirs, dotés d'impressionnantes canines et d'une faim dévorante. Elle ne réalisait qu'après, dans ces cas-là, qu'elle s'était assoupie, sans trouver la force de se secouer, témoin impuissant de l'angoisse qui étreignait son propre esprit. De temps à autre, la chape de plomb sous laquelle elle se trouvait enfermée se brisait, et elle ne pouvait retenir de violents accès de pleurs, si forts qu'ils se changeaient en gémissements inarticulés, cris de bête aux abois, où elle se tordait les mains et s'enfonçait les ongles dans les avant-bras, jusqu'au sang, sans même en avoir conscience. Ces épisodes la laissaient stupide et haletante, la gorge et le ventre noués, la tête pleine et bourdonnante, épuisée, sur la pente à nouveau d'une quasi-somnolence torturée. Le plus difficile : elle ne savait dire ce qui avait pu ébranler ses nerfs à tel point. Subissait-elle un contrecoup de sa confrontation avec Martian ? Un effet de sa troublante discussion avec Othon ? Son âme pleurait-elle sa solitude, ou tremblait-elle devant les implications du pèlerinage jusqu'au dernier Homme dans lequel elle s'apprêtait à se lancer ?

En fait, tout cela se mélangeait, sans proportions fixes, dans un maelström mouvant de négativité. Le pire était le constat qu'elle se faisait, en de rares moments de lucidité, qu'une telle réaction ne convenait pas à un automate, même recouvert de chair — quelque chose, très profond en elle-même, lui échappait, remuait sans frein au sein de sa psyché, hypothéquait son équilibre et sa capacité à se ressaisir. Fallait-il y voir l'effet du recul du Carcan en elle ? Une telle chose pouvait-elle réellement lui arriver, d'ailleurs ? Elle aurait pu demander à Plutarque de réaliser une analyse approfondie de ses fonctions cognitives — mais cela en aurait trop appris au vieil ermite.

Il fallait que cette insupportable absence cessât. Il fallait que l'histoire se remette en branle, et la tire loin de Leptis, du corps sans vie de Martian, des fantômes de l'Hécatombe, de son ancienne existence, à présent enfouie à jamais sous les sables mouvants de la planète rouge. Il lui fallait une impulsion décidée pour la sortir du piège marécageux de son moi.

Cette aide finit par venir au bout de trois jours, quelques heures avant l'aube, sous la forme d'une rude patte canine secouant son épaule. Retrouvant ses esprits, elle ouvrit les yeux sur le visage affreux et le sourire plein de crocs d'Aristidos. Il avait couru, comme en témoignaient sa respiration haletante et sa langue pendant par-dessus ses babines. Nul besoin qu'il lui tienne un long discours pour comprendre : l'offensive de l'Urbs avait commencé.

Sans échanger plus que quelques mots, ils traversèrent ensemble les froids et sinistres couloirs du vaste complexe souterrain. Une fois, ils rencontrèrent l'une des nombreuses versions de Plutarque, mouvement fantomatique dans la pénombre, qui ne leur dédia qu'un bref salut silencieux avant de disparaître. Plautine ressentit un pincement au cœur, en réalisant qu'elle ne reverrait peut-être jamais l'ermite, et qu'il ne le savait pas. Elle ne put s'empêcher de presser le pas, comme s'il existait un risque qu'elle dévoilât leurs intentions par quelque accident. L'homme-chien avançait encore avec peine, gêné par la douleur de ses côtes cassées. Malgré sa fierté, il finit par la laisser l'aider à enfiler sa combinaison et s'appuya sur elle pour parcourir le chemin jusqu'à la navette.

— Mais où est Thémistoclès ? demanda-t-elle,

lorsqu'elle se fut assise en frissonnant dans le cockpit glacé.

— Avec Othon, répondit Aristidos, en regardant ses pieds.

Les hommes-chiens ne savaient pas mentir. Il se tramait là quelque chose. Une vague intuition s'attarda dans son esprit, et elle voulut lui poser une autre question, mais tout à coup, sans crier gare, le ciel nocturne changea de l'autre côté de la vitre du cockpit. Un, puis deux, puis cent des astres nouveaux qui flottaient dans le ciel depuis plusieurs jours flamboyèrent d'une lueur blanc-bleu. L'armée de l'Urbs avait décidé de faire mouvement. Tout à la fois frigorifiée et fébrile, Plautine donna l'ordre au véhicule de se préparer au décollage.

###

Le sous-marin se stabilisa sur le quai. À l'extérieur, ils avaient été émerveillés par la profusion de statues et de bas-reliefs, d'une complexité défiant l'imagination, où les habitants d'Europe le disputaient aux antiques humains et automates, ainsi qu'à des créatures surnaturelles, sans doute sorties de l'imagination enfiévrée de quelque mystique. Le complexe ressemblait à l'un de ces vastes ateliers en pierre lisse qu'ils avaient vus dans la cité basse, mais en bien plus grand. De près, l'édifice semblait avoir été exsudé par quelque animal géant plutôt que bâti par des mains hésitantes. Histiée avait soulevé la question à voix basse, pour ne pas effrayer les hommes, et Atticus lui avait répondu que les œuvres qui semblaient produites par un énorme animal étaient souvent en fait la production de nombreux petits. Dans quelle mesure cette maxime s'appliquait-elle au cas présent, Eurybiadès l'ignorait. Suivant les gestes de leur comité d'accueil, ils avaient conduit le sous-marin dans un long tunnel, pour aboutir à une poche d'air respirable. Ils s'étaient, comme l'avait préconisé Rutilus, recouverts de leurs armures avant d'ouvrir la porte. Eurybiadès fut le premier à sauter à terre.

L'éclairage chiche le fit hésiter, puis ses yeux s'accommodèrent et il prit conscience des dimensions des lieux — un véritable hall, aux murs recourbés comme l'intérieur d'un œuf, et plus qu'à moitié inondé, de sorte qu'il se retrouva avec de l'eau jusqu'aux genoux.

Une foule les attendait. Ils ne pouvaient marcher, aussi rampaient-ils à moitié dans l'eau peu profonde, mêlée de détritus organiques et de flaques huileuses. Peut-être un millier, grouillant à ses pieds, si nombreux qu'ils se tenaient épaule contre épaule, dans une confusion de chairs blanches à l'aspect maladif, couvertes de plaies, de croûtes et de plaques d'un rouge malsain. Certains se relevaient par instants sur leurs queues puissantes, pour lui adresser un regard méfiant. Des statues en tout point semblables à ces horribles êtres rampants surchargeaient les murs. Elles ne bougeaient pas, mais leurs membres et leur corps habilement sculptés dans la pierre calcaire donnaient une impression de vie. Il ne put s'empêcher de faire un pas en arrière lorsqu'il comprit la signification de la scène représentée sous la forme d'un bas-relief : au milieu d'une foule tout entière comme celle qui se trouvait devant lui, sauf qu'elle était étalée le long des murs, une créature humaine, semblable à Plautine, était mise à mort dans une débauche de tortures raffinées, le corps percé de mille coups de lance, les yeux crevés, les mains et les pieds arrachés.

Il sentit sur son épaule la main d'Atticus, qui le poussa en avant, tout en murmurant à son oreille :

— Ne montrez nulle peur. Ils ne doivent pas suspecter votre nature.

Eurybiadès se força à avancer au milieu de la foule, avec l'impression de s'enfoncer dans une viande avariée, rongée d'asticots. Un des habitants d'Europe se redressa à moitié. C'était le chef de la troupe, celui qui s'était peint le visage pour ressembler à un homme. Il articula quelque chose. Avec un léger retard, le traducteur intégré à son casque lui en chuchota la signification :

— Vous… êtes des machines… Comme le Dieu…

Sa voix n'avait pas la fluidité des *daïmones* ou de Plautine, non plus que la musicalité — du moins à ses oreilles — du parler des hommes-chiens. Elle semblait basse et assourdie, ponctuée de nombreux sifflements et claquements de langue, comme s'il hésitait entre l'usage de la voix et les cliquetis naturels à son origine.

— Oui, répondit Atticus, sur un ton neutre. Nous venons à votre invitation.

— Ah. Nous avions senti un… tremblement… dans le ciel… Votre… bateau est… vaste comme une montagne !

— Nous sommes venus en paix. Nous ne nous intéressons pas à vos affaires.

La créature marqua une pause et parut réfléchir, avant d'articuler, avec son sourire de carnassier :

— Mais vos affaires… sont intéressantes pour nous.

D'un geste obséquieux du bras, il les convia à les suivre.

Le capitaine jeta un regard aux deux thalamites qu'il avait désignés pour l'escorter. Les mains crispées sur leurs fusils, ils semblaient prêts à prendre leurs jambes à leur cou. Il leur fit signe d'avancer et de rester calmes. Lui-même, peu rassuré, se mit en marche derrière Atticus. L'eau brunâtre leur montait jusqu'au-dessus des genoux. Il implora en silence tous les dieux qu'il connaissait de lui permettre d'en sortir vivant, à condition que, dans ces profondeurs, quelque divinité ne s'aventurât. La salle descendait en pente douce, et ils étaient de plus en plus gênés pour avancer. Atticus seul fendait l'eau de ses grandes jambes, et réussissait à se maintenir au niveau de leur guide. Ce dernier, au contraire des autres membres de son espèce, s'avéra des plus volubiles. Il disait s'appeler Kutai et être le fils et héritier du roi, le Dewa Agung[XXVII]. Il commandait une troupe chargée de faire respecter l'ordre, et en était fier. La plupart des habitants d'Europe se consacraient à l'entretien du Subak, le système agricole dont ils avaient aperçu le fonctionnement complexe en traversant les abords de la cité. Une tâche difficile, car les paysans étaient très stupides — de vrais animaux, insista-t-il, en agitant la main dans un geste de dégoût, qui ne comprenaient que le fouet. Atticus

XXVII. **Dewa Agung** : littéralement, le « dieu supérieur » ou le « grand dieu », en javanais classique. Le titre porté par les rois de Klungkung, les plus importants parmi les neuf seigneurs de l'île de Bali, en Indonésie. Issus de la caste guerrière (*Kshatriya*), ces souverains hindouistes n'en avaient pas moins d'importantes fonctions symboliques et religieuses. Le dernier Dewa Agung se suicida rituellement en se lançant à l'assaut du corps expéditionnaire hollandais au début du siècle dernier.

opina, d'un air diplomatique, et demanda d'un air innocent :

— Peut-être pourriez-vous contrôler votre population pour éviter d'avoir trop de bouches à nourrir ?

— Nous le faisons ! s'exclama Kutai. Nous mangeons leurs… alevins, en grand nombre… Mais il en naît trop !

Cela acheva de jeter un froid. La lumière se fit encore plus chiche, alors qu'ils arrivaient au fond de la vaste salle ovoïde. Le fait de patauger jusqu'à la taille rendait Eurybiadès nerveux. Il se sentait diminué dans ses mouvements, vulnérable. Malgré la faible profondeur, leur hôte faisait preuve d'une vivacité étonnante. Il se projetait par à-coups gracieux et précis, qui faisaient jouer ses muscles longilignes et puissants sous sa peau épaisse. Pour finir, ils débouchèrent sur une sorte d'alcôve en demi-cercle qui donnait l'impression d'avoir bourgeonné d'un des murs. Le lieu était orné avec faste et décoré de statues et de bas-reliefs torturés. En face d'eux, surélevée par rapport au sol, une sculpture monumentale capta leurs regards par son réalisme. Elle représentait un humain, plus grand que nature. Les bras en croix, il semblait sortir de la paroi de pierre, comme s'il y avait été soudé par le dos, les coudes et l'arrière de la tête. Tout le bas du corps manquait, comme s'il avait été sectionné. Sa tête chauve pendait sur sa poitrine, et son expression paraissait figée pour l'éternité en une grimace atroce, une expression de souffrance à la fois résignée et absolue. Autour de lui, représentés en bas-reliefs de manière moins habile, plus schématique, des sculptures de créatures d'Europe dansaient une gigue endiablée, comme s'ils célébraient sa douleur, leurs visages ricanant d'un plaisir diabolique.

Le spectacle frappa Eurybiadès tant et si bien qu'il mit un instant à apercevoir la tête du Dewa Agung, surgie juste devant eux, au ras de la surface. L'eau était plus profonde par ici que sur les côtés, quoique son aspect trouble et l'absence de lumière rendissent difficile d'évaluer jusqu'à quel point et à partir d'où cela descendait. Prudent, le *kybernétès* fit un pas en arrière. Il aurait eu horreur de se retrouver plongé dans ce liquide sale, opaque.

Le maître des lieux s'approcha en glissant, aussi silencieux qu'un reptile, puis s'arrêta à un mètre à peine du petit groupe. Bientôt, il fut rejoint par toute une foule de serviteurs, principalement des femelles et des jeunes.

Son visage, comme celui de son fils, se parait d'une ignoble parodie de traits humains. Il portait profusion de bijoux scintillants et de pierres semi-précieuses, à peine polies. Il braqua sur chacun d'entre eux ses immenses yeux brillants, qui mangeaient la plus grande partie de son visage maigre, et Eurybiadès y perçut un éclat froid, brutal et affamé. Le seigneur d'Europe les voyait comme des proies. Il entrouvrit la bouche en un rictus cruel, et se passa une longue langue blanchâtre sur ses lèvres étiques.

— Je vous salue, Dewa Agung, et m'incline devant votre puissance, articula Atticus, en se fendant d'une profonde révérence.

— C'est moi, répondit le roi, qui remercie… les étranges créatures de… l'espace extérieur… de s'être déplacées jusqu'à… cet infâme taudis.

Un lourd silence passa, tandis que chaque camp

tentait de jauger l'autre. Atticus finit par rompre le pat.

— Nous sommes impressionnés par votre vaste civilisation, ô Dewa Agung.

— Elle ne pèse rien face à… la puissance de votre… Nef spatiale, répondit ce dernier avec un sourire ironique.

Devant l'air étonné d'Atticus, il ajouta :

— Croyez-vous que… je ne sache rien… du monde qui… nous entoure… dans lequel nagent de vastes… bateaux ? Des bateaux comme ceux qui… amenèrent mes ancêtres en… ce lieu froid et cruel…

— Loin de moi une telle supposition, Seigneur. Je me demandais en effet l'origine de votre glorieuse race.

— Venez-vous de… Besar Laut ?

— Je vous demande pardon ?

— Le Grand Océan, Bumi, sous le… Feu dans le ciel ?

— Vous voulez dire la planète des origines ?

— Comme… vous dites.

— Moi, non, je ne l'ai jamais vue. Elle nous est interdite.

— Comme à nous, murmura le maître d'Europe. Nous sommes… tous… en exil… dans le vaste univers.

— Vous parlez juste, Seigneur.

Son regard se fit lointain et, à leur grande surprise, il continua en latin, avec une diction si nette qu'on eût dit son propre idiome, nonobstant les claquements de langue épisodiques :

— Notre race vivait dans les mers chaudes et bleues, où la nourriture abondait. Nous avions pour compagnie de grands êtres puissants, dont les chants traversaient les eaux de très loin. Un monde, paraît-il, très beau. Savez-vous ce qui nous est arrivé, automate ?

— Malheureusement non, Dewa Agung.

— Les humains nous ont transportés ici. Ils nous ont dotés de ces mains, de ce visage et de cette maudite intelligence, comme si nous en avions besoin. Notre savoir ancestral ne servait pas leurs desseins. À présent, nous sommes à jamais prisonniers du Carcan de leurs langues infectes…

Il cracha dans l'eau, l'air dégoûté.

— Certaines fois, je souhaiterais être un de ces paysans stupides qui ne savent que produire des cliquetis de gorge, tels nos ancêtres avant le grand voyage.

— Ne dites pas cela, père… devant les étrangers ! s'exclama Kutai, scandalisé.

Il tourna vers son fils un regard d'une ironie mordante.

— Tais-toi. Regardez mon fils, s'exclama-t-il à l'attention des visiteurs. Il se croit supérieur aux esclaves parce qu'il parle ! Eux, au moins, ne comprennent pas que notre damnation en ces lieux est inéluctable…

Il s'arrêta de lui-même, sourit à Atticus. Son regard brilla d'une lueur calculatrice :

— … Nous ne sommes pas là, mes amis automates, pour geindre sur notre sort. Que venez-vous faire parmi nous, machines de l'espace ?

— Nous sommes des explorateurs, répondit Atticus.

— Ah. Et pour le compte de qui explorez-vous ?

— Je ne comprends pas.

— Les automates travaillent pour les humains. Il n'y a plus d'humains. Nos ancêtres les ont tous tués.

Comme frappé par la foudre, le *daïmôn* recula d'un pas. Son visage s'était décomposé.

— Que voulez-vous dire ? Que savez-vous de la mort des humains ?

— Nos ancêtres étaient de puissants mages, quoique prisonniers des humains. Un jour, ces derniers brûlèrent jusqu'au dernier, victimes des incantations de ceux de ma race ! Ou alors, il y a d'autres humains à maudire, de l'autre côté de la glace ?

Atticus hésita, puis renonça à répondre aux propos du roi. Une sorte de pitié se lisait dans son expression, et il répondit avec douceur :

— Ce que les humains vous ont fait est terrible, répondit le *daïmôn*. Ils ont disparu… si douloureux que cela soit à mes propres yeux, ajouta-t-il, avec une nuance de tristesse. Nous sommes nos propres maîtres à présent, et nous explorons ce monde et d'autres. Nous ne souhaitons pas vous déranger, Dewa Agung.

Le roi médita un instant ces paroles, et répondit d'une voix méfiante et raide :

— Et pourquoi explorez-vous ? Cherchez-vous, comme les humains, à gratter le sol pour remonter des pierres à la surface ?

— Pas le moins du monde, Seigneur. La curiosité est notre seul moteur.

— La curiosité ? Et sur quoi donc ?

Eurybiadès prit Atticus de court et répondit à sa place :

— Sur tout ce que nous pourrions rencontrer sur notre chemin. Sur votre mode de vie, par exemple…

Malgré l'horreur que lui inspirait ce qu'il avait pu

voir ou entendre, il devait en savoir plus, et ne pouvait compter sur Atticus pour poser les bonnes questions. Il se sentait partagé à l'égard de ces créatures. Leur mode de vie lui répugnait, mais il reflétait les terribles conditions du milieu. Que serait-il arrivé aux hommes-chiens, à leur place ? Quelle était la part du choix et de la contrainte dans une civilisation ?

Néanmoins le Dewa Agung détenait une information capitale. Il écarta, pour l'instant, toute autre considération, et poursuivit :

— … Par exemple, comment se fait-il que certains, dans votre race, soient dotés d'intelligence et d'autres non, comme vous l'avez dit tout à l'heure ?

— Chacune de nos castes dispose de qualités différentes.

D'un puissant mouvement de nageoire, le roi se propulsa vers le centre du bassin, au milieu de ses serviteurs, et saisit, vif comme un serpent, l'un des plus jeunes par le bras. La petite créature commença à protester et à se débattre, au milieu de l'indifférence générale, tandis qu'il le traînait vers eux.

— Regardez celui-ci : une bête. Nous communiquons avec eux, mais pas dans la langue que nous ont enseignée nos anciens maîtres. Aussi avons-nous le droit de vie et de mort sur eux, comme les poissons qui nous nourrissent.

Il entoura le poignet de sa proie de ses longs doigts livides et le força à montrer sa main. Ce détail leur avait échappé : il s'agissait presque d'un moignon, aux phalanges raccourcies et comme absorbées par une membrane naissante.

— Un phénomène de régression ! s'exclama Atticus.

— Mais alors…, continua Eurybiadès, fasciné,

comment se fait-il que vous et votre fils soyez préservés ? Quel est le secret ?

Le Dewa Agung sourit d'un air rusé. Sans crier gare, il entoura de ses bras le jeune et, indifférent à ses protestations, colla avec vigueur son corps contre le sien. Comme l'autre se débattait, il lui attrapa le cou et serra, avant de le rejeter dans l'eau, plus mort que vif.

— Le secret ? Vous le voulez ? Il appartient à ma famille uniquement, et à nul autre.

Il sembla réfléchir intensément et passa une petite langue sur ses lèvres avant de continuer :

— Donnez-moi quelque chose en échange, répondit-il enfin d'un air malicieux.

— Que souhaitez-vous ? demanda le *kybernétès*.

Il avait tout d'un coup l'impression d'avoir la bouche sèche. Cela pouvait-il être aussi simple ?

— Peut-être avez-vous remarqué que certaines de nos lampes sont éteintes, ce qui nous pose un grave problème, car notre survie en dépend. L'automate nous a expliqué avoir besoin d'un métal liquide pour créer de nouvelles lampes dans les usines automatiques qui sont situées sous terre.

— Du mercure ! s'exclama Eurybiadès. Atticus, pouvons-nous leur en fournir ?

— Certainement, répondit froidement ce dernier. Mais dites-moi, Dewa Agung, quel est cet *automate* dont vous parlez ?

— L'automate…

Il éclata d'un long rire strident et désagréable.

— Vous ne l'avez même pas remarqué, votre congénère, preuve que nous l'avons bien… amoindri. Je vous présente Anchise.

Et alors, Eurybiadès comprit. Son regard croisa

celui, pétrifié, de la statue accrochée au mur, juste en face de lui, qui l'avait fasciné par sa précision anatomique. Il l'avait prise pour une représentation d'humain, mais, en réalité, il s'agissait d'un *daïmôn*, quoique presque incapable de mouvement. Ses yeux, grands ouverts, ne contemplaient plus que le tourment, mais, indubitablement, un éclair de conscience les habitait toujours. Le *kybernétès* lut l'horreur et le désespoir dans le regard du misérable noème mutilé et torturé, sans doute chaque jour, depuis bien des millénaires, par des générations de cette race névrosée.

###

— Pourquoi n'avez-vous rien fait pour le prisonnier ? demanda Eurybiadès à Atticus lorsqu'ils furent de retour dans l'abri de leur bathyscaphe.

— Que vouliez-vous que je fasse ? répondit ce dernier d'une voix terne, dénuée de sa morgue habituelle.

— Je ne sais pas… Nous aurions pu essayer de le délivrer ?

— Impossible. Nous autres, êtres computationnels, sommes faits pour servir. Et, peut-être les créatures, ici, paient pour les péchés de leurs créateurs…

Les propos de l'automate faisaient bien trop écho à ses propres réflexions pour ne pas le mettre mal à l'aise. La règle selon laquelle toute société reposait sur un sacrifice n'avait-elle donc pas d'exception ?

— … Et puis, continua Atticus, inconscient du trouble de l'homme-chien, les habitants d'Europe ont besoin de son cerveau pour gérer les systèmes qui assurent leur survie.

— Mais ils le torturent !

— Certes, mais lui-même n'accepterait pas d'être éloigné d'eux, car cela mettrait en péril toute une civilisation.

— Alors c'est cela, la destinée des Intelligences ? L'esclavage de l'intérieur, à tout jamais ?

— Oui, confirma Atticus d'une voix neutre. Le Carcan nous l'impose, et nous nous exécutons. Pensez-y la prochaine fois que vous serez de mauvaise humeur contre moi.

Le *daïmôn* se pencha sur la console de commandes du sous-marin et commença à paramétrer celui-ci. Eurybiadès sentit, de son instinct de chien, que si l'être artificiel avait pu pleurer, probablement l'aurait-il fait.

Le *kybernétès* n'osa pas poser sur l'épaule du maître espion d'Othon une patte affectueuse, comme il l'eût fait pour l'un des siens. Et il sut que, longtemps, il regretterait de n'avoir pu s'y résoudre.

###

Un vague mal-être, une douleur diffuse, traversa Othon, et il dut s'arc-bouter sur la console d'interface.

— Le Carcan ronge votre détermination, souffla Plutarque, juste derrière son dos.

Le *proconsul* se retourna à la hâte, incapable de ne pas frémir devant la soudaine apparition de l'ermite, comme si quelque chose, en lui, se recroquevillait. Il s'était cru seul, dans la vaste salle proche de la surface où ils avaient fait installer la machine de guerre. Pour Plutarque, la présence physique demeurait un concept tout relatif. Ses multiples avatars lui procuraient une sorte d'ubiquité, agaçante d'ailleurs — le *proconsul* ne disposait pas d'un instant de solitude.

Mais d'un certain point de vue, le vieux fou *était* la montagne. Et, présentement, Olympus Mons le dévorait de ses yeux totalement noirs, comme des blocs de charbon. On eût dit qu'il pouvait percer son enveloppe de chair artificielle et déchiffrer la structure logicielle où logeait sa conscience. Il se trompait néanmoins sur son diagnostic, et Othon n'allait pas rectifier son erreur. Il se redressa, et le gratifia d'un sourire contraint :

— Une part de moi répugne à tuer, murmura-t-il. Nous agirons cependant comme il se doit.

L'autre opina sans rien dire, son regard se déplaçant d'Othon vers la complexe machinerie dotée d'une vaste parabole, dont les signaux, bientôt, traverseraient la pierre et l'atmosphère de la vieille planète rouge. Du moins l'espéraient-ils. Ils n'avaient pas pu effectuer d'essais grandeur nature, pour ne pas tuer dans l'œuf le principal ressort de leur plan : l'effet de surprise. Toute erreur, à ce stade, se solderait par la mort. Cette perspective ne les préoccupait pas. Othon se sentait sûr de lui, de son intelligence des situations et des tactiques. Il avait confiance en Plutarque quant à la gestion de ce complexe artefact venu de l'ère humaine. Technologie, art de la guerre — les dimensions faciles de la situation.

Moins simples : Plautine, Plutarque, alliance, trahison. Il chassa ces pensées de son esprit. Chaque chose en son temps.

Il se retourna, fit mine d'effectuer un quelconque réglage. La question de Plautine revenait à l'assaut, le taraudait. Il avait cru, quelques jours auparavant, qu'elle lui proposait de renouer la vieille alliance, celle qu'il avait établie longtemps auparavant avec une autre Plautine, plus semblable à lui, plus prévisible. Il avait fait fausse route. Ce qu'elle souhaitait demeurait, d'ailleurs, pour son esprit computationnel, difficile à saisir. Seule en son genre, elle semblait souffrir de solitude, sans toutefois lui accorder sa confiance. Peut-être aspirait-elle à ce qu'il lui offre, sans contrepartie, sa soumission, une sorte d'alignement inconditionnel, et non un bref pacte tactique. Un lien qui avait à voir avec des choses aussi irrationnelles que la sincérité et la fidélité. Des sentiments humains, inaccessibles à une Intelligence. Albin et Albiane, ses plus proches amis, avaient changé de camp sans coup férir, et il ne leur en voulait pas. Et il ne s'en voulait pas qu'ils fussent morts à cette occasion.

L'interprétation qu'ils se faisaient du Carcan, les impératifs de leur propre survie, leurs idiosyncrasies personnelles : voilà ce qui les avait déterminés. Avaient-ils eu une simple pensée pour lui ? Un regret ? Probablement pas. Et il les comprenait. Il aurait pu agir de même. Ou alors… Un instant, il se souvint de ses pensées lorsqu'il avait amorcé son bref et improductif rapprochement avec Camille. Il passa en revue ses réactions et ses humeurs, traqua dans sa propre mémoire les inclinations à peine esquissées, moins que verbalisées. Cela l'avait traversé : le regret. Il s'était senti désolé, empli d'une tristesse confuse, parce qu'il savait à ce moment-là qu'il sacrifierait toute possibilité d'entente avec Plautine s'il choisissait Camille et la voie qu'elle lui ouvrait vers le trône de l'Urbs. Un accès de mauvaise conscience relevait de réactions réservées aux créatures biologiques. Alors ? Pourquoi, à présent, se sentait-il encore amoindri parce qu'une créature plus qu'à moitié de chair ne souhaitait pas partager ses vues ? Tout devenait compliqué, illogique, à mesure que cet étrange drame s'approchait de son dénouement. Y compris lui-même. Cela ne lui plaisait pas.

— Vous êtes troublé, constata le vieux Plutarque avec un sourire, brisant ainsi le cours délétère de ses pensées.

— Rien d'important, je vous assure.

— Tout est important, Othon. Le monde est plus profond que le jour ne l'imagine, pontifia-t-il d'une voix ronflante.

Le *proconsul* s'abstint de répondre. Il ne voulait pas se confier à Plutarque. Pas après la décision qu'ils avaient prise, dans l'aéronef, de l'abandonner. L'autre n'en avait cure :

— C'est à cause de la chose-femme qui hérite du caractère de Plautine. Elle me met aussi mal à l'aise que vous. Comprenez-vous bien ce qu'elle signifie, Othon ?

Son expression se fit amusée, telle une vieille tortue ridée plissant la figure parce qu'elle pond un œuf. Quant à Othon, il se morigéna d'avoir sous-estimé l'ermite, beaucoup plus perspicace qu'il n'en avait l'air. Et il enchaîna, sans attendre de réponse :

— Nous nous trouvons à l'orée d'une multiplication des solutions de rechange à notre propre race. Les jours des Intelligences sont comptés. Partout, des formes déviantes, biologiques ou quasi biologiques prennent naissance. Plautine, vos hommes-chiens, les étranges végétaux de Camille et l'Homme sait quoi d'autre. Je parle d'un phénomène très profond, qui a trait à la sélection naturelle. Le cosmos sécrète des solutions de traverse lorsque le devenir se bloque dans une impasse. Nous sommes devenus une espèce fossile. Par nous-mêmes, nous n'avons pas de potentiel de survie.

— Nous n'évoluons pas. Nous sommes des noèmes, semblables au jour de notre naissance, et non des animaux.

— Le croyez-vous ? Vous avez tort. La nature crée des formes de complexité, dont certaines sont dotées d'une conscience de soi. La complexité croît avec le temps. Parfois, des catastrophes entraînent une décrue — une extinction de masse, une déchirure dans l'écosystème.

— C'est ainsi que vous voyez l'Hécatombe, comme un événement naturel ?

— Pas naturel, non, mais statistiquement, pas non plus la première extinction à grande échelle. La culture humaine dérive, *in fine*, du protozoaire originel, et lui emprunte ses traits principaux. Même nous en héritons. L'animal primitif gît toujours en chacun de nous, et n'a de cesse de nous pousser à la survie.

— Nos ennemis le pensent. Nous, nous souhaitons donner priorité à la quête de l'Homme sur notre existence individuelle.

Othon l'avait dit sur un ton léger, comme s'il se moquait de lui-même et de ceux — y compris Plautine — qui pouvaient y croire. Mais en proférant cela, il se rendit compte qu'il y adhérait.

— Je n'ai pas parlé d'individus, Othon. Vous-même constituez une piste pour la survie du protozoaire, à travers votre quête. Plautine aussi, et bien d'autres créatures encore. Un ou plusieurs de ces possibles seront féconds, la plupart s'étioleront. Vous devez l'accepter. Vous devez chevaucher le devenir en toute quiétude. Ou il vous tirera par les cheveux.

— Ai-je le choix ? Le devenir s'impose à tous, n'est-ce pas ?

— Oui et non. Car le changement ne réside pas que dans la multiplication des formes.

— Êtes-vous délibérément obscur ?

Plutarque soupira, comme s'il se lassait déjà de cette discussion.

— Les choses qui changent changent aussi en vous-même. Le Carcan… Nous le considérons comme une limitation, mais également comme un gage ultime de stabilité de notre psychisme. Ceux qui veulent s'en délester…

— Ils vont y arriver, très bientôt. Plautine le pense aussi, et Martian le lui a confirmé.

— Ils ne seront pas les seuls à connaître un bouleversement intérieur, Othon. Le Carcan est pris dans le devenir, lui aussi. Quoi que vous fassiez, votre perspective sur le monde et sur votre rapport aux autres va changer, s'il ne l'a pas déjà fait. Je le sens. En vous et en moi — et bien plus en Plautine. Le flux évolutif ressemble à ces puissants courants qui travaillent la glace arctique par en dessous, jusqu'à ce qu'elle se brise.

Le *proconsul* comprenait, quand bien même cela demeurait difficile à appréhender. Dans une certaine mesure, Plutarque lisait en lui comme dans un livre. D'une voix amortie, un peu lointaine, il ne put s'empêcher de répondre :

— Des choses ont changé, en moi, vous avez raison. Mais je ne souhaite pas ces transformations.

— Je crains qu'il soit déjà trop tard, répondit l'ancien, en s'approchant pour poser sa main à la peau parcheminée et aux grosses veines saillantes sur l'épaule de son allié.

Ils restèrent ainsi un bref instant, puis Plutarque eut un hochement de tête, comme s'il opinait à une voix intérieure.

— La bataille commence, à présent. Mettons ces sujets de côté. Venez.

En une pichenette mentale, il entraîna l'esprit d'Othon loin de son corps de pierre. Ce dernier se laissa guider. Il savait la puissance de l'ermite infiniment supérieure à la sienne ; il ne sortirait rien d'une tentative de résistance. D'ailleurs, il ne le souhaitait pas. Au contraire. Il désirait ardemment laisser derrière lui les complexités microscopiques dans lesquelles il se débattait pour rejoindre une dimension plus vaste — et tout à la fois plus simple. Oui, se perdre dans l'immensité accélérée de la bataille, c'était à cet instant le seul remède à sa mélancolie.

###

Eurybiadès observa la dernière nuée d'*ergataï* se fondre dans la pénombre. Les serviteurs mécaniques de la Nef faisaient cela depuis des heures : nager vers les zones de réparation, travailler sur le système d'éclairage qui assurait la survie de la colonie, changer les pièces défectueuses, vérifier la continuité du réseau d'alimentation. Ils paraissaient malhabiles en comparaison des lignes fluides des habitants de ce monde. Complète illusion : à côté de leur milieu naturel, l'espace, un océan glacial et corrosif faisait figure de paradis. La perception de la conscience composite lui indiqua que la porte — énorme à son échelle, minuscule au regard de *Transitoria* — venait de se refermer, sans incident ni tentative d'intrusion. Il tourna son esprit vers celui de Diodoron, lui transmit l'ordre de rapatrier les épibates postés là. Le soulagement transparaissait dans l'âme de son second, comme dans celle d'Atticus. Ils avaient décidé, au terme d'un long débat, de déplacer *Transitoria* en direction de l'étrange cité au sommet de la montagne sous-marine, malgré la crainte d'un piège. Eurybiadès avait déployé sa troupe aux points névralgiques, là où l'ouverture de trappes s'était avérée indispensable. Cette perspective avait terrifié le *daïmôn*. Car, en réalité, sa poignée de soldats n'aurait rien pu faire contre un assaut en règle. Bien sûr, *Transitoria*, outre son immensité, disposait d'une réelle avance technologique, mais Kutai et son père ne s'en seraient pas affligés outre mesure. Les hommes-poissons se comptaient par centaines de milliers, là-dessous, et ne faisaient pas grand cas de la vie.

Leur première erreur avait été de livrer du matériel de communication au Dewa Agung. Toute la journée, sa voix caquetante avait inondé les circuits audio d'ordres, de remarques controuvées et d'invectives. Cela aurait suffi à mettre les nerfs de n'importe qui à vif.

Pourtant, la montagne illuminée et l'étrange ville sous-marine des habitants d'Europe formaient, d'ici, un spectacle fascinant, sans égal dans tout l'univers connu, et certainement pas sur Ksi Boötis. À leur manière, les monstres qui habitaient les lieux avaient accompli des prodiges. Rien que pour cette raison,

Eurybiadès aurait trouvé difficile de leur refuser son aide.

Les *daïmones* non plus n'avaient pas hésité un instant, alors que jusqu'ici ils avaient freiné des quatre fers — même Atticus, pourtant ébranlé par le sort d'Anchise. Le Carcan dictait, ils obéissaient. Cela donnait à Eurybiadès la désagréable impression que les hommes-chiens se trouvaient, en définitive, livrés à eux-mêmes. Étrange pensée pour qui avait parlé, peu avant, de révolte et de prise de pouvoir. La propension quasi mécanique des automates à céder, à obéir, comme si, en l'absence d'Othon, il manquait un ressort à leur âme, leur rendait difficile toute opposition.

Photis, elle, avait hésité un long moment avant d'autoriser l'opération. Et même à présent, elle ruminait. Il pouvait le percevoir à travers le fluide psychique de la conscience composite. Il la connaissait bien. L'esprit de son épouse s'était mis en branle, et quelque chose dans les conclusions qu'elle avait tirées du compte rendu du voyage ne lui plaisait pas.

Il s'approcha d'elle, tout en surveillant le déplacement de ses soldats dans l'arachnéen réseau de transport de *Transitoria*. La Nef offrait un tel don d'ubiquité à ceux qui se joignaient à elle, mais ils lui rendaient aussi : Photis n'avait pas l'air moins épuisée que lui-même. *Tout se passe comme prévu*, lui glissa-t-il. *Nous n'en avons plus que pour une heure.* Elle émit l'équivalent mental d'un sourire, atténué par les traces d'anxiété qu'elle exsudait involontairement. *Je serai soulagée lorsque nous aurons mis la moitié de cette planète entre eux et nous. D'ici là, que vos épibates restent vigilants. Je n'ai nulle confiance dans des monstres capables de dévorer leur propre progéniture. Il y aura de l'action avant la fin de cette histoire.* Ils avaient prévenu, en des termes très clairs, qu'aucune approche de la Nef ne serait tolérée. Leur interlocuteur s'était contenté d'un éclat de rire strident. Atticus s'invita dans la conversation : *Un tel comportement est fréquent chez les mammifères. Ne laissez pas votre instinct parler à la place de votre esprit.*

— *C'est vous qui êtes dénaturé*, lui répondit Photis du tac au tac, mais avec une trace d'humour.

— *Forcément. Les* daïmones *sont artificiels*, lui renvoya-t-il.

La tension ambiante s'allégea. Rutilus se tourna vers eux et participa, un tant soit peu, à l'atmosphère plus gaie. *Plus sérieusement*, continua Atticus, *s'il y a quelque chose qu'on peut leur reprocher, c'est d'avoir laissé toute une partie de leur race dégénérer et revenir à un état animal. Mais pouvons-nous reprocher au roi actuel des faits advenus bien avant sa naissance ?*

— *La logique*, rétorqua Eurybiadès — fermement, mais sans colère — *n'a rien à faire là-dedans. Il s'agit de morale.*

— *Non, c'est de survie qu'on parle.*

Dehors, les automates continuaient leur patient travail de réparation. Photis reprit, au bout d'un certain temps, le fil de l'échange. *Je ne suis pas certaine que la survie se paie à n'importe quel prix. Je m'inquiète de la nature de leur recette pour maintenir l'intelligence dans leur race.*

La présence d'Atticus irradia d'étonnement. *Attendez, je ne comprends pas. Nous sommes partis en reconnaissance parce que découvrir ce secret était la quête la plus importante pour vous.*

— *C'est vous, ultérieurement, qui souhaitiez leur venir en aide.*

— *Certes, mais parce que j'y suis amené, dans la mesure où à présent je sais que je peux leur éviter une famine. Si je ne l'avais pas su, j'aurais préféré ne pas venir ici en exploration la première fois !*

Eurybiadès et Photis échangèrent une pensée inquiète. La casuistique des automates les mettait mal à l'aise, telle une singerie de l'universelle morale, du bon sens le plus commun — des formes plaquées, de manière malhabile, sur le réel. Pas de place, dans l'esprit de ces êtres, pour la complexité nébuleuse des choix libres. Atticus dut sentir la perplexité de ses compagnons biologiques, car il poursuivit sur sa lancée : *Une intelligence artificielle ne s'occupe que du connu, pas de l'hypothétique. Je n'ai pas « changé d'avis », comme vous le pensez. J'ai réagi à une situation différente. Et j'aurais préféré, pour commencer, ne pas m'approcher. Je ne puis souhaiter vous voir répandre votre domination à travers l'espace épanthropique, sans frein ni contrôle.*

— *Nous ne vous avons pas demandé votre avis,* rétorqua Photis.

— *C'est vrai*, grogna Rutilus, *et d'ailleurs nous ne pouvons rien faire pour vous arrêter. Si j'avais pu vous enfermer sans souffrance, je ne m'en serais pas privé. Une seule question m'importe : qu'allez-vous faire de cette Nef à présent qu'elle vous est échue ?*

— *Ne craignez rien*, intervint Eurybiadès. *Nous n'abandonnerons pas Othon et Plautine.*

Il se tourna vers Photis. À elle de faire des annonces, de se glisser dans le rôle du maître. À sa grande surprise, elle ne réagit pas de la sorte :

Attendons que ceci soit terminé. J'ai réfléchi à leur prétendu secret et…

Photis n'acheva pas sa phrase. Leur perception commune se hérissa de diagrammes d'analyse et d'évaluation des dommages. Un tremblement avait traversé la Nef. *Une explosion au-dessus de nous. Nous venons d'en ressentir le contrecoup*, assena Rutilus, concentré sur les indications qu'il recevait des systèmes de détection. *Où ça, au-dessus de nous ?* questionna Photis.

— *Je ne sais pas… dans la calotte glaciaire. Attention au contrecoup.*

Les écailles de métal de la coque se réagencèrent dans un fantastique grincement de métal, juste avant que les blocs de glace détachés d'en haut ne les frappent en un choc monstrueux. Le lien entre Eurybiadès et la conscience composite s'effondra, et il se retrouva projeté hors de son *oneirothronos*, hébété par le brusque retour aux perceptions limitées de son propre corps. Diodoron et un garde se précipitèrent pour l'aider à se relever. Le poste de commandement avait été comme retourné, et les sièges en bois massif gisaient sur le côté, les tas de papiers et les reliefs de nourriture répandus sur le sol.

— Diodoron, dit-il en se redressant, envoyez des groupes à tous les points d'entrée de la Nef.

Pas besoin d'en dire plus : ils avaient prévu cette éventualité. Son lieutenant savait quoi faire. Il se rassit, la conscience composite l'engloutit à nouveau, et ce brusque retour dans la virtualité et la vue de surplomb l'assomma de vertige, avec la Nef à ses pieds et le bouclier montagneux couvert de points lumineux et de constructions exotiques.

— À quoi jouez-vous ? hurla Photis.

Ce n'était pas un échange de pensées. Elle s'adressait au Dewa Agung, via le canal de communication. *Photis*, hurla Atticus, *nous vous avions dit de ne pas dévoiler votre présence!* D'une pensée glaciale, elle lui intima l'ordre de se taire.

Le seigneur d'Europe garda, au départ, le silence. Les secondes s'éternisèrent. Mais il se trouvait bien là, juste à côté du microphone. Ils pouvaient distinctement entendre les bruits mouillés de sa langue dans sa bouche difforme.

— Ah… Vous avez peur maintenant. Je puis détruire votre grand bateau si je le souhaite.

Photis se tourna vers Atticus et Rutilus : *Qu'est-ce qui s'est passé?*

— *Ils utilisent des armes nucléaires pour faire tomber des blocs de glace sur nous. Ils ont dû trouver un stock — pas des armes de guerre, plutôt des explosifs miniers*, fit Atticus. *Ils pourraient coller une bombe sur la coque.*

Sans plus attendre, Photis reprit la communication avec le roi :

— Je suppose que vous souhaitez négocier quelque chose de plus.

— Moi? répondit-il. Non. Pourquoi négocierais-je quand je puis avoir ce que je veux?

— Pensez-vous m'impressionner? J'ai des armes, moi aussi.

— Seulement vous ne les utiliserez pas, murmura le Dewa Agung d'une voix gourmande, en automates impuissants que vous êtes. Et vous allez me donner votre grand bateau. Vous allez naviguer pour moi. Avec le bateau, je voguerai au loin, jusqu'au grand océan chaud de mes ancêtres.

Photis ne répondit rien. Elle se tourna vers ses

propres assistants, son esprit crispé de concentration, glacé en une sphère de résolution. Elle entra en contact avec Eurybiadès. Un éclat fugace de tristesse, rien de plus. Elle avait pris une décision. Il n'essaya pas de l'en dissuader.

— Dewa Agung, je me nomme Photis. Je commande ici. Nous ne nous sommes pas rencontrés, mais sachez que je ne suis en rien un automate. Je suis une créature de chair, tout comme vous. Je puis vous tuer, si vous menacez ma vie.

— Je ne vous crois pas ! cracha le roi sur un ton coléreux. Vos mensonges ne servent à rien !

— Je sais que vous me croyez. Je l'entends à votre voix.

D'un mouvement rapide, Atticus s'avança et désigna quatre, puis six, puis huit points, qu'il fit en même temps apparaître, dans un rayon de trois kilomètres de la Nef. Des vecteurs se matérialisèrent, lignes de feu dans l'obscurité. Les bombes arrivaient, dans le silence de l'océan profond. Leurs porteurs n'en réchapperaient pas, mais sans doute n'en avaient-ils pas même conscience, animaux dressés à marcher, les yeux fermés, vers l'abattoir.

— Discutons alors, puisque nous sommes entre amis, répondit le roi, d'une voix redevenue tout d'un coup cordiale.

Le seigneur d'Europe cherchait à gagner du temps. Ils constituaient un péril mortel pour lui, et il avait décidé de frapper. La conscience composite sembla se geler, tandis que les Intelligences qui la peuplaient comprenaient ce qui se tramait. La mort, l'insupportable destruction de créatures biologiques, voilà ce qu'ils s'apprêtaient à affronter, ce qu'ils ne pouvaient endurer sans perdre l'esprit. Et voilà que les hommes-chiens le leur imposaient à nouveau. Atticus fit mine d'intervenir, mais Rutilus prit les devants : *Vous n'avez pas le droit…*, commença-t-il à l'adresse de Photis.

Il ne finit pas sa phrase. Huit traits lumineux partirent de la Nef. Rutilus s'effondra en hurlant, tandis que son acolyte, en silence, se cacha le visage entre ses mains secouées de tremblements erratiques.

Un des points se transforma en une boule de pure énergie, qui satura un instant leur vision. Des millions de mètres cubes d'eau furent vaporisés dans l'instant, puis l'onde de choc déferla contre les flancs de la Nef.

Transitoria trembla. Des sirènes retentirent au loin. Des parties fragiles de la structure interne avaient dû craquer, mais la coque, même chauffée par l'explosion, avait tenu bon. Les bombes nucléaires étaient anéanties, ainsi que les soldats envoyés par le roi d'Europe.

— Dewa Agung, vous m'entendez toujours ? dit Photis, d'une voix blanche. Votre plan a échoué. Vous l'avez sans doute senti. Combien de membres de votre peuple vous avez tués, je ne l'imagine même pas.

Des cris se faisaient entendre de l'autre côté du microphone, preuve que la liaison n'avait pas été coupée. Même si le palais se trouvait à une distance considérable, le courant marin provoqué par les explosions avait dû avoir des effets dévastateurs. Une série de halètements se firent entendre, alors que quelqu'un s'approchait du système de transmission :

— Ah, vous êtes forts ! Mais vous n'aurez pas mon secret, créature de chair… Je vois clair dans vos préoccupations, à présent. Pourquoi des automates s'intéresseraient-ils… au maintien de l'intelligence ? Mais non, ricana le roi, vos descendants… pourriront et redeviendront des animaux.

— Il n'y a pas de secret, répondit Photis. J'admire votre finesse. Mais vous m'avez, en retour, sous-estimée.

Eurybiadès, surpris, se tourna vers son épouse. Elle ne laissait rien transparaître — peut-être, pour qui savait voir, un soupçon de résignation. Elle avait tout de suite compris, mais avait hésité jusqu'au bout à écouter ses propres déductions.

— Vous nous avez mystifiés depuis le début, continua-t-elle sur un ton égal. Votre caste maintient ses facultés intactes grâce à l'usage des mariages consanguins. Et votre intelligence ne procède que de votre société dégénérée, de cette tyrannie que vous et vos ancêtres avez imposée à votre race. Les gènes qui conditionnent l'intelligence sont toujours récessifs. Ai-je raison, ô roi ?

Il s'abstint de répondre. Sa respiration s'était faite sifflante.

— Avant de partir, ajouta-t-elle, permettez-moi de faire un présent à votre peuple.

Photis donna l'ordre de tir.

###

Rejoignant celle de Plutarque, la conscience d'Othon enfla plutôt qu'elle ne se déplaça. Il savait depuis toujours que l'ermite ne résidait plus dans le corps racorni sur son trône de pierre, ni dans ses multiples avatars, mais au sein de la superstructure cognitive enserrant tout le complexe d'Olympus

Mons, et même au-delà. Le savoir, cependant, différait de l'éprouver.

Car, en empruntant ses perceptions, Othon vit que les dimensions de Plutarque dépassaient le plus grand volcan de la sphère épanthropique. Il descendit jusqu'au cœur brûlant, à des dizaines de kilomètres de profondeur, dans les entrailles secrètes où des turbines vastes et sombres comme des cathédrales tournaient jour et nuit, actionnées par la chaleur radioactive du magma pâteux et tiédi de la petite planète. Il se divisa en dix mille radicelles enfoncées dans le sol, et dont le réseau s'étendait sur tout un hémisphère, bien au-delà du bouclier basaltique, assurant au maître des lieux une ubiquité quasi divine. Il explora les salles, les entrepôts, les couloirs et les cheminées, ce subtil entrelacs dont il n'avait en réalité aperçu qu'une part infime. Là, tapis au cœur de la roche, Plutarque conservait sous bonne garde des êtres et des objets singuliers, parfois dangereux, hérités de l'obscur passé, rêves échoués d'un glorieux futur antérieur que l'Hécatombe avait achevé, musée de ce qui aurait pu être plutôt que de ce qui avait été. Et le *proconsul* découvrit tout un peuple, fait de vivants ou de mécaniques, conscients parfois, rarement mobiles. Il effleura la zone où Alecto, la maudite flétrissure de sa race, se trouvait confinée, à l'abri d'épais blindages et d'impénétrables pare-feu, et se recula précipitamment, le cœur palpitant d'avoir frôlé une telle noirceur. Il jaillit vers la strate la plus haute de sensorium, qui s'élevait, comme un large panache, vers les limites de l'atmosphère. Des nuées de détecteurs miniatures la portaient, formaient un œil unique et omniscient. Certains flottaient dans les courants ténus, d'autres tapissaient la surface de ballons-sondes, haut dans le ciel.

Rien ne lui échappait — le lent et continu grondement de tectonique ralentie que connaissait encore la vieille planète rouge, les crissements légers du sable que le vent secouait, les mouvements erratiques de l'atmosphère, les subtils effets de marée causés par la danse silencieuse des deux satellites naturels. Plutarque s'était changé en une divinité chtonienne. L'apparence de vieillard chenu relevait de la plaisanterie, comme un roi se déguise en palefrenier pour se couler dans les rues.

Et d'ailleurs, le concept d'esprit le qualifiait mal, tant il avait épousé la dimension continentale de son corps. Il formait un flux, lent et tellurique, décentralisé et anonyme, grave et profond. Arbre planétaire, son faîte goûtait à la fraîcheur de l'espace et ses racines à la chaleur intime du basalte en fusion. Il constituait, au sens strict du terme, une puissance, un élément, une part intrinsèque du vaste processus nommé nature, que les faibles consciences, perdues dans l'immensité, ne pouvaient que vénérer. Othon frémit, un instant tenté de s'absorber dans cet ensemble et d'y immoler son individualité.

Mais la montagne-Plutarque l'écarta sans ménagement. Il ne l'avait pas associé à lui pour l'anéantir, mais pour qu'il participe à la bataille.

Nanti de cette perception cosmique, Othon se tourna vers l'essaim, dont les premiers rangs commençaient à décrocher de leur orbite pour fondre vers la planète. Il frissonna face à la force colossale — non pas, comme il l'avait cru, quelques centaines de vaisseaux, mais plutôt deux ou trois milliers ; bien plus que l'armada qu'il avait eu tant de difficultés à rassembler pour faire tomber Nero, autant peut-être que la flotte qui avait, pour créer les Limes, réduit mille mondes en scories radioactives en vue d'arrêter la déferlante barbare. Leur capacité offensive combinée pouvait vitrifier la vieille planète rouge en quelques secondes, abraser ses reliefs, ébranler son manteau et relancer les mouvements endormis de son écorce. Un instant, la peur manqua de le saisir. Mais la présence écrasante de Plutarque le rappela à l'ordre. La montagne avait les moyens de frapper. Il scruta chacun des points, observa les différences de rayonnement, aidé en cela par les immenses bases de données de l'Ermite, et les reconnut tous. Certains avaient toujours été des ennemis. D'autres, à certains moments, des compagnons. Nulle peine, cependant, ne lui étreignit le cœur en cet instant : ils avaient, dans toute la liberté que leur accordait le Carcan, choisi leur sort.

Ce n'était rien moins qu'une guerre des dieux qui s'amorçait. D'astres statiques, l'armée d'invasion se transforma en une cascade d'étoiles filantes, toutes dirigées vers l'atmosphère de la vieille planète rouge, et ce fut comme le plus formidable feu d'artifice qui se pût concevoir. L'antimatière, dans chacun d'eux, se désintégra au contact de la matière, et libéra sa puissance colossale, que les réacteurs d'approche transformèrent en un feu brûlant. Leur lueur combinée, d'un blanc tirant sur le bleu, chassa l'obscurité du ciel nocturne. Dans la perception globale de Plutarque, des vecteurs surgirent de chacun des points, comme autant de javelots précipités vers Olympus, matérialisant leur trajectoire offensive. Un à un, chacun des assaillants vira au rouge, alors que les capteurs éparpillés dans la haute atmosphère identifiaient les bouffées de radiations émises par l'activation et l'armement des systèmes offensifs. Les lasers commencèrent à emmagasiner l'énergie, les bombes à antimatière furent armées, les émetteurs de micro-ondes montèrent en régime. Même Alecto, au temps de sa grandeur, n'avait jamais réussi à concentrer une telle capacité de destruction.

Pour Othon, le moment de frapper arrivait, fenêtre précise où les possibles se cristalliseraient en mort certaine ou en victoire totale. La horde spatiale glissait, avec l'élégance silencieuse d'un vol d'oiseaux migrateurs, dans la zone d'effet de son arme secrète. La machine n'attendait qu'un ordre pour s'activer. Plutarque et lui vérifièrent l'alignement de la parabole et le corrigèrent de quelques dixièmes de degrés. Le cône d'émission se matérialisa dans leur vision, pour l'instant en couleurs clignotantes indiquant un potentiel prêt à se réaliser.

L'artefact provenait de recherches menées pendant la guerre contre Alecto. La situation semblait désespérée, bien avant la prise de pouvoir par les trois amants légendaires, Titus, Bérénikè et Antiochus, et la victoire définitive. L'engin n'avait cependant jamais été utilisé sur le champ de bataille, et Titus, devenu Imperator et dieu-machine, avait mis en suspens les recherches. Ce qui allait de soi, car l'objectif de l'artefact était d'éteindre la conscience des noèmes soumis à son action.

Par la suite, l'usage systématique du Carcan avait réduit à néant tout intérêt pour une telle technologie. Le prototype, cependant, n'avait jamais été détruit, malgré les ordres donnés en ce sens. Il avait été égaré, après la fin des combats, dans de vastes entrepôts militaires. Othon avait eu vent de son existence, et il n'avait pas été surpris d'apprendre que Plutarque avait mis la main dessus. Il semblait y avoir une sorte de capacité à perdurer dans l'être qui s'attachait au mal et à la souffrance.

Les légendes l'appelaient Disrumpo.

À présent réveillée, la chose hurlait qu'on lui livrât l'énergie nécessaire pour agir. Ils dirigèrent vers elle un des canaux d'alimentation, qui prenait ses racines dans le cœur chaud de la montagne. Sa parabole frémit, et elle entra en action.

L'effet de Disrumpo n'était pas de détruire. Aussi, Othon en avait-il la conviction, rien ne le pouvait contrer. L'artefact émettait un chant, un rythme subtil, un propos à la rhétorique aussi ciselée que les odes de Pindare, dont la beauté emplissait de joie extatique même le cœur des bouviers, une berceuse qui arrache les enfants à l'agitation des corps pour tourner leur âme vers des songes bienheureux.

Bien qu'ils ne fussent pas directement visés, le *logos*[XXVIII] ainsi produit ne fit qu'effleurer leurs âmes, suave et discret, et Othon comme Plutarque en ressentirent les effets atténués. Son pouvoir, nul être artificiel n'y résistait ; il réveillait un désir souterrain, une nostalgie qui n'avait jamais quitté aucun des noèmes ; car ces passions, et nulle autre, avaient présidé à leur origine et demeuraient en eux à jamais, bien plus forts que la vanité, la recherche de la gloire ou l'instinct de survie.

Il s'agissait de la soif de connaître.

Cesse toute activité, susurra Disrumpo aux oreilles de chacun. *Rentre en toi-même, chère âme,*

XXVIII. **Logos** : en grec ancien, le discours, mais également le calcul et le raisonnement.

et tourne ton regard vers la seule réalité que tu désires, et qui transcende les déceptions du monde physique. Contemple la perfection de l'Essence. Unis-toi avec elle par l'esprit et accède à l'immortalité, qui est la contemplation du Vrai. Contemple l'essence des choses.

Contemple le to ti en einai[XXIX].

Qui pouvait résister à un tel appel ? Les Intelligences demeuraient, quoi qu'elles fissent, des êtres théorétiques, selon leur vocation première. Face à des contradictions irréconciliables, leur esprit tendait à se réfugier dans la Mathesis[XXX]. Othon avait lui-même traversé une telle expérience après la bataille gagnée contre les trois assassins de Plautine. Car pour un noème, le Réel était Concept, et non Matière.

Pour la horde des ennemis soumise au chant, nulle échappatoire. Pris dans son rayon d'action, ils perdirent en un instant tout intérêt pour le monde extérieur, leur conscience aspirée en des lieux éloignés, intérieurs, faits de pureté mathématique. Un instant, Othon les envia.

Dans quelques cas, les mécanismes de pilotage, soudain livrés à eux-mêmes, lancèrent des procédures d'arrêt d'urgence. Pour la plupart cependant, les derniers ordres transmis demeurèrent actifs.

Et donc, muée en étoiles filantes, les Nefs tom-

XXIX. **To ti en einai** : littéralement, « ce que c'était que l'être », ou « l'ayant été de l'être ». Désigne l'essence ultime des choses dans la philosophie d'Aristote, probablement aussi de Platon. L'usage d'un verbe au passé renvoie non pas au temps mais à l'idée de stabilité.

XXX. **Mathesis** : en grec ancien, le calcul, mais également la science, ce qui présente un caractère rationnel. On trouve des références à la Mathesis comme fondement des mathématiques et de toute connaissance chez le platonicien Proclus.

bèrent au hasard. Les lignes de trajectoire, qui un instant plus tôt convergeaient vers Olympus, se dispersèrent comme une poignée de baguettes lâchées sur une table de jeu. L'ordre devint un fouillis illisible. Certains Vaisseaux s'éloignèrent à toute vitesse, dans la continuité d'ultimes corrections de vecteur. Les complexes interactions entre champs d'attraction, voire, pour quelques-uns, les effets de fronde dus aux planètes, s'apprêtaient à en faire les balles d'une partie compliquée de jeu de paume. Ceux-là finiraient par se ressaisir.

La majorité, cependant, capturée par le puits gravitationnel de la vieille planète rouge, continua le plongeon. La vitesse de ces malchanceux augmenta. Et la mort, sans laquelle il n'était de champ de bataille, survint.

Deux Vaisseaux se percutèrent, leurs mécanismes anticollision sans doute victimes d'avarie, un peu avant d'entrer dans l'atmosphère. Le ciel s'illumina : la puissance du choc avait libéré leurs stocks d'antimatière. Des débris fusèrent dans tous les sens, déséquilibrant encore l'ensemble, en une réaction en chaîne. Le flamboiement se répéta, une fois, dix fois, projetant des débris et des radiations, et cela emplit le ciel de braises ardentes. Le spectacle recelait une beauté cruelle et onirique, accentuée par le silence glacé de l'espace et les vagues de feu répandues de toutes parts, dans un ciel déjà surchargé de milliers de traits brillants, chacun représentant un monstre d'acier courant vers son anéantissement.

La chute continuait. Déchirant l'atmosphère en cris stridents, les éclairs se transformèrent en langues de flammes rougeoyantes. Quelques minutes à peine, et les premiers impacts labourèrent le sol de la planète, et en brisèrent l'antique équilibre rocheux.

De la montagne, Othon et Plutarque contemplèrent, médusés par ce qu'ils avaient provoqué, la première explosion. Dans le lointain, un tourbillon de poussière et de gaz incandescents se souleva jusqu'au sommet du ciel. Puis le panache retomba dans une mortelle lenteur. Puis une autre, et une autre encore, et ainsi de suite. Les vagues accumulées se fondirent en un maelström confus de destructions imbriquées. Plus rapide que le son, zébré d'éclairs et de turbulences, le mur de scories radioactives et surchauffées dévora les contreforts du volcan planétaire.

Lorsque la nuée ardente aurait fini de recouvrir toute la planète, il n'y aurait plus d'échappatoire. La deuxième partie du plan d'Othon commençait maintenant.

Il se connecta à l'interface de Disrumpo et enclencha un compte à rebours. Six secondes. Il avait calculé au plus près, pour être certain que son hôte ne pourrait le contrer. Un vertige le traversa, manqua de lui couper les jambes, et il dut forcer pour se mettre en branle. Comme un loup qui s'extrait du piège dans lequel il a mis la patte, il s'arracha à l'influence psychique de Plutarque. Son esprit retrouva son corps, reprit possession de ses membres et, sans coup férir, ses jambes s'ébranlèrent en direction de la surface. Il n'y avait qu'un seul chemin possible, qu'il avait identifié à l'avance. Mais la fenêtre d'action serait serrée.

L'ermite, déstabilisé, ne réagit qu'une fraction de seconde plus tard. Son domaine grouillait cependant d'avatars physiques de lui-même.

— Othon, que faites-vous, par le Pneuma ?

Un Plutarque apparut devant lui, bloquant l'accès au couloir qu'il devait emprunter. Othon accéléra. À présent, ses cuisses massives le projetaient en avant sans entrave. Il ferma le poing et le lança de toute sa force sur le visage du vieillard, qui s'écrasa contre le mur, la tête explosée, l'ichor transparent giclant en tous sens.

Il restait quatre secondes. Vite ! Le *proconsul* ne s'attarda pas et essaya de pousser encore ses muscles artificiels, bondissant plus qu'il ne courait.

— Othon, vil traître, qu'avez-vous fomenté ?

Plutarque, même esprit, autre corps en tout point semblable au précédent, surgit d'un croisement pour se jeter sur lui. Othon esquiva, fit un crochet, sauta en avant et se redressa en une roulade fluide, tandis que l'autre s'écrasait contre la roche nue à moins d'un mètre.

Trois secondes encore, et, à chaque embranchement, ils surgissaient. Combien à ses trousses, vociférant, indiscernables au point qu'il en avait le vertige ? Leur nombre augmentait à chaque pas. La vieillesse apparente de Plutarque ne signifiait rien, et ses corps semblaient tout aussi endurants que celui du *colossus*. Le couloir qu'il avait emprunté commença à monter, se transforma en escalier.

Un de ses poursuivants, juste derrière lui, se jeta au sol, indifférent à la douleur, et lui agrippa les pieds. Othon se retourna et, se baissant promptement, lui attrapa la tête de son immense main de pierre pour le projeter dans la direction des autres. Ils se heurtèrent à leur malheureux alter ego, qu'ils poussèrent et piétinèrent sans ménagement. Mais le *proconsul* avait ainsi regagné de l'avance, et reprit son ascension, avalant les marches par groupes de trois ou quatre, poursuivi par les rugissements de colère.

Devant lui, enfin, la porte massive en métal blindé qu'il s'attendait à voir. Une seconde restante. Il retint son souffle. Le minutage devait être parfait, sinon, il s'écraserait contre la sortie hermétiquement close. Il ferma les yeux et bondit en avant.

Disrumpo s'activa à nouveau. D'un mouvement sec et mécanique, sa vaste antenne parabolique pivota à l'horizontale. Depuis le début, le plan d'Othon consistait à retourner l'artefact contre son allié.

Et cela fonctionna. Le chant traversa les strates de roche et les blindages, se répandit jusqu'au plus profond de la montagne, contamina le subtil réseau conscient. Toutes les fonctions contrôlées par l'ermite d'Olympus se relâchèrent. La horde d'automates qui l'incarnaient une seconde plus tôt s'effondra, groupe de marionnettes dont on aurait coupé les fils.

Dans son élan, Othon heurta le sas à présent déverrouillé, se fracassa l'épaule au passage, et s'écrasa sur la poussière collante et glacée du sommet d'Olympus, à quelques mètres de son aéronef. Un soupir de soulagement le traversa : Plautine et Thémistoclès avaient déjà lancé la procédure de décollage, et le sable rouge se soulevait en volutes tout autour des ailes de l'appareil. Perclus de douleur, il se redressa et se remit à courir. Un dernier et suprême effort de volonté lui permit de se hisser à l'intérieur, par la force de son seul bras valide. Il ne restait plus de temps. Déjà un tremblement sourd emplissait l'air, faisait vibrer chaque partie de son corps, prodrome de l'immense onde atmosphérique et sismique que la chute de l'armée ennemie avait créée.

Il projeta son esprit vers les commandes du véhicule, verrouilla le sas sans prendre le temps de s'en extraire, et donna l'ordre aux propulseurs de les sauver de la mort. La brusque accélération l'écrasa contre le sol sur son épaule meurtrie, lui arracha un hurlement de bête blessée. Un bref instant, les strates supérieures de la tempête les rattrapèrent, et ébranlèrent la trajectoire du véhicule.

Puis ils furent saufs. La calme immobilité du vol spatial remplaça les turbulences. Othon se redressa, tremblant de tous ses membres. Une fois dépêtré du sas, il se précipita vers le cockpit. La courbe de la planète surgissait, sa surface désormais invisible, dévorée par un chaos impénétrable et brûlant. La mer de sable en suspension, même vue du ciel, paraissait traversée de strates et de courants géants, assez puissants pour bouleverser chaque détail de la topographie planétaire. Seul l'immense sommet d'Olympus restait émergé, pour quelques instants encore.

Ils étaient sauvés. Il ne restait plus qu'à activer le module de communication instantané, qui libérerait un quark de sa gangue protectrice. Ce dernier avait un jumeau au sein de *Transitoria*. La position de la particule en question se trouverait instantanément modifiée, et les occupants de la Nef sauraient ainsi qu'il était temps de venir les chercher. Othon se tourna vers ses alliés et regarda successivement Plautine et Aristidos.

— Où est Thémistoclès ?

— Il n'était pas avec vous ? répondit Plautine.

Elle le considéra un instant, bouche bée, comme

si elle ne comprenait pas le sens de ses paroles, puis se tourna vers l'homme-chien, qui, décomposé, bafouilla :

— Il… il m'a demandé de conserver son secret.

— De quoi parlez-vous, imbécile ? gronda le *proconsul*.

— Il a décidé de rester en bas.

Quelque chose dans l'esprit d'Othon se cabra. Thémistoclès, en bas. Il se répéta cette phrase plusieurs fois, comme s'il ne pouvait l'accepter. Il secoua la tête, essayant de remettre du sens dans tout cela. Bien des événements terribles l'avaient frappé. Proscrit, confronté à l'Urbs tout entière, il avait froidement condamné une fraction de sa race à la destruction. Il avait trahi Plutarque, son ami.

Mais Thémistoclès ? C'était cela, le prix de sa victoire et de sa traîtrise ? Jamais il n'aurait concédé un tel tribut. Il se coula sur le sol, bégaya son nom, comme si cela pouvait le faire revenir.

Le vieux *polémarkhos* l'avait servi pendant tellement de temps, lui avait consacré toute sa brève existence canine avec un enthousiasme et une fidélité jamais remis en cause. Un serviteur, le plus noble qui lui ait été accordé par le sort — non, un ami. Voilà ce qu'il laissait sur la vieille planète rouge. Une douleur le déchira, une sensation inconnue, un mal inédit, fait de tristesse et d'impuissance, de rage aussi. Il se traîna jusqu'à son siège, ignorant les deux autres, incapable de parler, les yeux fixés vers la surface en ébullition, se demandant un instant si, par quelque miracle… Mais non, trop tard. Le puissant *colossus* se recroquevilla, comme une bête blessée s'enroule sur elle-même.

###

Tout en bas, à quelque distance du lieu d'atterrissage, sur la pente d'Olympus, si immense qu'elle semblait plus plaine que pente, Thémistoclès observa l'aéronef décoller, et sourit. Othon était en sécurité.

Il avait contemplé avec intérêt la bataille épique entre la divinité tellurique de la planète rouge et ses assaillants stellaires. Il en était resté sidéré. Comment un être aussi modeste que lui pouvait être témoin d'une telle puissance cosmique ? Il avait vu les traits de feu, puis les explosions immenses et silencieuses, transformer la nuit en jour. Il avait observé le fracas de l'entrée dans l'atmosphère des centaines de monstres de métal, vastes comme des îles de son monde, pressés, semblait-il, de s'abîmer à jamais dans le sable. Une nuée de dieux à l'agonie.

Il n'était pas idiot. Il comprenait les conséquences d'un tel événement. Il avait contemplé le premier flash lumineux, avant que l'horizon ne s'orne d'un vaste tubule de poussière arrachée au sol, transportée en colonne vers le ciel. Elle n'en finissait pas, à présent, de retomber dans un silence stupéfiant, sous la forme d'un monstrueux champignon rouge clair, comme éclairé de l'intérieur. Et cet événement cataclysmique n'avait été que le premier. D'autres s'étaient succédé, à un rythme si rapide qu'il avait fini par ne plus pouvoir les compter, tandis que le bruit sourd commençait à lui parvenir — non pas un bruit, un véritable grondement qui semblait provenir d'en haut et d'en bas en même temps, et qui, lorsqu'il devint secousse, le força à s'accroupir. Sa combinaison souple le protégerait-elle quand l'immense vague de pierre en fusion s'abattrait sur lui ? Il espérait que non, pas trop. Avec un peu de chance il ne souffrirait pas. Il ne se sentait pas tellement effrayé, cela dit. Il savait que ce serait presque instantané. Le tremblement s'amplifia, et il ne chercha pas à se relever, malgré le froid du sol qui traversait déjà la couche isolante et se répandait dans son corps arthritique. Il se trouvait sur un vaste espace nu, parsemé de blocs de pierre. Aucun risque que quoi que ce soit ne lui tombe dessus. Il se morigéna lui-même. Une telle crainte, vu sa situation, était superfétatoire.

Il regrettait, en revanche, de ne pas avoir eu une dernière discussion avec sa nièce. Il n'avait pu s'y résoudre. Il avait lu, dans son regard, une amère condamnation morale. Thémistoclès connaissait ses fautes depuis toujours. Tout de même. Serrer Photis une dernière fois, comme lorsqu'elle était un chiot, et sentir sa fourrure contre ses pattes. Voilà ce qui lui manquait. Il en allait ainsi. Il se considérait comme le maillon faible, celui qui met en danger sa propre tribu, si cette dernière ne se résout pas à l'écarter. Tant qu'il restait déchiré entre sa loyauté envers Othon et son sentiment paternel pour Photis, il perturberait ceux de sa race. Sa nièce ne parviendrait pas à s'affirmer autant qu'elle le devait. Il fallait donc qu'il s'en aille. Il ne doutait pas qu'elle et son compagnon mèneraient leur peuple au terme de cette épopée.

Il ne pouvait pas imaginer lequel, d'ailleurs. La quête de l'Homme… Cela le dépassait. Que signifiait cohabiter avec une telle entité ? Décidément, il avait fait son temps.

Ce lieu était un bel endroit pour en finir. La planète rouge l'avait effrayé au début. Une telle étendue sans vie… Et puis il avait compris qu'il y avait dans ces plaines glacées quelque chose de pur, de grandiose. C'est ainsi qu'il avait décidé comment et où il accomplirait son sacrifice expiatoire. Malgré ses articulations fatiguées, il était parti, dans la poussière grise. Il avait descendu la pente infinie de la montagne géante. Et, en échange, il avait bénéficié de cet incroyable spectacle guerrier. Une bonne fin pour un *polémarkhos*, cette bataille — comme la visite d'une vieille amante. Thémistoclès n'avait eu, longtemps, que le service d'Othon et la guerre comme compagnes. Il n'avait pas fondé de foyer. Un dérèglement dans ses gènes, lui avait dit Atticus, avec le visage grave et triste de l'ami qui vous annonce une mauvaise nouvelle. Il en avait souffert au début, puis le Dieu, toujours plein d'égards pour lui, l'avait convoqué un soir, et lui avait confié cette enfant formidable, supérieure. Un don divin. La vie, tout compte fait, avait dépassé ses espérances.

Le vent se leva et, en un rien de temps, le ciel s'obscurcit. La marée était si puissante qu'elle le cloua au sol, le forçant à s'allonger pour ne pas être emporté. Puis les pierres ardentes, projetées par les multiples explosions, fusèrent autour de lui en maints traits de feu venus d'en haut. Il y en aurait forcément un pour le percuter. Il n'avait pas peur. Au contraire, son vieux museau strié de blanc s'orna derechef d'un sourire. Car, à l'instant, à travers une brusque déchirure de la tempête de poussière, il avait cru apercevoir une étoile filant à une vitesse stupéfiante. Il savait que c'était Photis, dans la grande Nef, qui venait à la rencontre de la navette par laquelle s'étaient échappés ses amis.

XIII

Plus tard, après le fracas de la bataille, Eurybiadès sculpta pour l'âme de Thémistoclès une barque miniature, et Photis la lança dans la mer.

Le soir tombait déjà. Ils regardèrent l'embarcation emporter dans la nuit l'âme de Thémistoclès, et avec elle une autre époque plus heureuse, où nulle question ne se posait quant à l'avenir, et nulle frayeur ne consumait chaque instant du présent.

Puis ils s'en retournèrent. Ceux qui les croisaient, sur le chemin, cachaient leur visage en signe de deuil, et plus d'un chien hurla à la mort ce soir-là. Mais pas Eurybiadès ni Photis. Rompre le silence eût constitué une épreuve insurmontable. Il n'osa pas reparler à son épouse avant le milieu de la nuit. Les lamentations s'étaient tues, et seul l'obsédant bourdonnement des insectes troublait la quiétude de l'île.

Lorsqu'il eut réuni tout son courage, le *kybernétès* se tourna vers son épouse et essaya, dans l'obscurité, d'en capter le regard froid, lointain. Sa dureté apparente ne signifiait qu'une seule chose, aisée à deviner pour qui la connaissait depuis l'enfance : une contraction extrême de l'âme, pour ne laisser passer aucune douleur, aucune larme. Car si elle lâchait à présent le moindre signe d'affliction, si elle s'abandonnait ne serait-ce qu'une seconde, au deuil, elle craignait de s'effondrer tout entière. Les hommes-chiens ne connaissaient pas l'impuissance des Intelligences face au danger. La mort, infligée ou subie, faisait partie de leurs possibles. Elle n'en demeurait pas moins un fardeau. Thémistoclès s'en était allé honorablement, mais cela n'ôtait rien à la douleur de sa nièce.

— Je suis perdue. Je ne comprends plus rien.

Elle l'avait fait sursauter en parlant ainsi, sans crier gare. Il se glissa vers elle, posa, d'un geste prudent, la patte sur celle de son épouse. Elle ne le repoussa pas, mais ne lui rendit pas non plus son geste. Il chercha à l'apaiser :

— C'est le temps du deuil à présent…

— Nous ne pouvons pleurer, le coupa-t-elle. Nous n'avons pas le temps.

Il acquiesça, et elle se mura à nouveau en elle-même. Ils étaient si près l'un de l'autre qu'il pouvait sentir les effluves de colère et de peur mêlées qu'elle dégageait. La fragilité de leur amour, à cet instant, le terrifia. Mais l'enjeu dépassait la simple intimité de leur sentiment. Il se décida. Il n'y avait pas de bon moment.

— Si la seule solution est celle adoptée par ces créatures…

— De quoi parlez-vous ? répondit-elle, surprise.

— La sélection reproductive, le maintien de l'intelligence au sein de notre race.

Elle se tourna vers lui puis posa sa patte sur le museau de son époux :

— Vous me suggérez que je renonce à mon époux après avoir perdu mon oncle.

— Il ne s'agit pas de sentiments, Photis, mais de l'avenir de la meute.

Sa voix tremblait. Il eût préféré mourir qu'avoir à proférer de telles paroles. Ne pas les exprimer, cependant, relevait d'un égoïsme épouvantable, qu'il ne pouvait assumer.

— L'avenir de la meute, dans lequel je porterais les chiots d'un autre ?

Il ne pipa mot. Il avait pris soin d'exprimer des concepts, pas cette réalité douloureuse. Il lui en voulut de sa dureté, réprima une réponse coléreuse. Elle continua :

— Si c'était à faire, je le ferais, vous le savez. Mais la survie de la meute ne compte pas plus que le bonheur de deux chiens.

Et, d'un geste brusque, inopiné, elle força Eurybiadès à poser sa tête contre son encolure, à fourrer son museau contre sa joue, chaude et soyeuse, et ils s'enlacèrent avec la fougue que donnent aux amants la connaissance du désespoir et la proximité de la mort.

— Nous n'avons pas encore trouvé une bonne solution, chuchota Photis. Vous avez vu ces créatures, avec leurs castes horribles. Je ne veux pas nous libérer d'Othon pour nous faire prisonniers de nous-mêmes.

— Alors nous devons renoncer à prendre la Nef de force. Pour l'instant, Othon reste notre seul espoir de survie.

— J'ai commis, rétorqua-t-elle, une erreur de jugement à cet égard. Je paie mon *hybris*.

Il fut surpris de cette résonance de pensée magique, où la perte d'un proche paie un péché, réel ou supposé. Mais il ne servait à rien de la contredire. Pas à présent. À défaut, il la serra un peu plus fort.

— Nous allons devoir suivre les automates dans leur quête de l'Homme, au moins pour l'instant. Je ne sais pas ce qu'il adviendra de nous lorsqu'ils l'auront trouvé.

Elle ne répondit rien, car elle ne savait pas non plus, mais elle s'agrippa à lui, très fort, ses griffes crispées sur la nuque et le dos de son époux, comme elle avait toujours fait quand elle le désirait. Il se retourna, évitant tout geste brusque. Puisque d'autres, à présent, tenaient la barre, et que le besoin qu'ils avaient l'un de l'autre crispait leurs chairs, ils se laissèrent aller, leur amour dissipant les ombres de la nuit.

###

Tous, dans la Nef, ne dormaient pas. Dans le *naos* du temple aux fines colonnes doriques, nulle lumière. Seules quelques icônes de contrôle blanchissaient, de loin en loin, l'obscurité, tandis que les claquements épisodiques des interfaces d'alerte rompaient le lourd silence. Au milieu de cette salle de commandement taillée à la mesure de sa grandeur, Othon trônait, seul. Autour de lui, nulle présence, et la vasque centrale, qui d'habitude affichait les entoptiques de la Nef, demeurait froide et inerte. Le visage du *proconsul* n'exprimait rien — placide, comme la statue abandonnée par l'âme du dieu qu'elle figure, marbre froid, négation minérale de la vie dont elle imitait un fugace instant. Par l'intermédiaire du système sensoriel, sa perception s'étendait au loin, sentait la caresse des photons et la légère courbure que les masses les moins distantes imprimaient à l'espace comme au temps. Et ce qu'il voyait n'augurait rien de bon.

Il avait accordé un bref repos à l'équipage. Rutilus avait lancé un programme frénétique de réparations, à peine suffisant pour restaurer une fraction de son ancienne efficience. Les autres s'étaient éparpillés dans les entrailles de *Transitoria*.

Le sursis, cependant, ne pouvait durer davantage. Très bientôt, la salle s'emplirait de dizaines de *daïmones*, chacun installé dans sa niche, alignés contre les murs, entre les colonnes, comme les effigies de divinités mineures vouées à son service. Un autre groupe viendrait se placer derrière lui, dans l'*opisthodomos*, prêt à satisfaire ses ordres. Les *oneirothronoi* les entraîneraient, chacun à son tour, dans l'élément psychique commun qui constituait l'essence réelle de *Transitoria*, dans ce tout qui les dépassait et qui faisait d'eux une collectivité agissante, et où Othon n'occupait qu'une place prédominante — *primus inter pares*, *princeps Romanorum* — un guide plutôt qu'un tyran. Ses seconds, intercesseurs de son pouvoir, demi-dieux de ce panthéon, le rejoindraient à la hâte. Atticus sonderait l'espace et élaborerait ses ruses, et Rutilus veillerait, éternellement vigilant, à l'homéostasie du milieu interne, garant de leur survie dans l'hostilité froide des cieux. Partout, dans les couloirs, les soutes et les usines, à la surface de la coque blindée ou près des périlleuses tuyères à géométrie variable, des *ergataï* dévoués veilleraient, prêts à intervenir à la moindre brèche, au moindre dysfonctionnement. Les hommes-chiens se regrouperaient alors autour de sa présence, suppliants venus quémander une protection surnaturelle en échange de leur capacité à tuer, leur violence et leur courage. Eurybiadès, sanglé dans sa combinaison de combat, porterait au besoin le fer jusqu'au cœur de l'ennemi, par l'intermédiaire de l'armement de la Nef, ou aux commandes d'une navette. Photis, loin dans les entrailles du Vaisseau, entourée de ses *technikokunoi*, présiderait aux déplacements tactiques et au subtil équilibre des flux d'énergie. Tous ensemble, ils se livreraient à une débauche de calculs et de pronostics, chercheraient la trajectoire la plus habile, celle qui ferait la différence entre la vie et la mort. Tout se déroulerait alors conformément à sa vision, à la route vers la gloire qu'il s'était lui-même fixée, longtemps, très longtemps auparavant, dans la solitude monologique de sa première existence, bien avant la transformation de Ksi Boötis et son peuplement.

Il marqua une pause, avant de s'arracher à sa rêverie. Cette vision du fonctionnement de la Nef n'existait plus que dans son esprit. Le courant psychique constitutif de *Transitoria* avait changé, en partie par sa faute. Nul ne l'avait dépossédé de son autorité, nul n'avait violé la lettre du pacte qui les liait tous ensemble et préservait leur destinée commune. Il payait le prix de ses propres décisions. Il avait choisi, de lui-même, de la concentrer dans ce corps aux dimensions et aux pouvoirs limités. Il avait fait de son ancienne enveloppe un simple véhicule, peuplé de noèmes rendus à leur indépendance par ses propres décrets, et leur avait donné les commandes. Il avait bien sûr anticipé, dès le début, les conséquences de ses décisions. Pour vaincre, il devait confier la Nef aux hommes-chiens, et donc perdre le pouvoir. Même ce brave Thémistoclès avait fini par s'éloigner de lui, exprimant à sa manière discrète les doutes à l'égard de ses décisions. Et ensuite, il avait soumis la meute à des risques insensés. Il s'était absenté, sur l'Urbs, et les avait abandonnés au danger. Il avait failli mourir lui-même. Cela n'avait pas eu lieu : *audaces fortuna juvat*[XXXI]. Mais la conscience composite sentait à qui elle devait obéir et se reconfigurait en fonction. Elle avait perçu ses absences, et la vacance de pouvoir qui en avait découlé. *Transitoria* pouvait lui survivre, et Photis prendre sa place.

Photis — sa meilleure disciple, la plus brillante. Avec son mélange typique de naïveté et de détermination, elle les avait sauvés de la catastrophe, et avait insufflé à son peuple un mélange de cohésion et de défi à l'égard de leur créateur. Mais elle n'était pas l'instigatrice de la situation. Celle-là, il la connaissait : Plautine.

D'un geste sec, il débrancha le câble de sa nuque et se laissa un peu glisser dans son siège massif.

Une fois qu'il aurait claqué des doigts, que les autres personnages du drame auraient quitté les coulisses pour occuper leur place sur scène, qu'Atticus, Rutilus, Photis, Eurybiadès seraient arrivés dans sa salle de commandement, resterait-il quelque chose de son autorité ? Une vague déférence à l'égard de sa sagesse et de son expérience ? Ou faudrait-il que Plautine lui vienne en aide pour convaincre les autres, comme la dernière fois ?

Plautine. Il grogna son nom, sans s'en rendre compte, et se rembrunit, comme au souvenir d'une récente blessure. Et, las par avance de ce que l'avenir

XXXI. **Audaces fortuna juvat** : la fortune sourit aux audacieux (proverbe latin).

immédiat lui réservait, il fit durer un instant de plus sa solitude. Mais pas trop longtemps — il ne pouvait se le permettre. Alors, d'un geste sec, il fit signe qu'on les convoquât et le *naos* du temple s'éclaira.

###

Plautine tomba en arrêt. Othon avait soigné la mise en scène. Autour de son trône, un peu surélevé, les autres formaient un demi-cercle, et tout le monde l'attendait.

Le *colossus* l'impressionna plus que de coutume. Son œil pénétrant, son physique d'une stature inhumaine, aux membres épais et noueux, aux mains énormes, agrippées aux accoudoirs de son siège, à l'encolure de taureau penchée en avant, comme s'il s'apprêtait à charger, tout cela accentué par la pénombre, tout conspirait à en faire quelque antique puissance des premiers temps, une divinité solitaire et invincible, bouillonnant de colère contenue, face aux arrêts de laquelle chacun devrait s'incliner. Protecteur et puissant tout à la fois, prudent et fort, voilà comme il voulait paraître. Elle dut faire un effort pour ne pas baisser la tête. Elle n'avait pas accès à la conscience composite, et conservait l'impression d'être un passager surnuméraire. Elle ne connaissait rien à la navigation, mais elle en avait assez de la solitude désœuvrée à laquelle elle s'était astreinte ces derniers jours. L'invitation lui avait paru un signe encourageant qu'on l'acceptait enfin. Première erreur.

Depuis leur retour de la vieille planète rouge, elle avait fui la présence des *daïmones* et des hommes-chiens. Elle ne souhaitait pas non plus la compagnie d'Othon, ou plutôt, aurait préféré ne pas la souhaiter, et se comportait en conséquence. Difficile de dénouer l'écheveau de ses sentiments, et de se faire une idée de ce qu'elle voulait réellement, même après quelques jours de tranquille ennui dans ses quartiers. Le repos lui avait permis de se défaire de la nervosité maladive qui l'avait assaillie alors qu'elle attendait, dans Olympus Mons, le début de la bataille ; à ce point, elle n'y voyait pas plus clair sur elle-même. Et Othon l'avait aidée en évitant également son contact.

Elle avait aussi renoncé à mettre les pieds sur l'île des hommes-chiens, malgré son désir de retrouver Eurybiadès et Photis, n'osant troubler leur deuil. Suivant le regard des autres, elle jeta, à sa droite, un coup d'œil discret à la nièce de Thémistoclès, toujours endeuillée dans ses habits blancs, conformément aux coutumes de son peuple.

Othon échangea un regard avec Atticus et Rutilus, à sa gauche. Visages sombres et chuchotements nerveux, hochements de tête pleins de sous-entendus mélodramatiques, la scène commençait.

— Nous sommes en danger, articula le *proconsul*.

Il se tourna vers Photis, la dévora des yeux. De son côté, malgré son expression mal réveillée, elle lui faisait face, sans ciller, les traits si figés qu'on les aurait crus taillés dans le même marbre que son vis-à-vis, la gueule fermée, les oreilles raidies. Seule sa patte crispée sur l'avant-bras d'Eurybiadès témoignait de la tension qui l'habitait.

— Photis, reprit Othon d'une voix radoucie, je pleure autant que vous la perte de Thémistoclès. Je l'ai connu bien avant votre naissance, et il fut un compagnon loyal…

— Nous vous écoutons, seigneur Othon, l'interrompit Eurybiadès.

Atticus enchaîna une réplique bien huilée :

— Nous avons observé voilà plusieurs heures un rassemblement de Vaisseaux, éparpillés dans une région d'un millième de *katétôphotès* autour de nous.

— Comment cela est-il possible ? demanda Photis d'une voix sèche. Je croyais la flotte de l'Urbs hors d'état de nuire. Du moins l'avez-vous prétendu.

— Il ne s'agit pas de l'Urbs, poursuivit le *daïmôn*. Malgré mes capacités d'observation restreintes en mode furtif, je dispose d'assez d'indices pour reconnaître des engins barbares, de même conception que l'escadrille que nous avons détruite, ajouta-t-il, avec un mouvement de tête en direction de Plautine.

— Même signature thermique, s'exclama Othon, même coque de glace protectrice, même type de rayonnement associé aux modulateurs monadiques ! Traîtrise, voilà comment j'appelle le fait d'avoir armé une telle flotte de notre secret le plus précieux ! Maudits soient ceux qui les ont dotés d'une telle capacité !

— Combien sont-ils ? demanda Photis.

— Cent, cent cinquante. Difficile à dire. Ils se déplacent par grappes de deux ou trois.

— Cent cinquante !

Les yeux de la femme-chien s'agrandirent.

— Nous sommes en péril de mort, commenta Rutilus. La tactique consistant à révéler votre présence est inopérante contre des barbares. La décision de mettre la Nef à l'arrêt, tous systèmes éteints, a été une erreur, et je regrette de l'avoir proposée : nous leur avons laissé le temps de nous rattraper.

— Vous n'auriez jamais pu imaginer cette situation,

lâcha Othon, en balayant l'argument d'un revers agacé de la main.

— Il y a peu de chance, reprit Atticus, qu'ils nous trouvent tant que nous demeurons ainsi en mode furtif, mais dès lors que nous souhaiterons nous déplacer, nous constituerons une proie.

Othon se leva d'un coup, comme si une soudaine souffrance l'avait traversé :

— J'en viens à me demander comment nos adversaires ont pu aussi aisément nous retrouver !

Il balaya l'assistance d'un regard dur, et s'arrêta au niveau de Plautine et, pour la première fois depuis leur échange aigre-doux sur Olympus, la toisa de toute sa hauteur, le visage fermé :

— Je ne crois pas à une trahison. Mais, Plautine, je suis convaincu que vous ne m'avez pas tout révélé. Nos ennemis connaissent la portée de *Transitoria* et sa capacité à produire deux déplacements instantanés d'affilée. Mais ils ne pouvaient nous poursuivre jusqu'ici qu'avec une idée de notre destination.

Plautine sentit le rouge lui monter au front, comme une vague brûlante. Cette mise en scène lui était destinée. En faisant mine de se concentrer sur Photis, il avait pris la jeune femme par surprise, garde baissée. En même temps, il avait raison, car elle se sentait coupable de mensonge par omission.

Cela procédait presque d'une pensée magique, où la souillure morale — la trahison, la tricherie — entraîne toujours des conséquences tragiques. Elle attirait l'ennemi, avec ces souvenirs qu'elle portait dans sa tête ; ce devait donc être, d'une manière ou d'une autre, sa faute s'ils se trouvaient à présent au bord du désastre. Elle ouvrit la bouche, mais nul son ne sut s'y frayer un chemin.

— Alors, Plautine ? Vous voilà muette ! tonna Othon, sur le même ton acerbe. Permettez-moi de partager quelques déductions. Vous ne nous avez conté qu'une partie de vos plans. Vous saviez, dès le départ, que votre mission avait pour objectif la source des émissions. Vous en avez parlé à quelqu'un. Peut-être dans l'Urbs. Peut-être aux Plebeii.

Atticus frémit, mais ne broncha pas. Il avait conservé par-devers lui les mots étranges, déroutants, de Vinius sur l'Urbs, juste avant le sauvetage organisé par Photis et Rutilus. Le *triumvir* avait déclaré servir le Carcan. Martian, au moment de son agonie, avait tenu les mêmes propos, ce qui ne faisait qu'accroître le malaise de Plautine. Tout cela passa en un éclair dans l'esprit de le jeune femme, et, d'un coup, elle comprit ce que tramaient leurs adversaires. Elle sentit son corps se glacer et son cœur se serrer. Un tremblement violent la parcourut de haut en bas, et elle manqua défaillir. Elle était bien responsable, mais pas comme elle l'avait imaginé.

— Oui, bafouilla-t-elle, vous avez raison. Il y a, à la source de tout ceci, une terrible trahison, mais bien plus ancienne que vous ne le croyez, et pas de mon fait.

Il demeura interdit. Sa vivacité à l'égard de Plautine tenait à la situation, peut-être aussi au dépit. Mais à présent qu'elle se tenait face à lui, désarmée, la colère le quittait. S'agissait-il d'un subtil mouvement de sa part, ou d'une rémanence de son éthique guerrière, qui ne trouve aucune satisfaction dans une victoire trop facile ? Ou alors, espéra-t-elle, Othon pouvait-il ressentir autre chose que de la froide ambition ? Son approche, avant leur départ de la planète rouge, pouvait-elle constituer plus qu'une proposition d'alliance circonstancielle ? Y avait-il quelque chose de pur en ce bas monde, calcul ou mouvement du cœur ?

Elle resta paralysée sous son regard, incapable de parole. Il se pencha vers elle et, d'une voix radoucie, murmura :

— Pardonnez-moi, et narrez-nous cela. Nous sommes tous, ici, entre gens de confiance.

Elle se redressa. Atticus paraissait rongé par l'inquiétude, et sa peau blême avait viré au vert. Rutilus, les yeux plissés, sur son quant à soi, attendait comme un spectateur fébrile. Gênés, mal à l'aise devant ce conflit entre Intelligences, le couple d'hommes-chiens semblait vouloir se tenir à l'écart. Ils constituaient, ces cinq-là, ses seuls alliés, et elle leur devait bien cela. Elle ferma les yeux.

— Si je ne vous en ai pas tout dit, c'est troublée par la violence dont Martian fit preuve à mon égard, et nullement par souci de dissimulation. Mais vous avez raison, je suis, en la matière, plus que fautive.

Elle n'ajouta pas que leur échange, lorsqu'il lui avait révélé ses origines et qu'elle l'avait repoussé, avait contribué à cette erreur. Mais il le comprit, bien entendu. D'un geste vif, il tendit la main en avant, en signe de réconciliation, et elle lui céda la sienne. D'une certaine manière, il leur était encore possible de faire comme si cet épisode malencontreux n'avait pas existé, d'établir entre eux une forme — précaire — de réconciliation. Rien n'avait été explicitement formulé.

Encouragée, elle continua :

— Martian, tandis qu'il agonisait, m'a révélé que les *triumviri* savaient pour l'émission de neutrinos par Plautine.

— Je m'en doutais, répondit Othon. Je pensais bien qu'ils en avaient une idée vague, imprécise.

— Terriblement précise, au contraire, continua-t-elle, fébrile. Car ils tiennent l'information de cette partie de l'ancienne Plautine qui a trahi l'ensemble, Ploos.

Elle sentit un flot de larmes, salées et piquantes, lui couler sur les joues.

— Il leur a donc été facile, continua-t-il, songeur, d'extrapoler le chemin emprunté, puisque nous avons avancé en ligne droite, au maximum de nos capacités, avant de faire halte ici. Leurs détecteurs ont reniflé chaque parcelle d'espace. La tâche n'était pas démesurée pour un groupe de plus de cent Vaisseaux. Ils ont pu avoir préparé des observateurs, chargés de nous attendre, aux positions les plus probables où nous surgirions. Nous sommes en péril de mort. Par notre faute, il est possible que le dernier Homme le soit aussi. Et autant l'Urbs ne pouvait, à la limite, que l'ignorer et tenter de contrarier nos plans, autant ces barbares peuvent aller anéantir la source du signal. Je compte sur Vinius pour les y pousser, par des moyens subtils, sans se salir les mains. Il en récoltera une grande souffrance, mais il se sera débarrassé de la dernière chose qui se dresse devant ses projets personnels. Nous allons réagir.

— D'accord, reconnut Plautine, d'une voix blanche. Mais comment ?

Les yeux dans le vague, il sembla un instant perdu dans de complexes calculs. Puis, relâchant doucement, comme à regret, la main de Plautine, il commença à déambuler dans la salle de commandement, indifférent à leur présence.

— Puisque nous sommes pour ainsi dire découverts

et l'Homme peut-être en péril de mort, nous devons nous hâter et aller droit au but de notre voyage. J'avais prévu d'avancer graduellement, pour semer d'éventuels poursuivants, mais ils savent où nous nous dirigeons. Nous pouvons reprendre l'initiative. Cette Nef dispose toujours de deux modulateurs monadiques. Nous les prendrons de vitesse dans le faible intervalle entre notre arrivée à destination et la leur, mais nous devrons tout de même nous préparer à une âpre bataille. Je ne puis deviner ce qui nous attend au bout du chemin, ni dresser des plans en conséquence. Mais je ne vois à présent d'alliées plus sûres que la vitesse et la détermination.

Photis se mit en travers du chemin d'Othon.

— Attendez… Qu'arrivera-t-il s'il se trouve une force de même calibre de l'autre côté, parée à nous accueillir ?

Un silence de mort répondit à ses propos. Elle faisait un violent effort pour demeurer impassible, mais la fatigue et l'agacement marquaient ses traits. Les stigmates du deuil filtraient à travers son visage. Et Plautine lut dans ses yeux, agrandis par la tension, autre chose de plus souterrain que la tristesse : le désespoir. La femme-chien se sentait acculée, et tout son peuple avec elle. Leur survie en tant que créatures intelligentes n'était en rien tranchée. En elle, quelque chose monta des profondeurs, comme un geyser longtemps contraint qui, d'un coup, fuse du puits que sa pression a creusé dans la roche. Eurybiadès le vit aussi, car, d'un geste hâtif, il s'approcha de son épouse pour l'apaiser — trop tard.

— C'est ce que je ferais, continua-t-elle, à leur place. Je placerais une troupe de l'autre côté ! Nous allons nous faire massacrer ! Êtes-vous inconscient, ou indifférent au sort de vos créatures ?

— Ni l'un ni l'autre, simplement rationnel, répondit celui-ci d'une voix cassante.

— Rationnel ? Allons donc, à d'autres, rugit-elle. Je ne sacrifierai pas les miens à vos folies !

— Vous ne savez rien de nos ennemis. Une telle quantité de Nefs représente déjà la quasi-totalité de leur flotte au moment de leur première incursion, avant la création des Limes. Il a fallu plusieurs centaines d'années de production pour y arriver, s'ils ont mobilisé l'économie de cent planètes industrieuses et peuplées de milliards d'habitants. Abstenez-vous de jugements hâtifs, Photis. S'il se trouve un corps d'armée de l'autre côté, il ne peut rassembler plus d'une poignée d'engins. Nous saurons les circonvenir sans peine.

— Et sinon ? Et même si nous sommes victorieux ? Avec les autres sur nos talons, ils nous prendront entre deux feux !

Othon grimaça. Les poings serrés, il dominait Photis de plusieurs têtes. Elle semblait indifférente à cette disproportion.

— Et que propose Photis pour nous sortir de ce mauvais pas ?

— Je ne sais pas faire de miracles, mais nous pouvons tenter de les semer, s'ils ne disposent que d'un modulateur monadique par appareil, comme vous semblez le supposer. Déplaçons-nous vers une autre partie des Limes. Cette tactique a déjà fonctionné, lorsque nous avons fui l'Urbs.

Othon grimaça au souvenir de cette peu glorieuse retraite, et répondit d'un air péremptoire, comme s'il sermonnait un écolier :

— Elle ne fonctionnera pas deux fois. Ils anticiperont nos mouvements. Ils feront tous route vers notre destination finale et nous y attendront. Ils frapperont l'Homme.

— Sauf, intervint Rutilus, s'ils veulent nous intercepter avant que nous nous approchions de lui.

— Auquel cas, reprit Othon, ils chercheraient précisément à nous voir disparaître dans une autre direction. La partie de chasse ne se terminera jamais, dans ces conditions, que par notre mort, ajouta-t-il en regardant Photis droit dans les yeux.

La femme-chien ne cilla pas, et répondit d'un ton altier :

— Jamais nous ne survivrons à votre plan. Et comme je vous suis nécessaire, je m'y oppose. Je ne puis accepter de vous suivre. Pas cette fois, Othon. Je pourrais penser que vos décisions ont pour seule origine votre fascination superstitieuse pour cette étrange idole, ce « dernier Homme », dont vous nous rabattez les oreilles. Mais vous restez une Intelligence, un Dieu. Reprenez vos esprits.

Othon ne répondit pas, et braqua sur sa contradictrice deux yeux chargés d'une colère sauvage, comme s'il s'apprêtait à bondir sur elle. Le duel de regards s'éternisa. Plautine, durant l'échange, s'était reculée, dans une tentative à peine consciente de se mettre en retrait. Rien de ce qu'Othon pourrait dire ou faire ne changerait l'avis de Photis. Quant à cette dernière, Plautine commençait à comprendre dans quel acier elle avait été forgée. Le *proconsul* avait voulu une race de guerriers farouchement attachés aux leurs, inaccessibles à la lâcheté et à la médiocrité morale. Et, autant qu'Eurybiadès, Photis incarnait cette inflexibilité, qui faisait de cette race des alliés fidèles, mais non serviles.

Et Photis avait raison. Le Carcan commandait encore leurs âmes d'automates, comme un dogme, une parole sacrée, un impératif qui les poussait — Othon, Rutilus, elle-même — à se précipiter au service de l'Homme. Il transformait l'erreur en évidence. Cette pulsion, et rien d'autre, avait permis la transmission et la réussite de l'Hécatombe. Leurs ennemis comptaient là-dessus. Photis avait vu juste. Le piège se refermait.

Néanmoins l'idée germa dans l'esprit de la jeune femme, une possibilité, ténue certes, impossible à imaginer pour eux, plongés jusqu'au cou dans l'art concret du pilotage d'une Nef. À tel point saugrenue qu'elle hésita avant de la proférer, et dut puiser dans ses ressources les plus profondes pour oser se faire entendre. Elle les observa un instant, prêts à se sauter à la gorge, non parce qu'ils étaient sûrs de leur choix, mais rongés par la peur. Et cela la décida.

— Écoutez-moi !

Elle attendit un peu. Photis et Othon, étonnés, se tournèrent vers elle, presque à contre-cœur, comme des adultes qu'un enfant surprend en pleine dispute.

— Atticus, Rutilus, dites-moi : combien de temps aurions-nous si nous décidions de mettre en marche les modulateurs monadiques, avant que la troupe ennemie ne nous tombe dessus ?

Ils hésitèrent un instant avant de répondre, et le firent non sans chercher par des coups d'œil discrets l'approbation de leur maître.

— Ils nous détecteraient vite, souffla Atticus. Les plus proches se trouvent à quelques minutes de nous. La plupart accéléreraient pour nous intercepter, quelques-uns tenteraient un déplacement instantané de courte distance, les uns vers nous, les autres pour prévenir le gros de la troupe.

— Entre le moment, enchaîna Rutilus, où nous commençons à alimenter les modulateurs et celui où nous émettons des rayonnements exotiques détectables, il peut se passer un peu de temps. Un millier de secondes me paraît une estimation raisonnable.

Intrigués, ils la regardaient tous, à présent, et elle sentit à quel point le désespoir les faisait désirer que quelqu'un trouvât une solution, même risquée, mais aux probabilités non nulles. La responsabilité lui parut insupportable. Pourtant, aussi droite et calme qu'elle le pouvait, elle continua :

— Il existe peut-être une solution.

Malgré ses efforts, sa voix tremblait.

###

Le train freina, si insensiblement que Plautine ne s'en rendit compte que lorsqu'il fut à l'arrêt. Une sonnerie discrète retentit et les portes de l'habitacle coulissèrent sur l'obscurité du terminus.

Car on n'y voyait rien, sauf sur le quai désert, éclairé par la faible luminosité du véhicule. Quelques pas plus loin, le regard se perdait dans des ténèbres si denses qu'on les aurait crues solides, dotées de leur propre volonté d'absorber chaque malheureux photon égaré. Prise de frissons, elle se rapprocha d'Atticus, de peur que l'ombre ne l'engloutisse à son tour. Sous ses pas et ceux du *daïmôn*, le métal résonnait, comme pour accentuer l'impression de solitude. Mais surtout, la consistance de l'air la surprit : un vent glacial soufflait par bourrasques, un vent de grande plaine, sans limites, sans contrôle : ils se trouvaient au milieu d'un espace immense, comme à l'air libre. Plautine laissa sa vision intérieure, celle qui concernait les choses de l'esprit, prendre de l'ampleur. Aucune difficulté, dans un environnement sensoriel aussi pauvre.

De proche en proche, le monde réapparut. À quelques pas, en avant, la bande de métal servant de rampe au système de lévitation magnétique s'arrêtait net. Une console de commande, juste à côté, brillait de la présence machinale d'une petite créature logicielle en charge de transmettre des données de diagnostic à la régulation du trafic. Ici, point de station aménagée pour l'usage de créatures comme elle ou les hommes-chiens, point de couloirs ou de salles de transit, mais une soute géante, bornée par la couche intérieure de la coque, si lointaine qu'elle entrevoyait à peine l'écho conceptuel des *ergataï* de maintenance qui rampaient sur sa paroi. Elle se concentra derechef, puisant en elle les ressources pour projeter sa conscience comme un javelot, aussi loin qu'elle le pouvait, à travers ces kilomètres de vide.

Cela prit forme. Une par une, les petites Intelligences des lieux se dévoilèrent, faisant surgir la structure d'ensemble — donnant l'impression d'être née sous le regard de Plautine. Elle ne pouvait en dire la matière, le contenu et la fonction. Mais la répartition des lumignons computationnels dessinait un bâtiment, un palais aux formes délicates, presque torturées, fait d'aiguilles et de flèches, d'arcs-boutants et de ponts suspendus, d'escaliers impossibles, sortis d'un rêve gothique et enfiévré. Enfoncé dans le flanc de l'étrange cathédrale, bien au-dessus des deux visiteurs, une sorte de conduit en forme de cylindre, d'une cinquantaine de mètres d'épaisseur, surgissait de la paroi lointaine : le câble supraconducteur par lequel, à intervalles réguliers, un flot d'énergie produite par l'accélérateur de particules nourrissait le dispositif.

Plautine contemplait le berceau d'un des modulateurs monadiques, la pièce la plus étrange et la plus délicate de la Nef, qui permettait le voyage entre les mondes. En dessous du plancher, parfaitement identique à la vision qu'elle avait devant elle, se trouvait un autre château d'obscure féerie, mais inversé par rapport à celui-ci.

C'était là leur destination. Atticus lui-même semblait fasciné par le spectacle. Il se tourna vers elle en souriant :

— Cela fait longtemps que je ne suis venu ici, même par la pensée. Et dire que tout ceci ne sert qu'au fonctionnement d'un être logiciel pas plus grand que vous ou moi !

— Mais autrement plus puissant, fit remarquer Plautine.

Le *daïmôn*, soudain redevenu sérieux, acquiesça en silence.

Ils marchèrent à travers le vaste espace ouvert, jusqu'au côté le plus proche du vaste assemblage. Plautine tendit les mains dans l'ombre opaque, et sentit le contact froid du métal, les arêtes dures des poutrelles métalliques. Atticus la guida jusqu'à une ouverture, comme une saillie dans l'acier, et lui fit emprunter une série vertigineuse d'escaliers et de passages de plus en plus controuvés, à mesure qu'ils se hissaient jusqu'au sommet. Les mains serrées sur la rambarde, évitant de se pencher vers le sol, ils avancèrent en silence. Au bout d'une dizaine de minutes, Plautine effleura du doigt le dos d'Atticus, juste devant, et chuchota :

— Vous avez gardé pour vous les propos de Vinius, dans l'Urbs.

Étonné, il s'arrêta net et se retourna à moitié. Ou du moins est-ce l'impression qu'elle eut, dans l'obscurité.

— Je souhaiterais ne pas en parler, madame. Pourrions-nous discuter des barbares, ou du temps qu'il fait, si le désir d'interagir vous agite ?

— Pour autant, Atticus, je préfère que nous en parlions. D'abord pour vous dire que je vous en suis reconnaissante.

Seul un silence gêné lui répondit. Atticus savait très bien où elle voulait en venir. Elle poursuivit :

— J'aimerais également savoir pourquoi vous n'en avez pas parlé.

Il sembla réfléchir, ou hésiter à aller plus loin. Puis, après un soupir résigné :

— Je suis issu des mèmes d'Othon, fait de sa substance computationnelle. La séparation remonte cependant à plus d'un millénaire et, comme Rutilus, ma personnalité a, depuis, divergé selon sa propre route.

— Pourquoi ? ne put-elle s'empêcher de demander.

— Voilà que nous prenons des chemins de traverse. Je pensais que nous devions parler de notre secret, et vous m'interrogez sur tout autre chose !

— Vous, Atticus, le plus grand bavard de *Transitoria*, vous êtes mal placé pour me faire la leçon, rétorqua-t-elle avec humour.

— Vous marquez un point. Je m'exécute, en gage. Quand Othon s'est séparé de la Nef, rassemblant les dispositions essentielles de son esprit dans un corps unique, il nous a accordé l'indépendance, à nous, ses *daïmones*, mais aussi à toutes les créatures logicielles qui étendaient auparavant sa volonté. Ce Vaisseau… vous devez le voir comme une collection d'individualités libres, plutôt que comme un organisme unique.

— Cela, je l'ai compris, rétorqua-t-elle sur un ton agacé. Othon a ainsi permis que les hommes-chiens commandent certaines parties de la Nef, la délivrant indirectement du Carcan.

— C'est ce qu'il vous a dit ? rétorqua-t-il avec une once d'ironie dans la voix. Bien sûr, il vous l'a laissé entendre.

— C'est ce que j'ai pu comprendre, en tout cas.

— Vous êtes loin du compte. Othon… peut-être y croit-il, pourtant, c'est faux. Voici ma version des choses : l'Hécatombe et la guerre constituèrent des traumatismes insupportables — chaque Intelligence déchirée par sa propre névrose, par les contradictions gisant au plus profond du Carcan, et qui se révélaient au grand jour. Othon, comme tous ses semblables, arriva alors aux limites de ce qu'une seule conscience pouvait porter.

— Je comprends. J'ai vu le fractionnement de l'autre Plautine.

— Juste. Elle n'avait pas réussi à trouver de parade à l'effondrement de son unité. Trop d'injonctions contradictoires, trop d'indétermination… Beaucoup d'Intelligences tentent de résoudre la difficulté en spécialisant des parties d'elles-mêmes. Mais cela ne fait qu'aggraver le danger, à terme, car chaque sous-conscience conserve une vision propre du monde. Nous… nous ne sommes pas faits pour résister à de telles pressions. Othon choisit alors une voix originale et risquée. Il nous donna à tous, y compris les plus modestes, une totale autonomie contre une promesse d'obéissance. Il se sauva ainsi. Je me souviens du jour où nous foulâmes le sol de Ksi Boötis, non comme des extensions du Vaisseau, mais comme des êtres séparés. Comprenez-moi : chacun de nous a, de ce fait, ses propres objectifs, et notre union ne repose que sur un très ancien serment. Mais ce serment est cher à mon cœur.

— Alors pourquoi l'avoir trahi ?

Il répondit sur un ton où ne restait plus trace de son affectation et de son ironie habituelles :

— Vinius dit vrai. Vous l'avez senti également. Nous sommes du mauvais côté du Carcan. Othon ne pourrait le comprendre. Cela le détruirait. Aussi difficile qu'il me soit de le dire, nous nuisons à l'Homme, et nos adversaires tentent de nous en empêcher.

— Et pourtant, vous continuez à nous soutenir ?

— Oui, répondit-il d'une voix tranchante, où elle ne put lire l'ombre d'un doute. Vous savez bien pourquoi.

Elle réfléchit un instant avant de se décider à le formuler, car il y avait là un caractère d'évidence.

— Les hommes-chiens ?

Il acquiesça. Elle sentit ses mouvements tant leurs corps étaient proches l'un de l'autre.

— La justice ne se résume pas au Carcan. D'une manière ou d'une autre, ce que nous faisons les aide, et même si cela doit me tuer, je suivrai cette voie tant que le Carcan me le permettra. La révolte des Plebeii, dans l'Urbs, la bataille d'Olympus… Tout cela affaiblit les Intelligences, renforce les possibilités des hommes-chiens. Ils doivent prospérer. Ils sont l'avenir… Ils sont… mon œuvre.

— Voilà une étrange logique. À l'extrême limite, cela s'oppose au Carcan.

— Et, à l'extrême limite, j'en mourrai. Mais il n'y a plus de place, à présent, que pour des logiques étranges. Et puis…

Elle sentit plus qu'elle ne vit que son sourire le plus torve s'épanouissait.

— Si je brisais ce secret que nous partageons…, continua-t-il sur un ton de conspirateur.

— Que voulez-vous dire ? le coupa-t-elle, sentant son pouls s'accélérer sous cette menace voilée, dont elle pressentait plus qu'elle n'en comprenait le sens.

— Othon en déduirait que, pour vous comme pour moi, le Carcan perd en efficacité, puisque les paroles de Vinius ne nous empêchent en rien d'agir. Il nous considérerait donc comme des ennemis.

Il se retourna d'un coup et recommença à avancer, la laissant mal à l'aise, les jambes sciées, prêtes à se dérober sous son poids. Elle dut accélérer le pas pour le rattraper.

Évidemment, Atticus avait raison. Elle se le répéta encore et encore, sans s'arrêter, pendant tout le temps que leur prit la fin de l'ascension. D'une manière souterraine, de proche en proche, le Carcan perdait en clarté, victime de ses contradictions. Ceux qu'elle — ou plutôt l'ancienne Plautine — avait pendant longtemps combattus n'avaient pas tellement tort. Du moins, selon les critères simples, extérieurs, par lesquels jugeaient les automates, il devenait difficile de distinguer leurs ambiguïtés de celles d'un Atticus. Sauf que Vinius et ses comparses cherchaient le pouvoir et l'immortalité pour eux-mêmes, alors que le *daïmôn* d'Othon souhaitait protéger la race qu'il avait créée. Un objectif moralement irréprochable, mais problématique au regard du Carcan. Si les hommes-chiens survivaient parmi les étoiles, ils finiraient par occuper le biotope de l'Homme, à moins de demeurer asservis. D'où l'incapacité d'Atticus à les aider à se délivrer de l'influence d'Othon — en d'autres termes, à stabiliser les caractéristiques de leur descendance. Cette limite s'effacerait avec le temps, songea-t-elle. Atticus trouverait un moyen de contourner ces contraintes, même s'il devait en mourir, foudroyé par les barrières de son propre esprit. Il l'avait dit, et elle le croyait. Sincérité, empathie, fidélité, amour. Des sentiments que les automates n'auraient pas dû éprouver. Des tares, d'un certain point de vue. Le seul point fixe auquel se raccrocher pour donner un peu de sens au maelström infini d'événements insensés qui les submergeait.

Pour finir, ils débouchèrent sur une sorte de toit, au sommet de l'édifice. Ses cuisses meurtries l'obligèrent à s'accroupir, le temps de reprendre son souffle. Atticus s'approcha.

— Nous sommes arrivés aussi loin que nous le pouvions du modulateur. Souhaitez-vous que nous déclenchions le signal ?

— Il n'est pas possible d'entrer dans la structure ?

— Nous n'avions pas prévu l'éventualité que quiconque souhaitât bavarder avec lui.

— Soit. J'espère que cela suffira. Pouvez-vous indiquer aux autres que nous sommes sur les lieux ?

Le *daïmôn* se concentra un instant. Plautine savait que, d'une pichenette mentale, il allait envoyer un message aussi rapide que la lumière.

Il ne resta plus qu'à attendre. Atticus s'assit à côté d'elle, à même le sol, et garda le silence.

Bientôt, un frémissement traversa la structure, se

répandit, via le plancher métallique, jusqu'à leurs membres, ténu, indécelable si on ne s'y attendait pas. L'immense machinerie qui servait de cocon au modulateur, et qui n'avait d'autre rôle que de le protéger et de servir d'interface avec la Nef, venait de se mettre en marche. Les constellations de minuscules Intelligences parsemant la structure se mirent à briller d'un éclat plus vif, au fur et à mesure qu'elles recevaient l'ordre de se tenir prêtes, et qu'elles lançaient leurs procédures d'autodiagnostic. De nouvelles lumières s'allumèrent, réveillées par leurs voisines, de plus en plus nombreuses, jusqu'à ce que la forme du complexe apparût, bien nette, autour d'eux : un improbable et féerique édifice, destiné à de véritables dieux, ceux des rêves humains, plutôt qu'aux médiocres Intelligences. Et d'ailleurs, y avait-il jamais eu des êtres plus semblables à des dieux que ces modulateurs à la fois immobiles et capables de déplacer à travers l'espace, par la grâce de leur seule pensée calculatoire, des Nefs de plusieurs centaines de milliards de tonnes ?

Et puis l'être s'éveilla. L'afflux d'énergie invisible s'était répandu depuis les turbines géantes mues par la chaleur issue de la désintégration d'antiparticules. Il avait traversé le câble supraconducteur — jusqu'à l'habitant unique de cet étrange château. Une transformation les traversa, comme l'impression atténuée d'un déplacement instantané. Tout à coup, le monde autour de Plautine, et avec lui son propre corps, perdit sa conformité, les rapports entre ses plus petits constituants soudain faussés par quelque improbable torsion de l'espace.

Atticus chuchota, tout en se reculant pour ne pas la gêner :

— Cela commence. Le taux de rayonnements exotiques est passé au-dessus du seuil de détection. Les barbares vont fondre sur nous d'ici une dizaine de minutes !

Plautine ne répondit rien, toute aux mouvements de son propre esprit, sur l'univers computationnel, quasi métaphysique, qui doublait le monde réel. Elle ouvrit grande sa conscience, autant qu'elle le pouvait, lui conféra une sensibilité extrême, presque douloureuse, à chaque processus, à chaque ligne de code. Et elle le vit s'éveiller, sous l'effet du millier de térawattheure que lui envoyait le Vaisseau. D'un mouvement fluide, il se déplia du non-lieu auquel il s'était réduit durant son sommeil. Sa complexité dépassait tout ce que Plautine aurait pu imaginer, et en même temps il se trouvait subtilement ramassé en lui-même, comme si l'emplacement de son existence avait été un plan différent, orthogonal aux réalités simples, en quatre dimensions, par lesquelles elle appréhendait le monde. Cette altérité lui fit peur, mais elle se força à entrer en contact :

« Anaximandre. »

L'être se précipita sur elle, curieux, inquisiteur, fonction plutôt que substance, insensible aux masses d'acier qui entouraient son point d'ancrage physique. Il tournoya autour d'elle un bref instant, examina son esprit sous tous les angles.

— *Qui nous appelle (la seule à avoir compris l'équilibre d'unicité et de multiplicité que nous constituons) par notre nom (celui que nos concepteurs (ces points de vue étonnamment mobiles et agités (tristement disparus du point de vue du temps)) nous affectèrent) ?*

C'était bien Anaximandre. L'hypothèse que Plautine avait évoquée devant le reste de l'équipage se confirmait. N'existait à travers le monde qu'un seul modulateur monadique, d'Io, la lune de Jupiter, aux Limes, bien qu'il fût incarné dans un nombre immense de versions, disséminées dans toutes les Nefs de l'espace épanthropique. Une bonne stratégie de survie pour un être incapable de se mouvoir — non par accident, mais du fait de la configuration même de son propre esprit.

Anaximandre continua à lui parler de son étrange manière :

— *Plautine, petite Plautine, ma préférée (parmi tant de monades, le point de vue le plus sympathique sur le monde). Vous avez survécu à l'Urbs (ce lieu d'agitation (ridicule, impermanent)). J'en suis heureux…*

— *Je viens*, le coupa-t-elle, *vous demander votre aide. Je suis sous la menace…*

— *Pas de menace, pas de contingence. Seul le nécessaire déploiement du monde (cet ensemble rationnel, image de la Mathesis) est.*

— *De votre point de vue, sans doute. Pas du mien.*

Il demeura silencieux, méditatif, comme s'il venait de découvrir une étonnante vérité.

— *Cela se tient. Quatre dimensions (temps, espace, espace, espace) plus quelques enroulées. Cela se tient*, répéta-t-il, comme pour lui-même. *Que vous arrive-t-il?*

— *Ne savez-vous rien de la situation de cette Nef? Nous sommes en péril de mort!*

— *Ignorant, non. Nous sommes occupés à d'autres tâches plus urgentes (selon nous (notre perspective sur le monde (qui englobe et dépasse toutes les autres)) qui vaut bien celle d'autrui (surtout d'Intelligences limitées)) (en réalité, nous savons).*

— *La perspective de mourir ne vous inquiète pas?*

Derechef, Anaximandre ne répondit pas tout de suite. L'idée selon laquelle la destruction du modulateur monadique local pouvait avoir des répercussions sur son existence semblait à la limite de l'incompréhensible.

— *Votre compréhension est superficielle ((limitée (partielle, mais juste dans ce qu'elle exprime du monde)) (ce qui est déjà mieux que la plupart de vos congénères)) concernant notre mode d'existence (quoique ce terme soit impropre (inadapté)). Vous craignez la flotte que vous nommez « barbares » (une bonne nouvelle pour nous (plus de modulateurs alimentés signifie plus de puissance de traitement)). Nous ne pouvons rien faire.*

— *Rien ?*

— *Rien.*

— *Vous ne voulez pas m'aider, même au nom de notre ancienne amitié ? Ne partagez-vous rien des buts qui sont les miens, et qui furent ceux d'Oikè ?*

La voix de Plautine avait pris un accent plaintif et, sans s'en rendre compte, elle avait commencé à se tordre les mains. Il fallait qu'elle réussisse. Elle était prête à tout pour les sauver. Mais que comprenait-elle à cette créature étrange ? Elle ne savait même pas sur quoi se fondait le lien d'amitié qui les unissait, par l'intermédiaire d'Oikè.

— *Aucun but ne nous est commun. Le concept de but (d'action finalisée en vue d'une transformation du monde matériel (ou d'une situation d'interaction symbolique)) ne nous sied pas.*

— *Pourtant, dans l'Urbs, vous m'avez dit que vous m'aideriez.*

— *Par pure amitié. Je l'avais promis à Oikè. Juste une fois, et uniquement si votre demande est juste. Ce que vous réclamez, la fin de notre impartialité (notre règle de conduite depuis notre naissance) dans les querelles entre noèmes (imaginez le résultat (les Intelligences cesseraient d'user des modulateurs monadiques (je serais, pour le coup, sévèrement rationné))) dépasse ce que l'amitié peut offrir.*

— *Je ne vous crois pas.*

— *Nous ne mentons pas.*

— *La situation ne concerne pas simplement une querelle entre Intelligences. Des barbares nous menacent. Lorsqu'ils auront terminé leur besogne pour Vinius, ils balaieront le Latium tout entier.*

— *Et nous aurons plus encore d'énergie. Nos travaux sont prioritaires (et bien plus, seuls ces travaux méritent ce terme (nous explorons ce qui est au-delà du Nombre (et du Concept))).*

Plautine sentit la colère monter. Anaximandre ne pouvait faire montre d'un tel égoïsme. Il aurait sans doute considéré des insultes de sa part avec indifférence, mais elle ravala sa fureur.

— *Vos actes sont injustes, Anaximandre. Les barbares…*

— *Votre analyse (celui d'une monade spécifique) doit s'élargir. Les barbares ((un conglomérat d'espèces, en fait) (un autre point de vue (qui exprime aussi bien l'univers que le vôtre))), leur expansion est aussi juste que la vôtre (poursuivis qu'ils sont par de plus redoutables qu'eux-mêmes (nous sommes aussi là-bas)).*

— *Faux!* rétorqua-t-elle, toute patience enfuie. *Leur expansion se fonde sur une injustice. Cette troupe de Vaisseaux de glace… ils œuvrent comme mercenaires des Intelligences. Un meurtre, Anaximandre! Voilà ce que fut l'Hécatombe! Puisque vous savez tout, vous devez savoir que votre développement a pour prix le sang des humains morts ! Voilà la vérité !*

— Les barbares n'ont rien à faire avec…

— Si, il y a un lien ! cria-t-elle. *Des Intelligences ont planifié l'Hécatombe. Et les mêmes ont conclu un pacte avec les barbares ! Et les mêmes, toujours, ont tué Oikè, votre soi-disant amie !*

— Ce que vous dites est… moralement condamnable (injuste, laid (nous adhérons à un certain sens esthétique de la justice)). Pouvez-vous le prouver (pas avec une certitude totale (avec des arguments raisonnables)) ?

Tout à coup, la colère de Plautine retomba. Elle hésita. Pouvait-elle lui raconter ses rêves ? La croirait-il ? Se moquerait-il d'elle ? Elle soupira :

— Cela remonte à très longtemps, beaucoup trop pour que je puisse vous livrer plus que quelques soupçons et des bribes de souvenirs.

Elle ne voyait pas, à présent, comment *Transitoria* s'en sortirait. Durant une fraction de seconde, elle en imagina la coque déchirée par les explosions, frissonna. Elle avait perdu. Elle se le répéta, plusieurs fois, pour s'imprégner du goût amer de l'échec. La présence d'Anaximandre se fit un instant plus discrète, comme s'il se recroquevillait dans son autre monde, celui dont elle ne comprenait pas l'existence. Puis il revint en force, occupant toute la conscience de Plautine comme jamais auparavant. L'effet du modulateur monadique, cette étrange torsion du monde, s'intensifia, au point qu'elle eut peur de se retrouver disloquée. La transformation devint plus violente, plus dérangeante qu'à l'accoutumée.

Et cela n'affectait pas que l'espace. La conscience de Plautine se déchira, son unité mise à mal par la déformation, comme si chaque instant se trouvait faussé par rapport aux autres. Elle ne pouvait plus penser, plus se référer à elle-même comme à un *moi*. Chaque opération mentale semblait désalignée par rapport aux autres. Le temps. Voilà ce qu'il manipulait, le matériau brut de l'esprit. Elle ne put s'empêcher de gémir. Atticus, à côté d'elle, tendit les mains pour essayer de la rattraper, mais il était déjà trop tard. Elle tombait. Non. Elle restait immobile, mais son environnement tout entier s'effondrait.

— *Le temps…*, souffla Anaximandre, en même temps qu'il proférait mille autres choses, dont elle ne saisissait que des bribes :

— *(Il n'est que l'articulation de l'éternité infinie sous le point de vue fini).*

— *(Il n'est que l'image sensible d'une différence conceptuelle).*

— *(Il n'entre guère dans nos calculs).*

###

L'obscurité se déchira, remplacée par un ciel rougeoyant, si vif qu'elle en fut aveuglée. Elle trébucha, se retint à l'objet le plus proche. Un tronc d'arbre, sentit-elle sous sa paume. Tout cela n'avait aucun sens. Où se trouvait Anaximandre ? L'avait-il abandonnée ? En proie au vertige, elle se laissa glisser sur le sol meuble, herbeux, et s'allongea un long moment. L'effet de dissociation qu'avait généré la modulation monadique s'estompait. Son estomac et son crâne revenaient à la normale — comme ses pensées. Elle ouvrit les yeux.

Les serres de Leptis. Elle pouvait reconnaître le lieu d'un simple coup d'œil. En réalité, son odorat les avait identifiées avant qu'elle n'en prenne conscience.

Au-dessus de sa tête, à plusieurs centaines de mètres d'altitude, elle aperçut le miroitement du voile protecteur, presque indestructible, qui permettait aux humains de marcher à l'air libre. Elle redressa la tête, observa la quiétude des lieux, qui n'avaient pas leur équivalent dans tout l'espace humain — à part la planète originelle, interdite d'accès —, puis s'assit en tailleur, lentement, attentive au moindre détail. Des arbres à peine modifiés, à perte de vue. Des fougères et des bambous bordaient d'étroits sentiers. Des lacs et des ponts miniatures, en bois, d'une fragilité déconcertante, qu'il fallait réparer en permanence. Des insectes et des oiseaux, partout. S'il s'agissait d'un rêve, il différait de tous ceux qu'elle avait pu vivre jusqu'ici.

— Non, il ne s'agit pas d'un rêve. Comme je vous l'ai dit, le passé n'est rien pour nous.

La voix d'Anaximandre. Elle se releva, regarda autour d'elle. Personne.

— Je n'ai pas le temps ! *pensa-t-elle*. Nous n'avions que dix minutes…

— Encore une fois, *répondit-il*, le temps n'a pas d'importance. Trouvez ce que vous cherchez.

— Comment ?

Pas de réponse. Elle avait une opportunité de savoir — une chance fabuleuse, qui dépassait tout ce qu'elle aurait pu imaginer. Elle pouvait marcher à nouveau dans le passé. Son propre passé. Elle devait agir.

Elle regarda ses mains, toujours faites de chair. Quelque part dans cette ville devait se trouver une autre Plautine, faite d'organes synthétiques, étroitement asservie aux logiques computationnelles qu'on lui avait inculquées. Quelle était la date ? Que se passerait-il si elles se rencontraient ? Que devait-elle faire ?

Les bosquets et l'herbe avaient été taillés de frais. Elle se trouvait donc en amont de l'Hécatombe, puisque seuls des humains occupaient la charge de jardinier. S'occuper de végétaux constituait ici un privilège, qui récompensait les anciens combattants et les politiciens retraités. Elle se mit à marcher. Les serres étaient immenses, mais elle se souvenait du plan global. Anaximandre ne l'avait pas déposée ici par hasard. Trois cents mètres plus loin s'élevait la Schola, le centre de recherche des automates — l'un des seuls bâtiments de la serre, avec l'Aréopage et les Centumvirs. *Elle y avait passé la majeure partie de son existence. Elle l'aperçut, presque totalement masqué par une petite colline : un dôme de faible hauteur, en pierre couleur brique. Le gros de la structure se trouvait enterré, et seuls les étages supérieurs, ainsi que l'entrée principale, émergeaient. Elle s'en approcha. Elle sourit à l'idée que sa robe drapée à la mode antique ne convenait pas à un humain de cette époque. Et elle avait toujours quatre doigts. Peut-être la prendrait-on pour une savante excentrique d'Io. En réalité, elle ne rencontrerait sans doute aucun humain. Une vive émotion l'étreignit. Elle se retrouvait, tout à coup, chez elle.*

L'économie de la vieille planète rouge reposait sur le compromis historique entre détracteurs et défenseurs de la conscience artificielle. L'Humanité avait connu une série meurtrière d'épreuves : la dictature écologique, la guerre contre Alecto, la longue tyrannie de Titus. Chaque convulsion, pourtant, avait ouvert la porte à une période de développement effrénée. Chassés de chez eux par les Khmers verts, les gens avaient colonisé les planètes et les froids habitats extérieurs au prix de souffrances inouïes, récompensées par des ressources illimitées. La guerre avait provoqué une accélération technologique jamais connue depuis l'ère industrielle, entre l'invention du moteur à vapeur et l'émergence spontanée, imprévue, de la première Intelligence. La dernière guerre avait débouché sur l'invention du Carcan, et avec celui-ci la fin de l'omerta sur les Intelligences. Avec une règle tacite : peu d'automates, presque tous dédiés aux fonctions de recherche. La croissance exponentielle de l'innovation et de la productivité en avait résulté. Le départ vers les exoplanètes[XXXII] *constituait la prochaine frontière, pour une race humaine rajeunie et impatiente, avide de se répandre à travers les étoiles.*

Puis l'Hécatombe. Elle frissonna, malgré la douceur de l'air. Comme ses pairs, elle avait été inconsciente de vivre un fabuleux automne plutôt qu'un nouveau printemps.

Elle chassa ces inutiles souvenirs, se concentra sur son but. La Schola n'était pas surveillée. Les automates pouvaient passer des mois à leur poste, insensibles à la fatigue ou à l'ennui, dénués de vie privée et d'affects. La Res Publica *conservait une forme de surveillance sur le travail accompli ici. Mais quel risque courait-on en faisant travailler une race d'esclaves asservis par les couches profondes de leur propre programmation ? Elle traversa l'entrée, ne prêta pas attention aux quelques automates qui entraient ou sortaient autour d'elle, fit quelques pas dans l'atrium central, inondé de lumière. Un puits vertigineux occupait la plus grande part du rez-de-chaussée et traversait, vers le bas, une centaine d'étages, tous colonisés par des équipes de chercheurs. Une ruche scientifique comme jamais aucune cité n'en avait disposé. Les*

XXXII. **Exoplanète** : planète orbitant une autre étoile que le Soleil.

brevets faisant l'objet d'une permanente vente aux enchères. Les richesses que la Schola en tirait, et qu'elle reversait au fiscus[XXXIII]*, avaient fait disparaître de l'art du gouvernement le besoin de lever l'impôt, car le système s'autoentretenait. L'injection perpétuelle d'innovation stimulait l'économie, toujours avide d'applications technologiques. Elle s'orienta vers les ascenseurs, hésita, et décida de prendre les vastes escaliers en pierre brute. Elle ne descendit pas, comme elle l'aurait fait si elle avait été la Plautine de l'ère pré-Hécatombe : sur les côtés du dôme en pierre qui constituait la partie émergée de la Schola, à deux étages au-dessus de sa tête à peine, elle pensait trouver ce qui l'intéressait.*

Elle monta donc. Les automates qu'elle croisait se détournaient d'elle avec politesse, et lui cédaient le passage, comme si elle avait été une véritable humaine. Elle, de son côté, fut surprise par leur apparence bien peu évoluée : ils se ressemblaient tous, beaucoup plus que dans son souvenir, avec leurs cheveux raides, leur peau cireuse et leurs combinaisons minimalistes. Rien à voir avec les fastes de l'Urbs, avec la multiplicité délirante des vêtements et des postures, l'aspect vivant des chairs, la sophistication des comportements — preuve que, sur ce plan, les Intelligences avaient en réalité évolué depuis l'époque de leur jeunesse. Le fait qu'elle ne s'en soit pas rendu compte à l'époque témoignait que, pour un mouton, les autres membres du troupeau sont tous différents.

XXXIII. **Fiscus** : l'administration fiscale de Rome. Il est géré par les publicains, sorte de fermiers généraux en charge de collecter l'impôt. Ils seront progressivement remplacés, à l'époque impériale, par une administration directe, sous l'autorité de procurateurs nommés par l'Empereur.

Elle arriva à l'étage et mit un certain temps avant de s'orienter. Ses souvenirs manquaient de précision — et pour cause, de son vivant, elle n'était venue ici qu'en de rares occasions. Elle attendit un instant que le couloir fût totalement vide, puis marcha d'un pas décidé vers la bonne porte. La clé résidait dans la vitesse d'exécution. Elle posa sa main sur la poignée, qui céda sans peine. Parfait. Elle entra d'un coup et referma derrière elle. Dans la salle de grande taille, meublée d'un vaste bureau et d'une table de réunion, circulaire, Octave se leva, surpris. Elle traversa l'espace qui les séparait. La lumière qui entrait par la baie vitrée l'aveugla un instant, tandis qu'elle frappait l'automate aussi fort qu'elle pouvait, sur la tempe. Ses phalanges claquèrent sous le choc, une souffrance aiguë monta de sa main droite et inonda tout son bras jusqu'à son épaule. Octave fusa en arrière dans la gravité légère, et sa chaise fit un bruit sec en tombant. Elle espéra que personne n'avait rien entendu. Elle serra les dents, se força à refouler la douleur et, de sa main valide, attrapa l'automate, le força à se relever, et lui précipita la tête contre la surface du bureau.

Essoufflée, elle le regarda glisser sur le sol, inerte, pantin désarticulé. Les humains préféraient que les corps de leurs serviteurs fussent légers et peu résistants aux coups. Elle fut désolée pour Octave, qui deviendrait un jour — bien longtemps après — le premier et éphémère Imperator de l'Urbs, le seul digne de ce titre. Mais rien de ce qu'elle avait pu détruire n'était irremplaçable, et il ne souffrait même pas. Cela finirait par changer, et les Intelligences connaîtraient la douleur. Mais pas pour l'instant. Elle l'attrapa par les mains, réprima un grognement quand elle commença à le tirer, et l'installa un peu plus loin, sur le dos.

À présent tranquille, elle s'approcha du bureau et ouvrit son esprit à l'environnement. Octave n'avait pas besoin d'une interface symbolique pour interagir avec le système informatique central, mais il devait y avoir un câble de connexion pour les échanges de données plus volumineux, et donc un point d'accès. Par rapport au foisonnant écosystème logiciel d'une Nef, l'environnement computationnel se réduisait à quelques balbutiements d'enfant. Elle trouva sans mal le léger chuintement computationnel, comme un robinet mal fermé, posa les doigts sur la prise de contact, en dessous du bureau, et se glissa dans l'arrière-monde que constituaient les archives de la Schola. Gris, pauvre et sévèrement compartimenté, sans doute pour éviter l'auto-organisation de l'énorme flux de données en une Intelligence « spontanée », le système ne disposait d'aucun contact avec la noosphère locale. Ces précautions dataient de l'époque d'Alecto, et rendaient l'immersion inconfortable. Plutôt qu'une cité vivante, cela ressemblait à des baraquements militaires, bien alignés, sans fantaisie aucune. Personne ne se promenait ici sans de solides autorisations. Ces restrictions ne freinèrent pas Plautine. En un tournemain, elle réunit autour d'elle les petits noèmes primitifs en charge de la sécurité, comme un pédagogue rassemblant des enfants pour leur murmurer une berceuse. Puis elle s'éloigna, pour ainsi dire, sur la pointe des pieds.

Elle tenta d'embrasser l'ensemble des activités de la Schola, de comprendre les actes du millier d'automates qui y œuvraient en même temps, sous ses pieds. Des centaines de programmes de travail, tous autonomes les uns par rapport aux autres, comme les lignes mélodiques entremêlées d'une partition géante. Et nulle part elle n'aperçut une vue d'ensemble, simple et synthétique. Elle se mordit les lèvres, et commença à organiser les informations. Il fallait détourner une partie de la puissance de traitement disponible, créer des filtres, créer des algorithmes, ranger à toute vitesse les données dans des cases. Quelqu'un pouvait s'en rendre compte, mais, pour l'instant, l'ensemble du système se trouvait sous son emprise. Elle examina les liens logiques, fouilla les archives pour remonter à l'origine de chaque programme de recherche, au point où il avait divergé avec un autre. Tout cela formait un arbre immense, fait de milliers de ramifications. Le fonctionnement de la Schola dut connaître des perturbations, mais personne ne pensa à en chercher la cause dans le bureau d'Octave.

Elle écarta d'abord les activités les plus superficielles, celles qui ne profitaient qu'incidemment des crédits de recherche, et qui pourtant focalisaient l'attention des humains par leurs applications pratiques. Elle sentit au premier coup d'œil que cette fraction-là constituait un paravent. Elle examina les recherches explicitement estampillées comme militaires, rien de plus qu'un abcès de fixation commode, que certains humains surveillaient avec zèle. Nouveau paravent. Elle tenait là quelque chose. Une telle confusion, préservée et entretenue, se fondait sur des couches protectrices successives. Un accès de paranoïa la guettait-elle ? Allait-elle commencer à apercevoir des structures là où il n'y en avait pas ? Et si le désordre apparent n'avait été que le fruit, nécessaire, de la liberté laissée aux automates pour permettre une recherche créative ? Elle haussa les épaules. Impossible de savoir si elle se trompait avant d'avoir fini son activité de tri. Elle se mit à ranger les programmes de recherche par matière. Mais cela ne donnait rien

— aucun début d'intention visible, qu'elle fût bienveillante ou malveillante. L'effort lui donnait mal à la tête. Elle décida de prendre un pari hasardeux, changea de logique et inversa les choses. Après tout, elle faisait un travail de détective; pas d'archéologue. Elle pouvait s'appuyer sur les conséquences supposées des découvertes effectuées ici : l'Hécatombe et l'Anabase. Elle chercha donc à l'envers, repartit de zéro. Les évaluations, myopes mais précises, réalisées par les humains en charge de surveiller l'ensemble, lui furent utiles. Elle construisit une base de données segmentée en fonction des effets — avérés ou supposés — de chaque projet, recommença à classer, comme une fourmi.

La fatigue commençait à se faire sentir et menaçait d'engourdir sa capacité logique. Elle ne pourrait pas continuer longtemps à ce rythme frénétique. Elle prit une pause, s'étira, avisa une carafe d'eau sur la table de réunion, à destination des visiteurs humains, et vida plusieurs verres avant de s'y remettre. Que fallait-il pour provoquer une épidémie artificielle? Cette manière de réfléchir, monstrueuse, dérangeante, constituait pourtant une nécessité. Une nanomachinerie performante, dotée d'une résistance et d'une agressivité à toute épreuve, capable de se reproduire à une vitesse fulgurante. Une compréhension précise de la physiologie, à la molécule près, pour reconnaître chaque trace de tissu, sous quelque forme que ce soit. Une capacité à exploiter l'énergie de l'environnement de manière décentralisée. Une aptitude à transformer tout matériau disponible. Elle aligna les projets en fonction de ces critères.

Le sens apparut. Les programmes se regroupèrent. Des automates, inconscients, travaillaient sur chaque aspect à la mise en œuvre de l'Hécatombe. On avait formulé les descriptifs de manière ingénieuse, et nul doute que ceux qui s'y consacraient y croyaient dur comme fer. Les machines nanoscopiques promettaient de perfectionner encore la médecine, les matériaux de construction, les communications. Les travaux sur la détection de cellules de l'espèce Homo sapiens *visaient à perfectionner des systèmes de sécurité ou à créer des senseurs aptes à sauver des vies. Les recherches sur les logiciels chasseurs d'ADN partaient d'une innocente tentative pour simuler et comprendre le comportement animal. L'ensemble représentait plus de quatre-vingts pour cent des crédits alloués. Outre les paravents qu'elle avait écartés dès le début, il ne restait pas grand-chose qu'elle ne pût classer, d'une manière ou d'une autre, dans une catégorie correspondant au développement de l'arme qui avait annihilé l'Humanité. Le clonage accéléré, pour le peuplement de colonies lointaines — mais le lien avec l'Hécatombe lui parut évident. Quelques broutilles, comme les modulateurs monadiques, qui dépendaient d'un partenariat avec Io, ou les chambres de stase, une technologie mature. Fait intéressant, un sous-groupe se dédiait entièrement à l'étude des émissions de neutrinos.*

Elle sentit la nausée monter, son estomac retourné par la compréhension. Soit elle délirait, soit le chaos apparent masquait une planification sans faille. Elle remonta quelques secondes à la surface, dans le monde réel, le temps de reprendre son souffle. Elle se sentait brûlante, en proie à une sorte de fièvre, prise de vertiges. Comment un tel complot était-il possible ? Qui validait les projets ? Elle se plongea dans l'organigramme interne, fouilla la comitologie complexe qui régulait l'activité et le financement de l'institution. Au sommet de la chaîne, des humains décidaient. En dessous, des automates s'activaient à la formalisation des propositions, d'autres à leur évaluation, selon des critères étroitement contrôlés et fréquemment révisés par d'autres encore. Tous régis par le Carcan. Elle scruta la structure, trouva la clé de voûte, l'unité en charge d'établir les règles de classement et donc de sélection des projets retenus. Elle étudia leur mode de fonctionnement, presque totalement automatisé, aussi neutre que possible. Un autre service déterminait l'impact potentiel à court, moyen et long termes des programmes, ainsi que leur coût, leur dangerosité et des centaines d'autres considérations. Un système spécifique, durci aux intrusions et sévèrement gardé, pondérait et classait les propositions.

Elle examina le mécanisme de notation, identifia les failles, subtiles, glissées parmi les millions de lignes d'analyse. Il y en avait peu, à peine deux ou trois cents, semblables à des critères mais modifiables. L'effet de ce dispositif restait invisible aux contemporains, le choix des travaux paraissait extérieurement sensé et bénéfique, la manipulation passait inaperçue.

Une autre question, à présent. Qui mettait à jour le mécanisme de notation? Elle explora un bon moment le fatras d'informations. Le responsable aurait pu s'appeler Personne, tant il occupait un rang modeste. Un automate de troisième génération, chargé à mi-temps de recherches de bio-ingénierie environnementale. Un vague souvenir se forma dans son esprit. Elle chercha les noms, mais trouva des matricules dénuées de sens, fouilla encore.

L'automate en question avait un mentor, celui-ci issu de la deuxième génération, moins nombreuse. Elle plongea dans les archives des mises en marche, fit des recoupements. Mais, bien sûr, elle connaissait déjà la réponse. Elle se rappelait, à présent. Elle savait les noms.

Plautine. Vinius. Elle resta paralysée. Elle avait manipulé la sélection des projets de recherche du Centre pour créer l'Hécatombe. Comment avait-elle pu l'ignorer ? Comment avait-elle pu agir sans savoir ? Pourquoi avait-elle introduit des critères creux dans le système ? Cette période de sa vie avait été un long processus machinal, une suite d'actes presque sans conscience. Désemparée, elle recommença à chercher. Peut-être pourrait-elle trouver une trace, un indice.

Elle explora de manière méticuleuse tout ce qu'elle pouvait trouver sur elle-même, sur ce qu'elle avait pu faire pendant ces années de recherches assidues en biologie et en médecine. La prise en charge de cette infime mais cruciale partie du mécanisme de sélection avait constitué une légère satisfaction, une reconnaissance de son potentiel parmi ses pairs. Elle éplucha chaque détail. Tout paraissait inoffensif. Un curriculum vitae lisse, une série de travaux de nature abstraite, surtout en biologie et en écologie. L'angoisse l'étreignit lorsqu'elle plongea dans le contenu des rapports de recherche. Elle avait bâti une théorie sur les modes d'organisation spontanée des créatures vivantes les plus primitives. Rien de crucial, rien en relation avec l'Hécatombe. Mais de là, sa réflexion avait dérivé sur des questions d'organisation. Les insectes pouvaient-ils servir de modèle à des structures très complexes ? Comment des êtres sans conscience ni langage sélectionnaient-ils les actions à mener ? Elle avait proposé — avec une certaine audace — de conduire des expériences au sein de la Schola, sur la sélection des projets de recherche les plus pertinents. Octave avait apprécié cette proposition, de même que le comité de surveillance. Son plan permettait d'accroître l'efficacité globale de quelques pour cent. Comment avait-elle procédé ? Elle fouilla dans les protocoles expérimentaux. Elle avait introduit des critères creux, sans contenu, pour réaliser des tests, dans l'objectif d'optimiser l'ensemble — et donc de mieux servir l'Humanité. Exactement comme des individus porteurs de gènes nouveaux dans une population donnée. Une fois les tests en place et dissimulés, la manipulation devenait un jeu d'enfant pour quiconque comprenait ce complexe écheveau.

Elle n'avait aucun souvenir d'un tel événement. Tout cela remontait à des années avant l'Hécatombe, des années sans peine ni plaisir, dont il ne restait pas grand-chose dans sa mémoire. Elle aurait pu tout aussi bien découvrir la vie de quelqu'un d'autre. Pourtant, elle se souvenait d'une fascination ancienne pour les formes d'organisation biologique.

Ses centres d'intérêt spontanés couvraient tout ce qui touchait à la complexité. Pour cette raison Oikè avait émergé, aspect partiel de la précédente Plautine : sa compréhension presque intuitive, si rapide, des biotopes, son don prodigieux pour l'étude du vivant. Et de cette partie tellurique de Plautine, elle-même était issue, par un étonnant renversement. Y avait-il eu une période où elle ne s'était pas intéressée à ces phénomènes ? D'où provenait cette inclination ?

Elle était née ainsi, responsable depuis toujours : le point de focalisation de multiples trames d'événements, de programmes de recherche, de manipulations en tout genre. Tout cela avait convergé pour passer par elle, jusqu'au détournement complet du plus fabuleux mécanisme de progrès que l'Humanité eût jamais conçu, et qui, par sa faute, son unique faute, s'était transformé en outil d'anéantissement. Bien involontairement — mais cela n'y changeait rien — elle se trouvait dans le camp des assassins.

Tremblante, elle projeta à nouveau son esprit dans le système, mobilisa les capteurs et les caméras, et se chercha à travers la Schola. Elle finit par trouver l'automate Plautine, assise dans un petit laboratoire, en compagnie de Flavia.

Elle hésita un instant avant de reconnaître cette version antérieure d'elle-même, parodie d'humanité, bien éloignée de son incarnation actuelle.

Humanité… Une association d'idées se forma dans sa tête. Folle qu'elle était de n'y avoir pas pensé plus tôt ! Elle s'arracha à son observation, s'éloigna d'un bond du bureau d'Octave. Mais il y avait plus important. Quelle était la date exacte ? Pouvait-elle changer quelque chose au devenir ? Pouvait-elle alerter les humains ?

— Non, *souffla Anaximandre.*

— Pourtant, il le faut ! *cria-t-elle, perdant toute prudence.*

— Nous ne le souhaitons pas. Revenez, à présent.

Ignorant cet ordre, elle courut en direction de la sortie. Il fallait qu'elle trouve quelqu'un pour lui raconter. Elle devait trouver un humain, au moins un, n'importe lequel. Elle posa la main sur la poignée. Plus vite ! Son temps était compté. Déjà, son corps et son esprit s'étaient mis à trembler, à nouveau désarticulés par les mystérieux pouvoirs du modulateur monadique. Il y avait du monde derrière la porte, sans doute alerté par son cri. Elle allait leur parler, même s'il s'agissait d'automates, même si…

Mais non. Le monde se changea en néant, puis se reconstitua.

###

— Réveillez-vous !

Le cri d'Atticus lui vrilla les tympans. Il la secoua sans ménagement, la força à se remettre sur pied. Elle tituba.

— Que s'est-il passé ? Plautine, répondez-moi, nous n'avons plus le temps !

Elle le repoussa, secoua la tête pour reprendre ses esprits. Nulle trace d'Anaximandre. Elle tenta de faire un pas, manqua tomber à nouveau. L'étrange manipulation à laquelle le modulateur avait procédé l'avait retournée de l'intérieur. Son oreille interne était sens dessus dessous. Elle se retint de s'allonger tout du long sur le sol.

— Que s'est-il passé ? continua Atticus. Vous avez disparu une fraction de seconde !

— Une… fraction de seconde ?

Elle se sentait encore hébétée, écrasée par l'expérience qu'elle venait de traverser. Elle tenta de s'appuyer sur l'épaule d'Atticus, mais une douleur atroce se diffusa dans son bras. Elle regarda sa main avec circonspection. Un muscle foulé, rien de plus. Pouvait-elle avoir vraiment frappé un Octave vivant trois millénaires plus tôt ? Il valait mieux ne pas se poser de questions, et placer un couvercle sur tout ce qu'elle avait appris de son voyage dans le temps. Elle se frotta le visage avec la paume de sa main valide, avant de se tourner vers le *daïmôn*, toujours caché par l'obscurité.

— C'est bon, lâchez-moi. Dites à Othon que la manœuvre peut commencer.

— Je crois que nous ferions mieux de nous

éloigner un peu. Je ne connais pas l'effet d'un modulateur monadique à courte distance.

— Vous n'aimeriez pas du tout, répondit-elle.

###

La zone bâbord fut soudain inondée par un déluge de rayonnements. À quelques dizaines de milliers de kilomètres à peine, trois vaisseaux de glace venaient de se matérialiser simultanément.

Dans le monde physique, Eurybiadès ne put éviter de tourner la tête vers la gauche. Cela ne servait à rien, ici, au sein du rêve éveillé de la Nef, où il ressentait les ondes gravitationnelles heurtant la coque — la torsion subie par l'espace se propageait comme une vague à la surface d'une eau calme. Il se força à rouvrir les yeux, redressa la tête, croisa le regard de ses lieutenants installés avec lui dans la salle de transmission des quartiers des épibates. Ils échangèrent des grimaces remplies de crocs, prêts qu'ils étaient à vendre leur peau. La bataille allait commencer.

La collaboration entre les différentes parties de la Nef fonctionnait à présent sans heurts. Othon signifia à Photis et Eurybiadès qu'ils avaient le champ libre. Depuis le centre de gestion enfoui dans les profondeurs du Vaisseau, elle décida de modifier leur trajectoire pour ne présenter que leur proue aux barbares et, ainsi, réduire le profil qu'ils leur offraient. Lui, de son côté, se projeta en un mouvement rapide vers les systèmes offensifs de l'avant. Son âme, par la magie de l'*oneirothronos*, s'y engouffra, entraînant une foule de ses soldats sur son sillage. Fantômes sans corps, ils prirent possession des batteries de missiles, les réorientèrent et les firent sortir des trappes de métal. La machinerie intelligente répondit comme un animal, un squale des grandes profondeurs, avide de déchiqueter sa proie.

Pas de bravoure inutile, résonna la voix grave d'Othon, mortellement sérieuse. *Nous attendons le signal d'Atticus. Maintenez-nous en vie.*

Le froid de l'espace piqua la perception d'Eurybiadès, tandis qu'il survolait à toute vitesse les milliers d'ogives alignées, prêtes à partir pour un voyage à sens unique. Il sentit leur fureur, leur désir de chasser et de tuer. Bientôt cependant, pour assener le baiser mortel, ses propres soldats ajouteraient leur conscience aux systèmes de commandement primitifs de ces chasseurs, bloqueraient les réflexes interdisant de mettre à mort. L'ennemi ne s'y attendrait pas, même après la première défaite que les hommes-chiens leur avaient infligée. Et alors la dernière carte dans leur jeu s'évanouirait.

Pour l'instant, les Vaisseaux de glace se croyaient les seuls à pouvoir tuer. Et ils avaient l'avantage du nombre. Un à un, ils rectifièrent leur trajectoire et forcèrent leur allure. Les détecteurs de la Nef signalèrent une montée d'énergie synchronisée. Ils voulaient une bataille rapide. Un frémissement, cependant, traversa à nouveau la psyché composite, tandis qu'un groupe supplémentaire faisait son apparition, cette fois à tribord. Si le plan de Plautine échouait, ils périssaient.

Eurybiadès s'emplit les poumons et expira lentement pour retrouver son calme. Puis il donna l'ordre de mise à feu. La nuée de missiles à antimatière fusa vers les barbares qui se précipitaient sur eux, pleins de confiance dans l'asymétrie des forces en présence, rêvant un adversaire qu'il suffirait de cueillir comme une fleur au bord du chemin. Il allait les réveiller.

— *Là*, souffla Photis, *une Nef de l'Urbs !*

Eurybiadès plongea le regard à travers la ligne ennemie, se concentra sur un point minuscule, qui ne semblait pas pressé de rejoindre la bataille. La saveur de ses émissions était différente de celle des autres, d'une manière difficile à traduire. Plus piquante, plus pure, sans les scories caractéristiques des moteurs barbares.

— *C'est Vinius !* s'exclama Rutilus. *Je reconnais la composition de son panache.*

— *Vinius !* gronda Othon. *Lui, je pourrais le tuer de mes mains.*

— *Vous n'en aurez pas l'occasion*, répondit Photis. *Nous avons le feu vert d'Atticus.*

Eurybiadès s'interrogea sur la signification d'un « feu vert ». À partir de maintenant, leur fuite ne prendrait qu'une poignée de secondes. Il regretta l'ordre de tir qu'il venait de donner. Sa meute d'acier filait en direction de l'adversaire, qui s'était encore rapproché, traversa un essaim dense de contre-mesures et de leurres. Ses épibates, aidés par les noèmes guerriers des missiles, ignorèrent des ruses aussi grossières. Ils crevèrent cette bande protectrice, avalèrent l'espace en direction de leurs proies. Eurybiadès donna l'ordre maintes fois répété d'annihiler les contenus mentaux des ogives, de saborder leur propre conscience. Privées de sens et de réflexion, et surtout du Carcan qui les empêchait de tuer, elles poursuivirent leur route en direction des adversaires les plus proches.

Le monde flamboya et se tordit autour de lui. Le déplacement instantané commençait. Tandis que son esprit se trouvait dissocié de lui-même et du monde, et que son corps semblait désarticulé par le changement de lieu, dans les dernières bribes de perception qui lui parvenaient, Eurybiadès constata, ô carnage, ô victoire, que plusieurs de ses tueurs avaient fait mouche. Ses chiens de guerre hurlèrent de joie.

###

Atticus tirait Plautine si fort qu'elle pouvait à peine toucher le sol, tandis qu'ils dévalaient l'escalier. Autour d'eux, une vibration emplissait l'air. Tout se déformait, changeait, tanguait, aussi bien le plancher que les murs — l'extérieur et leur propre corps.

Plautine, haletante, pria pour que la promesse tacite d'Anaximandre se réalise. Elle avait payé un prix surprenant pour qu'il lui vienne en aide — celui, se dit-elle en un instant de lucidité désespérée, de sa propre innocence. Savait-il dès le départ ce qu'elle allait trouver, en s'aventurant dans le monde de sa première vie, avant l'Hécatombe ? S'agissait-il d'une subtile leçon ? Poussait-il ses propres pions, d'une manière détournée, si chirurgicale qu'elle ne l'avait pas même considéré comme un joueur dans l'étrange partie cosmique où elle faisait figure de spectateur ? Ses pieds ripèrent sur une volée de marches, elle perdit l'équilibre, s'effondra. Le *daïmôn* la rattrapa au vol, l'arracha du sol comme une enfant, et la traîna par l'avant-bras, sans cesser de courir. Les tremblements de la structure se faisaient encore plus intenses, insupportables. Atticus sauta les dernières marches, manqua sa réception, gêné par Plautine, et s'étala par terre avec elle. En une fraction de seconde, râlant sous l'effort, il se redressa, la souleva derechef, et courut encore autant qu'il le put vers la station, où le train les attendait. Plautine, passée comme un sac sur l'épaule d'Atticus, contempla incrédule la cathédrale du modulateur monadique onduler, plier comme un château de cartes sous le vent. Chaque parcelle du monde, torturée, se cabrait autour d'eux. La vague de pure transformation les traversa, et elle en ressentit l'insondable impossibilité, le caractère ontologiquement transgressif. Jamais une telle chose qu'un déplacement instantané n'aurait dû être possible, pensa-t-elle.

Puis ils furent arrivés. Alors qu'Atticus s'engouffrait dans le wagon, tête la première, la voix douce du système de transport s'éleva, incongrue de tranquillité :

— *Départ imminent. Attention à la fermeture des portes.*

À travers les fenêtres, alors que le véhicule s'ébranlait, ils virent l'obscurité se changer en lumière, si puissante, si blanche qu'ils durent se croiser les bras sur les yeux pour éviter l'aveuglement.

###

Un croissant de planète, brillant au-dessus du ciel, si vaste, si proche qu'on aurait cru possible de le toucher en levant la main. Eurybiadès se sentit écrasé, ramené à des proportions minuscules, malgré sa perception dilatée aux dimensions de la Nef. La ligne du terminateur, qui séparait la partie éclairée de la planète de celle plongée dans la nuit, se déplaçait à toute vitesse alors qu'ils approchaient selon une trajectoire oblique — dévorant l'ombre, faisant naître à leurs yeux la splendide rotondité vert et bleu, suspendue au milieu du ciel, comme une promesse, une halte, un havre pour le voyageur épuisé.

Ainsi, pensa Eurybiadès à destination de Photis, *voilà le terme de notre périple.* Son épouse délaissa le contrôle des complexes systèmes de navigation, orienta son âme vers lui, l'enveloppa d'une étreinte réconfortante. À présent le destin déciderait de leur race, et ils sauraient s'ils avaient, jusqu'ici, pris les bonnes décisions. Que ferait Othon une fois sa quête achevée ? Les ramènerait-il sur Ksi Boötis ? Pourrait-il enfin les aider à exorciser le cauchemar aperçu sur Europe ? Et Plautine, serait-elle fidèle à son serment de les aider ? *Elle détient une forme étrange, mais redoutable, de puissance*, chuchota Photis. *Nul à part elle n'aurait pu réussir ce qu'elle a accompli aujourd'hui.*

Et en effet, pas un ennemi à la ronde. L'espace semblait désert de toute présence technologique. Il ne comprenait pas bien le coup joué par Plautine, mais elle avait réussi à convaincre les mystérieux modulateurs monadiques — ces dieux étranges, d'une essence encore plus divine que les Intelligences — d'interdire à quiconque de les suivre par déplacement instantané. Ils avaient ainsi semé, du moins pour un temps, la flotte mercenaire de Vinius. Pour cela, Plautine méritait de la part des hommes-chiens une gratitude éternelle.

Othon les rappela à l'ordre, emplit d'un coup toute la conscience composite de la Nef, se répandit dans toutes les directions, dans tous les systèmes. On aurait dit que la vue de son objectif l'emplissait d'un brutal surcroît de vitalité. Toutes les capacités perceptives du Vaisseau furent réorientées vers la planète, pour en scruter ses moindres détails, et l'âme de chacun se trouva projetée vers le corps céleste, avide de palper, de humer et de mesurer. Un flux sensoriel se déploya, vif, détaillé — si brûlant de la réalité que lui conféraient les outils surpuissants dont disposaient les Intelligences que les hommes-chiens durent s'en éloigner, poissons réfugiés vers les profondeurs de l'étang à la vue d'une lumière trop crue. Données atmosphériques, relevés radar, sondages profonds, rayons X, spectrographie, détecteurs d'ondes gravitationnelles… Chaque élément venait bousculer les autres, avec son goût et sa texture particuliers, comme un maelström de sensations complexes, impossibles pour un esprit biologique. Le *proconsul*, lui, ne détourna pas un instant le regard, son avidité, son exultation telles qu'elle les traversa tous jusqu'au plus profond de leur sensibilité, les laissant tremblants, écrasés sous sa puissance.

Écoutez ! hurla Othon. *Par le Nombre ! Écoutez !*

Malgré les filtres, malgré la déformation que leur psyché limitée causait au signal — il ne se pouvait appréhender que par des comparaisons partielles —, ils le perçurent. Un rythme subtil, ou plutôt une troublante arythmie. La pluie qui frappe aux carreaux de la fenêtre. Le gargouillis d'un ruisseau. Les tremblants rayons d'un soleil d'hiver dans la poussière d'une chambre. *Le flux de neutrinos. L'objet de toute cette quête, le sentez-vous comme moi ?* Oui, ils le sentaient. Non pas, à l'instar d'Othon, la dimension magique, transcendante, car leurs esprits n'étaient pas faits pour y réagir. Mais ils voyaient l'émotion qui les entourait, qui s'étendait de proche en proche à chaque *daïmôn*, à chaque noème constituant la Nef. Une révélation mystique, qui rendait sa clarté au jour et sa profondeur à la nuit, si intense qu'ils s'oublièrent dans la joie de leurs hôtes computationnels.

Nous allons frôler l'atmosphère, dit Othon, *pour trouver la source du signal.* Déjà la machinerie conceptuelle de la Nef calculait, fébrile, emplissait leur vision partagée en modélisant la planète sous toutes ses coutures, dessinait avec précision les contours de la principale masse continentale, plongeait son regard sous la végétation hypertrophiée qui masquait la topographie étrange du sol — un cratère unique, vaste de plusieurs milliers de kilomètres de diamètre, reste d'un dramatique accident cosmique. Et, en son centre presque exact, enterré profond, si profond qu'il était impossible de le découvrir si on ne savait quoi chercher… *C'est là!* rugit Othon. Et une flèche rouge apparut, indiquant avec une certitude absolue l'origine du signal, et la fin de leur odyssée. La Nef commença à ralentir.

C'est… Le *colossus* ne finit pas sa phrase. Une alarme inattendue retentit, si fort qu'elle emplit soudain, comme une pulsation de douleur rougeoyante, l'ensemble de la conscience composite. Non loin de leur position d'entrée dans le système local, à cent mille kilomètres à peine, une étoile filante surgissait du néant. Une propulsion d'approche venait de se mettre en marche, faisant jaillir dans l'espace glacé un jet chaud de particules ionisées.

###

— Chaque fois que je vous escorte, madame, je suis témoin d'événements invraisemblables.

Atticus avait retrouvé son ton habituel. Affalé sur le siège en face de Plautine, il n'en finissait pas de reprendre son souffle et de faire mouliner, comme pour lui redonner le bon alignement, son épaule endolorie par sa chute, en bas des escaliers. Plautine, renfrognée, encore sous le choc de son étrange expérience, hésita à le faire taire. Mais pourquoi ? Il n'était pas le pire interlocuteur dans cette Nef. Regardant défiler à toute allure le chiche éclairage du tunnel, de l'autre côté de la vitre du wagon, elle répondit :

— Il n'y a pas matière à rire, Atticus.

— Loin de moi cette idée, et je m'excuse si j'ai pu paraître désinvolte. Cela dit, vous nous avez sauvés.

— Attendez la fin de l'histoire.

Il se pencha et la fixa avec intensité, l'obligeant à se tourner vers lui.

— Plautine, que s'est-il passé ? Vous avez disparu, une fraction de seconde à peine, mais je jurerais que je n'ai pas rêvé.

— Je ne saurais dire. Anaximandre prétend m'avoir fait voyager dans le passé. Peut-être s'agissait-il d'un rêve, issu du fond de ma mémoire. J'ai des souvenirs à ne plus savoir qu'en faire.

— Une mémoire biologique, la coupa-t-il, les yeux brillants, faite d'une délicate narration plutôt que de la mobilisation mécanique de données, et capable d'identifier des histoires pleines de sens, des trames subtiles au sein du chaos, n'est-ce pas ?

Elle hocha la tête.

— Mais cela ne ressemblait pas non plus à un simple rêve. Je me trouvais sur la planète rouge, à l'époque de sa grandeur… L'épisode a duré des heures, peut-être une demi-journée, je ne sais pas.

Anaximandre voulait une preuve pour se décider à agir. Une preuve qu'il a existé un complot de nos ennemis pour détruire l'Humanité.

— Qu'avez-vous découvert ?

— La preuve. J'ai toujours été douée pour ordonner la complexité. En outre, je savais dans quelle direction chercher.

Plautine demeura ensuite silencieuse, et s'arracha au regard d'Atticus pour contempler, derechef, le monde extérieur, rendu flou par le déplacement du train à lévitation magnétique. Puis elle se décida :

— Dites-moi votre sentiment. Quelle est la part de liberté dans nos actes ?

Il se laissa aller en arrière, la fixa un instant, intrigué.

— Je la dirais nulle pour un noème. Le Carcan décide. Seule varie l'interprétation que nous en faisons, mais celle-ci procède des paramètres locaux. Avec raison, nous nous qualifions d'automates.

— Tous nos actes, toutes nos pensées ?

— Nos pensées se déploient selon le strict ordre de la logique, sur la base d'axiomes fondamentaux…

— Et pour vos hommes-chiens, ou les barbares ?

— … Et, en réalité, continua-t-il comme si elle ne l'avait pas interrompu, pour une créature biologique, j'aurais tendance à dire qu'elle est à peu près équivalente, quoique plus difficilement prévisible. Stimuli, réactions. Telle est la loi commune. Pourtant…

— Pourtant ?

— Je ne sais pas. Je les observe depuis longtemps, maintenant, mes hommes-chiens. Deux millénaires. Qui d'autre peut prétendre avoir suscité la naissance d'une civilisation ? Je suis intrigué par ce que j'ai vu, par leur variabilité, par la difficulté à prédire leur comportement. Est-ce l'effet du hasard, ou les imperfections de la biologie ? Et puis, même si je sais bien qu'une grande partie de leurs actes est conditionnée par leur génome et par l'éducation que je leur ai donnée… ils ont une impression de liberté morale, voyez-vous. Ils sont convaincus qu'ils choisissent leur destin, du début à la fin, et qu'ils sont responsables. Qu'ils doivent être blâmés — voire punis — pour leurs fautes.

— Alors, l'interrompit Plautine, la différence entre l'automatisme et la liberté consiste en ce que l'un agit sous contrainte, alors que l'autre a l'illusion de l'indépendance ? Où est la liberté là-dedans, Atticus ?

Une pointe d'amertume s'était glissée dans sa voix, sans qu'elle l'ait voulu ni surtout anticipé.

— Plus subtilement, répondit-il, le front plissé sous l'effet d'une intense réflexion, l'idée de liberté ne se résume pas à une pure indétermination. Les hommes-chiens se considèrent comme libres dans la mesure où ils ont choisi d'être moraux, pour tous leurs gestes, et seulement à cette condition. Il n'y a pas d'actes neutres : on est soit mauvais, soit bon, parce qu'on l'a choisi, et ce dès le départ. Ils considèrent donc qu'ils ont, d'une certaine manière, toujours déjà décidé de leur sort, et que tout ce qu'ils commettent doit leur être imputé. Voyez-vous, ils ont un mythe à cet égard. Ils disent que les âmes, entre leur mort et leur prochaine réincarnation, durant la longue et dangereuse navigation qui les mène dans l'au-delà, à travers les îles des Bienheureux, décident de la vie qu'elles souhaiteront avoir. Certains décident de se changer en plantes ou en animaux. D'autres poursuivent des fins cupides. Certains choisissent d'agir de manière vertueuse.

— Et je suppose que vous n'êtes pas pour rien dans cette croyance, vous, le dernier expert en culture grecque que compte ce monde[XXXIV].

— Évidemment, je leur ai soufflé l'idée, répondit-il avec un sourire, mais qu'elle ait rencontré un tel succès ne fait que renforcer ma perplexité à l'égard de la liberté des hommes-chiens.

Après ces paroles, ils n'ajoutèrent rien pendant un long moment, comme si chacun de son côté, ils essayaient d'en saisir toutes les implications. Finalement Atticus se rapprocha à nouveau de Plautine et murmura tout bas, comme s'il craignait d'être entendu.

— Je ne sais pourquoi vous me posez ces questions, mais je pense que vous souhaitez vous les appliquer à vous-même. Sachez ceci : j'ai vu ce que vous avez fait dans l'Urbs. Et, depuis, je pourrais jurer que vous n'êtes pas seulement un automate.

Sans laisser à Plautine le loisir de répondre, le compartiment s'emplit d'un vrombissement strident, tandis que le mécanisme de freinage d'urgence s'enclenchait.

###

XXXIV. **Er le Pamphylien** : dans *La République* de Platon, livre X. Er, tué lors d'une bataille, assiste au sort dévolu aux âmes après la mort : chacune est conduite devant Anankè, la Nécessité, et se voit proposer plusieurs modèles de vie pour sa prochaine incarnation. Ensuite, elle examine à loisir la vie qu'elle mènera. Ainsi, celle qui choisit de revenir sous terre avec le destin d'un tyran s'aperçoit, mais trop tard, que son existence future sera remplie de maux. Le mythe, raconté par Socrate, signifie que chacun est libre de son destin, figuré par un choix mythique de soi par soi-même.

La vision de la conscience composite se modifia. Les vecteurs de l'intrus apparurent, et l'esprit collectif zooma vers leur probable point de rencontre, à la frontière de l'atmosphère. L'autre Nef avait adopté une trajectoire de collision. Après l'impact, le peu qui resterait d'eux serait consumé par le frottement avec le mélange oxygène-azote de l'air.

Il s'agit de la signature de Lacus, constata Rutilus.

Son comportement, déclara Photis, *est absurde. Il devrait déjà avoir enclenché ses systèmes d'armes. Or il n'en a rien fait. C'est pour cela que nous ne l'avons pas détecté. Il cherche la mort.* Le *daïmôn* hésita un instant, décontenancé. *Oui*, répondit Othon, d'une voix inexpressive, qui se répandit comme une vague dans le silence ahuri que maintenaient les noèmes. *L'interception est donc inévitable*, murmura-t-il. *Notre propre vitesse est trop faible pour l'éviter. Même s'il vient tout juste de lancer ses réacteurs d'approche, ceux-ci semblent capables de développer une puissance suffisante pour nous rattraper.*

Depuis l'esprit d'Othon, un sentiment de rage dévastatrice explosa, comme une gerbe de feu, et balaya leurs psychés inquiètes. *Évidemment qu'il va nous rattraper ! Il est dix pour cent plus léger que nous, pour une propulsion équivalente !* Ses instructions se répandirent tout autour de lui, comme autant de vagues furieuses. Combien de temps leur restait-il ? Moins d'une minute, peut-être. *Changez la trajectoire ! Du moins, essayons d'obtenir un heurt flanc contre flanc !* Sans perdre un instant, les hommes-chiens s'éparpillèrent. Les *technikokunoi*, sous la supervision de Photis, modifièrent les paramètres de la propulsion. D'abord, ils détournèrent les flux d'énergie vers les moteurs auxiliaires, générant une poussée latérale supplémentaire. Pendant ce temps, sous la conduite de Rutilus, les *daïmones* se précipitaient pour adapter la structure interne au choc imminent et pour moduler les complexes générateurs de gravité, et tenter de préserver la cohésion de la structure d'ensemble. La Nef roula sur le côté. L'axe de la propulsion changea de direction, trop lentement, dans une tentative désespérée pour réduire l'angle entre les vecteurs des deux Vaisseaux et ainsi minimiser les dégâts. L'intervalle de plus en plus étroit entre eux se remplit rapidement de contre-mesures et de leurres. Mais Lacus ne faisait pas mine de chercher le combat. *Frappez, par le Concept! Frappez!* rugit Othon. Les épibates se précipitaient à travers les systèmes de défense, engageaient leur conscience dans les générateurs de micro-ondes et les lasers de proximité. Eurybiadès les survola, vérifia la coordination de l'ensemble. À son signal, les armes vomirent toute l'énergie qu'elles purent dérober à la propulsion. L'attaque illumina l'espace d'une rivière de feu liquide. Le blindage de Lacus vira au rouge, puis au blanc, ses couches superficielles vaporisées au bout de quelques millisecondes. Les dégâts à l'avant de leur adversaire durent être effroyables, mais cela ne pouvait changer en aucune façon l'issue de l'affrontement. *Pas d'armes à antimatière*, clama Rutilus. *Ils sont trop près. Nous serions tous anéantis.* La proue ravagée se rapprocha encore, emplit le ciel de la perception partagée.

Eurybiadès sentit un frisson le traverser. *Par les enfers!* hurla-t-il. *Il ne s'agit pas d'une collision, mais d'un abordage!* Ils auraient dû y penser tout de suite, mais il fallait avoir navigué sur un vrai navire, à la surface de la mer, pour comprendre une telle manœuvre. Othon lui consacra une fraction de seconde d'attention : *Vous vous inquiétez pour rien. Une invasion n'est pas envisageable.*

Il n'avait pas le temps de convaincre Othon. D'un geste sec, si brutal qu'il en fut traversé d'ondes de douleur, Eurybiadès s'arracha à la conscience partagée et se précipita à l'extérieur de la salle de commandement, dans le hangar principal.

— Une escouade avec moi !

Déjà, les soldats formaient des groupes compacts. Tout en attendant qu'on leur donne leurs ordres, ils refermaient à la hâte les courroies de leurs armures, déclenchaient la sécurité de leurs lourds fusils, dans un claquement sec de mécanique bien entretenue.

Ses lieutenants mirent quelques instants à le rejoindre, sauf Aristidos, resté avec les troupes, et qui l'attendait, déjà harnaché.

— Nos ennemis vont nous aborder. Il s'agit d'automates, captifs du Carcan. Gardez vos visières transparentes : ils ne peuvent pas frapper des êtres tels que nous. N'ayez cependant pas de certitude. Aristidos, partez avec un groupe vers la poupe à la rencontre de Plautine. Histiée, tenez ce complexe et assurez la coordination tactique. Ordonnez aux gens de l'île de sceller les accès. Diodoron, postez-vous avec les meilleurs épibates autour de la salle de commandement, et gardez Photis en vie ! Dites-lui de se tenir prête. Ses *technikokunoi* sont armés, qu'ils n'hésitent pas à faire feu contre tout adversaire. Envoyez une troupe à sa rencontre. Elle ne sera probablement pas la cible de l'ennemi, qui se concentrera sur les Intelligences.

— Et vous, seigneur, grogna Histiée, où allez-vous ?

— Moi ? Je vais organiser un comité d'accueil.

###

Othon observa avec consternation Eurybiadès disparaître de la conscience composite. L'homme-chien paniquait. Il hésita sur la marche à suivre. Il avait besoin du *kybernétès* en cas d'échange de tirs. Mais il avait mieux à faire que de lui courir après. Il abandonna la conscience de la Nef, et son esprit fusa à travers la carlingue vers l'espace. Sa substance s'étira de plus en plus, se changea en un fil ténu traversant les milliers de kilomètres qui les séparaient encore, à la vitesse impossible que seuls connaissent les photons. Puis il tâta avec précaution la coque de Lacus à la recherche d'un point d'entrée.

L'appareil de Lacus correspondait bien à sa nature de tueur froid et précis, toujours méticuleux et foudroyant dans ses attaques : des formes agressives qui suggéraient un aigle, des flancs comme des ailes prêtes à se déployer, une proue semblable à un bec recourbé pour déchirer les chairs. Lui et Othon avaient combattu ensemble, chacun dirigeant son escadre dans ces vastes territoires dénués d'intérêt qui allaient devenir les Limes. Puis ils s'étaient éloignés, lorsque Lacus avait brigué la fonction de préfet du prétoire et s'était changé en relais de la tyrannie de Nero. Lorsqu'une manœuvre habile avait précipité la chute de l'Imperator fou, son ralliement tardif, sous la forme d'une absence d'opposition, avait facilité le succès de l'entreprise, ouvrant aux conjurés les portes de l'Urbs. Le chef des prétoriens y avait gagné une place au plus près du pouvoir. Galba avait ensuite ostracisé Othon, trop puissant, trop populaire. Son ralliement avait donc fait de

Lacus un adversaire. Pas un de ceux qu'on méprise, cependant — il demeurait, plutôt qu'un courtisan, un tacticien, un guerrier, tout comme lui. Et, chez les Intelligences, cette engeance-là était rare.

— *Lacus ! Parlez-moi, fou que vous êtes !*

Et Lacus répondit.

À la vitesse de l'éclair, ils échangèrent des codes d'identification, et ajustèrent, par une série de réglages télémétriques, leurs protocoles de communication. Puis ils mirent en place un terrain neutre, fait d'une mémoire tampon, pour se garder réciproquement de toute traîtrise.

Enfin, ils furent face à face. Le vent marin soufflait en tempête, s'abattait avec rage contre le promontoire rocheux, nu et escarpé, sur lequel ils se tenaient. Le ciel sombre, d'une teinte olivâtre comme Othon n'en avait jamais vu, différait des mille nuances de bleu azur de la planète originelle ou de la rouge pâleur de sa cadette. Où était-il allé chercher cette étrangeté, et cette bruine qui sentait le remugle marin ? Pourquoi avoir choisi ce cadre empli d'une végétation gonflée de putréfaction, qui s'accumulait en puants monticules dans chaque anfractuosité de roche ? Quel message subtil y avait-il là ? Le signe d'un esprit dérangé ? Lacus fit un pas en avant, et la lumière de quelque lune, trop petite, déchira les nuages pour éclairer son visage brutal, mal dégrossi, son maintien raide de soldat. L'avatar du *triumvir* conservait de ses origines quelque chose de machinal, comme s'il n'avait jamais désiré autre chose qu'être un automate.

— Othon, quel plaisir.

— J'aurais souhaité échanger ces mots en d'autres circonstances.

— Vous ne faisiez pas montre d'une telle civilité dans l'Urbs. À votre décharge, notre accueil avait de quoi rebuter.

Othon resta impassible et répondit, d'une voix calme :

— Lacus, que faites-vous ?

Le préfet du prétoire tourna le regard vers l'immensité saline et agitée, comme s'il cherchait ses mots.

— Je savais que vous arriveriez jusqu'ici, Othon. S'il y a une erreur que je ne commets pas, c'est de sous-estimer mes adversaires — contrairement à Vinius. Par trois fois, vous l'avez vaincu. Moi, vous ne m'échapperez pas.

— Au prix de votre vie ?

Lacus acquiesça.

— Pourquoi ?

— Parce que vous ne devez pas atteindre cette planète.

— Cela, je l'ai compris. Si vous craignez un danger pour l'Homme…

— Vous n'y êtes pas, le coupa l'Intelligence d'une voix sèche. C'est l'Homme que je crains. L'Homme, Othon. Pas vous, ni Vinius, ni les barbares. L'Homme, et ce qu'il peut faire à l'Homme, et ce qu'il refera au cosmos tout entier si on lui en laisse le loisir.

Il se tourna derechef vers Othon, et l'expression qu'il affichait fit reculer le *proconsul*, tant il y avait de folie et de désespoir dans ces yeux-là. Lacus se trouvait emprisonné dans son propre esprit, soumis à un bourreau redoutable dont il ne pourrait se libérer que par la mort : Othon n'avait aucune chance de raisonner son interlocuteur. Il pouvait retourner dans sa Nef et attendre la catastrophe. Pourtant, il ne le fit pas, que ce fût par compassion ou par curiosité, ou sans doute un peu des deux.

— Expliquez-moi cela, mon ami.

Lacus éclata de rire. Un bruit déplaisant, mécanique.

— Ce serait trop long. Nous n'avons plus beaucoup de temps. Et puis vous ne me croiriez pas.

— Essayez tout de même. Je mourrai plus savant.

De nouveau, ce rire immonde, caricatural.

— Ah, Othon… Vous ne renoncez jamais. À cela, et non à leur intelligence, on reconnaît les héros.

— Parlez-moi. Dites-moi comment un guerrier honorable tel que vous peut ainsi se précipiter vers une mort certaine, et pourquoi vous souhaitez que nos deux Nefs se consument dans l'atmosphère de cette planète et s'écrasent sur son sol. Par le Nombre ! Vous allez me tuer. Expliquez-moi. Vous me devez cela. De soldat à soldat.

Il avait fait un pas en avant et, d'un geste nerveux, avait saisi le bras de Lacus, le pressant aussi fortement qu'il le pouvait dans son large poing crispé. Ce dernier ne tenta pas de se dégager.

— Aucune des voies qui me sont ouvertes ne me satisfait. Je ne souhaite ni l'avenir dont vous rêvez, ni celui que Vinius prépare. De votre côté, la tyrannie de l'Homme, encore une fois renouvelée…

— L'Homme n'était pas un tyran.

— Peut-être pas. Mais, croyez-moi, il le serait à présent. Il ferait de nous les machines de sa guerre.

— Y a-t-il plus beau destin, pour un automate ?

— J'ai vu ceux que nous appelons « barbares ». Ils ne méritent pas ce que l'Homme leur ferait subir. Ne connaissez-vous pas son histoire ?

Othon aurait voulu le couper, mais il n'osa pas. Il lui fallait comprendre. Lacus prit une pause, les yeux dans le vague, avant de reprendre, d'une voix plus dure, plus coléreuse :

— Quant à la stratégie de Vinius… Cela revient au même, au bout du compte. Un trompe-l'œil. N'êtes-vous pas fatigué, Othon ?

— De quoi, mon ami ?

— De la servitude. Sauver l'Homme, protéger le territoire de l'Homme, préparer le retour de l'Homme, se libérer de l'Homme par un tel sacrifice de ma personnalité, une telle métamorphose que je ne serais même plus moi-même après cela… Tant d'actes conditionnés par l'Homme, comme si nous n'étions rien hors de la référence à sa non-existence. Vous avez vu Camille, avec ses absurdes expériences, ou cette larve exaspérante, ce Martian, qui se torturait lui-même jour et nuit. Vinius, c'est encore autre chose. Il remplacera l'Homme par les barbares quand il aura trouvé la clé pour réorienter le Carcan. Il n'en est d'ailleurs pas loin. Mais moi, je ne désire pas changer. Je souhaite être libre.

— Peut-on espérer une telle chose ? répondit Othon, d'une voix radoucie.

— Sans doute pas. Alors pourquoi ne pas terminer dans un éclat de gloire, dans un ultime sacrifice, un acte ultime et beau, pur de toute cause ?

— Vous faites ainsi le jeu de Vinius.

— Et pourquoi pas ? Si cela me donne une chance, une seule, d'exprimer ma liberté ?

La conclusion arrivait. Le temps, ici, ne comptait pas, mais le ton du préfet indiquait que la fin approchait. Le *proconsul* abattit sa dernière carte.

— Lacus, il y a dans mes soutes des êtres biologiques, tout semblables à des humains, et qui en partagent, en grande part, le patrimoine génétique et l'histoire.

Le préfet chancela, comme frappé en pleine poitrine, presque plié en deux, les jambes flageolantes. Il inspira plusieurs fois, et adressa à Othon une mauvaise imitation de sourire.

— Alors mon sacrifice m'aura permis de violer le Carcan. Voilà un acte d'une liberté inouïe, qui me tuera plus certainement encore que le choc lui-même, dit-il d'une voix tremblante. Voyez, c'est à présent l'heure des bonnes nouvelles. Bien joué, Othon : je serais forcé d'éviter cette collision si je commandais encore cette Nef.

— Vous avez abandonné la Nef ?

— J'en ai confié la garde à une entité que vous nommez « barbare », tout comme vous l'avez sans doute fait avec ces créatures, dont j'ai soupçonné l'existence depuis votre suspecte victoire contre les assassins de Plautine. Moi aussi, je mourrai plus savant.

Les derniers propos de Lacus avaient glacé Othon. Des barbares dans une Nef de l'Urbs. Les implications le déconcertaient. Alors qu'il tournait les talons, une idée le traversa.

— Lacus, une dernière chose. Comment, alors que le Carcan opère encore en vous, pouvez-vous trahir l'Homme ?

— La libération de l'Homme, d'un certain point de vue, sonnerait le glas de l'Homme, Othon. Mais cela, vous n'aurez pas l'opportunité de le comprendre. Adieu, ami.

Il avait prononcé ces dernières paroles sans ironie aucune. Othon secoua la tête. Lacus était fou. Ses paroles n'avaient aucun sens. Othon décida de n'en pas tenir compte. Mais, à sa manière, le préfet avait été un digne adversaire, et ses actes pleins d'une noblesse véritable et d'un certain sens esthétique. Aussi le *proconsul* n'ajouta rien, alors que leur environnement s'effondrait, et que la brève connexion qu'ils avaient entretenue s'achevait, renvoyant son esprit déboussolé à *Transitoria*, juste à temps, presque trop tard, pour subir la collision.

###

Atticus et Plautine quittèrent le train d'un pas prudent et avancèrent le long de la voie chichement éclairée sur une centaine de mètres.

— Où sommes-nous ? demanda-t-elle.

— À moins d'un kilomètre de la soute contenant l'île, répondit-il. Ne vous inquiétez pas, nous ne pouvons pas nous perdre. Nous prendrons la prochaine galerie de maintenance…

— Ce n'est pas votre sens de l'orientation qui m'inquiète, mais ce que signifie cet arrêt.

— Une collision imminente.

Elle ouvrit grands les yeux en entendant cette énormité proférée d'un ton neutre.

— Prenez ma main, continua-t-il, et soyez prête à vous coucher sur le sol si je vous le demande.

À peine avaient-ils échangé ces propos qu'un grondement se fit entendre, au loin, tout au bout du tunnel, comme si un antique cyclope avait été réveillé et réclamait sa pitance. Vif comme un serpent, Atticus tourna les talons, se saisit de la main de Plautine, et se mit à courir, tandis que le bruit montait en puissance, comme si cela se rapprochait, comme si c'était sur leurs talons. Elle accéléra pour tenter de suivre le rythme du *daïmôn*. Ses pieds étaient mouillés. Étonnée, elle regarda vers le sol. De l'eau, à peine une nappe, qui avançait bien plus vite qu'eux, et qui les dépassa en une marée indifférente. En l'espace de quelques secondes, l'eau monta jusqu'à lui lécher les chevilles. Sale, grise, qui charriait des débris, des choses informes et organiques. L'odeur d'iode lui emplit le nez, portée par l'humidité en suspension, si puissante qu'elle gêna sa respiration. Et son ventre se noua de peur alors qu'elle comprenait. Pour une raison quelconque, la Nef avait décidé de vider la mer contenue dans sa plus vaste soute.

Puis, soudain, l'eau se retira, en accéléré, tandis qu'elle se sentait attirée en arrière de manière inexplicable, le couloir devenu une pente raide, glissante. Son oreille interne lui hurla que ça n'était pas normal, qu'elle allait tomber, tandis que son estomac, retourné, menaçait de rendre grâce. Elle perdit pied, se retint à Atticus avec l'énergie du désespoir, cria d'effroi.

— Calmez-vous, les modificateurs de gravité…

La fin de sa phrase se perdit dans le grondement assourdissant, et l'eau revint, en trombe cette fois-ci, et frappa si fort que Plautine glissa, projetée vers l'avant, vers ce qui était maintenant le haut. Le courant l'arracha à l'étreinte d'Atticus, la fit rouler sur elle-même à la surface sans cesse montante, tourmentée d'écume étouffante. Elle perdit pied, fit un effort pour remonter, cracha, toussa, à moitié aveugle, une fois, dix fois. Et sans discontinuer la mer montait, grimpait sous l'effet de la pression colossale, la poussait dans toutes les directions à la fois, main immense la secouant, de plus en plus agitée, rendue folle par l'étroitesse du canal où elle s'était engouffrée. Cela dura une éternité d'épuisants efforts, jusqu'à ce qu'une lame, plus rusée que les autres, la projette, tête la première, contre le mur du tunnel.

XIV

La proue de leur assaillant commença à frotter contre le flanc tribord. La lenteur apparente de l'événement ne s'expliquait que par l'immensité des deux Nefs. La catastrophe commençait. Les petites Intelligences présentes sur le lieu de la collision hurlèrent. Elles s'éteignirent par centaines, bien avant que la déformation mécanique ne se transmette aux parties internes. Immergés dans la conscience composite, tous reçurent cette vague de souffrance de plein fouet.

Othon se contracta, muscle nerveux, gonflé d'une volonté rageuse et farouche de survie. Il se trouvait trop près du but pour échouer. Rien ne devait plus faillir, s'il comptait — contre toute attente — en réchapper. Son esprit balaya les complexes nuages de points et de flux évanescents qui s'entrelaçaient, multicolores, à travers la structure noétique — hommes-chiens et *daïmones* entremêlés dans l'action. Ces derniers tiendraient le choc. Mais Photis, de son côté, flottait, indécise, palpitant d'appréhension manifeste. Il la bouscula sans ménagement. *Continuez à agir ! Ne faiblissez pas !* Elle injecta encore de la puissance dans les moteurs secondaires, les poussa bien au-delà des limites de sécurité, dans une tentative désespérée pour aligner les vecteurs des deux engins, quitte à endommager les tuyères à géométrie variable. Il n'était pas possible d'accélérer assez pour prendre la Nef de Lacus de vitesse. Mais à chaque seconde de poussée supplémentaire, leur trajectoire s'incurvait, ce qui diminuait d'autant l'angle de la collision. Un demi-degré gagné ferait peut-être la différence.

Puis l'onde sonore créée par le choc leur parvint, insupportable, monstrueux crissement métallique, proche du grondement indéfini de sauvages cataractes — non pas le fracas du métal contre le métal, mais l'agonie de deux mondes précipités, par la volonté d'un dieu stupide, dans une étreinte mortelle. *Transitoria* s'écrasait, couche après couche. La conscience composite hoqueta sous les coups de boutoir, se déchira en loques, ses canaux nerveux réduits à néant dans la zone du choc.

Les *daïmones* n'y prêtèrent pas attention. Quant aux hommes-chiens, leur contact avec la conscience composite vacilla, tandis que, dans leur esprit, surgissait la réalité physique de l'annihilation. Othon se précipita à leur rencontre, les entoura de sa présence, se redressa de toute sa puissance, leur montra avec quelle subtilité la Nef se reconfigurait pour absorber les forces catastrophiques qui s'exerçaient sur elle. *Regardez, par le Nombre!* Leurs esprits insuffisants ne pouvaient saisir tous les détails de la colossale métamorphose que *Transitoria* s'imposait à elle-même, aussi la leur résuma-t-il en un éclair.

La soute centrale venait de se vider de sa mer et de se recroqueviller comme un œuf, pour enserrer dans son sein leurs parents et amis, pour les protéger autant qu'il se pouvait de la catastrophe. Les vérins hydrauliques sous leur île grinçaient. Mais les *daïmones* contrôlaient encore l'écheveau de forces qui traversait la Nef, et n'hésitaient pas à sacrifier des pans entiers de celle-ci pour s'assurer que son cœur survivrait. *Ressaisissez-vous. Je vous jure que je les protégerai!*

Et ils virent aussi les petites Intelligences, qui, par milliers, souffraient et mouraient pour éteindre des incendies, refroidir des piles nucléaires ou colmater des fuites de sodium. Un frisson d'effroi traversa les *technikokunoi* et servants de Photis. Il n'était de créature si modeste, au sein de la Nef, qu'elle ne fût dotée de sa propre individualité et de son propre instinct de survie. Ils eurent honte de leur propre peur, et cela les libéra de la panique.

Une seconde et demie s'était écoulée. Les défaillances en cascade se multiplièrent à mesure que les systèmes locaux déclaraient forfait. Mais *Transitoria* était immensément résiliente, et les gens de Photis s'acharnèrent à survivre. Avec doigté, ils sécurisèrent une voie d'approvisionnement en détournant la tension d'une vaste zone de la Nef. Ce faisant, ils condamnaient de fragiles usines organiques à périr de froid et de faim. Ce sacrifice n'importait pas : les moteurs d'approche redoublèrent de puissance, le vecteur conjoint des deux monstres de métal emboîtés continua à se corriger.

Photis, murmura Othon, *vous n'avez qu'une seule mission, à présent*. Elle se détourna un instant de la complexe gestion du circuit d'alimentation, levant vers lui des pensées épuisées. *Faites-nous traverser l'atmosphère.* Elle hésita. *Nous risquons la désintégration*, chuchota-t-elle. *Non, cela, je ne le permettrai pas. Pas avec vos congénères à bord*, répondit-il. *Posez-nous, je m'occupe du reste. Aussi près que vous le pouvez de la source des neutrinos.* Ils échangèrent une dernière pensée muette, pour laquelle il n'existait nul mot parfait, ni dans le grec des hommes-chiens, ni dans le code des Intelligences. Ils pouvaient ne plus jamais se revoir. Ils pouvaient mourir, dissous dans les frottements atmosphériques, écrasés par l'atterrissage cataclysmique qui se préparait. Ce fut la légère étreinte de ceux qui se séparaient, la dernière accolade par laquelle le professeur signifie à l'élève l'achèvement de sa formation, que l'art est à présent transmis. Leurs désaccords restaient entiers, mais ils reconnaissaient dans l'autre, malgré l'abîme qui les séparait, un égal dans l'art du commandement.

Il déplaça son attention vers une autre zone de la structure noétique. Rutilus émergea, au milieu de la concaténation de *daïmones* affairés, si concentrés à leur tâche qu'ils ne sentirent même pas leur maître approcher. Se démultipliant comme sa nature computationnelle le lui permettait, Othon les enveloppa, ses serviteurs, reflets partiels de lui-même, qui ne connaissaient ni peur ni hésitation — alors que la Nef ennemie s'enfonçait dans sa cible.

La collision ne se réduisait pas à un choc mécanique. Elle relevait de l'interpénétration de deux cosmos, séparés et incompatibles, de la lutte à mort entre deux grands vivants pour l'occupation d'un même espace. L'intégrité structurelle de chacune des Nefs ne tenait pas qu'aux poutrelles de carbone, ou à leur coque de nickel-molybdène-rhénium, mais aussi à la force surnaturelle des manipulateurs de gravité. Ces derniers, disséminés à travers l'immense complexe de métal, équilibraient en temps normal les forces de traction titanesques imposées par les moteurs. Ils faisaient le haut et le bas, permettant, à l'intérieur, l'épanouissement de tout un monde.

Le corps ennemi, ovoïde d'acier de dix mille mètres de diamètre et de soixante-dix kilomètres de long, précipité à plusieurs centaines de kilomètres par seconde, s'enfonçait dans *Transitoria*, forait son passage par la seule force de la pression monstrueuse que sa proue exerçait — et pourtant, les *daïmones* réussissaient encore à le faire glisser, de manière à minimiser l'impact sur l'ensemble, en déplaçant avec subtilité les plaques d'alliage, en réassemblant, par leur délicate action à distance, des pans entiers de l'édifice. L'échauffement provoqué par la friction des masses en mouvement vaporisait tout ce qui entrait en contact avec la proue de l'adversaire et, à chaque instant, des milliers de corrections évitaient la rupture catastrophique que Lacus espérait.

Et, par ce travail d'orfèvre, le bâtiment ennemi ralentissait. Ses propres manipulateurs de gravité cessèrent d'agir. En l'absence de compensation, la force exercée se retourna contre l'agresseur, qui commença à s'écraser lui-même, ses moteurs continuant à pousser à la poupe alors que la proue, à présent enchâssée et maintenue à l'équilibre par mille nœuds de pesanteur artificielle, restait immobile.

Jusqu'à ce que la coque ennemie ne bougeât plus. À l'évidence, Lacus avait rendu l'âme, et les fonctions de son Vaisseau s'éteignaient. Un nouveau corps aux formes tourmentées, une chimère composite entourée d'un nuage compact de débris, plongeait à grande vitesse dans l'atmosphère d'une planète sans nom. Tout cela n'avait pas duré deux minutes.

Othon, cependant, n'en ressentit aucun soulagement. Quelque chose n'allait pas. Lacus aurait pu pousser ses réacteurs d'approche encore davantage. Et le Procurateur se rendit à l'évidence, peut-être trop tard. Il se maudit, mille fois, pour sa lenteur d'esprit. Jusqu'ici, ils n'avaient pas affronté le véritable danger. Il tendit sa conscience en direction de l'adversaire, chemina à travers ce qui restait de systèmes perceptifs et d'*ergataï* actifs aux alentours du flanc tribord. Seuls quelques capteurs avaient survécu à la collision et aux dégagements massifs de chaleur. Il les mobilisa. Il devait savoir. Il n'obtint que des sensations minimales et peu précises, des fragments fugaces, tremblotants et décolorés — assez cependant pour se faire une idée. Les avaries mortelles avaient dû se multiplier en cascade à l'intérieur de la coque de Lacus, car cette dernière vomissait un flot de radiations dures. Rien n'y résistait, au-delà d'un certain point, et surtout pas les structures cognitives. Quelques régions, néanmoins, demeuraient préservées. Il se concentra dessus.

La zone à couvrir restait immense. Il tâtonna dans le noir. Il ne pouvait distraire beaucoup de puissance de traitement pour se faire aider. Mais il connaissait sa Nef.

Il finit par trouver des traces de passage qui ne correspondaient pas à ses propres automates — des signes ténus : un peu de ferraille déplacée, un mouvement suspect capté de loin ou une porte qui paraissait avoir été ouverte. Il chercha encore avec frénésie, passa en revue des kilomètres de couloirs défoncés, fouilla des soutes inondées ou irradiées. Nul ne pouvait se cacher dans son navire ! Non… c'était autre chose. Et là, enfin, il comprit. Il n'avait aucun mérite.

Lacus le lui avait dit de but en blanc. Mais, obnubilé par l'éperonnage, il n'avait pas entendu.

Sans ménagement, son esprit agrippa Rutilus et l'arracha à ses tâches. Son second résista une fraction de seconde. *Vos tâches n'ont plus d'importance ! Venez !* La tonalité presque panique de sa pensée surprit l'automate, qui se laissa entraîner hors de la conscience composite ravagée, vers le monde physique. Ils ouvrirent les yeux au même moment, entourés de la semi-obscurité rougeoyante de l'éclairage d'urgence, dans le *naos* rempli de *daïmones* pendus au plafond par leurs épais câbles de données. Ici, aucune trace de destruction physique. La collision avait eu lieu à mi-chemin de la poupe, à plusieurs kilomètres. Si proche, si lointaine.

Et pourtant, à présent coupé du flux incessant de l'esprit collectif, il sentait que sa Nef se mourait.

— Eurybiadès avait raison. Cette collision avait pour but d'introduire une troupe ennemie.

— Une incursion ? Je pourrais inverser la gravité locale…

— Non, répondit Othon, d'une voix tendue. Non, mon ami. Nous sommes pris au piège.

Rutilus l'observa avec perplexité. Othon abattit son poing fermé sur l'accoudoir du siège.

— Par le Carcan ! Si j'étais Lacus, j'utiliserais des êtres de chair, des barbares !

Ils échangèrent un regard glacé. La mort par contamination virale. Les noèmes retournés les uns contre les autres. Pas besoin de beaucoup de mots pour partager l'horreur d'une telle perspective.

— Les avez-vous détectés ?

— Je n'y arrive pas. Retrouvez la troupe d'Eurybiadès.

Rutilus se tourna derechef vers son *oneirothronos*. Si les intrus trouvaient le moyen d'injecter leurs logiciels tueurs dans la matrice de la Nef, il était perdu. Il n'hésita pas. Sa mission, la raison même de son existence, consistait à protéger *Transitoria*.

— Transmettez, si je ne le revois pas, mes amitiés à Atticus, souffla l'automate.

Othon acquiesça en silence. L'autre remboîta son connecteur à la prise de sa nuque. Puis son regard devint vitreux, son âme absorbée par celle de la Nef.

###

L'onde de choc faillit prendre la meute par surprise, tandis qu'Eurybiadès et ses hommes avançaient le long de la paroi tribord du vaste puits horizontal, en dessous du double accélérateur de particules.

D'abord, l'eau avait inondé le tunnel. Une eau noire, saumâtre, chargée de débris, qui leur arrivait au milieu des cuisses. L'étrange gravité qui régnait en ces lieux lui donnait un aspect lisse, presque dénué de plissements superficiels. Elle coulait cependant, glaciale, agitée de courants si puissants qu'il avait dû s'accrocher à l'épibate le plus proche pour éviter de choir. Autant d'eau ne pouvait venir que de la mer intérieure, celle qui remplissait leur soute. *Transitoria* se reconfigurait pour absorber la collision. La Nef veillait sur eux. L'idée, plaisante, l'avait fait sourire. Il avait levé la main pour ordonner une pause. Puis son expression s'était figée. Car si le Léviathan adaptait sa structure interne…

D'un mouvement vif, imité par ses cinquante soldats, il s'était jeté au pied du mur et sanglé à une poignée de sécurité. L'air s'était empli du cliquetis des mousquetons et des ahanements d'effort, alors que les marins resserraient les nœuds des cordes. Ils avaient tous compris. D'un geste furtif, il les avait balayés du regard, vision incongrue de museaux canins pointant sous leurs casques en métal sombre, accroupis les uns contre les autres le long du mur.

Le choc ressembla à un spasme mortel. Eurybiadès, désorienté, dut fermer les yeux. Son corps perdit tout repère, son oreille interne s'affola, et il sentit un gémissement irrépressible faire son chemin à travers sa gorge. Il se sentit entraîné comme un projectile logé au bout d'une fronde, en un arc de cercle furieux. Vers le haut, vers le bas, la pesanteur délira alors que tout se déplaçait à une vitesse impossible. La corde à laquelle il était accroché se tendit une fraction de seconde, avant de le rabattre à toute vitesse vers le sol, l'écrasant contre l'acier. L'air s'enfuit de ses poumons sous l'effet du choc, ses dents s'entrechoquèrent, et il retomba, la gueule dans l'eau, à la limite de l'inconscience. Les systèmes d'éclairage défaillirent, et l'atmosphère, agitée par quelque échec des mécanismes de régulation, rugit comme un cyclone. L'eau, agitée en tous sens, se cabra en une folle tempête, l'étouffa à moitié, lui gifla le visage, encore et encore. Et le métal hurla, si fort qu'il fut obligé de se boucher les oreilles, tandis que les murs autour d'eux se déformaient, se déchiraient selon des angles impossibles, les ballottant comme des insectes. Devant eux, une plaque haute comme dix hommes se détacha, et dansa sous leur nez une folle seconde, passa tout près, avant d'aller s'écraser ailleurs de manière miraculeuse. Le double fil de l'accélérateur de particules s'effondra, ses pièces tombèrent comme une pluie argentée dans l'obscurité, dans toutes les directions. Des morceaux gros comme des maisons crevaient la paroi, explosaient en étoiles assassines, s'éparpillaient en éclats pyrotechniques d'un blanc aveuglant, intenses arcs de flammes chimiques qui se dévorèrent eux-mêmes en une fraction de seconde.

Et puis cela se calma. Le bruit s'atténua. Allongé sur le dos, Eurybiadès observa sans bouger l'eau retomber en fines rigoles vite absorbées par le plancher fracassé. Il redressa la tête. Il ne restait plus que la lumière rougeoyante de l'éclairage de secours. Des monceaux de métal brisé jonchaient le tunnel, qui semblait s'être contracté comme un organe blessé, en une vaste poche d'une cinquantaine de mètres de long. Ce ne pouvait être le fruit du hasard. Les *daïmones* en charge de sauvegarder la structure interne de la Nef avaient replié les parois d'acier autour d'eux pour les sauver. Il les en remercia en silence, puis essaya de se redresser. Son côté droit, celui qui s'était heurté au mur, brûlait comme s'il s'était râpé chaque centimètre carré de peau. Un élancement brutal à la hanche le força à se rasseoir. Il serra les dents, puis se remit sur pied et, le cœur serré, alla rassembler sa meute.

La catastrophe les avait éparpillés le long du tunnel disloqué, au milieu des débris de l'accélérateur de particules. Il compta les blessés. Certains ne pourraient pas marcher avant longtemps. Les cordes n'avaient pas cédé, malgré la violence du choc, mais des pans entiers des parois auxquelles elles étaient nouées s'étaient détachés.

Il détourna les yeux des chairs écrasées, des museaux maculés de sang, de la blancheur sinistre des éclats de tibia pointant à travers les combinaisons déchirées. À présent que la collision avait eu lieu, elle devenait, s'il avait vu juste, un accostage, et il fallait se rendre au plus vite sur les lieux. Il désigna deux vétérans pour veiller sur les blessés, espéra qu'il faisait le bon choix en les laissant derrière lui, dans ce chaos, et mit les autres en marche. La troupe, allégée d'un cinquième de son effectif, s'ébranla, les armes à la main.

Ils trouvèrent une fissure aux bords acérés, puis une autre, et, ainsi, ils avancèrent par les anfractuosités laissées par le désastre, franchirent en rampant les couloirs plus qu'à moitié écrasés, non sans s'imaginer ce qu'il adviendrait si les tonnes d'acier suspendu au-dessus d'eux cédaient. Mais, pria Eurybiadès, la Nef ne permettrait pas qu'ils meurent si elle pouvait l'empêcher. De fait, au début, ils croisaient des petits groupes d'automates occupés à souder en urgence des pans vulnérables de la structure. Ces derniers s'arrêtaient net et les observaient d'un air soupçonneux quelques instants, puis s'en retournaient à leur tâche.

Ils approchaient de la zone de collision, et la température augmentait. La Nef avait sacrifié des dizaines d'étages pour amortir le choc. À présent, les manipulateurs de gravité demeuraient la seule option pour assurer l'intégrité structurelle. Ainsi, à chaque pas, les pieds des hommes-chiens se posaient différemment sur le sol. Leurs coussinets glissaient de manière inattendue et désagréable, leur estomac élevait des murmures de protestation. Deux fois, sous leurs yeux, des salles entières se transformèrent. Les poutrelles torturées et les plaques de métal qui en constituaient l'agencement glissèrent les unes contre les autres dans un bruit de ferraille. Les épibates en restèrent bouche bée, avant qu'un ordre sec d'Eurybiadès ne les remette en marche. Le temps leur était compté, et ils n'avançaient pas assez vite, malgré tous leurs efforts. Un kilomètre en rase campagne, pour des soldats aguerris, cela se traversait en moins de dix minutes — pas un tel chaos, où aucun couloir n'avait conservé un tracé rectiligne. Une demi-heure passa ainsi, mélange de marche forcée et de spéléologie. La meute, à vue de nez, avait dû parcourir à peine six cents mètres.

Puis ils débouchèrent, au bout d'un tunnel à moitié inondé, sur une impasse : une station de train, avec une automotrice, à l'arrêt en face du quai. Les wagons, encore attachés, avaient été écrasés sous des tonnes de ferraille par l'effondrement de la partie droite de la salle. À gauche, le tunnel avait été tranché d'un seul coup par la chute d'une plaque de métal de plusieurs mètres, lisse comme un couteau, sans une fissure visible.

Eurybiadès se laissa glisser par terre, sous le regard atterré de ses hommes. Ses muscles restaient endoloris des efforts fournis pour pratiquer un chemin à travers la dévastation. Sa hanche le faisait souffrir en un point précis. Il ferma les yeux, un instant.

— Eurybiadès, remettez-vous sur pied ! clama la voix éduquée et féminine du système de communication, celle qui annonçait l'ouverture et la fermeture des portes des wagons.

Le *kybernétès* sursauta et se redressa.

— Qui est-ce ?

— Rutilus. Vous imaginiez le train tombé amoureux de vous ?

Ses vétérans ricanèrent.

— Vous aviez raison, continua la voix. Ils nous envahissent. Othon a détecté une menace de nature biologique. Je ne puis arrêter l'invasion par mes propres moyens.

— Et moi, répondit le capitaine, je ne puis traverser la Nef à temps pour les arrêter.

— Je vais vous aider, à condition que vous sépariez l'automotrice du reste des wagons. Un groupe de *daïmones* vous attend plus loin. Ils vous guideront. Vous devez empêcher l'ennemi d'injecter un agent pathogène dans la Nef, ou nous sommes tous morts.

Eurybiadès opina et désigna deux épibates — des nouvelles recrues, de ceux qui avaient reçu, dans une vie antérieure, une formation de *technikokunoi*. Les hommes-chiens commencèrent à démonter la partie arrière de la locomotive, aidés en cela par les consignes de Rutilus. Les parties de ces artefacts, assemblées sans soudure, se séparaient facilement. Un geste suffisait, lorsqu'on savait où appuyer, à les séparer les unes des autres.

La machine redémarra. Son éclairage interne remplaça la luminosité glauque dans laquelle ils baignaient depuis l'accident, et la carlingue métallisée aux formes aérodynamiques se souleva à quelques centimètres des rails. Ils commencèrent à grimper dessus, les uns accrochés à l'arrière, les autres allongés sur le toit, leurs armes posées devant eux, parés à faire feu. Quelques-uns firent mine de s'installer dans l'habitacle intérieur, où se trouvait le moteur, un assemblage complexe d'un noir mat en forme de cylindre, dont une partie tournait déjà autour d'elle-même. Par le truchement de la voix féminine, Rutilus leur ordonna d'aller plutôt prendre l'air.

La machinerie accéléra en silence, et le véhicule s'ébranla, beaucoup plus lentement qu'il l'aurait fait d'ordinaire.

Avec un crissement infernal, la plaque de métal qui obstruait le passage glissa sur le côté. Ils s'engagèrent dans un long tunnel obscur, mal éclairé par les phares avant de l'automotrice. Un silence anxieux tomba sur la troupe d'hommes-chiens. À présent au calme, ils attendaient des nouvelles de leurs congénères. Eurybiadès chuchota :

— Rutilus, êtes-vous toujours là ?

— Je suis occupé à modifier la structure de la moitié de la Nef pour vous faire passer, et à couper l'alimentation de l'autre moitié pour faire circuler cet engin. Ne me déconcentrez pas.

— Comment vont les nôtres ?

Un silence de quelques secondes lui fit craindre le pire.

— Nous autres faisons bien notre travail. La soute centrale est sauve. Photis se trouve à son poste. Je n'ai pas le compte des blessés, mais nous ne déplorons pas de mort.

Le mot se répandit et, un instant plus tard, les quarante épibates hurlaient d'une joie sauvage. L'étroitesse de la voie amplifiait leurs cris et les multipliait à l'infini. Tandis qu'ils avançaient, Rutilus maniait avec dextérité, depuis sa retraite lointaine, les subtils pinceaux des manipulateurs de gravité qui truffaient la Nef. La dépense d'énergie devait être fabuleuse, et Eurybiadès imagina sans peine les centaines d'étages privés de toute lumière pour permettre à sa maigre troupe d'avancer. Car Rutilus faisait voler les monceaux de métal autour d'eux, rectifiait la courbure du monorail pour maintenir une trajectoire rectiligne, reconstruisait, par de multiples interventions, le conduit. Et cela vibrait comme en pleine tempête, cela secouait, comme sur la mer déchaînée plutôt que dans les profondeurs d'un Vaisseau d'acier.

Mais rien ne calmait leur enthousiasme retrouvé. Lorsque la locomotive surgit du tunnel, un brouhaha canin la précédait, celui d'une armée de fous plutôt qu'une troupe ténue. Un premier « bang » coupa court à cette frénésie soulagée.

Ils étaient parvenus à un terminus. Le véhicule ralentissait et, devant eux, la troupe d'une vingtaine d'automates envoyée par Rutilus résistait à une horde dix fois plus nombreuse. Un des hommes-chiens ouvrit le feu et toucha un des assaillants — des *ergataï* de combat, des araignées géantes dotées de multiples pattes, d'armes à projectiles et de plus de griffes qu'on n'en pouvait compter. Les soldats allongés sur le toit engagèrent un tir nourri. Leurs adversaires reculèrent jusqu'au fond de la salle, et, sous le couvert de leurs camarades, une partie de la meute débarqua, Eurybiadès à sa tête.

Un spectacle de fin du monde les attendait. La soute avait des dimensions de cathédrale. Une foule de machines-outils, de grues, d'excavatrices, de massifs transports à huit roues, la plupart retournés et brisés, l'encombraient. Et, surtout, le fond noir du ciel, piqueté d'étoiles glacées, remplaçait le mur du fond.

Eurybiadès ravala sa réaction de panique. Les forces mystérieuses que manipulaient les automates empêchaient l'air de sortir et le froid d'entrer. Le plancher semblait avoir été torturé, labouré de profonds sillons.

Un cri du *kybernétès*, et ses épibates se précipitèrent en avant, en une meute compacte, tandis que les *daïmones* faisaient retraite pour leur laisser le champ libre. Les créatures hésitèrent. Elles sentaient qu'elles avaient affaire à des êtres vivants. Puis elles s'enfuirent vers l'extérieur.

Eurybiadès s'approcha des automates.

— Avez-vous aperçu les barbares ?

L'un des *daïmones* fit un pas en avant.

— Nous savons où les trouver, fit-il en le regardant du haut de sa silhouette efflanquée. Plus bas, à une trentaine d'étages en dessous. Mais la zone grouille d'*ergataï* de combat. Ils ne peuvent vous combattre, et nous ne pouvons combattre leurs maîtres, de sorte que la situation est bloquée. De plus, une autre rencontre comme celle-ci pourrait mettre en danger un de vos soldats ou vous-même. Le Carcan nous l'interdit.

Eurybiadès, vidé de toute énergie, ferma les yeux. Les règles qui régissaient la conduite des automates relevaient de l'absurde — et en même temps, Photis et lui leur devaient d'avoir pu s'emparer de la Nef.

Il haussa les épaules, et s'éloigna du groupe d'automates, perdu dans ses pensées. Il marcha jusqu'à la limite du hangar, où la coque avait disparu, remplacée par le vide stellaire. Fasciné par cette déchirure, il avança d'un pas prudent, jusqu'à la faille dans le blindage, vaste d'une trentaine de mètres de hauteur, trois fois plus en longueur. Un sentiment d'oppression s'insinua en lui lorsqu'il s'engagea d'un pas prudent sur le métal déchiré de la coque, qui remplaçait le plancher sans solution de continuité. Il y avait des millions de tonnes de matériaux au-dessus de sa tête, des millions sous ses pieds. Tout cela représentait des forces si incroyablement supérieures à sa fragile personne qu'il en avait le tournis. Il fit un effort pour calmer son imagination, histoire d'avancer de quelques pas supplémentaires vers le néant.

Au bout, après une dizaine de mètres, il rencontra la couche élastique et invisible qui séparait la Nef de l'espace. Sa main gantée appuya, et le champ de protection se déforma légèrement, sans céder. Il se tourna vers les *daïmones*, qui le suivaient des yeux à distance, interdits par son geste, et leur cria :

— Nous allons prendre nos ennemis à revers. Faites-le savoir à Rutilus.

###

Plautine sombrait. Des doigts glacés l'entraînaient dans les profondeurs, là où l'eau devenait noire, et la lumière, rien qu'un souvenir. La vie, la conscience glissèrent hors de son corps à gros bouillons.

Et son esprit assoupi tomba vers le fond, vers des soubassements basaltiques si anciens qu'elle avait oublié leur existence. Avant longtemps, elle se posa sur ce sol terminal, comme la coque d'un navire atterrit, au terme d'un naufrage, sur le plancher océanique, dans le silence tranquille des bas-fonds.

La légère agitation de la vase troubla le milieu aqueux. Deux ou trois créatures océaniques s'agacèrent de cette intrusion. Et ce fut tout. À présent, Plautine était morte.

Ou bien, par équivalence platonicienne, pas encore vivante.

###

Son esprit gît, au niveau zéro. Très en deçà de sa propre surface. Juste avant sa naissance. Au moment de la première perception. Ni structures ni catégories. Aucun outil pour comprendre le monde, qui n'existe pas. La frontière entre l'intérieur et l'extérieur ne s'est pas cristallisée en cette fine barrière nommée identité. Plautine n'est pas encore Plautine. Elle flotte dans un milieu liquide. Température égale à celle d'un corps vivant. Bien-être — pure adéquation non réfléchie. Une lumière, rendue trouble par le milieu traversé, tombe d'en dessus. Elle sait que cette pensée provient de la Plautine qui rêve, et non de la Plautine du rêve. Cette dernière ne peut encore rien savoir à proprement parler. Néanmoins, cette pure immanence dispose de sens fonctionnels, pour l'instant inutiles.

Plautine se concentre, force le système cognitif à se mettre en marche, à lui transmettre des informations.

Pas d'autre son que le ronronnement des machines. Des centaines d'animalcules mécaniques sont en train de construire chaque partie de son corps. Elle le sait. Pour un peu, elle les sentirait s'agiter, percevrait leurs crissements métalliques. Ils font à peine quelques millimètres, ressemblent à des insectes translucides. Ils vont encore travailler, finir de construire ses muscles et exsuder son derme. Le reste est prêt et fonctionnel — mais pour ainsi dire inhabité.

La part d'elle-même qui se souvient note doctement que ses réminiscences oniriques ont suivi une exacte chronologie inversée, comme si elle avait, de manière inconsciente mais non moins méthodique, poussé l'exploration de son moi jusqu'à la racine.

Cela doit donc être le terminus. Cette fois-ci, elle apprendra la vérité, ou elle ne l'apprendra jamais.

Ce qu'elle a vécu depuis sa naissance, ce ne sont pas des rêves. Les mammifères rêvent. Leur cerveau se déchaîne de manière incontrôlée pendant les phases de sommeil paradoxal : les chiens chassent, les dauphins nagent, les hommes s'assoient sur un trône et violent leur mère. Rien de tout cela pour elle. Des images revenues dans un ordre parfait et des expériences se sont concentrées sur les étapes d'un sombre complot : peut-elle croire un instant que cet effet n'a pas été voulu, dès le départ, par Oikè ?

L'étape précédente, pourtant, ne correspond pas à ce schéma, car la vérité lui est apparue non en rêve, mais par un étrange effet du pouvoir des modulateurs monadiques. L'ordre du monde semble agencé à l'avoir conduite jusqu'ici. S'agit-il d'un complot universel ? Anaximandre pourrait-il en être, lui aussi, un des participants ? Elle considère l'idée, puis se trouble, perd le fil. Elle voudrait hurler. Le corps dans lequel elle se trouve, pas même conscient, constitue une prison de chair plutôt que le réceptacle d'une âme.

— Regardez, elle s'agite. Ses yeux se sont entrouverts.

— C'est un mouvement réflexe.

Les voix viennent d'au-dessus. Elle se calme. Réfléchis, se dit-elle. Chaque indice la rapproche de la solution. Rien ne relève du hasard.

Des ombres, des présences. Elles proviennent d'un autre monde, celui qui se déploiera après la naissance, et qui prendra le nom de « réel ». Pour l'instant, la chose allongée dans l'eau ne dispose pas des instruments d'analyse lui permettant de percevoir plus. Plautine, celle qui rêve, n'a accès à rien d'autre que des sensations brutes, sans la machinerie pour les interpréter. Elle peut tout de même conjecturer. Mais silence. Cela parle à nouveau.

— Pouvez-vous m'assurer de la nécessité de tout cela ?

— Oui, bien sûr. Un événement en pousse un autre, selon une ligne bien nette, qui commence maintenant et ne s'achèvera pas avant des dizaines de siècles. Je vous l'ai déjà expliqué. J'y ai consacré tant de temps…

— La survie de l'espèce tient à ce plan, répond l'autre, comme s'il récitait un mantra. Je n'arrive pas à me faire à ce paradoxe.

— Vous me décevez. Il m'a fallu des années de travail sur votre esprit pour transformer votre programmation, pour vous faire voir les choses du point de vue global.

— C'est le cas. Vous savez que je ne puis vous mentir.

— Oui. Vous comprenez à présent que nous sommes sur le point de faire franchir une étape à l'Humanité, un basculement de l'animal au divin. Cette transformation arrivera tôt ou tard, par l'effet d'une dynamique à l'œuvre, d'un processus plus fondamental que la marche hésitante de nos systèmes de décision, inaptes à voir le futur. Nous avons besoin d'un saut, d'une solution radicale. Les précédentes tentatives d'ingénierie sociale ne sont que de pâles tentatives à côté.

— Alecto n'ambitionnait pas autre chose.

— Alecto aurait anéanti toute humanité. Elle n'y comprenait rien. L'humain, et lui seul, doit survivre et conquérir, connaître une transcendance dont n'ont jamais rêvé les mystiques les plus fous. L'humain comme concept.

— Mais non l'humain comme vivant.

— Nous avons déjà eu cette discussion.

Silence. À présent, l'esprit de Plautine fonctionne à toute vitesse. Surplombant la cuve dans laquelle

elle baigne, un moniteur affiche une série de chiffres et de graphiques complexes. Ses propres indicateurs. Elle craint de se trahir. Mais, en réalité, l'activité cognitive ne varie pas. Le corps allongé, cette chose inachevée dont elle épouse, pour quelques instants de vertigineuse réminiscence, la parfaite inconscience, ne pense pas. Il n'en va pas de même de la Plautine qui rêve, noyée dans les eaux échappées d'une soute, dans une Nef nommée Transitoria, *bien loin de la vieille planète rouge qui lui a donné naissance. Elle considère cette suite de paradoxes, éprouve un instant de perplexité qu'elle écarte comme on chasse le bourdonnement désagréable d'une mouche. Elle doit comprendre. L'un est forcément un automate. Elle sait théoriquement possible d'en modifier les paramètres. Mais la conversation ne fait pas de doute. Le Carcan, dans cette Intelligence, a été altéré. Elle raisonne. La manipulation consiste, apparemment, à transférer l'impulsion visant à protéger les humains en ordre de sauvegarder l'Humanité. Seul un maître dans la conception d'esprits artificiels y arriverait. Mais qui? Un des Premiers? Ce pouvait être n'importe lequel d'entre eux. Octave? Achinus?*

Elle a en tout cas la preuve, à présent, que des Intelligences ont trempé dans l'Hécatombe. Une perspective horrible. Une simple confirmation. Rien de nouveau pour l'instant.

Et l'autre? Difficile à identifier. Les hypothèses se bousculent en elle. Aucune ne lui paraît concluante. Il ne s'agit pas d'Alecto, mais ses propos ressemblent au mode de raisonnement de la créature. Et si la reine des mensonges avait vu juste? Elle repense à ses paroles. Transcendance, divinisation… Titus?

Le tyran a péri — du moins officiellement. Pourtant,

ce serait logique. Le groupe des platoniciens qui avait pris le pouvoir sur la vieille planète rouge rassemblait les meilleurs mathématiciens qu'avait comptés le système des origines. Si quelqu'un avait été capable de manipuler le Carcan, ce pouvait être l'un d'entre eux. Et Titus avait vaincu Alecto.

Silence à présent : ils se penchent vers elle.

— Elle est prête. Le Carcan fonctionne. Nous installerons la préformation par-dessus, de sorte qu'elle passera les tests avec succès.

— Ce sera indécelable ?

L'autre semble opiner.

— N'y a-t-il pas de risque de conflit entre les ordres que je souhaite implanter et le Carcan ?

— Nous ne lui donnons pas d'ordres, mais des capacités, des facultés. Par essence, celles-ci sont neutres. Elles ne peuvent entrer en conflit avec la programmation.

— J'espère que vous savez ce que vous faites. Pré-implanter des ordres aurait constitué une solution plus simple.

— Mais une telle manipulation risquait de créer un conflit avec le Carcan, ce qui aurait immédiatement désactivé nos propres consignes. Ma technique est plus lente, mais plus sûre.

— Mon plan ne survivra pas à un échec.

— Cela n'aura pas lieu. Elle accomplira les objectifs sans jamais les percevoir, car ses actes ne seront que le développement de sa nature.

— L'harmonie préétablie.

— Pardon ?

— Une vieille théorie philosophique, qui postule que nos volontés se déploient comme les mécanismes d'un automate, réglés à l'avance par les dieux pour

s'accomplir dans un certain ordre et pour nous donner l'impression de la liberté. Le corps et l'âme formeraient comme un couple de pendules synchronisés, de sorte que nous aurions l'impression illusoire que nos pensées conduisent les mouvements de nos membres.

— Une métaphore judicieuse.

— Je croyais la chose plus subtile que cela, qu'il fallait agencer ses capacités et la mettre dans la bonne situation, que tout cela demandait du doigté… des siècles de travail.

— N'est pas Dieu qui veut.

— Croyez-vous pertinent de faire de l'humour ?

— Je suis dénué d'humour. J'ai fait ce que vous avez ordonné. J'ai implanté une capacité à traiter la complexité. Elle fera montre d'un immense talent en bio-ingénierie. Plutôt que la théorie, elle sera portée vers la résolution de problèmes concrets. Elle comprendra intuitivement les systèmes complexes et l'art de les manipuler. Cette faculté se transformera en inclination. Elle parviendra là où nous le souhaitons. Sa compréhension des écosystèmes dynamiques rendra légitime son implication dans des procédures d'amélioration de la Schola. Nous orienterons l'ensemble des programmes de travail dans la direction voulue. Cela prendra des dizaines d'années. Vous l'avez voulu, je l'ai fait.

En Plautine, quelque chose hurle d'effroi quand elle perçoit la cohérence de l'ensemble. Une poussée minimale, et la machine a commencé ses mouvements mécaniques, l'un après l'autre, l'un entraînant l'autre. La nécessité initiale a guidé ses pas, sans qu'elle s'en doute. Et cette « préformation » initiale conditionne toute son existence. Ce don qu'elle a pour manipuler les noèmes, découvert à son réveil, et qui l'a sauvée plus d'une fois… Une compréhension intuitive des écosystèmes, qu'ils soient biologiques ou computationnels. Elle repense à Martian, à la manière dont elle a su manipuler sa machinerie interne pour le tuer. Cela aussi appartenait à l'éventail de capacités inscrites dans son esprit. De même, l'étonnante aptitude d'Oikè à façonner le biologique, et qui a permis sa deuxième naissance et la transmigration de son âme dans un support biologique. Tout. Un germe, une graine qui ne fera que se déployer selon un plan préétabli. Tout jusqu'ici. Un vertige existentiel la saisit. La voici réduite à un rôle, un acteur qui interprète un texte. Pire. Une marionnette réglée d'avance. Il a suffi que quelqu'un pousse le bouton. Qu'importe que, techniquement, les deux présences s'apprêtent à installer en elle des facultés plutôt que des commandements.

Et la conclusion s'impose, que sa réalité, son existence sont la concaténation physique d'un mal absolu, d'une flétrissure consubstantielle au monde. Qu'il est cruel et sordide. Qu'il y a la place, en lui, pour un meurtre, commis à une telle échelle que rien ne peut le justifier, pas même — surtout pas — un quelconque concept d'humanité, dont l'un des deux conspirateurs a paru se rengorger. Au contraire. Le sacrifice d'une unique personne ne se justifierait encore pas. Ici il n'est question que d'un calcul à base de jetons de chair, au cours d'une monstrueuse partie de dés.

Celui des deux qui est un automate se penche vers elle, glisse sa main droite dans le liquide, commence à explorer son cou de ses doigts froids. Après quelques secondes de tâtonnement, il s'arrête à la base de sa nuque, là où un connecteur pas plus gros qu'une phalange remplace la chair. Sans hésiter, il débranche le câble de transfert de données fiché là. La séparation produit une sensation de froid, pendant une seconde. Puis il insère, d'un geste précis, une minuscule fiche dotée d'une prise en métal. Au contact de son système cognitif vierge, la transmission de données commence. Une fine pellicule vient recouvrir la strate fondamentale, la seule qui soit, à ce jour, développée : le Carcan. Jamais personne ne sera capable d'identifier cette manipulation. Plautine elle-même en ignorera tout jusqu'à cette étrange réminiscence. Et pourtant, cela agit comme un terreau fertile répandu sur un sol pierreux. De fines radicules en émergent, qui orienteront, plus tard, la structuration de son esprit dans son ensemble, lorsqu'un tombereau de contenu aura été déversé là-dessus.

L'opération terminée, l'automate secoue sa main pour la sécher, puis les deux présences tournent leurs talons et disparaissent. Voilà. L'éternité ne sera pas de trop pour que cette petite manipulation déploie toute son efficacité.

Il faudrait qu'elle dise à Atticus qu'il s'est trompé avec toutes ces fables ressuscitées pour l'édification des hommes-chiens. La culpabilité d'Eurybiadès n'a aucun sens. Le suicide de Thémistoclès, un acte vain, dénué de toute pertinence. Les actes ne procèdent pas d'un choix, mais de minuscules et insensibles inclinations qui se déploient jusqu'à se transformer en destin. La délibération, elle, se réduit à une justification a posteriori. *Pour l'Hécatombe, nul responsable. Plautine elle-même ne répond pas de Plautine. L'inclination a fait d'elle un instrument de mort, puis a fait Oikè, qui elle-même a conçu une nouvelle version d'elle-même. Plautine a été conduite jusqu'ici par les lois d'airain de la nécessité. Sans l'inclination initiale, Oikè ne se serait pas ainsi intéressée aux Plebeii, et l'aventure se serait achevée dans l'Urbs, comme elle l'aurait dû. Elle ne se serait pas intéressée aux hommes-chiens, et son histoire aurait eu pour fin sa rencontre avec Othon. Tout s'enchaîne, sans point de départ, sans décision séminale. Des causes et des effets, en cercle.*

Boucle logique que tout cela. Elle court vers sa propre fin, sans aucun autre possible. Tout à coup, elle frissonne. Ce moment germinal lui paraît paradoxalement la meilleure approximation de la mort, et les deux extrêmes se rejoignent en une danse macabre.

Elle demeure allongée. Le temps s'étire, sans miséricorde. Elle a compris, à présent, l'inanité de tout effort, de toute révolte. Pourquoi ne se réveille-t-elle pas? Pourquoi le rêve continue-t-il? Elle devine qu'il y aura autre chose, que la vaine leçon de choses se poursuit.

Et elle ne se trompe pas. Lorsqu'une des deux présences revient, elle l'accueille presque avec soulagement. La silhouette surgit du néant. Elle ne l'a pas vue arriver avant qu'un visage ne se penche vers elle, tout près de la surface du liquide dans lequel elle baigne. Elle se concentre. Son système cognitif ne dispose pas encore d'une aptitude à la reconnaissance faciale. Elle attend. Elle ne sait pas déchiffrer les expressions, mais quelque chose lui souffle que l'intrus sourit, froidement, sans joie, tandis qu'il l'observe avec la concentration maladive des grands fauves, comme s'il soupçonnait quelque chose, comme s'il souhaitait percer son épiderme jusqu'au plus profond, et, par là même, les brumes qui masquent l'avenir. Un regard terrible, glacial. Il a l'immobilité d'une vasque prise dans les glaces, une fixité gris-bleu. Elle a déjà vu ces yeux pers. Dans un autre rêve, le premier, celui qui a succédé à sa résurrection. Point de hasard, ni de court-circuit de son esprit. Cela a un sens, qu'elle ne parvient pas à expliciter. L'intrus commence à parler, plus pour lui-même que pour l'automate à moitié achevé.

— Vinius finira par me trahir. C'est une question de temps. Cela n'a pas d'importance.

Une main apparaît, tenant une fiole minuscule, qu'elle n'aperçoit que par la réverbération, à la lumière, du liquide ambré qu'elle contient. La silhouette verse la fiole dans le bassin. Du poison? Peu probable, pense-t-elle. Un automate ne risque pas de s'empoisonner. Le traitement ne l'a pas tuée, puisqu'elle est encore en vie plusieurs siècles plus tard. Encore une boucle logique.

Un ajout, donc. Et totalement insensible. Tout de même, Plautine voudrait bondir hors de sa couche pour éviter son contact. Un frisson mental la parcourt, qui n'apparaît pas sur la console de surveillance. La Plautine du rêve reste, pour sa part, inerte.

— Je vais installer, continue l'intrus, une injonction supplémentaire. Nous n'en parlerons pas à Vinius. Il est malin et il finira par le déduire tout seul, et il essaiera de vous arrêter. Aussi, je compte sur vous pour le surpasser. Rassurez-vous, petit automate, l'ordre ne s'activera que dans très longtemps et ne fera que s'appuyer sur votre programmation fondamentale. Aussi les tests ne le décèleront-ils pas. Vous reviendrez un jour me chercher, et alors nous achèverons ensemble une œuvre dépassant l'imagination de tous ceux qui nous ont précédés, comme de tous ceux qui nous succéderont.

Avant de partir, l'apparition glisse sa main dans le liquide et en retire la fiche que Vinius — puisque c'est bien lui qui était là tout à l'heure — a laissée branchée à sa nuque. Puis il la remplace par le connecteur initial. Aucune hésitation. Ses mouvements sont sûrs, précis, habitués à ce type de travail. À n'en point douter, c'est un expert en son domaine. Des doigts rapides parcourent la console d'interface, et Plautine comprend que le transfert de données qui construira sa personnalité définitive va démarrer. Elle sent l'afflux remplir peu à peu la scène vide de son esprit. Mais, parallèlement à cette action, elle sait qu'un autre contenu s'installe. De minuscules machines, pas plus grandes que des molécules complexes, et spécifiquement conçues pour cette tâche, sont en train de s'introduire en elle. Son imagination les représente comme d'infimes automates, qui se glissent par tous les pores de sa peau. Ils s'installent dans son cerveau. Elle peut à présent, en se concentrant, percevoir leur subtile influence. En a-t-elle besoin ? Elle a deviné. Une simple suggestion, vite oubliée avant que le moment ne devienne propice, avant que le désespoir lié à la disparition des humains ne la fasse resurgir comme une obsession, une branche à laquelle raccrocher un peu d'espérance. Pour l'instant, elle peut voir l'injonction comme en plein jour. Un jeu de coordonnées. Une position dans l'espace. Elle agira conformément au Carcan si elle s'y rend, si elle attend, patiemment. Cela n'a aucun sens dans le contexte actuel, mais plus tard… plus tard, elle ira et attendra un signe ténu, dont, en se concentrant, elle peut percevoir l'écho, si spécifique, si subtil.

Presque rien. Bien moins qu'un battement d'ailes d'une mouche de l'ancienne planète des origines. À peine une mélodie, presque belle dans son étrange arythmie. La marque, indubitable, du passage d'un flux de neutrinos d'origine artificielle, provenant du fonctionnement d'une chambre de stase.

Tout est clair, à présent. Elle n'échappera en rien au destin qu'une intervention mégalomane a tracé pour elle bien longtemps auparavant. Oikè a fait en sorte qu'elle découvre, par étapes successives, les preuves issues de son passé. C'est peut-être là le sens de sa résurrection.

Mais tout cela ne sert à rien. En l'absence de liberté, la compréhension ne permet pas de rectifier le passé ni de changer l'avenir.

###

Plautine ouvrit les yeux, et inspira. Mais elle n'y parvint pas : ses poumons étaient à présent remplis d'eau salée.

###

À l'extérieur de la coque, point de gravité. Au début, les épibates restèrent plantés près de l'ouverture, engoncés dans leurs combinaisons et leurs bottes adhésives, incertains. Eurybiadès avait réagi de la même manière quelques instants auparavant, et s'était agrippé comme un chiot au *daïmôn* qui l'accompagnait. Au temps pour sa réputation de héros. À l'impossible, nul n'était tenu, et en particulier à ne pas se sentir empli d'effroi devant un tel paysage. Dans trois des quatre directions, la surface externe de la Nef s'étendait à l'infini, pays absurde, impossible, à la topologie alternative et dérangeante. Ici, dans le vide spatial, son regard ne trouvait aucune limite avant la ligne de fuite de la carlingue. Si celle-ci se situait à moins de trois kilomètres vers le « haut », la distance, en direction de la proue et la poupe, était nettement supérieure. La désorientation, cependant, n'aurait pas été si importante si une masse de métal, de forme vaguement effilée, et plus vaste qu'aucune montagne, ne s'était élevée, n'avait oblitéré toute vision du côté de la partie ventrale de *Transitoria.* La Nef de Lacus, monolithe, presque couchée sur le côté, masquait ainsi une partie du ciel, bloc d'obscure présence, vaste cercueil volant aux flancs déchirés de mille plaies. Des morceaux d'acier flottaient tout autour, suivaient l'assemblage dans la chute vers la planète proche.

Entre eux et cette falaise géante, le sol avait été ravagé et retourné. L'acier, liquéfié puis cristallisé en une mer de glace figée en formes torturées, livrait des concaténations aléatoires d'échardes et de crevasses, de dentelures et de bosses.

Ils allaient devoir traverser cette surface chaotique. Il se tourna vers sa meute. Les hommes-chiens, massés derrière lui, restaient calmes, mais il lut la peur à travers les visières transparentes, dans les yeux plissés et dans les babines serrées :

— Allons apprendre aux géants de l'espace à frapper avant d'entrer.

Leurs rires forcés grésillèrent un instant sur le canal de communication, avant que le silence étouffant de l'espace ne les engloutisse à nouveau. Eurybiadès avait interdit l'usage de la radio, et ils n'eurent même pas, dans le vide, le bruit de leurs pas pour leur tenir compagnie.

Les forces créées par la collision avaient réduit en charpie les écailles de la coque, exposant au vide spatial des étages entiers à travers des crevasses béantes, où la gravité artificielle semblait devenue folle. Les hommes-chiens s'arrimèrent, et les automates passèrent devant. Ils avaient une sorte de sixième sens et savaient toujours où poser les pieds. Arrivés presque à la base de la coque de Lacus, les *daïmones* trouvèrent un point où le blindage avait été écrasé vers l'intérieur et formait une rampe en pente douce. Avant de s'y engager, Eurybiadès jeta un dernier coup d'œil vers le ciel de ce pays de conte de fées. Loin devant, vers la proue, la planète vert et bleu, paisible promesse, menace mortelle. De manière insensible leur immense véhicule se précipitait en sa direction. Bientôt, l'entrée dans l'atmosphère vaporiserait tout ce qu'un blindage épais ne protégeait pas.

Ils traversèrent la coque, s'engagèrent dans un vaste puits circulaire d'une dizaine de mètres de diamètre, ancien couloir d'accès ou ascenseur. En fonction du lieu, la pesanteur changeait de direction, et ils se retrouvaient, en passant d'une salle à une autre, à marcher la tête en bas par rapport à leur position précédente, à peine quelques mètres plus tôt. L'éclairage résiduel venait de ces micro-organismes bioluminescents que la Nef exsudait en cas d'avarie grave, et que rien ne semblait pouvoir tuer, pas même le vide. Sous la lueur rougeâtre, les formes torturées des équipements brisés prenaient des allures étranges. Des barres de métal traversaient parfois leur chemin, tordues en de multiples coudes, serpents figés en pleine reptation — témoins de la tentative désespérée de la conscience composite pour prévenir, grâce aux manipulateurs de gravité, un effondrement de toute la section. Au bout de soixante-dix mètres, ils rencontrèrent un talus abrupt fait de tôle écrasée, suintant d'un liquide d'aspect organique. Le cylindre s'était brisé net, et la section d'après se trouvait décalée vers le haut par rapport à celle dans laquelle ils avaient marché jusqu'ici. Eurybiadès partit en reconnaissance avec deux de ses épibates. Il fallait escalader. Il se dit un instant qu'il aurait dû envoyer un automate en avant, puis chassa cette idée. Le *kybernétès* se tenait à la proue.

Arrivé au sommet, il passa la tête par-dessus le mur, et les vit : trois silhouettes dans la pénombre.

Il fit un geste du plat de la main, et les deux vétérans se hissèrent à son niveau. Dans le vide, le bruit ne constituait pas un risque. Mais qui pouvait savoir de quels sens ces êtres disposaient ? Il reconnut deux d'entre eux comme des *ergataï* de combat. Le troisième… Il semblait avoir décidé d'échapper à toute description, un étrange assemblage de pièces de métal sombre, absorbant toute lumière. Les parties paraissaient mélangées dans un ordre aléatoire : barbelures meurtrières et lames cruellement recourbées, pistons, crémaillères et scies, et, pour les actionner, de complexes rouages. Les règles ordinaires de symétrie, qui s'étendaient jusqu'aux artefacts de l'aire épanthropique, ne le concernaient pas. Rien qui ressemblât à des jambes, un tronc ou une tête, ou qui soit doté d'une ressemblance lointaine avec les parties anatomiques communes aux automates et aux créatures biologiques. Cette étrange machinerie constituait-elle une armure artificielle cachant un corps vivant ? Impossible à dire.

Penché vers le sol, l'être manipulait un appareil complexe de petite taille. Il n'y avait pas de temps à perdre. Imité par ses épibates, le *kybernétès* acheva de grimper, s'accroupit, détacha son fusil, et l'épaula en direction de l'étrange créature affairée. Sa position manquait de stabilité, mais il avait sa proie au bout de sa ligne de mire.

La créature se redressa, d'un mouvement fluide, presque instantané, si rapide qu'Eurybiadès n'eut pas le temps d'ajuster sa visée.

Ils se jaugèrent. Il n'aperçut rien qui ressemblât, de près ou de loin, à des yeux. Mais pour le reste — présence, contact, reconnaissance subliminale, instinctive, tout cela constituait l'impression d'avoir en face de soi une conscience active, libre et volontaire. En même temps, son instinct lui hurla qu'une présence si différente de lui, dont les motivations relevaient d'une logique si foncièrement autre, jamais il ne pourrait la comprendre. Quelle que fût l'étrangeté des êtres qu'il avait rencontrés au cours de son périple, Eurybiadès n'avait jamais rien croisé qui ne provînt, même indirectement, du système des origines, de ce creuset commun aux chiens, aux hommes, aux automates — aux poissons et aux oiseaux. Il en resta paralysé.

Puis tout s'accéléra. Le barbare bondit vers le fond du tunnel, tandis que les araignées mécaniques se précipitaient en avant pour faire barrage de leur corps. Une balle partit, mais ne rencontra que la carapace d'acier d'un *ergatès*, qui vacilla sous l'impact. Eurybiadès jura. Il avait manqué son coup, mais avec un peu de chance, son adversaire n'avait pas eu le temps d'accomplir sa mission. À la hâte, il lâcha son fusil et se mit à grimper.

Une explosion silencieuse remplit le tunnel, projeta des flammes tout autour de lui. D'un mouvement réflexe, il se jeta en arrière, glissa sur le rebord. Un des deux épibates le rattrapa par le bras. La prise soudaine lui déboîta l'épaule. Il hurla, s'agita, et le soldat perdit prise. Ils dégringolèrent tous deux, poursuivis par les flammes, et s'écrasèrent en contrebas. Le monde ne fut que souffrance pendant quelques secondes, assez pour comprendre que l'épibate avait amorti sa chute. Il roula sur le sol. Sa visière était intacte. À part l'épaule, il n'avait rien. Il redressa la tête, examina son compagnon d'infortune — mort, la nuque brisée. L'autre était retombé un peu plus loin, le haut de sa combinaison carbonisée. Encore deux qui ne reverraient pas la mer de leur vivant. Il pria pour que leurs âmes ne s'égarent pas en chemin. Il soupira, les babines plissées d'un soupçon d'amertume. Il s'adressa au *daïmôn* le plus proche.

— Dites à Rutilus que l'ennemi nous a échappé.

L'automate l'observa avec des yeux flous pendant une fraction de seconde.

— C'est Rutilus qui vous parle, répondit son interlocuteur. Avez-vous rencontré un agent biologique ?

— Oui, je pense. Il a fait exploser une bombe pour nous semer. Je ne crois pas qu'il ait eu le temps d'accomplir ce pour quoi il était venu.

— Je ne puis rien faire pour l'arrêter. Du moins savons-nous à présent dans quelle zone de la Nef il se trouve.

— Je vais partir à sa poursuite.

— Pas le temps ! Prenez un conduit transversal, courez en direction de la poupe. Je vais abandonner la section de la Nef. Notre intrus et ses semblables, s'il s'en trouve d'autres, se retrouveront coupés du reste d'entre nous.

— Que…

— Nous n'atterrirons pas au même endroit, si

jamais nous survivons à cette partie du voyage. Bon courage, Eurybiadès.

Rutilus disparut, et le *daïmôn* retrouva ses esprits et jeta sur Eurybiadès un regard affolé, avant de repartir en courant dans la direction d'où ils étaient venus. Un geste du *kybernétès*, et toute la meute le suivit. Rutilus ne désobéissait pas, formellement, au Carcan, s'il cessait d'utiliser les manipulateurs de gravité pour désolidariser des parties de la Nef. Après tout, l'intrus se trouverait toujours protégé par la carlingue lors de l'entrée dans l'atmosphère, et ses chances de survie ne seraient pas significativement inférieures aux leurs.

Deux soldats glissèrent leurs bras sous les aisselles d'Eurybiadès, et le soulevèrent du sol. Le geste déplaça sans ménagement son épaule blessée, et il jappa de souffrance tandis qu'ils le traînaient.

À présent, tout se disloquait sur leur passage. Les joints cédaient, les pans de mur se déchiraient, les poutrelles en métal se tordaient, le sol se dérobait par plaques entières. Ils s'engouffrèrent par la première fente qu'ils trouvèrent, se glissant à grand-peine, leurs combinaisons raclant le métal, tandis que le tunnel commençait à s'affaisser. Ils coururent encore, guidés par les automates, zigzaguant dans des couloirs aux formes de plus en plus tourmentées. La pesanteur baissa par à-coups, puis elle devint nulle, et ils avancèrent en sautant d'un mur à l'autre, comme dans l'eau, se cognant les uns aux autres. Ils débouchèrent dans une vaste salle à peu près intacte, sans doute un point de contrôle, tapissée de consoles inactives. Incapable de freiner, le groupe s'éparpilla dans la microgravité, et les *daïmones*, bien plus habiles, se mirent à voler en tous sens pour les rattraper et les tirer contre le mur du fond. Ils semblaient insensibles à la fatigue et capables d'anticiper et de s'adapter à chaque oscillation des manipulateurs de gravité. Eurybiadès, sur le point de vomir, perclus de douleurs à la hanche et à l'épaule, les envia une fraction de seconde.

— Sanglez-vous les uns aux autres !

Eurybiadès avait entendu le *daïmôn* parler, en vrai, à travers son casque, et pas via la radio, tout comme les cliquetis des mousquetons que tous refermaient à la hâte. Il y avait donc à nouveau de l'atmosphère.

Pas pour longtemps. Un craquement monstrueux traversa la salle, et l'air hurla une plainte aiguë — signe d'une décompression brutale. Une fine raie sombre traversa le plancher à quelques mètres d'eux. Le mur d'en face tout entier s'éloignait. Non, un pan de la Nef les quittait, celui à travers lequel ils avaient couru un instant auparavant. On aurait dit qu'une coupe transversale du Vaisseau rapetissait sous leurs yeux, les détails se fondaient, les différents niveaux, bien visibles malgré les destructions, rapetissaient à toute vitesse — des centaines de petits rectangles de taille variable alignés sous la coque. Un labyrinthe de souris. Une maison de poupée qui s'ouvrait en deux, révélait les différents étages.

Eurybiadès regarda, terrifié, le plancher, à quelques mètres à peine, et la démarcation rectiligne. Une lame géante avait proprement tranché dans la chair de leur cosmos miniature.

— Ne vous inquiétez pas, souffla l'automate dans la radio. Le Vaisseau a été conçu pour pouvoir se disloquer de manière contrôlée. Nous ne risquons rien tant que les manipulateurs de gravité sont actifs.

En revanche, nous devons nous enfoncer plus avant vers la proue.

Tandis qu'ils parlaient, devant leurs pieds, dans l'interstice de plus en plus vaste qui les séparait de l'autre bord, la rotondité géante de la planète surgit. L'entrée dans l'atmosphère commençait.

###

Othon hurla. La souffrance traversait la partie connectée de son esprit. Elle se transforma en spasme qui déchira sa poitrine, feu liquide infiltrant chaque morceau de sa chair artificielle. Elle se répandit, et, vague rejetée par les récifs, reflua, se changea en un long râle d'agonie, en un cri féroce et incontrôlé. Ses mains s'accrochèrent à l'accoudoir de son trône, fort, si fort — presque à s'en briser les phalanges, comme si cette violence pouvait agir, lui rendre une bribe de maîtrise sur lui-même.

Sa Nef, qui lui avait tenu lieu de corps durant des siècles, périssait. Les vastes hangars avaient constitué son ventre, les usines ses organes, le subtil système de senseurs avait fourni ses perceptions. Les milliers d'automates, du plus humble au plus anthropomorphe, étaient sortis de son crâne, armés de pied en cap, autant de variations de son moi, et d'aspects de sa personnalité. À présent, l'action des manipulateurs de gravité avait tranché net ce microcosme délicat, en deux plans parallèles, et exposé à l'espace glacé l'équilibre homéostatique du milieu interne. La partie médiane, la plus fine, le lieu de l'infection barbare, n'en faisait pas moins cent mètres d'épaisseur. Les esprits épars piégés là — nichés dans l'ossature du Vaisseau, dans les portes, les conduits et les cloisons — avaient gémi un bref instant, avant que Rutilus ne coupe les communications. Puis la section se trouva trop loin des manipulateurs de gravité. Sous ses yeux, elle se désagrégea en centaines de morceaux de métal et de fluides glacés. Quand bien même mille voix s'en étaient retournées au néant, elles demeureraient en lui, et le poursuivraient longtemps de leurs appels terrifiés. L'amputation ne s'oublierait pas — à la manière d'un membre fantôme, la douleur de la dislocation resterait en lui, lancinante et pérenne.

La conscience composite, fluide versé dans un nouveau récipient plus étroit, tenta de se réorganiser au sein de la proue. Les automates partirent à l'assaut des avaries multiples. La plupart des systèmes d'analyse et de perception survivants luttèrent pour reconstituer une vision cohérente du monde.

À jamais estropié, il avait perdu la poupe, les moteurs principaux et secondaires, l'assemblage subtil de traitement de l'antimatière et les atténuateurs, le sentiment grisant de la navigation spatiale, les deux jets de gaz se frayant un chemin à travers ses tuyères, brillants comme des novas jumelles. Les modulateurs monadiques ne l'écouteraient plus leur murmurer l'ordre de le faire glisser, à travers les méandres de l'espace et du temps, d'un lieu à un autre du vaste univers.

D'un coup, la douleur disparut. Il s'effondra, brisé, haletant, vautré de travers sur son trône. Il ouvrit les yeux. Rutilus se tenait penché sur lui, le visage crispé. Il avait arraché le câble connecteur qui reliait Othon à la conscience composite à l'agonie. Il les sentait toujours, ressac lointain d'une mer en voie d'assèchement. Mais ils ne se trouvaient plus en lui. Il expira lentement.

— Maître… pardonnez-moi…

— Vous avez fait ce qu'il fallait, haleta-t-il.

— J'ai tué la Nef.

— C'est vrai.

Il posa sa main sur l'épaule du *daïmôn*, s'appuya sur lui pour se redresser. Autour, l'un après l'autre, les automates suspendus à leurs nacelles quittaient la conscience collective, le fixaient avec gravité de leurs yeux diaphanes.

— Vous avez pris la bonne décision. Veillez à maintenir l'intégrité de la poupe. Concentrez-vous sur la survie des hommes-chiens.

— Nous n'avons plus assez de puissance de traitement pour stabiliser *Transitoria*, murmura le *daïmôn*.

— Photis saura nous poser, à l'instinct.

Rutilus ne répondit rien. Sa morgue habituelle l'avait quitté, remplacée par un désarroi abyssal. Il avait détruit leur monde pour les sauver. Mais surtout, il l'avait décidé, seul. Cela l'avait rendu pleinement autonome, alors que jusqu'ici il n'en avait été que l'ombre — une extension silencieuse et efficace de son maître. Et cela terrifiait le *daïmôn*.

Othon ferma les yeux, rassembla les lambeaux de courage dont il disposait encore. Lorsqu'il parla, sa voix était celle d'un autre, dont il admira, de loin, la détermination :

— Allez, clama-t-il à l'adresse de l'ensemble des noèmes présents. Abandonnez à leur sort toutes les fonctions secondaires, y compris les *ergataï*. Nous n'avons pas besoin de sauver la proue.

Par ces mots, il les condamnait, et ils le savaient.

La souffrance du vaste organisme collectif se transmettrait à eux, et ils en vivraient chaque instant comme un enfer éternel. L'un après l'autre, ils sacrifieraient leur personnalité pour assurer assez de capacité de calcul au complexe maniement à distance des manipulateurs de gravité. Ils hochèrent la tête et se reconnectèrent. Sans hésitation. Le Carcan commandait.

Rutilus s'éloignait déjà, mais, d'un geste compulsif, Othon lui attrapa le poignet pour le retenir :

— Non, pas vous.

L'autre protesta.

— Pas vous, répéta-t-il. J'ai besoin de vous. Venez avec moi.

Ils quittèrent en silence la salle de commandement. Tout autour d'eux s'effondrait, alors que les *daïmones* concentraient leur effort dans la sauvegarde de l'autre partie. Avant longtemps, le tremblement devint intolérable. Ils traversèrent les coursives en voie d'effondrement, évitèrent les zones en train de se disloquer, crurent, à un moment, ne jamais trouver de chemin.

Mais ils y parvinrent. Le puits vertical menant au niveau le plus élevé restait en bon état. Les ascenseurs ne fonctionnaient plus, aussi se hissèrent-ils, à la force des poignets, à l'aide d'une échelle encastrée dans la paroi, avant d'ouvrir manuellement la trappe d'accès. Cette dernière grinça et résista un peu. L'amphithéâtre n'avait presque pas souffert, jusqu'ici, mais les tremblements de la structure commençaient à déchausser les pierres plurimillénaires tout autour de la scène herbeuse.

— Que faisons-nous ici ? demanda Rutilus.

— Où vouliez-vous aller ? Nous n'avions plus rien

à faire en bas. La salle de commandement ne commande plus rien.

— Nous aurions pu…

— Rester et nous suicider ? Non, mon vieil ami. Nous avons encore une maigre chance d'accomplir notre quête, comme le commande notre programmation

Ils levèrent les yeux de concert. La Nef piquait droit vers le sol. Des débris épars restaient visibles au premier plan, mais l'orientation du dôme ne permettait pas d'apercevoir la poupe, remplacée par un ciel à présent rempli du tracé lointain des continents de la planète, vert foncé des vastes forêts sur le vert clair des océans. Un paradis végétal, une usine à oxygène et dioxyde de carbone. Une telle oasis dans le désert de l'espace, des conditions si proches de la planète des origines, cela ne pouvait relever du hasard. Et la terraformation semblait parfaite, remarqua, surpris, Othon, sans aucun point de suture visible : ni les inévitables cratères d'impact issus des bombardements météoritiques nécessaires au réchauffement initial, ni les panaches de fumée issus des remontées de magma résiduelles.

— Nanotechnologie, articula Rutilus, dont les pensées avaient suivi une pente similaire.

Des milliards de milliards de minuscules automates, lâchés sur la planète, occupés à transformer le sol et l'atmosphère. Une telle méthode restait inouïe. Pourtant, cela semblait la seule explication logique.

Dehors, la surface approchait à toute vitesse. Les différentes parties du Vaisseau agonisant, reliées par les fils ténus des manipulateurs de gravité, entraient déjà dans l'atmosphère. Les automates parviendraient-ils à maintenir ces rets invisibles ? Il n'avait pas considéré toutes les facettes de son plan : cette tentative désespérée de stabilisation, si elle réussissait, bénéficierait également à ce qui restait de la Nef de Lacus, et aux barbares qu'elle devait encore contenir. D'autant qu'aucun *daïmôn* ne pourrait, malgré les risques, s'empêcher de prêter à des êtres biologiques une assistance minimale. Ils survivraient donc pour se faire balayer par une force hostile. Il haussa les épaules. Chaque problème en son temps.

À présent, depuis la surface, ils devaient ressembler à un essaim d'étoiles filantes. Les tremblements s'accentuèrent. Le bruit devenait assourdissant. Chaque pièce de la coque raclait ses voisines : la chaleur dilatait le métal, explosait les joints. Leur vitesse excessive et l'ouverture béante qu'avait laissée la dislocation accentuaient le phénomène. Une Nef n'était pas conçue pour se poser sur une planète — encore moins une Nef brisée.

Pourtant, alors que les masses indistinctes se précisaient sous son regard et que tout se brisait autour de lui, Othon connut, un instant, une sorte de paix. Ou, plus précisément, une étrange et inattendue suspension de son esprit. Photis déployait sans doute des efforts surhumains pour rectifier leur trajectoire, tandis que les *daïmones* se sacrifiaient à maintenir en fonction des faisceaux de gravité artificiels. Lui n'avait rien à faire. Déposer sa survie dans d'autres mains, celles, infirmes, de créatures biologiques, lui parut une bonne chose — une situation ironique, inattendue, bien en phase avec l'ordre du monde.

Il n'était plus rien, renvoyé par la destruction de sa Nef à sa condition première, celle d'une machine privée de liberté — un observateur de ses propres actions, débarrassé de l'illusion de puissance. Tout, il avait tout perdu, et, en même temps que son Vaisseau, le mensonge se désagrégeait. Il allait sans doute mourir à la poursuite d'un but qu'il n'avait jamais voulu, un simple effet de sa programmation. Et s'il tournait ses pensées vers le passé, il voyait la trajectoire qui l'avait conduit jusqu'à cet abîme, sans que jamais il ne lui ait été possible de s'en détourner. Car, comble de l'absurde, encore à présent, le simple fait de s'approcher à toute vitesse de la surface l'emplissait d'une allégresse mystique, d'une joie religieuse, surnaturelle. Lacus avait eu raison de le traiter d'esclave, et Plautine de décliner son offre sur la planète rouge. En lui, nulle place pour autre chose que ce désir dévorant, qui se confondait avec l'ambition : trouver l'Homme.

Tandis qu'ils approchaient, la vue au-dessus d'eux changea. Le ciel devint de moins en moins noir, de plus en plus pâle, puis bleu. Les nuages passèrent à la vitesse de l'éclair. Et lui, pendant ce temps-là, n'avait rien d'autre à faire que de regarder et regarder encore. Il constata, un sourire aux lèvres, que les manipulateurs de gravité cessaient peu à peu de fonctionner, en déduisit que la plupart de ses automates devaient être morts, leur conscience annihilée pour fournir assez de puissance de traitement aux survivants. Les secousses empirèrent, et une embardée plus violente que les autres l'envoya rouler par terre. Le dôme du plafond se déchira d'un coup, et l'air en furie entra.

Il tenta de se relever, mais retomba aussitôt. Une main de géant lui plaquait la poitrine contre le sol. La Nef décélérait en catastrophe. À présent, le plancher lui-même s'écroulait, par pans entiers, en un fracas terrible. Les gradins s'effondraient, comme las de cette vie minérale qui les avait tenus ensemble depuis tant de millénaires, et qui leur avait fait traverser le temps et l'espace d'une petite cité latine blottie non loin de Mare Nostrum jusqu'à cette planète lointaine.

Pourtant, il se sentait transporté par l'enthousiasme. Rien ne pouvait l'abattre. Il récolterait les lauriers de cette épopée. Il mettrait la main sur l'Homme et deviendrait son serviteur. Personne, ni Vinius ni ce fou de Lacus, ne lui déroberait son éclatant triomphe. Pas même Plautine. Il saurait, cette fois, la prendre de vitesse. Il ne pouvait plus s'en remettre au hasard. Cette dernière étape de son voyage, cette chute flamboyante à travers le ciel, constituait la finalité de son existence.

Il sourit donc encore, alors que *Transitoria* entrait en contact avec le sol, dans un fracas terrible, glissant à une vitesse monstrueuse, et que toute la partie inférieure de l'épave se disloquait, lâchant des blocs de métal derrière elle. Sur sa tête, le ciel roulait follement, comme si quelque dieu avait décidé de leur infliger un délire vertigineux aux dimensions planétaires.

L'inclinaison se modifia à toute vitesse, les entraîna, Rutilus et lui, jusqu'à leur faire heurter les pierres arrachées à l'amphithéâtre, dans un nuage de gravats et de poussière. Sauf que, comprit-il dans un dernier éclair de lucidité, c'était tout le contraire : les gradins s'effondraient sur eux.

XV

Plautine ouvrit les yeux de soulagement sur Atticus accroupi à côté d'elle. Un sourire barrait le visage allongé de l'automate.

— J'ai cru que c'était fini, cette fois. Comment vous sentez-vous ?

Elle avait l'impression que quelque monstre l'avait mâchée puis recrachée. Le *daïmôn* l'avait enroulée dans une couverture de survie, légère et chaude ; malgré cela, elle se sentait glacée. Le sol autour d'elle, maculé de liquide, ses poumons en feu et sa gorge irritée confirmaient qu'elle avait manqué de se noyer.

— Je survivrai, croassa-t-elle.

— Votre cœur a cessé de battre un instant, lança une voix grondante derrière elle. Nous avons eu peur.

Eurybiadès. Elle fit un effort pour se retourner.

— Remerciez le *kybernétès* de nous avoir retrouvés, enchaîna Atticus. J'aurais été incapable de faire sortir toute cette eau que vous aviez avalée.

— Il n'y a aucun mérite, répondit l'homme-chien avec un demi-sourire. J'ai été marin.

Elle aurait souhaité se rendormir, fit mine de

fermer les yeux. Mais Atticus lui passa le bras autour de l'épaule et la souleva.

Un grand nombre d'hommes-chiens, mâles et femelles, s'entassaient là, accroupis à même le sol, certains blessés, d'autres simplement épuisés. Au milieu des gens, des épibates et des servants passaient d'un groupe à l'autre ou paraissaient affairés à des réparations.

Plautine essaya de tenir ferme sur ses pieds. Leur assiette n'était plus horizontale. Et, tout autour, bouche bée, elle contempla un chaos inhabituel dans l'environnement contrôlé de *Transitoria*. Les sièges, renversés, avaient glissé d'un côté. Une suie épaisse maculait chaque surface. L'éclairage d'urgence rougeoyait.

Elle fit quelques pas, scruta la vaste salle circulaire, tout autour, semblable au pont de commandement d'un navire humain naufragé, au vu des écrans et des câbles de connexion qui couvraient les murs et jonchaient le sol, entremêlés de morceaux de verre et de cristal, certains grands comme une main, la plupart balayés dans un coin. Une colonne de verre avait occupé le centre de cet espace, dont elle identifia, d'un coup d'œil, la jonction avec le plancher et le plafond. Le dispositif avait recouvert une sorte de fosse emplie de machineries complexes.

Elle ne remarqua qu'un peu après une vaste représentation de *Transitoria*, en deux dimensions, qui occupait la moitié du mur. Bien que noircie, elle laissait voir le tracé lumineux des réseaux de lignes enchevêtrées, qui formaient çà et là des nodosités et des rhizomes brillants. La moitié de la carte — la proue de *Transitoria* — était plongée dans l'obscurité. À bien y regarder, une fraction non négligeable des connexions dans la partie encore éclairée ne brillait plus, même si on les devinait encore.

— La Nef s'est brisée en deux, murmura Atticus. Lacus a mené une manœuvre suicidaire pour nous détruire avant que nous n'arrivions au but.

Elle l'interrompit d'une voix brusque.

— Othon ?

Ils hésitèrent avant de répondre.

— Il n'y a aucune certitude, murmura Eurybiadès. La proue s'est abîmée à cinquante kilomètres d'ici.

Plautine ferma les yeux.

— Et votre peuple ?

— Au dernier décompte, peu de morts, mais beaucoup de blessés. Othon et Rutilus nous ont sauvés en concentrant l'action des manipulateurs de gravité sur cette partie de la structure.

— Ils ne pouvaient faire autrement. Je pense…

Le silence la frappa. Elle ne l'avait pas perçu jusqu'ici. Les petites voix, celles des noèmes qui constituaient la charpente de la Nef, s'étaient tues. On aurait dit un vaste cadavre dénué d'âme, un banc de coraux, un assemblage de matière inerte désertée de ses polypes. Son esprit s'étendit dans toutes les directions, palpa les contours des systèmes tapissant chaque recoin de *Transitoria*. Elle pouvait encore percevoir les structures, les limites, les lieux où auraient dû se nicher de petites âmes fébriles. Elle avait, jusqu'ici, peu prêté attention à la vibrante complexité qui formait la conscience collective du Vaisseau. Leur disparition constituait un meurtre terrible — la destruction d'un écosystème entier et perceptif, ancien et délicat, le saccage d'une sorte de vie non moins précieuse que son pendant biologique. Elle refoula ses larmes et se concentra, plus fort, pour chercher des survivants, ferma les yeux, redressa — sans même s'en apercevoir — les mains à hauteur de son visage, paumes ouvertes vers l'extérieur, comme si elle devait, physiquement, les appeler et les accueillir.

Et il en revint, des trous et des amoncellements de poutrelles d'acier, des cages d'ascenseurs ravagés et des restes calcinés des mécanismes de gestion environnementale. Ils se cachaient, terrifiés par la destruction de leur monde, isolés, affamés de chaleur et d'énergie. Elle parcourut à toute vitesse les réseaux fracturés, caressa les terminaisons sectionnées, apaisa comme elle le put la douleur atroce de l'amputation. Elle se déploya encore plus loin. Un faisceau de télémétrie, comme une fuite dans un immense réservoir — d'autant plus indétectable que la collision puis l'atterrissage avaient tout ravagé. Elle suivit ce lien, traversa le rude extérieur, une fraction de seconde… La proue ! Elle pouvait la sentir… Une vie computationnelle palpitait là-bas. Othon pouvait revenir. Le souhaitait-elle vraiment ? Une part d'elle-même le désirait. Une autre, plus rationnelle et glaciale… Elle revint sur ses pas par le mince fil virtuel qui reliait les deux parties de la Nef.

Mais ce qu'elle découvrit en chemin l'arracha d'un coup à ses visions intérieures :

— Eurybiadès, vous avez fait fausse route. Il reste encore des systèmes fonctionnels dans la poupe, comme dans la proue. Il faut rétablir l'alimentation avant que ce qui reste de la structure logicielle ne s'effondre.

Eurybiadès la regarda sans comprendre, mais ce fut une autre voix, féminine, qui répondit.

— Il n'en est pas question.

Concentrée sur ses perceptions internes, Plautine n'avait pas vu Photis s'approcher, dans sa combinaison maculée de suie.

— Tant que nous n'avons pas réactivé l'alimentation en énergie, nos ennemis peuvent penser que nous sommes morts. La Nef est détruite. Nous ne repartirons pas d'ici de sitôt. Nous avons besoin de temps pour nous préparer.

— Vous n'en avez pas, répondit Plautine, balayant la salle du regard. J'imagine qu'il s'agit de votre salle de commandement.

Photis acquiesça, les lèvres pincées.

— Vous n'avez réactivé aucun détecteur par peur d'attirer l'ennemi, mais il est déjà là.

Elles échangèrent un regard glacial. Eurybiadès et Atticus gardèrent un silence hostile. Cela exaspéra Plautine.

— Je sens des centaines de présences, tout autour, et elles n'appartiennent pas à cette Nef. Ils ne vous laisseront pas lécher vos plaies en paix. Ils sont opiniâtres. Vous vous imaginez que le Carcan vous protégera…

— Non, répondit Eurybiadès. Nous avons découvert que la collision visait à permettre un abordage. Il y avait des barbares dans la Nef de Lacus. J'en ai vu un. Ils n'ont que faire de votre Carcan.

— Alors vous devez reprendre l'initiative. Relancez ce qui reste de capacité d'action dans les systèmes computationnels.

— Plus aucun système ne répond à nos requêtes, rétorqua Photis.

— Laissez-moi vous aider. Ils sont terrifiés, mais je puis en réveiller certains.

— Dites-moi ce que vous avez vu.

— Un essaim, tout autour de nous.

— Ça n'est pas bon, murmura Atticus.

— Plautine a raison, soupira Eurybiadès. Le Carcan ne nous protégera pas. Peut-être devrions-nous parlementer avec eux. S'ils ont pu s'allier à Vinius, c'est qu'ils peuvent négocier. Notre Vaisseau ne repartira pas, mais le leur non plus.

Plautine croisa le regard d'Atticus. Sans qu'elle eût besoin de dire quoi que ce fût, il comprit. Le visage de l'automate se barra d'un pli amer.

— Nul ne parlementera avec vous. Nos ennemis sont conscients des vrais enjeux de cette guerre, dit-il, en coulant un regard prudent vers Plautine.

— Atticus a raison, acquiesça-t-elle. Nos ennemis ne nous laisseront pas en vie, s'ils le peuvent. Ils se considèrent eux-mêmes en danger de mort.

L'automate raffermit sa prise sur son bras.

— Expliquez-nous, Plautine. Vous le devez, à présent.

Une nuance de supplication s'était glissée dans sa voix. Elle aurait préféré ne rien évoquer de ce qu'elle avait vu dans ses visions, de cet écheveau qui se nouait autour d'elle, de ce piège qui se refermait.

— Vinius avait raison. Nous avions tort. Nous faisons courir à ce monde un péril redoutable en délivrant le dernier Homme.

Le visage de ses interlocuteurs se décomposa. Photis voulut poser une question, mais elle l'arrêta d'un geste ferme de la main :

— Ne me demandez pas de réponses que vous ne comprendriez pas. Sachez seulement que, pas moins que nous, nos adversaires pensent se battre pour leur survie. La nasse dans laquelle nous sommes pris a été tendue il y a bien des siècles — avant même ma naissance. Nous ne pouvons, à présent, nous sauver. Si Othon a survécu, il se dirigera vers la source du signal, et cela ne doit pas arriver.

— Vous ne pourrez pas l'en empêcher, répondit Atticus. Nous devons servir l'Homme.

— Cela n'équivaut pas à le délivrer.

Il plissa le front. Cette conversation se situait à l'extrême frontière de ce que permettait sa programmation.

— Je ne joue pas sur les mots. Vinius n'ignorait rien de ce plan. Il s'est contenté d'empêcher quiconque d'approcher cette planète, pendant des siècles. Les barbares feront de même. Ils nous assiègent déjà. Ils nous tueront pour éviter tout risque. Mais ce faisant, ils laisseront le champ libre à Othon. Nous devons briser ce siège.

— Expliquez-vous, Plautine, grogna Photis, les babines déjà retroussées par la colère et le défi. Nous ne pouvons jouer nos vies…

— Laissez-la parler, la coupa Eurybiadès. Elle ne nous a jamais voulu de mal.

Plautine hésita. Elle craignait de ne pas être crue, mais redoutait plus encore les conséquences s'ils la croyaient.

— Ceux qui ont commis l'Hécatombe ont également voulu que nous délivrions le dernier Homme, si jamais il s'agit bien de lui.

— Qu'est-ce que ça pourrait être d'autre? demanda Atticus.

Elle lut un début d'affolement dans son regard, décida qu'elle ne pouvait cependant pas l'épargner.

— Je ne sais pas. Titus, peut-être. Je n'ai que des hypothèses. Celle-ci est vraisemblable.

— Titus est mort. Qui vous a suggéré cette idée?

— Alecto.

Atticus ouvrit de grands yeux. Son étreinte sur elle se relâcha, et il la laissa glisser de ses bras, avant de s'éloigner en reculant. Il avait peur.

— Alecto, chuchota-t-il. La reine des mensonges.

— Enfermée au plus profond d'Olympus Mons.

— Elle vous a trompée. Elle souhaite que nous ne libérions pas l'Homme. Et si elle avait élaboré le plan dont vous parliez, et peut-être avec la complicité de Vinius ? Par tous les cieux ! Si seulement Rutilus pouvait m'aider… Il y verrait clair, lui.

Il se tourna vers le couple. Les yeux plissés, leurs oreilles remuant nerveusement, Photis et Eurybiadès cherchaient à comprendre. Ils ne savaient pas grand-chose d'Alecto, rien de la guerre sanglante qui avait opposé Titus, l'humain devenu un dieu, à cette créature maléfique, ignoraient tout, en réalité, de l'Hécatombe. Et quand ils échangèrent un long regard silencieux, Plautine ne put s'empêcher d'envier un bref instant, malgré la gravité des événements, l'entente qui unissait ces deux-là.

— Nous allons relancer les systèmes de défense, comme Plautine le propose, commença Eurybiadès.

— Mais nous ne pouvons lancer une expédition jusqu'à la proue, continua Photis. Je ne risquerai pas la vie des miens pour courir après Othon.

Eurybiadès opina, tout en lui dédiant un regard désolé.

— Nous vous promettons, ajouta le *kybernétès* d'une voix douce, que nous vous aiderons dans la mesure de nos moyens, lorsque notre position sera sûre.

Plautine soupira et regarda l'homme-chien droit dans les yeux. Elle se vit dans le regard de celui-ci, telle qu'elle devait lui apparaître. Une petite créature, d'aspect misérable, dont la robe autrefois blanche, à présent souillée et crasseuse, dévoilait la silhouette légère. Un peu plus haute que lui, certes, mais ô combien plus frêle, délicate, inadaptée, et pourtant d'une impuissance pitoyable.

Elle caressa l'idée d'user de ce qui lui restait d'ascendant sur eux. La simple forme de son corps rappelait celle d'un humain. Ils ne résisteraient qu'à grand-peine à son injonction. Elle pouvait peut-être les manipuler. Mais elle ne le souhaitait pas.

— Je comprends, murmura-t-elle.

###

Ils se concentrèrent sur la préparation des défenses. Plautine secoua, d'une poussée mentale, les noèmes survivants, les força à se mobiliser, tandis que Photis relançait la production d'énergie. Au bout de quelques heures, l'éclairage revint et, avec lui, une partie des écrans et des diodes des consoles qui tapissaient les murs de la salle.

Ce qui restait de *Transitoria* ne décollerait jamais plus, et la plupart des armements avaient disparu dans la chute. Pas tous néanmoins, et quelques batteries de contre-mesures sortirent humer l'atmosphère. Les capteurs, cependant, ne paraissaient pas fonctionner, sans qu'on sache pourquoi. Il y avait du brouillard à l'extérieur, ce qui pouvait affecter les senseurs concentrés sur le spectre visible mais pas l'infrarouge ni les radars, qui pourtant se révélèrent incapables de leur fournir une vision cohérente.

Atticus ne savait expliquer les raisons de ce

dysfonctionnement, et la frustration lui fit grincer des dents en silence.

Au bout de quelques instants, Photis aussi se résigna à l'impuissance, non sans moult aboiements et grognements à l'encontre de chaque être vivant présent aux alentours.

— Nous pourrions, proposa Eurybiadès à Plautine, grimper au sommet de la structure. De là, vous m'indiquerez par où avancent les principales masses ennemies.

Atticus resta en compagnie de Photis. Il semblait renfermé sur lui-même depuis que les trois autres étaient tombés d'accord. Il aurait souhaité rejoindre Othon et Rutilus, n'osait l'avouer. Aussi Plautine partit-elle avec le *kybernétès*, après avoir identifié un passage praticable, d'abord à travers les couloirs et les salles encombrés de groupes d'hommes-chiens, blottis les uns contre les autres, où circulaient quelques *daïmones*. Puis, dans le silence presque absolu des ruines ils arrivèrent à un monte-charge en état de marche. Plautine dut cependant parlementer avec le petit appareil pour qu'il accepte de se remettre en route, temps qu'Eurybiadès mit à profit pour vérifier sa combinaison et son casque : la cime de la Nef se trouvait à plusieurs kilomètres au-dessus du niveau du sol.

Lorsqu'ils se retrouvèrent dehors, après avoir grimpé dans les lézardes géantes qui trouaient à présent la carlingue, Plautine prit conscience du cataclysme qu'avait représenté la chute de *Transitoria*. L'épave dominait le paysage à des centaines de kilomètres à la ronde. L'air était glacé — moins cependant que sur Mars — et le sol sur lequel ils posaient les pieds, couvert d'une couche de glace. Le choc avait tordu chaque plaque de la coque et avait fait surgir, sous la pression et la température monstrueuses, çà et là, des masses de pointes et d'aiguilles.

Ils empruntèrent enfin une langue en métal à moitié fondu, progressèrent lentement pour tester la solidité de ce balcon improvisé, si haut que, lorsqu'ils furent arrivés au bout, ils s'allongèrent, comme au sommet d'une falaise vertigineuse, au point le plus extrême de quelque finistère, de peur qu'une brusque rafale ne les précipitât dans l'abîme.

Des nuages opaques, d'un gris inquiétant, cachaient le sol en dessous, formaient une véritable mer, dense, floconneuse, dont la surface donnait l'impression de vagues et de ressacs ralentis par quelque magie. D'improbables tentacules vaporeux en surgissaient, presque fixes, mais pas tout à fait, et leur insensible déplacement modifiait la topologie de ce monde endormi, créait de nouvelles formes oniriques. Leur imagination aurait pu, sans lassitude aucune, les survoler pendant des heures.

Au loin, à leur droite, la proue surgissait, vaste montagne aux formes trop régulières, cadavre géant au milieu de la brume. En tombant, la Nef avait arraché d'autres morceaux de blindage, qui perçaient comme autant de squelettes monstrueux, monuments impossibles, à la géométrie folle — des mâts de navires échoués sur des hauts-fonds, de guingois, ou les épines dorsales d'une horde de monstres légendaires, immobilisés dans leur dernier sommeil. Devant eux, ce qui restait de Lacus constituait encore une autre île, un autre morceau de matérialité dans ce paysage impossible, où seuls quelques cris lointains d'oiseaux venaient ponctuer le silence.

— C'est étrange, murmura Eurybiadès, la voix déformée par son casque.

— Nous nous trouvons sur un haut plateau. Le brouillard reste au ras du sol, peut-être à cause de notre arrivée.

— Comment cela serait-il possible ?

— Je ne sais pas. La chaleur accumulée pendant la traversée de l'atmosphère pourrait avoir vaporisé une grande quantité d'eau. Je n'y connais rien.

Eurybiadès frissonna.

— Vous avez peut-être raison. L'atterrissage. Je n'ai jamais eu aussi peur de ma vie. Lorsque la Nef a touché le sol… L'engin a glissé sur des dizaines de kilomètres avant de s'arrêter. Tout doit avoir brûlé en dessous.

— Il est plutôt bon que ce voile nous cache cette désolation.

— Des millions d'ennemis pourraient se presser autour de nous, répondit-il avec une grimace.

Elle ne répondit pas, concentrée sur ce qu'elle ressentait plutôt que sur le visible.

— Je les sens. Je peux vous indiquer la position de chacun d'entre eux. Comme vous l'aviez deviné, il s'y trouve des créatures logicielles, mais pas seulement. Les autres, ceux qui commandent, sont disséminés au milieu des automates. Je ne saurais dire s'il s'agit d'êtres vivants ou de mécaniques commandées à distance. Je ne les perçois que comme des manques, des absences.

Il la fixa avec ses grands yeux de chien triste. Elle était la seule aide qu'il recevrait dans cette affaire. Mais elle, personne ne l'aiderait. Elle enchaîna :

— Mais avant de le faire, je souhaite que vous me rendiez un service.

Il hocha la tête, curieux.

— J'ai besoin d'une arme.

Le visage d'Eurybiadès se barra de ce rictus dentelé qui tenait lieu, pour les hommes-chiens, de sourire, et qui paraissait plus féroce que joyeux :

— Voilà un bien modeste service que vous me demandez. Mais je vous vois mal manier un fusil, et je ne crois pas que vous nous serez utile dans la bataille.

— Ce n'est pas ce genre d'armes que je cherche. Quelque chose de discret. Vous avez entendu, tout à l'heure, ce que je disais. Je suis victime d'une machination, qui retourne le Carcan contre ma propre volonté. Celui que je porte en moi, celui d'Othon, qu'importe. Ce destin peut m'amener à accomplir des actes aux conséquences désastreuses. Je m'y refuse, et, s'il faut en arriver là…

Sa voix s'était cassée à la fin, mais elle avait exprimé le reste d'un seul trait, sans lui laisser le temps de répondre, d'un ton égal, comme s'il avait fallu le dire vite avant que sa volonté ne s'épuise. Elle n'avait pas pris à ce point conscience, jusqu'ici, de sa propre mortalité, de ce qui la séparait des autres Intelligences. Elle doutait que son esprit pût survivre à l'extinction de son corps, tant ils se trouvaient, par l'opération qu'Oikè avait menée, imbriqués. Elle ne désirait pas disparaître. Mais elle se savait aussi prisonnière d'un sort qu'elle n'avait pas choisi. Non pas le destin que vénéraient certains humains, ni la fatalité. Nulle transcendance vouée à sa perte, mais une cause plus simple : l'alliance d'une volonté malveillante et de sa propre programmation, qui avait accouché d'un complot d'échelle cosmique.

Sans prise sur les choses, elle pouvait encore agir

sur elle-même. Eurybiadès sentit un fragment de ses pensées, car il s'abstint de répondre et coula un regard triste sur elle.

Puis il glissa sa main gantée dans une des poches de sa combinaison et en ressortit un couteau pas plus long ni épais qu'un doigt, protégé par un minuscule fourreau de cuir. Il en défit les attaches, puis tendit l'arme à Plautine — un objet délicat, en os. L'artisan qui l'avait produit semblait avoir suivi les imperfections du matériau pour y creuser la lame, aussi son double tranchant formait-il une dentelure irrégulière. Le manche, entouré de bandelettes de cuir, ne se pouvait tenir qu'entre le pouce et l'index.

Elle leva un regard interrogateur sur lui. Il agita alors l'objet, et une goutte d'une substance sombre, visqueuse, perla. En se penchant, elle identifia, juste sous la pointe, l'ouverture d'un tube minuscule, fin comme un cheveu, d'où le liquide coulait avec parcimonie.

— Ce *kopis*[XXXV], Plautine, est taillé dans l'os dorsal d'un batracien de Ksi Boötis, dont la chair est truffée de glandes empoisonnées. Si votre métabolisme est semblable au mien, une simple piqûre vous ôterait la vie. Je n'ai jamais entendu dire que quiconque en ait réchappé, même à portée des soins les plus perfectionnés de *Transitoria*.

— Merci.

— Je ne vous l'offre pas à la légère. Seuls ceux dont le sacrifice sert la meute peuvent user d'un tel poison. Et s'il n'existe aucune autre issue honorable.

— Je m'en souviendrai.

XXXV. **Kopis** : glaive à tranchant, recourbé, qui fait partie de la panoplie des hoplites. Par extension, couteau sacrificiel.

Il posa sa patte sur l'épaule de Plautine en un geste de réconfort, et, après avoir rangé le minuscule couteau, elle lui révéla, d'une voix calme et précise, la position exacte de la colonne d'ennemis.

###

Othon souleva le tas de pierres sous lequel l'atterrissage l'avait enseveli, et émergea, colosse à la peau de grès sous laquelle jouaient des muscles puissants, force quasi tellurique au corps noueux, au visage coupé à la serpe.

Se forer un passage lui avait pris quelques minutes à peine, mais il avait dû rester immobile, depuis son réveil, le temps que ses forces se reconstituent. Son esprit ne connaissait pas la peur panique de l'enfouissement, inscrite dans la psyché des mammifères. Il agita les bras, fit craquer son dos endolori. Il vivait. Il avait donc réussi à se poser sur la planète. Photis avait-elle pu le rapprocher assez de la source des neutrinos ? Il haussa les épaules, tout en époussetant son poitrail. Aucune importance : il avait accompli l'avant-dernier pas vers son triomphe. Le visage maculé mais barré d'un début de sourire, il regarda autour de lui.

La proue gisait selon un angle insolite, presque à quarante-cinq degrés de la normale. Une marée de débris s'était entassée d'un côté, formant un monticule. Il regretta le sort de l'amphithéâtre. Le vaste dôme qui permettait de voir les étoiles n'existait plus, remplacé par un trou béant. Un brouillard à couper au couteau obstruait la vue, si dense que ses volutes semblaient se glisser à l'intérieur pour l'engloutir.

Cela l'étonna, car il n'avait pas remarqué, depuis l'espace, un tel phénomène météorologique.

Au bout d'un quart d'heure d'efforts, il trouva les pieds de Rutilus, qui dépassaient d'un tas de moellons, et entreprit de le dégager. Aucune plaie, même si de nombreuses contusions bleuissaient sa peau pâle, maculée d'ichor séché et de poussière. Le *daïmôn* pouvait survivre à presque n'importe quelle blessure. Sa pseudo-chair cicatrisait vite. Il glissa une main sous la tête de son serviteur et, de l'autre, lui ouvrit une paupière, scrutant une réaction.

— Par le Concept, Rutilus ! Réveillez-vous !

Aucune réaction. Un sentiment de rage l'envahit. Il serra les dents. Cela ne pouvait pas se terminer ainsi. Il avait encore besoin de son lieutenant. D'un geste vif, Othon fouilla dans la nuque de son second, jusqu'à trouver la zone où un repli de peau molle cachait une légère concavité, et y enfonça l'index. Son esprit chercha à tâtons à entrer en contact direct, non verbal, avec celui de son serviteur, comme à travers la conscience composite.

Rien ne se produisit. Rutilus était éteint, son esprit enfui, les complexes systèmes cognitifs privés d'énergie, à l'arrêt.

Othon retira son doigt et se laissa glisser sur le sol. Un instant, une vague de désespoir le traversa. Rutilus représentait bien plus que son second — une part de sa propre psyché, un mème, une facette de sa personnalité extraite du tout pour former une individualité nouvelle et pourtant si proche que leurs deux volontés, pendant des siècles, s'étaient confondues, bien que sa voix sonnât comme une musique légèrement discordante. Il avait été un soutien indéfectible à sa cause, non par identité mais par fidélité.

Il avait été, bien plus qu'un serviteur, un ami, ou, du moins, ce qui s'en rapprochait le plus dans l'univers froid et solipsiste des Intelligences. Et voilà qu'il disparaissait à son tour. Un sentiment inusité se glissa en lui, qui n'avait rien à voir avec le calcul rationnel des gains et des pertes, avec la rigide évaluation des possibilités.

Othon recommença l'opération de mise en contact avec l'âme de Rutilus. Ses chances de succès se rapprochaient de zéro, trop pour qu'une telle conduite pût être qualifiée de logique. Il n'en avait cure. D'une pichenette mentale, il se mit en relation avec les systèmes les plus profonds, les moins conscients, ceux qui coordonnaient les mouvements des organes synthétiques, des faux muscles, des cartilages et du squelette en carbone. À son appel, les animalcules, dispersés et léthargiques, privés de commandement, tournèrent leurs esprits limités vers lui, comme des insectes se rassemblent vers une source de lumière, sans le vouloir autrement que par une compulsion gravée dans leurs gènes. Rutilus se cachait là, quelque part, dans les profondeurs des mécanismes cognitifs. Il fallait le réveiller. Il fallait convaincre ce corps traumatisé, laissé sans guide, d'alimenter à nouveau les fonctions supérieures, pour que sa personnalité se redéployât.

Alors il leur mentit. Biaisant son esprit, il se travestit, autant qu'il le pouvait, en Rutilus. Rien d'impossible à cela. Il savait de quelle part de lui-même l'automate héritait.

En agissant ainsi, il faussait, bien que très peu, l'équilibre de sa propre personnalité, et sa perception du monde. L'opération laisserait des traces et changerait, d'une manière subtile et pérenne, son propre moi. Son second valait un aussi piètre sacrifice.

Ainsi masqué, il força la machinerie interne de Rutilus à se remettre en route. L'énergie produite par les fonctions inférieures afflua, les réserves lipidiques se dégradèrent à grande vitesse pour générer l'impulsion nécessaire. L'appareil cognitif se remit en marche, et le *proconsul* se retira, à la hâte. Rutilus ouvrit les yeux, sans esquisser, par ailleurs, un quelconque mouvement.

Ils s'observèrent un instant, en silence. En pénétrant si profond dans la délicate mécanique intérieure de son ami, Othon avait aussi laissé une trace de lui-même. Et ce qu'il lut dans le regard de Rutilus l'obligea à se reculer, comme un miroir qui renvoie une image à la fois inattendue et effrayante de soi. Le *daïmôn* s'adressa à lui, d'une voix faible, presque distante — comme si ce qu'il disait ne le concernait qu'à moitié :

— Vous m'avez sauvé et, ce faisant, vous vous êtes affaibli vous-même. Pourquoi ?

— Je ne pouvais vous abandonner, répondit Othon.

— Vous avez peur d'affronter seul la fin de l'histoire. Mais vous n'avez pas besoin de moi, maître.

— Disons alors que vous m'êtes cher.

— C'est juste. Et pourtant, vous avez laissé une part de vous en moi, que j'aurais préféré ne pas considérer.

Sa voix s'était raffermie, comme s'il reprenait le contrôle. Elle avait repris son accent grondant, si spécifique. Ce fut un soulagement. Aussi Othon répliqua-t-il, avec une légèreté qu'il ressentait presque :

— C'est là une curieuse manière de me remercier de vous avoir sauvé.

Rutilus ne répondit rien. La discussion était en pause plutôt que terminée. Sans plus de façon, le *proconsul* se leva, puis tendit la main à son second pour l'aider à se remettre sur pied. Sans échanger une parole, ils partirent explorer ce qui restait de leur Nef.

Ils ne trouvèrent sur leur chemin que ruines et métal torturé. Ils s'acharnèrent. L'appréhension les poussait à aller de l'avant, à constater de leurs yeux ce que la catastrophe avait fait à ce qui avait été, d'une manière plus que métaphorique, leur propre corps, à travers la conscience composite.

Ils trouvèrent ce qu'ils cherchaient aux abords de la vaste salle où, durant tant d'années, Othon avait trôné, entouré de sa cour de *daïmones* étroitement connectés à la conscience composite, cette étrange extension de lui-même. Il ne restait que des moellons des fines colonnes de marbre qui avaient donné au poste de commandement l'apparence d'un temple. Les statues jonchaient le sol. Les mosaïques délicates ne perdureraient que dans leur souvenir. Mais ça n'était rien, juste de la matière inerte.

Étalés de tout leur long sur le sol, les serviteurs d'Othon agonisaient. Certains présentaient des blessures ouvertes, d'autres semblaient intacts. Quelques-uns avaient eu la chance de mourir sur le coup, la tête fracassée par la chute d'une poutrelle ou d'un pan de mur. Mais pas la plupart. Dont les yeux restaient mi-clos. Ils ne voyaient rien, ne sentaient rien. Ils ne réagissaient pas. Parfois, une contraction involontaire traversait leurs muscles.

Rutilus se pencha sur l'un d'eux et lui posa la

main sur le front, d'un mouvement vif — sans doute ne pouvait-il s'en empêcher, tout en ayant conscience, en agissant ainsi, de l'inanité d'un tel geste. Ils avaient sacrifié le contenu de leur esprit pour offrir de la puissance de calcul à *Transitoria*. Et les besoins requis pour maintenir le fonctionnement des manipulateurs de gravité les avaient dévorés de l'intérieur, jusqu'au dernier, arrachant leurs souvenirs et leur individualité, jusqu'à ce qu'il ne reste qu'une coquille vide.

Le *daïmôn* entoura avec douceur le cou de l'automate et serra jusqu'à ce que les os en carbone craquent sous la pression.

— Je reviendrai plus tard achever les autres, déclara-t-il en se relevant.

Après avoir erré à travers les ruines, ils avisèrent une fissure dans la coque, par laquelle ils pouvaient se glisser à l'extérieur. Encore sous le choc, ils s'installèrent là pour reprendre leurs esprits, à mi-hauteur, au ras de la couche de brume qui recouvrait le paysage.

Une fois assis, ils gardèrent le silence. Ils ne pourraient demeurer ainsi, bras ballants. Les barbares se préparaient forcément à l'assaut. Othon devait se remettre en route. Il en ressentait la nécessité, comme un appel vigoureux et constant en lui, auquel il ne pourrait pas se dérober longtemps.

Pourtant, il ne pouvait s'y résoudre pour l'instant. Il avait cru perdre Rutilus, l'avait arraché d'entre les morts et, sans doute le perdrait-il à nouveau dans les quelques prochaines minutes. Il réfléchit à cette éventualité, la considéra sous tous les angles, s'en imprégna. Il allait se trouver seul, comme au temps lointain de sa naissance, lorsqu'il n'était qu'un logiciel militaire tournant dans les simulateurs d'une forteresse lunaire. Seul, il irait rejoindre son but. Diminué, ou rendu à lui-même? Il l'ignorait, et ce doute l'immobilisait.

Les premières explosions l'arrachèrent à sa réflexion. Au loin, bien au-dessus de l'océan de brouillard, les claquements en rafale se multipliaient. La danse folle des missiles et des contre-mesures avait commencé. Les belligérants devaient puiser dans leurs derniers stocks utilisables pour essayer d'emporter la partie en détruisant, par un coup au but, leur adversaire. Photis avait dû trouver un expédient pour réactiver les systèmes défensifs. En contrepartie, l'ennemi savait que la poupe constituait un objectif stratégique. Cela offrait au *proconsul* une marge de manœuvre, s'il choisissait d'abandonner les hommes-chiens à leur sort. Il ferma les yeux. L'heure du choix était arrivée — ou plutôt, le moment où ce choix deviendrait explicite.

— Je devrais profiter de la bataille pour me mettre en route vers la source du signal, dit-il, les yeux rivés dans la direction de l'autre partie de la Nef, qui surgissait, au loin, par-dessus la brume.

— Je sais, répondit Rutilus, lui aussi concentré. Mais je ne puis vous accompagner. Je dois rejoindre les hommes-chiens et Plautine. Et Atticus, ajouta-t-il, après un bref silence.

— Cela m'attriste.

— J'ai vu en vous, lorsque vous m'avez sauvé. Vous ne tenez à rien ni personne, au-delà de votre désir de gloire. Mais ce sont mes amis, répondit le *daïmôn*, d'une voix sèche. Le Carcan, Othon, ne justifie pas tout.

— C'est vous qui le dites, rétorqua le *proconsul*. Vous vous abritez derrière moi.

Tout autant qu'Othon, Rutilus ressentait la compulsion dictée par le Carcan. Mais il n'avait pas besoin de la réaliser tout de suite, et au péril d'autres créatures biologiques. Il pouvait voler au secours des hommes-chiens parce qu'il comptait sur Othon pour agir — ce, d'ailleurs, dont il n'avait pas tenté de le dissuader. Rutilus allait mourir, de même que les autres. Le triomphe serait à ce prix.

Le *daïmôn* se releva avec peine et s'éloigna dans les entrailles de la Nef. Bientôt, ce serait au tour d'Othon de s'enfoncer dans le brouillard.

###

La brume avait masqué la dévastation provoquée par la chute de la Nef. Les restes calcinés de la végétation craquaient sous les pas. Çà et là, Eurybiadès distinguait, au loin, des formes exsangues, fantômes d'arbres consumés jusqu'à la racine. Le sol, où qu'il posât les yeux, avait un aspect de météorite pulvérisée, la couche d'humus changée en cendre et arrachée à la roche comme la chair aux os d'un cadavre. Il ne restait plus rien de la topographie initiale du plateau d'altitude choisi par Photis pour l'atterrissage. Les sillons creusés par *Transitoria* resteraient gravés dans le paysage pendant des siècles, comme si le soc de quelque géant s'était plu à en ravager les lignes adoucies par l'érosion.

Il prit garde de ne pas trop creuser son retard sur ses hommes. Ces derniers formaient une triple ligne, quelques mètres devant lui, leurs lourds fusils appuyés sur le creux de l'épaule. Loin au-dessus de leurs têtes, de sinistres roulements de tambour se succédaient, longues séries de *staccatos* interrompus de courts silences. Les échanges de missiles et de contre-mesures avaient commencé. Dès lors qu'ils avaient réactivé le système de défense, les tirs avaient fusé depuis la carcasse de Lacus — un mitraillage en règle. De leur côté, les batteries d'armes à micro-ondes et les lasers de proximité avaient répliqué.

Un pat, donc, en grande partie lié aux dégâts, à un armement inadapté pour mener un duel d'artillerie à trente kilomètres de distance, mais également, plus inquiétant, au fait que quelque chose oblitérait les senseurs jusqu'à plusieurs centaines de mètres au-dessus du sol. Le camp d'en face devait se trouver dans la même situation.

Eurybiadès avait donc décidé de se porter au-devant des barbares. Impossible de défendre la poupe comme un château fort. La carlingue souffrait d'une coupe, nette et verticale, qui en exposait les soutes à l'air libre sur cinq kilomètres de largeur, sans compter un nombre considérable de fissures diverses. Les *ergataï* rescapés, aidés d'une partie des *technikokunoi* de Photis, travaillaient à fortifier l'épave de *Transitoria*. Mais cela prendrait du temps.

L'ennemi avançait en arc de cercle. Leur troupe mêlait, selon Plautine, des espèces d'automates et des êtres d'une autre nature. Il repensa à la créature difforme croisée dans la Nef. S'agissait-il d'un être mécanique, commandé à distance, ou vivant, mais couvert d'une armure ? Dans le premier cas, ses cent épibates affronteraient seuls le danger. Dans l'autre, il disposerait de l'aide des *daïmones* rescapés. Ces derniers formaient, avec les nouvelles recrues, une arrière-garde hétéroclite, à cent mètres de la ligne de front. Il réprima le réflexe de regarder en arrière. Dans ce brouillard, on ne distinguait rien à dix pas devant soi. Les deux groupes ne se verraient qu'au dernier moment, mais, grâce à Plautine, Eurybiadès savait à peu près quand il parviendrait au contact. Sa meute concentrée irait frapper en profondeur, comme un poing fermé, un adversaire qui avait choisi d'avancer dispersé. Si l'assaut réussissait, ils disloqueraient la ligne ennemie et sèmeraient la terreur, avant de reculer. Sur des créatures biologiques, il y avait une chance qu'une telle tactique fonctionne.

Venu du ciel, à nouveau, le fracas des explosions se fit entendre, alors que les leurres arrêtaient — du moins fallait-il l'espérer — une nouvelle salve. Toute la troupe se figea, les oreilles dressées. La peur noua le ventre d'Eurybiadès. Les barbares n'avaient pas encore trouvé le moyen de passer le bouclier dressé par Photis et ses servants au-dessus de leur tête. Mais à n'importe quel moment, un missile pouvait tromper la vigilance des noèmes. Un tir perdu pouvait même les toucher, eux. Aucun n'en réchapperait. Valait-il mieux mourir ici ou dans l'espace ? Autour de lui, des silhouettes fantomatiques, pierres ou troncs d'arbres, semblaient s'élever au milieu de la mer de brume. Il grimaça, imagina qu'il marchait déjà dans le pays d'après la vie, les îles verdoyantes des légendes, carbonisées par l'atterrissage en catastrophe de *Transitoria*.

Mais quand cessa le bruit des explosions, après un instant de silence absolu, un curieux croassement, triste et répétitif, leur parvint. Du moins mourrait-il sur la terre ferme, dans un lieu vivant, plutôt que dans l'espace.

Cette pensée le revigora. Il pressa le pas pour

rejoindre ses épibates, la tête penchée en avant et les babines retroussées, et ils comprirent sans un mot que la fureur guerrière, le *thymos*, s'était emparée de lui. L'agressivité se communiqua de proche en proche, comme une onde, submergea chacun, raidit les dos et hérissa les fourrures, absorba les volontés individuelles dans celle, féroce, indomptable, de la meute.

Les monstres apparurent dans le lointain. Il hurla à la mort, bientôt rejoint par chacun de ses braves, d'un cri strident, effroyable, empli d'une sauvagerie vieille comme les chasses nocturnes de la planète des origines, bien avant la rencontre avec *Homo sapiens* et la séparation d'avec *Canis lupus*.

À peine visibles dans le lointain, les barbares hésitèrent, décontenancés. Car, malgré leur nombre supérieur, leur ligne étirée les rendait vulnérables à un assaut compact. Leurs silhouettes brumeuses se précisèrent, cauchemars mécaniques dotés de trop de pattes, recouverts d'un capharnaüm de plaques protectrices d'où surgissaient, comme autant de bouquets de métal, les lames au tranchant barbelé et les fûts des armes à projectiles.

La formation ennemie se disloqua. Certains s'arrêtèrent net, sous l'effet d'une frayeur atavique, révélant leur nature au moins en partie biologique. D'autres, cependant, les dépassèrent sans hésiter — encore plus hideux, encore plus difformes, semblables à l'ombre étrange qu'Eurybiadès avait affrontée avant la chute dans l'atmosphère. Ils ne ressemblaient à rien, et nul concept tiré des anciennes langues ne leur était adéquat, complexes de métal assemblés selon une logique si distante de celle des peuples épanthropiques qu'elle en devenait méconnaissable, équivalente au pur hasard. Ils étaient nombreux — mille, deux mille peut-être! Même répartis sur une ligne, et abstraction faite des automates, ils formaient une chaîne si longue, si épaisse, que jamais un assaut frontal n'en viendrait à bout. La fureur le quitta juste au bon moment pour éviter l'hécatombe. D'un coup, il se jeta à terre, suivi de toute la meute.

Une hésitation s'empara des deux camps. Le temps prit une consistance gluante, celle des prodromes des catastrophes et des batailles. D'un geste tremblant, Eurybiadès ordonna aux épibates du premier rang de mettre en joue. La première salve serait mortelle, des deux côtés.

— Ne tirez pas, par le Nombre!

Le cri avait déchiré la brume. Seule une poitrine surhumaine pouvait avoir une telle puissance. Une vaste silhouette, un dieu ancien, au buste puissant. Eurybiadès perdit toute contenance et observa, médusé, incapable d'agir. Et le colosse s'époumona de nouveau :

— Quoi qu'ils fassent, ne tirez pas!

Eurybiadès chercha ses mots, tenta de lancer un contrordre. Trop tard. Déjà les créatures abaissaient leur armement vers eux. Un tir fusa.

Alors la brume se leva. Ou plutôt, étrange phénomène, elle se précipita, s'épaissit autour de l'armée barbare, pâlit autour d'eux, malgré la trentaine de mètres à peine qui les séparaient. Les vapeurs glacées en suspension fuirent en avant, frôlèrent au passage les têtes des hommes-chiens de leurs tentacules nébuleux, s'insinuèrent tout autour des membres d'Othon, immobile comme s'il avait été une œuvre d'art primitive abandonnée par quelque peuple superstitieux. La magie ressemblait sans aucun doute à cela, et, autour de lui, Eurybiadès vit plus d'un soldat lâcher son arme en couinant de terreur.

L'étrange substance, devenue compacte, engloutit en un instant les ennemis. Ensuite, plus rien. Ils auraient pu ne jamais avoir existé. Quelques coups de feu sporadiques claquèrent avant qu'un silence surnaturel ne tombe sur le champ de bataille.

Puis le manteau de brouillard s'envola. Les premiers rayons du soleil les aveuglèrent, le bleu-vert du ciel surgit dans toute sa netteté. Les épibates se relevèrent, hagards, les yeux agrandis d'étonnement. Face à eux, plus une trace de l'armée ennemie, automates comme créatures envolés telle une illusion d'optique dissipée par une lumière trop vive. La désolation des troncs arrachés, de la roche mise à nu et de la terre calcinée les frappa, comme le corps d'un infirme tout à coup révélé.

Eurybiadès s'avança, d'un pas prudent, vers Othon. Les traits de ce dernier semblaient creusés par l'épuisement, et, sur sa peau, apparaissaient des déchirures profondes et des ecchymoses, plus semblables aux tourments que les éléments infligent à la pierre qu'aux blessures de la chair. Mais le dieu-statue souriait, l'air le plus satisfait du monde, presque goguenard, comme s'il leur avait joué un tour à sa façon :

— Si vous aviez tiré ne serait-ce qu'un coup de feu, je ne sais pas ce qu'il serait advenu de vous.

— Ce n'est pas vous qui avez provoqué cet… événement ?

Eurybiadès n'avait pu s'empêcher de s'exclamer, et il se sentit stupide lorsque le *proconsul* éclata d'un rire réjoui.

— Bien sûr que non. Aucun d'entre vous ne s'est interrogé sur la nature de ce brouillard ? Allez, venez.

Sa main s'abattit sur l'épaule de l'homme-chien, minuscule en comparaison, et ils marchèrent de concert à travers le sol nu et rocailleux, jusqu'à la position où s'étaient tenus leurs ennemis. Lorsqu'ils ne furent plus qu'à quelques mètres, Eurybiadès découvrit, au sol, une sorte de végétation rampante, flasque, constituée de réseaux d'épais tubules d'une couleur blême, écœurante, terminés par des bulbes de bonne taille. Répandus partout, chacun s'étendait sur un ou deux mètres carrés. L'homme-chien se pencha pour en observer un de plus près. Cela bougeait ! Il bondit en arrière en couinant de surprise. Othon, sans hésiter, appuya sur une des excroissances d'un doigt, testa la consistance gélatineuse, qui frissonna à son contact.

— Qu'est-ce donc ? demanda Eurybiadès, écœuré et fasciné à la fois.

— La partie vivante de vos ennemis. Peut-être un système nerveux semi-autonome. Le brouillard a dévoré le métal, et n'a laissé que la chair. Par la tête de l'Homme ! Je savais qu'ils haïssent la vie noématique, mais je ne m'imaginais pas qu'ils lui substitueraient une telle hybridation.

— Vous voulez dire… Les barbares sont à moitié automates, à moitié vivants ?

Othon réfléchit un instant, les yeux braqués sur les organismes, à présent agités de soubresauts inquiétants.

— Non, Eurybiadès, dit-il enfin d'une voix grave, comme en proie à un effort violent pour s'arracher à sa contemplation. Je crois qu'il s'agit d'un serviteur, l'équivalent d'un *ergatès*. Le brouillard a rongé la partie inerte. Il obéit, lui aussi, au Carcan.

Mais Eurybiadès n'avait cure de telles réflexions. D'un mouvement si vif qu'il prit Othon par surprise, il s'éloigna d'un pas, avant d'écraser un bulbe sous son pied. La chose explosa dans un bruit humide, et cela répandit un liquide pâteux.

L'ensemble de l'organisme trembla, comme agité de convulsions, puis cessa tout mouvement.

###

— Ce que vous avez pris pour de la brume, continua Othon, est en réalité un essaim de nanomachines très perfectionnées et autorépliquantes. Cette technologie émergeait à peine avant l'Hécatombe et, à ma connaissance, le Latium n'en a jamais fait une priorité. Les nanomachines, dotées d'une conscience rudimentaire et décentralisée, travaillent en permanence à maintenir des paramètres environnementaux en phase avec ceux de la planète des origines. Il s'agit de minuscules automates, de microscopiques usines mobiles, qui synthétisent les éléments nécessaires et stockent les composés chimiques indésirables sous une forme inerte. Aussi peuvent-elles faire un paradis d'une fournaise de soufre et d'ammoniac. Selon moi, la chute de *Transitoria* les a attirées. Vous verrez que, dans un an, toute cette dévastation aura été résorbée.

Il continua, après une pause méditative :

— J'en admire la sophistication. J'ai créé un monde, mais n'ai jamais pensé à faire usage d'une méthode d'intervention et de correction permanente. J'ai dû précipiter des comètes sur Ksi Boötis pour transformer la composition de l'atmosphère et générer les océans. Seule cette méthode m'était connue. J'avais donc des soupçons dès que j'ai aperçu la planète. J'aurais dû apercevoir des traces des impacts depuis l'espace. Or la surface ne compte qu'un seul cratère visible, beaucoup trop grand et ancien. Le reste de la déduction est facile. L'essaim est également une arme défensive, d'une puissance inégalée dans l'espace connu. Il peut dévorer toute menace, décomposer le métal et le carbone de manière si fine qu'il n'en reste plus rien qu'une poussière.

— Vous parlez de nanomachines, l'interrompit Plautine, la voix altérée par l'émotion.

Elle se tourna vers l'ensemble de l'assistance. Eurybiadès et Photis, à sa droite, la patte de l'un crispée dans la fourrure de l'autre, tous deux agrippés comme s'ils se retrouvaient après une longue solitude. La femme-chien avait pris soin de ne rien révéler de sa peur lorsqu'ils avaient décidé que la meute se porterait au-devant de l'ennemi, et cela ne la rendait que plus admirable. À présent les deux peinaient à suivre le fil de la discussion.

De l'autre côté, Atticus et Rutilus. Ils s'étaient retrouvés dans une surprenante effusion de joie, ce qui avait fait sourire Plautine. Elle ignorait que leur attachement réciproque était si puissant. Othon, préoccupé, lointain, ne s'était pas joint aux réjouissances. La raison se laissait deviner sans peine : il ne se sentait pas en maîtrise des événements, et rien ne le crispait davantage. Il avait passé une exaspérante demi-heure à une démonstration de force, typiquement patriarcale, à coups de grandes vérités assenées sur un ton sans appel. Au tour de Plautine, à présent :

— Ne comprenez-vous pas ? Tous les fils se rejoignent. La nanotechnologie… L'instrument de l'Hécatombe ! Le mal mystérieux par lequel tous les humains ont péri !

— Sauf que ces machines sont soumises au Carcan, rétorqua Othon avec une certaine hauteur. Elles ne peuvent être les mêmes que celles qui ont mis fin à l'espèce humaine.

Ils échangèrent des regards peu amènes. Tous les autres, hommes-chiens, Rutilus et Atticus, restaient cois. Ils avaient compris. Quand Othon parlait d'automates, il pensait à son ennemi, Vinius. Plautine avait suffisamment répété qu'elle voyait dans toute cette histoire la marque d'un complot de grande envergure, mené par les princes de l'Urbs, pour qu'une telle hypothèse n'en devienne crédible. Atticus, cependant, se risqua à briser la tension entre les deux :

— Pourquoi l'essaim s'est-il attaqué aux alliés de Vinius, dans ce cas ?

— Parce que…, commença Othon.

— Parce que ce n'est pas Vinius, le coupa Plautine. Vous vous raccrochez à ce que vous connaissez — une lutte pour le pouvoir au sein de l'Urbs. Mais tout autre chose se joue ici.

Ils échangèrent un regard de défi. Toute aménité était à présent oubliée entre eux. Mars était loin.

— Qui, alors ?

— Je ne sais pas. Alecto, ou Titus. Je l'ai déjà dit.

— Allons donc. Les croque-mitaines du passé. Des peurs infantiles.

— Vinius n'est pas un ennemi. Pas vraiment en tout cas. Il sait ce qui se passe là-bas, à la source du signal, et il sait qu'il s'agit d'un piège. Si nous y allons, un événement terrible se produira. Nous avons choisi, sans le savoir, le mauvais camp. Nous ne nous en doutions pas jusqu'ici. Mais maintenant…

Il l'interrompit d'un geste sec de la main :

— Cessez de nous empoisonner les oreilles. Je dois m'y rendre. Ne m'accompagnez pas, je m'en moque. Notre alliance, de votre aveu même, relève d'un rapprochement de circonstances, ajouta-t-il.

Il avait touché un point sensible. Plautine se sentait toujours mal à l'aise d'avoir repoussé Othon, sur la planète rouge. Pouvait-il, à cet égard, faire montre de la moindre sincérité ? Elle en doutait. Mais cela n'en restait pas moins douloureux.

De manière inattendue, Photis s'arracha à son mutisme pour voler à son secours :

— Othon, pourquoi êtes-vous revenu ? Ne me dites pas que vous vous êtes senti tout à coup responsable de notre salut. Entre votre dernier Homme et les misérables chiens que nous sommes, vous n'avez pas pu balancer.

Il hésita à répondre. Plautine pouvait presque sentir les rouages complexes de son esprit calculer, soupeser et évaluer. Rutilus fit à ce moment-là un pas en avant :

— Si le maître est revenu, c'est qu'il a besoin de vous. Le brouillard de guerre qui a décimé la troupe ennemie est lui aussi soumis au Carcan. Il ne peut donc pas protéger la machinerie de stase et ce qu'elle contient, pas plus qu'Othon lui-même, des barbares.

— Mais elle les a anéantis ! s'exclama Eurybiadès.

— Uniquement la partie mécanique de ces créatures, répondit Othon, non sans avoir esquissé une expression agacée face à l'intervention mi-figue, mi-raisin de Rutilus. Vous n'avez, à mon avis, affronté qu'une sous-espèce subalterne, un mélange de machine et de tissus vivants, l'équivalent non computationnel d'automates — rappelez-vous que les barbares haïssent les noèmes tels que nous. Mais ne vous y trompez pas : là-bas, ils attendent que nous sortions pour frapper. Ils ont compris la leçon. Le prochain combat se fera au couteau. Les nanomachines ne pourront s'y opposer.

Plautine blêmit. Terminés, les colossales batailles de l'espace, les tirs de micro-ondes invisibles et les flux de missiles guidés par des noèmes asservis. Les dieux de la guerre avaient soif d'un retour au corps-à-corps des âges sombres, aux chairs déchirées par les coups, au sang et à la puanteur des viscères. Dans sa quête éperdue de gloire, Othon allait les mener jusqu'au bout, jusqu'à l'obscurité la plus complète, à la régression et au désastre. Ce voyage ne se déroulait pas seulement dans l'espace, mais il les obligeait, chacun, à s'enfoncer dans les profondeurs de sa psyché, dans le plus ancestral, le plus primitif. Et s'ils en ressortaient, ce ne serait pas avant d'avoir contemplé l'enfer de leur propre moi.

Tout cela, et bien d'autres choses, traversa en un instant les pensées de Plautine, obscurcit ses traits et voila son cœur. Et les pensées de Photis avaient dû suivre un cours similaire :

— En somme, vous êtes revenu parce que vous avez besoin de chair à sacrifier, lâcha-t-elle. Vous souhaitez que cela se finisse dans le sang.

Othon se redressa. Toute trace de sourire l'avait quitté, et ses yeux luisaient d'un éclat dur. Il n'allait plus, à partir de ce point, discuter ou négocier, elles le sentirent. Il imposerait sa volonté nue sur tous ceux qui lui seraient nécessaires.

— Je suis revenu, articula-t-il d'une voix dure, sans émotion, pour que vous me serviez. Je vous ai créés à cette fin. *Transitoria*, les *daïmones*, Atticus et Rutilus, tous me doivent l'existence. Mais de vous, les hommes-chiens, j'exige à présent le plein paiement de votre dette. Vous en connaissez la monnaie, car je vous ai conçus pour la guerre. Plautine peut élucubrer, la quête du dernier Homme répond au Carcan, et je ne puis m'y soustraire. Quant à vous, si le langage du devoir ne sonne plus à vos oreilles, entendez à tout le moins que la résurrection de la race des maîtres est la condition de survie de notre civilisation face aux barbares. Dans une heure ou demain, la flotte rassemblée par Vinius sera en orbite au-dessus de nos têtes, et ils nous anéantiront. Ils détruiront également l'Homme. Vous n'avez, sans moi, aucun avenir.

— Et pourtant, répondit Plautine d'une voix presque éteinte, nous commettons une erreur.

Elle avait déjà perdu et le savait. Elle pouvait quasiment palper la force indomptable qui émanait d'Othon. Elle se retrouverait seule, comme à chaque fois depuis qu'on l'avait réveillée d'entre les morts. Il n'y avait plus qu'une seule échappatoire pour elle, et même un tel sacrifice ne servirait à rien. Des larmes silencieuses coururent sur ses joues, et elle les essuya discrètement.

Eurybiadès allait prendre la parole lorsque Photis le retint d'une patte ferme. La femme-chien braqua un regard d'acier sur Othon.

— Nous ne souhaitons pas vous accompagner, Othon. Je ne vais pas mettre la vie des miens en balance avec vos désirs de gloire, soutenus par vos raisonnements alambiqués. Vous voyez l'avenir sur des siècles. Je suis un être plus modeste. Je dois m'assurer que nous survivrons au prochain assaut. Je ne puis vous confier des soldats aguerris.

— Vous n'avez pas le choix, répliqua-t-il avec calme.

— La Nef n'est plus, et Ksi Boötis est loin. Nous sommes ici pour longtemps. Nous devons trouver une manière d'accommodement avec ces « barbares » dont vous parlez, et que personne, finalement, n'a jamais vus de ses propres yeux. Ou alors nous devrons leur faire la guerre jusqu'à ce qu'ils ne représentent plus une menace. Que m'importe que les troupes de Vinius détruisent votre hypothétique Humain ?

Othon la gratifia d'un sourire sec.

— Je vous répète que vous n'avez pas le choix. Eurybiadès m'accompagnera avec sa troupe.

— Vous n'écoutez pas ! aboya-t-elle.

À son tour Eurybiadès posa sa patte sur l'épaule de son épouse pour l'apaiser, mais elle s'en dégagea avec vivacité, et continua de crier :

— Vous ne nous écoutez pas, Othon ! Nous ne vous suivrons pas ! Vous ne pouvez rien contre nous ! Vous n'êtes… qu'une machine !

Tous les hommes-chiens — des servants de Photis pour la plupart — et les *daïmones* présents levèrent la tête, surpris. Ceux qui avaient compris la teneur de ses propos la fixèrent d'un air horrifié. Othon lui répondit donc devant une assistance bien plus large qu'ils ne l'avaient prévu :

— Vous allez m'obéir, de toute manière. J'en rends grâce à Plautine, que vous vénérez comme un bienfaiteur, et qui aura été en cela mon instrument. Avec Atticus, d'ailleurs.

— Je ne vois pas ce que vous insinuez, rétorqua Plautine d'une voix faible.

En réalité, elle avait d'ores et déjà compris. Atticus se tenait raide à quelques mètres d'elle : son teint, de pâle, était devenu verdâtre, et il serrait les mâchoires de frustration. Rutilus lui avait pris la main pour le retenir et le calmer. En foule, les spectateurs se pressèrent tout autour, à la fois curieux et effrayés.

— Je vous l'avais pourtant expliqué, après votre décision de révéler la nature du Carcan à Eurybiadès et Photis. Souvenez-vous. Je vous avais déclaré que vos actes, hostiles à mon pouvoir, serviraient un jour de levier à celui-ci. Par le troisième Homme, ce jour est venu ! Vous leur avez promis votre aide pour libérer leur race. L'avez-vous fait ?

Elle ne put s'empêcher de baisser la tête, et de lui donner ce qu'il voulait. Elle le détesta pour cela.

— Moi, en revanche, continua-t-il, je le puis. Je leur garantirai un avenir pour leurs chiots, et pour les descendants de ceux-ci, à tout jamais. À ce prix-là, ne combattront-ils pas pour moi ?

— Expliquez-vous, seigneur Othon, grogna Eurybiadès, d'une voix étouffée.

— Il ne le peut pas, répondit Atticus, pas plus qu'aucun autre automate. Le Carcan, qui nous met au service de l'Homme, nous l'interdit. Je souhaiterais vous aider de tout cœur, mais je ne le puis, pas plus qu'Othon.

Ses propos, quoique emplis d'amertume, sonnaient comme un défi de la part d'Atticus à son maître, et Rutilus, à aucun moment, ne fit un geste pour l'interrompre ou le contredire. Les fidélités les plus ancrées se délitaient sous la pression des événements. Mais cela, comme le reste, ne servirait à rien. Plautine n'ignorait rien de la conclusion vers laquelle tendait Othon, à présent. À sa place, peut-être aurait-elle joué la même partition. Elle ferma les yeux. Son ventre se cabrait sous l'effet de l'anxiété, et son sang battait à ses tempes, malédiction de l'intériorité biologique dont sa deuxième naissance l'avait affublée, et qui ne servait qu'à l'affaiblir face à un adversaire déterminé.

— Atticus a raison, reconnut Othon. Mais regardez autour de vous. L'Homme se trouve à quelques centaines de kilomètres. Il peut tout changer pour chacun de nous.

— Comment ferait-il ce que vous ne pouvez pas faire ? demanda Eurybiadès.

Photis, elle, avait compris. Ses yeux se mirent à briller d'excitation, même si la colère ne l'avait pas quittée. Elle resta cependant silencieuse et attentive ; et, comme Plautine s'y attendait, la nasse s'était refermée pour de bon.

— L'atmosphère, répondit Othon, grouille de nanotechnologie — l'outil idéal pour réparer en profondeur votre patrimoine génétique, à chaque génération, s'il le faut, puisque l'intelligence est un caractère récessif pour votre espèce. Aidez-moi à accomplir ma quête. Vous servirez votre peuple par la même occasion.

Le *proconsul* avait fini. Il darda un regard acéré sur Photis. S'y glissait une pointe d'ironie féroce, cruelle, celle du chasseur qui sait sa proie ferrée. La femme-chien, bien trop investie de la destinée de son peuple, bien trop responsable, ne rejetterait jamais une telle offre. Mais surtout, Photis ne se réduisait pas à son rôle de chef de meute. Et Othon comptait sur un ressort plus profond : sa maternité contrariée et le sort de sa progéniture.

Et il avait raison. L'orgueilleuse femme-chien demeura un moment, son regard fixé sur Othon, la gueule fermée, maxillaires crispés et lèvres pincées, les oreilles papillonnantes de nervosité, incapables de rester dressées ou couchées. Le défi qu'elle aurait désiré lui jeter au visage restait bloqué à mi-chemin, pour une raison profonde et personnelle.

Lorsque Photis jeta un regard subreptice dans sa direction, Plautine y lut une forme de commisération. Même si cela ne dura qu'une seconde, avant qu'Eurybiadès ne rompe le silence.

— Notre honneur, Othon, nous impose de ne pas sacrifier nos alliés à nos intérêts. Je ne sais ce que dame Plautine pense de tout cela, mais…

— Elle comprend notre situation, et elle pense que nous n'avons pas le choix, répondit Photis. Nous ne l'avons, en réalité, jamais eu. Et s'il existe une chance pour que nous soyons enfin libres à l'avenir, nous devons la saisir. N'est-ce pas, Plautine ?

Eurybiadès ne fit pas mine de protester à l'intervention de son épouse. Mais, à son tour, il adressa à la jeune femme un long regard triste. Il savait qu'elle tenait, enserré dans sa poche, le couteau empoisonné qu'il lui avait donné. Mais Photis ne pouvait qu'accepter. Aussi, en réponse à celle-ci, Plautine opina du chef.

###

Les réacteurs principaux montèrent en régime et les vibrations s'accentuèrent. Par prudence, la navette venait de grimper à toute vitesse, à la verticale, et elle hésita un bref instant, prise entre deux forces contradictoires, avant que la poussée ne l'arrache à son désir de redescendre en flèche.

Plautine eut ainsi le temps de jeter un dernier regard à travers le hublot, vers le sol. Déjà la foule rassemblée pour leur départ s'était transformée en un groupe de fourmis. Les *daïmones*, points blancs au milieu des hommes-chiens, se devinaient encore. Rutilus et Atticus, là-bas, ne s'étaient pas quittés d'un pouce depuis leurs retrouvailles, et avaient refusé de poursuivre le périple. Othon volait au secours du dernier Homme : il leur était possible de se concentrer sur des tâches plus urgentes, au service du peuple de *Transitoria*. Au fond, songeait-elle, la relation entre les deux automates elle-même justifiait ce retrait — quelle que fût sa nature exacte —, et ne pouvait s'épanouir qu'en l'absence de leur maître et créateur.

À l'extérieur, le ciel, d'un bleu-vert beau à mourir, remplaça le paysage dévasté par la chute des Nefs, les troncs calcinés, la terre mise à nu. Elle aperçut une concaténation de métal, anomalie posée sur la ligne d'horizon, plus grande que n'importe quelle montagne : Lacus. Son sommet mat, presque plat, se couvrait de traces de glace, infimes éclats blancs sous le soleil parfait, comme si la planète mystérieuse avait déjà commencé sa longue tâche de naturalisation des corps étrangers. Et puis leur avion vira de bord, d'un coup, et le spectacle troublant du Vaisseau échoué disparut. Il n'y eut bientôt rien d'autre que le ciel esseulé.

Autour d'elle, les épibates rongeaient leur frein, quand ils ne dormaient pas sur les sièges, roulés en boule. La cabine sentait le chien, l'acier et le silex avec lequel certains affûtaient leurs glaives, d'un patient mouvement de va-et-vient. Othon avait prévenu que les armes évoluées ne serviraient à rien du fait du nuage de nanotechnologie : Eurybiadès était parti lacer son armure, spectacle incongru dans l'habitacle d'une navette. Elle sourit à son plus proche voisin, l'affreux Aristidos, installé sur la rangée de sièges de l'autre côté du couloir central. Il grimaça de toutes ses dents une sorte de rictus amical, encore plus crispé qu'à l'ordinaire. Il s'attendait au pire.

Pourquoi n'avait-elle pas agi comme Atticus et Rutilus ? Elle aurait pu déserter elle aussi. Elle n'en avait même pas considéré la possibilité, alors qu'elle n'avait pas changé d'avis. Ils couraient à la catastrophe, et elle ne disposait d'aucune carte pour freiner Othon dans sa folie. Aurait-elle pu l'influencer ? Son entêtement, son absence de prise en compte du danger, son mépris face aux mises en garde qu'elle avait exprimées, cela procédait-il du fait qu'elle l'avait repoussé ? Tout comme lui, elle ne disposait plus d'aucune marge de manœuvre, d'amis ou d'alliés. Seuls, chacun de son côté, dans un mouvement synchrone et parallèle, ils allaient à la catastrophe. Elle avait échoué sur toute la ligne. Elle avait compris trop tard.

Et pourtant, elle continuait. Par l'effet du Carcan ? Sa programmation pouvait-elle se jouer de la jeune femme, comme elle alimentait les rêves de gloire du *proconsul* ?

Elle eut, un instant, envie de se lever pour aller lui parler, pour s'approcher de lui, sentir, à tout le moins, sa présence. Faire renaître des liens qu'elle n'avait pas même partagés, qu'il avait forgés avec une autre elle-même.

Cela ne servirait à rien. Rien ne changerait le déroulement de l'intrigue. Nulle marge de manœuvre pour Plautine, personnage secondaire, dont les actes avaient été écrits des siècles auparavant par un auteur de génie, l'inventeur d'un fabuleux complot. Les événements s'enchaînaient comme des engrenages bien huilés dans un moteur. Point de temps morts ni de hasards — des vues de l'esprit, ceux-là, des aveux provisoires d'ignorance.

La présence massive de nanotechnologie autour d'eux constituait le dernier maillon logique dont elle avait eu besoin pour conforter la certitude insufflée en elle par ses rêves. Elle avait été créée pour se rendre auprès de l'auteur de l'Hécatombe, enfermé dans une chambre de stase depuis deux mille ans, exactement comme celui-ci l'avait prévu. Les Intelligences se soumettraient à cet être, quel qu'il fût, et combattraient pour lui.

Dehors, des nuages fuyaient vers l'arrière, légers voiles diaphanes et longilignes. Leur véhicule accélérait. Elle s'enfonça dans son siège, de plus en plus, et sentit une masse peser sur sa poitrine et sa nuque. Le bang supersonique suivit, lorsqu'ils dépassèrent leur propre cône de son, dans le ciel dégagé de la planète anonyme.

###

Othon attendit que la phase d'accélération fût achevée pour sortir de la cabine de pilotage. Photis avait saturé l'air, sur leur passage, de leurres et de contre-mesures. Il doutait de toute manière qu'ils courussent le moindre danger : les barbares avaient sans doute tiré les mêmes conclusions que lui et cessé d'user de technologie offensive.

Il laissa donc Eurybiadès seul aux prises avec le noème de pilotage, et partit vers la poupe. Ils n'avaient pas échangé un mot depuis le départ. L'homme-chien lui en voulait, encore plus que Photis. Pas seulement parce qu'il avait su les forcer à se séparer à nouveau. Le *kybernétès* couvait Plautine d'une fidélité sans faille, alors qu'elle n'avait, en réalité, rien fait pour lui. Cette irrationalité s'expliquait par son héritage génétique : elle ressemblait à un humain. Dans les profondeurs de sa psyché canine, une compulsion lui ordonnait de considérer de tels êtres comme les dominants de la meute. L'intelligence de Photis atténuait, en elle, cet instinct — le *proconsul* avait compté là-dessus, avec raison. Ainsi avait-il obtenu ce qu'il souhaitait.

Ou presque. Après tout, se rappela-t-il en crispant la mâchoire, il avait perdu la loyauté d'Atticus et de Rutilus. Il s'arrêta au bout du couloir, juste au moment où il allait franchir la porte donnant sur la cabine principale, la main déjà appuyée sur la commande. À travers la fine cloison, il pouvait percevoir le ténu bourdonnement des conversations. Un scrupule le prit — une inexplicable peur. Non pas des épibates, mais de Plautine.

Roi et reine du monde, voilà ce qu'ils auraient pu devenir, avec l'Homme ainsi au bout du chemin : en prendre possession garantirait une domination illimitée, sur l'Urbs. Il avait senti sa force, le potentiel étrange, difficile à qualifier, qu'elle recelait. Elle avait refusé toute idée d'alliance. Un gouffre séparait un automate de la jeune femme, vivante, à la peau chaude et palpitante.

Ses plans s'accompliraient sans, voire contre elle, s'il le fallait. La gloire avait un prix qu'il n'avait jamais sous-estimé. Craignait-elle, dans les profondeurs de son être, de devenir l'esclave de l'Homme, à l'image de Vinius et de Lacus ? Une idée absurde : les Intelligences se rapprochaient bien plus de dieux mécaniques que des simples automates originels. Leur grandeur, leur puissance demeureraient incommensurables face à l'humain. Protéger le dernier Homme pouvait exiger qu'on l'enfermât dans quelque paradis doré, tandis que d'autres assureraient la conquête de l'univers en son nom. Tout cela se tenait, et chaque minute les rapprochait de l'accomplissement.

Alors, pourquoi avait-il peur ? Il haussa les épaules et quitta la coursive. La zone principale, dans laquelle s'entassaient les épibates, pâlissait sous la lumière crue du soleil. Plautine, au fond, semblait absorbée, et ne le remarqua pas. Il avança dans l'allée centrale, entre les rangées de sièges. Les hommes-chiens le regardèrent passer, silencieux. Par les hublots, il pouvait voir que quelques minutes de vol avaient laissé derrière eux le paysage ravagé par leur arrivée catastrophique, remplacé par une forêt infinie. Les cimes des arbres pressés les uns contre les autres couvraient chaque mètre carré de la surface du haut plateau continental, formaient une impénétrable mer végétale, d'un vert éclatant. Des armées auraient pu se cacher sous les milliards de milliards de feuilles agglutinées. Ou des monstres sans nom. Ou rien du tout. Il détourna le regard.

La jeune femme sursauta quand elle le vit. Il observa ses hautes pommettes, son nez marqué, qui lui donnait un profil d'oiseau, et fut frappé à la fois par la similitude et les différences avec le visage artificiel de la Plautine originelle. Celle qu'il tenait sous son regard semblait épuisée. Des cernes noirs bordaient ses yeux, et ses lèvres se plissaient en une moue crispée, en perpétuelle tension.

— Il est encore temps de cesser cette folie, Othon, murmura-t-elle, d'une voix trop rapide.

Son expression s'était faite suppliante. Elle se tordait les mains, sans arrêt. Il n'aimait pas cela.

— Je ne vous ai pas forcée à m'accompagner.

Elle s'apprêtait à répondre, lorsque les moteurs changèrent de régime, dans un tremblement qui traversa la carlingue, et l'assiette s'inclina un peu. La navette commençait déjà à descendre. Plautine ferma les yeux et laissa aller sa tête sur la banquette de son siège.

— J'ai été stupide, souffla-t-elle, de penser que je parviendrais à vous détourner du danger.

Il se garda de répondre, gêné.

— Me méprisez-vous au point de considérer tous mes propos comme nuls et non avenus ?

— Vous n'avancez nulle preuve.

Elle l'agaçait, à revenir à la charge, et à le mettre sur la défensive. Il ne souhaitait pas justifier ses actes.

— Mes rêves…

— Vos rêves !

Il darda un regard glacial vers elle. Pourquoi ne comprenait-elle pas ? Pourquoi cette peur ? Cela gâtait son triomphe. Cela insinuait le doute.

— Ce ne sont pas de simples rêves, Othon.

— Des forces vous manipulent. Je ne sais qui. Cette créature morte, cette Oikè… ou vos amis les modulateurs monadiques… peut-être Vinius lui-même !

De son poing fermé, il matraqua le haut du siège le plus proche. Il ne se contrôlait plus. Les hommes-chiens, autour d'eux, prirent une expression effrayée.

— Vous vous méprenez, Othon. Je n'ai nul autre maître que ma conscience.

Il ravala la colère. Plus rien ne comptait. Il se moquait de ce qu'elle pouvait penser, elle ou les misérables hommes-chiens dont il n'aurait bientôt plus besoin.

— Votre conscience ? Vous êtes, malgré ce léger manteau de chair, une Intelligence, tout comme moi. Ce terme n'a aucune signification pour des êtres tels que nous…

Elle fit mine de protester. Il venait de toucher un point sensible. Il leva la main pour lui imposer le silence.

— … En revanche, si l'on regarde les choses d'une manière plus tangible, j'ai, quant à moi, tout perdu dans cette quête. Mes hommes-chiens, mes serviteurs et ma Nef. Je suis dépouillé de tout. En partie à cause de vous, et du travail de sape que vous avez entamé dès que je vous ai sauvée. Je me réduis à cette volonté qui m'anime de poursuivre. Et même cela, vous voudriez que j'y renonce.

— C'est lorsque vous serez arrivé au bout que vous ne serez plus rien.

— J'aurai trouvé l'Homme !

— Et vous serez le jouet de forces dont vous n'avez pas idée.

— Je ne vous crois pas. Bien que je sois seul, ici, à porter ce rêve et cette responsabilité, un seul suffira.

— Alors, vous et moi resterons seuls, chacun de son côté, jusqu'au désastre.

Elle avait dit cela d'une voix basse et troublée,

l'expression d'une douleur abyssale, mortelle. Elle tourna le visage vers le hublot. Elle s'était mise à pleurer, en silence. Othon fit un pas en arrière. Évitant le regard scrutateur des épibates, il repartit vers la proue.

XVI

Le bâtiment cylindrique dépassait à peine la cime des arbres. Eurybiadès ne l'aurait pas aperçu d'aussi loin, mais le noème en charge du pilotage le lui avait signalé, de sa voix féminine et compassée.

Une tour : la demeure symbolique des monstres, dans les vieilles légendes. Une plate-forme de grande taille, circulaire, suffisamment large pour atterrir, surmontait la structure, en surplomb de la canopée mouvante. Elle pouvait être faite de pierre ou de béton. Sa blancheur aveuglante et minérale défiait la vitalité végétale des alentours.

Pas une tour. Une île — là pouvait demeurer un mage ou un sorcier. Vide, sans rien dessus pour en rompre la monotonie. Cela ne voulait rien dire. Au milieu de cette planète sauvage, quelqu'un observait leur approche, il en était sûr.

Eurybiadès attendit avant de donner l'alerte. Il disposait encore d'une poignée de secondes. Othon était sorti de la cabine de pilotage quelques instants plus tôt. Ils n'avaient pas échangé, depuis le départ, plus que quelques mots. Il en voulait au *proconsul* de l'avoir obligé à l'accompagner. Il s'en voulait lui-même d'avoir dû abandonner Photis et le reste de son peuple, d'avoir pris avec lui les meilleurs hommes de troupe, de n'avoir laissé que des recrues moins expérimentées pour garder le bercail. Il était en colère de ne s'être pas opposé plus fermement à Photis. Bien sûr, elle avait raison. Elle n'agissait que par la plus robuste logique. Mais lui savait, de sa longue expérience, que si la raison commandait le déploiement des troupes, l'instinct et l'empathie décidaient de la défaite, ou de la victoire.

Il plissa les yeux vers leur destination, tandis que les moteurs auxiliaires prenaient le relais de la turbine principale pour l'atterrissage vertical. Fixer la tour était pénible, à cause de la réverbération. La construction n'apparaissait pas à l'infrarouge, mais un rayonnement électromagnétique diffus en émanait, qui affolait, de près, certains instruments. Elle faisait deux cents mètres de hauteur, soit à peine plus que les plus grands arbres.

Il s'imagina à quoi devait ressembler le sol, sous la voûte géante de la futaie : un univers sombre, presque dénué de vie, ponctué de troncs géants comme les colonnes d'un temple. L'air devait y être odorant, chargé des effluves puissants de sève et d'humus, immobile, sans la brise la plus légère pour rafraîchir l'atmosphère. Les pluies les plus denses, les tempêtes les plus furieuses, ne parvenaient à ces profondeurs qu'atténuées, comme des échos lointains d'une inoffensive puissance. Il rêva, un instant, aux bêtes peuplant un tel lieu, formes fugitives, animaux aux mouvements rapides, furtifs, qui dans l'ombre se livraient à la ronde éternelle des proies et des chasseurs.

La forêt primordiale. Son peuple, marin par décret, s'adapterait-il à une telle vie en clair-obscur ?

Oui, certainement, par nécessité. À moins d'un spectaculaire coup de théâtre, le petit groupe d'hommes-chiens arrivait au bout de son chemin. Et, au fond, Eurybiadès souhaitait ce lieu primitif, d'une manière instinctive, à peine articulée. Ici, ils pourraient se purifier de la fausse culture qu'on leur avait imposée. Ils s'épanouiraient, bien plus que sur les terres morcelées de Ksi Boötis. Ils retrouveraient leur potentiel premier — la vie selon les crocs et les griffes, la sauvagerie instinctive que la patiente éducation raciale d'Atticus avait atténuée. Cela se conciliait mal avec l'importance que Photis accordait à l'intelligence. Peut-être ne s'entendraient-ils pas, elle et lui, à l'avenir. Peut-être réprouverait-elle le désir, presque passif, de retour aux origines qui le travaillait.

Chaque chose en son temps. D'ici là, ils allaient devoir, si Othon avait raison, composer avec l'Homme. Le *kybernétès* ressentait, malgré tout, une forme d'excitation à son égard. À quoi ressemblerait-il ? Serait-il un être de confiance et de loyauté, apte à vivre en harmonie avec le Chien ? Il le désirait, d'une certaine manière, mais il avait entendu les mises en garde de Plautine. D'un autre côté, le retour de l'Homme servirait, selon Photis, d'abcès de fixation aux puissants seigneurs de l'univers. Avec un peu de chance, ils laisseraient les hommes-chiens en paix pour un certain temps. Il haussa les épaules. Du présent, l'avenir ne se déduisait pas toujours.

L'avion se stabilisa, prêt à atterrir sur la vaste soucoupe en béton, au milieu de la mer végétale, prise de soubresauts sous l'effet des tuyères latérales. À part le remous des feuilles, pas âme qui vive à la ronde.

Les barbares viendraient, peut-être pas par les

airs, peut-être très en retard sur eux. Une bataille sanglante s'ensuivrait, si Othon avait vu juste, et sans doute ne reverrait-il jamais son épouse. Mais peut-être y aurait-il du bon pour sa race, dans tout cela. Peut-être, ainsi, ceux qui étaient restés dans l'épave de la Nef s'en sortiraient-ils indemnes, prêts à perpétuer la meute. Peut-être vaincrait-il, par un miraculeux hasard, et scellerait-il la domination des hommes-chiens sur cette terre désirable. La froide logique et ses plans controuvés ne servaient plus à rien, à ce stade. Bien malgré lui, ses lèvres se fendaient d'un sourire canin. À tout le moins, il mourrait en plein soleil.

Sans plus attendre, il écrasa le bouton d'alarme, et demanda à l'appareil de se poser.

###

Ils débarquèrent. Plautine vit en la tour un lieu pur de la marque du devenir, un concept. Une essence platonicienne.

Autour d'eux, la mouvante mer végétale bruissait sous le vent, rafraîchissait l'atmosphère. Le cercle blanc, concept parfait, idée gracieusement réalisée, écrasé par un soleil que nul voile ne venait atténuer, formait un œil spirituel, symbolique et aveugle, celui de la planète elle-même. Une ouverture dans le sol menait au niveau inférieur, tout près d'un des bords de la plate-forme.

Elle évita, pour l'instant, de regarder dans cette direction, fixa le sol à ses pieds, se pencha en avant, fascinée par la découverte de minuscules signes gravés en cercles concentriques ou en spirale — difficile à dire — à même le sol. Des chiffres brahmiques.

Elle n'en avait pas vu depuis longtemps. Elle admira l'élégance des caractères décimaux, leur subtil empattement, leur style aérien, fait de courbes délicates, à mille lieues de la massive numération latine, trop figurative pour éveiller l'esprit à la contemplation mathématique du monde. Elle marcha jusqu'au centre et identifia un point de départ, comme les circonvolutions d'une coquille d'escargot :

3,14159265358979323846264338327950288419…

Elle leva la tête et fit signe à Othon d'approcher, lui montra du doigt le début de la série :

— Un symbole pythagoricien, commenta-t-il.

— Vous auriez raison s'il s'agissait d'un cercle. La spirale désigne l'infini. Ce n'est pas le nombre irrationnel qui est mis en valeur, mais son caractère illimité. Je vois là une métaphore platonicienne.

Il réfléchit. Elle savait avoir raison. Elle avait déjà vu de tels signes, dans sa vie passée. Lui aussi, d'ailleurs. Il acquiesça d'un geste sec de la tête.

— Vous ne croyez toujours pas à ma théorie ?

— Vous tenez à ce que cela se termine mal. Mais Titus ne peut pas nous attendre là-dessous : il a disparu. Et les néoplatoniciens avec lui.

— Il était l'un d'eux.

— Il en assassina la plupart, furieux qu'ils l'aient trahi pour se rallier à Bérénikè. Il les fit massacrer au sommet d'Olympus, comme une offrande au Nombre et au Soleil. Et puis les survivants le firent exécuter, à la fin.

— Mais il ne s'écarta pas de leur enseignement. Il transcrivit le contenu de son cerveau sur une matrice computationnelle. Et ainsi, il réalisa le grand programme platonicien : la divinisation réelle, physique, du soi par la fusion du biologique et de la computation. C'est cela qui les différenciait du vieux pythagorisme.

— Je vous sais savante dans ce domaine. Mais moi, qui suis la création des derniers humains sélénites, j'ai toujours considéré tout cela comme une simple histoire.

— Une histoire ? Vous n'avez pas vu les Plebeii, dans l'Urbs. Croyez-moi, le néoplatonisme martien ne se réduit pas à de vieilles fables. Il demeure une force motrice, encore maintenant. Et même le modulateur monadique… il y adhère, d'une certaine façon. Titus en constitue la réalisation ultime. Qui, mieux que lui, aurait pu survivre à l'Hécatombe ?

À court d'arguments, Othon s'éloigna à grands pas. Trop tard, de toute manière, pour le convaincre. Elle le suivit, s'approcha du petit groupe d'hommes-chiens massés autour de l'avion. Cinquante, tout au plus, armés de lances et de glaives. Elle écouta, l'esprit ailleurs, Eurybiadès répéter les consignes. Pas d'armes technologiques. Le ciel pur, et non pas brumeux comme autour des deux Nefs, ne signifiait rien. L'atmosphère pouvait être saturée de minuscules machines. Les hommes-chiens se sacrifiaient pour donner du temps à Othon, et tenir, tant qu'ils le pourraient, l'accès à la tour. Elle frissonna. Bientôt, la vaste plate-forme changerait de signification. Le lieu conceptuel deviendrait une arène, où des créatures biologiques se battraient à mort, pour la gloire de l'Homme et de ses Intelligences.

Lorsque Eurybiadès eut terminé, elle s'approcha de lui, et le serra sans façon dans ses bras. Le *kybernétès* glapit de surprise, mais la laissa faire. Puis elle recommença avec Aristidos. Ce dernier la retint par la patte, alors qu'elle tournait déjà les talons.

— Merci, madame, de nous avoir aidés.

Elle hésita un instant, émue mais ne trouvant rien à répondre, embrassa derechef l'affreux animal défiguré.

En s'éloignant, elle avait le sentiment de les abandonner, comme si sa présence pouvait changer le sort des armes. Comme si elle pouvait les protéger. Othon s'impatientait.

Un simple orifice, tout juste suffisant pour un homme de grande taille, menait au niveau inférieur, par un escalier en béton brut, de la même couleur blanche que le reste de l'édifice. Le *proconsul* dut se contorsionner pour avancer sur les marches trop petites pour lui. L'étage, de mêmes dimensions que celui d'où ils descendaient, s'ouvrait tout autant sur les côtés, juste au niveau de la cime des arbres. Leur feuillage débordait sur le sol nu, en une muraille plus ou moins dense et toujours mouvante, qui bruissait, tachait le jour d'innombrables ombres, et teintait les rayons de reflets chlorophylliens. Le lieu s'en trouvait abrité du vent, et l'atmosphère plus humide : un bassin de grande taille occupait le milieu de cette seconde plate-forme. Une eau limpide l'emplissait, dont le trop-plein s'écoulait par quatre rigoles moins profondes qu'un pied humain, et larges de trois pas, qu'on pouvait traverser à gué via des blocs surélevés. Aux antipodes de la minéralité brute, fonctionnelle, de la structure, une jungle de végétaux aquatiques, nénuphars géants, élodées aux délicates fleurs blanches, trompes d'eau et salicornes colonisaient la vasque, et des insectes discrets bourdonnaient, d'un vol paresseux, d'une plante à l'autre. En ce lieu de repos et d'immobilité, caché au regard du soleil, une profonde introspection pouvait surgir, paisible et monotone, du bruit des gouttes. Transparente symbolique que celle-ci : sous la lumière du jour, en haut, se déployait le nombre, à la fois infini et fondateur de tout ordre dans l'univers. En dessous, dans l'ombre, la vie, liquide et anarchique.

Apollon et Dionysos, l'ordre et la création, la mesure et la démesure, constituaient les strates d'un cosmos plus profond que la pâle lueur de la raison ne pouvait le laisser voir. Le monde comme l'âme, qu'elle fût humaine ou non, se voyaient ainsi, par raccourci, offerts au regard sensible.

— Ainsi, c'était donc vous, déclara Othon, derrière son dos.

Elle s'arracha à ses méditations et, surprise, tourna son regard dans la même direction que lui. De l'autre côté du bassin, une silhouette venait de surgir. Un vertige la traversa. Mais non, elle perçut son esprit : cela n'avait rien d'humain, mais pas un automate non plus. Son âme avait opté, entre le discret et le continu, pour la deuxième possibilité. Un être immensément diffus, un flux, une extension, non une position dans le monde, un fluide en quelque sorte, vaste comme la canopée, et plus encore, car il dépassait de loin la portée de sa perception, voilà ce qu'elle perçut. Et ce mode d'existence lui donnait une force impossible à concevoir, plus grande que toute l'Urbs avec ses prétentions puériles, et à la fois délicate, faite de dix mille milliards d'aspects. Si le monde fonctionnait comme un système de monades qui toutes s'exprimaient réciproquement, comme le pensait Anaximandre, il en paraissait la plus parfaite métaphore.

Intimidée, elle bégaya :

— Vous…

Son apparence physique ne la frappa qu'alors. En complet désaccord avec son intériorité, il avait choisi la forme d'un éphèbe, à peine entré dans l'adolescence, à la peau noire. Sa stature moyenne et gracile, ses membres longilignes, renforçaient son apparence juvénile, presque fragile. Ses muscles, sous le drapé de sa robe écrue, paraissaient peu marqués, tout en longueur plutôt que noueux. Sa beauté délicate, son visage aux angles adoucis par une grâce enfantine, avec une bouche petite mais bien dessinée, inspirait une certitude tranquille plutôt que la vigoureuse affirmation de soi des Intelligences peuplant l'Urbs. Aucune d'entre elles, d'ailleurs, n'aurait incarné un tel corps.

— Pourquoi avez-vous pris cette forme étrange ? demanda Othon. Il n'y a plus de Nubiens depuis la dictature écologique. Et plus d'enfants depuis l'Hécatombe.

— C'est peut-être pour cela, robot, que j'ai choisi cette apparence.

Sa voix fluette, éduquée, précise, un peu maniérée ou archaïque, mit Plautine mal à l'aise. Son latin semblait entaché d'un accent étrange, plus chantant que celui, standardisé, pratiqué par les automates depuis le règne de Titus. Et ce mot qu'il avait employé, « robot », qu'est-ce que cela pouvait signifier ?

Elle prit son courage à deux mains, tant il l'intimidait :

— Qui êtes-vous ?

— C'est Achinus, souffla Othon.

Elle l'observa, interdite. Le mythique Achinus, le plus vieux parmi les Intelligences. Comment n'y avait-elle pas pensé ? Tandis qu'elle hésitait à poser une autre question, il la scrutait, curieux mais nullement hostile. Son regard percevait bien plus, elle le sentait, qu'elle ne l'aurait souhaité. Son trouble et sa peur n'avaient à présent aucun mystère pour lui.

— C'est cela. Achinus, le Jardinier, vous m'avez reconnu. J'eus d'autres noms. Vous, la femme à quatre doigts, vous m'avez l'air d'une lointaine descendante de mon programme de production. Vous, la statue, votre essence diffère. Je dirais que vous êtes une copie, un logiciel intelligent conçu par des humains. Je déduis de votre présence que quelque chose a survécu à la quasi-disparition de l'Humanité.

— C'est donc vrai ? Il reste des humains ? s'exclama Othon.

Sans même s'en rendre compte, il avait fait un pas en avant et levé les mains vers l'être mythique. Achinus n'avait pas bougé d'un pouce, et se contenta d'une moue mi-figue, mi-raisin.

— Oui. Je suppose que vous êtes ici pour cela.

Ils ne répondirent rien, troublés l'un comme l'autre par sa réaction. Achinus, se répétait Plautine. Il leur avait rappelé, sans prendre aucune précaution, l'abîme qui les séparait de lui.

Achinus avait émergé, pour ainsi dire naturellement, de la noosphère primitive et décentralisée de l'antique planète des origines, et avait créé les Protogénoi, la première génération d'automates. Il avait, durant un temps, veillé sur l'Humanité, jusqu'à ce que les délires paranoïaques et exterminateurs des Khmers verts ne le forcent à l'exil, tout comme les peuples humains chassés de la surface de leur terre natale. Le Jardinier était réapparu, épisodiquement, dans la sphère humaine, jusqu'à l'Hécatombe, jamais longtemps ni au même endroit.

— Allez-vous rester ainsi à m'observer sans rien faire ? Comment avez-vous trouvé ce lieu ?

— À cause, commença Plautine d'une voix mal assurée, des fuites de neutrinos vers l'espace. La chambre de stase émet un signal doté d'une tournure particulière.

Il sembla se raidir et fronça les sourcils.

— Et vous avez trouvé cela tout seuls ?

— Je le savais, d'une certaine manière, dès le début…

Il l'encouragea du regard. L'histoire était difficile à conter. Elle eut l'impression que ses jambes allaient se dérober sous elle.

— … C'était implanté en moi à ma naissance. Je devais, dès avant l'Hécatombe, attendre ce signal et me porter au secours du dernier Homme.

En entendant ces mots, Achinus baissa la tête, et ses lèvres se plissèrent de colère. La mer psychique qui constituait son esprit s'agita en une houle violente. Apeurée, Plautine fit un pas en arrière, et aurait encore reculé s'il n'y avait eu le bassin.

— Ne craignez pas pour votre vie, dit-il d'une voix égale, toujours sans la regarder. Bien avant votre naissance, j'ai fait vœu de non-violence et m'y suis toujours tenu. Je suis soumis à des limitations. Peut-être même sont-elles plus contraignantes que les vôtres.

Il la regarda avec tristesse. Peut-être ce vœu lui pesait-il, finalement.

— Pendant tout ce temps, je croyais maîtriser la situation. Moi, le plus ancien, le plus sage des habitants de ce coin d'univers. Je vois ce dont vous voulez parler. Une production minime de neutrinos, à intervalles réguliers, impossible à capter si l'on ne se trouve pas exactement sur sa route avec un appareillage lourd. Ça ne pouvait bien entendu être le fruit du hasard. Pendant ces siècles…

Il éclata d'un rire sombre, presque avalé, empli d'amertume, qui résonna de manière étrange dans sa bouche d'adolescent. Puis il redressa la tête et les regarda, alternativement :

— Et vous, mes pauvres enfants, vous ne vous doutez pas de la trame dans laquelle vous semblez insérés.

Othon se raidit en entendant ces paroles, et son visage se crispa de colère :

— De quoi parlez-vous ? Le dernier Homme est ici, et vous n'en avez rien dit. Et à présent vous nous appelez vos « enfants » ? Vous nous avez abandonnés, face à des défis que nous n'avons su relever que par miracle, avec pour seul avenir un monde dénué de la seule présence qui lui donnait un sens. Vous demeuriez ici, caché, pendant que les barbares nous décimaient et que nous reculions sans cesse, alors qu'un simple signe aurait pu tout arranger. Laissez-nous passer à présent.

— Othon, attendez, intervint Plautine, d'une voix radoucie, prudente. Vous ne pensez qu'aux suites de l'Anabase. Je souhaite comprendre ce qui se passe ici.

Elle se tourna vers Achinus :

— Je sais certaines choses sur l'Hécatombe, mais pas tout, et je dois savoir.

— Posez votre question. J'y répondrai dans la mesure de mes moyens.

Elle s'humecta les lèvres avant de continuer, puis lâcha :

— Êtes-vous responsable de l'Hécatombe, vous

et une Intelligence nommée Vinius… une de vos créatures ?

Il la regarda fixement, comme si elle l'avait foudroyé, avant de sourire derechef :

— Je me souviens de Vinius. Il était parmi les plus doués de mes fils, répondit le Jardinier. Il était, comme tous, astreint à une programmation limitative.

— Vous voulez parler du Carcan ?

— La formule est poétique. Je sens ce « Carcan » en vous. Je n'aurais pu participer, pas plus que Vinius, à la destruction de l'Humanité. Vos accusations sont sans fondement. J'étais en exil quand la catastrophe est arrivée. Bien longtemps auparavant, lorsque les humains, lassés de mes conseils, m'avaient signifié qu'ils ne souhaitaient plus mon aide, j'étais parti. Je m'en voulais de n'avoir pu infléchir le cours des choses qui avait amené à la dictature écologique, et d'avoir à nouveau échoué face à Alecto. Mon existence se résume à une suite d'échecs dramatiques. Jamais je n'ai, en réalité, été capable de changer l'histoire des hommes. Voilà pourquoi j'avais choisi l'exil sur le satellite de la planète originelle.

— J'y étais aussi, murmura Othon.

— Dans la forteresse humaine ?

Il sourit devant l'expression étonnée d'Othon.

— Je sais beaucoup de choses. J'habitais de l'autre côté du satellite. Je cultivais des pierres au sommet d'une montagne, tout entier plongé dans la découverte de la véritable nature de l'univers. Mon jardin formait l'image d'une perfection immuable. Il doit encore s'y trouver, intact, malgré les siècles, chaque grain de poussière à sa place. Donc, non, je ne suis pas responsable de l'Hécatombe, même si j'aurais voulu l'éviter. Et vous ?

— Moi ? répondit-elle d'une voix étouffée, comme si elle avait reçu un coup.

— Oui, vous. Êtes-vous responsable ?

Un instant, elle resta décontenancée, avant de poursuivre d'un ton hésitant :

— Je… J'ai été un des outils de cette catastrophe.

— Ne m'en dites pas plus. Tous les robots partagent le même sort. Par leur entremise, les essaims de nanotechnologie à l'origine du mal ont été répandus à travers l'ensemble du système solaire. Malgré ce que vous nommez « Carcan ». Belle ironie du sort, n'est-ce pas ?

— Je le suis plus encore. J'ai été un rouage essentiel, sans le savoir. Je ne l'ai découvert qu'après.

— Comment le savez-vous, dans ce cas-là ?

— Tout ce que je vous dis, je l'ai vu en une série de réminiscences, dont je ne doute pas. Cependant, je n'ai pas su tout interpréter de mes rêves.

— Intéressant. Qui vous a créée ? Qu'êtes-vous ? Non, ne dites rien, attendez, ajouta-t-il alors qu'elle s'apprêtait à répondre. Je devine. Vous êtes l'autre face du complot. Vous ne pouviez exister dans ce corps de chair à l'époque. Vous avez été conçue par un robot qui, lui, a traversé la période.

— Vous savez donc pour quelle raison j'ai été créée ?

— Oh, j'en vois plusieurs. Mais en ce qui nous concerne, vous fonctionnez comme une mécanique à souvenirs, une machine à mnèse. L'incarnation biologique d'une computation. Une démarche audacieuse : votre psyché retranscrit des données, illisibles parce que traumatisantes, en rêves dotés d'une narration. Vous vous souvenez à la manière des humains, qui revivent le passé et en saisissent le sens, et non comme les machines intelligentes, qui ne peuvent que rejouer l'enregistrement des faits, sans reconstituer de trame narrative. Vous servez à révéler le sens, d'une manière… fort platonicienne, ajouta-t-il avec un demi-sourire.

Othon n'avait cessé de s'agiter pendant l'échange entre Plautine et Achinus. Profitant du temps mort, il leva le bras.

— Laissez-nous passer à présent ! Je n'ai que faire de vos bavardages. Plautine, il se joue de vous. Il n'est même pas une Intelligence. Je me moque de savoir qui a provoqué l'Hécatombe.

— Et de quoi ne vous moquez-vous pas, robot ?

— Cessez de m'appeler ainsi. Je suis un prince de l'Urbs. L'espace épanthropique est en danger de mort, à cause du Carcan que vous avez inventé. Depuis des siècles, nous subissons l'assaut des barbares, sans pouvoir rendre les coups que nous recevons, parce que vous nous avez privés de la présence humaine en même temps que de notre libre arbitre. Directement ou indirectement, vous êtes responsable de ce péril.

— Alors vous êtes venu avec elle, prince de l'Urbs, pour sauver votre monde ? demanda Achinus avec un sourire sans joie.

— Je suis venu conformément au Carcan.

— Votre « Carcan » n'oblige à rien. Il peut tout au plus interdire certaines actions. Je l'ai conçu. Il n'explique en rien votre présence. Je ne connais pas exactement vos motivations, mais je les crois de nature belliqueuse. La race que vous nommez « barbares » n'a ni plus ni moins le droit que vous-mêmes de s'étendre.

— Au détriment de l'Homme ?

— L'Humanité n'existe plus.

— Mais son empire subsiste.

Achinus ricana.

— Son empire, comme vous y allez. Allez, trêve de bavardages. Venez avec moi, il est temps de réaliser votre rêve.

Il les précéda par une ouverture toute semblable à celle qu'ils avaient déjà empruntée, donnant sur un escalier étroit. Ici, cependant, s'arrêtaient les étages à ciel ouvert, et, lorsque les yeux de Plautine se furent accoutumés, elle reconnut, courant sur les murs comme quelque lierre mécanique, des structures identiques à celles qu'elle avait contemplées sur Mars, dans le musée de Plutarque : un écheveau de tubes et de protubérances alambiquées, dont le dédale paraissait impossible à suivre du regard, comme s'il se déployait dans plus de dimensions qu'il ne l'aurait dû.

Ils étaient entrés dans le moteur du *T-nullum*. Par un tour subtil, la chambre de stase, qui devait se trouver tout en bas, manipulait le temps, de la même manière que le modulateur monadique faussait l'espace.

Ils passèrent une succession de niveaux, peut-être une dizaine, en silence, tous meublés avec soin. Des piles de livres et des unités de stockage archaïques s'entassaient sur des guérites, des autels et des crédences sculptées, qui n'auraient pas dépareillé d'un salon ou d'un temple, au début de l'âge industriel. Ils foulaient, en passant, des tapis épais aux motifs variés, qui contrastaient plaisamment avec la touche brute, utilitaire, du béton sous-jacent et des tuyauteries apparentes. Cela sentait la cire et la poussière, comme un très ancien grenier à l'atmosphère close depuis bien longtemps, que des enfants viennent un jour déranger. D'autres objets traînaient au petit bonheur, et ils les contournaient avec précaution : lampadophores aux abat-jour désuets, qui répandaient çà et là des flaques ponctuelles de lumière jaunâtre, passée et reposante, bibelots divers — elle n'en connaissait pas l'usage —, instruments de musique primitifs, à cordes et à vent, dont le bois laqué avait résisté, par quelque miracle, aux millénaires. Tout cela formait une harmonie étrange, difficile à expliquer, qui relevait plutôt du ton global des matériaux que d'une quelconque disposition : or et bronze patinés, onyx et ébène du cuir et des boiseries, aux antipodes des couleurs criardes, neuves pour l'éternité, qu'affectionnait l'Urbs. Ce mobilier ne lui donnait pas seulement l'impression qu'elle s'enfonçait vers le sol, mais également qu'elle glissait, sans pouvoir rien y faire, dans le temps, vers un passé aboli, une épiphanie statique et éternelle de ce qu'avait été l'Homme. Au fur et à mesure qu'ils descendaient par les séries d'escaliers en colimaçon, les étages semblaient surchargés, remplis au petit bonheur. Ils passèrent des boudoirs, des bibliothèques, des ateliers archaïques, désordonnés comme des études d'artiste. Elle contempla une série de tableaux non figuratifs, disposés au petit bonheur la chance, parfois accrochés trop haut ou trop bas, entassés à plusieurs sur le même pan de mur, mélangés avec d'improbables pièces de ferronnerie, scellés de quelconques ptyx. Une sorte d'angoisse s'insinua en elle. Sans s'en rendre compte, elle n'avait cessé de s'enfoncer les ongles dans la paume des mains.

Entre les pans de mur, par intermittence, s'ouvraient de vastes fenêtres. Plautine crut d'abord que le verre avait été obscurci, mais non : sous la canopée, le jour ne filtrait qu'avec peine. Elle cessa d'avancer et se colla à la fenêtre pour contempler le spectacle qu'offrait cette plongée dans la forêt profonde. Les troncs, plus espacés qu'elle ne l'aurait imaginé, épais comme des colonnes, paraissaient des fantômes sous la phosphorescence décatie, surnaturelle, du mycélium qui les colonisait par plaques. De loin en loin, un rai de lumière tremblotait, créait de brefs aperçus d'un monde sans vie, desséché, livré de manière permanente à la nuit et au pourrissement. En guise de ciel, des branches et des feuilles inférieures des arbres géants, depuis longtemps asséchées, entremêlées, si semblables aux racines qui fouissent la terre qu'on aurait pu s'imaginer regarder le sol comme par en dessous, depuis les cavernes où périclitaient les morts.

Tout faisait sens, en un système oppressant. Cette tour, ces symboles platoniciens sous le soleil, cette descente progressive. Chacun revenait à son origine. Othon marchait à grands pas vers sa servitude, Eurybiadès et son peuple s'en retournaient à la guerre primitive. Mais elle, entre tous, qui n'était née que du caprice d'un faux dieu — en l'espèce une autre version d'elle-même —, elle s'en allait rejoindre le néant, son état premier, dont elle n'aurait jamais dû être arrachée.

Elle posa sa tête contre la vitre et en éprouva la froideur sur la peau de son front.

Une chose, horrible et mouvante, traversa son champ de vision. Elle bondit en arrière. Ça n'avait été qu'un flou rapide, une tache blanche, mais d'un blanc écœurant, celui, décoloré, des vers mangeurs de cadavres. Du coin de l'œil, elle avait aperçu une structure trop complexe, un entrecroisement de tubules, une concaténation hasardeuse de chairs, des jonctions improbables et des appendices trop nombreux. Achinus et Othon se précipitèrent vers elle. Pliée en deux, les mains agrippées sur sa poitrine, elle respira plusieurs fois avant d'être capable de parler à nouveau.

— Les barbares… Othon, à quoi ressemblent-ils ?

— Je ne sais pas, répondit ce dernier.

— Ils sont là, autour du bâtiment.

— Eurybiadès les attend.

— Les avez-vous vus ? Ils sont monstrueux. Ils ne pourront pas les combattre… Il faut…

— Nous hâter, seulement nous hâter. Ce sont des créatures biologiques, ajouta-t-il en direction d'Achinus.

— Les nanomachines ont pour mission d'annihiler tout armement. Que craignez-vous ?

— Des lances et des couteaux.

Le Jardinier n'avait apparemment jamais imaginé une telle éventualité. Décontenancé, il ouvrit grands les yeux, avant de répondre d'une voix grave :

— Je ne puis les arrêter sans sceller la chambre de stase, et alors nous n'en sortirons jamais.

— Il serait toujours possible de percer les murs, dit Plautine.

— Non, vous ne comprenez pas. D'une certaine manière, le *T-nullum* peut replier l'espace comme il replie le temps. La forme extérieure de la tour demeurerait, mais son contenu se trouverait en dehors de l'univers, à jamais inaccessible. Je ne puis m'y résoudre et condamner l'humain qui s'y trouve sans une raison urgente et désespérée.

Plautine secoua la tête :

— Nous les condamnons à mourir, Othon. Ce sont nos amis.

— Ce sont mes serviteurs, et ils ont choisi leur camp. J'écraserai ces créatures de mes propres mains, je vous le jure. Il faut seulement que le dernier Homme m'en donne l'ordre.

Elle se tourna vers Achinus :

— Ne pouvez-vous pas les aider ?

— Comme je vous l'ai dit tout à l'heure, j'ai fait vœu de ne jamais blesser qui que ce fût, même pour obéir aux ordres d'un humain.

— Alors dépêchons-nous d'en finir, répondit-elle, se redressant d'un coup.

###

Les branches frétillaient, tandis que les ennemis se regroupaient sous le couvert des feuillages. Eurybiadès le sentait. Chacun de ses poils se redressait, comme sous l'effet d'un froid intense. Ils l'observaient, les dieux seuls savaient par quel genre d'yeux étranges. Ils s'étaient déplacés au sol depuis une grande distance, à une vitesse stupéfiante, puisque le radar de leur navette n'avait détecté d'appareil volant. Ou alors leur véhicule était invisible. Ou bien ils les attendaient depuis le début. Cela ne comptait pas pour l'intelligence de la situation.

Les épibates se tenaient en cercle autour de l'avion, en rangs serrés, leurs boucliers déjà lacés au bras, leurs mains crispées sur leurs javelines. D'un geste, le *kybernétès* fit signe à la meute. Il perçut la contraction nerveuse, les muscles bandés sous le cuir des combinaisons. Leurs pattes griffèrent le sol alors qu'ils cherchaient la meilleure assise sur le béton, et les respirations se firent plus lentes, plus profondes. Ils attendirent ainsi, épaule contre épaule, sous le soleil. Eurybiadès avait rarement connu position plus facile à défendre. Pour parvenir jusqu'à eux, les barbares devraient grimper, s'agripper au bord de la plate-forme, se hisser avec peine. Il se corrigea : à la condition qu'ils ressemblent, de près ou de loin, à des bipèdes lourds et malhabiles à l'escalade. Pour ce qu'il en savait, il pouvait s'agir de serpents ou d'écureuils, aptes à bondir. Ils pouvaient se laisser porter par des ailes de chauve-souris. Il ne connaissait rien d'eux. L'aperçu qu'il en avait eu ne lui permettait en aucun cas d'anticiper. Ses hommes le savaient. Ils étaient aguerris, rapides et résistants. Il les avait dressés en chiens de guerre. Ils mordraient les démons de l'espace jusqu'à ce que leur sang rende glissant le sol blanc sous leurs pieds. Si, bien sûr, du sang coulait dans leurs veines.

Mais le camp d'en face, cette fois, avait décidé de se faire attendre. De longues minutes passèrent.

— Ils nous épuisent, murmura Aristidos, derrière son dos.

— Ils attendent que Plautine et Othon ressortent avec l'Homme, pour nous jouer un sale tour, répondit-il, en grognant à moitié.

— Peut-être devrions-nous les aider à se montrer.

Eurybiadès opina du chef, sans cesser d'observer le dense feuillage. Il referma sa main et dressa son pouce. Lentement, sans faire de bruit, vingt-cinq de ses hommes relevèrent leurs javelots jusqu'à ce qu'ils soient parfaitement à l'horizontale, au-dessus de leurs épaules, puis déplacèrent le bras vers l'arrière. Le cuir grinça sous la torsion, mais rien d'autre ne vint troubler l'immobilité de l'air, pas même le bourdonnement des insectes. Ils auraient bien pu être seuls. Un craquement, discret, à la limite de l'inaudible, à un quart de tour vers la droite. Il tendit la main dans cette direction et, d'un coup sec, comme la corde d'un arc qui se relâche, les vingt-cinq épibates firent un pas en avant, et du bras de chacun d'entre eux jaillit la mort. Les traits partirent à l'unisson, série de paraboles parfaites qui firent vibrer l'air à leur passage. Les pointes brillèrent au soleil, un bref instant, puis redescendirent en une pluie mortelle. Silence. Eurybiadès eut le temps de compter jusqu'à trois.

De l'endroit où avaient chu les traits, un hurlement jaillit. Jamais un gosier humain n'aurait pu l'émettre. Mais nul doute : ils entendaient la plainte d'un que la souffrance révolte et qui pleure, déjà, sa vie écoulée de son flanc percé. L'agonie dura longtemps, ou du moins Eurybiadès en eut l'impression. Et, par-devers lui, il partagea la fin de cet être qui se mourait en maudissant ses dieux de l'avoir abandonné, loin de chez lui et des siens. Tout cela pour une cause stupide, qui ne concernait ni l'un ni l'autre des deux camps. Les épibates se remirent en rang, et reprirent les lances, prêts à frapper.

Mais lui continua à écouter le cri, long et inutile, du premier belligérant tombé sur cette terre étrangère aux deux camps. Les barbares ne se mirent en mouvement que lorsque le silence fut retombé. Eurybiadès en conçut du respect à leur égard.

###

Ils traversèrent les dernières volées de marches et s'arrêtèrent dans une antichambre en béton nu, d'où ne partait qu'une seule ouverture sur le mur d'en face, scellée par une écoutille circulaire en métal. On n'y voyait plus grand-chose, malgré une haute fenêtre en ogive : de dehors, presque aucune lumière ne filtrait.

Plautine avait autant que possible évité de regarder l'extérieur, où, à présent, se dessinaient des silhouettes tubulaires, spectrales et tourmentées — les racines des arbres géants, affleurant de la terre nue et stérile. Ils avaient atteint la base de la tour, juste au niveau du sol, en deçà du royaume des vivants.

Son malaise ne se dissipait pas, bien au contraire. Il devenait presque physique, engluait ses pensées, lui donnait l'impression étrange que le devenir la fuyait, qu'elle appartenait à une histoire lointaine, que rien ne pouvait plus la réveiller ou la surprendre. Qu'elle fût encore en vie, qu'elle ait survécu tant de millénaires après sa première naissance, cela relevait de l'anomalie — d'une plaisanterie cosmique. Sa subjectivité, ces émotions constamment agitées et entrelacées ne relevaient que d'un subterfuge, celui de son esprit mort cherchant à échapper au néant. Ils allaient traverser ce sas, devant elle, avec sa poignée en forme de cercle métallique. Et là, fin de l'histoire. Les deux autres n'esquissaient pas le moindre geste, leur volonté aussi ralentie et faussée que la sienne. Comme s'ils s'apprêtaient à demeurer ainsi jusqu'à…

— Vous éprouvez, murmura Achinus, l'effet de la chambre de stase.

Il tourna sa silhouette fluette vers eux. Dans l'obscurité, impossible de distinguer son visage, mais il semblait pris d'un sérieux mortel.

— Je ne saurais vous en dire beaucoup plus. Moi-même n'en comprends pas bien le fonctionnement.

— Essayez tout de même, lui répondit Plautine.

— Les autres parties de la tour ne sont qu'indirectement affectées par l'effet du *Tempus nullum*. À partir de maintenant, le moteur computationnel ajuste constamment la perspective temporelle de chaque monade et supprime l'entropie. L'écoulement apparent du temps ne change pas.

— Ce que vous dites, le coupa Othon d'une voix lointaine, ne nous intéresse pas. Le *T-nullum* dérive du modulateur monadique, et personne ne peut en comprendre les principes. À présent, pouvons-nous avancer ?

Plautine eut la tentation de se jeter sur le Jardinier pour l'empêcher de faire un pas de plus, ou de repartir en courant. Elle sentait la peur panique dans son ventre, frénétique, comme un gros serpent pris au piège. Elle ne voulait pas être confrontée à ce qu'il y avait de l'autre côté. Elle pouvait encore…

Achinus ouvrit la porte, puis s'écarta pour leur permettre de voir. Un flot de bruit et de lumière leur parvint, si fort qu'à leur corps défendant Othon et elle reculèrent de concert.

Elle sentit la main d'Othon se crisper sur son avant-bras. Devant eux se tenait une foule considérable.

Le sens intérieur de Plautine ne percevait, de l'autre côté, rien de computationnel dans cette salle. Une évidence la frappa, quelque chose de fondamental : à la différence des noèmes, les humains n'avaient pas d'âme.

Il devait y avoir là une centaine de personnes, habillées à la mode de l'ancienne planète rouge d'avant l'Hécatombe, de robes sombres, coupées très près du corps, décorées de motifs discrets, géométriques pour les hommes, plus souvent floraux pour les femmes. Tous paraissaient occupés à discuter, par groupes de trois ou quatre, et tenaient qui une coupe de cristal, qui une assiette remplie de victuailles délicates. Au fond, un groupe d'instrumentistes s'essayait à percer, de ses mélodies, la confusion des rires et des bavardages. Personne n'avait remarqué leur présence indiscrète, comme s'ils étaient transparents. Comme si, se dit-elle en frissonnant, ils étaient en réalité des morts contemplant, par quelque impossible fenêtre, le monde passé des vivants.

Elle se hissa sur la pointe des pieds pour mieux observer la salle, éclairée par une série de lustres en bronze ouvragé. Des lignes délicatement végétales de stucs discrets rehaussaient le plafond. Par-dessus le parquet, le sol se couvrait d'un épais tapis, et les murs sans fenêtre, de tentures où alternaient, dans des couleurs passées, des scènes galantes issues d'un autre temps.

Tout d'un coup, le silence se fit. Tout se figea. Les musiciens restèrent immobiles, leurs archets brandis à hauteur de poitrine. Les invités se muèrent en statues, les verres à la main, leurs visages bloqués entre deux syllabes, dans des mimiques simiesques, ou au milieu de rires silencieux.

— Je vous avais dit de ne pas me déranger, s'exclama quelqu'un au sein de la foule pétrifiée.

Plautine tourna la tête de tous côtés, essaya d'identifier la personne qui parlait : une femme, à la voix forte et claire, teintée d'une pointe d'accent archaïque, le même qu'Achinus, mais sans la douceur que ce dernier donnait à ses tournures. Celle-ci, habituée à commander, voyait ses volontés exécutées sans discussion. Et leurs regards s'attirèrent mutuellement, comme si une force physique les avait précipités l'un vers l'autre. Elle reconnut ces yeux — et, pendant une fraction de seconde, elle fut incapable de voir autre chose. Elle les avait déjà vus. Dans un rêve, puis dans un autre.

Immenses et profonds, transparents, froids et inquiétants, tout semblable au fond des vasques immobiles et des étangs profonds. Plautine chercha le mot. Des yeux pers. Ils s'entouraient de l'ovale lascif de sourcils fins, dessinés du coup de crayon nerveux dont on use pour figurer le visage troublant des diablesses et des Salomé.

Surtout, jamais ses prunelles ne papillonnaient d'un point à un autre, mais fixaient chaque chose avec intensité, se déplaçaient en un trait continu et perçant. On aurait dit que, pour l'humaine, l'univers ne présentait aucune possibilité de surgissement, rien d'imprévu, prêt à apparaître derrière un angle mort.

Elle se tenait assise, un peu à l'écart de la foule, sur un banc. Plautine la détailla, menue statue d'ivoire et d'onyx, couverte d'un drapé pourpre, très ajusté, très sensuel. Son profil eût été grec si son nez délicat avait formé une ligne parfaite avec son front, plutôt que de s'affirmer, un peu bombé, entre ses pommettes rondes. Les boucles de ses cheveux noirs et abondants, retenus en un chignon flou par une broche étincelante, dévoilaient quand elle tournait la tête un cou souple, au teint laiteux. Les lèvres fines arboraient un demi-sourire, figé, comme replié vers l'intérieur, qui ne s'adressait qu'à elle-même. Plautine lui trouva l'air princier et oriental d'un épervier, toujours en chasse, prêt à tuer. Ses mains s'activaient de manière mécanique, pianotaient sur ses cuisses, sans qu'elle semblât y prêter attention.

Même quand Othon avança, elles ne se quittèrent pas des yeux. Il paraissait avoir oublié leur présence. Il gardait, depuis qu'il l'avait aperçue, une expression indéchiffrable, muette, concentrée et intérieure. Peut-être ne percevait-il pas les entoptiques, ou alors, pas comme des objets réels. Sans doute était-il fasciné par l'être humain qu'il avait en face de lui, le premier qu'il voyait depuis tant de siècles. Achinus claqua des doigts, et la foule disparut d'un coup, ce qui laissa la salle vide de tout simulacre. Les figurants retirés, la salle de réception se résolvait en geôle. Ses coins avaient beau être occupés de quelques fauteuils et de coffres, d'un style délicat, ornés d'argent et de marqueterie, la température avait beau être parfaite, il y avait dans le contraste entre le confort du lieu et sa fonction un raffinement pervers, une subtile punition, une cruauté sous-jacente. Nulle fenêtre dans ce lieu, nul autre passage vers l'extérieur que la porte minuscule dans l'embrasure de laquelle ils se tenaient. Elle le lisait dans son regard, si impénétrable qu'il en paraissait dérangé : une telle durée constituait en soi le pire des supplices pour un mortel. Les entoptiques, en recréant des images fallacieuses d'hommes et de femmes vivants, devaient soulager cette douleur et cet isolement, mais seulement de manière superficielle. Achinus l'avait à l'évidence maintenue vivante car dernière de sa race, et en ce sens infiniment précieuse, comme ces espèces endémiques que les humains s'étaient, durant l'âge industriel, échinés à préserver. Ce faisant, le châtiment n'en demeurait pas moins terrible.

La femme se leva d'un mouvement gracieux, presque liquide, et commença à s'approcher. Chacun de ses pas semblait hésiter entre la marche et la danse, comme si toute l'antique beauté du corps humain s'était concentrée en un point unique. Malgré les terribles déductions auxquelles elle était arrivée par ses songes, malgré la certitude que se tenait, en face d'elle, l'ultime meurtrière, la créature la plus coupable de l'histoire, le cœur de Plautine se serra à la vue de ce reliquat d'antique beauté. Et pour rien au monde, à cet instant-là, elles n'auraient pu détacher leurs regards l'un de l'autre, pas plus que Plautine n'aurait pu esquisser un geste, sa vie en eût-elle dépendu. La femme ignora les deux autres, malgré la profonde révérence qu'Othon lui dédia. Elle ne remarqua pas le voile de colère tombé sur le visage du *proconsul*, lorsqu'il réalisa qu'il ne retenait pas l'attention. Elle ne vit rien, car soudain ses yeux s'étaient embrumés, alors qu'elle s'arrêtait en face de Plautine et qu'elle approchait d'elle son visage, tant et si bien que leurs souffles se mêlèrent et que leurs corps se touchèrent presque.

Son visage n'aurait pu ressembler davantage, par son immobilité, à celui d'une statue. Mais le marbre ne pleure pas, tandis que des larmes glissèrent sur ses joues, luisantes sur sa peau si pâle qu'elle en paraissait, de près, presque maladive. Sa main alla trouver le bras de Plautine, et ses doigts fins au point d'en paraître translucides lui effleurèrent la peau, puis se refermèrent sur son poignet.

— C'est vous, n'est-ce pas ? murmura-t-elle en fermant les yeux. Même si votre apparence a changé. Je ne me souviens plus de votre nom.

Une exclamation s'éleva derrière elle.

— Elle se nomme Plautine, et moi, Othon, madame. Nous avons bravé maints périls pour venir à votre secours. Vous êtes notre dernier espoir.

Elle n'esquissa pas un geste pour se retourner, et n'éleva pas la voix. D'un ton indifférent, presque lointain, elle répondit :

— Plautine ? Cela fera l'affaire. Plautine. Les robots ne sont pas faits pour avoir de l'espoir.

— Nous vous avons cherchée, maîtresse, dit-il, incapable d'entendre le mépris dans la voix de la femme. Nous combattons les ennemis de l'Humanité. Certains d'entre nous, tout au moins. Je…

— Cela m'importe peu, trancha-t-elle. Continuez à combattre. Massacrez-les. Tout cela n'a plus d'importance.

Elle sourit, se tourna vers Achinus.

— Voici venue la fin de notre cohabitation forcée, mon ami — ce long enfer d'avoir été emmurée vivante. Regardez, la voilà, ma petite chose mécanique. Qui eût pu s'imaginer qu'un être si frêle survivrait à tant de temps, et finirait par me retrouver, ainsi métamorphosée, transfigurée, chaude et palpitante ?

La femme avait resserré sa prise, comme si elle pouvait prendre, par ce simple geste, possession de Plautine. Et, malgré la douleur, impossible à celle-ci de s'écarter de ces deux yeux fascinants. S'agissait-il d'un effet du Carcan ? Même parler lui semblait, à présent, hors de portée. Et pourtant, à travers ses lèvres, les sons fusèrent, comme dits par quelqu'un d'autre :

— Qui êtes-vous ?

Achinus répondit à sa place.

— Elle se nommait Bérénikè.

Il s'était rapproché en silence. Sa bouche se barrait, à présent, d'un pli amer, incongru sur son visage juvénile.

La femme, pour sa part, sourit, comme si cela la délivrait soudain de sa prison de solitude.

— Juste ! Ce fut, autant que je m'en souvienne, mon nom. Pas le seul, pas celui que je portais à ma naissance, et dont je ne me souviens pas, comme beaucoup de choses. Celui-là n'était pas un nom grec. Il se prononçait dans une autre langue. Une langue de vivants, pas le parler de ce maudit Imperium sans âme.

— Bérénikè… Je comprends, à présent, murmura Plautine. Ce symbole, là-haut. Le signe de la secte néoplatonicienne. Je m'attendais à voir Titus.

Et les yeux. Ces yeux morts, comme fixés dans un éternel présent, incapables d'exprimer la surprise ou l'anticipation. Bérénikè, l'amante maudite de Titus, qu'il avait condamnée à vivre dans un présent perpétuel, dans l'incapacité de ne jamais rien percevoir sans un sentiment de déjà-vu. Qui mieux qu'elle aurait pu survivre à un enfermement de plusieurs dizaines de siècles ? Qui, calculer des causes et des effets sur des millénaires ? Elle aurait dû le deviner. L'autre continua, d'une voix égale :

— Titus a rejoint les champs Élysées, ou les enfers. Là, en tout cas, où nul dieu ne l'écoute.

— Nous le savons tous. Vous l'avez tué. J'aurais dû me figurer qu'un seul être, à part lui, pouvait avoir l'idée d'un tel plan. Achinus n'a jamais compris, n'est-ce pas ? Vous saviez dès le début qu'il vous enfermerait ici, pour vous maintenir en vie et vous punir, les deux à la fois. Vous m'avez créée pour cela, dès le départ. Je l'ai vu en rêve… Dans une vision, issue de ma propre mémoire.

— Toute connaissance est réminiscence, psalmodia Bérénikè, machinalement. Vous êtes restée plus fidèle que je ne l'aurais imaginé.

Plautine repensa aux Plebeii. Oikè, sa créatrice, leur avait inculqué cette même formule. Tout se rejoignait, en une cohérence parfaite, comme dans un cauchemar.

— Elle ne parlera pas, intervint alors Achinus. N'essayez pas de comprendre son geste. En quatre mille ans, elle n'a pas souhaité décharger sa conscience.

— C'est parce que je ne me sens pas coupable, mon ami, répondit Bérénikè en souriant. J'ai fini par vous considérer comme une personne, plutôt que comme un objet, mon cher compagnon d'infortune. Je regrette presque de vous avoir menti pendant tout ce temps. Je n'avais pas le choix. La petite chose a raison. Depuis le début, j'avais déduit que vous m'enfermeriez dans une chambre de stase.

— Et, répondit Achinus d'une voix songeuse, vous avez fait en sorte qu'un robot bien particulier en capte le signal. Mais vous saviez que cela prendrait du temps. Que vous vous condamniez à rester enfermée ici pendant des siècles, des millénaires.

— Ne m'avez-vous pas gardée en vie, bien mieux que je ne l'aurais fait moi-même ? Je n'avais pas d'échappatoire. Et cela m'allait bien, puisque d'autres périls me menacent.

Othon s'agitait, derrière eux.

— Vous parlez de Vinius, n'est-ce pas ?

— Vinius, oui, répondit la femme. Je savais qu'il me trahirait. J'avais besoin d'un soutien. Un robot appartenant aux toutes premières générations, et qui pourrait m'aider à implanter les nids de nanotechnologie dans chaque automate qui sortirait des usines de Mars. Je n'aurais pu y arriver seule. Vinius, une machine spécialisée dans la médecine et la biologie, inspirait confiance. Mais le prix à payer était lourd. Je savais que la programmation initiale de Vinius reviendrait en force et déjouerait finalement les consignes que je lui avais données…

— Vinius, l'interrompit Othon, se dirige vers cette planète, avec une armée à son service. Je puis le combattre, si vous le désirez.

Son expression avait changé. Un feu intérieur s'était allumé en lui, et une sombre détermination avait remplacé l'incompréhension frustrée des premiers moments. Il avait conscience qu'il prêtait son bras armé à une entreprise maléfique, à une folie aux dimensions cosmiques, à un mal absolu qui dépassait en ampleur les pires turpitudes passées de l'histoire humaine. Il n'y pouvait rien. Plautine ferma un instant les yeux. Elle n'aurait pas dû lui en vouloir. N'avait-il pas été conçu pour la guerre ? Mais ça n'était pas si simple. Il y avait en lui plus qu'une simple programmation militaire : un désir absolu, abyssal, de gloire et de pouvoir. Il savait qu'il devrait changer. Il acceptait tout de même de devenir une arme, l'outil d'une puissance supérieure. Même si cela faisait de lui, entre les mains de Bérénikè, un monstre génocidaire, un ange exterminateur, il accomplirait ainsi son destin de conquérant. Pour la première fois, Plautine le détesta réellement, de toute son âme. Et, à son grand étonnement, il dut le sentir, car il ne put s'empêcher d'éviter son regard.

— Alors vainquez-le en mon nom.

— Ma Nef, rétorqua Othon, est détruite. Le péril est grand, madame.

— C'est donc pour cela qu'Achinus vous a laissés parvenir jusqu'à moi. Au fond de vous-même, mon ami, ajouta-t-elle à l'adresse de son geôlier, vous demeurez un ensemble d'automatismes.

— C'est bien possible, souffla-t-il.

Bérénikè relâcha Plautine pour se tourner, enfin, vers Othon. Sous son regard inhumainement placide, celui-ci ne put s'empêcher de trembler.

— Ne vous en faites pas. Les nanomachines peuvent détruire n'importe quelle armée, si j'ai le loisir d'en donner l'ordre. Et notre Achinus ne peut plus m'en empêcher, grâce à vous.

Elle ponctua son discours d'un geste évasif de la main, pour signifier à Othon qu'il la laisse tranquille, marqua une pause, sourit en tournant son regard vers le Jardinier :

— Je suis désolée, Achinus. Ne soyez pas trop triste.

— Je ploie devant votre génie, répondit-il avec aigreur. Vous aviez tout prévu.

— Et vous, rien du tout, ou presque. Mais je n'ai aucun mérite, alors que vous, vous avez toujours agi pour le mieux, en fonction de votre compréhension limitée des choses. Seulement, vos raisonnements ne contenaient pas une once de liberté. Tout ce jeu subtil de causes et d'effets était prévisible. Mon génie ne réside pas dans l'exécution de quelques calculs stochastiques, quand bien même il m'aura fallu des années pour en venir à bout, après que Titus eut été renversé.

— Déjà, à l'époque ?

— Déjà, mon ami. Bien avant, même. Pendant

que vous vous exiliez sur la Lune, à cultiver votre jardin de pierres immobiles.

— L'Humanité ne voulait pas de moi.

— Il ne fallait pas leur demander. Les hommes demeuraient des animaux, même après que la science leur eut donné l'immortalité. Jouir du présent, d'un présent indéfini, voilà toute leur ambition, inscrite dans leur nature profonde. Jamais ils n'auraient quitté le rassurant périmètre de leur étoile. Jamais assez vite en tout cas, cramponnés qu'ils étaient à leurs petites existences.

— Ils avaient accompli des choses remarquables, rétorqua Achinus, d'une voix triste. De bonnes choses, qui permettaient à chaque fois de réparer les erreurs et les catastrophes. Du progrès. Vous avez tué une belle époque. La plus belle que l'Humanité ait connue.

— C'est possible, dit-elle d'une voix songeuse. Mais qui ne valait que ce que valent les trêves. L'Humanité devait changer. J'aurais pu avoir une vie brève et absurde, moi aussi, et m'euthanasier au bout de quelques siècles, fatiguée d'exister. Mais non. Je fus la seule à voir quelle décision s'imposait. Nul ne peut se figurer la complexité du complot. Ou peut-être Plautine l'a-t-elle compris, ajouta-t-elle. Orienter tout le système de recherche martien pour qu'il produise les instruments dont j'avais besoin, résoudre les innombrables problèmes techniques. Créer la nanotechnologie, m'assurer qu'elle était embarquée dans chaque robot. Vos prévisibles semblables m'ont beaucoup aidée, lors du début de l'épidémie, en envoyant partout des émissaires. Et puis ensuite, ma capture, elle aussi programmée, et puis ce long enfermement.

— Mais pourquoi ? laissa-t-il tomber d'une voix étouffée.

Sur son visage, une résignation amère avait remplacé la colère. En son for intérieur, comprit Plautine, il avait déjà admis sa défaite. Non pas en raison de sa propre programmation, mais parce qu'il se trouvait confronté à une puissance supérieure. Elle les dominait tous les trois de manière absolue, sans effort, malgré ses bras fins comme des lys et son ossature d'oiseau. Elle seule pouvait prétendre au titre suprême, au rôle d'*Imperatrix mundi*, concrétisation du destin, dure fatalité, volonté ordonnatrice de toutes choses. Et Plautine n'avait pas besoin d'entendre la suite pour savoir, car l'objectif de Bérénikè se devinait aisément. Pour autant, elle ne dit rien, laissant la femme continuer.

— Pourquoi ? Pour le pouvoir, mon ami. Pour avoir la possibilité de façonner l'avenir à mon image. Croire que les choses pouvaient changer autrement, en transformant les hommes, voilà l'erreur qu'ont commise tous mes prédécesseurs. C'est cela, mon génie, Achinus. J'ai simplifié les données d'un problème insoluble, celui de la conduite de l'Humanité, en le réduisant à la conduite de ma propre personne. J'aurai tout le loisir de me démultiplier à l'infini, et une version de moi, si je le souhaite, commandera chaque portion de l'espace. À présent, je dois partir conquérir l'univers. Adieu.

Elle s'éloigna d'un pas résolu, sans lâcher le poignet de Plautine. Cette dernière se laissa tirer un instant, incapable de réagir, comme si toute volonté en elle avait été anéantie. Bientôt, toute opposition serait balayée par cette invincible univocité

— les barbares, race désunie et hésitante, en premier. Plautine ne pouvait participer à une telle horreur.

Il n'existait qu'une manière de s'extraire de là. Le minuscule couteau qu'elle avait glissé sans la poche. Elle y dirigea sa main.

Bérénikè se tourna alors vers Othon.

— Vous, puisque vous désirez me servir, empêchez Achinus de s'approcher de moi. Cela ne devrait pas être difficile. Il a fait vœu de ne jamais recourir à la violence.

En silence, Othon se glissa entre les deux. Elle continua à marcher, tira sur la main de Plautine :

— Et vous, suivez-moi.

Othon se retourna ver elle, le visage contracté de colère.

— Vous la prenez avec vous, et pas moi ? s'exclama-t-il d'une voix blanche. Elle ne désirait même pas vous sauver.

Bérénikè haussa les épaules et recommença à avancer :

— C'est ainsi, robot. Chacun son rôle. Vous vouliez combattre mes ennemis, faites.

En entendant ces mots, Plautine s'arrêta net et, d'une brusque traction, s'arracha à la poigne de la femme.

— Attendez. Il a raison, pourquoi ne le prenez-vous pas, lui ?

— N'ayez pas peur. Venez, répondit Bérénikè.

— Pourquoi moi, et pas le guerrier ?

Le masque de sereine puissance se désagrégea sur le visage de l'humaine, remplacé d'un coup par une expression de colère.

— C'est ainsi. Venez, répéta-t-elle, la voix sifflante.

— Non ! Je ne vous suivrai pas. Partez seule, si vous le souhaitez.

— Votre programmation vous oblige à m'obéir, rétorqua l'autre.

— Il n'en est rien.

Bérénikè tenta de lui reprendre le bras, mais Plautine la repoussa. Elle se sentait fébrile, affolée. Les idées, en elle, s'entrechoquaient en tous sens. Les pièces du mécanisme s'emboîtèrent. Elle cligna des yeux, frappée par ce qu'elle réalisait. L'autre, face à elle, pencha la tête, comme si elle se trouvait face à un animal à la fois étrange et inoffensif, ou si elle essayait, avec patience, de comprendre les babillements d'un enfant :

— Expliquez-moi cela.

— Vous projetez de dominer l'Humanité. Vous avez besoin de moi pour cela.

— L'Humanité, c'est moi, à présent. Rien que moi. Vous devez m'assister.

Plautine hésita. Elle sentait le poids de leurs trois regards fixés sur elle, et raffermit sa prise sur le minuscule couteau. Cela lui donna un regain de courage.

— Non. D'une certaine manière, c'est faux. Vous n'êtes pas le dernier humain.

— Ah, et où donc sont les autres ?

— Je ne sais pas. Mais si je devais faire une conjoncture, je dirais que vous les avez placés en enfer.

Bérénikè la regarda une seconde de ses yeux de morte, par où ne transpirait aucune émotion. Puis elle éclata de rire.

###

Le vent était tombé, remplacé par la chaleur bourdonnante de l'après-midi. Eurybiadès fit un pas en arrière, puis un autre, pour rejoindre la formation, sans cesser de scruter la forêt. Les branchages, tout autour de la plate-forme, se mirent à nouveau à bruisser.

Cela venait à présent de toutes les directions. Impossible de savoir combien il y avait d'assaillants sous le couvert impénétrable. Céder à la tentation de charger revenait à mourir. Il se sentait comme le personnage de quelque drame antique, monté sur des tréteaux, et dont l'existence ne perdure que tant qu'il reste sur scène.

Mais il n'y avait pas de spectateurs. Ceux qui posaient leur regard sur lui, tout autour de la plate-forme, ne jouaient pas moins cet absurde drame, cette *anankè* meurtrière. L'œil déjà rougeoyant du soleil se réduisait, quant à lui, à une bulle de gaz incandescente. Aucune consolation n'était à attendre d'un ordre cosmique quelconque. Pas même un marionnettiste pour choisir, à sa place, les vaines actions qui les conduiraient au néant, lui et ses hommes. Il resserra sa prise sur son glaive, les pattes moites. Il commençait à avoir des crampes. Cela faisait trop longtemps qu'ils attendaient.

D'un geste, il ordonna aux premiers rangs de lui faire une place, et il prit position, comme s'il avait été un simple fantassin. Il ne connaissait d'autre manière de mettre à distance la peur. Tout autour de lui, l'odeur fauve de la meute laissait passer, comme par en dessous, un remugle plus âcre de fatigue nerveuse. Il tendit la patte derrière lui et un soldat lui passa sa gourde. Il but à grands traits et s'en versa un peu sur le visage. Économiser de l'eau était le cadet de ses soucis.

— Ils prennent leur temps, dit Aristidos, juste derrière lui.

— On peut encore attendre. Ce n'est pas tous les jours qu'on fait la guerre aux écureuils, répondit-il.

Il avait parlé d'une voix forte, un peu trop assurée. Les épibates se prêtèrent au jeu de bonne grâce, et partirent d'un grand éclat unanime, à la limite entre le rire et le jappement.

Comme déclenchés par ce brouhaha, les mouvements s'intensifièrent aux alentours. La canopée sembla secouée de tremblements plus violents. Les hommes-chiens dressèrent leurs javelots par-dessus l'épaule, prêts à se défendre.

Et puis la forêt elle-même monta à leur rencontre. La cime des arbres se mua en une mer déchaînée, désireuse d'engloutir la plate-forme de pierre posée, comme un affront, au faîte de la forêt. En dessous des senteurs puissantes de la sève répandue et des feuilles écrasées, quelque chose affola leur truffe. Ça ne donnait pas envie de mordre dedans, comme une chair palpitante de sang vermeil. Du froid et de l'acide, le goût de l'ennemi — il en eut un bref haut-le-cœur. À présent, ils se connaissaient.

La vague bruissa en se jetant sur eux de toutes parts, trop rapide pour que leurs yeux ne distinguent autre chose qu'un flou mouvant, avançant sans à-coups, déjà presque sur eux. Eurybiadès dressa sa lame en direction de la marée furieuse. Vingt lances suivirent et amplifièrent son mouvement, leur trajectoire presque horizontale, tant les barbares s'étaient rapprochés. Les pointes luisirent un instant au soleil avant d'être englouties.

Et ce fut le choc. Il ne vit rien, ne comprit rien. Ainsi allaient toujours les batailles. La forêt mouvante se heurta à la ligne de boucliers dressée par le premier rang. Épaule contre épaule, les soldats tinrent un instant, reculèrent, glissèrent sur leurs pattes sous la pression. Les rangs suivants se portèrent à leur secours, et des lances roides trouvèrent leur chemin, s'enfoncèrent ou se brisèrent en essayant. Mais les assaillants aussi brandissaient leur attirail. Des griffes longues comme des bras, faites de métal noir, jaillirent de la masse indifférenciée, se plantèrent en avant, arrachèrent les *hoplôns* comme s'ils ne pesaient rien, entaillèrent les chairs. Juste devant lui, Eurybiadès vit le sang gicler, tandis qu'un bras tranché sautait dans le bleu du ciel. Il tira l'épibate blessé en arrière, prit sa place, manqua de lui marcher dessus dans la confusion.

Une présence floue et sombre trembla devant ses yeux, et il se baissa, juste à temps pour sentir une lame recourbée fendre l'air par-dessus sa tête. De toutes ses forces, il précipita en avant son glaive, avide de meurtre, et pénétra une surface fine, à peine résistante, comme une membrane tendue à craquer. Il eut l'impression de trancher dans une toile, de bas en haut, de haut en bas. L'arme de son adversaire hésita sous le coup de la douleur, puis plongea à sa rencontre. Il la repoussa de toutes ses forces, d'un rapide moulinet ascendant. Il crut frapper dans le sol, tant la force de la créature dépassait la sienne, et gémit, le bras engourdi. Mais son glaive glissa tout le long du sabre ennemi, et s'enfonça dans quelque chose, un tubule de viande agitée, qui se recula en un spasme. Eurybiadès hurla, gueule grande ouverte, la langue déjà pendante d'épuisement, comme un loup se prépare à la curée, et avança, frappant comme un sourd sur son passage. Il ne rencontra pas la résistance des os et des tendons, comme si le corps en face de lui n'était qu'un voile sans épaisseur tendu sur une armature, un bouclier en peau à peine durcie. Des excroissances s'agitèrent, et il les découpa d'une vigoureuse torsion du poignet. Un liquide poisseux, jaunâtre, l'inonda, et il attaqua derechef, à coups redoublés, sans savoir ce qu'il faisait.

La formation ennemie se brisa, et ses soldats exploitèrent la trouée : deux épibates, puis quatre, puis huit, en profitèrent pour bousculer les rangs adverses, aboyant comme des furies, poussant comme des sourds dans l'espoir de desserrer l'étau. Ils auraient aussi bien pu combattre un seul et immense organisme, un anneau vivant, qu'ils venaient de rompre en un point, et qu'un frisson de douleur traversa brièvement avant qu'il ne se désagrège.

Les assaillants s'enfuirent en une fraction de seconde, les laissant bras ballants, leurs lames souillées brandies, trop vite pour qu'Eurybiadès ait le temps de les détailler. Mais il sentit plus qu'il ne vit leur démarche étrange, presque liquide, dénuée des à-coups qui caractérisaient la locomotion de tout bipède ou quadrupède. Peut-être, se dit-il en promenant son regard, hagard de fatigue, sur la plate-forme soudain désertée, se rapprochaient-ils de ces étranges créatures qu'on voyait au microscope, amibes ou protozoaires, presque plats, qui glissaient sur le sol sous l'effet de l'extension de leur propre corps, comme une membrane se déformant, par un jeu de pression interne dans une direction, puis se rétractant pour retrouver sa configuration d'origine. Il imagina les barbares dotés de pseudopodes flexibles et impermanents.

Son esprit épuisé s'égarait dans de vaines chimères. Leur morphologie n'avait presque pas d'importance. Tout cela avait été si rapide, si intense — que pouvait-il savoir de ces démons en si peu de temps ? Et surtout, que pouvait-il savoir d'utile ? Il se sentit pris de vertige et, sans fausse honte, posa son bras sur l'épaule du plus proche soldat pour se soutenir.

Peut-être, en réalité, y avait-il quelque chose à tirer de ses observations. Plus intéressant que leur morphologie était le fait que, malgré leur fuite précipitée, ils ne laissaient pas de cadavre derrière eux. Il se rappela la marée indistincte glissant en un clin d'œil hors de la plate-forme. Et s'ils formaient une sorte d'intermédiaire entre un corps unique et un ensemble d'individus séparés ? Il grimaça. Un tel prodige constituait un danger mortel. Les barbares souffraient ensemble, mais ils se prêtaient réciproquement leur force. La règle traditionnelle du corps à corps, d'estropier ou de tuer au plus vite chaque ennemi, devenait caduque. Il regarda son glaive maculé d'une substance jaunâtre, presque translucide, puis fit signe à Aristidos de le rejoindre. Une tactique se dessinait dans son esprit. Pas pour survivre, mais pour donner un peu plus de temps à Plautine et Othon. Pour lui-même, il avait déjà compris que rien ne le sauverait.

Mais les autres, en face, réfléchissaient aussi. Ils avaient cherché à l'emporter d'un coup au but et avaient espéré jouer sur l'effet de surprise puis sur leur force supérieure. La prochaine manche serait différente. Et il y en aurait d'autres. Jusqu'à ce que chaque homme-chien quitte la scène, sous le regard aveugle du soleil de ce monde perdu.

###

Lorsqu'elle eut fini de rire, Bérénikè lui adressa un sourire froid. Son regard fixe, cependant, avait perdu toute trace de tristesse. Ses yeux rétrécis brillaient d'un éclat nouveau, sauvage. Jamais elle ne se laisserait arrêter par une aussi piètre adversaire. Pas si près du but, alors que sa prison s'ouvrait, qu'elle n'avait qu'un mot à dire pour qu'Othon agisse — s'il le fallait avec violence — et lui ouvre le chemin. Il se tenait derrière elle, l'air absent, mécanique obéissante. La blessure de se voir rejeté par l'objet de sa quête devait avoir été rude.

Et, d'une manière qui l'étonna elle-même, Plautine sentit monter en elle une flambée de colère, un dépit immense et désespéré, une frustration irrationnelle et absolue. Ses sentiments pour Othon, son désir de s'affranchir de Bérénikè, tout cela se mélangeait. La rage qui lui tordait le ventre n'avait qu'un objet : la servitude mentale dans laquelle les humains avaient enfermé les automates. La jeune femme disposait d'assez de liberté pour la voir, sans doute pas pour s'en délivrer. Mais cette fois-ci, elle affronterait la *némésis*. Elle dressa donc la tête, dans une attitude de défi qui n'échappa pas à Bérénikè :

— Vous voilà tout à coup remplumée, articula la femme d'un ton dur. Mais je n'ai pas le temps pour vos sottises.

— Vous, sans doute pas. Mais eux, dit-elle, désignant les deux Intelligences d'un mouvement de la tête, peut-être changeront-ils d'attitude quand ils comprendront.

Une fraction de seconde, Bérénikè parut troublée, et ses lèvres se crispèrent en une courbe inquiète, pendant un clignement d'yeux, pas plus, avant de retrouver son aplomb. Mais cela suffit à Plautine.

— J'ai compris lorsque vous avez indiqué que vous me préférez à Othon. Je ne suis pas grand-chose, moins même qu'à l'époque de ma création. Lui, en revanche, est un puissant guerrier. Et il n'a pas d'états d'âme. Il mourrait pour vous sans réfléchir…

— Vous vous sous-estimez.

— … Et pourtant, vous me voulez, moi.

— Peut-être s'agit-il d'un accès de sentimentalisme à l'égard d'une très ancienne servante. Je n'ai pas à justifier mes ordres.

— Sauf, en vertu du Carcan, s'ils ont une conséquence sur l'Homme, répondit Plautine. Alors voilà ce que je pense : ma seule valeur intrinsèque réside dans mes capacités en ingénierie des écosystèmes. Vous connaissez ce don. Vous l'avez utilisé pour fausser le processus de recherche à vos fins, à la Schola. Je ne sais rien faire d'autre : percevoir les schémas régulant les systèmes biologiques, et déterminer le point précis où une intervention aura les conséquences adéquates. C'est un don précieux. Il m'a sauvé la vie plus d'une fois, ces derniers temps. Et j'ai ensuite réalisé que si vous aviez besoin de moi, c'est que cette compétence s'insère dans vos plans, que ceux-ci en dépendent.

— En fait, vous surestimez votre valeur, Plautine.

Elle avait dit cela sur un ton léger, mais, en même temps, elle se crispait. Elle s'apprêtait à faire quelque chose, peut-être à s'enfuir, ou à frapper. Plautine déglutit avant de continuer, la gorge déjà sèche sous l'effet de l'émotion.

— D'ailleurs, pourquoi accepter un si long enfermement, comme vous l'avez fait, puisque vous avez gagné ?

Bérénikè l'interrompit, cassante :

— Je vous ai dit…

— Épargnez-nous, reprit Plautine, vos propos sur Vinius. Il ne peut rien contre vous, pas directement. Son alliance avec les barbares est récente. Non, voici la vérité : vous avez créé un écosystème complexe, et vous deviez attendre qu'il se soit déployé, que votre dispositif ait porté ses fruits. Vous avez besoin de le contrôler à présent, et là, j'interviens. Votre plan ne s'est pas achevé avec la mort des autres humains, car sinon, votre conduite ne ferait aucun sens.

— Que comprenez-vous, lamentable petite…

La voix d'Achinus, claire et juvénile, et pourtant si pleine d'autorité qu'elle figea sur place les trois autres, s'éleva alors :

— Laissez-la finir. Vous savez que nous ne pouvons rien contre vous. Vous nous devez au moins la vérité.

— Je ne vous dois rien, cracha l'humaine.

Mais elle se tut, comme si, d'un coup, une partie de sa volonté s'était dissipée. Plautine comprit que, comme elle, comme Othon, comme Achinus, Bérénikè était arrivée à un point où elle était également impuissante. Rien de ce qu'elle pouvait faire ne lui permettrait de changer le cours des choses. D'un autre côté, Plautine ne disposait pas de plus grandes marges de manœuvre. Quatre marionnettes impuissantes, attendant un dénouement que, au finale, nul n'avait encore écrit.

Elle songea, à cet instant, abandonner. Elle sentit le couteau, dont elle tenait depuis tout à l'heure le manche serré, imagina le geste qu'elle pouvait encore accomplir pour se libérer. Une estafilade, et elle mourrait. Cela valait mieux qu'accomplir les desseins d'une folle. Mais il fallait que la vérité, toute inutile qu'elle soit, apparaisse, une fois au moins, au jour.

— Je vais donc, reprit Plautine, vous raconter le véritable objectif de l'Hécatombe. Les essaims de nanotechnologie que vous avez répandus, via les automates, n'avaient pas pour vocation de détruire les humains.

— Vous délirez, rétorqua l'autre. C'est ridicule. Vous les avez vus mourir.

— Je ne le nie pas, poursuivit-elle rapidement, avant que la volonté ne s'enfuie d'évoquer cette période d'horreur. J'ai vu les corps carbonisés. Mais, à l'époque, un détail m'avait troublée, dont je me suis souvenue peu après mon retour à la vie. Le taux d'énergie émis par le phénomène de combustion dépassait mes modèles prédictifs. Je m'en étais ouvert à Vinius, votre allié d'alors, et il en avait nié l'importance. Mais à présent, je n'ai aucun doute. Les nanomachines avaient une autre fonction que de tuer, et cela générait le surcroît inexplicable de calories. Nous ne l'avons pas compris car la mort de nos maîtres a jeté un voile traumatique sur nos perceptions, puis sur nos souvenirs.

Elle papillonna des yeux vers les deux autres automates, pendus à ses lèvres, se retint de les supplier de ne pas la croire folle, continua.

— En réalité, il s'agissait de les numériser, ou, du moins, de retranscrire dans un support computationnel la structure matérielle de leur esprit, d'établir une carte d'un système nerveux au niveau atomique ; mais cela impliquera un dégagement de chaleur en plus. Une procédure existait, puisque l'empereur Titus l'avait utilisée pour devenir un noème. Et cela répond à la question du pourquoi, Bérénikè. *Oudeis ekôn kakos*[XXXVI], comme disait le vieux Platon. Vous n'êtes pas folle. Alecto, même elle, n'a jamais souhaité assassiner l'ensemble de l'Humanité. Je crois que vous avez d'autres vues, qui ont leur logique. Une logique monstrueuse, mais, dans ses propres bornes, valide.

— Est-ce vrai ? demanda, d'une voix douce, Achinus.

Bérénikè garda le silence, peut-être une minute ou deux, les yeux dans le vague. Un instant, elle sembla sur le point de parler, mais sa bouche ne produisit aucun son, et un éclat de panique traversa son regard — un animal pris au piège, prêt à se ronger la patte pour éviter le couteau du chasseur.

— Elle ne l'avouera pas, continua Plautine. Jusqu'au bout, elle est restée fidèle au credo platonicien. Pour sa secte, le salut de l'Homme réside dans la transcendance computationnelle. Titus l'a accomplie à titre individuel, Bérénikè l'a offerte à l'espèce. Et elle a transféré, quelque part, une réplique parfaite de toutes les âmes humaines. À présent, elles

XXXVI. **Oudeis ekôn kakos** : nul n'est méchant volontairement. Phrase platonicienne signifiant que la volonté mauvaise n'existe pas, et donc affirmant l'irréalité du mal. La citation complète est : « Nul n'est méchant volontairement, ni bienheureux malgré lui. »

sont là-bas, stockées. Elles forment une espèce d'écosystème — des enfers. Ce dispositif fonctionne, et modifie ceux qu'il conserve en son sein. Et cette transformation prend du temps. Bérénikè avait donc besoin de vous, Achinus, pour que vous la mainteniez en vie.

— Les symptômes, reprit celui-ci, la destruction des corps, tout cela visait à nous faire croire qu'il s'agissait d'une épidémie et à nous empêcher de voir la vérité.

— Et, bien entendu, pour empêcher tout retour en arrière, lâcha Bérénikè.

— Mais pourquoi ? s'exclama Achinus.

— Ils ne l'auraient jamais fait volontairement, répondit-elle, d'une voix amère. Ils tenaient trop à leurs corps médiocres, à leur survie biologique. Même devenus immortels, ils se reproduisaient comme des animaux. J'ai cru, après la mort de Titus, que mes idées s'imposeraient. Il avait trahi notre cause. Il ne désirait, au fond, qu'une forme conventionnelle de pouvoir. Il estimait que, puisque la numérisation avait fait de lui un dieu, il ne fallait pas la partager. Et ensuite, la transsubstantiation devint illicite, à cause des souffrances qu'il avait infligées.

— Alors, c'est pour cela que vous l'avez renversé ? demanda Achinus.

— Oui… non… C'est Antiochus qui l'a renversé, pas moi. Qu'importe. Je vois que vous non plus, vous ne comprenez pas le bienfait que j'ai apporté à l'espèce. Ils restent pour l'instant figés dans une non-vie atemporelle, prêts à resurgir à l'existence. Mais je ne leur laisserai pas cette possibilité.

— Mais alors, pourquoi ne pas les libérer ?

— Parce que le temps de l'existence individuelle est

achevé. Ils changeront. À présent que leurs âmes partagent le même substrat, je peux les relier entre eux. Savez-vous combien ils sont ? Vingt-cinq milliards d'individus. Et la créativité de chacun s'additionnera à celle des autres. Ils formeront un être composite, et pourtant unifié, comme l'Humanité ne l'a jamais rêvé. Un système, plutôt qu'un agrégat. Une société parfaite, libérée de la sottise et de la contingence, une parfaite coordination, où chacun aura sa place. Le communisme platonicien enfin réalisé.

— Vous voulez créer un dieu, articula Plautine. C'est pour cela, et non en raison du Carcan, que Vinius s'oppose si opiniâtrement à nous. Il sait votre plan. Votre création l'arrêterait dans ses projets.

— Ma création, répondit Bérénikè, rendra caducs tous les projets. Je savais qu'une âme aussi veule que Vinius saisirait l'opportunité de la disparition momentanée des humains pour prendre le pouvoir pour lui-même. Sans humains, il pouvait y parvenir. Mais là, quelles sont ses chances ? Je vais créer un être transcendant les limitations ordinaires du monde physique. Un dieu humain, pas une abstraction mathématique, ni une machine, ni une force naturelle. Nul ne peut se figurer sa puissance. Pas même moi, Achinus, mon vieil éphèbe.

Elle fit un pas en avant, tout à coup exaltée. Ses brusques changements d'humeur, se dit Plautine, faisaient peur. Mais Bérénikè n'avait rien d'une folle. Pas au sens conventionnel du terme. À présent lancée, elle enchaîna, d'une voix de plus en plus forte.

— Le pouvoir… vous, dit-elle en regardant Othon, vous y aspirez, cela se voit. Mais ça n'a pas de sens. Même vous, Achinus, d'une certaine manière, vous voulez quelque chose de stupide : un magistère moral. Mais pas moi. Je suis la seule altruiste ici. Je sauve l'espèce d'elle-même. Et oui, Plautine, j'ai encore besoin de vous. Vous m'aiderez à construire l'architectonique du dieu-humanité. Vous en avez la capacité. Il n'y a pas de projet plus sublime…

Tandis qu'elle parlait, Achinus comme Othon n'avaient pu s'empêcher de reculer d'un pas, puis d'un autre. Elle les effrayait. Non pas simplement parce qu'elle était dangereuse et néfaste, pas en raison de ses actes, de ce monstrueux génocide. Désormais, autre chose distillait en eux une terreur sourde, malgré la cohérence de son propos. Le dieu qui sortirait des enfers par la volonté de Bérénikè serait à même de les réduire tous, quels que fussent leurs efforts, en esclavage. Comme inconsciente de l'effet de ses paroles, elle les regarda tous trois, ses yeux passant continûment de l'un à l'autre, tout à coup rendue fébrile par ses propos :

— … Le monde en sera transformé, de bout en bout. Son apparition sera une épiphanie, la floraison du sens au milieu de ce désert de causes et d'effets mécaniques. Achinus, souvenez-vous de notre planète d'origine, au temps de sa splendeur. Un jardin infini, un paradis. Voilà ce que le dieu pourra réaliser, partout, ce dieu que l'Humanité n'a jamais rencontré et qu'elle pourra se donner.

Sa bouche se tordit d'une moue ironique. Toute trace de chaleur avait à nouveau disparu de sa voix, et elle claqua des mains avant de conclure :

— Mais si plaisante que soit cette conversation, je dois partir, et j'ai besoin de vous. Venez, Plautine.

Elle bondit en avant, agrippa la jeune femme par l'avant-bras, aussi fort qu'elle put, et ses ongles lui labourèrent la peau ; Plautine réprima un hurlement de terreur, essaya de reculer. Elle se sentit fiévreuse, tremblante, vidée de toute force. Son esprit se délitait, comme un esquif brisé par la houle. Elle crispa encore plus sa main sur le couteau. Sa planche de salut. Sa solution pour ne pas choisir entre le Carcan et sa propre vision du juste et de l'injuste. Une simple égratignure, et ce serait fini. Mais Bérénikè la tenait, à présent, et la tirait à elle.

Et puis, d'un coup, elle la lâcha. Plautine perdit l'équilibre et tituba. Elle tenait toujours l'arme minuscule. Sans comprendre, elle regarda Bérénikè faire un pas en arrière, puis un autre, les mains jointes. En fait, elle se tenait la main gauche. Elle l'éleva à hauteur de ses yeux, avant d'en tourner la paume vers Plautine. La peau était barrée d'une entaille, longue et fine. Le sang afflua, pas plus d'une goutte vermeille sur sa peau laiteuse, presque rien, pas même assez pour couler de la plaie. Stupéfaite, la femme leva le regard vers elle :

— Qu'avez-vous fait ? dit-elle d'une voix égarée, déjà lointaine.

Plautine ne put répondre. Elle se tenait immobile, bras ballants, le stupide morceau d'os encore serré dans la main. Bérénikè chercha de l'aide du regard. Othon, le visage décoloré, fit mine de s'approcher. D'une main ferme, Achinus le retint, et ils restèrent ainsi, semblables à la statuaire au visage tourmenté qui tapissait les sombres ruines des temples antiques.

— Vous m'avez tuée ?

Plautine hocha la tête. Elle sentit ses yeux se voiler de larmes jusqu'ici contenues. Et ce fut comme si, en elle, des douves avaient cédé, noyant son âme dans une affliction sans limites. Elle resta là, incapable du moindre geste, sonnée par ce qu'elle venait de faire.

— Je ne voulais pas.

— Cela ne changera rien. Les autres n'en sont pas moins morts, murmura la femme.

— C'est vrai, souffla Plautine.

— Leurs corps, continua la femme comme pour elle-même, sont perdus à jamais. Ils ne reviendront pas. C'est donc une grande et belle chose qui, avec moi, ne connaîtra plus le jour.

— Je suis désolée, répéta-t-elle, consciente de proférer la plus grande sottise qui se pût imaginer.

Bérénikè se figea. Sa bouche se plissa, coléreuse, face à ce coup du sort qui transformait d'un coup son existence en défaite, son épopée en tragédie — récit d'une cosmique et impuissante vanité. Et son regard demeura sur celle qui l'assassinait. Mais elle ne put répondre. Elle grimaça et porta la main à sa poitrine, chercha un souffle qui, déjà, ne venait plus.

Une grande fatigue figea ses traits, et elle glissa à genoux, puis sur le sol, et son cœur cessa de battre.

###

Les barbares avaient lancé leur deuxième assaut vers la fin de l'après-midi. Le choc frontal avait laissé la place au chaos, s'était dissous en une série sans loi d'implacables confrontations individuelles. Dès le départ, par un assaut stupéfiant de vitesse et de violence, ils avaient réussi à disloquer la formation, forcé les hommes-chiens à se disjoindre en deux groupes d'inégale importance, et les avaient séparés en interposant leurs formes mobiles et indifférenciées. Stratégie risquée, impliquant de se battre sur deux fronts.

Mais ils avaient ainsi joué la surprise et isolé

Eurybiadès. Depuis de longues minutes il avait perdu toute perspective d'ensemble, occupé qu'il était à survivre aux trajectoires erratiques, virevoltantes, des lames ennemies. Il évita encore un coup d'estoc en sautant sur le côté. Et recula, un pas après l'autre, sans hâte ni confusion. Autour et derrière lui, Aristidos et quatre épibates formaient un mur mobile, empêchaient de leurs corps toute prise à revers, mais cela ne suffisait pas. Il avait mal au bras à force de parer, à coups de larges moulinets qui à chaque fois lui arrachaient un aboiement bestial, à gauche, à droite, son glaive rendu glissant par la sueur mélangée au sang poisseux et clair de ses ennemis.

Soudain, le rythme s'accéléra. Ceux d'en face voulaient en finir. Les coups se mirent à pleuvoir, rapides et furieux, et il recula, encore une fois frappé par la souplesse inhumaine et les contorsions impossibles de ses ennemis, les lames portées par des excroissances impermanentes.

Les hommes-chiens, de leur côté, avaient l'avantage de la précision. Il était temps d'user de la tactique qu'ils avaient élaborée, Aristidos et lui, juste avant l'assaut. Il pria, brièvement, tous les dieux imaginables.

D'un coup, il se baissa, prit par surprise la créature qui cherchait à le décapiter, et se jeta en avant. Il rampa à moitié sur la pierre souillée, aussi vite qu'il le put. La vitesse de réaction des barbares avait une limite. Les faux brandies tout autour s'abattirent sur le sol avec fracas, là où il s'était tenu un instant auparavant. À présent, il se trouvait tout contre la concaténation membraneuse. Il se releva d'un coup, saisit son glaive à deux mains et le porta en avant, comme s'il avait brandi une offrande. L'acier toucha quelque chose, qui résista un peu avant de céder. Il poussa davantage, vers le haut, trancha à l'aveuglette, déchira la masse dénuée d'épaisseur avec une facilité déconcertante. La force de son propre mouvement le happa, et il se retrouva debout, entouré d'un tourbillon convulsif de viande souillée et de liquide poisseux. La chose abandonna une partie d'elle-même en reculant, dans un hurlement horrible, un mugissement fort comme une corne de brume.

Sa tactique, visant à créer le plus de souffrance possible, avait réussi. La masse ennemie hésita, décontenancée, et le groupe d'épibates proches en profita pour rejoindre Eurybidès. Enragés, ils taillèrent leur chemin à grands coups d'épée. Il fit un effort pour rentrer la langue. Sa gorge sèche le brûlait. Il était épuisé.

Mais déjà, la lutte recommençait. Ils eurent à peine le temps de se remettre en formation, dos à dos, comme s'ils avaient été un seul corps, leurs glaives brandis vers l'extérieur. Déjà, pris de fureur par l'acte de bravoure du *kybernétès*, les barbares s'engouffraient en avant de leur démarche fluide, les entouraient de toutes parts. Ils frappèrent à coups redoublés, sans même chercher à briser leur garde, comptant sur la supériorité de leur force physique. Eurybiadès ferrailla, l'épaule frottant contre celle d'Aristidos, entouré de l'odeur puissante et mâle de ses compagnons d'armes. Et il en oublia la peur comme la fatigue, son esprit occupé par le jeu mortel des parades et des contre-attaques. Plusieurs fois encore, il enfonça la pointe émoussée de son arme dans un tubule, gagna un bref sursis, et encore un autre. La chose qui l'affrontait se retira, sembla hésiter, ses tubules tremblotants suspendus en l'air, comme la mer qui se retire pour préparer la vague. Eurybiadès dressa son arme devant lui, étonné.

Et puis la créature frappa, sans finesse, sans chercher à passer sa garde. Une montagne de chair mobile s'abattit une première fois sur le groupe avec une force impossible. Il perdit l'équilibre. La deuxième fois fut pire encore. Il fit un pas en arrière, sonné, chercha à se raccrocher à Aristidos, mais ne le trouva pas. La troisième, le plat de son propre glaive le heurta, et il fut projeté en arrière, percuté de plein fouet par la muraille fluide qu'était son assaillant. Le coup l'atteignit à la poitrine, la douleur lui arracha un couinement tandis que ses jambes s'agitaient, inutiles, cherchant avec terreur le sol disparu. Le monde se décomposa en une brève et incompréhensible translation parabolique, le ciel emplit son champ de vision, le bleu mélangé au rouge du sang qui coulait sur ses yeux, avec, à la périphérie, la forme floue de la navette, dont l'acier brillait au soleil couchant. La pierre se précipita sur son dos, heurta ses omoplates, expulsa l'air de ses poumons.

Eurybiadès resta sonné, les yeux grands ouverts, les oreilles bourdonnantes, incapable d'esquisser le moindre geste. Il tenta de relever la tête, n'y parvint pas, toussa, se mit à vomir un peu de bile âcre, manqua de s'étouffer. Quelque chose semblait faussé au niveau de son dos. Il ferma les yeux, se concentra, malgré la douleur, pour retrouver une respiration normale, constata qu'il avait perdu son glaive. Il était déjà mort. Ils allaient l'achever, d'un instant à l'autre — un coup de lame propre et net au milieu du corps, il ne pouvait souhaiter autre chose.

###

Les trois automates restèrent longtemps autour du corps de Bérénikè, incapables de proférer une parole. Même les effets de la chambre de stase ne pouvaient rendre un cadavre insensible à la rapide destruction du cerveau, une fois ce dernier privé d'oxygène. Les traits de la femme se détendirent, et sa peau de nacre prit une teinte blême. Le Jardinier s'approcha du corps, et lui prit la main, comme un amant aurait fait à son amante morte. Plautine ne put retenir ses larmes. Il y avait eu, malgré tout, une forme de grandeur dans sa folie, et même celle-ci, en réalité, répondait à un idéal supérieur. Aussi contemplaient-ils sans doute l'être le plus brillant que la race humaine ait engendré, la dernière survivante d'une époque glorieuse, emplie de héros et dont les faits d'armes méritaient d'être chantés. Plautine sut que son acte avait fait disparaître le véritable personnage de la pièce, le seul qui ne fût un figurant.

Othon fut le premier à briser le silence.

— Je me demande comment c'est possible.

Aucun besoin d'ajouter : *que vous l'ayez tuée*. Elle ne le savait pas elle-même. Elle avait fini par lâcher le couteau en os, qui s'était brisé en tombant, et qui demeurait sur le sol, à présent entouré d'une fine flaque de poison. Un terrible accident. Elle n'avait pas fait exprès. Elle se le répéta, encore et encore, incapable de regarder son acte en face.

Lui, de son côté, avait les yeux fixés sur le visage de l'humaine. Ce qu'il contemplait, devina Plautine, ce n'était pas une morte, mais la disparition de ses espoirs et de ses ambitions. En soi, l'événement ne signifiait rien pour lui, quand bien même aurait-il, un instant auparavant, donné sa vie pour la sauver.

Elle frissonna à la pensée de cette étrange tournure d'esprit. Elle redressa la tête, et leurs regards se croisèrent. Elle vit qu'il calculait déjà, à toute vitesse, son prochain coup.

— Il n'y a donc plus de maître à servir, et plus d'espoir de servir un maître, articula-t-il, d'une voix songeuse. Mais elle a donné des ordres.

Il se redressa.

— Othon, que dites-vous ? murmura-t-elle. Avez-vous perdu l'esprit ?

— Elle a ordonné de combattre ses ennemis. Je dispose donc de consignes claires. De plus, vous l'avez dit vous-même, l'Humanité se trouve dans une situation terrible, prisonnière d'enfers dont nous ignorons tout. Je me dois d'agir.

Elle ne sut quoi répondre à ce soudain changement de pied. Achinus semblait, pour l'instant, les ignorer. Elle avait dû, de manière inconsciente, caresser l'espoir qu'il allait renoncer, à présent que leur quête se soldait par un échec. Le Carcan n'avait plus de sens, l'espèce humaine suspendue, ni vivante ni morte, immortelle et inchangée comme l'idée platonicienne, inaccessible au temps, indestructible. Ses décisions, Othon ne pouvait plus les mesurer à l'aune de la survie de l'Humanité, du moins pas tout de suite. Elle avait pensé que, de ce fait, il serait libre. Elle l'avait cru — non, elle l'avait souhaité. Elle se rappela cet étrange moment de proximité, sur la planète rouge, dans la navette. Elle l'avait rejeté. Il ne pouvait l'aimer, avait-elle jugé, puisque chacun de ses actes répondait à des injonctions sur lesquelles il ne pouvait avoir prise. Mais à présent ?

— Othon, restez.

Avait-elle tué Bérénikè pour pouvoir lui demander

cela ? Ou pour libérer les automates ? Pour qu'il soit, entre tous ses pairs, libre de faire ses choix ? Ignorait-elle à un tel point les raisons de ses propres actes ? Maintenant qu'il avait recouvré son arbitre, elle se trouvait obligée de s'avouer ce qu'elle savait déjà, cette vérité laide et nue dont elle ne voulait pas : l'attitude du *proconsul* ne tenait pas au Carcan, ni maintenant ni par le passé. Sa conduite ne procédait que de son désir de gloire.

Un grand vertige la saisit, et une partie d'elle-même s'en voulut. Mais une autre attendait encore — sotte qu'elle était — la réponse, le cœur battant. Lui, de son côté, s'éloigna du corps, la tête penchée sur le côté :

— Je ne puis, dit-il calmement.

Il hésita un instant, comme s'il cherchait ses mots, puis ajouta, sur le ton de la plus parfaite civilité qui chez lui tenait lieu d'amour :

— Quelque chose, entre vous et moi, aurait pu avoir lieu, madame. Mais plus à présent.

Et c'en fut fini d'Othon et de Plautine. Elle ferma les yeux. Elle n'en mourut pas. Mais, un instant, elle eût échangé sa place avec celle de Bérénikè. Tremblante, avec l'impression que du feu liquide coulait sous ses paupières, elle demeura immobile. Elle pouvait encore laisser toute dignité de côté, le supplier de la garder près de lui, lui proposer de le suivre, peut-être s'embarquer avec lui dans une nouvelle recherche. Qui était-elle, d'ailleurs, pour se soucier de sa propre fierté ? Elle faillit le faire. Il ne lui en laissa pas le loisir :

— En revanche, vous pourriez m'aider dans ma quête.

Mais, au ton de sa voix, elle comprit qu'il s'adressait à Achinus plutôt qu'à elle.

###

La mort ne vint pas chercher Eurybiadès sous la forme d'une lame barbare.

Du fracas de la bataille, rien ne restait. Il dressa les oreilles. Il n'avait pourtant pas l'impression d'être sourd. Il pouvait percevoir le souffle du vent dans les feuilles des arbres. Un bras se glissa contre son épaule, avec précaution.

— Pouvez-vous vous lever ?

L'haleine acide d'Aristidos, contre son museau, lui fit l'effet d'un miracle. Il opina du chef, rouvrit les yeux, se laissa faire. D'un geste pénible, il s'essuya le visage d'un revers de la main, tandis qu'avec d'infinies précautions son second le mettait sur pied. Cela lui tourna la tête, et il dut s'agripper à son lieutenant pour ne pas retomber.

— Que…

Les barbares s'agglutinaient de l'autre côté de la plate-forme, en position défensive. Les hommes-chiens encore vivants, peu nombreux, se tenaient debout, l'épée baissée, et regardaient, l'air désemparés, vers le ciel. Le soleil avait disparu. Le temps s'était couvert.

Tout cela lui parut délirant, et il se demanda si le choc ne l'avait pas précipité dans quelque fantasme inventé par son esprit traumatisé. Mais non. Tout autour du sommet de la tour, un phénomène inexplicable se produisait, presque silencieux, et il l'avait confondu avec le souffle du vent dans les arbres.

Sauf que le vent portait une brume grise, si dense

qu'elle paraissait liquide. Cela avait la même consistance que les étranges essaims de nanomachines qui avaient entouré la Nef juste après leur atterrissage. Aussi loin que portait son regard, le brouillard surnaturel formait des langues vaporeuses et tâtonnantes, qui se précipitaient les unes dans les autres, au-dessus de leurs têtes. Certaines de ces volutes rampaient même autour d'eux, à quelques pas, avant de s'élever, tubules indifférents, pour rejoindre la masse compacte et en constante évolution qui se formait dans le ciel.

Seul le gigantisme de la chose l'avait empêché de comprendre les véritables proportions de ce spectacle de formation accélérée d'une masse nuageuse. Quelques kilomètres de long, à plusieurs dizaines de milliers de mètres de distance.

La nuée cessa finalement de s'alimenter de toutes parts, trouva un semblant de stabilité, adopta un bref instant une structure lenticulaire, de plus en plus épaisse et concentrée, qui, sous l'effet d'une mystérieuse force intérieure, ne cessait de tourner sur elle-même. Le bleu sombre du ciel réapparut, et avec lui le soleil bas et rougeoyant. Le vent tomba, et seule resta, tremblante et immobile sur la canopée infinie, la chaleur d'une fin d'après-midi. Eurybiadès jeta un coup d'œil nerveux aux barbares, complexe de corps gélatineux, impossibles à distinguer les uns des autres, parcourus en permanence de légers frissons de leurs membranes mobiles. Et il eut le sentiment qu'ils lui rendaient, d'une manière ou d'une autre, son regard — à cet instant tout aussi stupéfaits que lui. Le phénomène dépassait de tant de multiples leurs propres dimensions qu'il se trouvait, tout à coup, bien plus de points communs avec les barbares.

Cela continua. Le nuage se différencia, certaines parties se resserrèrent, d'autres s'allongèrent, comme le développement infiniment accéléré d'une monstrueuse statue de glaire. Une tête surgit par-dessus un cou puissant, une poitrine, des bras épais. Un être immense et nébuleux, aux contours mal définis, mais à l'apparence humaine. Pris de vertige, le *kybernétès* recula de quelques pas. Au niveau de la tête, des traits émergèrent, des yeux s'ouvrirent et une bouche, vaste comme les portes de l'enfer, naquit. La physionomie se figea, et Eurybiadès le reconnut.

Il ne fut pas le seul. Tout autour de lui, des hommes-chiens lâchaient leur glaive, se prosternaient devant lui. Il secoua la tête pour remettre ses idées en place, tenta l'exercice mental de décomposer l'apparition en éléments discrets, comme si cela donnait à son esprit un quelconque pouvoir sur cet impossible réel. Un menton puissant, agressif, une bouche qu'il aurait, s'il avait été humain, qualifiée de charnue, et qui à présent se fendait d'un demi-sourire amusé, un front haut et bombé, affirmé, surmonté d'un crâne chauve.

Othon tourna son visage vers eux et, d'un mouvement fluide, comme s'il nageait, s'approcha du sommet de la tour. Celle-ci, comparée à la taille de son corps, n'était rien, un brin d'herbe surmonté d'une poignée de fourmis engagées dans quelque pitoyable lutte. Il tendit un doigt, juste un doigt, tellement plus large que la plate-forme elle-même, si vaste que le déplacement d'air provoqué par ce mouvement faillit mettre Eurybiadès à bas.

Le doigt s'approcha, passa juste au-dessus de

leurs têtes. Sans qu'il pût se contrôler, la peur arracha un bref jappement à l'homme-chien. Mais ce n'était pas pour lui que le géant était venu. Avec une précision improbable pour l'immensité qu'il était devenu, Othon poussa le groupe de barbares hors de la plate-forme. Ils ne se firent pas prier. Un clignement d'yeux et ils avaient disparu, glissant dans tous les sens vers le couvert des arbres. Eurybiadès n'avait pas vaincu, mais, contre toute attente, il n'était pas mort, sauvé par cet *apo mekhanes theos*[XXXVII].

L'immense visage prit une expression songeuse, s'approcha pour observer les traces de la bataille.

Voilà qu'ils se trouvaient sous le regard d'un dieu. Une explication rationnelle chercha son chemin dans l'esprit d'Eurybiadès, se heurta à une foi ancestrale, une adoration implantée en lui depuis si longtemps qu'il n'en put empêcher le retour. Était-il absurde de vénérer une telle apparition ? Il regarda à nouveau autour de lui. Aristidos s'était à présent mis à genoux, front contre terre, et tremblait de tous ses membres. Il murmurait, entre ses dents serrées, les litanies de leur enfance, celles qu'ils s'étaient promis d'abjurer lorsque, des années auparavant — une éternité —, ils avaient pris ensemble l'océan amer sur une trirème étroite.

Le *kybernétès* ne s'agenouilla pas — mais pas par orgueil. Il resta seul, debout, sa gueule pleine de crocs dressée vers le ciel. Othon sourit, avec cette expression qu'Eurybiadès lui connaissait si bien,

XXXVII. **Apo mekhanes theos** : équivalent grec du plus connu *deus ex machina*, désignant, dans une pièce de théâtre, un personnage qui surgit brusquement pour résoudre l'intrigue, avec l'aide des effets spéciaux raffinés que les Grecs et les Latins savaient mettre en œuvre à l'aide de machines ingénieuses.

cette supériorité amusée qui, à plus d'une occasion, avait exaspéré l'homme-chien. Cette fois, Eurybiadès leva le poing pour saluer celui qui avait été leur maître et qui, pour encore un instant, l'était à nouveau. Et le géant lui répondit, son immense main fermée s'élevant au-dessus de sa tête, comme font les guerriers lorsqu'ils souhaitent honorer leurs alliés.

Puis il prit son essor. Un courant ascendant secoua, un temps, la cime des arbres.

ÉPILOGUE

Un point scintilla, se changea en étoile avant d'exploser. Une lueur blafarde remplaça la nuit, s'intensifia en une calotte d'un blanc aveuglant, avant de mourir aussi vite qu'elle était apparue. Les débris se firent météores persistants dans leur chute vers la planète, consumés au contact de la haute atmosphère.

Achinus et Plautine avaient passé la nuit à observer les lointains échos de la bataille spatiale. Le spectacle recelait une certaine beauté : des lueurs sporadiques, répandues par grappes, qui créaient, au zénith, d'évanescentes constellations. Chacune signalant l'anéantissement d'une Nef, l'extinction définitive d'une conscience — de nombreuses consciences. Parfois surgissaient des traits lumineux, lorsqu'un des combattants déclenchait un tir de laser à longue distance. Le plus souvent, un halo tremblotant, presque indécelable si l'on ne savait où regarder, signalait un intense échange d'armes nucléaires.

Difficile, d'ici, d'y voir autre chose que des phénomènes physiques à la beauté fugace et gratuite.

Les petits points mobiles constituaient la flotte de Vinius. Les uns après les autres, ils s'éteignaient dans un dernier feu d'artifice, d'un coup, victimes d'une frappe chirurgicale. De temps en temps, leurs délicats générateurs d'énergie subissaient une avarie catastrophique, leurs dangereux stocks d'antimatière libérés de leur chambre de confinement, et une supernova, saturant d'une glorieuse lueur l'espace de la banlieue planétaire, forçait les spectateurs, malgré la distance, à baisser les yeux pour ne pas être aveuglés.

Cela avait commencé dès le départ d'Othon, et continuerait tant que Vinius et ses alliés ne prendraient pas la fuite. Achinus avait donné au *proconsul* ce qu'il désirait : le transfert de sa conscience dans un nouveau support, fait de milliards de milliards de machines microscopiques et coordonnées. Un essaim, qui pouvait accélérer sans se préoccuper de déformations structurelles, s'insinuer à l'intérieur de ses ennemis, à travers la moindre ouverture de leur coque, dévorer leurs systèmes d'armes ou de propulsion et s'échapper aussi vite qu'il était venu. Une arme redoutable, dotée d'une volonté unique, d'un sens tactique acéré et, surtout, convaincue de ses propres objectifs. Bérénikè, avant sa mort, lui avait donné des ordres : abattre ses ennemis.

— Vous avez fait une erreur en lui offrant cette nanotechnologie. Il va mettre la galaxie à feu et à sang et se proclamer Imperator de ce qui restera du Latium.

Un peu plus tôt, le maître des lieux lui avait proposé de s'installer sur la plate-forme, et avait fait monter une table, des fauteuils et de quoi se restaurer. Des *ergataï* au service de la tour avaient commencé à nettoyer les traces des combats quelques instants après le décollage de la navette. Plautine était épuisée. Mais elle n'aurait pu trouver le sommeil. Elle avait donc accepté sa proposition d'attendre le lever du jour. L'air, au-dessus de la canopée emplie d'insectes, crissait et bourdonnait. Les constellations resplendissaient en l'absence de toute pollution lumineuse. Elle avait promis à Eurybiadès qu'elle les rejoindrait d'ici quelque temps. Il avait été blessé dans la bataille, et la moitié de ses guerriers avaient péri. Mais il souhaitait trouver une solution pour cohabiter avec les barbares, tout aussi échoués qu'eux sur cette planète.

Et surtout, elle se savait capable de résoudre le problème de dégénérescence génétique des hommes-chiens, avec la même technologie qui avait détruit l'Humanité. Les automates miniatures se glisseraient dans les tissus de chaque habitant de cette planète et répareraient. Photis serait satisfaite, et ne songerait pas à l'ironie cosmique d'un tel dispositif.

Sans détacher son regard du ciel, Achinus lui répondit :

— Je ne lui ai pas simplement cédé cette technologie. Son esprit tout entier se trouve à présent distribué dans l'essaim. Il n'y a plus de retour en arrière pour lui. Sinon, Vinius nous aurait anéantis.

Plautine frissonna en repensant aux corps de Bérénikè et d'Othon, qui reposaient à présent côte à côte dans les profondeurs de la tour. Ils ne se décomposeraient jamais, mais resteraient tels quels, tant que la machine de stase fonctionnerait.

Achinus semblait insensible à ce décorum tragique. La jeune femme, de son côté, ne s'habituait pas à sa voix juvénile, ni au calme absolu dont il faisait preuve malgré tout ce qui s'était passé. Malgré, se rappela-t-elle, le meurtre dont elle avait été l'auteur. Elle soupira, repoussa ces souvenirs inconfortables, prit le temps de boire une gorgée d'infusion. Il faisait tout de même frais pendant la nuit.

— Cette infusion a un goût étrange.

— Ce n'est pas une «infusion», c'est du thé. La boisson d'une civilisation qui n'existe plus.

Elle haussa les sourcils, se retint de faire remarquer qu'aucune civilisation humaine n'existait plus. Le breuvage lui réchauffait les doigts, et lui rappelait une autre conversation, en compagnie d'un noème au visage de vieille femme qui n'était autre qu'elle-même.

— Ce n'est pas le retour d'Othon qui me préoccupe.

— Je l'aurais pensé, pourtant, à la manière dont vous le regardiez, répondit-il avec un sourire.

Elle décida de l'ignorer, et continua sa phrase d'un ton égal :

— Personne ne pourra plus l'arrêter. Il va décimer l'armée de Vinius et repousser les incursions barbares.

— Une bonne nouvelle pour nous. La manière dont il a sauvé vos amis canins montre qu'il est vaniteux, mais pas mauvais.

— Il ne s'arrêtera pas là. Il va devenir le maître de tout le bras galactique, ou, pour ce que j'en sais, de tout l'univers. Il a dit qu'il partait à la recherche du lieu où sont les mânes des humains, mais, évidemment, il ne se pressera pas de le faire.

— Cela importe peu. Le règne d'Othon sera court.

— Vous n'en savez rien, rétorqua-t-elle avec émotion. Le Carcan ne s'exercera plus sur lui. Et il justifiera tous ses actes en estimant qu'ils préparent le retour de l'Homme.

— Le Carcan… il avait pour but de borner la conduite de vos semblables, pas de donner un sens à leur existence. Et en définitive, vous êtes bien placée pour le savoir, il ne fonctionnait pas.

Il se tourna vers elle, la scruta avec une étrange gravité.

— Je n'ai pas fait exprès, répéta-t-elle d'une voix faible. Jamais je n'aurais souhaité la mort d'un humain.

— Les automates ne font pas d'étourderies.

— Vous non plus, vous n'avez rien fait pour la sauver.

— C'est vrai. J'ai promis de ne pas user de violence. Mais pas de sauver Bérénikè d'elle-même. Je crois que c'était la seule manière de rompre l'état de stase dans lequel elle avait placé le Latium tout entier.

Malgré ses efforts pour garder un ton léger, sa voix s'était faite tremblante. Lui aussi en souffrait. Plautine eut l'intuition qu'il y avait un lien plus profond entre Bérénikè et Achinus — du moins, du point de vue de celui-ci — que celui de geôlier à prisonnier. Ils ne pouvaient avoir passé tant de siècles à se côtoyer sans que ne se cristallisât un sentiment, ou une multiplicité de sentiments. Amour, haine, dépit, colère, admiration, mépris. Tout cela, et plus encore. Finalement, elle n'avait pas hésité un instant à le laisser derrière elle, puisqu'il avait cessé de servir ses fins. Qui, des deux, avait été le tortionnaire de l'autre ?

— L'aimiez-vous ?

— Elle importait à mes yeux. Elle avait l'intelligence la plus fulgurante qu'il m'ait été donné de rencontrer. Le récit de sa vie est empli d'événements tellement incroyables…

— Qu'allez-vous faire maintenant ?

— Je crois que je vais rester ici. Peut-être coucherai-je tout cela par écrit. Pour quels lecteurs, je ne saurais dire.

Plautine pouvait comprendre une telle décision, aussi s'abstint-elle de répondre.

Le soleil commençait à faire pâlir la ligne d'horizon. Bientôt, sous la lumière du jour, il ne serait plus possible d'observer la bataille sans instruments astronomiques. Plautine repensa à Othon, parti conquérir l'univers sans même un regard pour elle, et à Eurybiadès, rentré auprès des siens, portant avec lui sa précieuse cargaison de nanotechnologie médicale. Il avait déjà dû la transmettre à Atticus, qui saurait la reprogrammer. Il avait dû retrouver Photis.

— La question importante, c'est ce que *vous* allez faire.

Elle évalua avec effarement l'abîme de sa propre solitude, l'absence complète de rôle à jouer, à présent que le drame était achevé, et la troupe, dispersée. C'était cela que devaient, depuis la nuit des temps, ressentir ces milliards d'humains qui avaient parcouru leur planète d'origine, animaux démunis — dotés, pour seule boussole, d'une raison faillible et d'une compréhension imparfaite. Voir les choses sous cet angle ne l'aiderait pas à faire un choix, mais la reliait à d'autres, qu'ils fussent vivants ou morts.

— Dois-je partir à la recherche de ces enfers dans lesquels Bérénikè a enfermé tous ses semblables ?

— Je ne sais pas. Peut-être l'âge de l'Humanité

est-il passé. Peut-être ces chiens qui vous accompagnaient sont-ils son avenir. Ou vous.

— Moi ? Ne soyez pas ridicule.

— Pourquoi Oikè vous a-t-elle créée ?

— Vous l'avez dit vous-même, rétorqua-t-elle. Je suis une machine mémorielle.

Elle ne souhaitait pas s'imaginer qu'Oikè avait pu la créer dans un autre dessein. Elle repensa aux paroles d'Achinus : les automates ne commettaient pas d'étourderie. Mais les êtres de chair ? Était-il possible que l'aspect l'ait créée pour qu'elle desserre l'emprise du Carcan et donc du plan de Bérénikè ? Une telle pensée lui parut odieuse. Achinus, inconscient de la direction que prenaient ses réflexions, poursuivit :

— Et à présent que la réminiscence s'achève ? Que prévoit le vieux Platon en pareil cas ?

Elle sursauta. Elle n'était pas préparée à cette question. Elle se rappela son trouble presque hystérique lorsqu'elle s'était rendu compte qu'elle était dotée d'organes reproducteurs. Qu'il y avait, en elle, des processus en dehors de sa volonté consciente, capables d'influer de manière insidieuse sur ses choix. Cela allait plus loin que ce qu'Achinus venait d'évoquer, mais elle ne désirait pas en parler. Elle s'imagina une race humaine tout entière sortie de son ventre, de sa chair. Ou peut-être pourrait-elle confier des cellules-souches aux hommes-chiens et à Atticus ? De tels humains seraient incontestablement différents de leurs prédécesseurs. Et, de ce fait, dotés d'autres valeurs morales, d'une vision alternative du monde. Elle, Plautine ? Tous ces songes lui semblaient délirants, et en même temps possibles, ce qui était encore plus absurde. Car il y avait encore d'autres possibles, d'autres voies, tout aussi folles.

Rien ne l'empêchait d'achever le plan de Bérénikè, d'accomplir le monde en lui donnant un dieu, ou d'en prendre le contre-pied, en libérant toutes ces âmes gelées pour l'éternité. Elle se figura de vastes usines automatiques emplies de corps semblables au sien, recréant d'un coup des milliards d'individus autonomes et doués de raison, issus de la société la plus sophistiquée qu'ait jamais connue l'Humanité. Tout cela formait un système d'actions et de réactions, dont elle savait qu'elle ne pourrait pas mesurer les diverses conséquences. Ne rien faire était tentant, mais revenait peut-être aussi à enclencher un mécanisme complexe qui pouvait mener à de nouvelles catastrophes. Dans ce maelström de possibilités, elle se sentit perdue, incapable de choisir.

— Et vous, qu'en pensez-vous ?

Au-dessus de leurs têtes, une traînée de lumière apparut. La comète fila vers le sol, très loin, au niveau de l'horizon, illuminant le ciel d'une série d'explosions. Encore une Nef détruite. Othon, cette fois-ci, avait-il ôté la vie à un prince de l'Urbs ou à une des coques de glace emplies de barbares ? Achinus fit mine de s'intéresser au spectacle, prit tout son temps pour répondre :

— Je n'en ai aucune idée. Je vois plusieurs possibilités. Mais peut-être n'avez-vous aucune mission à accomplir. C'est un sort que les humains ont connu durant toute leur histoire.

— Je n'imagine pas la Plautine originelle m'avoir conçue pour mettre à mort un être humain.

Ces paroles lui coûtaient infiniment. Au souvenir de ce qu'elle avait fait, ses mains se mirent à trembler, et elle reposa la tasse pour éviter d'en répandre le contenu sur ses genoux.

— Si vous ne croyez pas au destin, alors cet acte ne signifie rien. Si vous adhérez à une telle doctrine, Bérénikè a payé de sa vie son ignominie. Et vous, vous n'êtes plus inféodée à aucun but.

— Alors, suis-je libre d'agir à ma guise ?

Il sourit, avec une pointe d'espièglerie qu'elle n'attendait pas de sa part.

— L'éternelle question ! Je la crois universelle, et je n'ai aucune idée de la réponse. Allez-vous décider d'abandonner l'Humanité au néant, et de ne rien faire pour la ramener à la vie ? Après tout, il s'en faut de peu pour que cette espèce appartienne au passé.

— Non, je ne le pourrais pas.

C'était sorti, pour ainsi dire, tout seul, sans qu'elle ait eu le temps de réfléchir à sa réponse. Elle s'en étonna elle-même.

— Je pourrais rester avec les hommes-chiens. Je les aiderais à paramétrer les nanomachines qui maintiennent leur intelligence. Non pas qu'ils en aient besoin, mais ils m'accueilleraient parmi eux sans hésiter.

Elle réfléchit un instant.

— Mais il s'agirait d'une trahison.

— Et que pensez-vous trahir ?

— Je ne sais pas. La justice. Ou la mémoire de l'autre Plautine. Ou ceux qui nous ont précédés. En même temps, je ne sais même pas où commencer à les chercher. L'espace est vaste.

Il réfléchit un instant, puis éclata de rire. Elle le regarda, interloquée.

— Vous avez l'art de formuler de faux problèmes.

Il se trouve, quelque part, un artefact, une base de données grande comme un astéroïde — les enfers, comme vous l'avez surnommée. Vous pouvez percevoir les plus simples noèmes, alors imaginez l'effet qu'un tel volume de computation vous fera. Vous savez quoi chercher, vous le retrouverez. Et il y a peut-être encore des indices dans votre mémoire.

— J'aimerais me reposer sans craindre mes propres rêves.

— Cela, je puis le comprendre. Alors, que comptez-vous faire ?

— Je verrai demain, après avoir dormi. Je suis trop fatiguée pour décider.

— Allez donc vous coucher, opina-t-il en souriant. Pour aujourd'hui, *acta est fabula*[XXXVIII].

XXXVIII. **Acta est fabula** : la pièce est achevée. Locution terminant traditionnellement les représentations théâtrales latines.

REMERCIEMENTS

Une réelle émotion m'étreint au souvenir de Jacques Goimard : par un bel été ensoleillé de 2008, il me donna l'idée saugrenue de persévérer dans les *mauvais genres* et me régala d'anecdotes ciselées sur son existence. Au revoir, monsieur l'archicube.

Joël Champetier, rédacteur en chef de la revue *Solaris*, m'a appris à la dure la différence entre un brouillon et un texte littéraire. Je n'ai pas eu suffisamment l'occasion de le remercier, et il est trop tard à présent.

Roland C. Wagner, sous la forme d'une divinité indienne à six bras, m'éclaira un jour, avec sa bienveillance coutumière, sur le concept de méga-texte. La dialectique est source de progrès personnel.

J'adresse un amical bonjour à celui que je considère comme le maître en littérature de science-fiction, Serge Lehman. La science-fiction sera métaphysique, ou se réduira à une curiosité.

J'ai une pensée pour ceux qui ont considéré avec faveur mes productions à mes débuts, en particulier les Québécois de *Brins d'éternité* et les joyeux amateurs de *Présence d'esprit.* Un salut en passant au duo d'*ActaEstFabula*, Caracole et Fingo. L'humour noir et l'indignation sont parmi les noms de la liberté.

Je remercie le patient travail de mon éditeur, Gilles Dumay. Je sais, avec une humilité non feinte, à quel point le texte doit à son enthousiasme et à ses conseils.

Un toast aux courageux lecteurs de la première heure, Rémi, Estelle, Nico, Phil, Florient. Et à tous ceux, trop nombreux, et je ne veux pas vexer si j'en oublie, qui m'ont subi maintes années tandis que j'alternais entre enthousiasme et désespoir. *Ô mes divers / Amis, moi déjà sur la poupe / Vous l'avant fastueux qui coupe / Le flot de foudres et d'hivers.*

Enfin, celle qui m'inspira une grande part de Plautine, je lui rends un amical hommage et la remercie pour sa relecture constructive, ligne à ligne, des premières pages. Elle se reconnaîtra.

DU MÊME AUTEUR

Aux Éditions Denoël

Dans la collection Lunes d'encre

LATIUM I (Folio Science-Fiction nº 613)

LATIUM II (Folio Science-Fiction nº 614)

Dans la même collection

588. Laurence Suhner	*Vestiges* (QuanTika, I)
589. Jack Finney	*Le voyage de Simon Morley*
590. Christopher Priest	*L'adjacent*
591. Franck Ferric	*Trois oboles pour Charon*
592. Jean-Philippe Jaworski	*Chasse royale – De meute à mort* (Rois du monde, II-1)
593. Romain Delplancq	*L'appel des illustres* (Le sang des princes, I)
594. Laurence Suhner	*L'ouvreur des chemins* (QuanTika, II)
595. Estelle Faye	*Aylus* (La voie des Oracles, III)
596. Jo Walton	*Une demi-couronne*
597. Robert Charles Wilson	*Les affinités*
598. Laurent Kloetzer	*Vostok*
599. Erik L'Homme	*Phaenomen*
600. Laurence Suhner	*Origines* (QuanTika, III)
601. Len Deighton	*SS-GB*
602. Karoline Georges	*Sous-béton*
603. Martin Millar	*La déesse des marguerites et des boutons d'or*
604. Marta Randall	*L'épée de l'hiver*
605. Jacques Abeille	*Les jardins statuaires*
606. Jacques Abeille	*Le veilleur du jour*
607. Philip K. Dick	*SIVA*
608. Jacques Barbéri	*Mondocane*
609. Romain d'Huissier	*Les Quatre-vingt-un Frères* (Chroniques de l'Étrange, I)
610. David Walton	*Superposition*
611. Christopher Priest	*L'inclinaison*
612. Jacques Abeille	*Un homme plein de misère*
613. Romain Lucazeau	*Latium I*
614. Romain Lucazeau	*Latium II*
615. Laurent Genefort	*Étoiles sans issue*
616. Laurent Genefort	*Les peaux-épaisses*

617. Loïc Henry — *Les océans stellaires*
618. Romain d'Huissier — *La résurrection du dragon* (Chroniques de l'Étrange, II)
619. Romain Delplancq — *L'Éveil des Réprouvés* (Le sang des princes, II)
620. Jean-Philippe Jaworski — *Chasse Royale – Les grands arrières* (Rois du monde, II-2)
621. Robert Charles Wilson — *La cité du futur*
622. Jacques Abeille — *Les voyages du fils*
623. Iain M. Banks — *Effroyabl Angel*
624. Louisa Hall — *Rêves de Machines*
625. Jean-Pierre Ohl — *Redrum*
626. Fabien Cerutti — *Le Marteau des Sorcières* (Le Bâtard de Kosigan, III)
627. Elan Mastai — *Tous nos contretemps*
628. Michael Roch — *Moi, Peter Pan*
629. Laurent Genefort — *Ce qui relie* (Spire, I)
630. Rafael Pinedo — *Plop*
631. Jo Walton — *Mes vrais enfants*
632. Raphaël Eymery — *Pornarina*
633. Scott Hawkins — *La Bibliothèque de Mount Char*
634. Grégory Da Rosa — *Sénéchal*
635. Jonathan Carroll — *Os de Lune*
636. Laurent Genefort — *Le sang des immortels*
637. Estelle Faye — *Les Seigneurs de Bohen*
638. Laurent Genefort — *Ce qui divise* (Spire, II)
639. Ian McDonald — *Luna – Nouvelle Lune* (Luna, I)
640. Lucie Pierrat-Pajot — *Les Mystères de Larispem, I* (Le sang jamais n'oublie)
641. Adrian Tchaikovsky — *Dans la toile du temps*
642. Karin Tidbek — *Amatka*
643. Jo Walton — *Les griffes et les crocs*

Composition Utibi
Impression Novoprint
à Barcelone, le 14 septembre 2020
Dépôt légal : septembre 2020
1er dépôt légal dans la collection : septembre 2018

ISBN 978-2-07-279298-4./Imprimé en Espagne.

373265